第一〇册　大乘經　般若部（一〇）

大般若波羅蜜多經　六百卷（卷四一六至卷四六〇）

唐三藏法師玄奘奉詔譯　

大般若波羅蜜多經

唐三藏法師玄奘奉　詔譯

清刻龍藏佛説法變相圖

大般若波羅蜜多經卷第四百一十六

唐三藏法師玄奘奉　詔譯

第二分修治地品第十八之二

云何菩薩摩訶薩住阿練若常不捨離善現若菩薩摩訶薩勤求無上正等菩提超諸聲聞獨覺等地是爲菩薩摩訶薩住阿練若常不捨離云何菩薩摩訶薩常好少欲善現若菩薩摩訶薩尚不自爲求大菩提況欲世間及二乘事是爲菩薩摩訶薩常好少欲云何菩薩摩訶薩常好喜足善現若菩薩摩訶薩唯爲證得一切智智故於餘事無所執著是爲菩薩摩訶薩常好喜足云何菩薩摩訶薩常不捨離杜多功德善現若菩薩摩訶薩常於深法起諦察忍是爲菩薩摩訶薩常不捨離杜多功德云何菩薩摩訶薩於諸學處常

不棄捨善現若菩薩摩訶薩於所學處堅守不移是爲菩薩摩訶薩於諸學處常不棄捨云何菩薩摩訶薩於諸欲樂深生厭離善現若菩薩摩訶薩於妙欲樂不起欲心是爲菩薩摩訶薩於諸欲樂深生厭離云何菩薩摩訶薩常樂發起寂滅俱心善現若菩薩摩訶薩知一切法曾無起作是爲菩薩摩訶薩常樂發起寂滅俱心云何菩薩摩訶薩捨一切物善現若菩薩摩訶薩於内外法都不攝受是爲菩薩摩訶薩捨一切物云何菩薩摩訶薩心不滯没善現若菩薩摩訶薩於諸識住曾不起心是爲菩薩摩訶薩心不滯没云何菩薩摩訶薩於一切物常無顧戀善現若菩薩摩訶薩於一切事曾不思惟是爲菩薩摩訶薩於一切物常無顧戀善現諸菩薩摩訶薩住第四地時於如是十法應受持不捨離

云何菩薩摩訶薩應遠離居家善現若菩薩摩訶薩遊諸佛土隨所生處常樂出家剃除鬚髮受持法服現作沙門是爲菩薩摩訶薩應遠離居家云何菩薩摩訶薩應遠離苾芻尼善現若菩薩摩訶薩常應遠離諸苾芻尼不與共居如彈指頃亦復於彼不起異心是爲菩薩摩訶薩應遠離苾芻尼云何菩薩摩訶薩應遠離家慳善現若菩薩摩訶薩作是思惟我應長夜利益安樂一切有情今此有情自由福力感得如是好施主家故我於中不應慳嫉旣思惟已遠離家慳是爲菩薩摩訶薩應遠離家慳云何菩薩摩訶薩應遠離衆會忿諍善現若菩薩摩訶薩作是思惟若處衆會其中或有聲聞獨覺或說彼乘相應

法要令我退失大菩提心是故定應遠離衆會復作是念諸忿諍者能使有情發起瞋害造作種種惡不善業尚違善趣況大菩提是故定應遠離忿諍是爲菩薩摩訶薩應遠離衆會忿諍云何菩薩摩訶薩應遠離自讚毁他善現若菩薩摩訶薩都不見有内外諸法故應遠離自讚毁他是爲菩薩應遠離應遠離自讚毁他云何菩薩摩訶薩應遠離十不善業道善現若菩薩摩訶薩作是思惟如是十種不善業道尚當能礙人天善趣況於聖道及大菩提而不爲障故我於彼定應遠離是爲菩薩摩訶薩應遠離十不善業道云何菩薩摩訶薩應遠離增上慢傲善現若菩薩摩訶薩不見有法可能發起此慢傲者故應遠離是爲菩薩摩訶薩應遠離增上慢傲云何菩薩摩訶薩應遠離顛倒善現若菩薩摩訶薩觀顛倒事都不可得是故定應遠離顛倒是爲菩薩摩訶薩應遠離顛倒云何菩薩摩訶薩應遠離猶豫善現若菩薩摩訶薩觀猶豫事都不可得是故定應遠離猶豫是爲菩薩摩訶薩應遠離猶豫云何菩薩摩訶薩應遠離貪瞋癡善現若菩薩摩訶薩都不見有貪瞋癡事故應遠離如是三法是爲菩薩摩訶薩應遠離貪瞋癡善現諸菩薩摩訶薩住第五地時應常遠離如是十法云何菩薩摩訶薩應圓滿六波羅蜜多善現若菩薩摩訶薩圓滿六種波羅蜜多超諸聲聞及獨覺地又住此六波羅蜜多佛及二乘能度五種所知海岸云何爲五一者過去二者未來三者現在四者不可說五者無爲是爲菩薩摩

訶薩應圓滿六波羅蜜多云何菩薩摩訶薩應遠離聲聞心善現若菩薩摩訶薩作如是念諸聲聞心非證無上大菩提道故應遠離所以者何猒生死故是爲菩薩摩訶薩應遠離聲聞心云何菩薩摩訶薩應遠離獨覺心善現若菩薩摩訶薩作如是念諸獨覺心非證無上大菩提道故應遠離所以者何樂涅槃故是爲菩薩摩訶薩應遠離獨覺心云何菩薩摩訶薩應遠離熱惱心善現若菩薩摩訶薩作如是念此熱惱心非證無上大菩提道故應遠離所以者何畏生死故是爲菩薩摩訶薩應遠離熱惱心云何菩薩摩訶薩應遠離見乞者來不喜愁慼心善現若菩薩摩訶薩作如是念此愁慼心非證無上大菩提道故應遠離所以者何違慈悲故是爲菩薩

摩訶薩應遠離見乞者來不喜愁慼心云何菩薩摩訶薩應遠離捨所有物追戀憂悔心善現若菩薩摩訶薩作如是念此追悔心非證無上大菩提道故應遠離所以者何違本願故謂我初發菩提心時作是願言諸我所有施來求者隨欲不空如何今時施已追悔是爲菩薩摩訶薩應遠離捨所有物追戀憂悔心云何菩薩摩訶薩應遠離於來求者方便矯誑心善現若菩薩摩訶薩作如是念此矯誑心非證無上大菩提道故應遠離所以者何違本誓故謂我初發菩提心時作是誓言凡我所有施來求者隨欲不空如何今時而矯誑彼是爲菩薩摩訶薩應遠離於來求者方便矯誑心善現諸菩薩摩訶薩住第六地時常應圓滿前説六法及應遠離後説六

法云何菩薩摩訶薩應遠離我執乃至見者執善現若菩薩摩訶薩觀我乃至見者畢竟非有不可得故是爲菩薩摩訶薩應遠離我執乃至見者執云何菩薩摩訶薩應遠離斷執善現若菩薩摩訶薩觀一切法畢竟不生無斷義故是爲菩薩摩訶薩應遠離斷執云何菩薩摩訶薩應遠離常執善現若菩薩摩訶薩觀一切法性既不生無常義故是爲菩薩摩訶薩應遠離常執云何菩薩摩訶薩應遠離相想善現若菩薩摩訶薩觀貪等惑無所有故是爲菩薩摩訶薩應遠離相想云何菩薩摩訶薩應遠離見執善現若菩薩摩訶薩都不見有諸見性故是爲菩薩摩訶薩應遠離見執云何菩薩摩訶薩應遠離名色執善現若菩薩摩訶薩觀名色性都無所有不可得故是爲菩薩摩訶薩應遠離名色執云何菩薩摩訶薩應遠離蘊執善現若菩薩摩訶薩觀諸蘊性都無所有不可得故是爲菩薩摩訶薩應遠離蘊執云何菩薩摩訶薩應遠離處執善現若菩薩摩訶薩觀諸處性都無所有不可得故是爲菩薩摩訶薩應遠離處執云何菩薩摩訶薩應遠離界執善現若菩薩摩訶薩觀諸界性都無所有不可得故是爲菩薩摩訶薩應遠離界執云何菩薩摩訶薩應遠離諦執善現若菩薩摩訶薩觀諸諦性都無所有不可得故是爲菩薩摩訶薩應遠離諦執云何菩薩摩訶薩應遠離緣起執善現若菩薩摩訶薩觀緣起性都無所有不可得故是爲菩薩摩訶薩應遠離緣起執云何菩薩摩訶薩應遠離住著三界執善現

若菩薩摩訶薩觀三界性都無所有不可得故是爲菩薩摩訶薩應遠離住著三界執云何菩薩摩訶薩應遠離一切法執善現若菩薩摩訶薩觀諸法性皆如虛空不可得故是爲菩薩摩訶薩應遠離一切法執云何菩薩摩訶薩應遠離於一切法如理不如理執善現若菩薩摩訶薩觀諸法性都不可得無有如理不如理故是爲菩薩摩訶薩應遠離於一切法如理不如理執云何菩薩摩訶薩應遠離依佛見執善現若菩薩摩訶薩知依佛見執不得見佛故是爲菩薩摩訶薩應遠離依佛見執云何菩薩摩訶薩應遠離依法見執善現若菩薩摩訶薩知眞法性不可見故是爲菩薩摩訶薩應遠離依法見執云何菩薩摩訶薩應遠離依僧見執善現若菩薩摩訶薩知和合衆無相無爲不可見故是爲菩薩摩訶薩應遠離依僧見執云何菩薩摩訶薩應遠離依戒見執善現若菩薩摩訶薩知罪福性俱非有故是爲菩薩摩訶薩應遠離依戒見執云何菩薩摩訶薩應遠離依空見執善現若菩薩摩訶薩觀諸空法都無所有不可見故是爲菩薩摩訶薩應遠離依空見執云何菩薩摩訶薩應遠離厭怖空性善現若菩薩摩訶薩觀一切法自性皆空非空與空有所違害故厭怖事俱不可得由此空法不應厭怖是爲菩薩摩訶薩應遠離厭怖空性云何菩薩摩訶薩應圓滿通達空善現若菩薩摩訶薩知一切法自相皆空是爲菩薩摩訶薩應圓滿通達空云何菩薩摩訶薩應圓滿證無相善現若菩薩摩訶薩不思惟一

切相是爲菩薩摩訶薩應圓滿證無相云何菩薩摩訶薩應圓滿知無願善現若菩薩摩訶薩於三界法智皆不起是爲菩薩摩訶薩應圓滿知無願云何菩薩摩訶薩應圓滿三輪清淨善現若菩薩摩訶薩具足清淨十善業道是爲菩薩摩訶薩應圓滿三輪清淨云何菩薩摩訶薩應圓滿悲愍有情及於有情無所執著善現若菩薩摩訶薩已得大悲及嚴淨土都無所執是爲菩薩摩訶薩應圓滿悲愍有情及於有情無所執著云何菩薩摩訶薩應圓滿一切法平等見及於此中無所執著善現若菩薩摩訶薩於一切法不增不減都無所執是爲菩薩摩訶薩應圓滿一切法平等見及於此中無所執著云何菩薩摩訶薩應圓滿一切有情平等見及於此中無所執著善現若菩薩摩訶薩於諸有情不增不減都無所執是爲菩薩摩訶薩應圓滿一切有情平等見及於此中無所執著云何菩薩摩訶薩應圓滿通達眞實理趣及於此中無所執著善現若菩薩摩訶薩於一切法眞實理趣雖如實通達而無所通達都無所執是爲菩薩摩訶薩應圓滿通達眞實理趣及於此中無所執著云何菩薩摩訶薩應圓滿無生忍智善現若菩薩摩訶薩忍一切法無生無滅無所造作及知名色畢竟不生是爲菩薩摩訶薩應圓滿無生忍智云何菩薩摩訶薩應圓滿說一切法一相理趣善現若菩薩摩訶薩於一切法行不二相是爲菩薩摩訶薩應圓滿說一切法一相理趣云何菩薩摩訶薩應圓滿滅除分別善現若菩薩摩訶

薩於一切法不起分别是爲菩薩摩訶薩應圓滿滅除分别云何菩薩摩訶薩應圓滿遠離諸想善現若菩薩摩訶薩遠離小大及無量想是爲菩薩摩訶薩應圓滿遠離諸想云何菩薩摩訶薩應圓滿遠離諸見善現若菩薩摩訶薩遠離聲聞獨覺地見是爲菩薩摩訶薩應圓滿遠離諸見云何菩薩摩訶薩應圓滿遠離煩惱善現若菩薩摩訶薩棄捨一切有漏煩惱習氣相續是爲菩薩摩訶薩應圓滿遠離煩惱云何菩薩摩訶薩應圓滿止觀地善現若菩薩摩訶薩修一切智一切相智是爲菩薩摩訶薩應圓滿止觀地云何菩薩摩訶薩應圓滿調伏心性善現若菩薩摩訶薩不著三界是爲菩薩摩訶薩應圓滿調伏心性云何菩薩摩訶薩應圓滿寂靜心性善現若菩薩摩訶薩善攝六根是爲菩薩摩訶薩應圓滿寂靜心性云何菩薩摩訶薩修得佛圓滿無礙智性善現若菩薩摩訶薩修得佛眼是爲菩薩摩訶薩應圓滿無礙智性云何菩薩摩訶薩應圓滿無所愛染善現若菩薩摩訶薩棄捨六處是爲菩薩摩訶薩應圓滿無所愛染云何菩薩摩訶薩應圓滿隨心所欲往諸佛土於佛衆會自現其身善現若菩薩摩訶薩修勝神通往諸佛土承事供養諸佛世尊請轉法輪度有情類是爲菩薩摩訶薩應圓滿隨心所欲往諸佛土於佛衆會自現其身善現諸菩薩摩訶薩住第七地時常應遠離前二十法及應圓滿後二十法云何菩薩摩訶薩應圓滿悟入一切有情心行善現若菩薩摩訶薩用一心智如實遍知一切

有情心及心所是爲菩薩摩訶薩應圓滿悟入一切有情心行云何菩薩摩訶薩應圓滿遊戲諸神通善現若菩薩摩訶薩遊戲種種自在神通爲欲親近供養佛故從一佛國趣一佛國而能不生遊佛國想善現是爲菩薩摩訶薩應圓滿遊戲諸神通云何菩薩摩訶薩應圓滿見諸佛土如其所見而自嚴淨種種佛土善現若菩薩摩訶薩住一佛土能見十方無邊佛國亦能示現而曾不生佛國土想又爲成熟諸有情故現處三千大千世界轉輪王位而自莊嚴亦能棄捨而無所執是爲菩薩摩訶薩應圓滿見諸佛土如其所見而自嚴淨種種佛土云何菩薩摩訶薩應圓滿供養承事諸佛世尊於如來身如實觀察善現若菩薩摩訶薩爲欲饒益諸有情故於法義趣如實分別如是名爲以法供養承事諸佛又諦觀察諸佛法身是爲菩薩摩訶薩應圓滿供養承事諸佛世尊於如來身如實觀察善現諸菩薩摩訶薩住第八地時於此四法應勤圓滿云何菩薩摩訶薩應圓滿根勝劣智善現若菩薩摩訶薩住佛十力如實了知一切有情諸根勝劣是爲菩薩摩訶薩應圓滿根勝劣智云何菩薩摩訶薩應圓滿嚴淨佛土善現若菩薩摩訶薩以無所得而爲方便嚴淨一切有情心行是爲菩薩摩訶薩應圓滿嚴淨佛土云何菩薩摩訶薩應圓滿如幻等持數入諸定善現若菩薩摩訶薩住此等持雖能成辦一切事業而心於法都無動轉又修等持極成熟故不作加行能數現前是爲菩薩摩訶薩應圓滿如幻等持數

入諸定云何菩薩摩訶薩應圓滿隨諸有情善根應熟故入諸有自現化生善現若菩薩摩訶薩爲欲成熟諸有情類殊勝善根隨其所宜故入諸有而現受生是爲菩薩摩訶薩隨諸有情善根應熟故入諸有自現化生善現諸菩薩摩訶薩住第九地時於此四法應勤圓滿云何菩薩摩訶薩應圓滿攝受無邊處所大願隨有所願皆令證得善現若菩薩摩訶薩已具修六波羅蜜多極圓滿故或爲嚴淨諸佛國土或爲成熟諸有情類隨心所願皆能證得是爲菩薩摩訶薩應圓滿攝受無邊處所大願隨有所願皆令證得云何菩薩摩訶薩應圓滿隨諸天龍及藥叉等異類音智善現若菩薩摩訶薩修習殊勝詞無礙解能善了知天龍藥叉健達縛阿素洛揭路荼緊捺洛莫呼洛伽人非人等言音差別是爲菩薩摩訶薩應圓滿隨諸天龍及藥叉等異類音智云何菩薩摩訶薩應圓滿無礙辯說善現若菩薩摩訶薩修習殊勝辯無礙解爲諸有情能無盡說是爲菩薩摩訶薩應圓滿無礙辯說云何菩薩摩訶薩應圓滿入胎具足善現若菩薩摩訶薩雖一切生處實恒化生而爲益有情現入胎藏於中具足無邊勝事是爲菩薩摩訶薩應圓滿入胎具足云何菩薩摩訶薩應圓滿出生具足善現若菩薩摩訶薩於出胎時示現種種希有勝事令諸有情見者歡喜獲大利樂是爲菩薩摩訶薩應圓滿出生具足云何菩薩摩訶薩應圓滿家族具足善現若菩薩摩訶薩或生刹帝利大族姓家或生婆羅門大族姓家父母眞

淨是爲菩薩摩訶薩應圓滿家族具足云何菩薩摩訶薩應圓滿種性具足善現若菩薩摩訶薩常在過去諸菩薩摩訶薩種性中生是爲菩薩摩訶薩應圓滿種性具足云何菩薩摩訶薩應圓滿眷屬具足善現若菩薩摩訶薩純以無量無數菩薩摩訶薩衆而爲眷屬是爲菩薩摩訶薩應圓滿眷屬具足云何菩薩摩訶薩應圓滿生身具足善現若菩薩摩訶薩於初生時其身具足一切相好放大光明遍照無邊諸佛世界亦令彼界六種變動有情遇者無不蒙益是爲菩薩摩訶薩應圓滿生身具足云何菩薩摩訶薩應圓滿出家具足善現若菩薩摩訶薩於出家時無量無數百千俱胝那庾多衆前後圍遶尊重讚歎往詣道場剃除鬚髮服三法衣受持應器引導無量無邊有情令乘三乘而趣圓寂是爲菩薩摩訶薩應圓滿出家具足云何菩薩摩訶薩應圓滿莊嚴菩提樹具足善現若菩薩摩訶薩殊勝善根廣大願力感得如是大菩提樹吠瑠璃寶以爲其莖眞金爲根枝葉花果皆以上妙七寶所成其樹高廣遍覆三千大千佛土光明照曜周遍十方殑伽沙等諸佛世界是爲菩薩摩訶薩應圓滿莊嚴菩提樹具足云何菩薩摩訶薩應圓滿一切功德成辦具足善現若菩薩摩訶薩滿足殊勝福慧資糧成熟有情嚴淨佛土是爲菩薩摩訶薩應圓滿一切功德成辦具足善現諸菩薩摩訶薩住第十地時應勤圓滿此十二法云何菩薩摩訶薩住第十地已與諸如來應言無別善現是菩薩摩訶薩已圓滿六波羅

蜜多乃至已圓滿十八佛不共法具一切智一切相智若復永斷一切煩惱習氣相續便住佛地由此故說若菩薩摩訶薩住第十地已與諸如來應言無別善現云何菩薩摩訶薩住第十地趣如來地善現是菩薩摩訶薩方便善巧行六波羅蜜多四念住乃至十八佛不共法超淨觀地種性地第八地具見地薄地離欲地已辦地獨覺地及菩薩地又能永斷一切煩惱習氣相續便成如來應正等覺住如來地善現如是菩薩摩訶薩住第十地趣如來地善現齊此當知菩薩摩訶薩發趣大乘

第二分出住品第十九之一

復次善現汝問如是大乘從何處出至何處住者善現如是大乘從三界中出至一切智智中住然以無二爲方便故無出無住所以者何善現若大乘若一切智智如是二法非相應非不相應無色無見無對一相所謂無相何以故善現無相之法非已出住非當出住非今出住所以者何善現諸有欲令無相之法有出住者則爲欲令法界空亦有出住然法界空不能從三界中出亦不能至一切智智中住何以故法界空法界空自性空故善現諸有欲令無相之法有出住者則爲欲令眞如空實際不思議界安隱界寂靜界斷界離界滅界空亦有出住然眞如空乃至滅界空不能從三界中出亦不能至一切智智中住何以故眞如空眞如空自性空乃至滅界空滅界空自性空故善現諸有欲令無相之法有出住者則爲欲令色空亦有出住然

色空不能從三界中出亦不能至一切智智中住何以故色空色空自性空故善現諸有欲令無相之法有出住者則爲欲令受想行識空亦有出住然受想行識空不能從三界中出亦不能至一切智智中住何以故受想行識空受想行識空自性空故善現諸有欲令無相之法有出住者則爲欲令眼處空亦有出住然眼處空不能從三界中出亦不能至一切智智中住何以故眼處空眼處空自性空故善現諸有欲令無相之法有出住者則爲欲令耳鼻舌身意處空亦有出住然耳鼻舌身意處空不能從三界中出亦不能至一切智智中住何以故耳鼻舌身意處空耳鼻舌身意處空自性空故善現諸有欲令無相之法有出住者則爲欲令色處空亦有出住然色處空不能從三界中出亦不能至一切智智中住何以故色處空色處空自性空故善現諸有欲令無相之法有出住者則爲欲令聲香味觸法處空亦有出住然聲香味觸法處空不能從三界中出亦不能至一切智智中住何以故聲香味觸法處空聲香味觸法處空自性空故善現諸有欲令無相之法有出住者則爲欲令眼界空亦有出住然眼界空不能從三界中出亦不能至一切智智中住何以故眼界空眼界空自性空故善現諸有欲令無相之法有出住者則爲欲令耳鼻舌身意界空亦有出住然耳鼻舌身意界空不能從三界中出亦不能至一切智智中住何以故耳鼻舌身意界空耳鼻舌身意界空自性空故善現諸有欲令無相之法有

出住者則爲欲令色界空亦有出住然色界
空不能從三界中出亦不能至一切智智中
住何以故色界空色界空自性空故善現諸
有欲令無相之法有出住者則爲欲令聲香
味觸法界空亦有出住然聲香味觸法界空
不能從三界中出亦不能至一切智智中住
何以故聲香味觸法界空聲香味觸法界空
自性空故善現諸有欲令無相之法有出住
者則爲欲令眼識界空亦有出住然眼識界
空不能從三界中出亦不能至一切智智中
住何以故眼識界空眼識界空自性空故善
現諸有欲令無相之法有出住者則爲欲令
耳鼻舌身意識界空亦有出住然耳鼻舌身
意識界空不能從三界中出亦不能至一切
智智中住何以故耳鼻舌身意識界空耳鼻

舌身意識界空自性空故善現諸有欲令無
相之法有出住者則爲欲令眼觸空亦有出
住然眼觸空不能從三界中出亦不能至一
切智智中住何以故眼觸空眼觸空自性空
故善現諸有欲令無相之法有出住者則爲
欲令耳鼻舌身意觸空亦有出住然耳鼻舌
身意觸空不能從三界中出亦不能至一切
智智中住何以故耳鼻舌身意觸空耳鼻舌
身意觸空自性空故善現諸有欲令無相之
法有出住者則爲欲令眼觸爲緣所生諸受
空亦有出住然眼觸爲緣所生諸受空不能
從三界中出亦不能至一切智智中住何以
故眼觸爲緣所生諸受空眼觸爲緣所生諸
受空自性空故善現諸有欲令無相之法有
出住者則爲欲令耳鼻舌身意觸爲緣所生

諸受空亦有出住然耳鼻舌身意觸爲緣所生諸受空不能從三界中出亦不能至一切智智中住何以故耳鼻舌身意觸爲緣所生諸受空耳鼻舌身意觸爲緣所生諸受空自性空故善現諸有欲令無相之法有出住者則爲欲令夢境空亦有出住然夢境空不能從三界中出亦不能至一切智智中住何以故夢境空夢境空自性空故善現諸有欲令無相之法有出住者則爲欲令幻事陽焰響像光影空花變化空亦有出住然幻事空乃至變化空不能從三界中出亦不能至一切智智中住何以故幻事空幻事空自性空乃至變化空變化空自性空故善現諸有欲令無相之法有出住者則爲欲令布施波羅蜜多空亦有出住然布施波羅蜜多空不能從三界中出亦不能至一切智智中住何以故布施波羅蜜多空布施波羅蜜多空自性空故善現諸有欲令無相之法有出住者則爲欲令淨戒安忍精進靜慮般若波羅蜜多空亦有出住然淨戒安忍精進靜慮般若波羅蜜多空不能從三界中出亦不能至一切智智中住何以故淨戒安忍精進靜慮般若波羅蜜多空淨戒安忍精進靜慮般若波羅蜜多空自性空故善現諸有欲令無相之法有出住者則爲欲令內空空亦有出住然內空空不能從三界中出亦不能至一切智智中住何以故內空空內空空自性空故善現諸有欲令無相之法有出住者則爲欲令外空內外空空空大空勝義空有爲空無爲空畢竟空無際空散無散空本性空自共相空一

切法空不可得空無性空自性空無性自性空空亦有出住然外空空乃至無性自性空空不能從三界中出亦不能至一切智智中住何以故外空空外空空自性空乃至無性自性空空無性自性空空自性空故善現諸有欲令無相之法有出住者則爲欲令四念住空亦有出住然四念住空不能從三界中出亦不能至一切智智中住何以故四念住空四念住空自性空故善現諸有欲令無相之法有出住者則爲欲令四正斷四神足五根五力七等覺支八聖道支空亦有出住然四正斷空乃至八聖道支空不能從三界中出亦不能至一切智智中住何以故四正斷空四正斷空自性空乃至八聖道支空八聖道支空自性空故善現諸有欲令無相之法有出住者則爲欲令乃至佛十力空亦有出住然佛十力空不能從三界中出亦不能至一切智智中住何以故佛十力空佛十力空自性空故善現諸有欲令無相之法有出住者則爲欲令四無所畏四無礙解大慈大悲大喜大捨十八佛不共法空亦有出住然四無所畏乃至十八佛不共法空不能從三界中出亦不能至一切智智中住何以故四無所畏空四無所畏空自性空乃至十八佛不共法空十八佛不共法空自性空故善現諸有欲令無相之法有出住者則爲欲令諸預流者有惡趣生諸一來者有頻來生諸不還者有欲界生諸大菩薩有自利生諸阿羅漢獨覺如來有後有生然無是事何以故諸預流等惡趣生等不可得故善現諸有欲令無

相之法有出住者則爲欲令預流空亦有出住然預流空不能從三界中出亦不能至一切智智中住何以故預流空預流空自性空故善現諸有欲令無相之法有出住者則爲欲令一來不還阿羅漢獨覺菩薩如來空亦有出住然一來空乃至如來空不能從三界中出亦不能至一切智智中住何以故一來空一來空自性空乃至如來空如來空自性空故善現諸有欲令無相之法有出住者則爲欲令名字假想施設言說空亦有出住然名字假想施設言說空不能從三界中出亦不能至一切智智中住何以故名字假想施設言說空名字假想施設言說空自性空故善現諸有欲令無相之法有出住者則爲欲令無生無滅無染無淨無相無爲空亦有出住然無生無滅無染無淨無相無爲空不能從三界中出亦不能至一切智智中住何以故無生無滅無染無淨無相無爲空無生無滅無染無淨無相無爲空自性空故善現由此因緣如是大乘從三界中出至一切智智中住然以無二爲方便故無出無住所以者何無相之法無動轉故

大般若波羅蜜多經卷第四百一十六

音釋

健達縛（梵語也亦云乹闥婆此云香陰帝釋樂神也健渠建切）阿素洛（梵語也亦云阿脩羅此云無酒又名非天）揭路荼（梵語也亦云迦樓羅此云金翅鳥揭居謁切荼同都切）緊捺洛（梵語也亦云緊那羅此云疑神又云人非人捺乃八切）莫呼洛伽（梵語也亦云摩睺羅伽正言牟呼洛

迦此云大蟒神

大般若波羅蜜多經卷第四百一十七

唐三藏法師玄奘奉詔譯

第二分出住品第十九之二

復次善現汝問如是大乘爲何所住者善現如是大乘都無所住所以者何以一切法皆無所住何以故諸法住處不可得故善現如是大乘以無所得而爲方便住無所住善現如法界非住非不住所以者何以法界自性無住無不住何以故法界自性法界自性空故大乘亦爾非住非不住善現如眞如實際不思議界安隱界寂靜界斷界離界滅界非住非不住所以者何以眞如自性乃至滅界自性無住無不住何以故眞如自性眞如自性空乃至滅界自性滅界自性空故大乘亦爾非住非不住善現如色非住非不住所以者何以色自性無住無不住何以故色自性色自性空故大乘亦爾非住非不住善現如受想行識非住非不住所以者何受想行識自性無住無不住何以故受想行識自性受想行識自性空故大乘亦爾非住非不住善現如眼處非住非不住所以者何以眼處自性無住無不住何以故眼處自性眼處自性空故大乘亦爾非住非不住善現如耳鼻舌身意處非住非不住所以者何以耳鼻舌身意處自性無住無不住何以故耳鼻舌身意處自性耳鼻舌身意處自性空故大乘亦爾非住非不住善現如色處非住非不住所以者何以色處自性無住無不住何以故色處自性色處自性空故大乘亦爾非住非不住善現如聲香味觸法處非住非不住所以者

何以聲香味觸法處自性無住無不住何以故聲香味觸法處自性聲香味觸法處自性空故大乘亦爾非住非不住善現如眼界非住非不住所以者何以眼界自性無住無不住何以故眼界自性眼界自性空故大乘亦爾非住非不住善現如耳鼻舌身意界非住非不住所以者何以耳鼻舌身意界自性無住無不住何以故耳鼻舌身意界自性耳鼻舌身意界自性空故大乘亦爾非住非不住善現如色界非住非不住所以者何以色界自性無住無不住何以故色界自性色界自性空故大乘亦爾非住非不住善現如聲香味觸法界非住非不住所以者何以聲香味觸法界自性無住無不住何以故聲香味觸法界自性聲香味觸法界自性空故大乘亦爾非住非不住善現如眼識界非住非不住所以者何以眼識界自性無住無不住何以故眼識界自性眼識界自性空故大乘亦爾非住非不住善現如耳鼻舌身意識界非住非不住所以者何以耳鼻舌身意識界無住無不住何以故耳鼻舌身意識界自性耳鼻舌身意識界自性空故大乘亦爾非住非不住善現如眼觸非住非不住所以者何以眼觸自性無住無不住何以故眼觸自性眼觸自性空故大乘亦爾非住非不住善現如耳鼻舌身意觸非住非不住所以者何以耳鼻舌身意觸自性無住無不住何以故耳鼻舌身意觸自性耳鼻舌身意觸自性空故大乘亦爾非住非不住善現如眼觸爲緣所生諸受非住非不住所以者何以眼觸爲緣所生

諸受自性無住無不住何以故眼觸爲緣所生諸受自性眼觸爲緣所生諸受自性空故大乘亦爾非住非不住善現如耳鼻舌身意觸爲緣所生諸受非住非不住所以者何以耳鼻舌身意觸爲緣所生諸受自性無住無不住何以故耳鼻舌身意觸爲緣所生諸受自性耳鼻舌身意觸爲緣所生諸受自性空故大乘亦爾非住非不住善現如夢境非住非不住所以者何以夢境自性無住無不住何以故夢境自性夢境自性空故大乘亦爾非住非不住善現如幻事陽燄響像光影空華變化非住非不住所以者何以幻事乃至變化自性無住無不住何以故幻事乃至變化自性幻事乃至變化自性空故大乘亦爾非住非不住善現如布施波羅蜜多非住非不住所以者何以布施波羅蜜多自性無住無不住何以故布施波羅蜜多自性布施波羅蜜多自性空故大乘亦爾非住非不住善現如淨戒安忍精進靜慮般若波羅蜜多非住非不住所以者何以淨戒安忍精進靜慮般若波羅蜜多自性無住無不住何以故淨戒安忍精進靜慮般若波羅蜜多自性淨戒安忍精進靜慮般若波羅蜜多自性空故大乘亦爾非住非不住善現如內空非住非不住所以者何以內空自性無住無不住何以故內空自性內空自性空故大乘亦爾非住非不住善現如外空內外空空空大空勝義空有爲空無爲空畢竟空無際空散無散空本性空自共相空一切法空不可得空無性空自性空無性自性空非住非不住所以者

何以外空乃至無性自性空自性無住無不住何以故外空乃至無性自性空自性外空乃至無性自性空自性空故大乘亦爾非住非不住善現如四念住非住非不住所以者何以四念住自性無住無不住何以故四念住自性四念住自性空故大乘亦爾非住非不住善現如四正斷四神足五根五力七等覺支八聖道支非住非不住所以者何以四正斷乃至八聖道支自性無住無不住何以故四正斷乃至八聖道支自性四正斷乃至八聖道支自性空故大乘亦爾非住非不住善現乃至如佛十力非住非不住所以者何以佛十力自性無住無不住何以故佛十力自性佛十力自性空故大乘亦爾非住非不住善現如四無所畏四無礙解大慈大悲大喜大捨十八佛不共法非住非不住所以者何以四無所畏乃至十八佛不共法自性無住無不住何以故四無所畏乃至十八佛不共法自性四無所畏乃至十八佛不共法自性空故大乘亦爾非住非不住善現如預流者惡趣生非住非不住所以者何以預流者惡趣生自性無住無不住何以故預流者惡趣生自性預流者惡趣生自性空故大乘亦爾非住非不住善現如一來者頻來生不還者欲界生大菩薩自利生阿羅漢獨覺如來後有生非住非不住所以者何以一來者頻來生乃至如來後有生自性無住無不住何以故一來者頻來生乃至如來後有生自性一來者頻來生乃至如來後有生自性空故大乘亦爾非住非不住善現如預流非住非

不住所以者何以預流自性無住無不住何以故預流自性預流自性空故大乘亦爾非住非不住善現如一來不還阿羅漢獨覺菩薩如來非住非不住所以者何以一來乃至如來自性無住無不住何以故一來乃至如來自性一來乃至如來自性空故大乘亦爾非住非不住善現如名字假想施設言說非住非不住所以者何以名字假想施設言說自性無住無不住何以故名字假想施設言說自性名字假想施設言說自性空故大乘亦爾非住非不住善現如無生無滅無染無淨無相無爲非住非不住所以者何以無生無滅無染無淨無相無爲自性無住無不住何以故無生無滅無染無淨無相無爲自性無生無滅無染無淨無相無爲自性空故大乘亦爾非住非不住善現由此因緣如是大乘雖無所住而以無二爲方便故住無所住復次善現汝問誰復乘是大乘而出者善現都無乘是大乘出者何以故善現若所乘乘若能乘者若時若處如是一切皆無所有不可得故所以者何以一切法皆無所有都不可得如何可言有所乘乘有能乘者乘時乘處故不可說實有乘是大乘出者何以故善現我無所有不可得故乘大乘者亦不可得所以者何畢竟淨故如是有情乃至見者亦無所有不可得故乘大乘者亦不可得所以者何畢竟淨故善現法界無所有不可得故乘大乘者亦不可得所以者何畢竟淨故真如實際不思議界安隱界等亦無所有不可得故乘大乘者亦不可得所以者何畢竟淨

故善現色無所有不可得故乘大乘者亦不可得所以者何畢竟淨故受想行識亦無所有不可得所以者何畢竟淨故善現眼處無所有不可得故乘大乘者亦不可得所以者何畢竟淨故耳鼻舌身意處亦無所有不可得故乘大乘者亦不可得所以者何畢竟淨故善現色處無所有不可得故乘大乘者亦不可得所以者何畢竟淨故聲香味觸法處亦無所有不可得故乘大乘者亦不可得所以者何畢竟淨故善現眼界無所有不可得故乘大乘者亦不可得所以者何畢竟淨故耳鼻舌身意界亦無所有不可得故乘大乘者亦不可得所以者何畢竟淨故善現色界無所有不可得故乘大乘者亦不可得所以者何畢竟淨故聲香味觸法界亦無所有不可得故乘大乘者亦不可得所以者何畢竟淨故善現眼識界無所有不可得故乘大乘者亦不可得所以者何畢竟淨故耳鼻舌身意識界亦無所有不可得故乘大乘者亦不可得所以者何畢竟淨故善現眼觸無所有不可得故乘大乘者亦不可得所以者何畢竟淨故耳鼻舌身意觸亦無所有不可得故乘大乘者亦不可得所以者何畢竟淨故善現眼觸爲緣所生諸受無所有不可得故乘大乘者亦不可得所以者何畢竟淨故耳鼻舌身意觸爲緣所生諸受亦無所有不可得故乘大乘者亦不可得所以者何畢竟淨故善現布施波羅蜜多無所有不可得故乘大乘者亦不可得所以者何畢竟淨故淨戒安忍精進靜慮般若波

羅蜜多亦無所有不可得故乘大乘者亦不可得所以者何畢竟淨故善現內空無所有不可得故乘大乘者亦不可得所以者何畢竟淨故外空內外空空空大空勝義空有爲空無爲空畢竟空無際空散無散空本性空自共相空一切法空不可得空無性空自性空無性自性空亦無所有不可得故乘大乘者亦不可得所以者何畢竟淨故善現四念住無所有不可得故乘大乘者亦不可得所以者何畢竟淨故四正斷四神足五根五力七等覺支八聖道支亦無所有不可得故乘大乘者亦不可得所以者何畢竟淨故善現乃至佛十力無所有不可得故乘大乘者亦不可得所以者何畢竟淨故四無所畏四無礙解大慈大悲大喜大捨十八佛不共法亦無所有不可得故乘大乘者亦不可得所以者何畢竟淨故善現預流者無所有不可得故乘大乘者亦不可得所以者何畢竟淨故一來不還阿羅漢獨覺菩薩如來亦無所有不可得故乘大乘者亦不可得所以者何畢竟淨故善現預流果無所有不可得故乘大乘者亦不可得所以者何畢竟淨故一來不還阿羅漢果獨覺菩提一切菩薩摩訶薩行諸佛無上正等菩提亦無所有不可得故乘大乘者亦不可得所以者何畢竟淨故善現一切智無所有不可得故乘大乘者亦不可得所以者何畢竟淨故道相智一切相智亦無所有不可得故乘大乘者亦不可得所以者何畢竟淨故善現無生無滅無染無淨無相無爲無所有不可得故乘大乘者亦不可

得所以者何畢竟淨故善現前後中際無所有不可得故乘大乘者亦不可得所以者何畢竟淨故善現若往若來無所有不可得故乘大乘者亦不可得所以者何畢竟淨故善現若行若住無所有不可得故乘大乘者亦不可得所以者何畢竟淨故善現若死若生無所有不可得故乘大乘者亦不可得所以者何畢竟淨故善現若增若減無所有不可得故乘大乘者亦不可得所以者何畢竟淨故復次善現此中何法不可得故說不可得善現此中法界不可得故說不可得真如實際不思議界安隱界等亦不可得故說不可得所以者何以法界等非已可得非當可得非現可得畢竟淨故善現布施波羅蜜多不可得故說不可得淨戒乃至般若波羅蜜多亦不可得故說不可得所以者何以布施波羅蜜多等非已可得非當可得非現可得畢竟淨故善現內空不可得故說不可得外空乃至無性自性空亦不可得故說不可得所以者何以內空等非已可得非當可得非現可得畢竟淨故善現四念住不可得故說不可得四正斷乃至八聖道支亦不可得故說不可得所以者何以四念住等非已可得非當可得非現可得畢竟淨故善現乃至佛十力不可得故說不可得四無所畏乃至十八佛不共法亦不可得故說不可得所以者何以佛十力等非已可得非當可得非現可得畢竟淨故善現預流者不可得故說不可得一來乃至如來亦不可得故說不可得所以者何以預流者等非已可得非當可得非現

可得畢竟淨故善現預流果不可得故說不可得一來果乃至諸佛無上正等菩提亦不可得故說不可得所以者何以預流果等非已可得非當可得非現可得畢竟淨故善現無生無滅無染無淨無相無爲不可得故說不可得所以者何以無生等非已可得非當可得非現可得畢竟淨故善現初地不可得故說不可得乃至第十地亦不可得故說不可得所以者何以初地等非已可得非當可得非現可得畢竟淨故善現此中云何十地謂淨觀地種性地第八地具見地薄地離欲地已辦地獨覺地菩薩地如來地是爲十地善現內空中初地不可得故說不可得乃至無性自性空中初地不可得故說不可得內空中第二地乃至第十地不可得故說不可得乃至無性自性空中第二地乃至第十地不可得故說不可得所以者何以於此中初地等非已可得非當可得非現可得畢竟淨故善現內空中成熟有情不可得故說不可得乃至無性自性空中成熟有情不可得故說不可得所以者何以於此中成熟有情非已可得非當可得非現可得畢竟淨故善現內空中嚴淨佛土不可得故說不可得乃至無性自性空中嚴淨佛土不可得故說不可得所以者何以於此中嚴淨佛土非已可得非當可得非現可得畢竟淨故善現內空中五眼不可得故說不可得乃至無性自性空中五眼不可得故說不可得所以者何以於此中五眼非已可得非當可得非現可得畢竟淨故如是善現諸菩薩摩訶薩修行般若

波羅蜜多時雖觀諸法皆無所有都不可得畢竟淨故無乘大乘而出住者然無所得而爲方便乘於大乘從三界生死中出至一切智智中住窮未來際利樂有情

第二分超勝品第二十之一

爾時具壽善現白佛言世尊言大乘大乘者超勝一切世間天人阿素洛等最尊最勝最上最妙世尊如是大乘與虛空等猶如虛空普能容受無量無數無邊有情大乘亦爾普能容受無量無數無邊有情世尊由此緣故菩薩摩訶薩大乘即是一切智智乘世尊又如虛空無來無去無住可見大乘亦爾無來無去無住可見無動無住故名大乘世尊又如虛空前後中際皆不可得大乘亦爾前後中際皆不可得三世平等超出三世故名大乘佛告善現如是如是如汝所說善現諸菩薩摩訶薩大乘者謂六波羅蜜多即是布施淨戒安忍精進靜慮般若波羅蜜多復次善現諸菩薩摩訶薩大乘者謂內空乃至無性自性空復次善現諸菩薩摩訶薩大乘者謂一切陀羅尼門一切三摩地門及諸三摩地即是健行三摩地乃至無染著如虛空三摩地復次善現諸菩薩摩訶薩大乘者謂四念住乃至十八佛不共法善現如是等無量無數無邊功德當知皆是菩薩摩訶薩大乘復次善現汝說大乘超勝一切世間天人阿素洛等最尊最勝最上最妙者如是如是如汝所說善現此中何等說名一切世間天人阿素洛等所謂欲界色無色界善現若欲界是真如非虛妄無變異不顛倒是實是諦如所

有性一切常恒無變無易有實性者則此大乘非尊非勝非上非妙不能超勝一切世間天人阿素洛等善現以欲界是所計是假合有遷動乃至一切無常無恒有變有易都無實性故此大乘是尊是勝是上是妙超勝一切世間天人阿素洛等善現若色無色界是真如非虛妄無變異不顛倒是實是諦如所有性一切常恒無變無易有實性者則此大乘非尊非勝非上非妙不能超勝一切世間天人阿素洛等善現以色無色界是所計是假合有遷動乃至一切無常無恒有變有易都無實性故此大乘是尊是勝是上是妙超勝一切世間天人阿素洛等復次善現若色是真如非虛妄無變異不顛倒是實是諦如所有性一切常恒無變無易有實性者則此大乘非尊非勝非上非妙不能超勝一切世間天人阿素洛等善現以色是所計是假合有遷動乃至一切無常無恒有變有易都無實性故此大乘是尊是勝是上是妙超勝一切世間天人阿素洛等善現若受想行識是真如非虛妄無變異不顛倒是實是諦如所有性一切常恒無變無易有實性者則此大乘非尊非勝非上非妙不能超勝一切世間天人阿素洛等善現以受想行識是所計是假合有遷動乃至一切無常無恒有變有易都無實性故此大乘是尊是勝是上是妙超勝一切世間天人阿素洛等復次善現若眼處是真如非虛妄無變異不顛倒是實是諦如所有性一切常恒無變無易有實性者則此大乘非尊非勝非上非妙不能超勝一切

世間天人阿素洛等善現以眼處是所計是假合有遷動乃至一切無常無恒有變有易都無實性故此大乘是尊是勝是上是妙超勝一切世間天人阿素洛等善現若耳鼻舌身意處是真如非虛妄無變異不顛倒是實是諦如所有性一切常恒無變無異有實性者則此大乘非尊非勝非上非妙不能超勝一切世間天人阿素洛等善現以耳鼻舌身意處是所計是假合有遷動乃至一切無常無恒有變有易都無實性故此大乘是尊是勝是上是妙超勝一切世間天人阿素洛等復次善現若色處是真如非虛妄無變異不顛倒是實是諦如所有性一切常恒無變無易有實性者則此大乘非尊非勝非上非妙不能超勝一切世間天人阿素洛等善現以色處是所計是假合有遷動乃至一切無常無恒有變有易都無實性故此大乘是尊是勝是上是妙超勝一切世間天人阿素洛等善現若聲香味觸法處是真如非虛妄無變異不顛倒是實是諦如所有性一切常恒無變無易有實性者則此大乘非尊非勝非上非妙不能超勝一切世間天人阿素洛等善現以聲香味觸法處是所計是假合有遷動乃至一切無常無恒有變有易都無實性故此大乘是尊是勝是上是妙超勝一切世間天人阿素洛等復次善現若眼界是真如非虛妄無變異不顛倒是實是諦如所有性一切常恒無變無易有實性者則此大乘非尊非勝非上非妙不能超勝一切世間天人阿素洛等善現以眼界是所計是假合有遷動

乃至一切無常無恒有變有易都無實性故此大乘是尊是勝是上是妙超勝一切世間天人阿素洛等善現若耳鼻舌身意界是真如非虛妄無變異不顛倒是實是諦如所有性一切常恒無變無易有實性者則此大乘非尊非勝非上非妙不能超勝一切世間天人阿素洛等善現以耳鼻舌身意界是所計是假合有遷動乃至一切無常無恒有變有易都無實性故此大乘是尊是勝是上是妙超勝一切世間天人阿素洛等復次善現若色界是真如非虛妄無變異不顛倒是實是諦如所有性一切常恒無變無易有實性者則此大乘非尊非勝非上非妙不能超勝一切世間天人阿素洛等善現以色界是所計是假合有遷動乃至一切無常無恒有變有易都無實性故此大乘是尊是勝是上是妙超勝一切世間天人阿素洛等善現若聲香味觸法界是真如非虛妄無變異不顛倒是實是諦如所有性一切常恒無變無易有實性者則此大乘非尊非勝非上非妙不能超勝一切世間天人阿素洛等善現以聲香味觸法界是所計是假合有遷動乃至一切無常無恒有變有易都無實性故此大乘是尊是勝是上是妙超勝一切世間天人阿素洛等復次善現若眼識界是真如非虛妄無變異不顛倒是實是諦如所有性一切常恒無變無易有實性者則此大乘非尊非勝非上非妙不能超勝一切世間天人阿素洛等善現以眼識界是所計是假合有遷動乃至一切無常無恒有變有易都無實性故此大乘

是尊是勝是上是妙超勝一切世間天人阿素洛等善現若耳鼻舌身意識界是真如非虛妄無變異不顛倒是實是諦如所有性一切常恒無變無易有實性者則此大乘非尊非勝非上非妙不能超勝一切世間天人阿素洛等善現以耳鼻舌身意識界是所計是假合有遷動乃至一切無常無恒有變有易都無實性故此大乘是尊是勝是上是妙超勝一切世間天人阿素洛等復次善現若眼觸是真如非虛妄無變異不顛倒是實是諦如所有性一切常恒無變無易有實性者則此大乘非尊非勝非上非妙不能超勝一切世間天人阿素洛等善現以眼觸是所計是假合有遷動乃至一切無常無恒有變有易都無實性故此大乘是尊是勝是上是妙超

勝一切世間天人阿素洛等善現若耳鼻舌身意觸是真如非虛妄無變異不顛倒是實是諦如所有性一切常恒無變無易有實性者則此大乘非尊非勝非上非妙不能超勝一切世間天人阿素洛等善現以耳鼻舌身意觸是所計是假合有遷動乃至一切無常無恒有變有易都無實性故此大乘是尊是勝是上是妙超勝一切世間天人阿素洛等復次善現若眼觸爲緣所生諸受是真如非虛妄無變異不顛倒是實是諦如所有性一切常恒無變無易有實性者則此大乘非尊非勝非上非妙不能超勝一切世間天人阿素洛等善現以眼觸爲緣所生諸受是所計是假合有遷動乃至一切無常無恒有變有易都無實性故此大乘是尊是勝是上是妙

超勝一切世間天人阿素洛等善現若耳鼻舌身意觸為緣所生諸受是真如非虛妄無變異不顛倒是實是諦如所有性一切常恒無變無易有實性者則此大乘非尊非勝非上非妙不能超勝一切世間天人阿素洛等善現以耳鼻舌身意觸為緣所生諸受是所計是假合有遷動乃至一切無常無恒有變有易都無實性故此大乘是尊是勝是上是妙超勝一切世間天人阿素洛等復次善現若法界是實有非非有者則此大乘非尊非勝非上非妙不能超勝一切世間天人阿素洛等善現以法界非實有是非有性故此大乘是尊是勝是上是妙超勝一切世間天人阿素洛等善現若真如實際不思議界安隱界等是實有非非有者則此大乘非尊非勝非上非妙不能超勝一切世間天人阿素洛等善現以真如實際不思議界安隱界等非實有是非有性故此大乘是尊是勝是上是妙超勝一切世間天人阿素洛等復次善現若布施波羅蜜多是實有非非有者則此大乘非尊非勝非上非妙不能超勝一切世間天人阿素洛等善現以布施波羅蜜多非實有是非有性故此大乘是尊是勝是上是妙超勝一切世間天人阿素洛等善現若淨戒安忍精進靜慮般若波羅蜜多是實有非非有者則此大乘非尊非勝非上非妙不能超勝一切世間天人阿素洛等善現以淨戒安忍精進靜慮般若波羅蜜多非實有是非有性故此大乘是尊是勝是上是妙超勝一切世間天人阿素洛等復次善現若內空是實

有非非有者則此大乘非尊非勝非上非妙不能超勝一切世間天人阿素洛等善現以內空非實有是非有性故此大乘是尊是勝是上是妙超勝一切世間天人阿素洛等善現若外空內外空空空大空勝義空有爲空無爲空畢竟空無際空散無散空本性空自共相空一切法空不可得空無性空自性空無性自性空是實有非非有者則此大乘非尊非勝非上非妙不能超勝一切世間天人阿素洛等善現以外空乃至無性自性空非實有是非有性故此大乘是尊是勝是上是妙超勝一切世間天人阿素洛等復次善現若四念住是實有非非有者則此大乘非尊非勝非上非妙不能超勝一切世間天人阿素洛等善現以四念住非實有是非有性故此大乘是尊是勝是上是妙超勝一切世間天人阿素洛等善現若四正斷四神足五根五力七等覺支八聖道支是實有非非有者則此大乘非尊非勝非上非妙不能超勝一切世間天人阿素洛等善現以四正斷乃至八聖道支非實有是非有性故此大乘是尊是勝是上是妙超勝一切世間天人阿素洛等復次善現乃至若佛十力是實有非非有者則此大乘非尊非勝非上非妙不能超勝一切世間天人阿素洛等善現以佛十力非實有是非有性故此大乘是尊是勝是上是妙超勝一切世間天人阿素洛等善現若四無所畏四無礙解大慈大悲大喜大捨十八佛不共法是實有非非有者則此大乘非尊非勝非上非妙不能超勝一切世間天人阿

素洛等善現以四無所畏乃至十八佛不共法非實有是非有性故此大乘是尊是勝是上是妙超勝一切世間天人阿素洛等

大般若波羅蜜多經卷第四百一十七

大般若波羅蜜多經卷第四百一十八

唐三藏法師玄奘奉詔譯

第二分超勝品第二十之二

復次善現若種性法是實有非非有者則此大乘非尊非勝非上非妙不能超勝一切世間天人阿素洛等善現以種性法非實有是非有性故此大乘是尊是勝是上是妙超勝一切世間天人阿素洛等善現若第八法預流法一來法不還法阿羅漢法獨覺法菩薩法如來法是實有非非有者則此大乘非尊非勝非上非妙不能超勝一切世間天人阿素洛等善現以第八法乃至如來法非實有是非有性故此大乘是尊是勝是上是妙超勝一切世間天人阿素洛等復次善現若種性補特伽羅是實有非非有者則此大乘非尊非勝非上非妙不能超勝一切世間天人阿素洛等善現以種性補特伽羅非實有是非有性故此大乘是尊是勝是上是妙超勝一切世間天人阿素洛等善現若第八預流一來不還阿羅漢獨覺菩薩如來補特伽羅是實有非非有者則此大乘非尊非勝非上非妙不能超勝一切世間天人阿素洛等善現以第八乃至如來補特伽羅非實有是非有性故此大乘是尊是勝是上是妙超勝一切世間天人阿素洛等復次善現若一切世間天人阿素洛等是實有非非有者則此大乘非尊非勝非上非妙不能超勝一切世間天人阿素洛等善現以一切世間天人阿素洛等非實有是非有性故此大乘是尊是勝是上是妙超勝一切世間天人阿素洛等復

次善現若菩薩摩訶薩從初發心乃至安坐妙菩提座其中所超無量種心是實有非非有者則此大乘非尊非勝非上非妙不能超勝一切世間天人阿素洛等善現以菩薩摩訶薩從初發心乃至安坐妙菩提座其中所超無量種心非實有是非有性故此大乘是尊是勝是上是妙超勝一切世間天人阿素洛等復次善現若菩薩摩訶薩金剛喻智是實有非非有者則此大乘非尊非勝非上非妙不能超勝一切世間天人阿素洛等善現以菩薩摩訶薩金剛喻智非實有是非有性故此大乘是尊是勝是上是妙超勝一切世間天人阿素洛等復次善現若菩薩摩訶薩金剛喻智是實有非非有者則菩薩摩訶薩不應用此金剛喻智達一切法自性皆空永斷一切煩惱習氣相續證得一切智智亦不能超勝一切世間天人阿素洛等善現以菩薩摩訶薩金剛喻智非實有是非有性故諸菩薩摩訶薩用此金剛喻智達一切法自性皆空永斷一切煩惱習氣相續證得一切智智亦能超勝一切世間天人阿素洛等復次善現若諸如來應正等覺三十二大士相八十隨好所莊嚴身是實有非非有者則諸如來應正等覺威光妙德不能超勝一切世間天人阿素洛等善現以諸如來應正等覺三十二大士相八十隨好所莊嚴身非實有是非有性故諸如來應正等覺威光妙德超勝一切世間天人阿素洛等復次善現若諸如來應正等覺所放光明是實有非非有者則諸如來應正等覺所放光明不能普照十方

各如殑伽沙界亦不能超勝一切世間天人阿素洛等善現以諸如來應正等覺所放光明非實有是非有性故諸如來應正等覺所放光明皆能普照十方各如殑伽沙界亦能超勝一切世間天人阿素洛等復次善現若諸如來應正等覺所具六十美妙支音是實有非非有者則諸如來應正等覺所具六十美妙支音不能遍告十方無量無數世界所化有情亦不能超勝一切世間天人阿素洛等善現以諸如來應正等覺所具六十美妙支音非實有是非有性故諸如來應正等覺所具六十美妙支音皆能遍告十方無量無數世界所化有情亦能超勝一切世間天人阿素洛等復次善現若諸如來應正等覺所轉法輪是實有非非有者則諸如來應正等覺所轉法輪非極清淨亦非一切世間沙門婆羅門等所不能轉亦不能超勝一切世間天人阿素洛等善現以諸如來應正等覺所轉法輪非實有是非有性故諸如來應正等覺所轉法輪最極清淨一切世間沙門婆羅門等皆無有能如法轉者亦能超勝一切世間天人阿素洛等復次善現若諸如來應正等覺所化有情是實有非非有者則諸如來應正等覺所轉法輪不能令彼諸有情類於無餘依妙涅槃界而般涅槃亦不能超勝一切世間天人阿素洛等善現以諸如來應正等覺所化有情非實有是非有性故諸如來應正等覺所轉法輪皆能令彼諸有情類於無餘依妙涅槃界而般涅槃亦能超勝一切世間天人阿素洛等善現由如是等種種因

緣故說大乘是尊是勝是上是妙超勝一切世間天人阿素洛等

第二分無所有品第二十一之一

復次善現汝說大乘與虛空等者如是如是如汝所說所以者何善現譬如虛空東西南北四維上下一切方分皆不可得大乘亦爾東西南北四維上下一切方分皆不可得故說大乘與虛空等善現又如虛空長短高下方圓邪正一切形色皆不可得大乘亦爾長短高下方圓邪正一切形色皆不可得故說大乘與虛空等善現又如虛空青黃赤白紅紫碧綠縹等顯色皆不可得大乘亦爾青黃赤白紅紫碧綠縹等顯色皆不可得故說大乘與虛空等善現又如虛空非過去非未來非現在大乘亦爾非過去非未來非現在故說大乘與虛空等善現又如虛空非增非減非進非退大乘亦爾非增非減非進非退故說大乘與虛空等善現又如虛空非染非淨大乘亦爾非染非淨故說大乘與虛空等善現又如虛空無生無滅無住無異大乘亦爾無生無滅無住無異故說大乘與虛空等善現又如虛空非善非非善非有記非無記大乘亦爾非善非非善非有記非無記故說大乘與虛空等善現又如虛空無見無聞無覺無知大乘亦爾無見無聞無覺無知故說大乘與虛空等善現又如虛空非所知非所達非遍知非永斷非作證非修習大乘亦爾非所知非所達非遍知非永斷非作證非修習故說大乘與虛空等善現又如虛空非果非有果法非異熟非有異熟法大乘亦爾非果

非有果法非異熟非有異熟法故說大乘與虛空等善現又如虛空非有貪法非離貪法非有瞋法非離瞋法非有癡法非離癡法大乘亦爾非有貪法非離貪法非有瞋法非離瞋法非有癡法非離癡法故說大乘與虛空等善現又如虛空非有初發心可得乃至非有第十發心可得大乘亦爾非有初發心可得乃至非有第十發心可得故說大乘與虛空等善現又如虛空非有淨觀地種性地第八地具見地薄地離欲地已辦地獨覺地菩薩地如來地可得大乘亦爾非有淨觀地乃至如來地可得故說大乘與虛空等善現又如虛空非墮欲界非墮色界非墮無色界大乘亦爾非墮欲界非墮色界非墮無色界故說大乘與虛空等善現又如虛空非有預流

向預流果一來向一來果不還向不還果阿羅漢向阿羅漢果獨覺向獨覺果菩薩如來可得大乘亦爾非有預流向乃至如來可得故說大乘與虛空等善現又如虛空非有聲聞地獨覺地菩薩地如來地可得大乘亦爾非有聲聞地獨覺地菩薩地如來地可得故說大乘與虛空等善現又如虛空非有色非無色非有見非無見非有對非無對非相應非不相應大乘亦爾非有色非無色非有見非無見非有對非無對非相應非不相應故說大乘與虛空等善現又如虛空非常非無常非樂非苦非我非無我非淨非不淨大乘亦爾非常非無常非樂非苦非我非無我非淨非不淨故說大乘與虛空等善現又如虛空非空非不空非有相非無相非有願非無

願大乘亦爾非空非不空非有相非無相非有願非無願故說大乘與虛空等善現又如虛空非寂靜非不寂靜非遠離非不遠離大乘亦爾非寂靜非不寂靜非遠離非不遠離故說大乘與虛空等善現又如虛空非闇非明大乘亦爾非闇非明故說大乘與虛空等善現又如虛空非可得非不可得大乘亦爾非可得非不可得故說大乘與虛空等善現又如虛空非蘊界處非離蘊界處大乘亦爾非蘊界處非離蘊界處故說大乘與虛空等善現又如虛空非可說非不可說大乘亦爾非可說非不可說故說大乘與虛空等善現由如是等種種因緣故說大乘與虛空等復次善現汝說猶如虛空普能容受無量無數無邊有情大乘亦爾普能容受無量無數無邊有情者如是如是如汝所說所以者何善現有情無所有故當知虛空亦無所有虛空無所有故當知大乘亦無所有由此因緣故說大乘普能容受無量無數無邊有情何以故善現若有情若虛空若大乘如是一切皆無所有不可得故復次善現有情無量無數無邊故當知虛空亦無量無數無邊虛空無量無數無邊故當知大乘亦無量無數無邊由此因緣故說大乘普能容受無量無數無邊有情何以故善現若有情無量無數無邊若虛空無量無數無邊若大乘無量無數無邊如是一切皆無所有不可得故復次善現有情無所有故當知虛空亦無所有虛空無所有故當知大乘亦無所有大乘無所有故當知無量亦無所有無量無所有故當知無

數亦無所有無數無所有故當知無邊亦無所有無邊無所有故當知一切法亦無所有由此因緣故說大乘普能容受無量無數無邊有情何以故善現若有情若虛空若大乘若無量若無數若無邊若一切法如是一切皆無所有不可得故復次善現我無所有故當知有情亦無所有有情無所有故當知命者亦無所有命者無所有故當知生者亦無所有生者無所有故當知養者亦無所有養者無所有故當知士夫亦無所有士夫無所有故當知補特伽羅亦無所有補特伽羅無所有故當知意生亦無所有意生無所有故當知儒童亦無所有儒童無所有故當知作者亦無所有作者無所有故當知受者亦無所有受者無所有故當知知者亦無所有知者無所有故當知見者亦無所有見者無所有故當知虛空亦無所有虛空無所有故當知大乘亦無所有大乘無所有故當知無量亦無所有無量無所有故當知無數亦無所有無數無所有故當知無邊亦無所有無邊無所有故當知一切法亦無所有由此因緣故說大乘普能容受無量無數無邊有情何以故善現若我乃至見者若虛空若大乘若無量若無數若無邊若一切法如是一切皆無所有不可得故復次善現我乃至見者無所有故當知法界亦無所有法界無所有故當知虛空亦無所有虛空無所有故當知大乘亦無所有大乘無所有故當知無量亦無所有無量無所有故當知無數亦無所有無數無所有故當知無邊亦無所有無邊無所

有故當知一切法亦無所有由此因緣故說大乘普能容受無量無數無邊有情何以故善現若我乃至見者若法界若虛空若大乘若無量若無數若無邊若一切法如是一切皆無所有不可得故復次善現我乃至見者無所有故當知真如實際不思議界安隱界等展轉亦無所有真如實際不思議界安隱界等無所有故當知虛空亦無所有虛空無所有故當知大乘亦無所有大乘無所有故當知無量亦無所有無量無所有故當知無數亦無所有無數無所有故當知無邊亦無所有無邊無所有故當知一切法亦無所有由此因緣故說大乘普能容受無量無數無邊有情何以故善現若我乃至見者若真如實際不思議界安隱界等若虛空若大乘若無量若無數若無邊若一切法如是一切皆無所有不可得故復次善現我乃至見者無所有故當知色亦無所有色無所有故當知虛空亦無所有虛空無所有故當知大乘亦無所有大乘無所有故當知無量亦無所有無量無所有故當知無數亦無所有無數無所有故當知無邊亦無所有無邊無所有故當知一切法亦無所有由此因緣故說大乘普能容受無量無數無邊有情何以故善現若我乃至見者若色若虛空若大乘若無量若無數若無邊若一切法如是一切皆無所有不可得故復次善現我乃至見者無所有故當知受想行識展轉亦無所有受想行識無所有故當知虛空亦無所有虛空無所有故當知大乘亦無所有大乘無所有故當知

無量亦無所有無量無所有故當知無數亦無所有無數無所有故當知無邊亦無所有無邊無所有故當知一切法亦無所有由此因縁故說大乘普能容受無量無數無邊有情何以故善現若我乃至見者若受想行識若虚空若大乘若無量若無數若無邊若一切法如是一切皆無所有不可得故復次善現我乃至見者無所有故當知眼處亦無所有眼處無所有故當知虚空亦無所有虚空無所有故當知大乘亦無所有大乘無所有故當知無量亦無所有無量無所有故當知無數亦無所有無數無所有故當知無邊亦無所有無邊無所有故當知一切法亦無所有由此因縁故說大乘普能容受無量無數無邊有情何以故善現若我乃至見者若眼處若虚空若大乘若無量若無數若無邊若一切法如是一切皆無所有不可得故復次善現我乃至見者無所有故當知耳鼻舌身意處展轉亦無所有耳鼻舌身意處無所有故當知虚空亦無所有虚空無所有故當知大乘亦無所有大乘無所有故當知無量亦無所有無量無所有故當知無數亦無所有無數無所有故當知無邊亦無所有無邊無所有故當知一切法亦無所有由此因縁故說大乘普能容受無量無數無邊有情何以故善現若我乃至見者若耳鼻舌身意處若虚空若大乘若無量若無數若無邊若一切法如是一切皆無所有不可得故復次善現我乃至見者無所有故當知色處亦無所有色處無所有故當知虚空亦無所有虚空無

所有故當知大乘亦無所有大乘無所有故當知無量亦無所有無量無所有故當知無數亦無所有無數無所有故當知無邊亦無所有無邊無所有故當知一切法亦無所有由此因緣故說大乘普能容受無量無數無邊有情何以故善現若我乃至見者若色處若虛空若大乘若無量若無數若無邊若一切法如是一切皆無所有不可得故復次善現我乃至見者無所有故當知聲香味觸法處展轉亦無所有聲香味觸法處無所有故當知虛空亦無所有虛空無所有故當知大乘亦無所有大乘無所有故當知無量亦無所有無量無所有故當知無數亦無所有無數無所有故當知無邊亦無所有無邊無所有故當知一切法亦無所有由此因緣故說大乘普能容受無量無數無邊有情何以故善現若我乃至見者若聲香味觸法處若虛空若大乘若無量若無數若無邊若一切法如是一切皆無所有不可得故復次善現我乃至見者無所有故當知眼界亦無所有眼界無所有故當知虛空亦無所有虛空無所有故當知大乘亦無所有大乘無所有故當知無量亦無所有無量無所有故當知無數亦無所有無數無所有故當知無邊亦無所有無邊無所有故當知一切法亦無所有由此因緣故說大乘普能容受無量無數無邊有情何以故善現若我乃至見者若眼界若虛空若大乘若無量若無數若無邊若一切法如是一切皆無所有不可得故復次善現我乃至見者無所有故當知耳鼻舌身意界

展轉亦無所有耳鼻舌身意界無所有故當知虛空亦無所有虛空無所有故當知大乘亦無所有大乘無所有故當知無量亦無所有無量無所有故當知無數亦無所有無數無所有故當知無邊亦無所有無邊無所有故當知一切法亦無所有由此因緣故說大乘普能容受無量無數無邊有情何以故善現若我乃至見者若耳鼻舌身意界若虛空若大乘若無量若無數若無邊若一切法如是一切皆無所有不可得故復次善現我乃至見者無所有故當知色界亦無所有色界無所有故當知虛空亦無所有虛空無所有故當知大乘亦無所有大乘無所有故當知無量亦無所有無量無所有故當知無數亦無所有無數無所有故當知無邊亦無所有

無邊無所有故當知一切法亦無所有由此因緣故說大乘普能容受無量無數無邊有情何以故善現若我乃至見者若色界若虛空若大乘若無量若無數若無邊若一切法如是一切皆無所有不可得故復次善現我乃至見者無所有故當知聲香味觸法界展轉亦無所有聲香味觸法界無所有故當知虛空亦無所有虛空無所有故當知大乘亦無所有大乘無所有故當知無量亦無所有無量無所有故當知無數亦無所有無數無所有故當知無邊亦無所有無邊無所有故當知一切法亦無所有由此因緣故說大乘普能容受無量無數無邊有情何以故善現若我乃至見者若聲香味觸法界若虛空若大乘若無量若無數若無邊若一切法如是

一切皆無所有不可得故復次善現我乃至見者無所有故當知眼識界亦無所有眼識界無所有故當知虛空亦無所有虛空無所有故當知大乘亦無所有大乘無所有故當知無量亦無所有無量無所有故當知無數亦無所有無數無所有故當知無邊亦無所有無邊無所有故當知一切法亦無所有由此因緣故說大乘普能容受無量無數無邊有情何以故善現若我乃至見者若眼識界若虛空若大乘若無量若無數若無邊若一切法如是一切皆無所有不可得故復次善現我乃至見者無所有故當知耳鼻舌身意識界展轉亦無所有耳鼻舌身意識界無所有故當知虛空亦無所有虛空無所有故當知大乘亦無所有大乘無所有故當知無量亦無所有無量無所有故當知無數亦無所有無數無所有故當知無邊亦無所有無邊無所有故當知一切法亦無所有由此因緣故說大乘普能容受無量無數無邊有情何以故善現若我乃至見者若耳鼻舌身意識界若虛空若大乘若無量若無數若無邊若一切法如是一切皆無所有不可得故復次善現我乃至見者無所有故當知眼觸亦無所有眼觸無所有故當知虛空亦無所有虛空無所有故當知大乘亦無所有大乘無所有故當知無量亦無所有無量無所有故當知無數亦無所有無數無所有故當知無邊亦無所有無邊無所有故當知一切法亦無所有由此因緣故說大乘普能容受無量無數無邊有情何以故善現若我乃至見者若

眼觸若虛空若大乘若無量若無數若無邊若一切法如是一切皆無所有不可得故復次善現我乃至見者無所有故當知耳鼻舌身意觸展轉亦無所有耳鼻舌身意觸無所有故當知虛空亦無所有虛空無所有故當知大乘亦無所有大乘無所有故當知無量亦無所有無量無所有故當知無數亦無所有無數無所有故當知無邊亦無所有無邊無所有故當知一切法亦無所有由此因緣故說大乘普能容受無量無數無邊有情何以故善現若我乃至見者若耳鼻舌身意觸若虛空若大乘若無量若無數若無邊若一切法如是一切皆無所有不可得故復次善現我乃至見者無所有故當知眼觸爲緣所生諸受亦無所有眼觸爲緣所生諸受無所有故當知虛空亦無所有虛空無所有故當知大乘亦無所有大乘無所有故當知無量亦無所有無量無所有故當知無數亦無所有無數無所有故當知無邊亦無所有無邊無所有故當知一切法亦無所有由此因緣故說大乘普能容受無量無數無邊有情何以故善現若我乃至見者若眼觸爲緣所生諸受若虛空若大乘若無量若無數若無邊若一切法如是一切皆無所有不可得故復次善現我乃至見者無所有故當知耳鼻舌身意觸爲緣所生諸受展轉亦無所有耳鼻舌身意觸爲緣所生諸受無所有故當知虛空亦無所有虛空無所有故當知大乘亦無所有大乘無所有故當知無量亦無所有無量無所有故當知無數亦無所有無數無所

有故當知無邊亦無所有無邊無所有故當知一切法亦無所有由此因緣故說大乘普能容受無量無數無邊有情何以故善現若我乃至見者若耳鼻舌身意觸爲緣所生諸受若虛空若大乘若無量若無數若無邊若一切法如是一切皆無所有不可得故復次善現我乃至見者無所有故當知布施波羅蜜多亦無所有布施波羅蜜多無所有故當知虛空亦無所有虛空無所有故當知大乘亦無所有大乘無所有故當知無量亦無所有無量無所有故當知無數亦無所有無數無所有故當知無邊亦無所有無邊無所有故當知一切法亦無所有由此因緣故說大乘普能容受無量無數無邊有情何以故善現若我乃至見者若布施波羅蜜多若虛空若大乘若無量若無數若無邊若一切法如是一切皆無所有不可得故復次善現我乃至見者無所有故當知淨戒安忍精進靜慮般若波羅蜜多展轉亦無所有淨戒安忍精進靜慮般若波羅蜜多無所有故當知虛空亦無所有虛空無所有故當知大乘亦無所有大乘無所有故當知無量亦無所有無量無所有故當知無數亦無所有無數無所有故當知無邊亦無所有無邊無所有故當知一切法亦無所有由此因緣故說大乘普能容受無量無數無邊有情何以故善現若我乃至見者若淨戒安忍精進靜慮般若波羅蜜多若虛空若大乘若無量若無數若無邊若一切法如是一切皆無所有不可得故復次善現我乃至見者無所有故當知內空亦

無所有內空無所有故當知虛空亦無所有虛空無所有故當知大乘亦無所有大乘無所有故當知無量亦無所有無量無所有故當知無數亦無所有無數無所有故當知無邊亦無所有無邊無所有故當知一切法亦無所有由此因緣故說大乘普能容受無量無數無邊有情何以故善現若我乃至見者若內空若虛空若大乘若無量若無數若無邊若一切法如是一切皆無所有不可得故復次善現我乃至見者無所有故當知外空內外空空空大空勝義空有爲空無爲空畢竟空無際空散無散空本性空自共相空一切法空不可得空無性空自性空無性自性空展轉亦無所有外空乃至無性自性空無所有故當知虛空亦無所有虛空無所有故當知大乘亦無所有大乘無所有故當知無量亦無所有無量無所有故當知無數亦無所有無數無所有故當知無邊亦無所有無邊無所有故當知一切法亦無所有由此因緣故說大乘普能容受無量無數無邊有情何以故善現若我乃至見者若外空乃至無性自性空若虛空若大乘若無量若無數若無邊若一切法如是一切皆無所有不可得故復次善現我乃至見者無所有故當知四念住亦無所有四念住無所有故當知虛空亦無所有虛空無所有故當知大乘亦無所有大乘無所有故當知無量亦無所有無量無所有故當知無數亦無所有無數無所有故當知無邊亦無所有無邊無所有故當知一切法亦無所有由此因緣故說大乘普能

容受無量無數無邊有情何以故善現若我乃至見者若四念住若虚空若大乘若無量若無數若無邊若一切法如是一切皆無所有不可得故復次善現我乃至見者無所有故當知四正斷四神足五根五力七等覺支八聖道支展轉亦無所有四正斷乃至八聖道支無所有故當知虚空亦無所有虚空無所有故當知大乘亦無所有大乘無所有故當知無量亦無所有無量無所有故當知無數亦無所有無數無所有故當知無邊亦無所有無邊無所有故當知一切法亦無所有由此因縁故説大乘普能容受無量無數無邊有情何以故善現若我乃至見者若四正斷乃至八聖道支若虚空若大乘若無量若無數若無邊若一切法如是一切皆無所有不可得故

大般若波羅蜜多經卷第四百一十八

大般若波羅蜜多經卷第四百一十九

唐三藏法師玄奘奉詔譯

第二分無所有品第二十一之二

復次善現我乃至見者無所有故當知乃至佛十力亦無所有佛十力無所有故當知虛空亦無所有虛空無所有故當知大乘亦無所有大乘無所有故當知無量亦無所有無量無所有故當知無數亦無所有無數無所有故當知無邊亦無所有無邊無所有故當知一切法亦無所有由此因緣故說大乘普能容受無量無數無邊有情何以故善現若我乃至見者若佛十力若虛空若大乘若無量若無數若無邊若一切法如是一切皆無所有不可得故復次善現我乃至見者無所有故當知四無所畏四無礙解大慈大悲大喜大捨十八佛不共法展轉亦無所有四無所畏乃至十八佛不共法無所有故當知虛空亦無所有虛空無所有故當知大乘亦無所有大乘無所有故當知無量亦無所有無量無所有故當知無數亦無所有無數無所有故當知無邊亦無所有無邊無所有故當知一切法亦無所有由此因緣故說大乘普能容受無量無數無邊有情何以故善現若我乃至見者若四無所畏乃至十八佛不共法若虛空若大乘若無量若無數若無邊若一切法如是一切皆無所有不可得故復次善現我乃至見者無所有故當知種性法亦無所有種性法無所有故當知虛空亦無所有虛空無所有故當知大乘亦無所有大乘無所有故當知無量亦無所有無量無所有

故當知無數亦無所有無數無所有故當知無邊亦無所有無邊無所有故當知一切法亦無所有由此因緣故說大乘普能容受無量無數無邊有情何以故善現若我乃至見者若種性法若虛空若大乘若無量若無數若無邊若一切法如是一切皆無所有不可得故復次善現我乃至見者無所有故當知第八法預流法一來法不還法阿羅漢法獨覺法菩薩法如來法展轉亦無所有第八法乃至如來法無所有故當知虛空亦無所有虛空無所有故當知大乘亦無所有大乘無所有故當知無量亦無所有無量無所有故當知無數亦無所有無數無所有故當知無邊亦無所有無邊無所有故當知一切法亦無所有由此因緣故說大乘普能容受無量無數無邊有情何以故善現若我乃至見者若第八法乃至如來法若虛空若大乘若無量若無數若無邊若一切法如是一切皆無所有不可得故復次善現我乃至見者無所有故當知預流亦無所有預流無所有故當知虛空亦無所有虛空無所有故當知大乘亦無所有大乘無所有故當知無量亦無所有無量無所有故當知無數亦無所有無數無所有故當知無邊亦無所有無邊無所有故當知一切法亦無所有由此因緣故說大乘普能容受無量無數無邊有情何以故善現若我乃至見者若預流若虛空若大乘若無量若無數若無邊若一切法如是一切皆無所有不可得故復次善現我乃至見者無所有故當知一來不還阿羅漢獨覺菩薩如

來亦無所有一來乃至如來無所有故當知虛空亦無所有虛空無所有故當知大乘亦無所有大乘無所有故當知無量亦無所有無量無所有故當知無數亦無所有無數無所有故當知無邊亦無所有無邊無所有故當知一切法亦無所有由此因緣故說大乘普能容受無量無數無邊有情何以故善現若我乃至見者若一來乃至如來若虛空若大乘若無量若無數若無邊若一切法如是一切皆無所有不可得故復次善現我乃至見者無所有故當知聲聞亦無所有聲聞無所有故當知獨覺亦無所有獨覺無所有故當知正等覺亦無所有正等覺無所有故當知大乘亦無所有大乘無所有故當知獨覺乘亦無所有獨覺乘無所有故當知聲聞乘

亦無所有聲聞乘無所有故當知如來亦無所有如來無所有故當知一切相智亦無所有一切相智無所有故當知虛空亦無所有虛空無所有故當知大乘亦無所有大乘無所有故當知無量亦無所有無量無所有故當知無數亦無所有無數無所有故當知無邊亦無所有無邊無所有故當知一切法亦無所有由此因緣故說大乘普能容受無量無數無邊有情何以故善現若我乃至見者若聲聞若獨覺若正等覺若大乘若獨覺乘若聲聞乘若如來若一切相智若虛空若大乘若無量若無數若無邊若一切法如是一切皆無所有不可得故復次善現如涅槃界普能容受無量無數無邊有情大乘亦爾普能容受無量無數無邊有情由此因緣故作

是說猶如虛空普能容受無量無數無邊有情大乘亦爾普能容受無量無數無邊有情復次善現汝說又如虛空無來無去無住可見大乘亦爾無來無去無住可見者如是如是如汝所說所以者何善現以一切法無來無去亦復不住何以故善現以一切法若動若住不可得故由此因緣大乘亦無來處去處住處可得所以者何善現色無所從來亦無所去亦無所住受想行識無所從來亦無所去亦無所住善現色本性無所從來亦無所去亦無所住受想行識本性無所從來亦無所去亦無所住善現色真如無所從來亦無所去亦無所住受想行識真如無所從來亦無所去亦無所住善現色自性無所從來亦無所去亦無所住受想行識自性無所從來亦無所去亦無所住善現色自相無所從來亦無所去亦無所住受想行識自相無所從來亦無所去亦無所住何以故善現色乃至識本性真如自性自相若動若住不可得故復次善現眼處無所從來亦無所去亦無所住耳鼻舌身意處無所從來亦無所去亦無所住善現眼處本性無所從來亦無所去亦無所住耳鼻舌身意處本性無所從來亦無所去亦無所住善現眼處真如無所從來亦無所去亦無所住耳鼻舌身意處真如無所從來亦無所去亦無所住善現眼處自性無所從來亦無所去亦無所住耳鼻舌身意處自性無所從來亦無所去亦無所住善現眼處自相無所從來亦無所去亦無所住耳鼻舌身意處自相無所從來亦無所去亦無

所住何以故善現眼處乃至意處本性真如自性自相若動若住不可得故復次善現色處無所從來亦無所去亦無所住聲香味觸法處無所從來亦無所去亦無所住善現色處本性無所從來亦無所去亦無所住聲香味觸法處本性無所從來亦無所去亦無所住善現色處真如無所從來亦無所去亦無所住聲香味觸法處真如無所從來亦無所去亦無所住善現色處自性無所從來亦無所去亦無所住聲香味觸法處自性無所從來亦無所去亦無所住善現色處自相無所從來亦無所去亦無所住聲香味觸法處自相無所從來亦無所去亦無所住何以故善現色處乃至法處本性真如自性自相若動若住不可得故復次善現眼界無所從來亦無所去亦無所住耳鼻舌身意界無所從來亦無所去亦無所住善現眼界本性無所從來亦無所去亦無所住耳鼻舌身意界本性無所從來亦無所去亦無所住善現眼界真如無所從來亦無所去亦無所住耳鼻舌身意界真如無所從來亦無所去亦無所住善現眼界自性無所從來亦無所去亦無所住耳鼻舌身意界自性無所從來亦無所去亦無所住善現眼界自相無所從來亦無所去亦無所住耳鼻舌身意界自相無所從來亦無所去亦無所住何以故善現眼界乃至意界本性真如自性自相若動若住不可得故復次善現色界無所從來亦無所去亦無所住聲香味觸法界無所從來亦無所去亦無所住善現色界本性無所從來亦無所去亦

無所住聲香味觸法界本性無所從來亦無所去亦無所住善現色界真如無所從來亦無所去亦無所住聲香味觸法界真如無所從來亦無所去亦無所住善現色界自性無所從來亦無所去亦無所住聲香味觸法界自性無所從來亦無所去亦無所住善現色界自相無所從來亦無所去亦無所住聲香味觸法界自相無所從來亦無所去亦無所住何以故善現色界乃至法界本性真如自性自相若動若住不可得故復次善現眼識界無所從來亦無所去亦無所住耳鼻舌身意識界無所從來亦無所去亦無所住善現眼識界本性無所從來亦無所去亦無所住耳鼻舌身意識界本性無所從來亦無所去亦無所住善現眼識界真如無所從來亦無所去亦無所住耳鼻舌身意識界真如無所從來亦無所去亦無所住善現眼識界自性無所從來亦無所去亦無所住耳鼻舌身意識界自性無所從來亦無所去亦無所住善現眼識界自相無所從來亦無所去亦無所住耳鼻舌身意識界自相無所從來亦無所去亦無所住何以故善現眼識界乃至意識界本性真如自性自相若動若住不可得故復次善現眼觸無所從來亦無所去亦無所住耳鼻舌身意觸無所從來亦無所去亦無所住善現眼觸本性無所從來亦無所去亦無所住耳鼻舌身意觸本性無所從來亦無所去亦無所住善現眼觸真如無所從來亦無所去亦無所住耳鼻舌身意觸真如無所從來亦無所去亦無所住善現眼觸自性無

所從來亦無所去亦無所住耳鼻舌身意觸自性無所從來亦無所去亦無所住善現眼觸自相無所從來亦無所去亦無所住耳鼻舌身意觸自相無所從來亦無所去亦無所住何以故善現眼觸乃至意觸本性真如自性自相若動若住不可得故復次善現眼觸爲緣所生諸受無所從來亦無所去亦無所住耳鼻舌身意觸爲緣所生諸受無所從來亦無所去亦無所住善現眼觸爲緣所生諸受本性無所從來亦無所去亦無所住耳鼻舌身意觸爲緣所生諸受本性無所從來亦無所去亦無所住善現眼觸爲緣所生諸受真如無所從來亦無所去亦無所住耳鼻舌身意觸爲緣所生諸受真如無所從來亦無所去亦無所住善現眼觸爲緣所生諸受自性無所從來亦無所去亦無所住耳鼻舌身意觸爲緣所生諸受自性無所從來亦無所去亦無所住善現眼觸爲緣所生諸受自相無所從來亦無所去亦無所住耳鼻舌身意觸爲緣所生諸受自相無所從來亦無所去亦無所住何以故善現眼觸爲緣所生諸受乃至意觸爲緣所生諸受本性真如自性自相若動若住不可得故復次善現地界無所從來亦無所去亦無所住水火風空識界無所從來亦無所去亦無所住善現地界本性無所從來亦無所去亦無所住水火風空識界本性無所從來亦無所去亦無所住善現地界真如無所從來亦無所去亦無所住水火風空識界真如無所從來亦無所去亦無所住善現地界自性無所從來亦無所去亦

無所住水火風空識界自性無所從來亦無所去亦無所住善現地界自相無所從來亦無所去亦無所住水火風空識界自相無所從來亦無所去亦無所住何以故善現地界乃至識界本性真如自性自相若動若住不可得故復次善現法界無所從來亦無所去亦無所住真如實際不思議界安隱界等無所從來亦無所去亦無所住善現法界本性無所從來亦無所去亦無所住真如實際不思議界安隱界等本性無所從來亦無所去亦無所住善現法界真如無所從來亦無所去亦無所住真如實際不思議界安隱界等真如無所從來亦無所去亦無所住善現法界自性無所從來亦無所去亦無所住真如實際不思議界安隱界等自性無所從來亦

無所去亦無所住善現法界自相無所從來亦無所去亦無所住真如實際不思議界安隱界等自相無所從來亦無所去亦無所住何以故善現法界乃至安隱界等本性真如自性自相若動若住不可得故復次善現布施波羅蜜多無所從來亦無所去亦無所住淨戒安忍精進靜慮般若波羅蜜多無所從來亦無所去亦無所住善現布施波羅蜜多本性無所從來亦無所去亦無所住淨戒安忍精進靜慮般若波羅蜜多本性無所從來亦無所去亦無所住善現布施波羅蜜多真如無所從來亦無所去亦無所住淨戒安忍精進靜慮般若波羅蜜多真如無所從來亦無所去亦無所住善現布施波羅蜜多自性無所從來亦無所去亦無所住淨戒安忍精

進靜慮般若波羅蜜多自性無所從來亦無所去亦無所住善現布施波羅蜜多自相無所從來亦無所去亦無所住淨戒安忍精進靜慮般若波羅蜜多自相無所從來亦無所去亦無所住何以故善現布施波羅蜜多乃至般若波羅蜜多本性真如自性自相若動若住不可得故復次善現四念住無所從來亦無所去亦無所住四正斷四神足五根五力七等覺支八聖道支無所從來亦無所去亦無所住善現四念住本性無所從來亦無所去亦無所住四正斷乃至八聖道支本性無所從來亦無所去亦無所住善現四念住真如無所從來亦無所去亦無所住四正斷乃至八聖道支真如無所從來亦無所去亦無所住善現四念住自性無所從來亦無所去亦無所住四正斷乃至八聖道支自性無所從來亦無所去亦無所住善現四念住自相無所從來亦無所去亦無所住四正斷乃至八聖道支自相無所從來亦無所去亦無所住何以故善現四念住乃至八聖道支本性真如自性自相若動若住不可得故復次善現如是乃至佛十力無所從來亦無所去亦無所住四無所畏四無礙解大慈大悲大喜大捨十八佛不共法無所從來亦無所去亦無所住善現佛十力本性無所從來亦無所去亦無所住四無所畏乃至十八佛不共法本性無所從來亦無所去亦無所住善現佛十力真如無所從來亦無所去亦無所住四無所畏乃至十八佛不共法真如無所從來亦無所去亦無所住善現佛十力自性無

所從來亦無所去亦無所住四無所畏乃至十八佛不共法自性無所從來亦無所去亦無所住善現佛十力自相無所從來亦無所去亦無所住四無所畏乃至十八佛不共法自相無所從來亦無所去亦無所住何以故善現佛十力乃至十八佛不共法本性真如自性自相若動若住不可得故復次善現菩提無所從來亦無所去亦無所住佛陀無所從來亦無所去亦無所住善現菩提本性無所從來亦無所去亦無所住佛陀本性無所從來亦無所去亦無所住善現菩提真如無所從來亦無所去亦無所住佛陀真如無所從來亦無所去亦無所住善現菩提自性無所從來亦無所去亦無所住佛陀自性無所從來亦無所去亦無所住善現菩提自相無所從來亦無所去亦無所住佛陀自相無所從來亦無所去亦無所住何以故善現菩提佛陀本性真如自性自相若動若住不可得故復次善現有爲界無所從來亦無所去亦無所住無爲界無所從來亦無所去亦無所住善現有爲界本性無所所從來無所去亦無所住無爲界本性無所所從來無所去亦無所住善現有爲界真如無所從來亦無所去亦無所住無爲界真如無所從來亦無所去亦無所住善現有爲界自性無所從來亦無所去亦無所住無爲界自性無所從來亦無所去亦無所住善現有爲界自相無所從來亦無所去亦無所住無爲界自相無所從來亦無所去亦無所住何以故善現有爲界無爲界本性真如自性自相若動若住不可

得故善現由此因緣故說大乘無來無去無住可見猶如虛空復次善現汝說又如虛空前後中際皆不可得大乘亦爾前後中際皆不可得三世平等超出三世故名大乘者如是如是如汝所說所以者何善現過去世過去世空未來世未來世空現在世現在世空三世平等三世平等空超出三世超出三世空大乘大乘空菩薩菩薩空何以故善現空無一二三四五等差別之相是故大乘三世平等超出三世善現此大乘中等不等相俱不可得貪離貪相俱不可得瞋離瞋相俱不可得癡離癡相俱不可得慢離慢相俱不可得如是乃至善非善相俱不可得有記無記相俱不可得常無常相俱不可得樂及苦相俱不可得我無我相俱不可得淨不淨相俱不可得欲界出欲界相俱不可得色界出色界相俱不可得無色界出無色界相俱不可得何以故善現此大乘中諸法自性不可得故復次善現過去色過去色空未來現在色未來現在色空過去受想行識過去受想行識空未來現在受想行識未來現在受想行識空善現空中過去色不可得何以故過去色即是空空性亦空空中空尚不可得何況空中有過去色可得善現空中未來現在色不可得何以故未來現在色即是空空性亦空空中空尚不可得何況空中有未來現在色可得善現空中過去受想行識不可得何以故過去受想行識即是空空性亦空空中空尚不可得何況空中有過去受想行識可得善現空中未來現在受想行識不可得何

以故未來現在受想行識即是空空性亦空
空中空尚不可得何況空中有未來現在受
想行識可得復次善現過去眼處過去眼處
空未來現在眼處未來現在眼處空過去耳
鼻舌身意處過去耳鼻舌身意處空未來現
在耳鼻舌身意處未來現在耳鼻舌身意處
空善現空中過去眼處不可得何以故過去
眼處即是空空性亦空空中空尚不可得何
況空中有過去眼處可得善現空中未來現
在眼處不可得何以故未來現在眼處即是
空空性亦空空中空尚不可得何況空中有
未來現在眼處可得善現空中過去耳鼻舌
身意處不可得何以故過去耳鼻舌身意處
即是空空性亦空空中空尚不可得何況空
中有過去耳鼻舌身意處可得善現空中未
來現在耳鼻舌身意處不可得何以故未來
現在耳鼻舌身意處即是空空性亦空空中
空尚不可得何況空中有未來現在耳鼻舌
身意處可得復次善現過去色處過去色處
空未來現在色處未來現在色處空過去聲
香味觸法處過去聲香味觸法處空未來現
在聲香味觸法處未來現在聲香味觸法處
空善現空中過去色處不可得何以故過去
色處即是空空性亦空空中空尚不可得何
況空中有過去色處可得善現空中未來現
在色處不可得何以故未來現在色處即是
空空性亦空空中空尚不可得何況空中有
未來現在色處可得善現空中過去聲香味
觸法處不可得何以故過去聲香味觸法處
即是空空性亦空空中空尚不可得何況空

中有過去聲香味觸法處可得善現空中未來現在聲香味觸法處不可得何以故未來現在聲香味觸法處即是空空性亦空空中空尚不可得何況空中有未來現在聲香味觸法處可得復次善現過去眼界過去眼界空未來現在眼界未來現在眼界空過去耳鼻舌身意界過去耳鼻舌身意界空未來現在耳鼻舌身意界未來現在耳鼻舌身意界空善現空中過去眼界不可得何以故過去眼界即是空空性亦空空中空尚不可得何況空中有過去眼界可得善現空中未來現在眼界不可得何以故未來現在眼界即是空空性亦空空中空尚不可得何況空中有未來現在眼界可得善現空中過去耳鼻舌身意界不可得何以故過去耳鼻舌身意界即是空空性亦空空中空尚不可得何況空中有過去耳鼻舌身意界可得善現空中未來現在耳鼻舌身意界不可得何以故未來現在耳鼻舌身意界即是空空性亦空空中空尚不可得何況空中有未來現在耳鼻舌身意界可得復次善現過去色界過去色界空未來現在色界未來現在色界空過去聲香味觸法界過去聲香味觸法界空未來現在聲香味觸法界未來現在聲香味觸法界空善現空中過去色界不可得何以故過去色界即是空空性亦空空中空尚不可得何況空中有過去色界可得善現空中未來現在色界不可得何以故未來現在色界即是空空性亦空空中空尚不可得何況空中有未來現在色界可得善現空中過去聲香味

觸法界不可得何以故過去聲香味觸法界即是空空性亦空空中空尚不可得何況空中有過去聲香味觸法界可得善現空中未來現在聲香味觸法界不可得何以故未來現在聲香味觸法界即是空空性亦空空中空尚不可得何況空中有未來現在聲香味觸法界可得復次善現過去眼識界過去眼識界空未來現在眼識界未來現在眼識界空過去耳鼻舌身意識界過去耳鼻舌身意識界空未來現在耳鼻舌身意識界未來現在耳鼻舌身意識界空善現空中過去眼識界不可得何以故過去眼識界即是空空性亦空空中空尚不可得何況空中有過去眼識界可得善現空中未來現在眼識界不可得何以故未來現在眼識界即是空空性亦空空中空尚不可得何況空中有未來現在眼識界可得善現空中過去耳鼻舌身意識界不可得何以故過去耳鼻舌身意識界即是空空性亦空空中空尚不可得何況空中有過去耳鼻舌身意識界可得善現空中未來現在耳鼻舌身意識界不可得何以故未來現在耳鼻舌身意識界即是空空性亦空空中空尚不可得何況空中有未來現在耳鼻舌身意識界可得復次善現過去眼觸過去眼觸空未來現在眼觸未來現在眼觸空過去耳鼻舌身意觸過去耳鼻舌身意觸空未來現在耳鼻舌身意觸未來現在耳鼻舌身意觸空善現空中過去眼觸不可得何以故過去眼觸即是空空性亦空空中空尚不可得何況空中有過去眼觸可得善現空中

未來現在眼觸不可得何以故未來現在眼觸即是空空性亦空空中空尚不可得何況空中有未來現在眼觸可得善現空中過去耳鼻舌身意觸不可得何以故過去耳鼻舌身意觸即是空空性亦空空中空尚不可得何況空中有過去耳鼻舌身意觸可得善現空中未來現在耳鼻舌身意觸不可得何以故未來現在耳鼻舌身意觸即是空空性亦空空中空尚不可得何況空中有未來現在耳鼻舌身意觸可得復次善現過去眼觸爲緣所生諸受過去眼觸爲緣所生諸受空未來現在眼觸爲緣所生諸受未來現在眼觸爲緣所生諸受空過去耳鼻舌身意觸爲緣所生諸受過去耳鼻舌身意觸爲緣所生諸受空未來現在耳鼻舌身意觸爲緣所生諸

受未來現在耳鼻舌身意觸爲緣所生諸受空善現空中過去眼觸爲緣所生諸受不可得何以故過去眼觸爲緣所生諸受即是空空性亦空空中空尚不可得何況空中有過去眼觸爲緣所生諸受可得善現空中未來現在眼觸爲緣所生諸受不可得何以故未來現在眼觸爲緣所生諸受即是空空性亦空空中空尚不可得何況空中有未來現在眼觸爲緣所生諸受可得善現空中過去耳鼻舌身意觸爲緣所生諸受不可得何以故過去耳鼻舌身意觸爲緣所生諸受即是空空性亦空空中空尚不可得何況空中有過去耳鼻舌身意觸爲緣所生諸受可得善現空中未來現在耳鼻舌身意觸爲緣所生諸受不可得何以故未來現在耳鼻舌身意觸

爲緣所生諸受即是空空性亦空空中空尚不可得何況空中有未來現在耳鼻舌身意觸爲緣所生諸受可得

大般若波羅蜜多經卷第四百一十九

大般若波羅蜜多經卷第四百二十

唐三藏法師玄奘奉詔譯

第二分無所有品第二十一之三

復次善現過去布施波羅蜜多過去布施波羅蜜多空未來現在布施波羅蜜多未來現在布施波羅蜜多空過去淨戒安忍精進靜慮般若波羅蜜多過去淨戒安忍精進靜慮般若波羅蜜多空未來現在淨戒安忍精進靜慮般若波羅蜜多未來現在淨戒安忍精進靜慮般若波羅蜜多空善現空中過去布施波羅蜜多不可得何以故過去布施波羅蜜多即是空空性亦空空中空尚不可得何況空中有過去布施波羅蜜多可得善現空中未來現在布施波羅蜜多不可得何以故未來現在布施波羅蜜多即是空空性亦空空中空尚不可得何況空中有未來現在布施波羅蜜多可得善現空中過去淨戒安忍精進靜慮般若波羅蜜多不可得何以故過去淨戒安忍精進靜慮般若波羅蜜多即是空空性亦空空中空尚不可得何況空中有過去淨戒安忍精進靜慮般若波羅蜜多可得善現空中未來現在淨戒安忍精進靜慮般若波羅蜜多不可得何以故未來現在淨戒安忍精進靜慮般若波羅蜜多即是空空性亦空空中空尚不可得何況空中有未來現在淨戒安忍精進靜慮般若波羅蜜多可得復次善現過去四念住過去四念住空未來現在四念住未來現在四念住空過去四正斷四神足五根五力七等覺支八聖道支過去四正斷乃至八聖道支空未來現在四

正斷乃至八聖道支未來現在四正斷乃至八聖道支空善現空中過去四念住不可得何以故過去四念住即是空空性亦空空中空尚不可得何況空中有過去四念住可得善現空中未來現在四念住不可得何以故未來現在四念住即是空空性亦空空中空尚不可得何況空中有未來現在四念住可得善現空中過去四正斷乃至八聖道支不可得何以故過去四正斷乃至八聖道支即是空空性亦空空中空尚不可得何況空中有過去四正斷乃至八聖道支可得善現空中未來現在四正斷乃至八聖道支不可得何以故未來現在四正斷乃至八聖道支即是空空性亦空空中空尚不可得何況空中有未來現在四正斷乃至八聖道支可得復次善現如是乃至過去佛十力過去佛十力空未來現在佛十力未來現在佛十力空過去四無所畏四無礙解大慈大悲大喜大捨十八佛不共法過去四無所畏乃至十八佛不共法空未來現在四無所畏乃至十八佛不共法未來現在四無所畏乃至十八佛不共法空善現空中過去佛十力不可得何以故過去佛十力即是空空性亦空空中空尚不可得何況空中有過去佛十力可得善現空中未來現在佛十力不可得何以故未來現在佛十力即是空空性亦空空中空尚不可得何況空中有未來現在佛十力可得善現空中過去四無所畏乃至十八佛不共法不可得何以故過去四無所畏乃至十八佛不共法即是空空性亦空空中空尚不可得

何況空中有過去四無所畏乃至十八佛不共法可得善現空中未來現在四無所畏乃至十八佛不共法不可得何以故未來現在四無所畏乃至十八佛不共法即是空空性亦空空中空尚不可得何況空中有未來現在四無所畏乃至十八佛不共法可得復次善現過去異生過去異生空未來現在異生未來現在異生空過去聲聞獨覺菩薩如來過去聲聞獨覺菩薩如來空未來現在聲聞獨覺菩薩如來未來現在聲聞獨覺菩薩如來空善現空中過去異生不可得何以故過去異生即是空空性亦空空中空尚不可得何況空中有過去異生可得善現空中未來現在異生不可得何以故未來現在異生即是空空性亦空空中空尚不可得何況空中有未來現在異生可得以我有情乃至知者見者皆無所有不可得故善現空中過去聲聞獨覺菩薩如來不可得何以故過去聲聞獨覺菩薩如來即是空空性亦空空中空尚不可得何況空中有過去聲聞獨覺菩薩如來可得善現空中未來現在聲聞獨覺菩薩如來不可得何以故未來現在聲聞獨覺菩薩如來即是空空性亦空空中空尚不可得何況空中有未來現在聲聞獨覺菩薩如來可得以我有情乃至知者見者皆無所有不可得故復次善現前際色不可得後際中際色不可得三際平等中色亦不可得所以者何善現平等中前後中際色皆不可得何以故平等中平等性尚不可得何況平等中有前後中際色可得善現前際受想行識不可

得後際中際受想行識不可得三際平等中受想行識亦不可得所以者何善現平等中前後中際受想行識皆不可得何以故平等中平等性尚不可得何況平等中有前後中際受想行識可得復次善現前際眼處不可得後際中際眼處不可得三際平等中眼處亦不可得所以者何善現平等中前後中際眼處皆不可得何以故平等中平等性尚不可得何況平等中有前後中際眼處可得善現前際耳鼻舌身意處不可得後際中際耳鼻舌身意處不可得三際平等中耳鼻舌身意處亦不可得所以者何善現平等中前後中際耳鼻舌身意處皆不可得何以故平等中平等性尚不可得何況平等中有前後中際耳鼻舌身意處可得復次善現前際色處

不可得後際中際色處不可得三際平等中色處亦不可得所以者何善現平等中前後中際色處皆不可得何以故平等中平等性尚不可得何況平等中有前後中際色處可得善現前際聲香味觸法處不可得後際中際聲香味觸法處不可得三際平等中聲香味觸法處亦不可得所以者何善現平等中前後中際聲香味觸法處皆不可得何以故平等中平等性尚不可得何況平等中有前後中際聲香味觸法處可得復次善現前際眼界不可得後際中際眼界不可得三際平等中眼界亦不可得所以者何善現平等中前後中際眼界皆不可得何以故平等中平等性尚不可得何況平等中有前後中際眼界可得善現前際耳鼻舌身意界不可得後

際中際耳鼻舌身意界不可得三際平等中耳鼻舌身意界亦不可得所以者何善現平等中前後中際耳鼻舌身意界皆不可得何以故平等中平等性尚不可得何況平等中有前後中際耳鼻舌身意界可得復次善現前際色界不可得後際中際色界不可得三際平等中色界亦不可得所以者何善現平等中前後中際色界皆不可得何以故平等中平等性尚不可得何況平等中有前後中際色界可得善現前際聲香味觸法界不可得後際中際聲香味觸法界不可得三際平等中聲香味觸法界亦不可得所以者何善現平等中前後中際聲香味觸法界皆不可得何以故平等中平等性尚不可得何況平等中有前後中際聲香味觸法界可得復次

善現前際眼識界不可得後際中際眼識界不可得三際平等中眼識界亦不可得所以者何善現平等中前後中際眼識界皆不可得何以故平等中平等性尚不可得何況平等中有前後中際眼識界可得善現前際耳鼻舌身意識界不可得後際中際耳鼻舌身意識界不可得三際平等中耳鼻舌身意識界亦不可得所以者何善現平等中前後中際耳鼻舌身意識界皆不可得何以故平等中平等性尚不可得何況平等中有前後中際耳鼻舌身意識界可得復次善現前際眼觸不可得後際中際眼觸不可得三際平等中眼觸亦不可得所以者何善現平等中前後中際眼觸皆不可得何以故平等中平等性尚不可得何況平等中有前後中際眼觸

可得善現前際耳鼻舌身意觸不可得後際中際耳鼻舌身意觸不可得三際平等中耳鼻舌身意觸亦不可得所以者何善現平等中前後中際耳鼻舌身意觸皆不可得何以故平等中平等性尚不可得何況平等中有前後中際耳鼻舌身意觸可得復次善現前際眼觸爲緣所生諸受不可得後際中際眼觸爲緣所生諸受不可得三際平等中眼觸爲緣所生諸受亦不可得所以者何善現平等中前後中際眼觸爲緣所生諸受皆不可得何以故平等中平等性尚不可得何況平等中有眼觸爲緣所生諸受可得善現前際耳鼻舌身意觸爲緣所生諸受不可得後際中際耳鼻舌身意觸爲緣所生諸受不可得三際平等中耳鼻舌身意觸爲緣所生諸受

亦不可得所以者何善現平等中前後中際耳鼻舌身意觸爲緣所生諸受皆不可得何以故平等中平等性尚不可得何況平等中有前後中際耳鼻舌身意觸爲緣所生諸受可得復次善現前際布施波羅蜜多不可得後際中際布施波羅蜜多不可得三際平等中布施波羅蜜多亦不可得所以者何善現平等中前後中際布施波羅蜜多皆不可得何以故平等中平等性尚不可得何況平等中有前後中際布施波羅蜜多可得善現前際淨戒安忍精進靜慮般若波羅蜜多不可得後際中際淨戒安忍精進靜慮般若波羅蜜多不可得三際平等中淨戒安忍精進靜慮般若波羅蜜多亦不可得所以者何善現平等中前後中際淨戒安忍精進靜慮般若

波羅蜜多皆不可得何以故平等中平等性尚不可得何況平等中有前後中際淨戒安忍精進靜慮般若波羅蜜多可得復次善現前際四念住不可得後際中際四念住不可得三際平等中四念住亦不可得所以者何善現平等中前後中際四念住皆不可得何以故平等中平等性尚不可得何況平等中有前後中際四念住可得善現前際四正斷四神足五根五力七等覺支八聖道支不可得後際中際四正斷乃至八聖道支不可得三際平等中四正斷乃至八聖道支亦不可得所以者何善現平等中前後中際四正斷乃至八聖道支皆不可得何以故平等中平等性尚不可得何況平等中有前後中際四正斷乃至八聖道支可得復次善現如是乃

至前際佛十力不可得後際中際佛十力不可得三際平等中佛十力亦不可得所以者何善現平等中前後中際佛十力皆不可得何以故平等中平等性尚不可得何況平等中有前後中際佛十力可得善現前際四無所畏四無礙解大慈大悲大喜大捨十八佛不共法不可得後際中際四無所畏乃至十八佛不共法不可得三際平等中四無所畏乃至十八佛不共法亦不可得所以者何善現平等中前後中際四無所畏乃至十八佛不共法皆不可得何以故平等中平等性尚不可得何況平等中有前後中際四無所畏乃至十八佛不共法可得復次善現前際異生不可得後際中際異生不可得三際平等中異生亦不可得所以者何善現平等中前

後中際異生皆不可得何以故平等中平等性尚不可得何況平等中有前後中際異生可得以我有情乃至知者見者皆無所有不可得故善現前際聲聞獨覺菩薩如來不可得後際中際聲聞獨覺菩薩如來不可得三際平等中聲聞獨覺菩薩如來亦不可得所以者何善現平等中前後中際聲聞獨覺菩薩如來皆不可得何以故平等中平等性尚不可得何況平等中有前後中際聲聞獨覺菩薩如來可得以我有情乃至知者見者皆無所有不可得故如是善現諸菩薩摩訶薩修行般若波羅蜜多時住此三際平等性中精勤修學一切相智無取著故速得圓滿善現是名菩薩摩訶薩三際平等大乘若菩薩摩訶薩住如是大乘中超勝一切世間天人阿素洛等疾能證得一切相智利益安樂一切有情爾時具壽善現白佛言世尊善哉善哉如來應正等覺善能正說菩薩摩訶薩大乘世尊如是大乘最尊最勝最上最妙過去諸菩薩摩訶薩於此中學已能證得一切相智利益安樂一切有情未來諸菩薩摩訶薩於此中學當能證得一切相智利益安樂一切有情現在十方無量無數無邊世界諸菩薩摩訶薩於此中學今能證得一切相智利益安樂一切有情是故大乘最尊最勝最上最妙能爲一切菩薩摩訶薩真勝所依能令菩薩摩訶薩速能證得一切相智利益安樂一切有情佛告善現如是如是如汝所說善現過去未來現在諸菩薩摩訶薩皆依大乘精勤修學速證無上正等菩提利益安樂諸

有情類是故大乘最尊最勝最上最妙超勝一切世間天人阿素洛等

第二分隨順品第二十二

爾時具壽滿慈子白佛言世尊如來先令尊者善現為諸菩薩摩訶薩宣說般若波羅蜜多而今何故乃說大乘具壽善現即白佛言世尊我前所說諸大乘義將無違越所說般若波羅蜜多佛告善現汝前所說諸大乘義皆於般若波羅蜜多一切隨順無所違越何以故善現一切善法菩提分法若聲聞法若獨覺法若菩薩法若如來法如是一切無不攝入甚深般若波羅蜜多爾時善現復白佛言世尊云何一切善法菩提分法若聲聞法若獨覺法若菩薩法若如來法皆悉攝入甚深般若波羅蜜多佛告善現若布施波羅蜜多若淨戒安忍精進靜慮般若波羅蜜多若四念住若四正斷四神足五根五力七等覺支八聖道支若空解脫門若無相無願解脫門若佛十力若四無所畏四無礙解大慈大悲大喜大捨十八佛不共法若一切智若道相智一切相智若無忘失法若恒住捨性善現諸如是等一切善法菩提分法若聲聞法若獨覺法若菩薩法若如來法如是一切皆悉攝入甚深般若波羅蜜多復次善現若大乘若般若波羅蜜多若靜慮精進安忍淨戒布施波羅蜜多若色若受想行識若眼處若耳鼻舌身意處若色處若聲香味觸法處若眼界若耳鼻舌身意界若色界若聲香味觸法界若眼識界若耳鼻舌身意識界若眼觸若耳鼻舌身意觸若眼觸為緣所生諸受若

耳鼻舌身意觸爲緣所生諸受若四靜慮若四無量四無色定若八解脫若八勝處九次第定十遍處若四念住若四正斷四神足五根五力七等覺支八聖道支若空解脫門若無相無願解脫門若善法若非善法若有記法若無記法若有漏法若無漏法若有爲法若無爲法若世間法若出世間法若苦聖諦若集滅道聖諦若欲界若色無色界若內空若外空內外空空空大空勝義空有爲空無爲空畢竟空無際空散無散空本性空自共相空一切法空不可得空無性空自性空無性自性空若法界若真如實際不思議界安隱界等若陀羅尼若三摩地若佛十力若四無所畏四無礙解大慈大悲大喜大捨十八佛不共法若諸如來若佛所覺所說法律若菩提若涅槃如是等一切法皆非相應非不相應無色無見無對一相所謂無相善現由此因緣汝前所說諸大乘義皆於般若波羅蜜多一切隨順無所違越所以者何善現大乘不異般若波羅蜜多般若波羅蜜多不異大乘大乘不異靜慮精進安忍淨戒布施波羅蜜多靜慮精進安忍淨戒布施波羅蜜多不異大乘何以故若大乘若般若波羅蜜多若靜慮精進安忍淨戒布施波羅蜜多其性無二無二分故善現大乘不異四念住四念住不異大乘大乘不異四正斷四神足五根五力七等覺支八聖道支四正斷乃至八聖道支不異大乘何以故若大乘若四念住若四正斷乃至八聖道支其性無二無二分故善現大乘乃至不異佛十力佛十力不異大

乘大乘不異四無所畏四無礙解大慈大悲大喜大捨十八佛不共法四無所畏乃至十八佛不共法不異大乘何以故若大乘若佛十力若四無所畏乃至十八佛不共法其性無二無二分故善現由此因緣汝前所說諸大乘義皆於般若波羅蜜多一切隨順無所違越若說大乘則說般若波羅蜜多若說般若波羅蜜多則說大乘由此二名義無異故

第二分無邊際品第二十三之一

爾時具壽善現白佛言世尊前際諸菩薩摩訶薩皆無所有都不可得後際諸菩薩摩訶薩皆無所有都不可得中際諸菩薩摩訶薩皆無所有都不可得世尊色無邊際故當知菩薩摩訶薩亦無邊際受想行識無邊際故當知菩薩摩訶薩亦無邊際世尊眼處無邊際故當知菩薩摩訶薩亦無邊際耳鼻舌身意處無邊際故當知菩薩摩訶薩亦無邊際世尊色處無邊際故當知菩薩摩訶薩亦無邊際聲香味觸法處無邊際故當知菩薩摩訶薩亦無邊際世尊眼界無邊際故當知菩薩摩訶薩亦無邊際耳鼻舌身意界無邊際故當知菩薩摩訶薩亦無邊際世尊色界無邊際故當知菩薩摩訶薩亦無邊際聲香味觸法界無邊際故當知菩薩摩訶薩亦無邊際世尊眼識界無邊際故當知菩薩摩訶薩亦無邊際耳鼻舌身意識界無邊際故當知菩薩摩訶薩亦無邊際世尊眼觸無邊際故當知菩薩摩訶薩亦無邊際耳鼻舌身意觸無邊際故當知菩薩摩訶薩亦無邊際世尊眼觸為緣所生諸受無邊際故當知菩薩摩

訶薩亦無邊際耳鼻舌身意觸爲縁所生諸受無邊際故當知菩薩摩訶薩亦無邊際世尊布施波羅蜜多無邊際故當知菩薩摩訶薩亦無邊際淨戒安忍精進靜慮般若波羅蜜多無邊際故當知菩薩摩訶薩亦無邊際世尊四念住無邊際故當知菩薩摩訶薩亦無邊際四正斷四神足五根五力七等覺支八聖道支無邊際故當知菩薩摩訶薩亦無邊際世尊空解脫門無邊際故當知菩薩摩訶薩亦無邊際無相無願解脫門無邊際故當知菩薩摩訶薩亦無邊際世尊佛十力無邊際故當知菩薩摩訶薩亦無邊際四無所畏四無礙解大慈大悲大喜大捨十八佛不共法無邊際故當知菩薩摩訶薩亦無邊際世尊內空無邊際故當知菩薩摩訶薩亦無邊際外空內外空空空大空勝義空有爲空無爲空畢竟空無際空散無散空本性空自共相空一切法空不可得空無性空自性空無性自性空無邊際故當知菩薩摩訶薩亦無邊際世尊法界無邊際故當知菩薩摩訶薩亦無邊際眞如實際不思議界安隱界等無邊際故當知菩薩摩訶薩亦無邊際世尊聲聞乘無邊際故當知菩薩摩訶薩亦無邊際獨覺乘大乘無邊際故當知菩薩摩訶薩亦無邊際世尊即色菩薩摩訶薩無所有不可得離色菩薩摩訶薩無所有不可得即受想行識菩薩摩訶薩無所有不可得離受想行識菩薩摩訶薩無所有不可得世尊即眼處菩薩摩訶薩無所有不可得離眼處菩薩摩訶薩無所有不可得即耳鼻舌身意處菩

薩摩訶薩無所有不可得離耳鼻舌身意處菩薩摩訶薩無所有不可得世尊即色處菩薩摩訶薩無所有不可得離色處菩薩摩訶薩無所有不可得即聲香味觸法處菩薩摩訶薩無所有不可得離聲香味觸法處菩薩摩訶薩無所有不可得世尊即眼界菩薩摩訶薩無所有不可得離眼界菩薩摩訶薩無所有不可得即耳鼻舌身意界菩薩摩訶薩無所有不可得離耳鼻舌身意界菩薩摩訶薩無所有不可得世尊即色界菩薩摩訶薩無所有不可得離色界菩薩摩訶薩無所有不可得即聲香味觸法界菩薩摩訶薩無所有不可得離聲香味觸法界菩薩摩訶薩無所有不可得世尊即眼識界菩薩摩訶薩無所有不可得離眼識界菩薩摩訶薩無所有不可得即耳鼻舌身意識界菩薩摩訶薩無所有不可得離耳鼻舌身意識界菩薩摩訶薩無所有不可得世尊即眼觸菩薩摩訶薩無所有不可得離眼觸菩薩摩訶薩無所有不可得即耳鼻舌身意觸菩薩摩訶薩無所有不可得離耳鼻舌身意觸菩薩摩訶薩無所有不可得世尊即眼觸爲緣所生諸受菩薩摩訶薩無所有不可得離眼觸爲緣所生諸受菩薩摩訶薩無所有不可得即耳鼻舌身意觸爲緣所生諸受菩薩摩訶薩無所有不可得離耳鼻舌身意觸爲緣所生諸受菩薩摩訶薩無所有不可得世尊即布施波羅蜜多菩薩摩訶薩無所有不可得離布施波羅蜜多菩薩摩訶薩無所有不可得即淨戒安忍精進靜慮般若波羅蜜多菩薩摩訶薩

無所有不可得離淨戒安忍精進靜慮般若波羅蜜多菩薩摩訶薩無所有不可得世尊即四念住菩薩摩訶薩無所有不可得離四念住菩薩摩訶薩無所有不可得即四正斷四神足五根五力七等覺支八聖道支菩薩摩訶薩無所有不可得離四正斷乃至八聖道支菩薩摩訶薩無所有不可得世尊即空解脫門菩薩摩訶薩無所有不可得離空解脫門菩薩摩訶薩無所有不可得即無相無願解脫門菩薩摩訶薩無所有不可得離無相無願解脫門菩薩摩訶薩無所有不可得世尊即佛十力菩薩摩訶薩無所有不可得離佛十力菩薩摩訶薩無所有不可得即四無所畏四無礙解大慈大悲大喜大捨十八佛不共法菩薩摩訶薩無所有不可得離四無所畏乃至十八佛不共法菩薩摩訶薩無所有不可得世尊即內空菩薩摩訶薩無所有不可得離內空菩薩摩訶薩無所有不可得即外空內外空空空大空勝義空有爲空無爲空畢竟空無際空散無散空本性空自共相空一切法空不可得空無性空自性空無性自性空菩薩摩訶薩無所有不可得離外空乃至無性自性空菩薩摩訶薩無所有不可得世尊即法界菩薩摩訶薩無所有不可得離法界菩薩摩訶薩無所有不可得即真如實際不思議界安隱界等菩薩摩訶薩無所有不可得離真如實際不思議界安隱界等菩薩摩訶薩無所有不可得世尊即聲聞乘菩薩摩訶薩無所有不可得離聲聞乘菩薩摩訶薩無所有不可得即獨覺乘大乘

菩薩摩訶薩無所有不可得離獨覺乘大乘菩薩摩訶薩無所有不可得世尊我於是等一切法以一切種一切處一切時求諸菩薩摩訶薩都無所見竟不可得云何令我以般若波羅蜜多教誡教授諸菩薩摩訶薩世尊諸菩薩摩訶薩諸菩薩摩訶薩者但有假名都無自性如說我等畢竟不生但有假名都無自性諸法亦爾畢竟不生但有假名都無自性世尊何等色畢竟不生何等受想行識畢竟不生世尊若畢竟不生則不名色亦不名受想行識世尊何等眼處畢竟不生何等耳鼻舌身意處畢竟不生世尊若畢竟不生則不名眼處亦不名耳鼻舌身意處世尊何等色處畢竟不生何等聲香味觸法處畢竟不生世尊若畢竟不生則不名色處亦不名聲香味觸法處世尊何等眼界畢竟不生何等耳鼻舌身意界畢竟不生世尊若畢竟不生則不名眼界亦不名耳鼻舌身意界世尊何等色界畢竟不生何等聲香味觸法界畢竟不生世尊若畢竟不生則不名色界亦不名聲香味觸法界世尊何等眼識界畢竟不生何等耳鼻舌身意識界畢竟不生世尊若畢竟不生則不名眼識界亦不名耳鼻舌身意識界世尊何等眼觸畢竟不生何等耳鼻舌身意觸畢竟不生世尊若畢竟不生則不名眼觸亦不名耳鼻舌身意觸世尊何等眼觸爲緣所生諸受畢竟不生何等耳鼻舌身意觸爲緣所生諸受畢竟不生世尊若畢竟不生則不名眼觸爲緣所生諸受亦不名耳鼻舌身意觸爲緣所生諸受世尊何等布施

波羅審多畢竟不生何等淨戒安忍精進靜慮般若波羅蜜多畢竟不生世尊若畢竟不生則不名布施波羅蜜多亦不名淨戒安忍精進靜慮般若波羅審多世尊何等四念住畢竟不生何等四正斷乃至八聖道支畢竟不生世尊若畢竟不生則不名四念住亦不名四正斷乃至八聖道支世尊何等空解脫門畢竟不生何等無相無願解脫門畢竟不生世尊若畢竟不生則不名空解脫門亦不名無相無願解脫門世尊何等佛十力畢竟不生何等四無所畏乃至十八佛不共法畢竟不生世尊若畢竟不生則不名佛十力亦不名四無所畏乃至十八佛不共法世尊何等內空畢竟不生何等外空乃至無性自性空畢竟不生世尊若畢竟不生則不名內空亦不名外空乃至無性自性空世尊何等法界畢竟不生何等真如實際不思議界安隱界等畢竟不生世尊若畢竟不生則不名法界亦不名真如實際不思議界安隱界等世尊何等聲聞乘畢竟不生何等獨覺乘大乘畢竟不生世尊若畢竟不生則不名聲聞乘亦不名獨覺乘大乘世尊我豈能以畢竟不生般若波羅審多教誡教授畢竟不生諸菩薩摩訶薩世尊離畢竟不生亦無菩薩摩訶薩能行無上正等菩提世尊若菩薩摩訶薩聞如是說心不沉沒亦不憂悔其心不驚不恐不怖當知是菩薩摩訶薩能行般若波羅審多

大般若波羅蜜多經卷第四百二十

大般若波羅蜜多經卷第四百二十一

唐三藏法師玄奘奉　詔譯

第二分無邊際品第二十三之二

爾時具壽舍利子問善現言何緣故說前際諸菩薩摩訶薩無所有不可得後際諸菩薩摩訶薩無所有不可得中際諸菩薩摩訶薩無所有不可得何緣故說色無邊際故當知菩薩摩訶薩亦無邊際受想行識無邊際故當知菩薩摩訶薩亦無邊際乃至聲聞乘無邊際故當知菩薩摩訶薩亦無邊際獨覺乘大乘無邊際故當知菩薩摩訶薩亦無邊際何緣故說即色菩薩摩訶薩無所有不可得離色菩薩摩訶薩無所有不可得即受想行識菩薩摩訶薩無所有不可得離受想行識菩薩摩訶薩無所有不可得乃至即聲聞乘菩薩摩訶薩無所有不可得離聲聞乘菩薩摩訶薩無所有不可得即獨覺乘大乘菩薩摩訶薩無所有不可得離獨覺乘大乘菩薩摩訶薩無所有不可得何緣故說我於是等一切法以一切種一切處一切時求諸菩薩摩訶薩都無所見竟不可得云何令我以般若波羅蜜多教誡教授諸菩薩摩訶薩何緣故說諸菩薩摩訶薩諸菩薩摩訶薩者但有假名都無自性何緣故說如說我等畢竟不生但有假名都無自性何緣故說諸法亦爾畢竟不生但有假名都無自性何緣故說何等色畢竟不生何等受想行識畢竟不生乃至何等聲聞乘畢竟不生何等獨覺乘大乘畢竟不生何緣故說若畢竟不生則不名色亦不名受想行識乃至若畢竟不生則不名

聲聞乘亦不名獨覺乘大乘何緣故說我豈能以畢竟不生般若波羅蜜多教誡教授畢竟不生諸菩薩摩訶薩何緣故說離畢竟不生亦無菩薩摩訶薩能行無上正等菩提何緣故說若菩薩摩訶薩聞如是說心不沉沒亦無憂悔其心不驚不恐不怖當知是菩薩摩訶薩能行般若波羅蜜多仁者今應具為我說爾時具壽善現報舍利子言尊者所問何緣故說前際諸菩薩摩訶薩無所有不可得後際諸菩薩摩訶薩無所有不可得中際諸菩薩摩訶薩無所有不可得者舍利子有情無所有故前際諸菩薩摩訶薩無所有不可得有情空故前際諸菩薩摩訶薩無所有不可得有情遠離故前際諸菩薩摩訶薩無所有不可得有情無自性故前際諸菩薩摩訶薩無所有不可得後際中際諸菩薩摩訶薩無所有不可得亦復如是舍利子色無所有故前際諸菩薩摩訶薩無所有不可得受想行識無所有故前際諸菩薩摩訶薩無所有不可得色空故前際諸菩薩摩訶薩無所有不可得受想行識空故前際諸菩薩摩訶薩無所有不可得色遠離故前際諸菩薩摩訶薩無所有不可得受想行識遠離故前際諸菩薩摩訶薩無所有不可得色無自性故前際諸菩薩摩訶薩無所有不可得受想行識無自性故前際諸菩薩摩訶薩無所有不可得後際中際諸菩薩摩訶薩無所有不可得亦復如是舍利子眼處無所有故前際諸菩薩摩訶薩無所有不可得耳鼻舌身意處無所有故前際諸菩薩摩訶薩無所有不可

得眼處空故前際諸菩薩摩訶薩無所有不可得耳鼻舌身意處空故前際諸菩薩摩訶薩無所有不可得眼處遠離故前際諸菩薩摩訶薩無所有不可得耳鼻舌身意處遠離故前際諸菩薩摩訶薩無所有不可得眼處無自性故前際諸菩薩摩訶薩無所有不可得耳鼻舌身意處無自性故前際諸菩薩摩訶薩無所有不可得後際中際諸菩薩摩訶薩無所有不可得亦復如是舍利子色處無所有故前際諸菩薩摩訶薩無所有不可得聲香味觸法處無所有故前際諸菩薩摩訶薩無所有不可得色處空故前際諸菩薩摩訶薩無所有不可得聲香味觸法處空故前際諸菩薩摩訶薩無所有不可得色處遠離故前際諸菩薩摩訶薩無所有不可得聲香味觸法處遠離故前際諸菩薩摩訶薩無所有不可得色處無自性故前際諸菩薩摩訶薩無所有不可得聲香味觸法處無自性故前際諸菩薩摩訶薩無所有不可得後際中際諸菩薩摩訶薩無所有不可得亦復如是舍利子眼界無所有故前際諸菩薩摩訶薩無所有不可得耳鼻舌身意界無所有故前際諸菩薩摩訶薩無所有不可得眼界空故前際諸菩薩摩訶薩無所有不可得耳鼻舌身意界空故前際諸菩薩摩訶薩無所有不可得眼界遠離故前際諸菩薩摩訶薩無所有不可得耳鼻舌身意界遠離故前際諸菩薩摩訶薩無所有不可得眼界無自性故前際諸菩薩摩訶薩無所有不可得耳鼻舌身意界無自性故前際諸菩薩摩訶薩無所有

不可得後際中際諸菩薩摩訶薩無所有不可得亦復如是舍利子色界無所有故前際諸菩薩摩訶薩無所有不可得聲香味觸法界無所有故前際諸菩薩摩訶薩無所有不可得色界空故前際諸菩薩摩訶薩無所有不可得聲香味觸法界空故前際諸菩薩摩訶薩無所有不可得色界遠離故前際諸菩薩摩訶薩無所有不可得聲香味觸法界遠離故前際諸菩薩摩訶薩無所有不可得色界無自性故前際諸菩薩摩訶薩無所有不可得聲香味觸法界無自性故前際諸菩薩摩訶薩無所有不可得後際中際諸菩薩摩訶薩無所有不可得亦復如是舍利子眼識界無所有故前際諸菩薩摩訶薩無所有不可得耳鼻舌身意識界無所有故前際諸菩薩摩訶薩無所有不可得眼識界空故前際諸菩薩摩訶薩無所有不可得耳鼻舌身意識界空故前際諸菩薩摩訶薩無所有不可得眼識界遠離故前際諸菩薩摩訶薩無所有不可得耳鼻舌身意識界遠離故前際諸菩薩摩訶薩無所有不可得眼識界無自性故前際諸菩薩摩訶薩無所有不可得耳鼻舌身意識界無自性故前際諸菩薩摩訶薩無所有不可得後際中際諸菩薩摩訶薩無所有不可得亦復如是舍利子眼觸無所有故前際諸菩薩摩訶薩無所有不可得耳鼻舌身意觸無所有故前際諸菩薩摩訶薩無所有不可得眼觸空故前際諸菩薩摩訶薩無所有不可得耳鼻舌身意觸空故前際諸菩薩摩訶薩無所有不可得眼觸遠離故前

際諸菩薩摩訶薩無所有不可得耳鼻舌身意觸遠離故前際諸菩薩摩訶薩無所有不可得眼觸無自性故前際諸菩薩摩訶薩無所有不可得耳鼻舌身意觸無自性故前際諸菩薩摩訶薩無所有不可得後際中際諸菩薩摩訶薩無所有不可得亦復如是舍利子眼觸爲緣所生諸受無所有故前際諸菩薩摩訶薩無所有不可得耳鼻舌身意觸爲緣所生諸受無所有故前際諸菩薩摩訶薩無所有不可得眼觸爲緣所生諸受空故前際諸菩薩摩訶薩無所有不可得耳鼻舌身意觸爲緣所生諸受空故前際諸菩薩摩訶薩無所有不可得眼觸爲緣所生諸受遠離故前際諸菩薩摩訶薩無所有不可得耳鼻舌身意觸爲緣所生諸受遠離故前際諸菩

薩摩訶薩無所有不可得眼觸爲緣所生諸受無自性故前際諸菩薩摩訶薩無所有不可得耳鼻舌身意觸爲緣所生諸受無自性故前際諸菩薩摩訶薩無所有不可得後際中際諸菩薩摩訶薩無所有不可得亦復如是舍利子布施波羅蜜多無所有故前際諸菩薩摩訶薩無所有不可得淨戒安忍精進靜慮般若波羅蜜多無所有故前際諸菩薩摩訶薩無所有不可得布施波羅蜜多空故前際諸菩薩摩訶薩無所有不可得淨戒安忍精進靜慮般若波羅蜜多空故前際諸菩薩摩訶薩無所有不可得布施波羅蜜多遠離故前際諸菩薩摩訶薩無所有不可得淨戒安忍精進靜慮般若波羅蜜多遠離故前際諸菩薩摩訶薩無所有不可得布施波羅

蜜多無自性故前際諸菩薩摩訶薩無所有不可得淨戒安忍精進靜慮般若波羅蜜多無自性故前際諸菩薩摩訶薩無所有不可得後際中際諸菩薩摩訶薩無所有不可得亦復如是舍利子內空無所有故前際諸菩薩摩訶薩無所有不可得外空內外空空空大空勝義空有爲空無爲空畢竟空無際空散無散空本性空自共相空一切法空不可得空無性空自性空無性自性空無所有故前際諸菩薩摩訶薩無所有不可得內空空故前際諸菩薩摩訶薩無所有不可得外空乃至無性自性空空故前際諸菩薩摩訶薩無所有不可得內空遠離故前際諸菩薩摩訶薩無所有不可得外空乃至無性自性空遠離故前際諸菩薩摩訶薩無所有不可得

內空無自性故前際諸菩薩摩訶薩無所有不可得外空乃至無性自性空無自性故前際諸菩薩摩訶薩無所有不可得後際中際諸菩薩摩訶薩無所有不可得亦復如是舍利子四念住無所有故前際諸菩薩摩訶薩無所有不可得四正斷四神足五根五力七等覺支八聖道支無所有故前際諸菩薩摩訶薩無所有不可得四念住空故前際諸菩薩摩訶薩無所有不可得四正斷乃至八聖道支空故前際諸菩薩摩訶薩無所有不可得四念住遠離故前際諸菩薩摩訶薩無所有不可得四正斷乃至八聖道支遠離故前際諸菩薩摩訶薩無所有不可得四念住無自性故前際諸菩薩摩訶薩無所有不可得四正斷乃至八聖道支無自性故前際諸菩

薩摩訶薩無所有不可得後際中際諸菩薩摩訶薩無所有不可得亦復如是舍利子如是乃至佛十力無所有故前際諸菩薩摩訶薩無所有不可得四無所畏四無礙解大慈大悲大喜大捨十八佛不共法無所有故前際諸菩薩摩訶薩無所有不可得佛十力空故前際諸菩薩摩訶薩無所有不可得四無所畏乃至十八佛不共法空故前際諸菩薩摩訶薩無所有不可得佛十力遠離故前際諸菩薩摩訶薩無所有不可得四無所畏乃至十八佛不共法遠離故前際諸菩薩摩訶薩無所有不可得佛十力無自性故前際諸菩薩摩訶薩無所有不可得四無所畏乃至十八佛不共法無自性故前際諸菩薩摩訶薩無所有不可得後際中際諸菩薩摩訶薩

無所有不可得亦復如是舍利子聲聞法無所有故前際諸菩薩摩訶薩無所有不可得獨覺法諸佛法無所有故前際諸菩薩摩訶薩無所有不可得聲聞法空故前際諸菩薩摩訶薩無所有不可得獨覺法諸佛法空故前際諸菩薩摩訶薩無所有不可得聲聞法遠離故前際諸菩薩摩訶薩無所有不可得獨覺法諸佛法遠離故前際諸菩薩摩訶薩無所有不可得聲聞法無自性故前際諸菩薩摩訶薩無所有不可得獨覺法諸佛法無自性故前際諸菩薩摩訶薩無所有不可得後際中際諸菩薩摩訶薩無所有不可得亦復如是舍利子一切三摩地門無所有故前際諸菩薩摩訶薩無所有不可得一切陀羅尼門無所有故前際諸菩薩摩訶薩無所有

不可得一切三摩地門空故前際諸菩薩摩訶薩無所有不可得一切陀羅尼門空故前際諸菩薩摩訶薩無所有不可得一切三摩地門遠離故前際諸菩薩摩訶薩無所有不可得一切陀羅尼門遠離故前際諸菩薩摩訶薩無所有不可得一切三摩地門無自性故前際諸菩薩摩訶薩無所有不可得一切陀羅尼門無自性故前際諸菩薩摩訶薩無所有不可得後際中際諸菩薩摩訶薩無所有不可得亦復如是舍利子法界無所有故前際諸菩薩摩訶薩無所有不可得真如實際不思議界安隱界等無所有故前際諸菩薩摩訶薩無所有不可得法界空故前際諸菩薩摩訶薩無所有不可得真如實際不思議界安隱界等空故前際諸菩薩摩訶薩無所有不可得法界遠離故前際諸菩薩摩訶薩無所有不可得真如實際不思議界安隱界等遠離故前際諸菩薩摩訶薩無所有不可得法界無自性故前際諸菩薩摩訶薩無所有不可得真如實際不思議界安隱界等無自性故前際諸菩薩摩訶薩無所有不可得後際中際諸菩薩摩訶薩無所有不可得亦復如是舍利子聲聞乘無所有故前際諸菩薩摩訶薩無所有不可得獨覺乘大乘無所有故前際諸菩薩摩訶薩無所有不可得聲聞乘空故前際諸菩薩摩訶薩無所有不可得獨覺乘大乘空故前際諸菩薩摩訶薩無所有不可得聲聞乘遠離故前際諸菩薩摩訶薩無所有不可得獨覺乘大乘遠離故前際諸菩薩摩訶薩無所有不可得聲聞乘

無自性故前際諸菩薩摩訶薩無所有不可得獨覺乘大乘無自性故前際諸菩薩摩訶薩無所有不可得後際中際諸菩薩摩訶薩無所有不可得亦復如是舍利子一切智無所有故前際諸菩薩摩訶薩無所有不可得道相智一切相智無所有故前際諸菩薩摩訶薩無所有不可得一切智空故前際諸菩薩摩訶薩無所有不可得道相智一切相智空故前際諸菩薩摩訶薩無所有不可得一切智遠離故前際諸菩薩摩訶薩無所有不可得道相智一切相智遠離故前際諸菩薩摩訶薩無所有不可得一切智無自性故前際諸菩薩摩訶薩無所有不可得道相智一切相智無自性故前際諸菩薩摩訶薩無所有不可得後際中際諸菩薩摩訶薩無所有

不可得亦復如是何以故舍利子如是空中前際不可得後際不可得中際不可得菩薩摩訶薩亦不可得舍利子若如是空若前際若後際若中際若菩薩摩訶薩如是一切法皆無二無二處舍利子由此因緣我作是說前際諸菩薩摩訶薩無所有不可得後際諸菩薩摩訶薩無所有不可得中際諸菩薩摩訶薩無所有不可得復次舍利子尊者所問何緣故說色無邊際故當知菩薩摩訶薩亦無邊際受想行識無邊際故當知菩薩摩訶薩亦無邊際乃至聲聞乘無邊際故當知菩薩摩訶薩亦無邊際獨覺乘大乘無邊際故當知菩薩摩訶薩亦無邊際者舍利子色如虛空受想行識如虛空所以者何舍利子如虛空前際不可得後際不可得中際不可得

由彼中邊俱不可得說爲虛空色乃至識亦復如是前後中際俱不可得何以故色乃至識皆性空故舍利子空中前際不可得後際不可得中際不可得亦以中邊俱不可得故說爲空舍利子由此因緣我作是說色無邊際故當知菩薩摩訶薩亦無邊際受想行識無邊際故當知菩薩摩訶薩亦無邊際乃至三乘亦復如是復次舍利子尊者所問何緣故說即色菩薩摩訶薩無所有不可得離色菩薩摩訶薩無所有不可得即受想行識菩薩摩訶薩無所有不可得離受想行識菩薩摩薩無所有不可得乃至即聲聞乘菩薩摩訶薩無所有不可得離聲聞乘菩薩摩訶薩無所有不可得即獨覺乘大乘菩薩摩訶薩無所有不可得離獨覺乘大乘菩薩摩訶

薩無所有不可得者舍利子色色性空受想行識受想行識性空何以故色性空中色無所有不可得故諸菩薩摩訶薩亦無所有不可得受想行識性空中受想行識無所有不可得故諸菩薩摩訶薩亦無所有不可得舍利子非色非色性空非受想行識非受想行識性空何以故非色性空中非色無所有不可得故諸菩薩摩訶薩亦無所有不可得非受想行識性空中非受想行識無所有不可得故諸菩薩摩訶薩亦無所有不可得舍利子由此因緣我作是說即色菩薩摩訶薩無所有不可得離色菩薩摩訶薩無所有不可得即受想行識菩薩摩訶薩無所有不可得離受想行識菩薩摩訶薩無所有不可得乃至三乘亦復如是復次舍利子尊者所問何

縁故說我於是等一切法以一切種一切處一切時求諸菩薩摩訶薩都無所見竟不可得云何令我以般若波羅蜜多教誡教授諸菩薩摩訶薩者舍利子色色性空故色於色無所有不可得色於受想行識無所有不可得色中受想行識亦無所有不可得受受性空故受於受無所有不可得受於色想行識無所有不可得受中色想行識亦無所有不可得想想性空故想於想無所有不可得想於色受行識無所有不可得想中色受行識亦無所有不可得行行性空故行於行無所有不可得行於色受想識無所有不可得行中色受想識亦無所有不可得識識性空故識於識無所有不可得識於色受想行無所有不可得識中色受想行亦無所有不可得

舍利子眼處眼處性空故眼處於眼處無所有不可得眼處於耳鼻舌身意處無所有不可得眼處中耳鼻舌身意處亦無所有不可得耳處耳處性空故耳處於耳處無所有不可得耳處於眼鼻舌身意處無所有不可得耳處中眼鼻舌身意處亦無所有不可得鼻處鼻處性空故鼻處於鼻處無所有不可得鼻處於眼耳舌身意處無所有不可得鼻處中眼耳舌身意處亦無所有不可得舌處舌處性空故舌處於舌處無所有不可得舌處於眼耳鼻身意處無所有不可得舌處中眼耳鼻身意處亦無所有不可得身處身處性空故身處於身處無所有不可得身處於眼耳鼻舌意處無所有不可得身處中眼耳鼻舌意處亦無所有不可得意處意處性空故

意處於意處無所有不可得意處於眼耳鼻舌身處無所有不可得意處中眼耳鼻舌身處亦無所有不可得舍利子色處色處性空故色處於色處無所有不可得色處於聲香味觸法處無所有不可得色處中聲香味觸法處亦無所有不可得聲處聲處性空故聲處於聲處無所有不可得聲處於色香味觸法處無所有不可得聲處中色香味觸法處亦無所有不可得香處香處性空故香處於香處無所有不可得香處於色聲味觸法處無所有不可得香處中色聲味觸法處亦無所有不可得味處味處性空故味處於味處無所有不可得味處於色聲香觸法處無所有不可得味處中色聲香觸法處亦無所有不可得觸處觸處性空故觸處於觸處無所有不可得觸處於色聲香味法處無所有不可得觸處中色聲香味法處亦無所有不可得法處法處性空故法處於法處無所有不可得法處於色聲香味觸處無所有不可得法處中色聲香味觸處亦無所有不可得舍利子眼界眼界性空故眼界於眼界無所有不可得眼界於耳鼻舌身意界無所有不可得眼界中耳鼻舌身意界亦無所有不可得耳界耳界性空故耳界於耳界無所有不可得耳界於眼鼻舌身意界無所有不可得耳界中眼鼻舌身意界亦無所有不可得鼻界鼻界性空故鼻界於鼻界無所有不可得鼻界於眼耳舌身意界無所有不可得鼻界中眼耳舌身意界亦無所有不可得舌界舌界性空故舌界於舌界無所有不可得舌界於

眼耳鼻身意界無所有不可得舌界中眼耳鼻身意界亦無所有不可得身界身界性空故身界於身界無所有不可得身界於眼耳鼻舌意界無所有不可得身界中眼耳鼻舌意界亦無所有不可得意界意界性空故意界於意界無所有不可得意界於眼耳鼻舌身界無所有不可得意界中眼耳鼻舌身界亦無所有不可得舍利子色界色界性空故色界於色界無所有不可得色界於聲香味觸法界無所有不可得色界中聲香味觸法界亦無所有不可得聲界聲界性空故聲界於聲界無所有不可得聲界於色香味觸法界無所有不可得聲界中色香味觸法界亦無所有不可得香界香界性空故香界於香界無所有不可得香界於色聲味觸法界無所有不可得香界中色聲味觸法界亦無所有不可得味界味界性空故味界於味界無所有不可得味界於色聲香觸法界無所有不可得味界中色聲香觸法界亦無所有不可得觸界觸界性空故觸界於觸界無所有不可得觸界於色聲香味法界無所有不可得觸界中色聲香味法界亦無所有不可得法界法界性空故法界於法界無所有不可得法界於色聲香味觸界無所有不可得法界中色聲香味觸界亦無所有不可得舍利子眼識界眼識界性空故眼識界於眼識界無所有不可得眼識界於耳鼻舌身意識界無所有不可得眼識界中耳鼻舌身意識界亦無所有不可得耳識界耳識界性空故耳識界於耳識界無所有不可得耳識界於眼

鼻舌身意識界無所有不可得耳識界中眼鼻舌身意識界亦無所有不可得鼻識界鼻識界性空故鼻識界於鼻識界無所有不可得鼻識界於眼耳舌身意識界無所有不可得鼻識界中眼耳舌身意識界亦無所有不可得舌識界舌識界性空故舌識界於舌識界無所有不可得舌識界於眼耳鼻身意識界無所有不可得舌識界中眼耳鼻身意識界亦無所有不可得身識界身識界性空故身識界於身識界無所有不可得身識界於眼耳鼻舌意識界無所有不可得身識界中眼耳鼻舌意識界亦無所有不可得意識界意識界性空故意識界於意識界無所有不可得意識界於眼耳鼻舌身識界無所有不可得意識界中眼耳鼻舌身識界亦無所有不可得舍利子眼觸眼觸性空故眼觸於眼觸無所有不可得眼觸於耳鼻舌身意觸無所有不可得眼觸中耳鼻舌身意觸亦無所有不可得耳觸耳觸性空故耳觸於耳觸無所有不可得耳觸於眼鼻舌身意觸無所有不可得耳觸中眼鼻舌身意觸亦無所有不可得鼻觸鼻觸性空故鼻觸於鼻觸無所有不可得鼻觸於眼耳舌身意觸無所有不可得鼻觸中眼耳舌身意觸亦無所有不可得舌觸舌觸性空故舌觸於舌觸無所有不可得舌觸於眼耳鼻身意觸無所有不可得舌觸中眼耳鼻身意觸亦無所有不可得身觸身觸性空故身觸於身觸無所有不可得身觸於眼耳鼻舌意觸無所有不可得身觸中眼耳鼻舌意觸亦無所有不可得意觸意觸

性空故意觸於意觸無所有不可得意觸於眼耳鼻舌身觸無所有不可得意觸中眼耳鼻舌身觸亦無所有不可得舍利子眼觸爲緣所生諸受眼觸爲緣所生諸受性空故眼觸爲緣所生諸受於眼觸爲緣所生諸受無所有不可得眼觸爲緣所生諸受於耳鼻舌身意觸爲緣所生諸受無所有不可得眼觸爲緣所生諸受中耳鼻舌身意觸爲緣所生諸受亦無所有不可得耳觸爲緣所生諸受耳觸爲緣所生諸受性空故耳觸爲緣所生諸受於耳觸爲緣所生諸受無所有不可得耳觸爲緣所生諸受於眼鼻舌身意觸爲緣所生諸受無所有不可得耳觸爲緣所生諸受中眼鼻舌身意觸爲緣所生諸受亦無所有不可得鼻觸爲緣所生諸受鼻觸爲緣所

生諸受性空故鼻觸爲緣所生諸受於鼻觸爲緣所生諸受無所有不可得鼻觸爲緣所生諸受於眼耳舌身意觸爲緣所生諸受無所有不可得鼻觸爲緣所生諸受中眼耳舌身意觸爲緣所生諸受亦無所有不可得舌觸爲緣所生諸受舌觸爲緣所生諸受性空故舌觸爲緣所生諸受於舌觸爲緣所生諸受無所有不可得舌觸爲緣所生諸受於眼耳鼻身意觸爲緣所生諸受無所有不可得舌觸爲緣所生諸受中眼耳鼻身意觸爲緣所生諸受亦無所有不可得身觸爲緣所生諸受身觸爲緣所生諸受性空故身觸爲緣所生諸受於身觸爲緣所生諸受無所有不可得身觸爲緣所生諸受於眼耳鼻舌意觸爲緣所生諸受無所有不可得身觸爲緣所

生諸受中眼耳鼻舌意觸爲緣所生諸受亦無所有不可得意觸爲緣所生諸受意觸爲緣所生諸受性空故意觸爲緣所生諸受於意觸爲緣所生諸受無所有不可得意觸爲緣所生諸受於眼耳鼻舌身觸爲緣所生諸受無所有不可得意觸爲緣所生諸受中眼耳鼻舌身觸爲緣所生諸受亦無所有不可得

大般若波羅蜜多經卷第四百二十一

大般若波羅蜜多經卷第四百二十二

唐三藏法師玄奘奉　詔譯

第二分無邊際品第二十三之三

舍利子布施波羅蜜多布施波羅蜜多性空故布施波羅蜜多於布施波羅蜜多無所有不可得布施波羅蜜多於淨戒安忍精進靜慮般若波羅蜜多無所有不可得布施波羅蜜多中淨戒安忍精進靜慮般若波羅蜜多亦無所有不可得乃至般若波羅蜜多般若波羅蜜多性空故般若波羅蜜多於般若波羅蜜多無所有不可得般若波羅蜜多於布施淨戒安忍精進靜慮波羅蜜多無所有不可得般若波羅蜜多中布施淨戒安忍精進靜慮波羅蜜多亦無所有不可得舍利子內空內空性空故內空於內空無所有不可得內空於外空內外空空空大空勝義空有爲空無爲空畢竟空無際空散無散空本性空自共相空一切法空不可得空無性空自性空無性自性空無所有不可得內空中外空乃至無性自性空亦無所有不可得如是乃至無性自性空無性自性空性空故無性自性空於無性自性空無所有不可得無性自性空於內空乃至自性空無所有不可得無性自性空中內空乃至自性空亦無所有不可得舍利子四念住四念住性空故四念住於四念住無所有不可得四念住於四正斷四神足五根五力七等覺支八聖道支無所有不可得四念住中四正斷乃至八聖道支亦無所有不可得乃至八聖道支八聖道支性空故八聖道支於八聖道支無所有不可

得八聖道支於四念住乃至七等覺支無所有不可得八聖道支中四念住乃至七等覺支亦無所有不可得舍利子如是乃至佛十力佛十力性空故佛十力於佛十力無所有不可得佛十力於四無所畏四無礙解大慈大悲大喜大捨十八佛不共法無所有不可得佛十力中四無所畏乃至十八佛不共法亦無所有不可得如是乃至十八佛不共法十八佛不共法性空故十八佛不共法於十八佛不共法無所有不可得十八佛不共法於佛十力乃至大捨無所有不可得十八佛不共法中佛十力乃至大捨亦無所有不可得舍利子一切三摩地門一切三摩地門性空故一切三摩地門於一切三摩地門無所有不可得一切三摩地門於一切陀羅尼門無所有不可得一切三摩地門中一切陀羅尼門亦無所有不可得一切陀羅尼門一切陀羅尼門性空故一切陀羅尼門於一切陀羅尼門無所有不可得一切陀羅尼門於一切三摩地門無所有不可得一切陀羅尼門中一切三摩地門亦無所有不可得舍利子種性法種性法性空故種性法於種性法無所有不可得種性法於第八預流一來不還阿羅漢獨覺菩薩如來法無所有不可得種性法中第八乃至如來法亦無所有不可得如是乃至如來法如來法性空故如來法於如來法無所有不可得如來法於種性乃至菩薩法無所有不可得如來法中種性乃至菩薩法亦無所有不可得舍利子淨觀地淨觀地性空故淨觀地於淨觀地無所有不可

得淨觀地於種性地第八地具見地薄地離欲地已辦地獨覺地菩薩地如來地無所有不可得淨觀地中種性地乃至如來地亦無所有不可得如是乃至如來地如來地性空故如來地於如來地無所有不可得如來地於淨觀地乃至菩薩地無所有不可得如來地中淨觀地乃至菩薩地亦無所有不可得舍利子極喜地極喜地性空故極喜地於極喜地無所有不可得極喜地於離垢地發光地焰慧地極難勝地現前地遠行地不動地善慧地法雲地無所有不可得極喜地中離垢地乃至法雲地亦無所有不可得如是乃至法雲地法雲地性空故法雲地於法雲地無所有不可得法雲地於極喜地乃至善慧地無所有不可得法雲地中極喜地乃至善慧地亦無所有不可得舍利子一切智一切智性空故一切智於一切智無所有不可得一切智於道相智一切相智無所有不可得一切智中道相智一切相智亦無所有不可得道相智道相智性空故道相智於道相智無所有不可得道相智於一切智一切相智無所有不可得道相智中一切智一切相智亦無所有不可得一切相智一切相智性空故一切相智於一切相智無所有不可得一切相智於一切智道相智無所有不可得一切相智中一切智道相智亦無所有不可得舍利子預流預流性空故預流於預流無所有不可得預流於一來不還阿羅漢獨覺菩薩如來無所有不可得預流中一來乃至如來亦無所有不可得如是乃至如來如來性

空故如來於如來無所有不可得如來於預流乃至菩薩無所有不可得如來中預流乃至菩薩亦無所有不可得舍利子菩薩摩訶薩菩薩摩訶薩性空故菩薩摩訶薩於菩薩摩訶薩無所有不可得菩薩摩訶薩於般若波羅蜜多教誡教授無所有不可得菩薩摩訶薩中般若波羅蜜多教誡教授亦無所有不可得般若波羅蜜多般若波羅蜜多性空故般若波羅蜜多於般若波羅蜜多無所有不可得般若波羅蜜多於菩薩摩訶薩教誡教授無所有不可得般若波羅蜜多中菩薩摩訶薩教誡教授亦無所有不可得教誡教授教誡教授性空故教誡教授於教誡教授無所有不可得教誡教授於菩薩摩訶薩般若波羅蜜多無所有不可得教誡教授中菩薩摩訶薩般若波羅蜜多亦無所有不可得舍利子我於是等一切法以一切種一切處一切時求菩薩摩訶薩都無所有亦不可得何以故自性空故舍利子由此因緣我作是說我於是等一切法以一切種一切處一切時求諸菩薩摩訶薩都無所見竟不可得云何令我以般若波羅蜜多教誡教授諸菩薩摩訶薩復次舍利子尊者所問何緣故說諸菩薩摩訶薩諸菩薩摩訶薩但有假名都無自性者舍利子以諸菩薩摩訶薩名唯客攝故時舍利子問善現言何緣故說以諸菩薩摩訶薩名唯客所攝善現對曰舍利子如色名唯客所攝受想行識名亦唯客所攝所以者何色非名名非色受想行識非名名非受想行識色等中無名名中無色等非合非散

但假施設何以故以色等與名俱自性空故自性空中若色等若名俱無所有不可得故舍利子菩薩摩訶薩名亦復如是唯客所攝由斯故說諸菩薩摩訶薩但有假名都無自性舍利子如眼處名唯客所攝耳鼻舌身意處名亦唯客所攝所以者何眼處非名名非眼處耳鼻舌身意處非名名非耳鼻舌身意處眼處等中無名名中無眼處等非合非散但假施設何以故以眼處等與名俱自性空故自性空中若眼處等若名俱無所有不可得故舍利子菩薩摩訶薩名亦復如是唯客所攝由斯故說諸菩薩摩訶薩但有假名都無自性舍利子如色處名唯客所攝聲香味觸法處名亦唯客所攝所以者何色處非名名非色處聲香味觸法處非名名非聲香味觸法處色處等中無名名中無色處等非合非散但假施設何以故以色處等與名俱自性空故自性空中若色處等若名俱無所有不可得故舍利子菩薩摩訶薩名亦復如是唯客所攝由斯故說諸菩薩摩訶薩但有假名都無自性舍利子如眼界名唯客所攝耳鼻舌身意界名亦唯客所攝所以者何眼界非名名非眼界耳鼻舌身意界非名名非耳鼻舌身意界眼界等中無名名中無眼界等非合非散但假施設何以故以眼界等與名俱自性空故自性空中若眼界等若名俱無所有不可得故舍利子菩薩摩訶薩名亦復如是唯客所攝由斯故說諸菩薩摩訶薩但有假名都無自性舍利子如色界名唯客所攝聲香味觸法界名亦唯客所攝所以者何

色界非名名非色界聲香味觸法界非名名非聲香味觸法界色界等中無名名中無色界等非合非散但假施設何以故以色界等與名俱自性空故自性空中若色界等若名俱無所有不可得故舍利子菩薩摩訶薩名亦復如是唯客所攝由斯故説諸菩薩摩訶薩但有假名都無自性舍利子如眼識界名唯客所攝耳鼻舌身意識界名亦唯客所攝所以者何眼識界非名名非眼識界耳鼻舌身意識界非名名非耳鼻舌身意識界眼識界等中無名名中無眼識界等非合非散但假施設何以故以眼識界等與名俱自性空故自性空中若眼識界等若名俱無所有不可得故舍利子菩薩摩訶薩名亦復如是唯客所攝由斯故説諸菩薩摩訶薩但有假名

都無自性舍利子如眼觸名唯客所攝耳鼻舌身意觸名亦唯客所攝所以者何眼觸非名名非眼觸耳鼻舌身意觸非名名非耳鼻舌身意觸眼觸等中無名名中無眼觸等非合非散但假施設何以故以眼觸等與名俱自性空故自性空中若眼觸等若名俱無所有不可得故舍利子菩薩摩訶薩名亦復如是唯客所攝由斯故説諸菩薩摩訶薩但有假名都無自性舍利子如眼觸爲縁所生諸受名唯客所攝耳鼻舌身意觸爲縁所生諸受名亦唯客所攝所以者何眼觸爲縁所生諸受非名名非眼觸爲縁所生諸受耳鼻舌身意觸爲縁所生諸受非名名非耳鼻舌身意觸爲縁所生諸受眼觸爲縁所生諸受等中無名名中無眼觸爲縁所生諸受等非合

非散但假施設何以故以眼觸爲緣所生諸受等與名俱自性空故自性空中若眼觸爲緣所生諸受等若名俱無所有不可得故舍利子菩薩摩訶薩名亦復如是唯客所攝由斯故說諸菩薩摩訶薩但有假名都無自性舍利子如布施波羅蜜多名唯客所攝淨戒安忍精進靜慮般若波羅蜜多名亦唯客所攝所以者何布施波羅蜜多非名名非布施波羅蜜多淨戒安忍精進靜慮般若波羅蜜多非名名非淨戒安忍精進靜慮般若波羅蜜多布施波羅蜜多等中無名名中無布施波羅蜜多等非合非散但假施設何以故以布施波羅蜜多等與名俱自性空故自性空中若布施波羅蜜多等若名俱無所有不可得故舍利子菩薩摩訶薩名亦復如是唯客所攝由斯故說諸菩薩摩訶薩但有假名都無自性舍利子如内空名唯客所攝外空内外空空空大空勝義空有爲空無爲空畢竟空無際空散無散空本性空自共相空一切法空不可得空無性空自性空無性自性空名亦唯客所攝所以者何内空非名名非内空外空乃至無性自性空非名名非外空乃至無性自性空内空等中無名名中無内空等非合非散但假施設何以故以内空等與名俱自性空故自性空中若内空等若名俱無所有不可得故舍利子菩薩摩訶薩名亦復如是唯客所攝由斯故說諸菩薩摩訶薩但有假名都無自性舍利子如四念住名唯客所攝四正斷四神足五根五力七等覺支八聖道支名亦唯客所攝所以者何四念住

非名名非四念住四正斷乃至八聖道支非名名非四正斷乃至八聖道支四念住等中無名名中無四念住等非合非散但假施設何以故以四念住等與名俱自性空故自性空中若四念住等若名俱無所有不可得故舍利子菩薩摩訶薩名亦復如是唯客所攝由斯故說諸菩薩摩訶薩但有假名都無自性舍利子如是乃至如佛十力名唯客所攝四無所畏四無礙解大慈大悲大喜大捨十八佛不共法名亦唯客所攝所以者何佛十力非名名非佛十力四無所畏乃至十八佛不共法非名名非四無所畏乃至十八佛不共法佛十力等中無名名中無佛十力等非合非散但假施設何以故以佛十力等與名俱自性空故自性空中若佛十力等若名俱無所有不可得故舍利子菩薩摩訶薩名亦復如是唯客所攝由斯故說諸菩薩摩訶薩但有假名都無自性舍利子如一切三摩地門名唯客所攝一切陀羅尼門名亦唯客所攝所以者何一切三摩地門非名名非一切三摩地門一切陀羅尼門非名名非一切陀羅尼門一切三摩地門等中無名名中無一切三摩地門等非合非散但假施設何以故以一切三摩地門等與名俱自性空故自性空中若一切三摩地門等若名俱無所有不可得故舍利子菩薩摩訶薩名亦復如是唯客所攝由斯故說諸菩薩摩訶薩但有假名都無自性舍利子乃至如一切智名唯客所攝道相智一切相智名亦唯客所攝所以者何一切智非名名非一切智道相智一切相

智非名名非道相智一切相智一切智等中無名名中無一切智等非合非散但假施設何以故以一切智等與名俱自性空故自性空中若一切智等若名俱無所有不可得故舍利子菩薩摩訶薩名亦復如是唯客所攝由斯故說諸菩薩摩訶薩但有假名都無自性復次舍利子尊者所問何緣故說如說我等畢竟不生但有假名都無自性者舍利子我畢竟無所有不可得云何有生乃至見者亦畢竟無所有不可得云何有生舍利子色畢竟無所有不可得云何有生受想行識亦畢竟無所有不可得云何有生舍利子眼處畢竟無所有不可得云何有生耳鼻舌身意處亦畢竟無所有不可得云何有生舍利子色處畢竟無所有不可得云何有生聲香味觸法處亦畢竟無所有不可得云何有生舍利子眼界畢竟無所有不可得云何有生耳鼻舌身意界亦畢竟無所有不可得云何有生舍利子色界畢竟無所有不可得云何有生聲香味觸法界亦畢竟無所有不可得云何有生舍利子眼識界畢竟無所有不可得云何有生耳鼻舌身意識界亦畢竟無所有不可得云何有生舍利子眼觸畢竟無所有不可得云何有生耳鼻舌身意觸亦畢竟無所有不可得云何有生舍利子眼觸爲緣所生諸受畢竟無所有不可得云何有生耳鼻舌身意觸爲緣所生諸受亦畢竟無所有不可得云何有生舍利子布施波羅蜜多畢竟無所有不可得云何有生淨戒安忍精進靜慮般若波羅蜜多亦畢竟無所有不可得云

何有生舍利子內空畢竟無所有不可得云何有生外空乃至無性自性空亦畢竟無所有不可得云何有生舍利子四念住畢竟無所有不可得云何有生四正斷乃至八聖道支亦畢竟無所有不可得云何有生舍利子如是乃至佛十力畢竟無所有不可得云何有生四無所畏乃至十八佛不共法亦畢竟無所有不可得云何有生舍利子一切三摩地門畢竟無所有不可得云何有生一切陀羅尼門亦畢竟無所有不可得云何有生舍利子乃至聲聞乘畢竟無所有不可得云何有生獨覺乘大乘亦畢竟無所有不可得云何有生舍利子由此因緣我作是說如說我等畢竟不生但有假名都無自性復次舍利子尊者所問何緣故說諸法亦爾畢竟不生但有假名都無自性者舍利子諸法都無和合自性何以故和合有法自性空故時舍利子問善現言何法都無和合自性善現對曰舍利子色都無和合自性受想行識亦都無和合自性眼處都無和合自性耳鼻舌身意處亦都無和合自性色處都無和合自性聲香味觸法處亦都無和合自性眼界都無和合自性耳鼻舌身意界亦都無和合自性色界都無和合自性聲香味觸法界亦都無和合自性眼識界都無和合自性耳鼻舌身意識界亦都無和合自性眼觸都無和合自性耳鼻舌身意觸亦都無和合自性眼觸爲緣所生諸受都無和合自性耳鼻舌身意觸爲緣所生諸受亦都無和合自性布施波羅蜜多都無和合自性淨戒安忍精進靜慮般若

波羅蜜多亦都無和合自性四念住都無和合自性四正斷四神足五根五力七等覺支八聖道支亦都無和合自性乃至佛十力都無和合自性四無所畏四無礙解大慈大悲大喜大捨十八佛不共法亦都無和合自性乃至聲聞乘都無和合自性獨覺乘大乘亦都無和合自性舍利子由此因緣我作是說諸法亦爾畢竟不生但有假名都無自性復次舍利子諸法非常亦無所去時舍利子問善現言何法非常亦無所去善現對曰舍利子色非常亦無所去受想行識非常亦無所去何以故舍利子若法非常自性盡故舍利子由斯故說若法非常亦無所去舍利子有爲法非常亦無所去無爲法非常亦無所去有漏法非常亦無所去無漏法非常亦無所去善法非常亦無所去非善法非常亦無所去有記法非常亦無所去無記法非常亦無所去何以故舍利子若法非常自性盡故舍利子由斯故說若法非常亦無所去復次舍利子諸法非常亦不滅壞時舍利子問善現言何法非常亦不滅壞善現對曰舍利子色非常亦不滅壞受想行識非常亦不滅壞何以故本性爾故舍利子有爲法非常亦不滅壞無爲法非常亦不滅壞有漏法非常亦不滅壞無漏法非常亦不滅壞善法非常亦不滅壞非善法非常亦不滅壞有記法非常亦不滅壞無記法非常亦不滅壞何以故本性爾故舍利子由此因緣我作是說諸法亦爾畢竟不生但有假名都無自性復次舍利子尊者所問何緣故說何等色畢竟不生何等

受想行識畢竟不生乃至何等聲聞乘畢竟不生何等獨覺乘大乘畢竟不生者舍利子一切色本性不生一切受想行識本性不生何以故舍利子一切色乃至識非所作故非所起故所以者何以一切色乃至識作者起者不可得故舍利子乃至一切聲聞乘本性不生一切獨覺乘大乘本性不生何以故舍利子一切聲聞乘獨覺乘大乘非所作故非所起故所以者何以一切聲聞乘獨覺乘大乘作者起者不可得故舍利子由此因縁我作是説何等色畢竟不生何等受想行識畢竟不生乃至何等聲聞乘畢竟不生何等獨覺乘大乘畢竟不生復次舍利子尊者所問何縁故説若畢竟不生則不名色亦不名受想行識乃至若畢竟不生則不名聲聞乘亦不名獨覺乘大乘者舍利子色本性空故若法本性空則不可施設若生若滅若住若異由此縁故若畢竟不生則不名色何以故空非色故舍利子受想行識本性空故若法本性空則不可施設若生若滅若住若異由此縁故若畢竟不生則不名受想行識何以故空非受想行識故舍利子乃至聲聞乘本性空故若法本性空則不可施設若生若滅若住若異由此縁故若畢竟不生則不名聲聞乘何以故空非聲聞乘故舍利子獨覺乘大乘本性空故若法本性空則不可施設若生若滅若住若異由此縁故若畢竟不生則不名獨覺乘大乘何以故空非獨覺乘大乘故舍利子由此因縁我作是説若畢竟不生則不名色亦不名受想行識乃至若畢竟不生

則不名聲聞乘亦不名獨覺乘大乘復次舍利子尊者所問何緣故説我豈能以畢竟不生般若波羅蜜多教誡教授畢竟不生諸菩薩摩訶薩者舍利子畢竟不生即是般若波羅蜜多般若波羅蜜多即是畢竟不生何以故畢竟不生與般若波羅蜜多無二無二處故舍利子畢竟不生即是菩薩摩訶薩菩薩摩訶薩即是畢竟不生何以故畢竟不生與菩薩摩訶薩亦無二無二處故舍利子由此因緣我作是説我豈能以畢竟不生般若波羅蜜多教誡教授畢竟不生諸菩薩摩訶薩復次舍利子尊者所問何緣故説離畢竟不生亦無菩薩摩訶薩能行無上正等菩提者舍利子諸菩薩摩訶薩修行般若波羅蜜多時不見離畢竟不生有般若波羅蜜多亦不見離畢竟不生有菩薩摩訶薩何以故若般若波羅蜜多若菩薩摩訶薩與畢竟不生無二無二處故舍利子諸菩薩摩訶薩修行般若波羅蜜多時不見離畢竟不生有色亦不見離畢竟不生有受想行識何以故若色若受想行識與畢竟不生無二無二處故舍利子諸菩薩摩訶薩修行般若波羅蜜多時不見離畢竟不生有眼處亦不見離畢竟不生有耳鼻舌身意處何以故若眼處若耳鼻舌身意處與畢竟不生無二無二處故舍利子諸菩薩摩訶薩修行般若波羅蜜多時不見離畢竟不生有色處亦不見離畢竟不生有聲香味觸法處何以故若色處若聲香味觸法處與畢竟不生無二無二處故舍利子諸菩薩摩訶薩修行般若波羅蜜多時不見離

畢竟不生有眼界亦不見離畢竟不生有耳鼻舌身意界何以故若眼界若耳鼻舌身意界與畢竟不生無二無二處故舍利子諸菩薩摩訶薩修行般若波羅蜜多時不見離畢竟不生有色界亦不見離畢竟不生有聲香味觸法界何以故若色界若聲香味觸法界與畢竟不生無二無二處故舍利子諸菩薩摩訶薩修行般若波羅蜜多時不見離畢竟不生有眼識界亦不見離畢竟不生有耳鼻舌身意識界何以故若眼識界若耳鼻舌身意識界與畢竟不生無二無二處故舍利子諸菩薩摩訶薩修行般若波羅蜜多時不見離畢竟不生有眼觸亦不見離畢竟不生有耳鼻舌身意觸何以故若眼觸若耳鼻舌身意觸與畢竟不生無二無二處故舍利子諸菩薩摩訶薩修行般若波羅蜜多時不見離畢竟不生有眼觸爲緣所生諸受亦不見離畢竟不生有耳鼻舌身意觸爲緣所生諸受何以故若眼觸爲緣所生諸受若耳鼻舌身意觸爲緣所生諸受與畢竟不生無二無二處故舍利子諸菩薩摩訶薩修行般若波羅蜜多時不見離畢竟不生有布施波羅蜜多亦不見離畢竟不生有淨戒安忍精進靜慮般若波羅蜜多何以故若布施波羅蜜多若淨戒安忍精進靜慮般若波羅蜜多與畢竟不生無二無二處故舍利子諸菩薩摩訶薩修行般若波羅蜜多時不見離畢竟不生有四念住亦不見離畢竟不生有四正斷四神足五根五力七等覺支八聖道支何以故若四念住若四正斷乃至八聖道支與畢竟不

生無二無二處故舍利子諸菩薩摩訶薩修行般若波羅蜜多時不見離畢竟不生廣說乃至有佛十力亦不見離畢竟不生有四無所畏四無礙解大慈大悲大喜大捨十八佛不共法何以故若佛十力若四無所畏乃至十八佛不共法與畢竟不生無二無二處故舍利子諸菩薩摩訶薩修行般若波羅蜜多時不見離畢竟不生有一切三摩地門亦不見離畢竟不生有一切陀羅尼門何以故若一切三摩地門若一切陀羅尼門與畢竟不生無二無二處故舍利子諸菩薩摩訶薩修行般若波羅蜜多時不見離畢竟不生有一切智亦不見離畢竟不生有道相智一切相智何以故若一切智若道相智一切相智與畢竟不生無二無二處故舍利子諸菩薩摩

訶薩修行般若波羅蜜多時不見離畢竟不生有聲聞乘亦不見離畢竟不生有獨覺乘大乘何以故若聲聞乘若獨覺乘大乘與畢竟不生無二無二處故舍利子由此因緣我作是說離畢竟不生亦無菩薩摩訶薩能行無上正等菩提復次舍利子尊者所問何緣故說若菩薩摩訶薩聞如是說心不沉没亦不憂悔其心不驚不恐不怖當知是菩薩摩訶薩能行般若波羅蜜多者舍利子諸菩薩摩訶薩修行般若波羅蜜多時不見諸法有實作用但見諸法如夢如幻如響如像如陽焰如光影如尋香城如變化事雖現似有而無實用聞說諸法本性皆空深生歡喜離沉没等舍利子由此因緣我作是說若菩薩摩訶薩聞如是說心不沉没亦不憂悔其心不

驚不恐不怖當知是菩薩摩訶薩能行般若
波羅蜜多

大般若波羅蜜多經卷第四百二十二

大般若波羅蜜多經卷第四百二十三

唐三藏法師玄奘奉詔譯

第二分無邊際品第二十三之四

爾時具壽善現白佛言世尊若時菩薩摩訶薩修行般若波羅蜜多觀察諸法是時菩薩摩訶薩於色無受無取無住無著亦不施設爲我於受想行識無受無取無住無著亦不施設爲我何以故世尊是菩薩摩訶薩當於爾時不見色乃至識故於眼處無受無取無住無著亦不施設爲我於耳鼻舌身意處無受無取無住無著亦不施設爲我何以故世尊是菩薩摩訶薩當於爾時不見眼處乃至意處故於色處無受無取無住無著亦不施設爲我於聲香味觸法處無受無取無住無著亦不施設爲我何以故世尊是菩薩摩訶薩當於爾時不見色處乃至法處故於眼界無受無取無住無著亦不施設爲我於耳鼻舌身意界無受無取無住無著亦不施設爲我何以故世尊是菩薩摩訶薩當於爾時不見眼界乃至意界故於色界無受無取無住無著亦不施設爲我於聲香味觸法界無受無取無住無著亦不施設爲我何以故世尊是菩薩摩訶薩當於爾時不見色界乃至法界故於眼識界無受無取無住無著亦不施設爲我於耳鼻舌身意識界無受無取無住無著亦不施設爲我何以故世尊是菩薩摩訶薩當於爾時不見眼識界乃至意識界故於眼觸無受無取無住無著亦不施設爲我於耳鼻舌身意觸無受無取無住無著亦不施設爲我何以故世尊是菩薩摩訶薩當於

爾時不見眼觸乃至意觸故於眼觸爲緣所生諸受無受無取無住無著亦不施設爲我於耳鼻舌身意觸爲緣所生諸受無受無取無住無著亦不施設爲我何以故世尊是菩薩摩訶薩當於爾時不見眼觸爲緣所生諸受乃至意觸爲緣所生諸受故於布施波羅蜜多無受無取無住無著亦不施設爲我於淨戒安忍精進靜慮般若波羅蜜多無受無取無住無著亦不施設爲我何以故世尊是菩薩摩訶薩當於爾時不見布施波羅蜜多乃至般若波羅蜜多故於内空無受無取無住無著亦不施設爲我於外空内外空空空大空勝義空有爲空無爲空畢竟空無際空散無散空本性空自共相空一切法空不可得空無性空自性空無性自性空無受無取無住無著亦不施設爲我何以故世尊是菩薩摩訶薩當於爾時不見内空乃至無性自性空故於四念住無受無取無住無著亦不施設爲我於四正斷四神足五根五力七等覺支八聖道支無受無取無住無著亦不施設爲我何以故世尊是菩薩摩訶薩當於爾時不見四念住乃至八聖道支故如是乃至於佛十力無受無取無住無著亦不施設爲我於四無所畏四無礙解大慈大悲大喜大捨十八佛不共法無受無取無住無著亦不施設爲我何以故世尊是菩薩摩訶薩當於爾時不見佛十力乃至十八佛不共法故於一切三摩地門無受無取無住無著亦不施設爲我於一切陀羅尼門無受無取無住無著亦不施設爲我何以故世尊是菩薩摩訶

薩當於爾時不見一切三摩地門一切陀羅尼門故乃至於一切智無受無取無住無著亦不施設爲我於道相智一切相智無受無取無住無著亦不施設爲我何以故世尊是菩薩摩訶薩當於爾時不見一切智道相智一切相智故世尊諸菩薩摩訶薩修行般若波羅蜜多時不見色亦不見受想行識何以故色等性空無生滅故不見眼處亦不見耳鼻舌身意處何以故眼處等性空無生滅故不見色處亦不見聲香味觸法處何以故色處等性空無生滅故不見眼界亦不見耳鼻舌身意界何以故眼界等性空無生滅故不見色界亦不見聲香味觸法界何以故色界等性空無生滅故不見眼識界亦不見耳鼻舌身意識界何以故眼識界等性空無生滅

故不見眼觸亦不見耳鼻舌身意觸何以故眼觸等性空無生滅故不見眼觸爲緣所生諸受亦不見耳鼻舌身意觸爲緣所生諸受何以故眼觸爲緣所生諸受等性空無生滅故不見布施波羅蜜多亦不見淨戒安忍精進靜慮般若波羅蜜多何以故布施波羅蜜多等性空無生滅故不見內空亦不見外空乃至無性自性空何以故內空等性空無生滅故不見四念住亦不見四正斷乃至八聖道支何以故四念住等性空無生滅故如是乃至不見佛十力亦不見四無所畏乃至十八佛不共法何以故佛十力等性空無生滅故不見一切三摩地門亦不見一切陀羅尼門何以故一切三摩地門等性空無生滅故不見法界亦不見真如實際不思議界安隱

界等何以故法界等性空無生滅故不見一切菩薩摩訶薩行亦不見諸佛無上正等菩提何以故一切菩薩摩訶薩行等性空無生滅故不見一切智亦不見道相智一切相智何以故一切智等性空無生滅故世尊色不生不滅即非色受想行識不生不滅亦非受想行識所以者何以色等與不生不滅無二無二處何以故以不生不滅法非一非二非多非别是故色不生不滅即非色受想行識不生不滅亦非受想行識世尊眼處不生不滅即非眼處耳鼻舌身意處不生不滅亦非耳鼻舌身意處所以者何以眼處等與不生不滅無二無二處何以故以不生不滅法非一非二非多非别是故眼處不生不滅即非眼處耳鼻舌身意處不生不滅亦非耳鼻舌身意處世尊色處不生不滅即非色處聲香味觸法處不生不滅亦非聲香味觸法處所以者何以色處等與不生不滅無二無二處何以故以不生不滅法非一非二非多非别是故色處不生不滅即非色處聲香味觸法處不生不滅亦非聲香味觸法處世尊眼界不生不滅即非眼界耳鼻舌身意界不生不滅亦非耳鼻舌身意界所以者何以眼界等與不生不滅無二無二處何以故以不生不滅法非一非二非多非别是故眼界不生不滅即非眼界耳鼻舌身意界不生不滅亦非耳鼻舌身意界世尊色界不生不滅即非色界聲香味觸法界不生不滅亦非聲香味觸法界所以者何以色界等與不生不滅無二無二處何以故以不生不滅法非一非二非

多非別是故色界不生不滅即非色界聲香味觸法界不生不滅亦非聲香味觸法界世尊眼識界不生不滅即非眼識界耳鼻舌身意識界不生不滅亦非耳鼻舌身意識界所以者何以眼識界等與不生不滅無二無二處何以故以不生不滅法非一非二非多非別是故眼識界不生不滅即非眼識界耳鼻舌身意識界不生不滅亦非耳鼻舌身意識界世尊眼觸不生不滅即非眼觸耳鼻舌身意觸不生不滅亦非耳鼻舌身意觸所以者何以眼觸等與不生不滅無二無二處何以故以不生不滅法非一非二非多非別是故眼觸不生不滅即非眼觸耳鼻舌身意觸不生不滅亦非耳鼻舌身意觸世尊眼觸爲緣所生諸受不生不滅即非眼觸爲緣所生諸受耳鼻舌身意觸爲緣所生諸受不生不滅亦非耳鼻舌身意觸爲緣所生諸受所以者何以眼觸爲緣所生諸受等與不生不滅無二無二處何以故以不生不滅法非一非二非多非別是故眼觸爲緣所生諸受不生不滅即非眼觸爲緣所生諸受耳鼻舌身意觸爲緣所生諸受不生不滅亦非耳鼻舌身意觸爲緣所生諸受世尊布施波羅蜜多不生不滅即非布施波羅蜜多淨戒安忍精進靜慮般若波羅蜜多不生不滅亦非淨戒安忍精進靜慮般若波羅蜜多所以者何以布施波羅蜜多等與不生不滅無二無二處何以故以不生不滅法非一非二非多非別是故布施波羅蜜多不生不滅即非布施波羅蜜多淨戒安忍精進靜慮般若波羅蜜多不生

不滅亦非淨戒安忍精進靜慮般若波羅蜜多世尊內空不生不滅即非內空外空乃至無性自性空不生不滅亦非外空乃至無性自性空所以者何以內空等與不生不滅無二無二處何以故以不生不滅法非一非二非多非別是故內空不生不滅即非內空外空乃至無性自性空不生不滅亦非外空乃至無性自性空世尊四念住不生不滅即非四念住四正斷乃至八聖道支不生不滅亦非四正斷乃至八聖道支所以者何以四念住等與不生不滅無二無二處何以故以不生不滅法非一非二非多非別是故四念住不生不滅即非四念住四正斷乃至八聖道支不生不滅亦非四正斷乃至八聖道支世尊如是乃至佛十力不生不滅即非佛十力四無所畏乃至十八佛不共法不生不滅亦非四無所畏乃至十八佛不共法所以者何以佛十力等與不生不滅無二無二處何以故以不生不滅法非一非二非多非別是故佛十力不生不滅即非佛十力四無所畏乃至十八佛不共法不生不滅亦非四無所畏乃至十八佛不共法世尊一切三摩地門不生不滅即非一切三摩地門一切陀羅尼門不生不滅亦非一切陀羅尼門所以者何以一切三摩地門等與不生不滅無二無二處何以故以不生不滅法非一非二非多非別是故一切三摩地門不生不滅即非一切三摩地門一切陀羅尼門不生不滅亦非一切陀羅尼門世尊法界不生不滅即非法界真如實際不思議界安隱界等不生不滅亦非

真如實際不思議界安隱界等所以者何以法界等與不生不滅無二無二處何以故以不生不滅法非一非二非多非别是故法界不生不滅即非法界眞如實際不思議界安隱界等不生不滅亦非法界眞如實際不思議界安隱界等世尊一切菩薩摩訶薩行不生不滅即非一切菩薩摩訶薩行諸佛無上正等菩提不生不滅亦非諸佛無上正等菩提所以者何以一切菩薩摩訶薩行等與不生不滅無二無二處何以故以不生不滅法非一非二非多非别是故一切菩薩摩訶薩行不生不滅即非一切菩薩摩訶薩行諸佛無上正等菩提不生不滅亦非諸佛無上正等菩提世尊一切智不生不滅即非一切智道相智一切相智不生不滅亦非道相智一切相智所以者何以一切智等與不生不滅無二無二處何以故以不生不滅法非一非二非多非别是故一切智不生不滅即非一切智道相智一切相智不生不滅亦非道相智一切相智世尊色不二即非色受想行識不二亦非受想行識眼處不二即非眼處耳鼻舌身意處不二亦非耳鼻舌身意處色處不二即非色處聲香味觸法處不二亦非聲香味觸法處眼界不二即非眼界耳鼻舌身意界不二亦非耳鼻舌身意界色界不二即非色界聲香味觸法界不二亦非聲香味觸法界眼識界不二即非眼識界耳鼻舌身意識界不二亦非耳鼻舌身意識界眼觸不二即非眼觸耳鼻舌身意觸不二亦非耳鼻舌身意觸眼觸爲緣所生諸受不二即非眼觸

爲緣所生諸受耳鼻舌身意觸爲緣所生諸受不二亦非耳鼻舌身意觸爲緣所生諸受布施波羅蜜多不二即非布施波羅蜜多淨戒安忍精進靜慮般若波羅蜜多不二亦非淨戒安忍精進靜慮般若波羅蜜多內空不一即非內空外空乃至無性自性空不二亦非外空乃至無性自性空四念住不二即非四念住四正斷乃至八聖道支不二亦非四正斷乃至八聖道支如是乃至佛十力不二即非佛十力四無所畏乃至十八佛不共法不二亦非四無所畏乃至十八佛不共法一切三摩地門不二即非一切三摩地門一切陀羅尼門不二亦非一切陀羅尼門法界不二即非法界眞如實際不思議界安隱界等不二亦非眞如實際不思議界安隱界等一切菩薩摩訶薩行不二即非一切菩薩摩訶薩行諸佛無上正等菩提不二即非諸佛無上正等菩提一切智不二即非一切智道相智一切相智不二亦非道相智一切相智世尊色入無二法數受想行識入無二法數眼處入無二法數耳鼻舌身意處入無二法數色處入無二法數聲香味觸法處入無二法數眼界入無二法數耳鼻舌身意界入無二法數色界入無二法數聲香味觸法界入無二法數眼識界入無二法數耳鼻舌身意識界入無二法數眼觸入無二法數耳鼻舌身意觸入無二法數眼觸爲緣所生諸受入無二法數耳鼻舌身意觸爲緣所生諸受入無二法數布施波羅蜜多入無二法數淨戒安忍精進靜慮般若波羅蜜多入無二法數內

空入無二法數外空乃至無性自性空入無二法數四念住入無二法數四正斷乃至八聖道支入無二法數如是乃至佛十力入無二法數四無所畏乃至十八佛不共法入無二法數一切三摩地門入無二法數一切陁羅尼門入無二法數法界入無二法數眞如實際不思議界安隱界等入無二法數一切菩薩摩訶薩行入無二法數諸佛無上正等菩提入無二法數一切智入無二法數道相智一切相智入無二法數

第二分遠離品第二十四之一

爾時具壽舍利子問善現言如仁者所說若時菩薩摩訶薩修行般若波羅蜜多觀察諸法者云何菩薩摩訶薩云何般若波羅蜜多云何觀察諸法爾時具壽善現對曰尊者所問云何菩薩摩訶薩者舍利子勤求無上正等菩提利樂有情故名菩薩具如實覺能遍了知一切法相而無所執故復名摩訶薩時舍利子又問善現云何菩薩摩訶薩能遍了知一切法相而無所執善現對曰舍利子諸菩薩摩訶薩如實了知一切色相而無所執如實了知一切受想行識相而無所執如實了知一切眼處相而無所執如實了知一切耳鼻舌身意處相而無所執如實了知一切色處相而無所執如實了知一切聲香味觸法處相而無所執如實了知一切眼界相而無所執如實了知一切耳鼻舌身意界相而無所執如實了知一切色界相而無所執如實了知一切聲香味觸法界相而無所執如實了知一切眼識界相而無所執如實了知

一切耳鼻舌身意識界相而無所執如實了知一切眼觸相而無所執如實了知一切耳鼻舌身意觸相而無所執如實了知一切眼觸爲縁所生諸受相而無所執如實了知一切耳鼻舌身意觸爲縁所生諸受相而無所執如實了知一切布施波羅蜜多相而無所執如實了知一切淨戒安忍精進靜慮般若波羅蜜多相而無所執如實了知一切内空相而無所執如實了知一切外空乃至無性自性空相而無所執如實了知一切四念住相而無所執如實了知一切四正斷乃至八聖道支相而無所執如是乃至如實了知一切佛十力相而無所執如實了知一切四無所畏乃至十八佛不共法相而無所執如實了知一切三摩地門相而無所執如實了知一切陀羅尼門相而無所執如實了知一切法界相而無所執如實了知一切眞如實際不思議界安隱界等相而無所執乃至如實了知一切一切智相而無所執如實了知一切道相智一切相智相而無所執時舍利子問善現言復何名爲一切法相善現對曰舍利子若由如是諸行相狀表知諸法是色是聲是香是味是觸是法是内是外是有漏是無漏是有爲是無爲此等名爲一切法相復次舍利子尊者所問云何般若波羅蜜多者舍利子有勝妙慧遠有所離故名般若波羅蜜多舍利子言此於何法而能遠離善現答言此於諸蘊諸處諸界諸煩惱見及六趣等皆能遠離故名般若波羅蜜多又舍利子有勝妙慧遠有所到故名般若波羅蜜多舍利

子言此於何法而能遠到善現答言此於布施波羅蜜多乃至般若波羅蜜多皆能遠到故名般若波羅蜜多此於內空乃至無性自性空皆能遠到故名般若波羅蜜多此於四念住乃至八聖道支皆能遠到故名般若波羅蜜多如是乃至此於佛十力乃至十八佛不共法皆能遠到故名般若波羅蜜多乃至此於一切智道相智一切相智皆能遠到故名般若波羅蜜多舍利子由此因緣說爲般若波羅蜜多復次舍利子尊者所問云何觀察諸法者舍利子諸菩薩摩訶薩修行般若波羅蜜多時觀察色乃至識非常非無常非樂非苦非我非無我非淨非不淨非空非不空非有相非無相非有願非無願非寂靜非不寂靜非遠離非不遠離觀察眼處乃至意處非常非無常非樂非苦非我非無我非淨非不淨非空非不空非有相非無相非有願非無願非寂靜非不寂靜非遠離非不遠離觀察色處乃至法處非常非無常非樂非苦非我非無我非淨非不淨非空非不空非有相非無相非有願非無願非寂靜非不寂靜非遠離非不遠離觀察眼界乃至意界非常非無常非樂非苦非我非無我非淨非不淨非空非不空非有相非無相非有願非無願非寂靜非不寂靜非遠離非不遠離觀察色界乃至法界非常非無常非樂非苦非我非無我非淨非不淨非空非不空非有相非無相非有願非無願非寂靜非不寂靜非遠離非不遠離觀察眼識界乃至意識界非常非無常非樂非苦非我非無我非淨非不淨非

空非不空非有相非無相非有願非無願非
寂靜非不寂靜非遠離非不遠離觀察眼觸
乃至意觸非常非無常非樂非苦非我非無
我非淨非不淨非空非不空非有相非無相
非有願非無願非寂靜非不寂靜非遠離非
不遠離觀察眼觸爲緣所生諸受乃至意觸
爲緣所生諸受非常非無常非樂非苦非我
非無我非淨非不淨非空非不空非有相非
無相非有願非無願非寂靜非不寂靜非遠
離非不遠離觀察布施波羅蜜多乃至般若
波羅蜜多非常非無常非樂非苦非我非無
我非淨非不淨非空非不空非有相非無相
非有願非無願非寂靜非不寂靜非遠離非
不遠離觀察內空乃至無性自性空非常非
無常非樂非苦非我非無我非淨非不淨非

空非不空非有相非無相非有願非無願非
寂靜非不寂靜非遠離非不遠離觀察四念
住乃至八聖道支非常非無常非樂非苦非
我非無我非淨非不淨非空非不空非有相
非無相非有願非無願非寂靜非不寂靜非
遠離非不遠離如是乃至觀察佛十力乃至
十八佛不共法非常非無常非樂非苦非我
非無我非淨非不淨非空非不空非有相非
無相非有願非無願非寂靜非不寂靜非遠
離非不遠離觀察一切三摩地門一切陀羅
尼門非常非無常非樂非苦非我非無我非
淨非不淨非空非不空非有相非無相非有
願非無願非寂靜非不寂靜非遠離非不遠
離如是乃至觀察一切智道相智一切相智
非常非無常非樂非苦非我非無我非淨非

不淨非空非不空非有相非無相非有願非無願非寂靜非不寂靜非遠離非不遠離舍利子此等名爲觀察諸法舍利子諸菩薩摩訶薩修行般若波羅蜜多時應作如是觀察諸法爾時具壽舍利子問善現言仁者何緣作如是說色不生不滅即非色受想行識不生不滅亦非受想行識如是乃至一切智不生不滅即非一切智道相智一切相智不生不滅亦非道相智一切相智善現對曰舍利子色色性空受想行識受想行識性空此性空中無生無滅亦無色乃至識由斯故說色不生不滅即非色受想行識不生不滅亦非受想行識舍利子如是乃至一切智一切智性空道相智一切相智道相智一切相智性空此性空中無生無滅亦無一切智道相智

一切相智由斯故說一切智不生不滅即非一切智道相智一切相智不生不滅亦非道相智一切相智爾時具壽舍利子問善現言仁者何緣作如是說色不二即非色受想行識不二亦非受想行識如是乃至一切智不二即非一切智道相智一切相智不二亦非道相智一切相智善現對曰舍利子若色若不二若受想行識若不二如是一切皆非相應非不相應無色無見無對一相所謂無相由斯故說色不二即非色受想行識不二亦非受想行識舍利子如是乃至若一切智若不二若道相智一切相智若不二如是一切皆非相應非不相應無色無見無對一相所謂無相由斯故說一切智不二即非一切智道相智一切相智不二亦非道相智一切相

智爾時具壽舍利子問善現言仁者何緣作如是說色入無二法數受想行識入無二法數如是乃至一切智入無二法數道相智一切相智入無二法數善現對曰舍利子色不異無生無滅無生無滅不異色色即是無生無滅無生無滅即是色受想行識不異無生無滅無生無滅不異受想行識受想行識即是無生無滅無生無滅即是受想行識由斯故說色入無二法數受想行識入無二法數舍利子如是乃至一切智不異無生無滅無生無滅不異一切智一切智即是無生無滅無生無滅即是一切智道相智一切相智不異無生無滅無生無滅不異道相智一切相智道相智一切相智即是無生無滅無生無滅即是道相智一切相智由斯故說一切智入無二法數道相智一切相智入無二法數

爾時具壽善現白佛言世尊若時菩薩摩訶薩修行般若波羅蜜多觀察諸法是時菩薩摩訶薩見我無生畢竟淨故乃至見見者無生畢竟淨故見色無生畢竟淨故乃至見識無生畢竟淨故見眼處無生畢竟淨故乃至見意處無生畢竟淨故見色處無生畢竟淨故乃至見法處無生畢竟淨故見眼界無生畢竟淨故乃至見意界無生畢竟淨故見色界無生畢竟淨故乃至見法界無生畢竟淨故見眼識界無生畢竟淨故乃至見意識界無生畢竟淨故見眼觸無生畢竟淨故乃至見意觸無生畢竟淨故見眼觸爲緣所生諸受無生畢竟淨故乃至見意觸爲緣所生諸受無生畢竟淨故見布施波羅蜜多無生畢

竟淨故乃至見般若波羅蜜多無生畢竟淨故見内空無生畢竟淨故乃至見無性自性空無生畢竟淨故見四念住無生畢竟淨故乃至見八聖道支無生畢竟淨故如是乃至見佛十力無生畢竟淨故乃至見十八佛不共法無生畢竟淨故見一切三摩地門無生畢竟淨故見一切陀羅尼門無生畢竟淨故如是乃至見一切智無生畢竟淨故見道相智一切相智無生畢竟淨故見異生法無生畢竟淨故見異生無生畢竟淨故見預流法無生畢竟淨故見預流無生畢竟淨故見一來法無生畢竟淨故見一來無生畢竟淨故見不還法無生畢竟淨故見不還無生畢竟淨故見阿羅漢法無生畢竟淨故見阿羅漢無生畢竟淨故見獨覺法無生畢竟淨故見獨覺無生畢竟淨故見一切菩薩法無生畢竟淨故見一切菩薩無生畢竟淨故見諸佛法無生畢竟淨故見諸佛無生畢竟淨故見一切有情法無生畢竟淨故見一切有情無生畢竟淨故

大般若波羅蜜多經卷第四百二十三

大般若波羅蜜多經卷第四百二十四

唐三藏法師玄奘奉詔譯

第二分遠離品第二十四之二

爾時具壽舍利子謂善現言如我解仁者所說義我乃至見者畢竟不生色乃至識畢竟不生如是乃至諸佛法及諸佛畢竟不生一切有情法及一切有情畢竟不生若如是者六趣受生應無差別不應預流得預流果不應一來得一來果不應不還得不還果不應阿羅漢得阿羅漢果不應獨覺得獨覺菩提不應菩薩得一切相智不應菩薩摩訶薩見六趣生死深生猒患爲拔濟彼故得五種菩提復次善現若一切法畢竟不生云何預流爲預流果勤修永斷三結之道云何一來爲一來果勤修倍斷貪嗔癡道云何不還爲不還果勤修永斷順下結道云何阿羅漢爲阿羅漢果勤修永斷順上結道云何獨覺爲獨覺菩提勤修獨悟緣起法道云何菩薩摩訶薩爲度無量無邊有情修多百千難行苦行具受無量難忍重苦云何如來應正等覺證得無上正等菩提云何諸佛爲度無量有情苦故轉妙法輪爾時具壽善現報舍利子言非我於彼無生法中見有六趣受生差別非我於彼無生法中見有能入諦現觀者非我於彼無生法中見有預流得預流果見有一來得一來果見有不還得不還果見有阿羅漢得阿羅漢果見有獨覺得獨覺菩提見有菩薩得一切相智非我於彼無生法中見有菩薩摩訶薩猒患生死得五菩提非我於彼無生法中見有聲聞修斷結道見有獨覺勤

修獨悟緣起法道非我於彼無生法中見有菩薩摩訶薩爲度有情修多苦行受諸重苦然諸菩薩摩訶薩不起難行苦行之想何以故舍利子若起難行苦行想者終不能爲無量無數無邊有情作大饒益舍利子一切菩薩以無所得而爲方便於諸有情起大悲心住如父母兄弟妻子及已身想爲度脫彼發起無上正等覺心乃能爲彼作大饒益舍利子一切菩薩應作是念如我自性於一切法以一切種一切處一切時求不可得內外諸法亦復如是都無所有皆不可得若住此想便不見有難行苦行由此能爲無量無數無邊有情修多百千難行苦行作大饒益何以故是菩薩摩訶薩於一切法一切有情一切種一切處一切時無執受故舍利子非我於彼無生法中見有如來應正等覺證得無上正等菩提轉妙法輪度無量衆何以故舍利子以一切法一切有情不可得故時舍利子問善現言於意云何爲欲以生法有所證得爲欲以無生法有所證得耶善現對曰我不欲以生法有所證得亦不欲以無生法有所證得舍利子言若如是者豈都無得無現觀耶善現對曰雖有得有現觀而實不由二法證得舍利子但隨世間言說施設有得現觀非勝義中有得現觀舍利子但隨世間言說施設有預流有預流果有一來有一來果有不還有不還果有阿羅漢有阿羅漢果有獨覺有獨覺菩提有菩薩摩訶薩有菩薩摩訶薩行有諸佛有諸佛無上正等菩提非勝義中有預流等舍利子言若隨世間言說施設

有得現觀及預流等非勝義者六趣差別亦隨世間言說施設非勝義耶善現對曰如是如是何以故舍利子非勝義中有業異熟及染淨故時舍利子問善現言於意云何為欲令未生法生為欲令已生法生耶善現對曰我不欲令未生法生亦不欲令已生法生舍利子言何等是未生法仁者不欲令彼法生善現對曰舍利子色是未生法我不欲令生何以故自性空故受想行識是未生法我不欲令生何以故自性空故乃至諸佛無上正等菩提是未生法我不欲令生何以故自性空故舍利子問何等是已生法仁者不欲令彼法生善現對曰舍利子色是已生法我不欲令生何以故自性空故受想行識是已生法我不欲令生何以故自性空故乃至諸佛無上正等菩提是已生法我不欲令生何以故自性空故時舍利子問善現言於意云何為欲令生生為欲令不生生耶善現對曰我不欲令生生亦不欲令不生生何以故舍利子生與不生如是二法俱非相應非不相應無色無見無對一相謂無相故由此因緣我不欲令生生亦不欲令不生生時舍利子又問善現仁者於所說無生法樂辯說無生相耶善現對曰舍利子我於所說無生法亦不樂辯說無生相何以故舍利子若無生法若無生相若樂若辯說如是一切皆非相應非不相應無色無見無對一相謂無相故時舍利子又問善現於不生法起不生言此不生言亦不生耶善現對曰如是如是誠如所說於不生法起不生言此法及言俱無生義所

以者何舍利子色不生受想行識亦不生何以故本性空故眼處不生耳鼻舌身意處亦不生何以故本性空故色處不生聲香味觸法處亦不生何以故本性空故眼界不生耳鼻舌身意界亦不生何以故本性空故色界不生聲香味觸法界亦不生何以故本性空故眼識界不生耳鼻舌身意識界亦不生何以故本性空故眼觸不生耳鼻舌身意觸亦不生何以故本性空故眼觸爲緣所生諸受不生耳鼻舌身意觸爲緣所生諸受亦不生何以故本性空故地界不生水火風空識界亦不生何以故本性空故身行不生語行意行亦不生何以故本性空故布施波羅蜜多不生乃至一切相智亦不生何以故本性空故舍利子由此因緣於不生法起不生言此法及言俱無生義舍利子若所說法若能言說者若聽者皆無生義爾時具壽舍利子讚善現言說法人中仁爲第一除佛世尊無能及者何以故隨所問詰種種法門皆能酬答無滯礙故善現報言諸佛弟子於一切法無依著者法爾皆能隨所問詰一一酬答自在無畏何以故以一切法無所依故舍利子言云何諸法都無所依善現答言舍利子色本性空故不依內不依外不依兩間受想行識亦本性空故不依內不依外不依兩間舍利子眼處本性空故不依內不依外不依兩間耳鼻舌身意處亦本性空故不依內不依外不依兩間舍利子色處本性空故不依內不依外不依兩間聲香味觸法處亦本性空故不依內不依外不依兩間舍利子眼界本性

空故不依內不依外不依兩間耳鼻舌身意界亦本性空故不依內不依外不依兩間舍利子色界本性空故不依內不依外不依兩間聲香味觸法界亦本性空故不依內不依外不依兩間舍利子眼識界本性空故不依內不依外不依兩間耳鼻舌身意識界亦本性空故不依內不依外不依兩間舍利子眼觸本性空故不依內不依外不依兩間耳鼻舌身意觸亦本性空故不依內不依外不依兩間舍利子眼觸爲緣所生諸受本性空故不依內不依外不依兩間耳鼻舌身意觸爲緣所生諸受亦本性空故不依內不依外不依兩間舍利子布施波羅蜜多本性空故不依內不依外不依兩間乃至般若波羅蜜多亦本性空故不依內不依外不依兩間舍利子內空本性空故不依內不依外不依兩間乃至無性自性空亦本性空故不依內不依外不依兩間舍利子四念住本性空故不依內不依外不依兩間乃至八聖道支亦本性空故不依內不依外不依兩間舍利子乃至佛十力本性空故不依內不依外不依兩間乃至十八佛不共法亦本性空故不依內不依外不依兩間舍利子乃至一切智本性空故不依內不依外不依兩間道相智一切相智亦本性空故不依內不依外不依兩間舍利子由此因緣我說諸法本性空故都無所依復次舍利子諸菩薩摩訶薩修行六種波羅蜜多時應淨色乃至識應淨眼處乃至意處應淨色處乃至法處應淨眼界乃至意界應淨色界乃至法界應淨眼識界乃至意識

界應淨眼觸乃至意觸應淨眼觸爲緣所生諸受乃至意觸爲緣所生諸受應淨布施波羅蜜多乃至般若波羅蜜多應淨內空乃至無性自性空應淨四念住乃至八聖道支如是乃至應淨佛十力乃至十八佛不共法乃至應淨一切智道相智一切相智應淨菩提道爾時具壽舍利子問善現言云何菩薩摩訶薩修行六種波羅蜜多時淨菩提道善現答言舍利子六波羅蜜多各有二種一者世間二者出世間舍利子問云何世間布施波羅蜜多云何出世間布施波羅蜜多善現對曰舍利子若菩薩摩訶薩爲大施主能施一切沙門婆羅門貧病孤露道行乞者須食與食須飲與飲須乘與乘須衣與衣須香華與香華須莊嚴具與莊嚴具須舍宅與舍宅須醫藥與醫藥須燈明與燈明須坐卧具與坐卧具如是一切隨其所須餘資生具悉皆施與若復有來乞男與男乞女與女乞妻妾與妻妾乞官秩與官秩乞國城與國城乞王位與王位乞頭目與頭目乞耳鼻與耳鼻乞手足與手足乞肢節與肢節乞血肉與血肉乞骨髓與骨髓乞僮僕與僮僕乞生類與生類如是一切隨其所求內外之物悉皆施與雖作是施而有所依謂作是念我施彼受我爲施主我不慳貪我隨佛教一切能捨我行布施波羅蜜多彼行施時以有所得而爲方便與諸有情平等共有回向無上正等菩提復作是念我持此福施諸有情令獲此世後世安樂乃至證得無餘涅槃彼著三輪而行布施何等爲三所謂自想他想施想由著此三

輪而行施故名世間布施波羅蜜多何緣此施名爲世間以與世間同共行故不動不出世間法故由斯故說世間布施波羅蜜多舍利子若菩薩摩訶薩行布施時三輪清淨何等爲三一者不執我爲施者二者不執彼爲受者三者不著施及施果是菩薩摩訶薩行布施時三輪清淨又舍利子若菩薩摩訶薩以大悲爲上首所修施福普施有情於諸有情都無所得雖與有情平等共有回向無上正等菩提而於其中不見少相由都無所執而行施故名出世布施波羅蜜多何緣此施名出世間不與世間同共行故能動能出世間法故由斯故說出世布施波羅蜜多舍利子言云何世間淨戒安忍精進靜慮般若波羅蜜多云何出世間淨戒安忍精進靜慮般若波羅蜜多善現答言舍利子若菩薩摩訶薩修行淨戒安忍精進靜慮般若時有所依者著三輪故名爲世間波羅蜜多以與世間同共行故不動不出世間法故若菩薩摩訶薩修行淨戒安忍精進靜慮般若時無所依者三輪淨故名出世間波羅蜜多不與世間同共行故能動能出世間法故舍利子如是菩薩摩訶薩修行六種波羅蜜多時淨菩提道爾時具壽舍利子問善現言何謂菩薩摩訶薩菩提道善現答言舍利子布施波羅蜜多乃至般若波羅蜜多是菩薩摩訶薩菩提道四念住乃至八聖道支是菩薩摩訶薩菩提道空解脫門無相無願解脫門是菩薩摩訶薩菩提道內空乃至無性自性空是菩薩摩訶薩菩提道真如法界實際不思議界等

是菩薩摩訶薩菩提道一切三摩地門一切陀羅尼門是菩薩摩訶薩菩提道佛十力乃至十八佛不共法是菩薩摩訶薩菩提道舍利子如是等無量無邊大功德聚皆是菩薩摩訶薩菩提道時舍利子讚善現言善哉善哉誠如所說善現如是大功德聚爲由何等波羅蜜多勢力所辦善現答言舍利子如是所說大功德聚皆由般若波羅蜜多勢力所辦何以故舍利子如是般若波羅蜜多能與一切善法爲母一切聲聞獨覺菩薩諸佛善法從此生故舍利子如是般若波羅蜜多普能攝受一切善法一切聲聞獨覺菩薩諸佛善法依此住故舍利子過去菩薩摩訶薩衆修行般若波羅蜜多極圓滿故已證無上正等菩提未來菩薩摩訶薩衆修行般若波羅

蜜多極圓滿故當證無上正等菩提現在十方諸佛世界無量菩薩摩訶薩衆修行般若波羅蜜多極圓滿故現證無上正等菩提復次舍利子若菩薩摩訶薩聞說般若波羅蜜多心無疑惑亦不迷悶當知是菩薩摩訶薩住如是住恒不捨離謂無所得而爲方便常勤救濟一切有情當知是菩薩摩訶薩成就如是殊勝作意所謂大悲相應作意時舍利子謂善現言若菩薩摩訶薩住如是住恒不捨離成就大悲相應作意者則一切有情亦應成就菩薩摩訶薩所以者何以一切有情亦於此住及此作意常不捨離則諸菩薩摩訶薩與一切有情應無差別爾時具壽善現報舍利子言善哉善哉誠如所說能如實知我所說意雖似難我而成我義何以故舍利

子有情非有故當知如是住及作意亦非有
有情無實故當知如是住及作意亦無實有
情無性故當知如是住及作意亦無性有情
空故當知如是住及作意亦空有情遠離故
當知如是住及作意亦遠離有情寂靜故當
知如是住及作意亦寂靜有情無覺知故當
知如是住及作意亦無覺知舍利子色乃至
識非有故當知如是住及作意亦非有色乃
至識無實故當知如是住及作意亦無實色
乃至識無性故當知如是住及作意亦無性
色乃至識空故當知如是住及作意亦空色
乃至識遠離故當知如是住及作意亦遠離
色乃至識寂靜故當知如是住及作意亦寂
靜色乃至識無覺知故當知如是住及作意
亦無覺知舍利子眼處乃至意處非有故當
知如是住及作意亦非有眼處乃至意處無
實故當知如是住及作意亦無實眼處乃至
意處無性故當知如是住及作意亦無性眼
處乃至意處空故當知如是住及作意亦空
眼處乃至意處遠離故當知如是住及作意
亦遠離眼處乃至意處寂靜故當知如是住
及作意亦寂靜眼處乃至意處無覺知故當
知如是住及作意亦無覺知舍利子色處乃
至法處非有故當知如是住及作意亦非有
色處乃至法處無實故當知如是住及作意
亦無實色處乃至法處無性故當知如是住
及作意亦無性色處乃至法處空故當知如
是住及作意亦空色處乃至法處遠離故當
知如是住及作意亦遠離色處乃至法處寂
靜故當知如是住及作意亦寂靜色處乃至

法處無覺知故當知如是住及作意亦無覺知舍利子眼界乃至意界非有故當知如是住及作意亦非有眼界乃至意界無實故當知如是住及作意亦無實眼界乃至意界無性故當知如是住及作意亦無性眼界乃至意界空故當知如是住及作意亦空眼界乃至意界遠離故當知如是住及作意亦遠離眼界乃至意界寂靜故當知如是住及作意亦寂靜眼界乃至意界無覺知故當知如是住及作意亦無覺知舍利子色界乃至法界非有故當知如是住及作意亦非有色界乃至法界無實故當知如是住及作意亦無實色界乃至法界無性故當知如是住及作意亦無性色界乃至法界空故當知如是住及作意亦空色界乃至法界遠離故當知如是住及作意亦遠離色界乃至法界寂靜故當知如是住及作意亦寂靜色界乃至法界無覺知故當知如是住及作意亦無覺知舍利子眼識界乃至意識界非有故當知如是住及作意亦非有眼識界乃至意識界無實故當知如是住及作意亦無實眼識界乃至意識界無性故當知如是住及作意亦無性眼識界乃至意識界空故當知如是住及作意亦空眼識界乃至意識界遠離故當知如是住及作意亦遠離眼識界乃至意識界寂靜故當知如是住及作意亦寂靜眼識界乃至意識界無覺知故當知如是住及作意亦無覺知舍利子眼觸乃至意觸非有故當知如是住及作意亦非有眼觸乃至意觸無實故當知如是住及作意亦無實眼觸乃至意觸

無性故當知如是住及作意亦無性眼觸乃至意觸空故當知如是住及作意亦空眼觸乃至意觸遠離故當知如是住及作意亦遠離眼觸乃至意觸寂靜故當知如是住及作意亦寂靜眼觸乃至意觸無覺知故當知如是住及作意亦無覺知舍利子眼觸爲緣所生諸受乃至意觸爲緣所生諸受非有故當知如是住及作意亦非有眼觸爲緣所生諸受乃至意觸爲緣所生諸受無實故當知如是住及作意亦無實眼觸爲緣所生諸受乃至意觸爲緣所生諸受無性故當知如是住及作意亦無性眼觸爲緣所生諸受乃至意觸爲緣所生諸受空故當知如是住及作意亦空眼觸爲緣所生諸受乃至意觸爲緣所生諸受遠離故當知如是住及作意亦遠離眼觸爲緣所生諸受乃至意觸爲緣所生諸受寂靜故當知如是住及作意亦寂靜眼觸爲緣所生諸受乃至意觸爲緣所生諸受無覺知故當知如是住及作意亦無覺知舍利子地界乃至識界非有故當知如是住及作意亦非有地界乃至識界無實故當知如是住及作意亦無實地界乃至識界無性故當知如是住及作意亦無性地界乃至識界空故當知如是住及作意亦空地界乃至識界遠離故當知如是住及作意亦遠離地界乃至識界寂靜故當知如是住及作意亦寂靜地界乃至識界無覺知故當知如是住及作意亦無覺知舍利子布施波羅蜜多乃至般若波羅蜜多非有故當知如是住及作意亦非有布施波羅蜜多乃至般若波羅蜜多無

實故當知如是住及作意亦無實布施波羅蜜多乃至般若波羅蜜多無性故當知如是住及作意亦無性布施波羅蜜多乃至般若波羅蜜多空故當知如是住及作意亦空布施波羅蜜多乃至般若波羅蜜多遠離故當知如是住及作意亦遠離布施波羅蜜多乃至般若波羅蜜多寂靜故當知如是住及作意亦寂靜布施波羅蜜多乃至般若波羅蜜多無覺知故當知如是住及作意亦無覺知舍利子內空乃至無性自性空非有故當知如是住及作意亦非有內空乃至無性自性空無實故當知如是住及作意亦無實內空乃至無性自性空無性故當知如是住及作意亦無性內空乃至無性自性空空故當知如是住及作意亦空內空乃至無性自性空遠離故當知如是住及作意亦遠離內空乃至無性自性空寂靜故當知如是住及作意亦寂靜內空乃至無性自性空無覺知故當知如是住及作意亦無覺知舍利子四念住乃至八聖道支非有故當知如是住及作意亦非有四念住乃至八聖道支無實故當知如是住及作意亦無實四念住乃至八聖道支無性故當知如是住及作意亦無性四念住乃至八聖道支空故當知如是住及作意亦空四念住乃至八聖道支遠離故當知如是住及作意亦遠離四念住乃至八聖道支寂靜故當知如是住及作意亦寂靜四念住乃至八聖道支無覺知故當知如是住及作意亦無覺知舍利子如是乃至佛十力乃至十八佛不共法非有故當知如是住及作意

亦非有佛十力乃至十八佛不共法無實故當知如是住及作意亦無實佛十力乃至十八佛不共法無性故當知如是住及作意亦無性佛十力乃至十八佛不共法空故當知如是住及作意亦空佛十力乃至十八佛不共法遠離故當知如是住及作意亦遠離佛十力乃至十八佛不共法寂靜故當知如是住及作意亦寂靜佛十力乃至十八佛不共法無覺知故當知如是住及作意亦無覺知舍利子一切三摩地門一切陀羅尼門非有故當知如是住及作意亦非有一切三摩地門一切陀羅尼門無實故當知如是住及作意亦無實一切三摩地門一切陀羅尼門無性故當知如是住及作意亦無性一切三摩地門一切陀羅尼門空故當知如是住及作意亦空一切三摩地門一切陀羅尼門遠離故當知如是住及作意亦遠離一切三摩地門一切陀羅尼門寂靜故當知如是住及作意亦寂靜一切三摩地門一切陀羅尼門無覺知故當知如是住及作意亦無覺知舍利子一切智道相智一切相智非有故當知如是住及作意亦非有一切智道相智一切相智無實故當知如是住及作意亦無實一切智道相智一切相智無性故當知如是住及作意亦無性一切智道相智一切相智空故當知如是住及作意亦空一切智道相智一切相智遠離故當知如是住及作意亦遠離一切智道相智一切相智寂靜故當知如是住及作意亦寂靜一切智道相智一切相智無覺知故當知如是住及作意亦無覺知舍

利子聲聞菩提獨覺菩提無上菩提非有故當知如是住及作意亦非有聲聞菩提獨覺菩提無上菩提無實故當知如是住及作意亦無實聲聞菩提獨覺菩提無上菩提無性故當知如是住及作意亦無性聲聞菩提獨覺菩提無上菩提空故當知如是住及作意亦空聲聞菩提獨覺菩提無上菩提遠離故當知如是住及作意亦遠離聲聞菩提獨覺菩提無上菩提寂靜故當知如是住及作意亦寂靜聲聞菩提獨覺菩提無上菩提無覺知故當知如是住及作意亦無覺知舍利子由此因緣諸菩薩摩訶薩於如是住及此作意常不捨離與諸有情亦無差別以一切法無差別故爾時世尊讚善現曰善哉善哉汝善能爲諸菩薩摩訶薩宣說般若波羅蜜多

此皆如來威神之力若有欲爲諸菩薩摩訶薩宣說般若波羅蜜多者皆應如汝之所宣說若菩薩摩訶薩欲學般若波羅蜜多者皆應隨汝所說而學若菩薩摩訶薩隨汝所說而學般若波羅蜜多是菩薩摩訶薩速證無上正等菩提轉妙法輪度無量衆具壽善現爲諸菩薩摩訶薩衆宣說如是甚深般若波羅蜜多時於此三千大千世界六種變動謂動極動等極動涌極涌等極涌震極震等極震擊極擊等極擊吼極吼等極吼爆極爆等極爆又此三千大千世界東涌西没西涌東没南涌北没北涌南没中涌邊没邊涌中没爾時世尊即便微笑具壽善現即白佛言何因何緣現此微笑佛告善現如我今者於此三千大千世界爲諸菩薩摩訶薩衆宣說般

若波羅蜜多今於東方無量無數無邊世界各有如來應正等覺亦為菩薩摩訶薩衆宣說般若波羅蜜多南西北方四維上下無量無數無邊世界亦各有如來應正等覺為諸菩薩摩訶薩衆宣說般若波羅蜜多如我今者於此三千大千世界宣說般若波羅蜜多故有十二那庾多天人阿素洛等得無生法忍今於十方無量無數無邊世界亦各有如來應正等覺宣說般若波羅蜜多故亦各有無量無數無邊有情皆發無上正等覺心獲大利樂

大般若波羅蜜多經卷第四百二十四

音釋

詰乞逆切責讓也 秩直質切職也 爆布效切火裂也 那庾多梵語也此云萬億 庾弋渚切

大般若波羅蜜多經卷第四百二十五

唐三藏法師玄奘奉　詔譯

第二分帝釋品第二十五之一

爾時於此三千大千堪忍世界所有四大天王各與無量百千俱胝四大王衆天諸天子衆俱來集會所有天帝各與無量百千俱胝三十三天諸天子衆俱來集會所有蘇夜摩天王各與無量百千俱胝夜摩天諸天子衆俱來集會所有珊覩史多天王各與無量百千俱胝覩史多天諸天子衆俱來集會所有妙變化天王各與無量百千俱胝樂變化天諸天子衆俱來集會所有自在天王各與無量百千俱胝他化自在天諸天子衆俱來集會所有大梵天王各與無量百千俱胝諸梵天衆俱來集會所有極光淨天各與無量百千俱胝第二靜慮天衆俱來集會所有遍淨天各與無量百千俱胝第三靜慮天衆俱來集會所有廣果天各與無量百千俱胝第四靜慮天衆俱來集會所有色究竟天各與無量百千俱胝淨居天衆俱來集會是四大王天衆乃至淨居天衆所有淨業異熟身光比如來身所現常光百分不及一千分不及一百千分不及一俱胝分不及一百俱胝分不及一千俱胝分不及一百千俱胝分不及一如是乃至數分算分計分喻分乃至鄔波尼殺曇分亦不及一何以故以如來身所現常光熾然赫奕於諸光中最尊最勝最上最妙無比無等無上第一蔽諸天光皆令不現猶如燋炷對瞻部金爾時天帝釋白具壽善現言今此三千大千世界所有四大王衆天乃

至淨居天皆來集會欲聞尊者宣說般若波羅蜜多唯願尊者知時爲說尊者何謂菩薩摩訶薩般若波羅蜜多云何菩薩摩訶薩應住般若波羅蜜多云何菩薩摩訶薩應學般若波羅蜜多時具壽善現告大帝釋言憍尸迦汝等天衆諦聽諦聽善思念之吾當承佛威神之力順如來意爲諸菩薩摩訶薩衆宣說般若波羅蜜多如菩薩摩訶薩可於其中應如是住應如是學憍尸迦汝諸天等未發無上菩提心者今皆應發憍尸迦諸有已入聲聞獨覺正性離生不復能發大菩提心何以故憍尸迦彼於生死已結界故此中若有能於無上正等菩提發心趣者我亦隨喜何以故憍尸迦諸有勝人應求勝法我終不障他勝善品憍尸迦汝問何謂菩薩摩訶薩般若波羅蜜多者汝等諦聽吾當爲說憍尸迦若菩薩摩訶薩發一切智智相應之心以無所得而爲方便思惟色乃至識若無常若苦若無我若空若如病若如癰若如箭若如瘡若熱惱若逼切若敗壞若衰朽若變動若速滅若可畏若可猒若有災若有橫若有疫若有癘若不安隱若不可保信思惟眼處乃至意處思惟色處乃至法處思惟眼界乃至意界思惟色界乃至法界思惟眼識界乃至意識界思惟眼觸乃至意觸思惟眼觸爲緣所生諸受乃至意觸爲緣所生諸受思惟地界乃至識界亦復如是憍尸迦是謂菩薩摩訶薩般若波羅蜜多復次憍尸迦若菩薩摩訶薩發一切智智相應之心以無所得而爲方便思惟色乃至識若寂靜若遠離若無生若

無滅若無染若無淨若無作若無爲思惟眼處乃至意處思惟色處乃至法處思惟眼界乃至意界思惟色界乃至法界思惟眼識界乃至意識界思惟眼觸乃至意觸思惟眼觸爲緣所生諸受乃至意觸爲緣所生諸受思惟地界乃至識界亦復如是憍尸迦是謂菩薩摩訶薩般若波羅蜜多復次憍尸迦若菩薩摩訶薩發一切智智相應之心以無所得而爲方便思惟無明緣行行緣識識緣名色名色緣六處六處緣觸觸緣受受緣愛愛緣取取緣有有緣生生緣老死乃至純大苦蘊集以無所得而爲方便思惟無明滅故行滅行滅故識滅識滅故名色滅名色滅故六處滅六處滅故觸滅觸滅故受滅受滅故愛滅愛滅故取滅取滅故有滅有滅故生滅生滅故老死乃至純大苦蘊滅憍尸迦是謂菩薩摩訶薩般若波羅蜜多復次憍尸迦若菩薩摩訶薩發一切智智相應之心以無所得而爲方便安住内空乃至無性自性空安住真如法界實際不思議界安隱界等憍尸迦是謂菩薩摩訶薩般若波羅蜜多復次憍尸迦若菩薩摩訶薩發一切智智相應之心以無所得而爲方便修行四念住乃至八聖道支修行空解脱門無相無願解脱門修行佛十力乃至十八佛不共法修行一切三摩地門陁羅尼門修行一切智道相智一切相智憍尸迦是謂菩薩摩訶薩般若波羅蜜多復次憍尸迦若菩薩摩訶薩發一切智智相應之心以無所得而爲方便修行布施淨戒安忍精進靜慮般若波羅蜜多憍尸迦是謂菩薩

摩訶薩般若波羅蜜多復次憍尸迦若菩薩摩訶薩修行般若波羅蜜多時作如是觀唯有諸法互相滋潤互相增長互相圓滿思惟校計無我我所復作是觀諸菩薩摩訶薩回向心不與菩提心和合菩提心亦不與回向心和合謂菩薩摩訶薩回向心於菩提心中無所有不可得菩提心於回向心中亦無所有不可得諸菩薩摩訶薩雖如實觀諸法而於諸法都無所見憍尸迦是謂菩薩摩訶薩般若波羅蜜多時天帝釋問善現言云何菩薩摩訶薩回向心不與菩提心和合菩提心亦不與回向心和合云何菩薩摩訶薩回向心於菩提心中無所有不可得菩提心於回向心中亦無所有不可得善現答言憍尸迦諸菩薩摩訶薩回向心則非心菩提心亦非心不應非心回向非心心亦不應回向非心非心不應回向於心心亦不應回向於心何以故憍尸迦非心即是不可思議不可思議即是非心如是二種俱無所有無所有中無回向義憍尸迦心無自性心性無故心所亦無心及心所既無自性故心亦無回向心義憍尸迦若作是觀是謂菩薩摩訶薩般若波羅蜜多爾時世尊讚善現曰善哉善哉汝善能爲諸菩薩摩訶薩宣說般若波羅蜜多亦善勸勵諸菩薩摩訶薩令生歡喜勸修般若波羅蜜多具壽善現白言世尊我既知恩不應不報何以故過去如來應正等覺及諸弟子爲諸菩薩摩訶薩衆宣說六種波羅蜜多示現教導讚勵慶喜安撫建立令得究竟世尊爾時亦在中學今證無上正等菩提轉妙

法輪利樂我等故我今者應隨佛教爲諸菩薩摩訶薩衆宣說六種波羅蜜多示現教導讃勵慶喜安撫建立令得究竟疾證無上正等菩提是則名爲報彼恩德爾時具壽善現告天帝釋言憍尸迦汝問云何菩薩摩訶薩應住般若波羅蜜多者汝等諦聽吾當爲說諸菩薩摩訶薩於般若波羅蜜多如所應住不應住相憍尸迦色色空受想行識受想行識空菩薩菩薩空若色空若受想行識空若菩薩空如是一切皆無二無二處憍尸迦諸菩薩摩訶薩於般若波羅蜜多應如是住憍尸迦眼處眼處空乃至意處意處空菩薩菩薩空若眼處空乃至若意處空若菩薩空如是一切皆無二無二處憍尸迦諸菩薩摩訶薩於般若波羅蜜多應如是住憍尸迦色處色處空乃至法處法處空菩薩菩薩空若色處空乃至若法處空若菩薩空如是一切皆無二無二處憍尸迦諸菩薩摩訶薩於般若波羅蜜多應如是住憍尸迦眼界眼界空乃至意界意界空菩薩菩薩空若眼界空乃至若意界空若菩薩空如是一切皆無二無二處憍尸迦諸菩薩摩訶薩於般若波羅蜜多應如是住憍尸迦色界色界空乃至法界法界空菩薩菩薩空若色界空乃至若法界空若菩薩空如是一切皆無二無二處憍尸迦諸菩薩摩訶薩於般若波羅蜜多應如是住憍尸迦眼識界眼識界空乃至意識界意識界空菩薩菩薩空若眼識界空乃至若意識界空若菩薩空如是一切皆無二無二處憍尸迦諸菩薩摩訶薩於般若波羅蜜多應如

是住憍尸迦眼觸眼觸空乃至意觸意觸空菩薩菩薩空若眼觸空乃至若意觸空若菩薩空如是一切皆無二無二處憍尸迦諸菩薩摩訶薩於般若波羅蜜多應如是住憍尸迦眼觸爲縁所生諸受眼觸爲縁所生諸受空乃至意觸爲縁所生諸受意觸爲縁所生諸受空菩薩菩薩空若眼觸爲縁所生諸受空乃至若意觸爲縁所生諸受空若菩薩空如是一切皆無二無二處憍尸迦諸菩薩摩訶薩於般若波羅蜜多應如是住憍尸迦地界地界空乃至識界識界空菩薩菩薩空若地界空乃至若識界空若菩薩空如是一切皆無二無二處憍尸迦諸菩薩摩訶薩於般若波羅蜜多應如是住憍尸迦無明無明空乃至老死老死空菩薩菩薩空若無明空乃至若老死空若菩薩空如是一切皆無二無二處憍尸迦諸菩薩摩訶薩於般若波羅蜜多應如是住憍尸迦無明滅無明滅空乃至老死滅老死滅空菩薩菩薩空若無明滅空乃至若老死滅空若菩薩空如是一切皆無二無二處憍尸迦諸菩薩摩訶薩於般若波羅蜜多應如是住憍尸迦布施波羅蜜多布施波羅蜜多空乃至般若波羅蜜多般若波羅蜜多空菩薩菩薩空若布施波羅蜜多空乃至若般若波羅蜜多空若菩薩空如是一切皆無二無二處憍尸迦諸菩薩摩訶薩於般若波羅蜜多應如是住憍尸迦內空內空空乃至無性自性空無性自性空菩薩菩薩空若內空空乃至若無性自性空空若菩薩空如是一切皆無二無二處憍尸迦諸菩

薩摩訶薩於般若波羅蜜多應如是住憍尸迦四念住四念住空乃至十八佛不共法十八佛不共法空菩薩菩薩空若四念住空乃至若十八佛不共法空若菩薩空如是一切皆無二無二處憍尸迦諸菩薩摩訶薩於般若波羅蜜多應如是住憍尸迦一切三摩地門一切三摩地門空一切陀羅尼門一切陀羅尼門空菩薩菩薩空若一切三摩地門空若一切陀羅尼門空若菩薩空如是一切皆無二無二處憍尸迦諸菩薩摩訶薩於般若波羅蜜多應如是住憍尸迦聲聞乘聲聞乘空獨覺乘無上乘獨覺乘無上乘空菩薩菩薩空若聲聞乘空若獨覺乘無上乘空若菩薩空如是一切皆無二無二處憍尸迦諸菩薩摩訶薩於般若波羅蜜多應如是住憍尸迦預流預流空乃至如來如來空菩薩菩薩空若預流空乃至若如來空若菩薩空如是一切皆無二無二處憍尸迦諸菩薩摩訶薩於般若波羅蜜多應如是住憍尸迦一切智一切智空道相智一切相智道相智一切相智空菩薩菩薩空若一切智空若道相智一切相智空若菩薩空如是一切皆無二無二處憍尸迦諸菩薩摩訶薩於般若波羅蜜多應如是住時天帝釋問善現言云何菩薩摩訶薩修行般若波羅蜜多時所不應住善現答言憍尸迦諸菩薩摩訶薩修行般若波羅蜜多時不應住色不應住受想行識不應住眼處乃至不應住意處不應住色處乃至不應住法處不應住眼界乃至不應住意界不應住色界乃至不應住法界不應住眼識界

乃至不應住意識界不應住眼觸乃至不應住意觸不應住眼觸為緣所生諸受乃至不應住意觸為緣所生諸受不應住地界乃至不應住識界不應住無明乃至不應住老死不應住無明滅乃至不應住老死滅不應住布施波羅蜜多乃至不應住般若波羅蜜多不應住內空乃至不應住無性自性空不應住四念住乃至不應住十八佛不共法不應住一切三摩地門不應住一切陀羅尼門不應住聲聞乘不應住獨覺乘無上乘不應住預流乃至不應住如來不應住一切智不應住道相智一切相智何以故憍尸迦如是住者有所得故復次憍尸迦諸菩薩摩訶薩修行般若波羅蜜多時不應住此是色乃至此是識不應住此是眼處乃至此是意處不應住此是色處乃至此是法處不應住此是眼界乃至此是意界不應住此是色界乃至此是法界不應住此是眼識界乃至此是意識界不應住此是眼觸乃至此是意觸不應住此是眼觸為緣所生諸受乃至此是意觸為緣所生諸受不應住此是地界乃至此是識界不應住此是無明乃至此是老死不應住此是無明滅乃至此是老死滅不應住此是布施波羅蜜多乃至此是般若波羅蜜多不應住此是內空乃至此是無性自性空不應住此是四念住乃至此是十八佛不共法不應住此是一切三摩地門此是一切陀羅尼門不應住此是聲聞乘此是獨覺乘無上乘不應住此是預流乃至此是如來不應住此是一切智此是道相智一切相智何以故憍

尸迦如是住者有所得故復次憍尸迦諸菩薩摩訶薩修行般若波羅蜜多時不應住色乃至識若常若無常若樂若苦若我若無我若淨若不淨若空若不空若寂靜若不寂靜若遠離若不遠離不應住眼處乃至意處若常若無常乃至若遠離若不遠離不應住色處乃至法處若常若無常乃至若遠離若不遠離不應住眼界乃至意界若常若無常乃至若遠離若不遠離不應住色界乃至法界若常若無常乃至若遠離若不遠離不應住眼識界乃至意識界若常若無常乃至若遠離若不遠離不應住眼觸乃至意觸若常若無常乃至若遠離若不遠離不應住眼觸爲緣所生諸受乃至意觸爲緣所生諸受若常若無常乃至若遠離若不遠離不應住地界乃至識界若常若無常乃至若遠離若不遠離不應住無明乃至老死若常若無常乃至若遠離若不遠離不應住無明滅乃至老死滅若常若無常乃至若遠離若不遠離不應住布施波羅蜜多乃至般若波羅蜜多若常若無常乃至若遠離若不遠離不應住內空乃至無性自性空若常若無常乃至若遠離若不遠離不應住四念住乃至十八佛不共法若常若無常乃至若遠離若不遠離不應住一切三摩地門一切陀羅尼門若常若無常乃至若遠離若不遠離不應住聲聞乘獨覺乘無上乘若常若無常乃至若遠離若不遠離不應住預流乃至如來若常若無常乃至若遠離若不遠離不應住一切智道相智一切相智若常若無常乃至若遠離若不遠

離何以故憍尸迦如是住者有所得故復次憍尸迦諸菩薩摩訶薩修行般若波羅蜜多時不應住預流果若有爲所顯若無爲所顯不應住一來不還阿羅漢果獨覺菩提諸佛無上正等菩提若有爲所顯若無爲所顯何以故憍尸迦如是住者有所得故復次憍尸迦諸菩薩摩訶薩修行般若波羅蜜多時不應住預流是福田不應住一來不還阿羅漢獨覺菩薩如來是福田何以故憍尸迦如是住者有所得故復次憍尸迦諸菩薩摩訶薩修行般若波羅蜜多時不應住初地乃至不應住第十地何以故憍尸迦如是住者有所得故所以者何如是住者有動轉故復次憍尸迦諸菩薩摩訶薩修行般若波羅蜜多時不應住初發心已便作是念我當圓滿布施波羅蜜多乃至般若波羅蜜多不應住初發心已便作是念我當修行四念住乃至八聖道支不應住初發心已便作是念我當修行空無相無願解脫門乃至十八佛不共法不應住作是念我修加行旣圓滿已當入菩薩正性離生不應住作是念我已得入正性離生當住菩薩不退轉地不應住作是念我當圓滿菩薩五通不應住作是念我住菩薩圓滿五通常遊無量無數佛土禮敬瞻仰供養承事諸佛世尊聽聞正法如理思惟廣爲他說何以故憍尸迦如是住者有所得故復次憍尸迦諸菩薩摩訶薩修行般若波羅蜜多時不應住作是念我當嚴淨如十方佛所居淨土不應住作是念我當化作如十方佛所居淨土不應住作是念我當成熟諸有情類

令證無上正等菩薩或般涅槃或人天樂不應住作是念我當往詣無量無數諸佛國土供養恭敬尊重讚歎諸佛世尊復以無邊華香瓔珞寶幢旛蓋衣服卧具飲食燈明百千俱胝那庾多數天諸伎樂及無量種上妙珍財而爲供養不應住作是念我當安立無量無數無邊有情令於無上正等菩提得不退轉何以故憍尸迦如是住者有所得故復次憍尸迦諸菩薩摩訶薩修行般若波羅蜜多時不應住作是念我當成辦清淨肉眼天眼慧眼法眼佛眼不應住作是念我當成辦諸等持門於諸等持自在遊戲不應住作是念我當成辦諸總持門於諸總持皆得自在不應住作是念我當成辦如來十力四無所畏四無礙解大慈大悲大喜大捨十八佛不共法不應住作是念我當成辦三十二相八十隨好所莊嚴身令諸有情見者歡喜觀無猒倦由斯證得利益安樂何以故憍尸迦如是住者有所得故復次憍尸迦諸菩薩摩訶薩修行般若波羅蜜多時不應住此是第八補特伽羅此是隨信行此是隨法行不應住此是預流極七返有此是家家此是一間不應住此是齊首補特伽羅乃至壽盡煩惱方盡不應住此是預流定不墮法此是一來至此世間得盡苦際不應住此是不還向此是不還果往彼方得般涅槃者不應住此是阿羅漢永盡後有現在必入無餘涅槃不應住此是獨覺不應住此是如來應正等覺不應住作是念我超聲聞獨覺地已住菩薩地不應住作是念我當具足一切智道相智一切相

智覺一切法一切相已永斷一切煩惱纏結習氣相續不應住作是念我當證得所求無上正等菩提得成如來應正等覺轉妙法輪作諸佛事度脫無量無數有情令得涅槃畢竟安樂不應住作是念我當善修四神足已安住如是殊勝等持由此等持增上勢力令我壽命如殑伽沙大劫而住不應住作是念我當獲得壽量無邊不應住作是念我當成就三十二相是一一相百福莊嚴不應住作是念我當成就八十隨好是一一好有無數量希有勝事不應住作是念我當安住一嚴淨土其土寬廣於十方面如殑伽沙世界之量不應住作是念我當安坐一金剛座其座廣大量等三千大千世界不應住作是念我當居止大菩提樹其樹高廣衆寶莊嚴所出

妙香有情聞者貪嗔癡等心疾皆除無量無邊身病亦愈諸有聞此菩提樹香離諸聲聞獨覺作意必獲無上正等菩提不應住作是念願我當得嚴淨佛土其土清淨無色蘊名聲無受想行識蘊名聲無眼處名聲無耳鼻舌身意處名聲無色處名聲無聲香味觸法處名聲無眼界名聲無耳鼻舌身意界名聲無色界名聲無聲香味觸法界名聲無眼識界名聲無耳鼻舌身意識界名聲無眼觸名聲無耳鼻舌身意觸名聲無眼觸爲緣所生諸受名聲無耳鼻舌身意觸爲緣所生諸受名聲無地界名聲無水火風空識界名聲無無明名聲無行識名色六處觸受愛取有生老死名聲唯有布施波羅蜜多名聲乃至唯有般若波羅蜜多名聲唯有內空名聲乃至

唯有無性自性空名聲唯有眞如名聲乃至唯有不思議界名聲唯有四念住名聲廣説乃至唯有十八佛不共法名聲其中都無預流一來不還阿羅漢獨覺異生等名聲唯有菩薩摩訶薩如來應正等覺等名聲何以故憍尸迦如是住者有所得故所以者何一切如來應正等覺證得無上正等菩提時覺一切法都無所有一切菩薩摩訶薩衆住不退轉地時亦見諸法都無所有憍尸迦是爲菩薩摩訶薩於般若波羅蜜多如所應住不應住相憍尸迦諸菩薩摩訶薩於深般若波羅蜜多隨所應住不應住相以無所得而爲方便應如是學爾時舍利子作是念言若菩薩摩訶薩修行般若波羅蜜多時於一切法不應住者云何應住般若波羅蜜多具壽善現

知舍利子心之所念便謂之曰於意云何諸如來心爲何所住舍利子言諸如來心都無所住所以者何善現如來之心不住色不住受想行識不住眼處不住耳鼻舌身意處不住色處不住聲香味觸法處不住眼界不住耳鼻舌身意界不住色界不住聲香味觸法界不住眼識界不住耳鼻舌身意識界不住眼觸不住耳鼻舌身意觸不住眼觸爲緣所生諸受不住耳鼻舌身意觸爲緣所生諸受不住有爲界不住無爲界不住四念住廣説乃至不住十八佛不共法不住一切智不住道相智一切相智何以故以一切法不可得故如是善現如來之心於一切法都無所住亦非不住時具壽善現謂舍利子言諸菩薩摩訶薩修行般若波羅蜜多時亦復如是雖

住般若波羅蜜多而同如來於一切法都無所住亦非不住所以者何舍利子諸菩薩摩訶薩修行般若波羅蜜多時雖住般若波羅蜜多而於色非住非不住乃至於一切相智亦非住非不住何以故舍利子以色等法無二相故舍利子諸菩薩摩訶薩於深般若波羅蜜多隨此非住非不住相以無所得而為方便應如是學爾時會中有諸天子竊作是念諸藥叉等言詞呪句雖復隱密而我等輩猶可了知尊者善現於此般若波羅蜜多雖以種種言詞顯示而我等輩竟不能解具壽善現知諸天子心之所念便告彼言汝等天子於我所說不能解耶諸天子言如是如是具壽善現復告彼言我曾於此甚深般若波羅蜜多相應義中不說一字汝亦不聞當何所解何以故諸天子甚深般若波羅蜜多相應義中文字言說皆遠離故由此於中說者聽者及能解者皆不可得一切如來應正等覺所證無上正等菩提微妙甚深亦復如是諸天子如諸如來應正等覺化作化身如是化身化作四衆俱來集會而為說法於意云何是中有實能說能聽能解者不諸天子言不也大德善現告言如是諸天子一切法皆如化故今於此甚深般若波羅蜜多相應義中說者聽者及能解者都不可得諸天子如人夢中夢見有佛為諸大衆宣說正法於意云何是中有實能說能聽能解者不諸天子言不也大德善現告言如是諸天子一切法皆如夢故今於此甚深般若波羅蜜多相應義中說者聽者及能解者都不可得諸天子

如有二人處一山谷各住一面讃佛法僧俱時發響於意云何此二響聲能互相聞互相解不諸天子言不也大德善現告言如是諸天子一切法皆如響故今於此甚深般若波羅蜜多相應義中說者聽者及能解者都不可得諸天子如巧幻師或彼弟子於四衢道幻作四衆及一如來應正等覺是幻如來應正等覺爲幻四衆宣說正法於意云何是中有實說者聽者能解者不諸天子言不也大德善現告言如是諸天子一切法皆如幻故今於此甚深般若波羅蜜多相應義中說者聽者及能解者都不可得諸天子由此因縁我曾於此甚深般若波羅蜜多相應義中不說一字汝亦不聞當何所解

大般若波羅蜜多經卷第四百二十五

音釋

俱胝梵語也此云百億胝張尼切　珊覩史多梵語也亦云兜率陀此云知足珊音山　鄔波尼殺曇梵語也此謂數之極鄔安古切曇徒南切　燋炷燋音焦炷音注燋炷謂燋灼燈炷也　癰於容切癰癤也　癘音例疾疫也　讃勵讃則肝切稱美也勵音列勉勵也　殑伽梵語也比云天堂来河名也以從高處来故殑其極其陵二切伽求迦切

大般若波羅蜜多經卷第四百二十六

唐三藏法師玄奘奉　詔譯

第二分帝釋品第二十五之二

爾時諸天子復作是念尊者善現於此般若波羅蜜多雖復種種方便顯說欲令易解然其義趣轉深轉妙難可測量具壽善現知諸天子心之所念便告彼言諸天子色乃至識非深非妙色自性乃至識自性亦非深非妙眼處乃至意處非深非妙眼處自性乃至意處自性亦非深非妙色處乃至法處非深非妙色處自性乃至法處自性亦非深非妙眼界乃至意界非深非妙眼界自性乃至意界自性亦非深非妙色界乃至法界非深非妙色界自性乃至法界自性亦非深非妙眼識界乃至意識界非深非妙眼識界自性乃至意識界自性亦非深非妙眼觸乃至意觸非深非妙眼觸自性乃至意觸自性亦非深非妙眼觸爲緣所生諸受乃至意觸爲緣所生諸受非深非妙眼觸爲緣所生諸受自性乃至意觸爲緣所生諸受自性亦非深非妙布施波羅蜜多乃至般若波羅蜜多非深非妙布施波羅蜜多自性乃至般若波羅蜜多自性亦非深非妙內空乃至無性自性空非深非妙內空自性乃至無性自性空自性亦非深非妙四念住廣說乃至十八佛不共法非深非妙四念住自性廣說乃至十八佛不共法自性亦非深非妙一切三摩地門一切陀羅尼門非深非妙一切三摩地門自性一切陀羅尼門自性亦非深非妙乃至一切智道相智一切相智非深非妙一切智自性道相

智一切相智自性亦非深非妙時諸天子復作是念尊者善現所説法中不施設色乃至識不施設眼處乃至意處不施設色處乃至法處不施設眼界乃至意界不施設色界乃至法界不施設眼識界乃至意識界不施設眼觸乃至意觸不施設眼觸爲緣所生諸受乃至意觸爲緣所生諸受不施設布施波羅蜜多乃至般若波羅蜜多不施設内空乃至無性自性空不施設四念住廣説乃至十八佛不共法不施設一切三摩地門一切陀羅尼門不施設一切智道相智一切相智不施設預流及預流果乃至不施設阿羅漢及阿羅漢果不施設獨覺及獨覺菩提不施設菩薩及菩薩地不施設三藐三佛陀及三藐三菩提亦不施設文字言説具壽善現知諸天子心所念法便告之言如是如是如汝所念色等諸法乃至無上正等菩提皆離文字咸不可説故於般若波羅蜜多無説無聽亦無解者是故汝等於諸法中應隨所説修深固忍諸有欲住欲證預流一來不還阿羅漢果亦因此忍方能住證諸有欲住欲證獨覺所得菩提亦因此忍方能住證諸有欲住欲證無上正等菩提要因此忍乃能住證如是諸天子諸菩薩摩訶薩從初發心至得無上正等菩提應住無説無聽無解甚深般若波羅蜜多常勤修學

第二分信受品第二十六

時諸天子復作是念尊者善現今者欲爲何等有情樂説何法具壽善現知彼所念便告之言諸天子我今欲爲如幻如化如夢有情

樂說如幻化夢之法何以故諸天子如是聽者於所說中無聞無解無所證故時諸天子尋復問言能說能聽及所說法皆如幻如化如夢耶善現荅言如是如是如汝所說如幻有情為如幻者說如幻法如化有情為如化者說如化法如夢有情為如夢者說如夢法諸天子我乃至見者如幻如化如夢所見色乃至識如幻如化如夢所見眼乃至意如幻如化如夢所見色乃至法如幻如化如夢所見眼識乃至意識如幻如化如夢所見眼觸乃至意觸如幻如化如夢所見眼觸所生受乃至意觸所生受如幻如化如夢所見布施波羅蜜多乃至般若波羅蜜多如幻如化如夢所見內空乃至無性自性空如幻如化如夢所見四念住廣說乃至十八佛不共法如幻如化如夢所見如是乃至預流果乃至阿羅漢果如幻如化如夢所見獨覺菩提及無上正等菩提如幻如化如夢所見時諸天子問善現言今尊者為但說我等色等乃至無上正等菩提如幻如化如夢所見為亦說涅槃如幻如化如夢所見善現荅言諸天子我不但說我等色等乃至無上正等菩提如幻如化如夢所見亦說涅槃如幻如化如夢所見諸天子設更有法勝涅槃者我亦說為如幻如化如夢所見何以故諸天子幻化夢事與一切法乃至涅槃悉皆無二無二處故

爾時舍利子大目連執大藏滿慈子大迦多衍那大迦葉波等諸大聲聞及無量百千菩薩摩訶薩問具壽善現言所說般若波羅蜜多如是甚深如是難見如是難覺如是寂靜

如是微細如是沉密如是殊妙誰能信受時何難陀聞彼語已白大聲聞及諸菩薩摩訶薩言有不退轉諸菩薩摩訶薩於此所說甚深難見難覺寂靜微細沉密殊妙般若波羅蜜多能深信受復有無量已見聖諦於諸深法能盡源底諸阿羅漢所願已滿於此所說甚深難見難覺寂靜微細沉密殊妙般若波羅蜜多亦能信受復有無量菩薩摩訶薩已於過去多俱胝佛所親近供養發弘誓願植衆德本於此所說甚深難見難覺寂靜微細沉密殊妙般若波羅蜜多亦能信受復有無量諸善男子善女人等已於過去無數佛所發弘誓願種諸善根聰慧利根善友所攝於此所說甚深難見難覺寂靜微細沉密殊妙般若波羅蜜多亦能信受所以者何如是人等不以空無相無願無生無滅寂靜遠離分別色乃至識亦不以色乃至識分別空無相無願無生無滅寂靜遠離如是不以空無相無願無生無滅寂靜遠離分別眼乃至意色乃至法眼識乃至意識眼觸乃至意觸眼觸爲緣所生受乃至意觸爲緣所生受布施波羅蜜多乃至般若波羅蜜多內空乃至無性自性空四念住廣說乃至十八佛不共法一切三摩地門一切陀羅尼門預流果乃至阿羅漢果獨覺菩提一切菩薩摩訶薩行諸佛無上正等菩提一切智道相智一切相智有爲界無爲界亦不以眼乃至無爲界分別空無相無願無生無滅寂靜遠離由此因緣如是人等於此所說甚深難見難覺寂靜微細沉密殊妙般若波羅蜜多皆能信受時具壽

善現告諸天子言如是所說甚深難見難覺寂靜微細沉密殊妙般若波羅蜜多非所尋思超尋思境其中實無能信受者何以故諸天子此中無法可顯可示旣實無法可顯可示故信受者實不可得爾時具壽舍利子問善現言豈不於此所說般若波羅蜜多甚深教中廣說三乘相應之法謂聲聞乘獨覺乘無上乘法廣說攝受諸菩薩摩訶薩從初發心乃至十地諸菩薩道所謂布施波羅蜜多乃至般若波羅蜜多四念住廣說乃至十八佛不共法一切三摩地門一切陀羅尼門廣說攝受諸菩薩摩訶薩神通勝事謂菩薩摩訶薩於此般若波羅蜜多勤修行故隨所生處常受化生不退神通自在遊戲能善通達無量法門從一佛國至一佛國供養恭敬尊重讚歎諸佛世尊隨所願樂種種善根皆能修集速得圓滿於諸佛所聞持正法乃至無上正等菩提常不忘失恒居勝定離散亂心以此爲緣得無礙辯無斷盡辯應辯迅辯無踈謬辯諸所演說豐義味辯一切世間最勝妙辯善現答言如是如是誠如所說於此般若波羅蜜多甚深教中以無所得而爲方便廣說三乘相應之法乃至廣說攝受諸菩薩摩訶薩神通勝事乃至令得一切世間最勝妙辯以無所得爲方便者此於何法無所得爲方便謂於我乃至見者無所得爲方便於色乃至識無所得爲方便於眼乃至意無所得爲方便於色乃至法無所得爲方便於眼識乃至意識無所得爲方便於眼觸乃至意觸無所得爲方便於眼觸爲緣所生受乃至

意觸爲緣所生受無所得爲方便於布施波羅蜜多乃至般若波羅蜜多無所得爲方便於内空乃至無性自性空無所得爲方便於四念住廣說乃至十八佛不共法無所得爲方便如是乃至於一切智道相智一切相智無所得爲方便時舍利子問善現言何因緣故於此般若波羅蜜多甚深教中以無所得而爲方便廣說三乘相應之法何因緣故於此般若波羅蜜多甚深教中以無所得而爲方便乃至廣說攝受諸菩薩摩訶薩神通勝事乃至令得一切世間最勝妙辯善現荅言舍利子由内空乃至無性自性空故於此般若波羅蜜多甚深教中以無所得而爲方便廣說三乘相應之法舍利子由内空乃至無性自性空故於此般若波羅蜜多甚深教中以無所得而爲方便乃至廣說攝受諸菩薩摩訶薩神通勝事乃至令得一切世間最勝妙辯

第二分散華品第二十七之一

爾時天帝釋及此三千大千世界四大王衆天乃至色究竟天咸作是念今尊者善現承佛威力爲一切有情雨大法雨我等今者各宜化作天妙香華奉散供養釋迦如來及諸菩薩摩訶薩衆并苾芻僧尊者善現亦散供養甚深般若波羅蜜多豈不爲善時天帝釋及諸天衆作是念已便各化作天妙香華持以奉散釋迦如來及諸菩薩摩訶薩衆并苾芻僧具壽善現甚深般若波羅蜜多而爲供養是時於此三千大千佛之世界華悉充滿以佛神力於虚空中合成華臺莊嚴殊妙量

等三千大千世界爾時善現覩斯事已作是念言今所散華於諸天處曾未見有是華微妙定非草樹水陸所生應是諸天爲供養故從心化出時天帝釋既知善現心之所念謂善現言此所散華實非草樹水陸所生亦不從心實能化出但是變現爾時善現語帝釋言憍尸迦汝言此華實非草樹水陸所生亦不從心實能化出既非生法則不名華時天帝釋問善現言大德爲但是華不生爲餘法亦爾善現荅言非但是華不生餘法亦無生義何謂也憍尸迦色亦不生此既不生則非色受想行識亦不生此既不生則非受想行識眼乃至意色乃至法眼識乃至意識眼觸乃至意觸眼觸爲緣所生受乃至意觸爲緣所生受亦如是憍尸迦布施波羅蜜多亦不生此既不生則非布施波羅蜜多淨戒安忍精進靜慮般若波羅蜜多亦不生此既不生則非淨戒安忍精進靜慮般若波羅蜜多內空乃至無性自性空四念住廣說乃至十八佛不共法如是乃至一切智道相智一切相智皆亦如是時天帝釋竊作是念尊者善現智慧甚深不違假名而說法性佛知其念便告彼言如憍尸迦心之所念具壽善現智慧甚深不違假名而說法性時天帝釋即白佛言尊者善現於何等法不違假名而說法性佛言憍尸迦色但是假名具壽善現不違色假名而說色法性受想行識但是假名具壽善現不違受想行識假名而說受想行識法性所以者何色等法性無違順故善現所說亦無違順於眼乃至意色乃至法眼識乃至

意識眼觸乃至意觸眼觸爲緣所生受乃至意觸爲緣所生受亦如是憍尸迦布施波羅蜜多但是假名具壽善現不違布施波羅蜜多假名而說布施波羅蜜多法性淨戒安忍精進靜慮般若波羅蜜多但是假名具壽善現不違淨戒安忍精進靜慮般若波羅蜜多假名而說淨戒安忍精進靜慮般若波羅蜜多法性所以者何布施波羅蜜多等法性無違順故善現所說亦無違順於內空乃至無性自性空四念住廣說乃至十八佛不共法如是乃至預流果乃至阿羅漢果獨覺菩提乃至無上正等菩提一切智道相智一切相智預流乃至阿羅漢獨覺菩薩如來皆亦如是憍尸迦具壽善現於如是法不違假名而說法性爾時具壽善現語天帝釋言憍尸迦如是如是如佛所說諸所有法無非假名憍尸迦諸菩薩摩訶薩知一切法但假名已應學般若波羅蜜多憍尸迦諸菩薩摩訶薩如是學時不於色學不於受想行識學何以故憍尸迦是菩薩摩訶薩不見色可於中學不見受想行識可於中學故於眼乃至意色乃至法眼識乃至意識眼觸乃至意觸眼觸爲緣所生受乃至意觸爲緣所生受亦如是憍尸迦諸菩薩摩訶薩如是學時不於布施波羅蜜多學不於淨戒安忍精進靜慮般若波羅蜜多學何以故憍尸迦是菩薩摩訶薩不見布施波羅蜜多可於中學不見淨戒安忍精進靜慮般若波羅蜜多可於中學故於內空乃至無性自性空四念住廣說乃至十八佛不共法如是乃至預流果乃至阿羅漢果

獨覺菩提乃至無上正等菩提一切智道相
智一切相智皆亦如是時天帝釋問善現言
諸菩薩摩訶薩何因緣故不見色乃至不見
一切相智善現荅言憍尸迦色色空乃至一
切相智一切相智空憍尸迦諸菩薩摩訶薩
由此因緣不見色乃至一切相智憍尸迦諸
菩薩摩訶薩不見色故不於色學乃至不見
一切相智故不於一切相智學何以故憍尸
迦不可色空見色空乃至不可一切相智空
見一切相智空亦不可色空於色空學乃至
亦不可一切相智空於一切相智空學故憍
尸迦若菩薩摩訶薩不於空學是菩薩摩訶
薩爲於空學何以故以無二故憍尸迦諸菩
薩摩訶薩不於色空學爲於色空學以無二
故乃至不於一切相智空學爲於一切相智
空學以無二故憍尸迦若菩薩摩訶薩以無
二爲方便於色空學乃至以無二爲方便於
一切相智空學是菩薩摩訶薩能以無二爲
方便學布施波羅蜜多乃至般若波羅蜜多
能以無二爲方便學內空乃至無性自性空
能以無二爲方便學四念住廣說乃至十八
佛不共法如是乃至能以無二爲方便學預
流果乃至阿羅漢果能以無二爲方便學獨
覺菩提乃至無上正等菩提能以無二爲方
便學一切智道相智一切相智憍尸迦若菩
薩摩訶薩能以無二爲方便學布施波羅蜜
多乃至一切相智是菩薩摩訶薩能以無二
爲方便學無量無數無邊不可思議清淨佛
法憍尸迦若菩薩摩訶薩能學無量無數無
邊不可思議清淨佛法是菩薩摩訶薩不爲

色增故學亦不爲色滅故學乃至不爲一切相智增故學亦不爲一切相智滅故學憍尸迦若菩薩摩訶薩不爲色增故學亦不爲色滅故學乃至不爲一切相智增故學亦不爲一切相智滅故學是菩薩摩訶薩不爲攝受色故學亦不爲壞滅色故學乃至不爲攝受一切相智故學亦不爲壞滅一切相智故學

爾時具壽舍利子問善現言諸菩薩摩訶薩如是學時不爲攝受色故學亦不爲壞滅色故學乃至不爲攝受一切相智故學亦不爲壞滅一切相智故學耶善現對曰如是如是舍利子諸菩薩摩訶薩如是學時不爲攝受色故學亦不爲壞滅色故學乃至不爲攝受一切相智故學亦不爲壞滅一切相智故學時舍利子問善現言何因緣故諸菩薩摩訶薩不爲攝受色故學亦不爲壞滅色故學乃至不爲攝受一切相智故學亦不爲壞滅一切相智故學善現對曰諸菩薩摩訶薩不見有色是可攝受及可壞滅亦不見有能攝受色及壞滅者乃至不見有一切相智是可攝受及可壞滅亦不見有能攝受一切相智及壞滅者何以故舍利子以色等法若能若所內外空故舍利子若菩薩摩訶薩於一切法不見是可攝受及可壞滅亦不見有能攝受及壞滅者而學般若波羅蜜多是菩薩摩訶薩能成辦一切智智時舍利子問善現言諸菩薩摩訶薩如是學般若波羅蜜多能成辦一切智智耶善現對曰舍利子諸菩薩摩訶薩如是學般若波羅蜜多能成辦一切智智於一切法不爲攝受不爲壞滅爲方便故舍

利子言若菩薩摩訶薩於一切法不爲攝受不爲壞滅爲方便者云何能成辦一切智智耶善現對曰舍利子是菩薩摩訶薩修行般若波羅蜜多時不見色若生若滅若取若捨若染若淨若增若減乃至不見一切相智若生若滅若取若捨若染若淨若增若減何以故以色乃至一切相智皆自性無所有不可得故如是舍利子諸菩薩摩訶薩修行般若波羅蜜多時於一切法不見若生若滅若取若捨若染若淨若增若減以無所學無所成辦爲方便故而學般若波羅蜜多則能成辦一切智智爾時天帝釋問舍利子言大德諸菩薩摩訶薩所學般若波羅蜜多當於何求舍利子言憍尸迦諸菩薩摩訶薩所學般若波羅蜜多當於善現所說中求時天帝釋謂善現言大德神力爲依持故令舍利子作是說耶善現告言憍尸迦非我神力爲依持故令舍利子作如是說天帝釋言是誰神力爲所依持善現報言是佛神力爲所依持天帝釋言大德諸法皆無依持如何可言是佛神力爲所依持善現告言憍尸迦如是如是如汝所說一切法無依持是故如來非所依持亦無依持但爲隨順世俗施設說爲依持憍尸迦非離無依持如來可得非離無依持眞如如如來可得非離無依持法性如來可得性離無依持如來眞如可得非離無依持如來法性可得非離無依持眞如如來眞如可得非離無依持法性如來法性可得憍尸迦非無依持中如來可得非如來中無依持可得非無依持眞如中如來可得非如來中無依

持眞如可得非無依持法性中如來可得非如來中無依持法性可得非無依持中如來眞如可得非如來眞如中無依持可得非無依持中如來法性可得非如來法性中無依持可得非無依持眞如中如來眞如可得非如來眞如中無依持眞如可得非無依持法性中如來法性可得非如來法性中無依持法性可得憍尸迦非離色如來可得非離受想行識如來可得非離色眞如如來可得非離受想行識眞如如來可得非離色法性如來可得非離受想行識法性如來可得非離色如來眞如可得非離受想行識如來眞如可得非離色如來法性可得非離受想行識如來法性可得非離色眞如如來眞如可得非離受想行識眞如如來眞如可得非離色法性如來法性可得非離受想行識法性如來法性可得憍尸迦非色中如來可得非如來中色可得非受想行識中如來可得非如來中受想行識可得非色眞如中如來可得非如來中色眞如可得非受想行識眞如中如來可得非如來中受想行識眞如可得非色法性中如來可得非如來中色法性可得非受想行識法性中如來可得非如來中受想行識法性可得非色中如來眞如可得非如來眞如中色可得非受想行識中如來眞如可得非如來眞如中受想行識可得非色中如來法性可得非如來法性中色可得非受想行識中如來法性可得非如來法性中受想行識可得非色眞如中如來眞如可得非如來眞如中色眞如可得非受想行識眞

如中如來真如可得非如來真如中受想行識真如可得非色法性中如來法性可得非如來法性中色法性可得非受想行識法性中如來法性可得非如來法性中受想行識法性可得憍尸迦乃至非離一切智如來可得非離道相智一切相智如來可得非離一切智真如如來可得非離道相智一切相智真如如來可得非離一切智法性如來可得非離道相智一切相智法性如來可得非離一切智如來真如可得非離道相智一切相智如來真如可得非離一切智如來法性可得非離道相智一切相智如來法性可得非離一切智真如如來真如可得非離道相智一切相智真如如來真如可得非離一切智法性如來法性可得非離道相智一切相智法性如來法性可得憍尸迦非一切智中如來可得非如來中一切智可得非道相智一切相智中如來可得非如來中道相智一切相智可得非一切智真如中如來可得非如來中一切智真如可得非道相智一切相智真如中如來可得非如來中道相智一切相智真如可得非一切智法性中如來可得非如來中一切智法性可得非道相智一切相智法性中如來可得非如來中道相智一切相智法性可得非一切智中如來真如可得非如來真如中一切智可得非道相智一切相智中如來真如可得非如來真如中道相智一切相智可得非一切智中如來法性可得非如來法性中一切智可得非道相智一切相智中如來法性可得非如來法性中道

相智一切相智可得非一切智真如中如來真如可得非如來真如中一切智真如可得非道相智一切相智真如中如來真如可得非如來真如中道相智一切相智真如可得非一切智法性中如來法性可得非如來法性中一切智法性可得非道相智一切相智法性中如來法性可得非如來法性中道相智一切相智法性可得憍尸迦如來於色非相應非不相應於受想行識亦非相應非不相應如來於色真如非相應非不相應於受想行識真如亦非相應非不相應如來於色法性非相應非不相應於受想行識法性亦非相應非不相應如來真如於色非相應非不相應於受想行識亦非相應非不相應如來真如於色真如非相應非不相應於受想行識真如亦非相應非不相應如來法性於色非相應非不相應於受想行識亦非相應非不相應如來法性於色法性非相應非不相應於受想行識法性亦非相應非不相應憍尸迦如來於離色非相應非不相應於離受想行識亦非相應非不相應如來於離色真如非相應非不相應於離受想行識真如亦非相應非不相應如來於離色法性非相應非不相應於離受想行識法性亦非相應非不相應如來真如於離色非相應非不相應於離受想行識亦非相應非不相應如來真如於離色真如非相應非不相應於離受想行識真如亦非相應非不相應如來法性於離色非相應非不相應於離受想行識亦非相應非不相應如來法性於離色法性非

相應非不相應於離受想行識法性亦非相應非不相應憍尸迦如是乃至如來於一切智非相應非不相應於道相智一切相智亦非相應非不相應如來於一切智真如非相應非不相應於道相智一切相智真如亦非相應非不相應如來於一切智法性非相應非不相應於道相智一切相智法性亦非相應非不相應如來真如於一切智非相應非不相應於道相智一切相智亦非相應非不相應如來真如於一切智真如非相應非不相應於道相智一切相智真如亦非相應非不相應如來法性於一切智非相應非不相應於道相智一切相智亦非相應非不相應如來法性於一切智法性非相應非不相應於道相智一切相智法性亦非相應非不相應憍尸迦如來於離一切智非相應非不相應於離道相智一切相智亦非相應非不相應如來於離一切智真如非相應非不相應於離道相智一切相智真如亦非相應非不相應如來於離一切智法性非相應非不相應於離道相智一切相智法性亦非相應非不相應如來真如於離一切智非相應非不相應於離道相智一切相智亦非相應非不相應如來真如於離一切智真如非相應非不相應於離道相智一切相智真如亦非相應非不相應如來法性於離一切智非相應非不相應於離道相智一切相智亦非相應非不相應如來法性於離一切智法性非相應非不相應於離道相智一切相智法性亦非相應非不相應憍尸迦舍利子所說是於

一切法非即非離非相應非不相應如來神力爲所依持以無依持爲依持故

大般若波羅蜜多經卷第四百二十六

大般若波羅蜜多經卷第四百二十七

唐三藏法師玄奘奉　詔譯

第二分散華品第二十七之二

復次憍尸迦汝先所問諸菩薩摩訶薩所學般若波羅蜜多當於何求者憍尸迦諸菩薩摩訶薩所學般若波羅蜜多不應於色求不應離色求不應於受想行識求不應離受想行識求如是乃至不應於一切智求不應離一切智求不應於道相智一切相智求不應離道相智一切相智求何以故憍尸迦若般若波羅蜜多若求若色廣說乃至一切相智如是一切皆非相應非不相應無色無見無對一相所謂無相所以者何諸菩薩摩訶薩所學般若波羅蜜多非色不離色非受想行識不離受想行識如是乃至非一切智不離一切智非道相智一切相智不離道相智一切相智非色眞如不離色眞如非受想行識眞如不離受想行識眞如如是乃至非一切智眞如不離一切智眞如非道相智一切相智眞如不離道相智一切相智眞如非色法性不離色法性非受想行識法性不離受想行識法性如是乃至非一切智法性不離一切智法性非道相智一切相智法性不離道相智一切相智法性何以故憍尸迦如是諸法皆無所有都不可得由無所有不可得故諸菩薩摩訶薩所學般若波羅蜜多非色不離色廣說乃至非一切相智不離一切相智非色眞如不離色眞如廣說乃至非一切相智眞如不離一切相智眞如非色法性不離色法性廣說乃至非一切相智法性不離一

切相智法性爾時天帝釋謂善現言大德諸菩薩摩訶薩所學般若波羅蜜多是大波羅蜜多是無量波羅蜜多是無邊波羅蜜多諸預流者於此中學得預流果諸一來者於此中學得一來果諸不還者於此中學得不還果諸阿羅漢於此中學得阿羅漢果諸獨覺者於此中學得獨覺菩提諸菩薩摩訶薩於此中學成熟無量百千俱胝那庾多有情隨其所應置三乘道及能嚴淨種種佛土證得無上正等菩提善現告言如是如是如汝所說憍尸迦色大故諸菩薩摩訶薩所學般若波羅蜜多亦大受想行識大故諸菩薩摩訶薩所學般若波羅蜜多亦大如是乃至一切智大故諸菩薩摩訶薩所學般若波羅蜜多亦大道相智一切相智大故諸菩薩摩訶薩所學般若波羅蜜多亦大何以故憍尸迦以色乃至一切相智前後中際皆不可得故說色乃至一切相智大故諸菩薩摩訶薩所學般若波羅蜜多亦說爲大由彼大故諸菩薩摩訶薩所學般若波羅蜜多應說爲大由此因緣諸菩薩摩訶薩所學般若波羅蜜多說爲大波羅蜜多憍尸迦色無量故諸菩薩摩訶薩所學般若波羅蜜多亦無量受想行識無量故諸菩薩摩訶薩所學般若波羅蜜多亦無量如是乃至一切智無量故諸菩薩摩訶薩所學般若波羅蜜多亦無量道相智一切相智無量故諸菩薩摩訶薩所學般若波羅蜜多亦無量何以故憍尸迦以色乃至一切相智量不可得譬如虛空量不可得色等亦爾故說無量憍尸迦虛空無量故色等無量色等無量故諸菩薩摩訶薩所學般若波羅蜜多亦無量

由此因緣諸菩薩摩訶薩所學般若波羅蜜多應說爲無量波羅蜜多憍尸迦色無邊故諸菩薩摩訶薩所學般若波羅蜜多亦無邊受想行識無邊故諸菩薩摩訶薩所學般若波羅蜜多亦無邊如是乃至一切智無邊故諸菩薩摩訶薩所學般若波羅蜜多亦無邊道相智一切相智無邊故諸菩薩摩訶薩所學般若波羅蜜多亦無邊何以故憍尸迦以色乃至一切相智邊不可得譬如虛空邊不可得色等亦爾故說無邊憍尸迦虛空無邊故色等亦無邊色等無邊故諸菩薩摩訶薩所學般若波羅蜜多亦無邊復次憍尸迦所緣無邊故諸菩薩摩訶薩所學般若波羅蜜多亦無邊天帝釋言云何所緣無邊故諸菩薩摩訶薩所學般若波羅蜜多亦無邊善現

荅言一切智智所緣無邊故諸菩薩摩訶薩所學般若波羅蜜多亦無邊復次憍尸迦法界所緣無邊故諸菩薩摩訶薩所學般若波羅蜜多亦無邊天帝釋言云何法界所緣無邊故諸菩薩摩訶薩所學般若波羅蜜多亦無邊善現荅言法界無邊故所緣亦無邊所緣無邊故法界亦無邊法界所緣無邊故諸菩薩摩訶薩所學般若波羅蜜多亦無邊復次憍尸迦眞如所緣無邊故諸菩薩摩訶薩所學般若波羅蜜多亦無邊天帝釋言云何眞如所緣無邊故諸菩薩摩訶薩所學般若波羅蜜多亦無邊善現荅言眞如無邊故所緣亦無邊所緣無邊故眞如亦無邊眞如所緣無邊故諸菩薩摩訶薩所學般若波羅蜜多亦無邊復次憍尸迦有情無邊故諸菩薩

摩訶薩所學般若波羅蜜多亦無邊天帝釋言云何有情無邊故諸菩薩摩訶薩所學般若波羅蜜多亦無邊善現答言於意云何言有情有情者是何法增語天帝釋言言有情有情者非法增語亦非非法增語但是假立客名所攝無事名所攝無緣名所攝善現復言於意云何於此般若波羅蜜多甚深經中爲亦顯示有實有情不天帝釋言不也大德善現告言於此般若波羅蜜多甚深經中既不顯示有實有情故說無邊以彼中邊不可得故憍尸迦於意云何若諸如來應正等覺經殑伽沙等劫住說諸有情名字此中頗有有情有生有滅不天帝釋言不也大德何以故以諸有情本性淨故彼從本來無所有故善現告言由此我說有情無邊故諸菩薩摩訶薩所學般若波羅蜜多亦無邊憍尸迦由此因緣諸菩薩摩訶薩所學般若波羅蜜多應說爲無邊

第二分授記品第二十八

爾時衆中天帝釋等欲界諸天梵天王等色界諸天及伊舍那神仙天女同時三返稱讚具壽善現所說謂作是言尊者善現以佛神力爲所依持善爲我等分別開示甚深般若波羅蜜多佛出世因無上法要若菩薩摩訶薩能於如是甚深般若波羅蜜多如說修行不遠離者我等於彼敬事如佛所以者何謂此般若波羅蜜多甚深經中無法可得所謂此中無色可得無受想行識可得如是乃至無一切智可得無道相智一切相智可得雖無如是諸法可得而有施設三乘聖教謂聲

聞獨覺無上乘教爾時佛告諸天等言如是如是如汝所說於此般若波羅蜜多甚深經中雖無色等諸法可得而有施設三乘聖教若菩薩摩訶薩於此般若波羅蜜多以無所得而爲方便能如說行不遠離者汝諸天等常應敬事如諸如來應正等覺何以故諸天等於此般若波羅蜜多甚深經中雖廣說有三乘聖教而說非即布施波羅蜜多如來可得非離布施波羅蜜多如來可得乃至非即般若波羅蜜多如來可得非離般若波羅蜜多如來可得非即內空如來可得非離內空如來可得乃至非即無性自性空如來可得非離無性自性空如來可得非即四念住如來可得非離四念住如來可得廣說乃至非即十八佛不共法如來可得非離十八佛不共法如來可得如是乃至非即一切智如來可得非離一切智如來可得非即道相智一切相智如來可得非離道相智一切相智如來可得諸天等若菩薩摩訶薩於一切法以無所得而爲方便精勤修學如是布施波羅蜜多廣說乃至一切相智是菩薩摩訶薩於此般若波羅蜜多能正修行常不遠離是故汝等應當敬事彼菩薩摩訶薩如諸如來應正等覺天等當知我於往昔然燈佛時衆花王都四衢道首見然燈佛獻五蓮花布髮掩泥聞上妙法以無所得爲方便故便得不離布施波羅蜜多乃至般若波羅蜜多不離內空乃至無性自性空不離四念住乃至八聖道支不離四靜慮四無量四無色定不離一切三摩地門一切陀羅尼門不離佛十力四

無所畏四無礙解大慈大悲大喜大捨十八佛不共法不離諸餘無量無數無邊佛法時然燈佛即便授我無上正等大菩提記作是言善男子汝於來世過無數劫即於此界賢劫之中當得作佛號釋迦牟尼如來應正等覺宣說般若波羅蜜多度無量衆時諸天等咸白佛言希有世尊希有善逝如是般若波羅蜜多甚爲希有令諸菩薩摩訶薩衆速能攝受一切智智以無所得而爲方便於一切色無取無捨於受想行識無取無捨乃至於一切智無取無捨於道相智一切相智無取無捨爾時佛觀四衆和合謂苾芻苾芻尼鄔波索迦鄔波斯迦及諸菩薩摩訶薩衆并四大王衆天乃至色究竟天皆來集會同爲明證於是顧命天帝釋言憍尸迦若菩薩摩訶薩若苾芻苾芻尼鄔波索迦鄔波斯迦若諸天子天女若善男子善女人等不離一切智智心以無所得而爲方便於此般若波羅蜜多恭敬聽聞受持讀誦精勤修學如理思惟爲他演說廣令流布當知是輩一切惡魔及惡魔軍不能嬈害何以故憍尸迦是善男子善女人等善住色空無相無願善住受想行識空無相無願如是乃至善住一切智空無相無願善住道相智一切相智空無相無願不可以空嬈害於空不可以無相嬈害無相不可以無願嬈害無願所以者何如是諸法皆無自性能所嬈害俱不可得復次憍尸迦是善男子善女人等人及非人不能嬈害何以故憍尸迦是善男子善女人等以無所得而爲方便於諸有情善修慈悲喜捨心故復

次憍尸迦是善男子善女人等終不橫爲諸險惡緣之所惱害亦不橫死何以故憍尸迦是善男子善女人等修行布施波羅蜜多於諸有情正安養故復次憍尸迦於此三千大千世界所有四大王衆天乃至廣果天已發無上菩提心者於此般若波羅蜜多若未聽聞受持讀誦精勤修學如理思惟令應不離一切智智心以無所得而爲方便於此般若波羅蜜多至心聽聞受持讀誦精勤修學如理思惟復次憍尸迦若善男子善女人等不離一切智智心以無所得而爲方便於此般若波羅蜜多至心聽聞受持讀誦精勤修學如理思惟是善男子善女人等若在空宅若在曠野若在險道及危難處終不怖畏驚恐毛竪何以故憍尸迦是善男子善女人等不離一切智智心以無所得而爲方便善修內空乃至無性自性空故爾時於此三千大千堪忍世界所有四大王衆天乃至色究竟天等恭敬合掌同白佛言世尊若善男子善女人等不離一切智智心以無所得而爲方便常能於此甚深般若波羅蜜多至心聽聞受持讀誦精勤修學如理思惟書寫解說廣令流布我諸天等常隨擁護不令一切災橫侵惱何以故世尊此善男子善女人等即是菩薩摩訶薩故世尊由是菩薩摩訶薩故令諸有情永斷地獄傍生鬼界阿素洛等諸險惡趣世尊由是菩薩摩訶薩故令諸天人藥叉龍等永離一切災橫疾疫貧窮飢渴寒熱等苦世尊由是菩薩摩訶薩故令諸天人阿素洛等永離種種不如意事所在之處兵戈永

息一切有情慈心相向世尊由是菩薩摩訶薩故世間便有十善業道若四靜慮四無量四無色定若布施波羅蜜多乃至般若波羅蜜多若内空乃至無性自性空若四念住廣說乃至十八佛不共法乃至若一切智道相智一切相智世尊由是菩薩摩訶薩故世間便有刹帝利大族婆羅門大族長者大族居士大族諸小國王轉輪聖王輔臣僚佐世尊由是菩薩摩訶薩故世間便有四大王衆天乃至他化自在天梵衆天乃至色究竟天空無邊處天乃至非想非非想處天世尊由是菩薩摩訶薩故世間便有預流及預流果乃至阿羅漢及阿羅漢果若獨覺及獨覺菩提世尊由是菩薩摩訶薩故世間便有諸菩薩摩訶薩成熟有情嚴淨佛土證得無上正等菩提轉妙法輪度無量衆世尊由是菩薩摩訶薩故世間便有佛寶法寶苾芻僧寶利益安樂一切有情世尊由此因緣我等天衆及阿素洛諸龍藥叉并大勢力人非人等常應隨逐恭敬守護此諸菩薩摩訶薩衆不令一切災横侵惱令於般若波羅蜜多聽聞受持讀誦修學如理思惟書寫等事常無間斷爾時世尊告天帝釋及餘天龍阿素洛等如是如是如汝所說由是菩薩摩訶薩故令諸有情永斷惡趣乃至三寶出現世間與諸有情作大饒益是故汝等諸天龍神及大勢力人非人等常應隨逐供養恭敬尊重讚歎勤加守護此菩薩摩訶薩勿令一切災横侵惱汝等若能供養恭敬尊重讚歎勤加守護是諸菩薩摩訶薩者當知即爲供養恭敬尊重讚

歎勤加守護我及十方一切如來應正等覺是故汝等常應隨逐此菩薩摩訶薩供養恭敬尊重讚歎勤加守護無得暫捨天等當知假使充滿三千大千佛之世界聲聞獨覺譬如甘蔗蘆葦竹林稻麻叢等間無空隙有善男子善女人等於彼福田以無量種上妙樂具供養恭敬尊重讚歎盡其形壽若復有人經須臾頃供養恭敬尊重讚歎一初發心不離六波羅蜜多菩薩摩訶薩以前功德比此福聚百分不及一千分不及一乃至鄔波尼煞曇分亦不及一何以故不由聲聞及獨覺故有菩薩摩訶薩及諸如來應正等覺出現世間但由菩薩摩訶薩故世間便有聲聞獨覺及諸如來應正等覺是故汝等一切天龍及阿素洛人非人等常應守護供養恭敬尊重讚歎是菩薩摩訶薩勿令一切災横侵惱汝等由此所獲福聚於人天中常得安樂至得無上正等菩提此所獲福恒無有盡

第二分攝受品第二十九之一

爾時天帝釋白佛言世尊諸菩薩摩訶薩甚奇希有於此般若波羅蜜多至心聽聞受持讀誦精勤修學如理思惟書寫解說廣令流布攝受如是希有現法功德勝利成熟有情嚴淨佛土從一佛國至一佛國親近承事諸佛世尊於諸善根隨所欣樂以於諸佛供養恭敬尊重讚歎即能生長速令圓滿於諸佛所得受正法乃至無上正等菩提於其中間曾不忘失速能攝受族姓圓滿父母圓滿生身圓滿眷屬圓滿相好圓滿光明圓滿勝眼圓滿勝耳圓滿音聲圓滿等持圓滿總持圓

滿復以方便善巧之力自化其身如佛形像從一世界趣一世界至無佛土讚說布施波羅蜜多乃至般若波羅蜜多讚說內空乃至無性自性空讚說四靜慮四無量四無色定讚說四念住廣說乃至十八佛不共法復以方便善巧之力爲諸有情宣說法要隨宜安置三乘法中令永解脫生老病死證無餘依般涅槃界或復拔濟諸惡趣苦令天人中受諸妙樂時天帝釋復白佛言如是般若波羅蜜多甚奇希有若能攝受如是般若波羅蜜多則爲具足攝受六種波羅蜜多廣說乃至則爲具足攝受十八佛不共法亦爲具足攝受預流一來不還阿羅漢果獨覺菩提一切菩薩摩訶薩行諸佛無上正等菩提一切智道相智一切相智爾時佛告天帝釋言如是如是如汝所說若能攝受如是般若波羅蜜多則爲具足攝受六種波羅蜜多廣說乃至則爲具足攝受一切相智復次憍尸迦若善男子善女人等能於般若波羅蜜多至心聽聞受持讀誦精勤修學如理思惟書寫解說廣令流布是善男子善女人等攝受種種現法當來功德勝利汝應諦聽極善作意吾當爲汝分別解說天帝釋言唯然大聖願時爲說我等樂聞佛告憍尸迦若有種種外道族類若諸欲界自在天魔及彼眷屬若餘暴惡增上慢者欲於如是諸善男子善女人等發起種種不饒益事欲令遠離違害猒背毀謗般若波羅蜜多彼適起心速遭殃禍自當殄滅不果所願何以故憍尸迦是菩薩摩訶薩長夜修行布施淨戒安忍精進靜慮般若波

羅蜜多若諸有情爲慳貪故長夜鬬諍是菩薩摩訶薩於内外法一切皆捨方便令彼安住布施波羅蜜多若諸有情長夜破戒是菩薩摩訶薩於内外法一切皆捨方便令彼安住淨戒波羅蜜多若諸有情長夜嗔忿是菩薩摩訶薩於内外法一切皆捨方便令彼安住安忍波羅蜜多若諸有情長夜懈怠是菩薩摩訶薩於内外法一切皆捨方便令彼安住精進波羅蜜多若諸有情長夜散亂是菩薩摩訶薩於内外法一切皆捨方便令彼安住靜慮波羅蜜多若諸有情長夜愚癡是菩薩摩訶薩於内外法一切皆捨方便令彼安住般若波羅蜜多若諸有情流轉生死長夜恒爲貪嗔癡等隨眠纏垢擾亂其心造作種種不饒益事是菩薩摩訶薩方便善巧令彼斷滅貪嗔癡等隨眠纏垢令其安住四靜慮四無量四無色定或令安住四念住廣說乃至八聖道支或令安住空無相無願解脫門或令安住預流果乃至阿羅漢果或令安住獨覺菩提或令安住菩薩十地或令安住諸佛無上正等菩提憍尸迦如是名爲於此般若波羅蜜多至心聽聞受持讀誦精勤修學如理思惟書寫解説廣令流布諸菩薩摩訶薩攝受現法功德勝利憍尸迦是菩薩摩訶薩由此因縁於當來世速證無上正等菩提轉妙法輪化無量衆隨本所願方便安立令於三乘修學究竟乃至證得無餘涅槃憍尸迦如是名爲於此般若波羅蜜多至心聽聞受持讀誦精勤修學如理思惟書寫解説廣令流布諸菩薩摩訶薩攝受當來功德勝利

復次憍尸迦若善男子善女人等於此般若波羅蜜多至心聽聞受持讀誦精勤修學如理思惟書寫解說廣令流布其地方所若有惡魔及魔眷屬若有種種外道族類若餘暴惡增上慢者憎嫉般若波羅蜜多欲為障礙破壞隱沒方便詰責陵辱違拒雖有此願終不能成彼因暫聞般若聲故衆惡漸滅功德漸生後依三乘得盡苦際或脱惡趣生人天中憍尸迦如有妙藥名曰莫耆是藥威勢能銷衆毒如是妙藥隨所在處諸毒蟲類不能逼近有大毒虵飢行求食遇見生類欲螫噉之其生怖死馳趣妙藥虵聞藥氣尋便退走何以故憍尸迦如是妙藥具大威勢能益身命伏銷衆毒當知般若波羅蜜多具大威勢亦復如是若善男子善女人等至心聽聞受持讀誦精勤修學如理思惟書寫解說廣令流布諸惡魔等於此菩薩摩訶薩所欲為惡事由此般若波羅蜜多威神力故令彼惡事於其方所自當殄滅無所能為何以故憍尸迦由此般若波羅蜜多具大威力能摧衆惡增善法故憍尸迦云何般若波羅蜜多能摧衆惡增長諸善憍尸迦如是般若波羅蜜多能滅貪欲瞋恚愚癡無明乃至純大苦蘊障蓋隨眠纏垢結縛若我見有情見補特伽羅見斷見常見有見無見乃至種種諸惡見趣慳貪破戒忿恚懈怠散亂愚癡常想樂想我想淨想及餘一切貪瞋癡慢疑見行等憍尸迦如是般若波羅蜜多能滅色著乃至識著能滅眼著乃至意著能滅色著乃至法著能滅眼識著乃至意識著能滅眼觸著乃至意

觸著能滅眼觸所生受著乃至意觸所生受
著能滅布施波羅蜜多著乃至般若波羅蜜
多著能滅內空著乃至無性自性空著能滅
四念住著廣說乃至十八佛不共法著能滅
一切智道相智一切相智著能滅菩提涅槃
著憍尸迦如是般若波羅蜜多能滅此等一
切惡法及能增長彼諸對治是故般若波羅
蜜多具大威力最尊最勝復次憍尸迦若善
男子善女人等於此般若波羅蜜多至心聽
聞受持讀誦精勤修學如理思惟書寫解說
廣令流布是善男子善女人等常爲三千大
千世界四大天王及天帝釋堪忍界主大梵
天王淨居天等天龍藥叉阿素洛等并餘善
神皆來擁護不令一切災橫侵惱如法所求
無不滿足東西南北四維上下殑伽沙等諸
佛世界一切如來應正等覺亦常護念是善
男子善女人等令惡漸滅善法轉增謂令增
長布施波羅蜜多乃至般若波羅蜜多以無
所得爲方便故亦令增長內空觀乃至無性
自性空觀以無所得爲方便故亦令增長四
念住廣說乃至十八佛不共法以無所得爲
方便故亦令增長一切三摩地門及一切陀
羅尼門以無所得爲方便故亦令增長一切
智及道相智一切相智以無所得爲方便故
憍尸迦是善男子善女人等由此因緣言詞
威肅聞皆敬受稱量談說語無謬亂善知恩
報堅事善友不爲慳嫉忿恨覆惱諂誑矯等
之所隱蔽憍尸迦是善男子善女人等自能
離斷生命亦勸他離斷生命無倒稱揚離斷
生命法歡喜讚歎離斷生命者乃至自能離

邪見亦勸他離邪見無倒稱揚離邪見法歡喜讚歎離邪見者自能行布施波羅蜜多亦勸他行布施波羅蜜多無倒稱揚行布施波羅蜜多法歡喜讚歎行布施波羅蜜多者乃至自能行般若波羅蜜多亦勸他行般若波羅蜜多無倒稱揚行般若波羅蜜多法歡喜讚歎行般若波羅蜜多者自能行內空亦勸他行內空無倒稱揚行內空法歡喜讚歎行內空者乃至自能行無性自性空亦勸他行無性自性空無倒稱揚行無性自性空法歡喜讚歎行無性自性空者自能修一切三摩地門亦勸他修一切三摩地門無倒稱揚修一切三摩地門法歡喜讚歎修一切三摩地門者自能修一切陀羅尼門亦勸他修一切陀羅尼門無倒稱揚修一切陀羅尼門法歡喜讚歎修一切陀羅尼門者自能修四靜慮亦勸他修四靜慮無倒稱揚修四靜慮法歡喜讚歎修四靜慮者自能修四無量亦勸他修四無量無倒稱揚修四無量法歡喜讚歎修四無量者自能修四無色定亦勸他修四無色定無倒稱揚修四無色定法歡喜讚歎修四無色定者自能修四念住亦勸他修四念住無倒稱揚修四念住法歡喜讚歎修四念住者乃至自能修八聖道支亦勸他修八聖道支無倒稱揚修八聖道支法歡喜讚歎修八聖道支者自能修三解脫門亦勸他修三解脫門無倒稱揚修三解脫門法歡喜讚歎修三解脫門者自能修八解脫亦勸他修八解脫無倒稱揚修八解脫法歡喜讚歎修八解脫者自能順逆入九次第定亦勸他順

逆入九次第定無倒稱揚順逆入九次第定法歡喜讚歎順逆入九次第定者自能修佛十力亦勸他修佛十力無倒稱揚修佛十力法歡喜讚歎修佛十力者乃至自能修十八佛不共法亦勸他修十八佛不共法無倒稱揚修十八佛不共法法歡喜讚歎修十八佛不共法者自能修無忘失法恒住捨性亦勸他修無忘失法恒住捨性無倒稱揚修無忘失法恒住捨性法歡喜讚歎修無忘失法恒住捨性者自能修一切智道相智一切相智亦勸他修一切智道相智一切相智無倒稱揚修一切智道相智一切相智法歡喜讚歎修一切智道相智一切相智者憍尸迦是善男子善女人等修行布施乃至般若波羅蜜多以無所得而爲方便與諸有情平等共有迴向無上正等菩提憍尸迦是善男子善女人等常作是念我若不行布施波羅蜜多當生貧賤家尚無勢力何能成熟一切有情嚴淨佛土況當能得一切智智我若不護淨戒波羅蜜多當生諸惡趣尚不能得下賤人身何能成熟一切有情嚴淨佛土況當能得一切智智我若不修安忍波羅蜜多當諸根殘缺形貌醜陋不具菩薩圓滿色身若得菩薩圓滿色身行菩薩行有情見者深生歡喜信受所說必獲無上正等菩提若不得此圓滿色身何能成熟一切有情嚴淨佛土況當能得一切智智我若懈怠不起精進波羅蜜多尚不能得菩薩勝道何能成熟一切有情嚴淨佛土況當能得一切智智我若心亂不入靜慮波羅蜜多尚不能起菩薩勝定何能成

熟一切有情嚴淨佛土況當能得一切智智
我若無智不學般若波羅蜜多尚不能得方
便善巧超二乘地何能成熟一切有情嚴淨
佛土況當能得一切智智憍尸迦是善男子
善女人等常作是念我不應隨慳貪勢力若
隨彼力則我布施波羅蜜多不得圓滿我不
應隨破戒勢力若隨彼力則我淨戒波羅蜜
多不得圓滿我不應隨忿恚勢力若隨彼力
則我安忍波羅蜜多不得圓滿我不應隨懈
怠勢力若隨彼力則我精進波羅蜜多不得
圓滿我不應隨心亂勢力若隨彼力則我靜
慮波羅蜜多不得圓滿我不應隨惡慧勢力
若隨彼力則我般若波羅蜜多不得圓滿若
我所修布施淨戒安忍精進靜慮般若波羅
蜜多不圓滿者終不能得一切智智憍尸迦
是善男子善女人等不離一切智智心以無
所得而為方便於此般若波羅蜜多至心聽
聞受持讀誦精勤修學如理思惟書寫解說
廣令流布必獲如是現法當來功德勝利

大般若波羅蜜多經卷第四百二十七

音釋

鄔波索迦 梵語也此云近事男鄔安古切
鄔波斯迦 梵語也此云近事女
莫耆 耆音岐
螫 螫音釋蟲行毒也
噉 噉徒濫切食噉也
謬 靡幼切誤也差也

大般若波羅蜜多經卷第四百二十八

唐三藏法師玄奘奉詔譯

第二分攝受品第二十九之二

爾時天帝釋白佛言世尊如是般若波羅蜜多甚爲希有調伏菩薩摩訶薩衆令不高心而能迴向一切智智爾時佛告天帝釋言憍尸迦云何般若波羅蜜多調伏菩薩摩訶薩衆令不高心而能迴向一切智智時天帝釋白言世尊諸菩薩摩訶薩行世間布施波羅蜜多時若於佛所而行布施便作是念我能施佛若於菩薩獨覺聲聞孤窮老病道行乞者而行布施便作是念我能施菩薩乃至乞者是菩薩摩訶薩無方便善巧故雖行布施而起高心不能迴向一切智智世尊諸菩薩摩訶薩行世間淨戒安忍精進靜慮般若波羅蜜多時便作是念我能修行淨戒安忍精進靜慮般若波羅蜜多亦作是念我能圓滿淨戒安忍精進靜慮般若波羅蜜多是菩薩摩訶薩無方便善巧故雖行淨戒乃至般若而起高心不能迴向一切智智世尊諸菩薩摩訶薩修行世間四念住時便作是念我能修行四念住亦作是念我能圓滿四念住是菩薩摩訶薩無方便善巧故雖行四念住而起高心不能迴向一切智智世尊諸菩薩摩訶薩修行四正斷四神足五根五力七等覺支八聖道支時若作是念我能修行四正斷乃至八聖道支或作是念我能圓滿四正斷乃至八聖道支是菩薩摩訶薩無方便善巧故雖行四正斷乃至八聖道支而起高心不能迴向一切智智世尊諸菩薩摩訶薩修行

空無相無願解脱門時若作是念我能修行空無相無願解脱門或作是念我能圓滿空無相無願解脱門是菩薩摩訶薩無方便善巧故雖行空無相無願解脱門而起高心不能迴向一切智智世尊諸菩薩摩訶薩修行一切三摩地門陀羅尼門時若作是念我能修行一切三摩地門陀羅尼門或作是念我能圓滿一切三摩地門陀羅尼門是菩薩摩訶薩無方便善巧故雖行一切三摩地門陀羅尼門而起高心不能迴向一切智智世尊諸菩薩摩訶薩修行佛十力四無所畏四無礙解大慈大悲大喜大捨十八佛不共法時若作是念我能修行佛十力乃至十八佛不共法或作是念我能圓滿佛十力乃至十八佛不共法是菩薩摩訶薩無方便善巧故雖行佛十力乃至十八佛不共法而起高心不能迴向一切智智世尊諸菩薩摩訶薩修行一切智道相智一切相智時若作是念我能修行一切智道相智一切相智或作是念我能圓滿一切智道相智一切相智是菩薩摩訶薩無方便善巧故雖行一切智道相智一切相智而起高心不能迴向一切智智世尊諸菩薩摩訶薩成熟有情嚴淨佛土時若作是念我能成熟有情嚴淨佛土餘無此能是菩薩摩訶薩無方便善巧故雖成熟有情嚴淨佛土而起高心不能迴向一切智智世尊如是菩薩摩訶薩衆依世間心修諸善法無方便善巧故我我所執擾亂心故雖修般若波羅蜜多而未得故不能如實調伏高心亦不能如實迴向一切智智世尊若菩薩摩訶

薩行出世布施波羅蜜多時善修般若波羅蜜多故不得施者受者施物是菩薩摩訶薩依止般若波羅蜜多而行布施故能如實調伏高心亦能迴向一切智智世尊若菩薩摩訶薩行出世淨戒安忍精進靜慮般若波羅蜜多時善修般若波羅蜜多故不得淨戒安忍精進靜慮般若及一切法是菩薩摩訶薩依止般若波羅蜜多而行淨戒乃至般若故能如實調伏高心亦能迴向一切智智世尊若菩薩摩訶薩修行出世四念住廣說乃至一切相智時善修般若波羅蜜多故不得四念住廣說乃至一切相智及一切法是菩薩摩訶薩依止般若波羅蜜多而行四念住廣說乃至一切相智故能如實調伏高心亦能迴向一切智智世尊若菩薩摩訶薩成熟有情嚴淨佛土時善修般若波羅蜜多故不得成熟有情嚴淨佛土及一切法是菩薩摩訶薩依止般若波羅蜜多而成熟有情嚴淨佛土故能如實調伏高心亦能迴向一切智智世尊由此因緣我作是說如是般若波羅蜜多甚爲希有調伏菩薩摩訶薩衆令不高心而能迴向一切智智

第二分窣堵波品第三十

爾時佛告天帝釋言憍尸迦若善男子善女人等能於般若波羅蜜多甚深經典至心聽聞受持讀誦精勤修學如理思惟書寫解說廣令流布是善男子善女人等身常安隱心恒喜樂不爲一切災橫侵惱復次憍尸迦若善男子善女人等於此般若波羅蜜多甚深經典至心聽聞受持讀誦親近供養如理思

惟書寫解說廣令流布是善男子善女人等若在軍旅交陣戰時至心念誦如是般若波羅蜜多於諸有情慈悲擁護不爲刀杖之所傷殺所對怨敵皆起慈心設起惡心自然退敗是善男子善女人等若在軍旅刀箭所傷喪失身命終無是處何以故憍尸迦是善男子善女人等以無所得而爲方便長夜修習布施淨戒安忍精進靜慮般若波羅蜜多自能降伏貪欲刀杖亦能除他貪欲刀杖自能降伏嗔恚刀杖亦能除他嗔恚刀杖自能降伏愚癡刀杖亦能除他愚癡刀杖自能降伏憍慢刀杖亦能除他憍慢刀杖自能降伏惡見刀杖亦能除他惡見刀杖自能降伏隨眠刀杖亦能除他隨眠刀杖自能降伏纏垢刀杖亦能除他纏垢刀杖自能降伏惡業刀杖亦能除他惡業刀杖憍尸迦由此縁故是善男子善女人等設入軍陣不爲刀杖之所傷殺所對怨敵皆起慈心設起惡心自然退敗是善男子善女人等至心念誦甚深般若波羅蜜多威神力故設在軍陣刀箭所傷喪失身命終無是處復次憍尸迦若善男子善女人等不離一切智智心以無所得而爲方便常於如是甚深般若波羅蜜多至心聽聞受持讀誦精勤修學如理思惟供養恭敬尊重讚歎書寫解說廣令流布是善男子善女人等一切毒藥蠱道鬼魅厭禱呪術皆不能害水不能溺火不能燒刀杖惡獸怨賊惡神衆邪魍魎不能損害何以故憍尸迦如是般若波羅蜜多是大神呪如是般若波羅蜜多是大明呪如是般若波羅蜜多是無上呪如是

般若波羅蜜多是無等等呪如是般若波羅蜜多是一切呪王最上最妙無能及者具大威力能伏一切不爲一切之所降伏是善男子善女人等精勤修學如是呪王不爲自害不爲害他不爲俱害何以故憍尸迦是善男子善女人等學此般若波羅蜜多了自他俱不可得故憍尸迦是善男子善女人等學此般若波羅蜜多大呪王時不得我不得有情乃至不得知者見者不得色不得受想行識乃至不得一切智不得道相智一切相智以於此等無所得故不爲自害不爲害他不爲俱害憍尸迦是善男子善女人等學此般若波羅蜜多大呪王時於我及法雖無所得而證無上正等菩提觀諸有情心行差别隨宜爲轉無上法輪令如説行皆得利樂何以故憍尸迦過去菩薩摩訶薩衆於此般若波羅蜜多大神呪王精勤修學已證無上正等菩提轉妙法輪度無量衆未來菩薩摩訶薩衆於此般若波羅蜜多大神呪王精勤修學當證無上正等菩提轉妙法輪度無量衆現在十方無邊世界有諸菩薩摩訶薩衆於此般若波羅蜜多大神呪王精勤修學現證無上正等菩提轉妙法輪度無量衆復次憍尸迦若善男子善女人等於此般若波羅蜜多至心聽聞受持讀誦精勤修學如理思惟書寫解説廣令流布是善男子善女人等隨所居止國土城邑人及非人不爲一切災横疾疫之所傷害何以故憍尸迦是善男子善女人等隨所住處爲此三千大千世界及餘十方無邊世界所有四大王衆天乃至色究竟天

幷諸龍神阿素洛等常來守護供養恭敬尊重讚歎不令般若波羅蜜多有留難故復次憍尸迦若善男子善女人等書此般若波羅蜜多大神呪王置清淨處供養恭敬尊重讚歎雖不聽聞受持讀誦精勤修學如理思惟亦不爲他開示分別而此住處國邑王都人非人等不爲一切災横疾疫之所傷害何以故憍尸迦如是般若波羅蜜多大神呪王隨所住處爲此三千大千世界及餘十方無邊世界所有四大王衆天乃至色究竟天幷諸龍神阿素洛等常來守護供養恭敬尊重讚歎不令般若波羅蜜多大神呪王有留難故憍尸迦是善男子善女人等但書般若波羅蜜多大神呪王置清淨處供養恭敬尊重讚歎尚獲如是現法利益況能聽聞受持讀誦精勤修學如理思惟及廣爲他開示分別當知是輩功德無邊速證菩提利樂一切復次憍尸迦若善男子善女人等怖畏怨家惡獸災横厭禱疾疫毒藥呪等應書般若波羅蜜多大神呪王隨多少分香囊盛貯安寶筒中恒隨逐身供養恭敬尊重讚歎諸怖畏事皆自銷除天龍鬼神常守護故憍尸迦譬如有人或傍生類入菩提樹院或至彼院邊人非人等不能傷害何以故憍尸迦過去未來現在諸佛皆坐此處證得無上正等菩提得菩提已施諸有情無恐無怖無怨無害身心安樂安立無量無數有情令住人天尊貴妙行安立無量無數有情令住三乘安樂妙行安立無量無數有情令現證得或預流果或一來果或不還果或阿羅漢果安立無量無數

有情令當證得獨覺菩提或證無上正等菩提如是勝事皆由般若波羅蜜多威神之力是故此處一切天龍阿素洛等皆共守護供養恭敬尊重讚歎當知般若波羅蜜多甚深經典隨所住處亦復如是一切天龍阿素洛等常來守護供養恭敬尊重讚歎不令般若波羅蜜多有留難故憍尸迦如是般若波羅蜜多甚深經典隨所在處當知是處即眞制多一切有情皆應敬禮當以種種上妙花鬘塗散等香衣服瓔珞寶幢旛蓋諸妙珍奇伎樂燈明而爲供養爾時天帝釋白佛言世尊若善男子善女人等書此般若波羅蜜多甚深經典種種莊嚴供養恭敬尊重讚歎復以種種上妙花鬘塗散等香衣服瓔珞寶幢旛蓋諸妙珍奇伎樂燈明而爲供養有善男子善女人等佛涅槃後起窣堵波七寶嚴飾寶函盛貯佛設利羅安置其中供養恭敬尊重讚歎復以種種上妙花鬘塗散等香衣服瓔珞寶幢旛蓋諸妙珍奇伎樂燈明而爲供養二所生福何者爲多佛告憍尸迦我還問汝當隨意答於意云何如來所得一切相智及相好身依何等法修學而得天帝釋言世尊如來所得一切相智及相好身依此般若波羅蜜多甚深經典修學而得佛言憍尸迦如是如是如汝所說我依般若波羅蜜多甚深經典修學故得一切相智及相好身何以故憍尸迦不學般若波羅蜜多甚深經典證得無上正等菩提無有是處憍尸迦非但獲得相好身故說名如來應正等覺要由證得一切相智故名如來應正等覺憍尸迦如來所

得一切相智要由般若波羅蜜多爲因而起佛相好身但爲依處若不依止佛相好身一切相智無由而起是故般若波羅蜜多正爲因起一切智智欲令此智現前相續故復修集佛相好身此相好身若非遍智所依處者一切天龍人非人等不應竭誠供養恭敬以相好身與佛遍智爲所依止故諸天龍神人非人等供養恭敬由此緣故我涅槃後諸天龍神人非人等供養恭敬我設利羅憍尸迦若善男子善女人等但於般若波羅蜜多甚深經典供養恭敬尊重讚歎則爲供養一切相智及所依止佛相好身并涅槃後佛設利羅何以故憍尸迦一切相智及相好身并設利羅皆以般若波羅蜜多爲根本故憍尸迦若善男子善女人等但於佛身及設利羅供養恭敬尊重讚歎非爲供養一切相智及此般若波羅蜜多何以故憍尸迦佛身遺體非此般若波羅蜜多一切相智之根本故憍尸迦由此因緣若善男子善女人等欲供養佛若身若心及餘功德先當聽聞受持讀誦精勤修學如理思惟書寫解說如是般若波羅蜜多甚深經典復以種種上妙供具而供養之以是故憍尸迦若善男子善女人等書此般若波羅蜜多甚深經典種種莊嚴供養恭敬尊重讚歎復以種種上妙花鬘塗散等香衣服瓔珞寶幢旛蓋諸妙珍奇伎樂燈明而爲供養有善男子善女人等佛涅槃後起窣堵波七寶嚴飾寶函盛貯佛設利羅安置其中供養恭敬尊重讚歎復以種種上妙花鬘塗散等香衣服瓔珞寶幢旛蓋諸妙珍奇伎

樂燈明而爲供養二所生福前者爲多無量倍數何以故憍尸迦如是般若波羅蜜多甚深經典能生布施波羅蜜多乃至般若波羅蜜多故能顯内空乃至無性自性空故能生四念住廣說乃至十八佛不共法故能生一切三摩地門陀羅尼門故能辦成熟有情嚴淨佛土事故能辦菩薩摩訶薩族姓圓滿色力圓滿財寶圓滿眷屬圓滿故能辦一切大慈大悲大喜大捨故能辦世間刹帝利大族婆羅門大族長者大族居士大族四大王衆天乃至色究竟天故能辦世間空無邊處天乃至非想非非想處天故能辦預流一來不還阿羅漢果獨覺菩提故能辦菩薩摩訶薩行諸佛無上正等菩提故能辦最上最勝無等一切如來應正等覺一切相智故爾時天帝釋白佛言世尊贍部洲人於此般若波羅蜜多甚深經典不供養恭敬尊重讚歎者彼豈不知供養恭敬尊重讚歎甚深般若波羅蜜多獲得如是功德勝利佛告憍尸迦我還問汝當隨意答於意云何贍部洲内有幾許人成佛證淨成法證淨成僧證淨有幾許人於佛無疑於法無疑於僧無疑有幾許人於佛究竟於法究竟於僧究竟有幾許人得三十七菩提分法有幾許人得三解脱門有幾許人得八解脱有幾許人得九次第定有幾許人得六神通有幾許人得四無礙解有幾許人永斷三結得預流果有幾許人薄貪嗔癡得一來果有幾許人斷五順下分結得不還果有幾許人斷五順上分結得阿羅漢果有幾許人發心定趣獨覺菩提有幾許人發

心定趣諸佛無上正等菩提天帝釋言世尊贍部洲内有少許人成佛證淨成法證淨成僧證淨乃至有少許人發心定趣諸佛無上正等菩提爾時佛告天帝釋言如是如是如汝所說憍尸迦贍部洲内極少分人成佛證淨成法證淨成僧證淨轉少分人於佛無疑於法無疑於僧無疑乃至轉少分人發心定趣諸佛無上正等菩提轉少分人既發心已精勤修習趣菩提行轉少分人精勤修習菩提行已證得無上正等菩提何以故憍尸迦諸有情類流轉生死無量世來多不見佛不聞正法不親近僧不行布施不持淨戒不修安忍不起精進不習靜慮不學般若不聞内空不修内空乃至不聞無性自性空不修無性自性空不聞四念住不修四念住廣說乃至不聞十八佛不共法不修十八佛不共法不聞一切三摩地門不修一切三摩地門不聞一切陀羅尼門不修一切陀羅尼門不聞一切智不修一切智不聞道相智一切相智不修道相智一切相智憍尸迦由是因緣當知於此贍部洲中極少分人成佛證淨成法證淨成僧證淨轉少分人於佛無疑於法無疑於僧無疑乃至轉少分人發心定趣諸佛無上正等菩提轉少分人既發心已精勤修習趣菩提行轉少分人精勤修習菩提行已證得無上正等菩提復次憍尸迦我今問汝當隨意答憍尸迦於意云何置贍部洲所有人類於此三千大千世界幾許有情供養恭敬父母師長幾許有情供養恭敬沙門婆羅門幾許有情布施持戒受齋修福幾許有情

於諸欲中住猒患想無常想苦想無我想不淨想猒食想一切世間不可樂想幾許有情修四靜慮四無量四無色定幾許有情乃至發心定趣諸佛無上正等菩提幾許有情既發心已精勤修習趣菩提行幾許有情練磨長養趣菩提心幾許有情方便善巧修行般若波羅蜜多幾許有情得住菩薩不退轉地幾許有情速證無上正等菩提天帝釋言世尊於此三千大千世界少許有情供養恭敬父母師長乃至少許有情速證無上正等菩提佛言憍尸迦如是如是如汝所說憍尸迦於此三千大千世界極少有情供養恭敬父毋師長轉少有情供養恭敬沙門婆羅門乃至轉少有情得住菩薩不退轉地轉少有情速證無上正等菩提復次憍尸迦我以清淨無上佛眼遍觀十方一切世界雖有無量無數無邊有情發心定趣無上正等菩提精勤修習趣菩提行而由遠離甚深般若波羅蜜多方便善巧若一若二若三有情得住菩薩不退轉地多分退墮聲聞獨覺下劣地中何以故憍尸迦諸佛無上正等菩提甚難可得惡慧懈怠下劣精進下劣勝解下劣有情不能證故憍尸迦由是因緣若善男子善女人等發心定趣無上正等菩提精勤修習趣菩提行欲住菩薩不退轉地速證無上正等菩提無留難者應於如是甚深般若波羅蜜多數數聽聞受持讀誦精勤修習如理思惟好請問師樂爲他說作是事已復應書寫種種寶物而用莊嚴供養恭敬尊重讚歎復以種種上好花鬘塗散等香衣服瓔珞寶幢旛蓋

諸妙珍奇伎樂燈明而爲供養憍尸迦是善男子善女人等於餘攝入甚深般若波羅蜜多諸勝善法亦應聽聞受持讀誦精勤修習如理思惟好請問師樂爲他說何謂攝入甚深般若波羅蜜多餘勝善法所謂布施乃至靜慮波羅蜜多若內空乃至無性自性空若一切三摩地門陀羅尼門若四念住廣說乃至十八佛不共法若大慈大悲大喜大捨若餘無量無邊佛法是謂攝入甚深般若波羅蜜多餘勝善法憍尸迦是善男子善女人等於餘隨順甚深般若波羅蜜多蘊處界等無量法門亦應聽聞受持讀誦如理思惟不應誹謗令於無上正等菩提而作留難何以故憍尸迦是善男子善女人等應作是念如來昔住菩薩位時常勤修學順菩提法所謂般若波羅蜜多乃至布施波羅蜜多若內空乃至無性自性空若一切三摩地門陀羅尼門若四念住廣說乃至十八佛不共法若大慈大悲大喜大捨若餘無量無邊佛法若餘隨順甚深般若波羅蜜多蘊處界等無量法門由斯證得所求無上正等菩提我等今者爲求無上正等菩提亦應隨學如是般若波羅蜜多等法定是我等大師我隨彼學所願當滿如是般若波羅蜜多等法定是諸佛法印一切如來應正等覺隨彼學故已證正證當證無上正等菩提如是般若波羅蜜多等法亦是一切聲聞獨覺法印一切預流一來不還阿羅漢獨覺隨彼學故已正當至涅槃彼岸以是故憍尸迦諸善男子善女人等若佛住世若涅槃後應依般若波羅蜜多廣說乃

至一切相智常勤修學何以故憍尸迦如是般若波羅蜜多廣說乃至一切相智是諸聲聞獨覺菩薩及餘天人阿素洛等所依趣故

復次憍尸迦有善男子善女人等於諸如來般涅槃後爲供養佛設利羅故以妙七寶起窣堵波種種珍奇間雜嚴飾其量高大一踰繕那廣減高半復以種種天妙花鬘塗散等香衣服瓔珞寶幢旛蓋諸妙珍奇伎樂燈明盡其形壽供養恭敬尊重讚歎於意云何是善男子善女人等由此因緣得福多不天帝釋言甚多世尊甚多善逝佛告憍尸迦若善男子善女人等不離一切智智心以無所得而爲方便於此般若波羅蜜多至心聽聞受持讀誦精勤修學如理思惟廣爲有情宣說流布或有書寫種種莊嚴供養恭敬尊重讚歎復以種種上妙花鬘塗散等香衣服瓔珞寶幢旛蓋諸妙珍奇伎樂燈明而爲供養是善男子善女人等由此因緣所生福聚甚多於彼無量無邊

復次憍尸迦置此一事有善男子善女人等於諸如來般涅槃後爲供養佛設利羅故以妙七寶起窣堵波種種珍奇間雜嚴飾其量高大一踰繕那廣減高半如是充滿一贍部洲或四大洲或小千界或中千界或復三千大千世界皆以種種天妙花鬘乃至燈明盡其形壽供養恭敬尊重讚歎於意云何是善男子善女人等由此因緣得福多不天帝釋言甚多世尊甚多善逝佛告憍尸迦若善男子善女人等不離一切智智心以無所得而爲方便於此般若波羅蜜多至心聽聞受持讀誦精勤修學如理思惟廣

爲有情宣說流布或有書寫種種莊嚴供養恭敬尊重讚歎復以種種上妙花鬘乃至燈明而爲供養是善男子善女人等由此因緣所生福聚甚多於彼無量無邊復次憍尸迦置一三千大千世界假使三千大千世界諸有情衆各於如來般涅槃後爲供養佛設利羅故以妙七寶起窣堵波種種珍奇間雜嚴飾其量高大一踰繕那廣減高半各滿三千大千世界中無空隟復以種種天妙花鬘乃至燈明盡其形壽供養恭敬尊重讚歎於意云何如是三千大千世界諸有情衆由此因緣得福多不天帝釋言甚多世尊甚多善逝佛告憍尸迦若善男子善女人等不離一切智智心以無所得而爲方便於此般若波羅蜜多至心聽聞受持讀誦精勤修學如理思惟廣爲有情宣說流布或有書寫種種莊嚴供養恭敬尊重讚歎復以種種上妙花鬘乃至燈明而爲供養是善男子善女人等由此因緣所生福聚甚多於彼無量無邊時天帝釋即白佛言如是世尊如是善逝若善男子善女人等供養恭敬尊重讚歎如是般若波羅蜜多當知即爲供養恭敬尊重讚歎過去未來現在諸佛世尊假使十方各如殑伽沙等世界一切有情各於如來般涅槃後爲供養佛設利羅故以妙七寶起窣堵波種種珍奇間雜嚴飾其量高大一踰繕那廣減高半各滿三千大千世界中無空隟復以種種天妙花鬘乃至燈明若經一劫或一劫餘供養恭敬尊重讚歎世尊是諸有情由此因緣得福多不佛言彼福無量無邊天帝釋言若善

男子善女人等不離一切智智心以無所得而爲方便於此般若波羅蜜多至心聽聞受持讀誦精勤修學如理思惟廣爲有情宣説流布或有書寫種種莊嚴供養恭敬尊重讃歎復以種種上妙花鬘乃至燈明而爲供養是善男子善女人等由此因緣所生福聚甚多於彼無量無邊不可思議不可稱計何以故世尊由此般若波羅蜜多能總攝藏一切善法所謂十善業道若四靜慮四無量四無色定若四聖諦觀若三十七菩提分法若三解脫門若六神通若八解脫九次第定若布施波羅蜜多乃至般若波羅蜜多若内空乃至無性自性空若一切三摩地門陀羅尼門若佛十力四無所畏四無礙解大慈大悲大喜大捨十八佛不共法若一切智道相智一切相智若餘無量無邊佛法皆攝入此甚深般若波羅蜜多世尊如是般若波羅蜜多是諸如來應正等覺眞實法印亦是一切聲聞獨覺眞實法印世尊一切如來應正等覺皆於如是甚深般若波羅蜜多常勤學故已證正證當證無上正等菩提一切聲聞及諸獨覺亦於如是甚深般若波羅蜜多常勤學故已正當至涅槃彼岸世尊由此因緣若善男子善女人等不離一切智智心以無所得而爲方便於此般若波羅蜜多至心聽聞受持讀誦精勤修學如理思惟廣爲有情宣説流布或有書寫種種莊嚴乃至燈明而爲供養所生福聚無量無邊不可思議不可稱計

大般若波羅蜜多經卷第四百二十八

音釋

窣堵波 梵語也此云方墳又云圓塚窣蘇没切堵音覩

蠱道 蠱音古惑也又師巫爲蠱謂以左道惑人也

鬼魅 魅明祕切老精物也

厭禱 厭依檢切禳也禱都皓切祈求也

魍魎 魍音罔魎音兩魍魎山川之精物又木石之怪也

盛貯 盛音成容受也貯展呂切貯積也

花鬘 鬘莫班切

設利羅 梵語也亦云室利羅又云舍利此云骨身又云靈骨

踰繕那 梵語也亦名由旬此云限量如此方一驛地或四十里六十里八十里也踰音俞繕時戰切

大般若波羅蜜多經卷第四百二十九

唐三藏法師玄奘奉　詔譯

第二分福生品第三十一

爾時佛告天帝釋言如是如是如汝所說憍尸迦若善男子善女人等不離一切智智心以無所得而爲方便於此般若波羅蜜多至心聽聞受持讀誦精勤修學如理思惟廣爲有情宣說流布或有書寫種種莊嚴供養恭敬尊重讚歎復以種種上妙花鬘塗散等香衣服瓔珞寶幢旛蓋諸妙珍奇伎樂燈明而爲供養所生福聚無量無邊不可思議不可稱計何以故憍尸迦以此般若波羅蜜多能辦如來應正等覺一切智道相智一切相智亦辦布施波羅蜜多乃至般若波羅蜜多亦辦內空乃至無性自性空亦辦四念住廣說乃至十八佛不共法亦辦五眼六神通亦辦一切三摩地門陀羅尼門亦辦成熟有情嚴淨佛土亦辦一切聲聞獨覺及無上乘亦辦如來應正等覺所證無上正等菩提以是故憍尸迦若善男子善女人等不離一切智智心以無所得而爲方便於此般若波羅蜜多至心聽聞受持讀誦精勤修學如理思惟廣爲有情宣說流布或有書寫種種莊嚴乃至燈明而爲供養以前所造窣堵波福比此福聚百分不及一千分不及一百千分不及一乃至鄔波尼殺曇分亦不及一何以故憍尸迦若此般若波羅蜜多甚深經典人中流布即此世間佛寶法寶苾芻僧寶終不隱沒若此般若波羅蜜多甚深經典人中住者世間常有十善業道若四靜慮四無量四無色定

若布施波羅蜜多乃至般若波羅蜜多若内空乃至無性自性空若四念住廣說乃至十八佛不共法若一切三摩地門陀羅尼門若一切智道相智一切相智若刹帝利大族婆羅門大族長者大族居士大族若四大王衆天乃至非想非非想處天若聲聞乘獨覺乘無上乘若預流一來不還阿羅漢獨覺若菩薩摩訶薩成熟有情嚴淨佛土若諸如來應正等覺證得無上正等菩提轉妙法輪度無量衆如是勝事終不隱沒

第二分功德品第三十二

爾時三千大千世界所有四大王衆天乃至色究竟天同聲共白天帝釋言大仙於是甚深般若波羅蜜多應受應持應讀應誦應精勤修學應如理思惟應供養恭敬尊重讚歎何以故大仙若受持讀誦精勤修學如理思惟供養恭敬尊重讚歎如是般若波羅蜜多則令一切惡法損減善法增益亦令一切天衆增益諸阿素洛朋黨損減亦令一切佛眼法眼僧眼不滅亦令一切佛種法種僧種不斷大仙當知由三寶種不斷絶故世間便有布施波羅蜜多乃至般若波羅蜜多亦有内空乃至無性自性空亦有四念住廣說乃至十八佛不共法亦有一切三摩地門陀羅尼門亦有一切智道相智一切相智亦有預流果乃至阿羅漢果亦有獨覺菩提亦有菩薩摩訶薩行亦有無上正等菩提是故大仙於此般若波羅蜜多應受持讀誦精勤修學如理思惟供養恭敬尊重讚歎爾時佛告天帝釋言憍尸迦汝應於此甚深般若波羅蜜多

受持讀誦精勤修學如理思惟供養恭敬尊重讚歎何以故憍尸迦若阿素洛及惡朋黨起如是念我等當與天帝釋軍交陣戰諍爾時汝等諸天眷屬應各至誠誦念如是甚深般若波羅蜜多供養恭敬尊重讚歎時阿素洛及諸朋黨所起惡心即皆息滅憍尸迦若諸天子或諸天女五衰相現其心驚惶恐墮惡趣爾時汝等諸天眷屬應住其前至誠誦念如是般若波羅蜜多時彼天子或彼天女聞是般若波羅蜜多善根力故於此般若波羅蜜多生淨信故五衰相沒身意泰然設有命終還生本處受天富樂倍勝於前何以故憍尸迦聞信般若波羅蜜多功德威力甚廣大故憍尸迦若善男子善女人等或諸天子及諸天女甚深般若波羅蜜多一經其耳善根力故定當漸次證得無上正等菩提何以故憍尸迦過去未來現在諸佛及諸弟子一切皆學如是般若波羅蜜多證得無上正等菩提入無餘依般涅槃界何以故憍尸迦如是般若波羅蜜多普攝一切菩提分法若諸佛法若菩薩法若獨覺法若聲聞法皆具攝故爾時天帝釋白佛言世尊如是般若波羅蜜多是大神呪是大明呪是無上呪是無等等呪是一切呪王最尊最勝最上最妙能伏一切不爲一切之所降伏何以故世尊如是般若波羅蜜多能除一切惡不善法能攝一切殊勝善法爾時佛告天帝釋言如是如是如汝所說何以故憍尸迦過去未來現在諸佛皆因如是甚深般若波羅蜜多大神呪王證得無上正等菩提轉妙法輪度無量衆所

以者何依因如是甚深般若波羅蜜多大神呪王世間便有十善業道若四靜慮四無量四無色定若布施波羅蜜多乃至般若波羅蜜多若内空乃至無性自性空若四念住廣說乃至十八佛不共法若眞如法界法性實際不虛妄性不變異性法定法住不思議界若四聖諦若五眼六神通若預流果乃至阿羅漢果若獨覺菩提若諸菩薩摩訶薩行若佛無上正等菩提若一切智道相智一切相智復次憍尸迦依因菩薩摩訶薩故世間便有十善業道廣說乃至一切相智譬如依因滿月輪故諸星宿等皆得增明如是依因諸菩薩故十善業道廣說乃至一切相智皆得顯了若諸如來應正等覺未出世時唯有菩薩具足種種方便善巧爲諸有情無倒宣說一切世間出世間法菩薩所有方便善巧皆從如是甚深般若波羅蜜多而得生長諸菩薩摩訶薩成就方便善巧力故能行布施波羅蜜多乃至般若波羅蜜多能行内空乃至無性自性空能行四念住廣說乃至十八佛不共法不證聲聞及獨覺地成熟有情嚴淨佛土具足攝取壽量圓滿佛土圓滿眷屬圓滿衆具圓滿色力圓滿乃至證得一切相智皆由般若波羅蜜多而得成就復次憍尸迦若善男子善女人等於此般若波羅蜜多至心聽聞受持讀誦精勤修學如理思惟書寫解說廣令流布當得成就現在未來殊勝功德時天帝釋便白佛言是善男子善女人等云何成就現在未來殊勝功德佛言憍尸迦若善男子善女人等於此般若波羅蜜多至

心聽聞受持讀誦精勤修學如理思惟書寫解說廣令流布是善男子善女人等現在不爲毒藥所害刀兵所傷火所焚燒水所漂溺乃至不爲四百四病之所夭歿除先定業現世應受憍尸迦是善男子善女人等若遭官事怨賊逼迫至心誦念如是般若波羅蜜多若至其所終不爲彼譴罰加害何以故憍尸迦如是般若波羅蜜多威德勢力法令爾故憍尸迦是善男子善女人等若有欲至國主王子大臣等處至心誦念如是般若波羅蜜多必爲王等歡喜問訊供養恭敬尊重讚歎何以故憍尸迦是善男子善女人等常於有情發起慈悲喜捨心故憍尸迦是善男子善女人等常得成就如是等類現在功德憍尸迦若善男子善女人等於此般若波羅蜜多至心聽聞受持讀誦精勤修學如理思惟書寫解說廣令流布是善男子善女人等隨所生處常不遠離十善業道若四靜慮四無量四無色定若布施波羅蜜多乃至般若波羅蜜多若內空乃至無性自性空若四念住廣說乃至十八佛不共法若一切三摩地門陀羅尼門若一切智道相智一切相智不墮地獄傍生鬼界除願往彼成熟有情隨所生處常具諸根支體無缺永不生在貧窮下賤工師雜類屠膾漁獵盜賊獄吏及補羯娑旃茶羅家若戍達羅貿易卑族隨所生處具三十二大丈夫相八十隨好圓滿莊嚴一切有情見者歡喜多生有佛嚴淨土中蓮華化生不造衆惡常不遠離菩薩神通隨心所願遊諸佛土從一佛國至一佛國親近供養諸佛世

尊成熟有情嚴淨佛土聽聞正法如說修行漸次證得一切智智憍尸迦是善男子善女人等當得成就如是等類未來功德以是故憍尸迦若善男子善女人等欲得如是現在未來殊勝功德乃至無上正等菩提者應常不離一切智智心以無所得爲方便於此般若波羅蜜多甚深經典至心聽聞受持讀誦精勤修學如理思惟書寫解說廣令流布復以種種上妙花鬘塗散等香衣服瓔珞寶幢旛蓋諸妙珍奇伎樂燈明而爲供養

第二分外道品第三十三

時有衆多外道梵志爲求佛過來詣佛所時天帝釋見已念言今此衆多外道梵志來趣法會伺求佛短將非般若留難事耶我當誦念從佛所受甚深般若波羅蜜多令彼邪徒退還本所念已便誦甚深般若波羅蜜多於是衆多外道梵志遥伸敬相右繞世尊從所來門復道而去時舍利子見已念言彼有何緣適來還去爾時佛告舍利子言彼外道等來求我失由天帝釋誦念般若波羅蜜多令彼還去舍利子我不見彼外道梵志有少白法唯懷惡心爲求我過來至我所舍利子我都不見一切世間有天魔梵若諸沙門婆羅門等有情之類說般若時懷勃惡心來求得便何以故舍利子由此三千大千世界所有四大王衆天乃至色究竟天若諸聲聞獨覺菩薩佛及一切具大威力龍神藥叉人非人等皆共守護如是般若波羅蜜多不令衆惡爲作留難何以故舍利子是諸天等皆依般若波羅蜜多威力生故又舍利子十方各如

殑伽沙界一切如來應正等覺聲聞獨覺菩薩諸天龍神藥叉人非人等皆共守護如是般若波羅蜜多不令衆惡爲作留難何以故舍利子彼諸佛等皆依般若波羅蜜多威力生故爾時惡魔竊作是念今者如來應正等覺四衆圍繞及欲色界諸天人等皆同集會宣說般若波羅蜜多此中定有菩薩摩訶薩得受無上正等菩提記我當往至破壞其眼作是念已化作四軍奮威勇鋭來詣佛所時天帝釋見已念言將非惡魔化作此事來欲惱佛并與般若波羅蜜多而作留難何以故如是四軍嚴飾殊麗影堅勝軍釋迦王種栗呫毗種力士種等所有四軍皆不能及由此定知魔所化作惡魔長夜伺求佛短壞諸有情所修勝事我當誦念從佛所受甚深般若波羅蜜多令彼惡魔退還本所念已便誦甚深般若波羅蜜多於是惡魔復道而去甚深般若波羅蜜多力所逼故時衆會中所有四大王衆天乃至色究竟天各各化作種種天花及香鬘等諸妙供具涌身空中而散佛上合掌恭敬同白佛言願此般若波羅蜜多在贍部洲人中久住何以故世尊乃至如是甚深般若波羅蜜多在贍部洲人中流布當知此處佛寶法寶苾芻僧寶久住不滅於此三千大千世界乃至十方無量無數無邊世界亦復如是由此菩薩摩訶薩衆及殊勝行亦可了知世尊隨諸方域有善男子善女人等以淨信心書持如是甚深般若波羅蜜多供養恭敬尊重讚歎當知是處有妙光明除滅暗冥生諸勝利爾時佛告天帝釋等諸天衆

言如是如是如汝所説乃至如是甚深般若波羅蜜多在贍部洲人中流布當知此處佛寶法寶苾芻僧寶久住不滅於此三千大千世界乃至十方無量無數無邊世界亦復如是由此菩薩摩訶薩衆及殊勝行亦可了知隨諸方域有善男子善女人等以淨信心書持如是甚深般若波羅蜜多供養恭敬尊重讚歎當知是處有妙光明除滅暗冥生諸勝利時諸天衆復各化作種種天花及香鬘等而散佛上重白佛言若善男子善女人等於此般若波羅蜜多甚深經典至心聽聞受持讀誦精勤修學如理思惟書寫解説廣令流布是善男子善女人等魔及魔軍不能得便我等天衆亦常隨逐勤加擁護令無損惱何以故世尊是善男子善女人等我等諸天敬

事如佛或如似佛尊重法故時天帝釋復白佛言是善男子善女人等非少善根能成此事必於先世無量佛所多集善根多發正願多供養佛多事善友乃能於此甚深般若波羅蜜多至心聽聞受持讀誦精勤修學如理思惟書寫解説廣令流布世尊若善男子善女人等欲得諸佛一切相智當求般若波羅蜜多欲得般若波羅蜜多當求諸佛一切相智何以故諸佛所得一切相智皆從般若波羅蜜多而得生故一切般若波羅蜜多皆從諸佛一切相智而得生故所以者何諸佛所得一切相智不異般若波羅蜜多一切般若波羅蜜多不異諸佛一切相智諸佛所得一切相智與此般若波羅蜜多當知無二亦無二處爾時佛告天帝釋言如是如是如汝所

説是故般若波羅蜜多功德威神最尊最勝

第二分天來品第三十四之一

爾時具壽慶喜白佛言世尊何縁如來應正等覺不廣稱讃布施等五波羅蜜多乃至十八佛不共法但廣稱讃第六般若波羅蜜多佛告慶喜第六般若波羅蜜多能與前五波羅蜜多乃至十八佛不共法爲尊爲導故我但廣稱讃般若波羅蜜多復次慶喜於意云何若不迴向一切相智而修布施乃至十八佛不共法可名眞修布施波羅蜜多乃至十八佛不共法不慶喜對曰不也世尊不也善逝佛言慶喜要由迴向一切相智而修布施乃至十八佛不共法乃可名爲眞修布施波羅蜜多乃至十八佛不共法是故般若波羅蜜多能與前五波羅蜜多乃至十八佛不共法爲尊爲導故我但廣稱讃般若波羅蜜多具壽慶喜復白佛言云何迴向一切相智而修布施乃至十八佛不共法方得名爲眞修布施波羅蜜多乃至十八佛不共法佛言慶喜以無二爲方便無生爲方便無所得爲方便迴向一切相智而修布施乃至十八佛不共法如是迴向一切相智而修布施乃至十八佛不共法乃得名爲眞修布施波羅蜜多乃至十八佛不共法具壽慶喜復白佛言以何無二爲方便無生爲方便無所得爲方便迴向一切相智而修布施乃至十八佛不共法乃得名爲眞修布施波羅蜜多乃至十八佛不共法佛言慶喜以色受想行識乃至無上正等菩提無二爲方便無生爲方便無所得爲方便迴向一切相智而修布施乃至十

八佛不共法方得名爲眞修布施波羅蜜多乃至十八佛不共法具壽慶喜白言世尊云何以色受想行識乃至無上正等菩提無二爲方便無生爲方便無所得爲方便迴向一切相智而修布施乃至十八佛不共法乃得名爲眞修布施波羅蜜多乃至十八佛不共法佛言慶喜色受想行識色受想行識性空乃至無上正等菩提無上正等菩提性空何以故以色受想行識乃至無上正等菩提性空與布施波羅蜜多乃至十八佛不共法皆無二無二處故慶喜當知由般若波羅蜜多故能迴向一切相智由迴向一切相智故能令布施波羅蜜多乃至十八佛不共法得至究竟是故般若波羅蜜多於前五種波羅蜜多乃至十八佛不共法爲尊爲導故我但廣稱讃般若波羅蜜多慶喜當知譬如大地以種散中衆緣和合則得生長應知大地與種生長爲所依止爲能建立如是般若波羅蜜多及所迴向一切相智與前五種波羅蜜多乃至十八佛不共法爲所依止爲能建立令得生長故此般若波羅蜜多於前五種波羅蜜多乃至十八佛不共法爲尊爲導故我但廣稱讃般若波羅蜜多非布施等爾時天帝釋白佛言世尊今者如來應正等覺於此般若波羅蜜多一切功德説猶未盡所以者何我從世尊所受般若波羅蜜多功德深廣無量無邊際諸善男子善女人等於此般若波羅蜜多至心聽聞受持讀誦精勤修學如理思惟廣爲有情宣説流布所獲功德亦無邊際若有書寫如是般若波羅蜜多甚深經典

種種嚴飾復以無量上妙花鬘塗散等香衣服瓔珞寶幢旛蓋諸妙珍奇伎樂燈明而爲供養所獲功德亦無邊際世尊若善男子善女人等於此般若波羅蜜多甚深經典至心聽聞受持讀誦精勤修學如理思惟書寫解說廣令流布由此因緣世間便有十善業道若四靜慮四無量四無色定若布施波羅蜜多乃至般若波羅蜜多若內空乃至無性自性空若四念住廣說乃至十八佛不共法若預流果乃至阿羅漢果若獨覺菩提若諸菩薩摩訶薩行若佛無上正等菩提若諸世間所有勝事無不出現爾時佛告天帝釋言憍尸迦我不說此甚深般若波羅蜜多但有如前所說功德何以故憍尸迦甚深般若波羅蜜多具足無邊勝功德故憍尸迦我亦不說於此般若波羅蜜多甚深經典至心聽聞受持讀誦精勤修學如理思惟廣爲有情宣說流布及能書寫種種嚴飾復以無量上妙花鬘塗散等香衣服瓔珞寶幢旛蓋諸妙珍奇伎樂燈明而爲供養諸善男子善女人等但有如前所說功德何以故憍尸迦若善男子善女人等不離一切智智心以無所得爲方便於此般若波羅蜜多甚深經典至心聽聞受持讀誦精勤修學如理思惟廣爲有情宣說流布或復書寫種種嚴飾復以無量上妙花鬘乃至燈明而爲供養是善男子善女人等成就無量殊勝戒蘊定蘊慧蘊解脫蘊解脫知見蘊憍尸迦是善男子善女人等當知如佛何以故受持過去未來現在一切如來應正等覺無上道故決定趣向佛菩提故利

益安樂一切有情無窮盡故超過聲聞獨覺地故憍尸迦聲聞獨覺所有戒蘊定蘊慧蘊解脱蘊解脱知見蘊比此善男子善女人等所有戒蘊定蘊慧蘊解脱蘊解脱知見蘊百分不及一千分不及一乃至鄔波尼煞曇分亦不及一何以故憍尸迦是善男子善女人等超過一切聲聞獨覺下劣心想於諸聲聞獨覺乘法終不稱讚於一切法無所不知謂能正知無所有故憍尸迦若善男子善女人等不離一切智智心以無所得爲方便於此般若波羅蜜多甚深經典至心聽聞受持讀誦精勤修學如理思惟廣爲有情宣說流布或復書寫種種嚴飾復以無量上妙花鬘乃至燈明而爲供養我說獲得現在未來無量無邊功德勝利時天帝釋即白佛言我等諸天常隨衛護是善男子善女人等不令一切人非人等種種惡縁之所惱害爾時佛告天帝釋言憍尸迦若善男子善女人等以應一切智智心用無所得爲方便於此般若波羅蜜多甚深經典受持讀誦時有無量百千天子爲聽法故皆來集會歡喜踊躍敬受如是甚深般若波羅蜜多憍尸迦若善男子善女人等以應一切智智心用無所得爲方便宣說如是甚深般若波羅蜜多相應之法時有無量諸天子等皆來集會以天威力令說法師增益辯才宣暢無盡憍尸迦若善男子善女人等以應一切智智心用無所得爲方便宣說如是甚深般若波羅蜜多時有無量諸天子等敬重法故皆來集會以天威力令說法師辯才無滯設有障難不能遮斷憍尸迦

諸善男子善女人等以應一切智智心用無所得爲方便於此般若波羅蜜多甚深經典至心聽聞受持讀誦精勤修學如理思惟廣爲有情宣說流布或復書寫衆寶嚴飾復以種種上妙花鬘乃至燈明而爲供養於現在世當獲無邊功德勝利魔及魔軍不能擾惱復次憍尸迦若善男子善女人等於四衆中宣說如是甚深般若波羅蜜多心無怯怖不爲一切論難所伏何以故憍尸迦彼由如是甚深般若波羅蜜多所加祐故又此般若波羅蜜多祕密藏中具廣分別一切法故所謂善法非善法有記法無記法有漏法無漏法世間法出世間法有爲法無爲法聲聞法獨覺法菩薩法如來法諸如是等無量百千差別法門皆入此攝又由如是諸善男子善女人等善住內空乃至無性自性空故都不見有能論難者亦不見有所論難者亦不見有所說般若波羅蜜多以是故憍尸迦此善男子善女人等由是般若波羅蜜多大威神力所護持故不爲一切異學論難及諸怨敵之所屈伏復次憍尸迦若善男子善女人等於此般若波羅蜜多甚深經典至心聽聞受持讀誦精勤修學如理思惟書寫解說廣令流布是善男子善女人等心常不驚不恐不怖心不沉沒亦不憂悔何以故憍尸迦是善男子善女人等都不見有可驚可恐可怖沉沒憂悔事故憍尸迦若善男子善女人輩欲得此等現在無邊功德勝利當於如是甚深般若波羅蜜多至心聽聞受持讀誦精勤修學如理思惟書寫解說廣令流布供養恭敬尊

重讚歎無得暫捨復次憍尸迦若善男子善女人等以應一切智智心用無所得爲方便於此般若波羅蜜多甚深經典至心聽聞受持讀誦精勤修學如理思惟書寫解說廣令流布供養恭敬尊重讚歎是善男子善女人等恒爲父母師長親友國王大臣及諸沙門婆羅門等之所愛敬亦爲十方無邊世界一切如來應正等覺菩薩摩訶薩獨覺阿羅漢不還一來預流果等之所愛念復爲世間諸天魔梵人及非人阿素洛等之所愛護是善男子善女人等成就最勝無斷辯才於一切時修行布施乃至般若波羅蜜多安住內空乃至無性自性空修行四念住廣說乃至十八佛不共法修行一切三摩地門陀羅尼門成熟有情嚴淨佛土修行一切智道相智一切相智恒無懈廢是善男子善女人等不爲一切外道異論及諸怨敵之所降伏而能降伏外道異論及諸怨敵憍尸迦若善男子善女人等欲得如是現在未來無斷無盡功德勝利應於如是甚深般若波羅蜜多以應一切智智心用無所得爲方便至心聽聞受持讀誦精勤修學如理思惟書寫解說廣令流布供養恭敬尊重讚歎復次憍尸迦若善男子善女人等書寫如是甚深般若波羅蜜多種種莊嚴置清淨處供養恭敬尊重讚歎時此三千大千世界及餘十方無邊世界所有四大王衆天乃至廣果天已發無上菩提心者恒來是處觀禮讀誦如是般若波羅蜜多供養恭敬尊重讚歎右繞禮拜合掌而去所有淨居天謂無煩天無熱天善現天善見天

色究竟天亦恒來此觀禮讀誦如是般若波羅蜜多供養恭敬尊重讚歎右繞禮拜合掌而去時此三千大千世界及餘十方無邊世界有大威德諸龍藥叉健達縛阿素洛揭路荼緊捺落莫呼洛伽人非人等亦恒來此觀禮讀誦如是般若波羅蜜多供養恭敬尊重讚歎右繞禮拜合掌而去憍尸迦是善男子善女人等應作是念今此三千大千世界及餘十方無邊世界所有四大王衆天乃至色究竟天并餘無量有大威德諸龍藥叉健達縛阿素洛揭路荼緊捺落莫呼洛伽人非人等常來至此觀禮讀誦我所書寫甚深般若波羅蜜多供養恭敬尊重讚歎右繞禮拜合掌而去此我則爲已設法施作是念已歡喜踊躍令所獲福倍復增長憍尸迦是善男子善女人等由此三千大千世界及餘十方無邊世界所有四大王衆天乃至色究竟天并餘無量有大威德諸龍藥叉健達縛阿素洛揭路荼緊捺落莫呼洛伽人非人等常來至此隨逐擁護不爲一切人非人等之所惱害唯除宿世定惡業因現在應熟或轉重業現世輕受憍尸迦是善男子善女人等由此般若波羅蜜多甚深經典大威神力獲如是等現世種種功德勝利謂諸天等已發無上菩提心者或依佛法已獲殊勝利樂事者敬重法故恒來至此隨逐擁護增其勢力何以故憍尸迦是善男子善女人等已發無上正等覺心恒爲救拔諸有情故恒爲成熟諸有情故恒爲不捨諸有情故恒爲利樂諸有情故彼諸天等亦復如是由此因緣常來擁護是

善男子善女人等令無惱害

大般若波羅蜜多經卷第四百二十九

音釋

漂溺漂音飄浮也溺乃歷切沉也没也　天殀夭於兆切少殀也又不盡天年曰天殀　譴罰譴詰戰切謫問也罰音伐罪罰也　屠膾屠音徒殺也膾古外切切肉也屠膾蓋屠宰之類也　獵力涉切逐禽也　補羯娑梵語也此謂舁死屍等之賤類也羯居謁切　旃荼羅梵語也亦云旃陀羅此云屠者旃諸延切荼同都切　戍達羅梵語也亦云首陀此云農田種戍舂遇切　貿易貿莫候切　勃惡勃蒲昧切逆也　栗呫毗梵語也亦云離車此云仙族王呫音帖　健達縛梵語也亦云乾闥婆此云香陰帝釋樂神也健渠建切　揭路荼梵語也亦云迦樓羅此云金翅鳥揭居謁切荼同都切　緊捺洛梵語也亦云緊那羅此云疑神又云人非人捺乃八切

大般若波羅蜜多經卷第四百三十

唐三藏法師玄奘奉詔譯

第二分天來品第三十四之二

爾時天帝釋白佛言世尊是善男子善女人等云何覺知於此三千大千世界及餘十方無邊世界所有四大王衆天乃至色究竟天并餘無量有大威德諸龍藥叉健達縛阿素洛揭路荼緊捺洛莫呼洛伽人非人等來至其所觀禮讀誦彼所書寫甚深般若波羅蜜多供養恭敬尊重讃歎合掌右繞歡喜護念

爾時佛告天帝釋言憍尸迦是善男子善女人等若見如是甚深般若波羅蜜多所在之處有妙光明或聞其所異香芬馥若天樂音當知爾時有大神力威德熾盛諸天龍等來至其所觀禮讀誦彼所書寫甚深般若波羅蜜多供養恭敬尊重讃歎合掌右繞歡喜護念復次憍尸迦是善男子善女人等修純淨行嚴飾其處至心供養如是般若波羅蜜多甚深經典當知爾時有大神力威德熾盛諸天龍等來至其所觀禮讀誦彼所書寫甚深般若波羅蜜多供養恭敬尊重讃歎合掌右繞歡喜護念憍尸迦隨有如是具大神力威德熾盛諸天龍等來至其處此中所有邪神惡鬼驚怖退散無敢住者由此因緣是善男子善女人等心便廣大起淨勝解所修善業倍復增長諸有所爲皆無障礙以是故憍尸迦若此般若波羅蜜多甚深經典隨所在處應當周匝除去穢物掃拭塗治香水散灑敷設寶座而安措之燒香散花張施幔蓋寶幢旛鐸間飾其中諸妙珍奇衣服瓔珞金銀寶

器伎樂燈明種種雜綵莊嚴其處若能如是供養般若波羅蜜多便有無量具大神力威德熾盛諸天龍等來至其所觀禮讀誦彼所書寫甚深般若波羅蜜多供養恭敬尊重讚歎合掌右繞歡喜護念復次憍尸迦是善男子善女人等若能如是供養恭敬尊重讚歎甚深般若波羅蜜多決定當得身心無倦身樂心樂身輕心輕身調柔心調柔身安隱心安隱繫想般若波羅蜜多夜寢息時無諸惡夢唯得善夢謂見如來應正等覺身真金色具三十二大丈夫相八十隨好圓滿莊嚴放大光明普照一切聲聞菩薩前後圍繞身處衆中聞佛爲說布施淨戒安忍精進靜慮般若波羅蜜多相應之法復聞爲說内空乃至無性自性空四念住廣說乃至十八佛不共法相應之法復聞分別布施淨戒安忍精進靜慮般若波羅蜜多相應之義復聞分別内空乃至無性自性空四念住廣說乃至十八佛不共法相應之義又於夢中見菩提樹其量高廣衆寶莊嚴有大菩薩趣菩提樹結跏趺坐降伏魔怨證得無上正等菩提轉妙法輪度無量衆復見無量百千俱胝那庾多菩薩摩訶薩論議決擇種種法義謂應如是成熟有情嚴淨佛土修菩薩行降伏魔軍永斷障習趣證無上正等菩提又復夢見十方無量百千俱胝那庾多佛亦聞其聲謂某世界某名如來應正等覺若干百千俱胝那庾多菩薩摩訶薩若干百千俱胝那庾多聲聞弟子恭敬圍繞而爲說法又復夢見十方無量百千俱胝那庾多佛入般涅槃彼一一佛般

涅槃後各有施主爲供養佛設利羅故以妙七寶各起無量百千俱胝那庾多數諸窣堵波復於一一窣堵波所各以無量上妙華鬘塗散等香衣服瓔珞寶幢旛蓋諸妙珍奇妓樂燈明經無量劫供養恭敬尊重讚歎憍尸迦是善男子善女人等見如是類諸善夢相若睡若覺身心安樂諸天神等益其精氣令彼自覺身體輕便由是因緣不多貪染飲食醫藥衣服卧具於四供養其心輕微如瑜伽師入勝妙定由彼定力滋潤身心從定出已雖遇美饍而心輕微此亦如是何以故憍尸迦是善男子善女人等由此三千大千世界及餘十方無邊世界一切如來應正等覺聲聞菩薩天龍藥叉健達縛阿素洛揭路荼緊捺洛莫呼洛伽人非人等具大神力勝威德者慈悲護念以妙精氣冥注身心令其志勇體充盛故憍尸迦若善男子善女人等欲得如是所有現在功德勝利應發一切智智心以無所得爲方便於此般若波羅蜜多甚深經典至心聽聞受持讀誦精勤修學如理思惟書寫解說廣令流布憍尸迦若善男子善女人等雖於般若波羅蜜多甚深經典不能聽聞受持讀誦精勤修學如理思惟廣爲有情宣說流布而但書寫衆寶嚴飾復以種種上妙花鬘塗散等香衣服瓔珞寶幢旛蓋諸妙珍奇妓樂燈明供養恭敬尊重讚歎亦得如前所說種種功德勝利何以故憍尸迦是善男子善女人等能廣利樂無量無邊諸有情故復次憍尸迦若善男子善女人等以應一切智智心用無所得爲方便於此般若波

羅蜜多甚深經典至心聽聞受持讀誦精勤修學如理思惟廣爲有情宣說流布或復書寫衆寶嚴飾復以種種上妙花鬘乃至燈明而爲供養所獲福聚無量無邊勝餘有情盡其形壽以無量種上妙飲食衣服臥具醫藥資緣供養恭敬尊重讚歎十方世界一切如來應正等覺及弟子衆亦勝十方佛及弟子般涅槃後有爲供養設利羅故以妙七寶起窣堵波高廣嚴麗復以無量天妙花鬘乃至燈明盡其形壽供養恭敬尊重讚歎何以故憍尸迦十方諸佛及弟子衆皆因如是甚深般若波羅蜜多而出生故

第二分設利羅品第三十五

復次憍尸迦假使充滿此贍部洲佛設利羅以爲一分書寫如是甚深般若波羅蜜多復爲一分此二分中汝取何者天帝釋言世尊於此二分我意寧取甚深般若波羅蜜多所以者何我於諸佛設利羅所非不信受非不欣樂供養恭敬尊重讚歎然諸佛身及設利羅皆因如是甚深般若波羅蜜多而出生故皆由如是甚深般若波羅蜜多功德勢力所熏修故乃爲一切世間天人阿素洛等以無量種上妙花鬘乃至燈明供養恭敬尊重讚歎時舍利子語帝釋言憍尸迦甚深般若波羅蜜多無色無見無對一相所謂無相無相之法既不可取汝云何取何以故憍尸迦甚深般若波羅蜜多無取無捨無增無減無聚無散無益無損無染無淨不與諸佛法不與獨覺法不與阿羅漢法不與學法不棄異生法不與無爲界不棄有爲界不與內空乃至

無性自性空不與四念住廣說乃至一切相智不棄雜染法時天帝釋便報具壽舍利子言如是如是誠如所說大德若如實知甚深般若波羅蜜多無取無捨乃至不與一切相智不捨雜染是爲眞取甚深般若波羅蜜多亦眞修行甚深般若波羅蜜多然此般若波羅蜜多不隨二行無二相故如是靜慮乃至布施波羅蜜多亦不隨二行無二相故爾時佛讚天帝釋言善哉善哉如汝所說甚深般若乃至布施波羅蜜多皆不隨二行何以故憍尸迦如是六種波羅蜜多皆無二相故憍尸迦諸有欲令甚深般若乃至布施波羅蜜多有二相者則爲欲令法界眞如法性實際不思議界亦有二相何以故憍尸迦甚深般若乃至布施波羅蜜多皆與法界乃至不思議界無二無二處故時天帝釋復白佛言世尊甚深般若波羅蜜多世間天人阿素洛等皆應至誠禮拜右繞供養恭敬尊重讚歎所以者何一切菩薩摩訶薩衆皆依般若波羅蜜多精勤修學證得無上正等菩提世尊如我坐在三十三天善法殿中天帝座上爲諸天衆宣說正法時有無量諸天子等來至我所供養恭敬尊重讚歎右繞禮拜合掌而去我若不在彼法座時諸天子等亦來其處雖不見我如我在時恭敬供養咸言此處是天帝釋爲諸天等說法之座我等皆應如天主在供養右繞禮拜而去世尊如是般若波羅蜜多若有書寫受持讀誦廣爲有情宣說流布當知是處恒有此土并餘十方無邊世界無量無數天龍藥叉健達縛阿素洛揭路茶

緊捺洛莫呼洛伽人非人等皆來集會設無
説者敬重法故亦於是處供養恭敬尊重讚
歎禮拜而去何以故一切如來應正等覺及
諸菩薩摩訶薩衆獨覺聲聞一切有情所有
樂具皆依般若波羅蜜多而得有故佛設利
羅亦由般若波羅蜜多功德熏修受供養故
世尊甚深般若波羅蜜多與諸菩薩摩訶薩
行及所證得一切相智爲因爲緣爲所依止
爲能引發是故我説假使充滿此贍部洲佛
設利羅以爲一分書寫如是甚深般若波羅
蜜多復爲一分此二分中我意寧取如是般
若波羅蜜多世尊我若於此甚深般若波羅
蜜多受持讀誦正憶念時心契法故都不見
有諸怖畏相何以故世尊甚深般若波羅蜜
多無相無狀無言無説由此般若波羅蜜多

無相無狀無言無説靜慮精進安忍淨戒布
施波羅蜜多廣説乃至一切相智亦無相無
狀無言無説世尊若此般若波羅蜜多有相
狀言説非無相狀言説者不應如來應正等
覺達一切法無相無狀無言無説證得無上
正等菩提爲諸弟子説一切法無相無狀無
言無説世尊由此般若波羅蜜多無相狀言
説非有相狀言説是故如來應正等覺達一
切法無相無狀無言無説證得無上正等菩
提爲諸弟子説一切法無相無狀無言無説
世尊是故般若波羅蜜多堪受天人阿素洛
等以無量種上妙花鬘乃至燈明供養恭敬
尊重讚歎世尊若有於此甚深般若波羅蜜
多至心聽聞受持讀誦精勤修學如理思惟
廣爲有情宣説流布或復書寫衆寶嚴飾供

養恭敬尊重讚歎決定不復墮於地獄傍生鬼界邊鄙達絮蔑戾車中不墮聲聞及獨覺地必趣無上正等菩提常見諸佛恒聞正法不離善友嚴淨佛土成熟有情從一佛國至一佛國供養恭敬尊重讚歎諸佛世尊及諸菩薩摩訶薩衆復次世尊假使充滿於此三千大千世界佛設利羅以爲一分書寫如是甚深般若波羅蜜多復爲一分此二分中我意寧取甚深般若波羅蜜多何以故世尊一切如來應正等覺及三千界佛設利羅皆從般若波羅蜜多而出生故又三千界佛設利羅皆由般若波羅蜜多功德勢力所熏修故得諸天人阿素洛等供養恭敬尊重讚歎由此因緣諸善男子善女人等供養恭敬尊重讚歎佛設利羅決定不墮三惡趣中常生天人受諸富樂隨心所願乘三乘法而趣涅槃世尊若見如來應正等覺若見所寫甚深般若波羅蜜多此二功德平等無異何以故甚深般若波羅蜜多與諸如來應正等覺平等無二無二處故世尊若有如來應正等覺住三示導爲諸有情宣說正法所謂契經乃至論議若善男子善女人等於此般若波羅蜜多受持讀誦廣爲他說此二功德平等無異何以故若彼如來應正等覺若三示導若所宣說十二分教皆依般若波羅蜜多而出生故世尊若十方界如殑伽沙一切如來應正等覺住三示導爲諸有情宣說正法所謂契經乃至論議若善男子善女人等於此般若波羅蜜多受持讀誦廣爲他說此二功德平等無異何以故若十方界如殑伽沙一切如

來應正等覺若三示導若所宣說十二分教皆依般若波羅蜜多而出生故世尊若善男子善女人等以無量種上妙花鬘乃至燈明供養恭敬尊重讚歎十方世界如殑伽沙一切如來應正等覺有善男子善女人等書寫般若波羅蜜多亦以無量上妙供具供養恭敬尊重讚歎此二功德平等無異何以故彼諸如來應正等覺皆依般若波羅蜜多而出生故世尊若善男子善女人等於此般若波羅蜜多至心聽聞受持讀誦精勤修學如理思惟廣爲有情宣說流布彼當來世不墮地獄傍生鬼界不墮聲聞及獨覺地何以故是善男子善女人等決定當住不退轉地遠離一切災橫疾疫苦惱事故世尊若善男子善女人等於此般若波羅蜜多至心聽聞受持讀誦精勤修學如理思惟書寫解說廣令流布以無量種上妙供具供養恭敬尊重讚歎彼定永絕一切怖畏如負債人怖畏債主即便親近奉事國王依王勢力得免怖畏世尊王喻般若波羅蜜多彼負債人喻善男子善女人等依恃般若波羅蜜多得離怖畏世尊譬如有人依附王故王攝受故爲諸世人供養恭敬尊重讚歎佛設利羅亦復如是由此般若波羅蜜多所熏修故爲諸天人阿素洛等供養恭敬尊重讚歎世尊王喻般若波羅蜜多佛設利羅喻依王者世尊諸佛所得一切相智亦依般若波羅蜜多而得成就是故我說假使充滿此三千界佛設利羅以爲一分書寫如是甚深般若波羅蜜多復爲一分此二分中我意寧取甚深般若波羅蜜多何

以故世尊佛設利羅堅踰金剛具種種色及三十二大丈夫相八十隨好所莊嚴身如來十力四無所畏四無礙解大慈大悲大喜大捨十八佛不共法乃至如來一切相智皆由般若波羅蜜多而成辦故世尊由此般若波羅蜜多威神力故布施等五亦得名爲波羅蜜多何以故世尊若無般若波羅蜜多施等不能到彼岸故復次世尊若此三千大千世界或餘世界所有王都城邑聚落其中若有受持讀誦書寫解說供養恭敬尊重讚歎如是般若波羅蜜多是處有情不爲一切人非人等之所惱害唯除決定惡業應受此中有情漸次修學三乘正行隨其所願乃至速證三乘涅槃世尊如是般若波羅蜜多於此三千大千世界作大饒益世尊如是般若波羅蜜多具大神力隨所在處則爲有佛作諸佛事所謂利樂一切有情世尊譬如無價大寶神珠具無量種勝妙威德隨所住處有此神珠人及非人無諸惱害設有男子或復女人爲鬼所執身心苦惱若有持此神珠示之由珠威力鬼便捨去諸有熱病或風或痰或熱風痰合集爲病若有繫此神珠著身如是諸病無不除愈此珠在暗能作照明熱時能涼寒時能暖隨地方所有此神珠時節調和不寒不熱若地方處有此神珠蛇蠍等毒無敢停止設有男子或復女人爲毒所中楚痛迷悶若有持此神珠示之珠威勢故毒即銷滅若諸有情身嬰癩疾惡瘡腫皰目眩翳等眼病耳病鼻病舌病喉病身病諸支節病帶此神珠衆病皆愈若諸池沼泉井等中其水濁

穢或將枯涸以珠投之水便盈滿香潔澄淨具八功德若以青黄赤白紅紫碧緑雜綺種種色衣裹此神珠投之於水水隨衣綵各同其色如是無價大寶神珠威德無邊歎不可盡若置箱篋亦令其器具足成就無邊威德設空箱篋由曾置珠其器仍為衆人愛重爾時慶喜問帝釋言如是神珠為天上有人亦有耶天帝釋言人中天上俱有此珠若在人中形小而重若在天上形大而輕又人中珠相不具足在天上者其相周圓天上神珠威德殊勝無量倍數過人所有時天帝釋復白佛言世尊甚深般若波羅蜜多亦復如是為衆德本能滅無量惡不善法隨所在處令諸有情身心苦惱悉皆除滅人非人等不能為害世尊所說無價大寶神珠非但喻於甚深般若波羅蜜多亦喻如來一切相智亦喻靜慮波羅蜜多乃至布施波羅蜜多亦喻內空乃至無性自性空亦喻四念住廣說乃至十八佛不共法亦喻法性法住法定真如實際不思議界何以故世尊如是功德皆由般若波羅蜜多大威神力之所引顯功德深廣無量無邊佛設利羅由諸功德所熏修故佛涅槃後堪受一切世間天人阿素洛等供養恭敬尊重讚歎復次世尊佛設利羅是極圓滿最勝清淨般若波羅蜜多乃至布施波羅蜜多內空乃至無性自性空四念住廣說乃至十八佛不共法一切智道相智一切相智大慈大悲大喜大捨無忘失法恒住捨性永斷煩惱習氣相續及餘無量無邊佛法所依器故佛涅槃後堪受一切世間天人阿素洛等

供養恭敬尊重讚歎世尊佛設利羅是極圓滿最勝清淨功德珍寶波羅蜜多所依器故堪受一切世間天人阿素洛等供養恭敬尊重讚歎世尊佛設利羅是極圓滿最勝清淨無染無淨無生無滅無入無出無增無減無來無去無動無止無此無彼波羅蜜多所依器故佛涅槃後堪受一切世間天人阿素洛等供養恭敬尊重讚歎世尊佛設利羅是極圓滿最勝清淨諸法實性波羅蜜多所依器故佛涅槃後堪受一切世間天人阿素洛等供養恭敬尊重讚歎復次世尊置滿三千大千世界佛設利羅假使充滿十方各如殑伽沙界佛設利羅以爲一分書寫如是甚深般若波羅蜜多復爲一分此二分中我意寧取如是般若波羅蜜多何以故世尊一切如來應正等覺諸設利羅皆因如是甚深般若波羅蜜多而得生故皆由如是甚深般若波羅蜜多所熏修故皆爲如是甚深般若波羅蜜多所依器故堪受一切天龍藥叉健達縛阿素洛揭路荼緊捺洛莫呼洛伽人非人等供養恭敬尊重讚歎世尊若善男子善女人等供養恭敬尊重讚歎佛設利羅天上人中受諸富樂無有窮盡人中所謂剎帝利大族婆羅門大族長者大族居士大族天上所謂四大王衆天乃至他化自在天即由如是殊勝善根至最後身得盡苦際世尊若善男子善女人等於此般若波羅蜜多至心聽聞受持讀誦書寫解說如理思惟由此般若波羅蜜多速得圓滿如是般若波羅蜜多得圓滿故復令靜慮波羅蜜多乃至布施波羅蜜多四

念住廣說乃至十八佛不共法亦得圓滿由此復能超聲聞地及獨覺地證入菩薩正性離生獲得菩薩殊勝神通乘此神通遊諸佛土從一佛國至一佛國供養恭敬諸佛世尊成熟有情嚴淨佛土發勝思願受種種身爲欲饒益諸有情故或作轉輪王或作餘小王或作刹帝利或作婆羅門或作毗沙門或作天帝釋或作梵王或作餘類利益安樂無量有情是故世尊我於諸佛設利羅所非不信受非不欣樂供養恭敬尊重讃歎然於如是甚深般若波羅蜜多供養恭敬尊重讃歎所獲功德甚多於彼由此因緣我意寧取甚深般若波羅蜜多世尊若善男子善女人等供養恭敬尊重讃歎如是般若波羅蜜多則爲增長一切佛法亦爲攝受世出世間富樂自在如是已爲供養恭敬尊重讃歎佛設利羅復次世尊若有欲得常見十方無量無數無邊世界一切如來應正等覺色身法身當於如是甚深般若波羅蜜多至心聽聞受持讀誦精勤修學如理思惟書寫解說廣令流布彼見十方無量無數無邊世界一切如來應正等覺二種身故漸修般若波羅蜜多令速圓滿是時應以法性修習觀佛隨念世尊法性有二一者有爲二者無爲此中何謂有爲法性謂內空智乃至無性自性空智四念住智乃至八聖道支智三解脱門智佛十力智乃至十八佛不共法智善非善法智有記無記法智有漏無漏法智有爲無爲法智世間出世間法智雜染清淨法智諸如是等無量門智皆悉說名有爲法性此中何謂無爲法

性謂一切法無生無滅無住無異無染無淨無增無減無相無爲諸法自性云何名爲諸法自性謂一切法無性自性如是說名無爲法性爾時佛告天帝釋言如是如是如汝所說憍尸迦過去未來現在諸佛皆依般若波羅蜜多已證當證現證無上正等菩提過去未來現在諸佛聲聞弟子皆依般若波羅蜜多已得當得現得預流一來不還阿羅漢果過去未來現在獨覺皆依般若波羅蜜多已當現證獨覺菩提何以故憍尸迦如是般若波羅蜜多祕密藏中廣說三乘相應法故然此所說以無所得爲方便故無性無相爲方便故無生無滅爲方便故無染無淨爲方便故無造無作爲方便故無入無出爲方便故無增無減爲方便故無取無捨爲方便故如是所說皆由世俗非勝義故所以者何如是般若波羅蜜多非此岸非彼岸非陸地非中流非高非下非平等非不平等非有相非無相非世間非出世間非有漏非無漏非有爲非無爲非善非非善非有記非無記非過去非未來非現在憍尸迦如是般若波羅蜜多不與佛法不與菩薩摩訶薩法不與獨覺法不與聲聞法亦不棄異生法時天帝釋復白佛言世尊如是般若波羅蜜多是大波羅蜜多是無上波羅蜜多是無等等波羅蜜多諸菩薩摩訶薩修行如是波羅蜜多時雖知一切有情心行境界差別而不得我不得有情乃至不得知者見者不得色乃至識不得眼乃至意不得色乃至法不得眼識乃至意識不得眼觸乃至意觸不得眼觸爲緣所生諸

受乃至意觸爲緣所生諸受不得布施波羅蜜多乃至般若波羅蜜多不得内空乃至無性自性空不得四念住廣説乃至十八佛不共法不得菩提不得涅槃不得諸佛及諸佛法何以故世尊非此般若波羅蜜多於一切法依有所得而出現故所以者何甚深般若波羅蜜多都無自性亦無所有亦不可得能得所得及二依處性相皆空不可得故爾時佛告天帝釋言如是如是如汝所説憍尸迦諸菩薩摩訶薩長夜修學甚深般若波羅蜜多尚不得菩薩況得菩薩法爾時天帝釋白佛言世尊諸菩薩摩訶薩爲但行般若波羅蜜多亦行餘五波羅蜜多耶佛言憍尸迦諸菩薩摩訶薩以無所得而爲方便具行六種波羅蜜多謂諸菩薩摩訶薩修行布施波羅

蜜多時不得布施波羅蜜多不得施者及能受者修行淨戒波羅蜜多時不得淨戒波羅蜜多不得持戒及犯戒者乃至修行般若波羅蜜多時不得般若波羅蜜多不得具妙慧及具惡慧者復次憍尸迦諸菩薩摩訶薩甚深般若波羅蜜多爲尊爲導修行一切波羅蜜多令速圓滿是菩薩摩訶薩行布施時甚深般若波羅蜜多爲尊爲導所修布施波羅蜜多無所執著速得圓滿乃至行般若時甚深般若波羅蜜多爲尊爲導所修般若波羅蜜多無所執著速得圓滿復次憍尸迦是菩薩摩訶薩於一切法以無所得而爲方便修行般若波羅蜜多故無執著令所修行速得圓滿謂於色無所得爲方便乃至於一切相智無所得爲方便憍尸迦如贍部洲所有諸

樹枝條莖榦花葉果實雖有種種形色不同而其蔭影都無差別如是前五波羅蜜多雖各有異而由般若波羅蜜多攝受回向一切相智以無所得爲方便故諸差別相都不可得時天帝釋復白佛言世尊如是般若波羅蜜多成就廣大殊勝功德成就一切殊勝功德成就圓滿殊勝功德成就無量殊勝功德成就無數殊勝功德成就無邊殊勝功德成就無等殊勝功德世尊若善男子善女人等書持如是甚深般若波羅蜜多衆寶嚴飾以無量種上妙供具供養恭敬尊重讚歎依此經說如理思惟有善男子善女人等書寫如是甚深般若波羅蜜多施他受持廣令流布此二福聚何者爲多佛言憍尸迦我還問汝當隨意答若善男子善女人等從他請得佛設利羅盛以寶函置高勝處復持無量上妙花鬘乃至燈明供養恭敬尊重讚歎有善男子善女人等從他請得佛設利羅分施與他如芥子許令彼敬受如法安置復以種種上妙花鬘乃至燈明供養恭敬尊重讚歎於意云何此二福聚何者爲勝天帝釋言如我解佛所說義者此二福聚後者爲勝何以故以諸如來應正等覺觀有情類應於諸佛設利羅所供養恭敬而得度者將涅槃時以金剛喻三摩地力碎金剛身令如芥子復以深廣大悲神力加持如是佛設利羅令於如來般涅槃後有得一粒如芥子量供養恭敬獲福無邊於天人中受多富樂乃至最後得盡苦際故施他者其福爲勝爾時佛讚天帝釋言善哉善哉如汝所說憍尸迦於此般若波羅

審多亦復如是若自受持施他流布此二福聚後者爲多何以故由施他者能令無量無邊有情得法喜故復次憍尸迦若有於此甚深般若波羅蜜多所說義趣如實爲他分别解說令得正解所獲福聚復勝施他流布功德多百千倍憍尸迦敬此法師當如敬佛亦如似佛尊重大智同梵行者何以故憍尸迦當知般若波羅蜜多即是諸佛當知諸佛即是般若波羅蜜多當知般若波羅蜜多不異諸佛當知諸佛不異般若波羅蜜多所以者何三世諸佛皆依般若波羅蜜多精勤修學證得無上正等菩提若諸聲聞獨覺種性修梵行者亦依般若波羅蜜多精勤修學得聲聞果獨覺菩提菩薩種性補特伽羅亦依般若波羅蜜多精勤修學超諸聲聞及獨覺地

證入菩薩正性離生漸次修行諸菩薩行得住菩薩不退轉地以是故憍尸迦若善男子善女人等欲得現前供養恭敬尊重讃歎諸佛世尊當書如是甚深般若波羅蜜多供養恭敬尊重讃歎憍尸迦我觀是義初成佛時作是思惟我依誰住誰堪受我供養恭敬作是念時都不見有諸天魔梵及餘世間人非人等與我等者況當有勝復自思惟我依此法已證無上正等菩提此法甚深微妙寂靜我當還依此法而住供養恭敬所謂般若波羅蜜多憍尸迦我已成佛尚依般若波羅蜜多供養恭敬況善男子善女人等欲求無上正等菩提而不依此甚深般若波羅蜜多精勤修學供養恭敬尊重讃歎何以故憍尸迦甚深般若波羅蜜多能生菩薩摩訶薩衆從

此菩薩摩訶薩衆生諸如來應正等覺依諸如來應正等覺聲聞獨覺而得生故以是故憍尸迦若菩薩乘若獨覺乘若聲聞乘諸善男子善女人等皆於般若波羅蜜多應勤修學以無量種上妙花鬘乃至燈明供養恭敬尊重讚歎

大般若波羅蜜多經卷第四百三十

音釋

芬馥（芬敷文切馥房六切芬馥香氣也）達絮（梵語也此謂微信佛法之人絮息據切）蔑戾車（梵語也亦云彌離車此云惡見蔑彌列切戾力霽切）痰（音談病液也）也 蛇蝎（蝎音歇毒虫也）嬰（一盈切縈也）癩（音賴惡疾）腫皰（腫主勇切脹也皰疋貌切氣皰也）眩瞖（眩熒絹切目無常主也瞖於計切障也詰叶切猶翳）枯涸（涸曷各切水枯竭也）箱篋（箱息良切竹器也篋）莖榦（莖何耕切枝柱也榦居案切本旁生者爲枝正出者爲榦）

大般若波羅蜜多經卷第四百三十一

唐三藏法師玄奘奉　詔譯

第二分經文品第三十六之一

爾時佛告天帝釋言憍尸迦若善男子善女人等教贍部洲諸有情類皆令安住十善業道於意云何是善男子善女人等由此因緣得福多不天帝釋言甚多世尊甚多善逝佛言憍尸迦若善男子善女人等書寫如是甚深般若波羅蜜多施他讀誦若轉書寫廣令流布是善男子善女人等所獲福聚甚多於前何以故憍尸迦如是般若波羅蜜多秘密藏中廣說一切無漏之法諸善男子善女人等於中已學今學當學或有已入今入當入聲聞乘法正性離生漸次乃至已證當得阿羅漢果或有已入今入當入獨覺乘法正性離生漸次乃至已證當證獨覺菩提或有已入今入當入菩薩乘法正性離生漸次修行諸菩薩行已證今證當證無上正等菩提憍尸迦云何名爲無漏之法謂四念住乃至八聖道支四聖諦智三解脫門内空乃至無性自性空如來十力四無所畏四無礙解大慈大悲大喜大捨十八佛不共法及餘無量無邊佛法皆是此中所說一切無漏之法憍尸迦若善男子善女人等教一有情住預流果所獲福聚猶勝教化一贍部洲諸有情類皆令安住十善業道何以故憍尸迦諸有安住十善業道不免地獄傍生鬼趣若有安住預流果者便得永脫三惡趣故況教令住一來不還阿羅漢果獨覺菩提所獲福聚而不勝彼憍尸迦若善男子善女人等教贍部洲諸

有情類皆住預流一來不還阿羅漢果獨覺菩提不如有人教一有情令趣無上正等菩提何以故憍尸迦若教有情令趣無上正等菩提則令世間佛眼不斷所以者何由有菩薩摩訶薩故便有預流一來不還阿羅漢果獨覺菩提由有菩薩摩訶薩故便有如來應正等覺轉妙法輪度無量衆諸菩薩摩訶薩皆依般若波羅蜜多而得成就以是故憍尸迦若善男子善女人等書寫如是甚深般若波羅蜜多施他讀誦若轉書寫廣令流布所獲福聚勝前福聚無量無邊何以故憍尸迦如是般若波羅蜜多秘密藏中廣說一切世出世間勝妙善法依此善法世間便有刹帝利大族婆羅門大族長者大族居士大族四大王衆天乃至非想非非想處天亦有四念住廣說乃至一切相智施設可得亦有預流一來不還阿羅漢獨覺菩薩摩訶薩諸佛世尊施設可得復次憍尸迦置贍部洲諸有情類若善男子善女人等教四大洲諸有情類皆令安住十善業道於意云何是善男子善女人等由此因緣得福多不天帝釋言甚多世尊甚多善逝佛言憍尸迦若善男子善女人等書寫如是甚深般若波羅蜜多施他讀誦若轉書寫廣令流布是善男子善女人等所獲福聚甚多於前餘如上說復次憍尸迦置四大洲諸有情類若善男子善女人等教小千界諸有情類皆令安住十善業道於意云何是善男子善女人等由此因緣得福多不天帝釋言甚多世尊甚多善逝佛言憍尸迦若善男子善女人等書寫如是甚深般若

波羅蜜多施他讀誦若轉書寫廣令流布是善男子善女人等所獲福聚甚多於前餘如上說復次憍尸迦置小千界諸有情類若善男子善女人等教中千界諸有情類皆令安住十善業道於意云何是善男子善女人等由此因緣得福多不天帝釋言甚多世尊甚多善逝佛言憍尸迦若善男子善女人等書寫如是甚深般若波羅蜜多施他讀誦若轉書寫廣令流布是善男子善女人等所獲福聚甚多於前餘如上說復次憍尸迦置中千界諸有情類若善男子善女人等教化三千大千世界諸有情類皆令安住十善業道於意云何是善男子善女人等由此因緣得福多不天帝釋言甚多世尊甚多善逝佛言憍尸迦若善男子善女人等書寫如是甚深般若波羅蜜多施他讀誦若轉書寫廣令流布是善男子善女人等所獲福聚甚多於前餘如上說復次憍尸迦置此三千大千世界諸有情類若善男子善女人等教化十方各如殑伽沙等世界諸有情類皆令安住十善業道於意云何是善男子善女人等由此因緣得福多不天帝釋言甚多世尊甚多善逝佛言憍尸迦若善男子善女人等書寫如是甚深般若波羅蜜多施他讀誦若轉書寫廣令流布是善男子善女人等所獲福聚甚多於前餘如上說復次憍尸迦置此十方各如殑伽沙等世界諸有情類若善男子善女人等教化十方一切世界諸有情類皆令安住十善業道於意云何是善男子善女人等由此因緣得福多不天帝釋言甚多世尊甚多善

逝佛言憍尸迦若善男子善女人等書寫如是甚深般若波羅蜜多施他讀誦若轉書寫廣令流布是善男子善女人等所獲福聚甚多於前餘如上說復次憍尸迦若善男子善女人等教贍部洲諸有情類皆令安住四靜慮四無量四無色定五神通於意云何是善男子善女人等由此因緣得福多不天帝釋言甚多世尊甚多善逝佛言憍尸迦若善男子善女人等書寫如是甚深般若波羅蜜多施他讀誦若轉書寫廣令流布是善男子善女人等所獲福聚甚多於前餘如上說復次憍尸迦置贍部洲諸有情類若善男子善女人等教四大洲諸有情類皆令安住四靜慮四無量四無色定五神通於意云何是善男子善女人等由此因緣得福多不天帝釋言甚多世尊甚多善逝佛言憍尸迦若善男子善女人等書寫如是甚深般若波羅蜜多施他讀誦若轉書寫廣令流布是善男子善女人等所獲福聚甚多於前餘如上說復次憍尸迦置四大洲諸有情類若善男子善女人等教小千界諸有情類皆令安住四靜慮四無量四無色定五神通於意云何是善男子善女人等由此因緣得福多不天帝釋言甚多世尊甚多善逝佛言憍尸迦若善男子善女人等書寫如是甚深般若波羅蜜多施他讀誦若轉書寫廣令流布是善男子善女人等所獲福聚甚多於前餘如上說復次憍尸迦置小千界諸有情類若善男子善女人等教中千界諸有情類皆令安住四靜慮四無量四無色定五神通於意云何是善男子善

女人等由此因緣得福多不天帝釋言甚多世尊甚多善逝佛言憍尸迦若善男子善女人等書寫如是甚深般若波羅蜜多施他讀誦若轉書寫廣令流布是善男子善女人等所獲福聚甚多於前餘如上說復次憍尸迦置中千界諸有情類若善男子善女人等教化三千大千世界諸有情類皆令安住四靜慮四無量四無色定五神通於意云何是善男子善女人等由此因緣得福多不天帝釋言甚多世尊甚多善逝佛言憍尸迦若善男子善女人等書寫如是甚深般若波羅蜜多施他讀誦若轉書寫廣令流布是善男子善女人等所獲福聚甚多於前餘如上說復次憍尸迦置此三千大千世界諸有情類若善男子善女人等教化十方各如殑伽沙等世界諸有情類皆令安住四靜慮四無量四無色定五神通於意云何是善男子善女人等由此因緣得福多不天帝釋言甚多世尊甚多善逝佛言憍尸迦若善男子善女人等書寫如是甚深般若波羅蜜多施他讀誦若轉書寫廣令流布是善男子善女人等所獲福聚甚多於前餘如上說復次憍尸迦置此十方各如殑伽沙等世界諸有情類若善男子善女人等教化十方一切世界諸有情類皆令安住四靜慮四無量四無色定五神通於意云何是善男子善女人等由此因緣得福多不天帝釋言甚多世尊甚多善逝佛言憍尸迦若善男子善女人等書寫如是甚深般若波羅蜜多施他讀誦若轉書寫廣令流布是善男子善女人等所獲福聚甚多於前餘

如上說復次憍尸迦若善男子善女人等於此般若波羅蜜多至心聽聞受持讀誦精勤修學如理思惟是善男子善女人等所獲福聚勝於教化一贍部洲諸有情類皆令安住十善業道四靜慮四無量四無色定五神通亦勝教化一四大洲諸有情類皆令安住十善業道四靜慮四無量四無色定五神通亦勝教化小千世界諸有情類皆令安住十善業道四靜慮四無量四無色定五神通亦勝教化中千世界諸有情類皆令安住十善業道四靜慮四無量四無色定五神通亦勝教化三千大千世界諸有情類皆令安住十善業道四靜慮四無量四無色定五神通亦勝教化十方各如殑伽沙等世界諸有情類皆令安住十善業道四靜慮四無量四無色定五神通亦勝教化十方一切世界諸有情類皆令安住十善業道四靜慮四無量四無色定五神通憍尸迦此中如理思惟者謂以非二非不二行爲求無上正等菩提思惟般若波羅蜜多乃至布施波羅蜜多若以非二非不二行爲求無上正等菩提思惟內空乃至無性自性空若以非二非不二行爲求無上正等菩提思惟四念住廣說乃至一切相智復次憍尸迦若善男子善女人等於此般若波羅蜜多以無量門廣爲他說宣示開演顯了解釋分別義趣令其易解所獲福聚勝自聽聞受持讀誦精勤修學如理思惟如是般若波羅蜜多所獲功德無量倍數憍尸迦此中般若波羅蜜多義趣者謂此般若波羅蜜多所有義趣不應以二相觀亦不應以不二

相觀非有相非無相非入非出非增非減非染非淨非生非滅非取非捨非執非不執非住非不住非實非不實非相應非不相應非和合非離散非因緣非非因緣非法非非法非眞如非非眞如非實際非非實際如是義趣有無量門復次憍尸迦若善男子善女人等自於般若波羅蜜多至心聽聞受持讀誦精勤修學如理思惟以無量門爲他廣說宣示開演顯了解釋分別義趣令其易解是善男子善女人等所獲福聚過前福聚無量無邊爾時天帝釋白佛言世尊諸善男子善女人等應以種種巧妙文義爲他演說甚深般若波羅蜜多佛言憍尸迦如是如是如汝所說諸善男子善女人等應以種種巧妙文義爲他演說甚深般若波羅蜜多憍尸迦若善男子善女人等能以種種巧妙文義爲他演說甚深般若波羅蜜多是善男子善女人等成就無量無數無邊不可思議大功德聚憍尸迦若善男子善女人等盡其形壽以無量種上妙樂具衣服飲食病緣醫藥供養恭敬尊重讚歎十方各如殑伽沙界無量無數無邊如來應正等覺有善男子善女人等自於般若波羅蜜多至心聽聞受持讀誦精勤修學如理思惟復依種種巧妙文義以無量門廣爲他說宣示開演顯了解釋分別義趣令其易解是善男子善女人等所獲福聚甚多於前何以故憍尸迦由彼十方各如殑伽沙等世界無量無數無邊如來應正等覺皆依般若波羅蜜多精勤修學證得無上正等菩提復次憍尸迦若善男子善女人等無量無

數無邊大劫以有所得而爲方便修行布施乃至般若波羅蜜多有善男子善女人等於此般若波羅蜜多以無所得而爲方便至心聽聞受持讀誦精勤修學如理思惟復以種種巧妙文義經須臾間爲他辯說宣示開演顯了解釋分別義趣令其易解所獲福聚甚多於前憍尸迦有所得者謂善男子善女人等修布施時作如是念我能惠施彼是受者此是施果施及施物彼修施時名住布施不名布施波羅蜜多修淨戒時作如是念我能持戒爲護於彼此是戒果及所持戒彼修戒時名住淨戒不名淨戒波羅蜜多修安忍時作如是念我能修忍爲護彼故此是忍果及忍自性彼修忍時名住安忍不名安忍波羅蜜多修精進時作如是念我能精進爲修斷彼此精進果精進自性彼精進時名住精進不名精進波羅蜜多修靜慮時作如是念我能修定彼是定境此是定果及定自性彼修定時名住靜慮不名靜慮波羅蜜多修般若時作如是念我能修慧彼是慧境此是慧果及慧自性彼修慧時名住般若不名般若波羅蜜多憍尸迦是善男子善女人等以有所得爲方便故不能圓滿布施淨戒安忍精進靜慮般若波羅蜜多爾時天帝釋白佛言世尊諸菩薩摩訶薩云何修行而能圓滿布施淨戒安忍精進靜慮般若波羅蜜多佛言憍尸迦若菩薩摩訶薩修布施時不得施者受者施果施及施物以無所得爲方便故能滿布施波羅蜜多修淨戒時不得持者所獲戒果及所持戒以無所得爲方便故能滿淨戒

波羅蜜多修安忍時不得能忍所獲忍果及忍自性以無所得爲方便故能滿安忍波羅蜜多修精進時不得勤者所爲勤果及勤自性以無所得爲方便故能滿精進波羅蜜多修靜慮時不得定者定境定果及定自性以無所得爲方便故能滿靜慮波羅蜜多修般若時不得慧者慧境慧果及慧自性以無所得爲方便故能滿般若波羅蜜多憍尸迦諸菩薩摩訶薩應以如是無所得慧及以種種巧妙文義宣說般若乃至布施波羅蜜多何以故憍尸迦於當來世有善男子善女人等爲他宣說相似般若乃至布施波羅蜜多初發無上菩提心者聞彼所說相似般若乃至布施波羅蜜多心便迷謬退失中道是故應以無所得慧及以種種巧妙文義爲發無上菩提心者宣說般若乃至布施波羅蜜多爾時天帝釋白佛言世尊云何名爲宣說相似般若靜慮精進安忍淨戒布施波羅蜜多佛言憍尸迦若善男子善女人等說有所得般若波羅蜜多乃至布施波羅蜜多如是名爲宣說相似般若靜慮精進安忍淨戒布施波羅蜜多時天帝釋復白佛言世尊云何善男子善女人等說有所得般若乃至布施波羅蜜多名說相似般若乃至布施波羅蜜多佛言憍尸迦若善男子善女人等爲發無上菩提心行六波羅蜜多者說色乃至識無常苦無我說眼處乃至意處無常苦無我說色處乃至法處無常苦無我說眼界乃至意界無常苦無我說色界乃至法界無常苦無我說眼識界乃至意識界無常苦無我說眼觸乃

至意觸無常苦無我說眼觸爲緣所生諸受乃至意觸爲緣所生諸受無常苦無我說四靜慮四無量四無色定無常苦無我說四念住乃至一切相智無常苦無我作如是言若有能依如是等法修行般若乃至布施波羅蜜多是行般若乃至布施波羅蜜多復作是說修行般若乃至布施波羅蜜多者應求色乃至一切相智無常苦無我若有能求如是等法修行般若乃至布施波羅蜜多是行般若乃至布施波羅蜜多憍尸迦若有如是求色乃至一切相智無常苦無我依此等法修行般若乃至布施波羅蜜多者我說名爲行有所得相似般若乃至布施波羅蜜多憍尸迦若如前說當知皆是說有所得相似般若乃至布施波羅蜜多復次憍尸迦若善男子

善女人等爲發無上菩提心者宣說般若乃至布施波羅蜜多作如是言來善男子我當教汝修學般若乃至布施波羅蜜多若依我教而修學者當速安住菩薩初地乃至十地憍尸迦彼以有相及有所得而爲方便依合集想教修般若乃至布施波羅蜜多是謂宣說相似般若乃至布施波羅蜜多復次憍尸迦若善男子善女人等爲發無上菩提心者宣說般若乃至布施波羅蜜多作如是言來善男子我當教汝修學般若乃至布施波羅蜜多若依我教而修學者速超聲聞及獨覺地憍尸迦彼以有相及有所得而爲方便依合集想教修般若乃至布施波羅蜜多是謂宣說相似般若乃至布施波羅蜜多復次憍尸迦若善男子善女人等爲發無上菩提心

者宣說般若乃至布施波羅蜜多作如是言來善男子我當教汝修學般若乃至布施波羅蜜多若依我教而修學者速入菩薩正性離生既入菩薩正性離生便得菩薩無生法忍既得菩薩無生法忍便得菩薩殊勝神通既得菩薩殊勝神通能遊十方一切佛土從一佛國至一佛國供養恭敬尊重讚歎一切如來應正等覺由此能速證得無上正等菩提憍尸迦彼以有相及有所得而爲方便依合集想教修般若乃至布施波羅蜜多是謂宣說相似般若乃至布施波羅蜜多復次憍尸迦若善男子善女人等告菩薩乘種性者言若於般若波羅蜜多至心聽聞受持讀誦精勤修學如理思惟決定當獲無量無數無邊功德憍尸迦彼以有相及有所得而爲方便作如是說是謂宣說相似般若乃至布施波羅蜜多復次憍尸迦若善男子善女人等告菩薩乘種性者言汝於過去未來現在一切如來應正等覺從初發心至得無上正等菩提所有善根皆應隨喜一切合集爲諸有情回向無上正等菩提憍尸迦彼以有相及有所得而爲方便作如是說是謂宣說相似般若乃至布施波羅蜜多爾時天帝釋白佛言世尊云何名爲宣說眞正般若靜慮精進安忍淨戒布施波羅蜜多佛言憍尸迦若善男子善女人等說無所得般若波羅蜜多乃至布施波羅蜜多如是名爲宣說眞正般若靜慮精進安忍淨戒布施波羅蜜多時天帝釋復白佛言世尊云何善男子善女人等說無所得般若乃至布施波羅蜜多名說眞正

般若乃至布施波羅蜜多佛言憍尸迦若善男子善女人等爲發無上菩提心者宣說般若乃至布施波羅蜜多作如是言來善男子應修般若乃至布施波羅蜜多汝正修時不應觀色若常若無常若樂若苦若我若無我不應觀受想行識若常若無常若樂若苦若我若無我如是不應觀眼處乃至意處色處乃至法處眼界乃至意界色界乃至法界眼識界乃至意識界眼觸乃至意觸眼觸爲緣所生諸受乃至意觸爲緣所生諸受四靜慮四無量四無色定四念住乃至一切相智若常若無常若樂若苦若我若無我何以故善男子色色自性空乃至一切相智一切相智自性空是色自性即非自性乃至是一切相智自性即非自性若非自性即是般若乃至布施波羅蜜多於此般若乃至布施波羅蜜多色不可得彼常無常樂苦我無我亦不可得乃至一切相智不可得彼常無常樂苦我無我亦不可得所以者何此中尚無色等可得何況有彼常無常樂苦我無我可得善男子汝若能修如是般若乃至布施波羅蜜多是修般若乃至布施波羅蜜多憍尸迦是善男子善女人等作此等說是謂宣說眞正般若乃至布施波羅蜜多復次憍尸迦若善男子善女人等爲發無上菩提心者宣說般若乃至布施波羅蜜多作如是言來善男子我當教汝修學般若乃至布施波羅蜜多汝修學時勿觀諸法有少可住可超可入可得可證可聽聞等所獲功德及可隨喜回向菩提何以故善男子於此般若乃至布施波羅蜜

多畢竟無有少法可住可超可入可得可證可聽聞等所獲功德及可隨喜回向菩提所以者何以一切法自性皆空若自性空則無所有若無所有即是般若乃至布施波羅蜜多於此般若乃至布施波羅蜜多竟無少法有入有出有生有滅有斷有常有一有異有來有去而可得者憍尸迦是善男子善女人等作此等說與上累品一切相違是說真正般若靜慮精進安忍淨戒布施波羅蜜多以是故憍尸迦諸善男子善女人等應於般若波羅蜜多以無所得而爲方便至心聽聞受持讀誦精勤修學如理思惟當以種種巧妙文義爲他廣說宣示開演顯了解釋分別義趣令其易解憍尸迦由此緣故我作是說若善男子善女人等於此般若波羅蜜多以無

所得而爲方便至心聽聞受持讀誦精勤修學如理思惟復以種種巧妙文義經須臾間爲他辯說宣示開演顯了解釋分別義趣令其易解所獲福聚甚多於前復次憍尸迦若善男子善女人等教贍部洲諸有情類皆令住預流果於意云何是善男子善女人等由此因緣得福多不天帝釋言甚多世尊甚多善逝佛言憍尸迦若善男子善女人等於此般若波羅蜜多以無量門巧妙文義爲他廣說宣示開演顯了解釋分別義趣令其易解復作是言來善男子汝當於此甚深般若波羅蜜多至心聽聞受持讀誦令善通利如理思惟隨此法門應勤修學是善男子善女人等所獲功德甚多於前何以故憍尸迦一切預流及預流果皆是般若波羅蜜多所流出

故復次憍尸迦置贍部洲諸有情類若善男子善女人等教四大洲一切有情若小千界一切有情若中千界一切有情若此三千大千世界一切有情若復十方各如殑伽沙等世界一切有情若盡十方無邊世界一切有情皆令住預流果於意云何是善男子善女人等由此因緣得福多不天帝釋言甚多世尊甚多善逝佛言憍尸迦若善男子善女人等於此般若波羅蜜多以無量門巧妙文義爲他廣說宣示開演顯了解釋分別義趣令其易解復作是言來善男子汝當於此甚深般若波羅蜜多至心聽聞受持讀誦令善通利如理思惟隨此法門應勤修學是善男子善女人等所獲功德甚多於前何以故憍尸迦一切預流及預流果皆是般若波羅蜜多所流出故復次憍尸迦若善男子善女人等教贍部洲諸有情類皆令安住一來不還阿羅漢果於意云何是善男子善女人等由此因緣得福多不天帝釋言甚多世尊甚多善逝佛言憍尸迦若善男子善女人等於此般若波羅蜜多以無量門巧妙文義爲他廣說宣示開演顯了解釋分別義趣令其易解復作是言來善男子汝當於此甚深般若波羅蜜多至心聽聞受持讀誦令善通利如理思惟隨此法門應勤修學是善男子善女人等所獲功德甚多於前何以故憍尸迦一切一來及一來果乃至阿羅漢及阿羅漢果皆是般若波羅蜜多所流出故復次憍尸迦置贍部洲諸有情類若善男子善女人等教四大洲一切有情若小千界一切有情若中千界

一切有情若此三千大千世界一切有情若復十方各如殑伽沙等世界一切有情若盡十方無邊世界一切有情皆令安住一來不還阿羅漢果於意云何是善男子善女人等由此因緣得福多不天帝釋言甚多世尊甚多善逝佛言憍尸迦若善男子善女人等於此般若波羅蜜多以無量門巧妙文義爲他廣說宣示開演顯了解釋分別義趣令其易解復作是言來善男子汝當於此甚深般若波羅蜜多至心聽聞受持讀誦令善通利如理思惟隨此法門應勤修學是善男子善女人等所獲功德甚多於前何以故憍尸迦一切一來及一來果乃至阿羅漢及阿羅漢果皆是般若波羅蜜多所流出故復次憍尸迦若善男子善女人等教贍部洲諸有情類皆令安住獨覺菩提於意云何是善男子善女人等由此因緣得福多不天帝釋言甚多世尊甚多善逝佛言憍尸迦若善男子善女人等於此般若波羅蜜多以無量門巧妙文義爲他廣說宣示開演顯了解釋分別義趣令其易解復作是言來善男子汝當於此甚深般若波羅蜜多至心聽聞受持讀誦令善通利如理思惟隨此法門應勤修學是善男子善女人等所獲功德甚多於前何以故憍尸迦一切獨覺獨覺菩提皆是般若波羅蜜多所流出故復次憍尸迦置贍部洲諸有情類若善男子善女人等教四大洲一切有情若小千界一切有情若中千界一切有情若此三千大千世界一切有情若復十方各如殑伽沙等世界一切有情若盡十方無邊世界

一切有情皆令安住獨覺菩提於意云何是善男子善女人等由此因緣得福多不天帝釋言甚多世尊甚多善逝佛言憍尸迦若善男子善女人等於此般若波羅蜜多以無量門巧妙文義爲他廣說宣示開演顯了解釋分別義趣令其易解復作是言來善男子汝當於此甚深般若波羅蜜多至心聽聞受持讀誦令善通利如理思惟隨此法門應勤修學是善男子善女人等所獲功德甚多於前何以故憍尸迦一切獨覺獨覺菩提皆是般若波羅蜜多所流出故

大般若波羅蜜多經卷第四百三十一

大般若波羅蜜多經卷第四百三十二

唐三藏法師玄奘奉　詔譯

第二分經文品第三十六之二

復次憍尸迦若善男子善女人等教贍部洲諸有情類皆發無上正等覺心於意云何是善男子善女人等由此因緣得福多不天帝釋言甚多世尊甚多善逝佛言憍尸迦若善男子善女人等於此般若波羅蜜多以無量門巧妙文義爲他廣說宣示開演顯了解釋分別義趣令其易解復作是言來善男子汝當於此甚深般若波羅蜜多至心聽聞受持讀誦令善通利如理思惟隨此般若波羅蜜多所說法門應正信解若正信解則能修學如是般若波羅蜜多若能修學如是般若波羅蜜多則能證得一切智法若能證得一切智法則修般若波羅蜜多增益圓滿若修般若波羅蜜多增益圓滿便證無上正等菩提憍尸迦是善男子善女人等所獲功德甚多於前何以故憍尸迦一切初發無上正等覺心菩薩摩訶薩乃至住十地菩薩摩訶薩皆是般若波羅蜜多所流出故復次憍尸迦置贍部洲諸有情類若善男子善女人等教四大洲一切有情若小千界一切有情若中千界一切有情若此三千大千世界一切有情若復十方各如殑伽沙等世界一切有情皆發無上正等覺心於意云何是善男子善女人等由此因緣得福多不天帝釋言甚多世尊甚多善逝佛言憍尸迦若善男子善女人等於此般若波羅蜜多以無量門巧妙文義爲他廣說宣示開演顯了解釋分別義趣令

其易解復作是言來善男子汝當於此甚深般若波羅蜜多至心聽聞受持讀誦令善通利如理思惟隨此般若波羅蜜多所說法門應正信解若正信解則能修學如是般若波羅蜜多若能修學如是般若波羅蜜多則能證得一切智法若能證得一切智法則修般若波羅蜜多增益圓滿若修學般若波羅蜜多增益圓滿便證無上正等菩提憍尸迦是善男子善女人等所獲功德甚多於前何以故憍尸迦一切初發無上正等覺心菩薩摩訶薩乃至住十地菩薩摩訶薩皆是般若波羅蜜多所流出故復次憍尸迦若善男子善女人等教贍部洲諸有情類皆住菩薩不退轉地於意云何是善男子善女人等由此因緣得福多不天帝釋言甚多世尊甚多善逝

佛言憍尸迦若善男子善女人等於此般若波羅蜜多以無量門巧妙文義為他廣說宣示開演顯了解釋分別義趣令其易解復作是言來善男子汝當於此甚深般若波羅蜜多至心聽聞受持讀誦令善通利如理思惟隨此般若波羅蜜多所說法門應正信解若正信解則能修學如是般若波羅蜜多若能修學如是般若波羅蜜多則能證得一切智法若能證得一切智法則修般若波羅蜜多增益圓滿若修般若波羅蜜多增益圓滿便證無上正等菩提憍尸迦是善男子善女人等所獲功德甚多於前何以故憍尸迦一切不退轉地菩薩摩訶薩乃至無上正等菩提皆是般若波羅蜜多所流出故復次憍尸迦置贍部洲諸有情類若善男子善女人等教

四大洲一切有情若小千界一切有情若中千界一切有情若此三千大千世界一切有情若復十方各如殑伽沙等世界一切有情皆住菩薩不退轉地於意云何是善男子善女人等由此因緣得福多不天帝釋言甚多世尊甚多善逝佛言憍尸迦若善男子善女人等於此般若波羅蜜多以無量門巧妙文義爲他廣説宣示開演顯了解釋分別義趣令其易解復作是言來善男子汝當於此甚深般若波羅蜜多至心聽聞受持讀誦令善通利如理思惟隨此般若波羅蜜多所説法門應正信解若正信解則能修學如是般若波羅蜜多若能修學如是般若波羅蜜多則能證得一切智法若能證得一切智法則修般若波羅蜜多增益圓滿若修般若波羅蜜多增益圓滿便證無上正等菩提憍尸迦是善男子善女人等所獲功德甚多於前何以故憍尸迦一切不退轉地菩薩摩訶薩乃至無上正等菩提皆是般若波羅蜜多所流出故復次憍尸迦若贍部洲諸有情類皆趣無上正等菩提有善男子善女人等於此般若波羅蜜多以無量門巧妙文義廣爲他説宣示開演顯了解釋分別義趣令其易解復作是言來善男子汝當於此甚深般若波羅蜜多至心聽聞受持讀誦令善通利如理思惟隨此般若波羅蜜多所説法門應正信解若正信解則能修學如是般若波羅蜜多若能修學如是般若波羅蜜多則能證得一切智法若能證得一切智法則修般若波羅蜜多增益圓滿若修般若波羅蜜多增益圓滿便

證無上正等菩提憍尸迦是善男子善女人等所獲功德甚多於前復次憍尸迦置贍部洲諸有情類若四大洲一切有情若小千界一切有情若中千界一切有情若此三千大千世界一切有情若復十方各如殑伽沙等世界一切有情皆趣無上正等菩提有善男子善女人等於此般若波羅蜜多以無量門巧妙文義爲他廣說宣示開演顯了解釋分別義趣令其易解復作是言來善男子汝當於此甚深般若波羅蜜多至心聽聞受持讀誦令善通利如理思惟隨此般若波羅蜜多所說法門應正信解若正信解則能修學如是般若波羅蜜多若能修學如是般若波羅蜜多則能證得一切智法若能證得一切智法則修般若波羅蜜多增益圓滿若修般若波羅蜜多增益圓滿便證無上正等菩提憍尸迦是善男子善女人等所獲功德甚多於前復次憍尸迦若贍部洲諸有情類皆於無上正等菩提得不退轉有善男子善女人等於此般若波羅蜜多以無量門巧妙文義爲他廣說宣示開演顯了解釋分別義趣令其易解復作是言來善男子汝當於此甚深般若波羅蜜多至心聽聞受持讀誦令善通利如理思惟隨此般若波羅蜜多所說法門應正信解若正信解則能修學如是般若波羅蜜多若能修學如是般若波羅蜜多則能證得一切智法若能證得一切智法則修般若波羅蜜多增益圓滿若修般若波羅蜜多增益圓滿便證無上正等菩提憍尸迦是善男子善女人等所獲功德甚多於前復次憍尸

迦置贍部洲諸有情類若四大洲一切有情若小千界一切有情若中千界一切有情若此三千大千世界一切有情若復十方各如殑伽沙等世界一切有情皆於無上正等菩提得不退轉有善男子善女人等於此般若波羅蜜多以無量門巧妙文義爲他廣說宣示開演顯了解釋分別義趣令其易解復作是言來善男子汝當於此甚深般若波羅蜜多至心聽聞受持讀誦令善通利如理思惟隨此般若波羅蜜多所說法門應正信解若正信解則能修學如是般若波羅蜜多若能修學如是般若波羅蜜多則能證得一切智法若能證得一切智法則修般若波羅蜜多增益圓滿若修般若波羅蜜多增益圓滿便證無上正等菩提憍尸迦是善男子善女人等所獲功德甚多於前復次憍尸迦若善男子善女人等教贍部洲諸有情類皆趣無上正等菩提復於般若波羅蜜多以無量門巧妙文義爲其廣說宣示開演顯了解釋分別義趣令其易解有善男子善女人等教一有情令於無上正等菩提得不退轉復於般若波羅蜜多以無量門巧妙文義爲其廣說宣示開演顯了解釋分別義趣令其易解憍尸迦此善男子善女人等所獲功德甚多於前復次憍尸迦置贍部洲諸有情類若善男子善女人等教四大洲一切有情若小千界一切有情若中千界一切有情若此三千大千世界一切有情若復十方各如殑伽沙等世界一切有情皆趣無上正等菩提復於般若波羅蜜多以無量門巧妙文義爲其廣說宣

示開演顯了解釋分別義趣令其易解有善男子善女人等教一有情令於無上正等菩提得不退轉復於般若波羅蜜多以無量門巧妙文義爲其廣說宣示開演顯了解釋分別義趣令其易解憍尸迦此善男子善女人等所獲功德甚多於前復次憍尸迦若善男子善女人等教贍部洲諸有情類皆於無上正等菩提得不退轉復於般若波羅蜜多以無量門巧妙文義爲其廣說宣示開演顯了解釋分別義趣令其易解若一有情作如是語我令欣樂速證無上正等菩提拔濟有情諸惡趣苦有善男子善女人等爲成彼事以無量門巧妙文義廣說般若波羅蜜多宣示開演顯了解釋分別義趣令其易解憍尸迦此善男子善女人等所獲功德甚多於前何

以故憍尸迦住不退轉地菩薩摩訶薩不甚假藉所說法故於大菩提定趣向故必於無上正等菩提不退轉故欣樂速證大菩提者要甚假藉所說法故於無上覺求速證故觀生死苦一切有情運大悲心極痛切故復次憍尸迦置贍部洲諸有情類若善男子善女人等教四大洲一切有情若小千界一切有情若中千界一切有情若此三千大千世界一切有情若復十方各如殑伽沙等世界一切有情皆於無上正等菩提得不退轉復於般若波羅蜜多以無量門巧妙文義爲其廣說宣示開演顯了解釋分別義趣令其易解若一有情作如是語我令欣樂速證無上正等菩提拔濟有情三惡趣苦有善男子善女人等爲成彼事以無量門巧妙文義廣說般

若波羅蜜多宣示開演顯了解釋分別義趣令其易解憍尸迦此善男子善女人等所獲功德甚多於前何以故憍尸迦住不退轉地菩薩摩訶薩不甚假藉所說法故於大菩提定趣向故必於無上正等菩提不退轉故欣樂速證大菩提者要甚假藉所說法故於無上覺求速證故觀生死苦一切有情運大悲心極痛切故爾時天帝釋白佛言世尊如是菩薩摩訶薩轉近無上正等菩提如是如是應以布施波羅蜜多乃至般若波羅蜜多教誡教授應以內空乃至無性自性空教誡教授應以四念住乃至八聖道支教誡教授如是乃至應以佛十力乃至十八佛不共法教誡教授應以上妙衣服飲食卧具醫藥隨其所須種種資具供養攝受世尊若善男子善女人等能以如是法施財施教誡教授供養攝受彼菩薩摩訶薩是善男子善女人等所獲功德甚多於前何以故世尊彼菩薩摩訶薩要由如是法施財施教誡教授供養攝受速證無上正等菩提爾時具壽善現告天帝釋言善哉善哉憍尸迦汝乃能勸勵彼菩薩摩訶薩復能攝受彼菩薩摩訶薩亦能護助彼菩薩摩訶薩汝今已作佛聖弟子所應作事何以故憍尸迦一切如來諸聖弟子爲欲利樂諸有情故方便勸勵彼菩薩摩訶薩令速趣無上正等菩提以法施財施教誡教授供養攝受勤加護助彼菩薩摩訶薩令速證無上正等菩提所以者何一切如來聲聞獨覺世間勝事由彼菩薩摩訶薩故而得出現何以故憍尸迦若無菩薩摩訶薩發起無上

正等覺心則無菩薩摩訶薩能學六波羅蜜多乃至十八佛不共法若無菩薩摩訶薩學六波羅蜜多乃至十八佛不共法則無菩薩摩訶薩證得無上正等菩提若無菩薩摩訶薩證得無上正等菩提則無如來聲聞獨覺世間勝事憍尸迦由有菩薩摩訶薩發起無上正等覺心便有菩薩摩訶薩能學六波羅蜜多乃至十八佛不共法由有菩薩摩訶薩學六波羅蜜多乃至十八佛不共法便有菩薩摩訶薩證得無上正等菩提由有菩薩摩訶薩證得無上正等菩提轉妙法輪能斷地獄傍生鬼界亦能損減阿素洛黨增天人衆便有剎帝利大族婆羅門大族長者大族居士大族出現世間亦有四大王衆天乃至非想非非想處天出現世間復有布施波羅蜜多乃至般若波羅蜜多內空乃至無性自性空四念住廣說乃至十八佛不共法出現世間復有聲聞乘獨覺乘正等覺乘出現世間

第二分隨喜回向品第三十七之一

爾時慈氏菩薩摩訶薩白具壽善現言大德若菩薩摩訶薩以無所得而爲方便於諸有情所有功德隨喜俱行諸福業事若菩薩摩訶薩以無所得而爲方便持此隨喜俱行諸福業事與一切有情平等共有回向無上正等菩提若餘有情隨喜回向諸福業事若諸異生聲聞獨覺諸福業事所謂施性戒性修性三福業事若四念住乃至八聖道支若三解脫門八解脫九次第定四無礙解六神通等諸福業事是菩薩摩訶薩所有隨喜回向功德於彼異生聲聞獨覺諸福業事爲最爲

勝爲尊爲高爲妙爲微妙爲上爲無上無等
無等等何以故大德以諸異生修福業事但
爲令已自在安樂聲聞獨覺修福業事但爲
自調伏爲自寂靜爲自涅槃諸菩薩摩訶薩
所有隨喜回向功德普爲一切有情調伏寂
靜般涅槃故爾時具壽善現問慈氏菩薩摩
訶薩言大士是菩薩摩訶薩隨喜回向心普
緣十方無數無量無邊世界一一世界無數
無量無邊諸佛已涅槃者從初發心至得無
上正等菩提如是展轉入無餘依涅槃界後
乃至法滅於其中間所有六波羅蜜多相應
善根及與聲聞獨覺菩薩一切有情若共不
共無數無量無邊佛法相應善根若彼異生
弟子所有施性戒性修性三福業事若彼聲
聞弟子所有學無學無漏善根若諸如來應
正等覺所成戒蘊定蘊慧蘊解脫蘊解脫知
見蘊及爲利樂一切有情大慈大悲大喜大
捨無數無量無邊佛法及彼諸佛所說正法
若依彼法精勤修學得預流果一來不還阿
羅漢果得獨覺菩提得入菩薩正性離生及
餘菩薩摩訶薩行如是所有一切善根及餘
有情於諸如來應正等覺聲聞菩薩諸弟子
衆若現住世若涅槃後所種善根是諸善根
一切合集現前隨喜既隨喜已復以如是隨
喜俱行諸福業事與一切有情平等共有回
向無上正等菩提願我以此善根與一切有
情同共引發無上菩提如是所起隨喜回向
於餘所起諸福業事爲最爲勝爲尊爲高爲
妙爲微妙爲上爲無上無等無等等於意云
何慈氏大士彼菩薩摩訶薩緣如是事起隨

喜回向心爲有如是所緣事如彼菩薩摩訶薩所取相不爾時慈氏菩薩摩訶薩答具壽善現言大德彼菩薩摩訶薩緣如是事起隨喜回向心實無如是所緣事如彼菩薩摩訶薩所取相時具壽善現謂慈氏菩薩摩訶薩言大士若無所緣事如所取相者彼菩薩摩訶薩隨喜回向心以取相爲方便普緣十方無數無量無邊世界一一世界無數無量無邊諸佛已涅槃者從初發心乃至法滅所有善根及弟子等所有善根一切合集現前隨喜回向無上正等菩提如是所起隨喜回向將非顛倒如於無常謂常於苦謂樂於無我謂我於不淨謂淨是想顛倒心顛倒見顛倒此於無相而取其相亦應如是大士如所緣事實無所有隨喜回向心亦如是諸善根等亦如是無上菩提亦如是布施淨戒安忍精進靜慮般若波羅蜜多亦如是廣說乃至十八佛不共法亦如是大士若如所緣事實無所有隨喜回向心亦如是諸善根等亦如是無上菩提亦如是六波羅蜜多亦如是乃至十八佛不共法亦如是者何等是所緣何等是事何等是隨喜回向心何等是諸善根等何等是無上菩提何等是六波羅蜜多乃至十八佛不共法而彼菩薩摩訶薩緣如是事起隨喜心回向無上正等菩提時慈氏菩薩摩訶薩報具壽善現言大德若菩薩摩訶薩久修學六波羅蜜多已曾供養無量諸佛宿植善根久發大願爲諸善友之所攝受善學諸法自相空義是菩薩摩訶薩能於所緣事隨喜回向心諸善根等無上菩提諸佛世尊

及一切法皆不取相而能發起隨喜之心回向無上正等菩提如是所起隨喜回向以非二非不二爲方便非有相非無相爲方便非有所得非無所得爲方便非染非淨爲方便非生非滅爲方便於所緣事乃至無上正等菩提能不取相不取相故非顛倒攝若有菩薩未久修學六波羅蜜多未曾供養無量諸佛未宿植善根未久發大願未多善友之所攝受未於一切法善學自相空是諸菩薩於所緣事隨喜回向諸善根等無上菩提諸佛世尊及一切法猶取其相起隨喜心回向無上正等菩提如是所起隨喜回向以取相故猶顛倒攝非眞隨喜回向無上正等菩提復次大德不應爲彼新學大乘諸菩薩等及對其前宣說般若波羅蜜多乃至布施波羅蜜多內空乃至無性自性空四念住廣說乃至十八佛不共法及一切法自相空義何以故大德新學大乘諸菩薩等於如是法雖有少分信敬愛樂而彼聞已尋皆忘失驚怖疑惑生毀謗故若不退轉諸菩薩摩訶薩或曾供養無量諸佛宿植善根久發大願爲多善友所攝受者應對其前爲彼廣說分別開示一切般若波羅蜜多乃至布施波羅蜜多內空乃至無性自性空四念住廣說乃至十八佛不共法及一切法自相空義何以故大德以不退轉諸菩薩摩訶薩及曾供養無量諸佛宿植善根久發大願爲多善友所攝受者若聞此法皆能受持終不忘失亦不驚恐疑惑毀謗大德諸菩薩摩訶薩應以如是隨喜俱行諸福業事回向無上正等菩提爾時具壽

善現白慈氏菩薩摩訶薩言大士諸菩薩摩訶薩應以如是隨喜俱行諸福業事回向無上正等菩提謂所用心隨喜回向此所用心盡滅離變此所緣事及諸善根亦皆如此盡滅離變此中何等是所用心復以何等爲所緣事及諸善根而說隨喜回向無上正等菩提是心於心理不應有隨喜回向以無二心俱時起故心亦不可隨喜回向心自性故若菩薩摩訶薩修行般若波羅蜜多時能如是知一切般若波羅蜜多無所有乃至布施波羅蜜多無所有色無所有受想行識無所有乃至無上正等菩提亦無所有是菩薩摩訶薩知一切法皆無所有而復能以隨喜俱行諸福業事回向無上正等菩提如是隨喜回向之心非顛倒攝以無所得爲方便故時天帝釋白具壽善現言大德新學大乘諸菩薩摩訶薩聞如是法其心將無驚恐疑惑大德新學大乘諸菩薩摩訶薩云何能以所修善根回向無上正等菩提大德新學大乘諸菩薩摩訶薩云何攝受隨喜俱行諸福業事回向無上正等菩提具壽善現承慈氏菩薩摩訶薩威力加被告天帝釋言憍尸迦新學大乘諸菩薩摩訶薩若修般若乃至布施波羅蜜多以無所得爲方便無相爲方便攝受般若乃至布施波羅蜜多是菩薩摩訶薩由此因緣多信解內空乃至無性自性空多信解四念住廣說乃至十八佛不共法常爲善友之所攝受如是善友以無量門巧妙文義爲其廣說般若靜慮精進安忍淨戒布施波羅蜜多相應之法以如是法教誡教授令其乃

至得入菩薩正性離生未入菩薩正性離生亦常不離所修般若波羅蜜多乃至布施波羅蜜多内空乃至無性自性空四念住廣説乃至十八佛不共法亦爲廣説種種魔事令其聞已於諸魔事心無增減何以故諸魔事業性無所有不可得故亦以此法教誡教授令其乃至得入菩薩正性離生常不離佛於諸佛所種諸善根復由善根所攝受故常生菩薩摩訶薩家乃至無上正等菩提於諸善根常不遠離憍尸迦新學大乘諸菩薩摩訶薩若能如是以無所得爲方便無相爲方便攝受諸功德於諸功德多深信解常爲善友之所攝受聞如是法心不驚恐亦不疑惑復次憍尸迦新學大乘諸菩薩摩訶薩隨所修集布施波羅蜜多乃至般若波羅蜜多隨所安住内空乃至無性自性空隨所修集四念住廣説乃至十八佛不共法及餘無量無邊佛法皆應以無所得爲方便無相爲方便與諸有情平等共有回向無上正等菩提復次憍尸迦新學大乘諸菩薩摩訶薩普於十方無數無量無邊世界一切如來應正等覺斷諸有路絶戲論道棄諸重擔摧聚落刺盡諸有結具足正智心善解脱巧説法者及彼如來應正等覺諸弟子衆所成戒藴定藴慧藴解脱藴解脱知見藴及餘所作種種功德并於是處所種善根謂刹帝利大族婆羅門大族長者大族居士大族等所種善根若四大王衆天乃至他化自在天所種善根若梵衆天乃至色究竟天等所種善根如是一切合集稱量現前發起比餘善根爲最爲勝爲尊

爲高爲妙爲微妙爲上爲無上無等無等等隨喜之心復以如是隨喜俱行諸福業事與諸有情平等共有回向無上正等菩提爾時慈氏菩薩摩訶薩問具壽善現言大德新學大乘諸菩薩摩訶薩若念諸佛及弟子衆所有功德并人天等所種善根如是一切合集稱量現前發起比餘善根爲最爲勝爲尊爲高爲妙爲微妙爲上爲無上無等無等等隨喜之心復以如是隨喜善根與諸有情平等共有回向無上正等菩提是菩薩摩訶薩云何不墮想顛倒心顛倒見顛倒耶時具壽善現答慈氏菩薩摩訶薩言大士若菩薩摩訶薩於所念佛及弟子衆所有功德不起諸佛及弟子衆功德之想於人天等所種善根不起善根人天等想於所發起隨喜回向大菩提心亦復不起隨喜回向菩提心想是菩薩摩訶薩所起隨喜回向之心無想顛倒無心顛倒無見顛倒若菩薩摩訶薩於所念佛及弟子衆所有功德起佛弟子功德之想於人天等所種善根起彼善根人天等想於所發起隨喜回向大菩提心起所發起隨喜回向菩提心想是菩薩摩訶薩所起隨喜回向之心有想顛倒有心顛倒有見顛倒復次大士若菩薩摩訶薩以如是隨喜心念一切佛及弟子衆功德善根正知此心盡滅離變非能隨喜正知彼法其性亦然非所隨喜又正了達能回向心法性亦爾非能回向及正了達所回向法其性亦爾非所回向若有能依如是所說隨喜回向是正非邪諸菩薩摩訶薩皆應如是隨喜回向復次大士若菩薩摩訶

薩普於過去未來現在一切如來應正等覺從初發心至得無上正等菩提乃至法滅於其中間所有功德若佛弟子及諸獨覺依彼佛法所起善根若諸異生聞彼說法所種善根若天龍藥叉健達縛阿素洛揭路荼緊捺洛莫呼洛伽人非人等聞彼說法所種善根若刹帝利大族婆羅門大族長者大族居士人族聞彼說法所種善根若四大王衆天乃至色究竟天聞彼說法所種善根若善男子善女人等聞彼說法發趣無上正等覺心勤修種種諸菩薩行如是一切合集稱量現前發起比餘善根爲最爲勝爲尊爲高爲妙爲微妙爲上爲無上無等無等等隨喜之心復以如是隨喜善根與諸有情平等共有回向無上正等菩提於如是時若正解了諸能隨喜回向之法盡滅離變諸所隨喜回向之法自性皆空雖如是知而能隨喜回向無上正等菩提復於是時若正解了都無有法可能隨喜回向於法所以者何以一切法自性皆空空中都無能所隨喜回向法故雖如是知而能隨喜回向無上正等菩提是菩薩摩訶薩若能如是隨喜回向修行般若乃至布施波羅蜜多無想顛倒無心顛倒無見顛倒何以故是菩薩摩訶薩於隨喜心不生執著於所隨喜功德善根亦不執著於回向心不生執著於所回向無上菩提亦不執著由無執著不墮顛倒如是菩薩所起隨喜回向之心名爲無上遠離一切妄想分别

大般若波羅蜜多經卷第四百三十二

大般若波羅蜜多經卷第四百三十三

唐三藏法師玄奘奉　詔譯

第二分隨喜回向品第三十七之二

復次大士若菩薩摩訶薩於所修造諸福業事如實了知離蘊處界亦離般若波羅蜜多乃至布施波羅蜜多亦離內空乃至無性自性空亦離四念住廣說乃至十八佛不共法是菩薩摩訶薩於所修造諸福業事如實知已深心隨喜回向無上正等菩提復次大士若菩薩摩訶薩如實了知隨喜俱行諸福業事遠離如是隨喜俱行諸福業事自性如實了知諸佛世尊遠離如是諸佛世尊自性如實了知功德善根遠離如是功德善根自性如實了知聲聞獨覺及諸異生遠離如是聲聞獨覺及諸異生自性如實了知隨喜回向大菩提心遠離如是隨喜回向大菩提心自性如實了知菩薩摩訶薩遠離如是菩薩摩訶薩自性如實了知般若波羅蜜多遠離般若波羅蜜多自性乃至布施波羅蜜多遠離布施波羅蜜多自性如實了知內空遠離內空自性乃至無性自性空遠離無性自性空自性如實了知四念住遠離四念住自性廣說乃至十八佛不共法遠離十八佛不共法自性如實了知菩薩摩訶薩行遠離菩薩摩訶薩行自性如實了知諸佛無上正等菩提遠離諸佛無上正等菩提自性是菩薩摩訶薩如是修行遠離諸法自性甚深般若波羅蜜多能正隨喜回向無上正等菩提復次大士諸菩薩摩訶薩於已滅度一切如來應正等覺及諸弟子功德善根若欲發起隨喜回

向無上正等菩提心者應作如是隨喜回向謂作是念如諸如來應正等覺及諸弟子皆已滅度自性非有功德善根亦復如是我所發起隨喜回向無上正等菩提之心及所回向無上菩提其性亦爾如是知已於諸善根發起隨喜回向無上正等菩提無想顛倒無心顛倒無見顛倒若菩薩摩訶薩以取相爲方便修行般若波羅蜜多於已滅度一切如來應正等覺及諸弟子功德善根取相隨喜回向無上正等菩提是爲非善隨喜回向以過去佛及弟子衆功德善根非相無相所取境界是菩薩摩訶薩以取相念發起隨喜回向無上正等菩提是故非善隨喜回向由此因緣有想顛倒有心顛倒有見顛倒若菩薩摩訶薩不取相爲方便修行般若波羅蜜多於彼一切佛及弟子功德善根離相隨喜回向無上正等菩提是名爲善隨喜回向由此因緣是菩薩摩訶薩隨喜回向無想顛倒無心顛倒無見顛倒爾時慈氏菩薩摩訶薩問具壽善現言大德云何菩薩摩訶薩於諸如來應正等覺及諸弟子功德善根隨喜俱行福業事等皆不取相而能隨喜回向無上正等菩提善現答言大士應知諸菩薩摩訶薩所學般若波羅蜜多有如是等方便善巧雖不取相而所作成非離般若波羅蜜多有能正起隨喜俱行諸福業事回向無上正等菩提是故菩薩摩訶薩衆欲成所作應學般若波羅蜜多慈氏菩薩摩訶薩言大德善現勿作是說所以者何以於般若波羅蜜多諸佛世尊及弟子衆并所成就功德善根皆無所

有不可得故所作隨喜諸福業事亦無所有不可得故發心回向無上菩提亦無所有不可得故此中菩薩摩訶薩修行般若波羅蜜多時應如是觀過去諸佛及弟子衆功德善根性皆已滅所作隨喜諸福業事發心回向無上菩提性皆寂滅我若於彼一切如來應正等覺及弟子衆功德善根取相分別及於所作隨喜俱行諸福業事發心回向無上菩提取相分別以是取相分別方便發起隨喜回向無上正等菩提諸佛世尊皆所不許亦不隨喜何以故於已滅度諸佛世尊及弟子等取相分別隨喜回向無上菩提是說名爲大有所得是故菩薩摩訶薩欲於諸佛及弟子衆功德善根正起隨喜回向無上正等菩提不應於中起有所得取相分別隨喜回向若於其中起有所得取相分別隨喜回向佛不說彼有大義利何以故如是隨喜回向之心虛妄分別名雜毒故譬如有食雖具上妙色香美味而和毒藥愚人淺識貪取噉之雖初適意歡喜快樂而後食銷備受衆苦或便致死若近失命如是一類補特伽羅不善受持不善觀察甚深般若波羅蜜多文句義理不善讀誦不善通達甚深義趣而告大乘種性者曰來善男子汝於過去未來現在一切如來應正等覺從初發心至得無上正等菩提轉妙法輪度無量衆入無餘依般涅槃界乃至法滅於其中間若修般若乃至布施波羅蜜多已集當集現集善根若住內空乃至無性自性空已集當集現集善根若修四靜慮四無量四無色定已集當集現集善根若

修四念住乃至八聖道支已集當集現集善根如是乃至若修佛十力乃至十八佛不共法已集當集現集善根若嚴淨佛土成熟有情已集當集現集善根若諸如來應正等覺所有戒蘊定蘊慧蘊解脫蘊解脫知見蘊若一切智道相智一切相智若無忘失法恒住捨性及餘無數無量無邊殊勝功德若佛弟子一切有漏無漏善根若諸如來應正等覺已現當記諸天人等獨覺菩提所有功德若諸天龍藥叉健達縛阿素洛揭路荼緊捺洛莫呼洛伽人非人等已集當集現集善根若善男子善女人等於諸功德發起隨喜回向善根如是一切合集稱量現前隨喜與諸有情平等共有回向無上正等菩提如是所說隨喜回向以有所得取相分別而為方便如食雜毒初益後損故此非善隨喜回向所以者何以有所得取相分別發起隨喜回向之心有因有緣有作意有戲論有妨礙有過失不應般若波羅蜜多彼雜毒故則為謗佛不隨佛教不隨法說不應理說菩薩種性補特伽羅不應隨彼所說而學是故大德應說云何住菩薩乘諸善男子善女人等應於過去未來現在一切如來應正等覺及弟子等功德善根隨喜回向謂彼諸佛從初發心至得無上正等菩提轉妙法輪度無量衆入無餘依般涅槃界乃至法滅於其中間若修般若乃至布施波羅蜜多集諸善根廣說乃至若善男子善女人等於諸功德發起隨喜回向善根住菩薩乘諸善男子善女人等云何於彼功德善根發起隨喜回向無上正等菩提

具壽善現白言大士住菩薩乘諸善男子善女人等修行般若波羅蜜多若欲不謗諸佛世尊而發隨喜回向心者應作是念如諸如來應正等覺無上佛智了達遍知功德善根有如是性有如是相有如是法而可隨喜我今亦應如是隨喜如諸如來應正等覺無上佛智了達遍知應以如是諸福業事回向無上正等菩提我今亦應如是回向住菩薩乘諸善男子善女人等於諸如來應正等覺及弟子等功德善根應作如是隨喜回向若作如是隨喜回向則不謗佛隨佛所教隨法而說應理而說是菩薩摩訶薩如是隨喜回向之心不雜毒藥終至甘露大般涅槃復次大士住菩薩乘諸善男子善女人等修行般若波羅蜜多於諸如來應正等覺及弟子等功德善根應作如是隨喜回向如色乃至識不墮欲界色界無色界若不墮三界則非過去未來現在眼處乃至意處不墮欲界色界無色界若不墮三界則非過去未來現在色處乃至法處不墮欲界色界無色界若不墮三界則非過去未來現在眼界乃至意界不墮欲界色界無色界若不墮三界則非過去未來現在色界乃至法界不墮欲界色界無色界若不墮三界則非過去未來現在眼識界乃至意識界不墮欲界色界無色界若不墮三界則非過去未來現在眼觸乃至意觸不墮欲界色界無色界若不墮三界則非過去未來現在眼觸爲緣所生諸受乃至意觸爲緣所生諸受不墮欲界色界無色界若不墮三界則非過去未來現在般若波羅蜜多乃

至布施波羅蜜多不墮欲界色界無色界若不墮三界則非過去未來現在内空乃至無性自性空不墮欲界色界無色界若不墮三界則非過去未來現在四念住乃至八聖道支不墮欲界色界無色界若不墮三界則非過去未來現在如是乃至如來十力乃至十八佛不共法不墮欲界色界無色界若不墮三界則非過去未來現在眞如法界法性實際法定法住不思議界不墮欲界色界無色界若不墮三界則非過去未來現在戒蘊定蘊慧蘊解脫蘊解脫知見蘊不墮欲界色界無色界若不墮三界則非過去未來現在一切智道相智一切相智不墮欲界色界無色界若不墮三界則非過去未來現在無忘失法恒住捨性不墮欲界色界無色界若不墮三界則非過去未來現在隨喜回向亦應如是所以者何如彼諸法自性空故不墮三界非三世攝隨喜回向亦復如是謂諸如來應正等覺自性空故不墮三界非三世攝諸佛功德自性空故不墮三界非三世攝聲聞獨覺及人天等自性空故不墮三界非三世攝彼諸善根自性空故不墮三界非三世攝於彼隨喜自性空故不墮三界非三世攝所回向法自性空故不墮三界非三世攝能回向者自性空故不墮三界非三世攝若菩薩摩訶薩修行般若波羅蜜多時如實知色乃至識不墮三界非三世攝若不墮三界非三世攝則不可以彼有相爲方便有所得爲方便發生隨喜回向無上正等菩提何以故以色等法自性不生若法不生則無所有不可以

彼無所有法隨喜回向無所有故如實知眼處乃至意處亦如是如實知色處乃至法處亦如是如實知眼界乃至意界亦如是如實知色界乃至法界亦如是如實知眼識界乃至意識界亦如是如實知眼觸乃至意觸亦如是如實知眼觸爲緣所生諸受乃至意觸爲緣所生諸受亦如是如實知般若波羅蜜多乃至布施波羅蜜多亦如是如實知內空乃至無性自性空亦如是如實知四念住乃至八聖道支亦如是如實知如來十力乃至十八佛不共法亦如是如實知眞如法界法性實際法定法住不思議界亦如是如實知戒蘊定蘊慧蘊解脫蘊解脫知見蘊亦如是如實知一切智道相智一切相智亦如是如實知無忘失法恒住捨性不墮三界非三世攝若不墮三界非三世攝則不可以彼有相爲方便有所得爲方便發生隨喜回向無上正等菩提何以故以無忘失法恒住捨性自性不生若法不生則無所有不可以彼無所有法隨喜回向無所有故是菩薩摩訶薩如是隨喜回向無上正等菩提不雜毒藥終至甘露大般涅槃住菩薩乘諸善男子善女人等若以有相而爲方便或有所得而爲方便於諸如來應正等覺及弟子等功德善根發生隨喜回向之心當知是邪隨喜回向此邪隨喜回向之心諸佛世尊所不稱讚如是隨喜回向之心非佛世尊所稱讚故不能圓滿布施淨戒安忍精進靜慮般若波羅蜜多亦不能圓滿內空乃至無性自性空亦不能圓滿四念住乃至八聖道支如是乃至亦不能

圓滿如來十力乃至十八佛不共法亦不能圓滿一切智道相智一切相智亦不能圓滿無忘失法恒住捨性由諸功德不圓滿故不能嚴淨佛土及成熟有情由不能嚴淨佛土及成熟有情故則不能證得阿耨多羅三藐三菩提何以故由彼所起隨喜回向有相有得雜毒藥故復次大士諸菩薩摩訶薩修行般若波羅蜜多時應作是念如十方界一切如來應正等覺如實通達功德善根有如是法可依是法發生無倒隨喜回向我今亦應依如是法發生隨喜回向無上正等菩提是爲正起隨喜回向由斯決定證得無上正等菩提爾時世尊讚具壽善現言善哉善哉善現汝今已爲一切菩薩摩訶薩等作佛所作謂爲菩薩摩訶薩等善說無倒隨喜回向如是所說隨喜回向以無相爲方便無所得爲方便無生無滅爲方便無染無淨爲方便無性自性爲方便自相空爲方便自性空爲方便法界爲方便真如爲方便法性爲方便不虛妄性爲方便實際爲方便不思議界爲方便故善現假使三千大千世界一切有情皆得成就十善業道四靜慮四無量四無色定五神通於意云何是諸有情功德多不善現對曰甚多世尊甚多善逝佛言善現若善男子善女人等於諸如來應正等覺及弟子等功德善根起無染著隨喜回向所獲功德甚多於前不可稱計善現是善男子善女人等所起如是隨喜回向於餘善根爲最爲勝爲尊爲高爲妙爲微妙爲上爲無上無等無等等復次善現假使三千大千世界一切有情

皆得預流一來不還阿羅漢果獨覺菩提有善男子善女人等於彼預流乃至獨覺盡其形壽以無量種衣服飲食臥具醫藥及餘資具而奉施之供養恭敬尊重讚歎於意云何是善男子善女人等由此因緣得福多不善現對曰甚多世尊甚多善逝佛言善現若善男子善女人等於諸如來應正等覺及弟子等功德善根起無染著隨喜回向所獲功德甚多於前善現是善男子善女人等所起如是隨喜回向於餘善根爲最爲勝爲尊爲高爲妙爲微妙爲上爲無上無等無等等復次善現假使三千大千世界一切有情皆趣無上正等菩提設復十方各如殑伽沙等世界一切有情一一各於彼趣無上正等菩提一一菩薩摩訶薩所以無量種衣服飲食臥具醫藥及餘資生上妙樂具而奉施之經如殑伽沙等大劫供養恭敬尊重讚歎於意云何是諸有情由此因緣得福多不善現對曰甚多世尊甚多善逝如是福聚無數無量無邊無限算數譬喻難可測量世尊若是福聚有形色者十方各如殑伽沙界所不容受佛言善現善哉善哉彼福德量如汝所說善現若善男子善女人等於諸如來應正等覺及弟子等功德善根起無染著隨喜回向所獲福聚甚多於前善現是善男子善女人等所起如是隨喜回向於餘善根爲最爲勝爲尊爲高爲妙爲微妙爲上爲無上無等無等等善現若以前福比此福聚百分不及一千分不及一乃至鄔波尼殺曇分亦不及一何以故善現彼諸有情十善業道四靜慮四無量四

無色定五神通皆以有相有所得想爲方便故彼善男子善女人等以無量種衣服飲食卧具醫藥及餘資具奉施預流一來不還阿羅漢果及諸獨覺盡其形壽供養恭敬尊重讚歎所獲福聚皆以有相有所得想爲方便故彼諸有情以無量種衣服飲食卧具醫藥及諸資生上妙樂具奉施彼趣無上菩提諸菩薩衆經如殑伽沙等大劫供養恭敬尊重讚歎所獲福聚皆以有相有所得想爲方便故爾時四大天王各與眷屬二萬天子頂禮佛足合掌白言世尊彼諸菩薩摩訶薩乃能發起如是廣大隨喜回向謂彼菩薩摩訶薩方便善巧以無相爲方便無所得爲方便無染著爲方便無思作爲方便於諸如來應正等覺及弟子等功德善根發正隨喜回向無

上正等菩提如是所起隨喜回向不墮二法不二法中無染無著時天帝釋亦與無量百千天子各持種種天妙華鬘塗散等香衣服瓔珞寶幢旛蓋諸妙珍奇奏天樂音以供養佛頂禮雙足合掌白言世尊彼諸菩薩摩訶薩乃能發起如是廣大隨喜回向謂彼菩薩摩訶薩方便善巧以無相爲方便無所得爲方便無染著爲方便無思作爲方便於諸如來應正等覺及弟子等功德善根發正隨喜回向無上正等菩提如是所起隨喜回向不墮三法不二法中無染無著時蘇夜摩天子珊覩史多天子善變化天子最自在天子各與眷屬千天子俱皆持種種天妙華鬘塗散等香衣服瓔珞寶幢旛蓋諸妙珍奇奏天樂音以供養佛頂禮雙足合掌白言世尊彼諸

菩薩摩訶薩乃能發起如是廣大隨喜回向謂彼菩薩摩訶薩方便善巧以無相爲方便無所得爲方便無染著爲方便無思作爲方便於諸如來應正等覺及弟子等功德善根發正隨喜回向無上正等菩提如是所起隨喜回向不墮二法不二法中無染無著時大梵天王與無量百千俱胝那庾多諸梵天衆前詣佛所頂禮雙足合掌恭敬俱發聲言希有世尊彼諸菩薩摩訶薩爲般若波羅蜜多方便善巧所攝護故超勝於前無方便善巧有相有所得諸善男子善女人等所修善根時極光淨天乃至色究竟天各與無量百千俱胝那庾多自類天衆前詣佛所頂禮雙足合掌恭敬俱發聲言希有世尊彼諸菩薩摩訶薩爲般若波羅蜜多方便善巧所攝護故超勝於前無方便善巧有相有所得諸善男子善女人等所修善根爾時佛告四大王衆天乃至色究竟天等言假使三千大千世界一切有情皆發無上正等覺心普於過去未來現在十方世界一切如來應正等覺從初發心至得無上正等菩提轉妙法輪度無量衆入無餘依般涅槃界乃至法滅於其中間所修布施乃至般若波羅蜜多相應善根若住内空乃至無性自性空相應善根若修四念住廣說乃至十八佛不共法相應善根若修無量無邊佛法相應善根若諸弟子所有善根若諸如來應正等覺所有戒蘊定蘊慧蘊解脱蘊解脱知見蘊及餘無量無邊佛法若諸如來所說正法若依彼法修習施性戒性修性三福業事若依彼法精勤修學得預

流果一來不還阿羅漢果獨覺菩提得入菩薩正性離生若諸有情修布施淨戒安忍精進靜慮般若等所引善根如是一切合集稱量以有相爲方便有所得爲方便有染著爲方便有思作爲方便有二不二爲方便現前隨喜既隨喜已回向無上正等菩提有善男子善女人等發趣無上正等菩提普於過去未來現在十方世界一切如來應正等覺從初發心至得無上正等菩提轉妙法輪度無量衆入無餘依般涅槃界乃至法滅於其中間所修布施乃至般若波羅蜜多相應善根廣說乃至若諸有情修布施淨戒安忍精進靜慮般若等所引善根如是一切合集稱量以無相爲方便無所得爲方便無染著爲方便無思作爲方便無二不二爲方便現前隨喜既隨喜已回向無上正等菩提是善男子善女人等隨喜回向於餘善根爲最爲勝爲尊爲高爲妙爲微妙爲上爲無上無等無等等於前有情隨喜回向百倍爲勝千倍爲勝百千倍爲勝乃至鄔波尼殺曇倍亦最爲勝

爾時具壽善現白佛言世尊如佛所說是善男子善女人等隨喜回向於餘善根爲最爲勝爲尊爲高爲妙爲微妙爲上爲無上無等無等等世尊齊何說是隨喜回向於餘善根爲最爲勝爲尊爲高爲妙爲微妙爲上爲無上無等無等等佛言善現是善男子善女人等普於過去未來現在十方世界一切如來應正等覺聲聞獨覺菩薩及餘一切有情諸善根等不取不捨不矜不蔑非有所得非無所得達一切法無生無滅無染無淨無增無

滅無去無來無集無散無入無出作如是念如彼過去未來現在諸法眞如法界法性不虛妄性法定法住我亦如是於諸善法以無所得而爲方便發正隨喜既隨喜已持此善根與諸有情平等共有回向無上正等菩提善現齊是菩薩摩訶薩所起隨喜回向我說於餘善根爲最爲勝爲尊爲高爲妙爲微妙爲上爲無上無等無等等善現如是隨喜回向勝餘隨喜回向百倍千倍乃至鄔波尼殺曇倍是故我說如是所起隨喜回向於餘善根爲最爲勝爲尊爲高爲妙爲微妙爲上爲無上無等無等等復次善現住菩薩乘諸善男子善女人等欲於過去未來現在十方世界一切如來應正等覺從初發心至得無上正等菩提轉妙法輪度無量衆入無餘依般涅槃界乃至法滅於其中間所修布施乃至般若波羅蜜多相應善根乃至無量無邊佛法若諸聲聞獨覺菩薩功德善根若餘有情所有施性戒性修性三福業事及餘善根如是一切合集稱量現前發起無倒隨喜回向心者應作是念色乃至識與解脫等眼處乃至意處與解脫等色處乃至法處與解脫等眼界乃至意界與解脫等色界乃至法界與解脫等眼識界乃至意識界與解脫等眼觸乃至意觸與解脫等眼觸爲緣所生諸受乃至意觸爲緣所生諸受與解脫等布施波羅蜜多乃至般若波羅蜜多與解脫等內空乃至無性自性空與解脫等四念住乃至八聖道支與解脫等如是乃至如來十力乃至十八佛不共法與解脫等戒蘊乃至解脫知見

蘊與解脫等於一切法所起勝解與解脫等過去未來現在諸佛與解脫等過去未來現在諸法與解脫等一切隨喜與解脫等一切回向與解脫等諸佛世尊及諸弟子諸根熟變與解脫等諸佛世尊及諸弟子所得涅槃與解脫等一切獨覺諸根熟變與解脫等一切獨覺所得涅槃與解脫等諸佛世尊聲聞獨覺諸法法性與解脫等一切有情及一切法并彼法性與解脫等如諸法性無縛無解無染無淨無起無盡無生無滅無取無捨我於如是功德善根現前隨喜持此善根與諸有情平等共有回向無上正等菩提如是隨喜非能隨喜無所隨喜故如是回向非能回向無所回向故如是所起隨喜回向非轉非息無生滅故善現是菩薩摩訶薩隨喜回向於餘所起隨喜回向爲最爲勝爲尊爲高爲妙爲微妙爲上爲無上無等無等等善現若菩薩摩訶薩成就如是隨喜回向速證無上正等菩提復次善現若趣大乘諸善男子善女人等假使能於十方現在各如殑伽沙等世界一切如來應正等覺及弟子衆以有相爲方便有所得爲方便盡其形壽常以種種衣服飲食卧具醫藥及餘資生上妙樂具供養恭敬尊重讚歎彼諸如來應正等覺及弟子衆般涅槃後取設利羅以妙七寶造立高廣諸窣堵波晝夜精勤禮敬右遶復以種種上妙華鬘塗散等香衣服瓔珞寶幢旛蓋諸妙珍奇妓樂燈明供養恭敬尊重讚歎復以有相及有所得而爲方便精勤修習布施淨戒安忍精進靜慮般若及餘善根有善男子

善女人等發趣大乘能以無相及無所得而爲方便修行布施乃至般若波羅蜜多相應善根方便善巧於餘一切功德善根發正隨喜持此善根與諸有情平等共有回向無上正等菩提是善男子善女人等由依般若波羅蜜多方便善巧隨喜回向勝前所説發趣大乘諸善男子善女人等所作功德百倍千倍乃至鄔波尼殺曇倍故說如是隨喜回向於餘善根爲最爲勝爲尊爲高爲妙爲微妙爲上爲無上無等無等等是故善現發趣大乘諸菩薩摩訶薩應以無相及無所得而爲方便精勤修學布施淨戒安忍精進靜慮般若波羅蜜多相應善根及依般若波羅蜜多方便善巧於諸如來應正等覺及弟子等功德善根發正隨喜既隨喜已持此善根與諸有情平等共有回向無上正等菩提善現若菩薩摩訶薩能以無相及無所得而爲方便發起如是隨喜回向是菩薩摩訶薩疾證無上正等菩提轉妙法輪利樂一切

大般若波羅蜜多經卷第四百三十三

音釋

揭路荼（梵語也此云金翅鳥揭居謁切荼同都切）緊捺洛（梵語也亦云緊那羅此云疑神緊居忍切捺乃八切）鄔波尼殺曇（梵語也此謂數之極鄔安古切曇徒南切）鬘（莫班切）珊覩史多（梵語也亦云兜率陀此云知足珊音山）矜（居陵切驕矜自負貌）蔑（莫結切輕易也）窣堵波（梵語也此云方墳又云圓塚窣蘇沒切堵音覩）

大般若波羅蜜多經卷第四百三十四

唐三藏法師玄奘奉詔譯

第二分大師品第三十八

爾時具壽舍利子白佛言世尊如是般若波羅蜜多能作照明畢竟淨故如是般若波羅蜜多皆應敬禮諸天人等所欽奉故如是般若波羅蜜多無所染著世間諸法不能汙故如是般若波羅蜜多遠離一切三界翳眩能除煩惱諸見暗故如是般若波羅蜜多最爲上首於一切種菩提分法極尊勝故如是般若波羅蜜多能作安隱永斷一切驚恐逼迫災橫事故如是般若波羅蜜多能施光明攝受諸有情令得五眼故如是般若波羅蜜多能示中道令失路者離二邊故如是般若波羅蜜多善能發生一切相智永斷一切煩惱相續并習氣故如是般若波羅蜜多是諸菩薩摩訶薩母菩薩所修一切佛法從此生故如是般若波羅蜜多不生不滅自相空故如是般若波羅蜜多離一切生死非常非壞故如是般若波羅蜜多能爲依怙施諸有情正法寶故如是般若波羅蜜多能成圓滿如來十力一切他論皆能伏故如是般若波羅蜜多能轉三轉十二行相無上法輪達一切法無轉還故如是般若波羅蜜多能示諸法無倒自性顯了無性自性空故世尊若諸菩薩若趣菩薩乘者若諸聲聞若趣聲聞乘者若諸獨覺若趣獨覺乘者於此般若波羅蜜多應云何住佛言舍利子是諸有情住此般若波羅蜜多應如大師供養禮敬如是般若波羅蜜多應如供養禮敬大師何以故舍利子

大師不異般若波羅蜜多般若波羅蜜多不異大師大師即是般若波羅蜜多般若波羅蜜多即是大師舍利子一切如來應正等覺皆由般若波羅蜜多而得出現舍利子一切菩薩摩訶薩獨覺阿羅漢乃至預流皆由般若波羅蜜多而得出現舍利子一切世間十善業道皆由般若波羅蜜多而得出現舍利子一切四靜慮四無量四無色定五神通皆由般若波羅蜜多而得出現舍利子一切布施波羅蜜多乃至般若波羅蜜多皆由般若波羅蜜多而得出現舍利子一切內空乃至無性自性空四念住乃至八聖道支如是乃至如來十力乃至十八佛不共法乃至一切相智皆由般若波羅蜜多而得出現時天帝釋作是念言今舍利子何因緣故問佛此事念已即白舍利子言大德今者有何因緣發如是問時舍利子告帝釋言憍尸迦諸菩薩摩訶薩由是般若波羅蜜多所攝持故方便善巧能於過去未來現在十方世界一切如來應正等覺從初發心至得無上正等菩提轉妙法輪度無量衆入無餘依般涅槃界乃至法滅於其中間所有一切功德善根若諸聲聞獨覺菩薩餘有情類功德善根如是一切能以無相及無所得而爲方便合集稱量現前隨喜旣隨喜已與諸有情平等共有回向無上正等菩提由是因緣故問此事復次憍尸迦諸菩薩摩訶薩所學般若波羅蜜多超勝布施淨戒安忍精進靜慮波羅蜜多無量倍數憍尸迦如生盲者若百若千若多百千無淨眼者而爲前導猶尚不能近趣正道

況能遠至安隱豐樂國邑王都如是布施淨戒安忍精進靜慮波羅蜜多諸生盲衆若無般若波羅蜜多淨眼者導尚不能趣菩薩正道況能遠達一切智城復次憍尸迦布施等五波羅蜜多要由般若波羅蜜多所攝引故名有目者復由般若波羅蜜多所攝持故此五方得到彼岸名時天帝釋便白具壽舍利子言如大德説布施等五波羅蜜多要由般若波羅蜜多所攝持故乃得名爲到彼岸者豈不應説要由布施乃至靜慮波羅蜜多所攝持故餘五乃得到彼岸名若爾何緣獨讚般若波羅蜜多舍利子言如是如是如汝所説布施等六波羅蜜多互相攝持能到彼岸然住般若波羅蜜多具大勢力方便善巧能速圓滿所修布施淨戒安忍精進靜慮波羅

蜜多非住前五能辦是事是故般若波羅蜜多於前五種爲最爲勝爲尊爲高爲妙爲微妙爲上爲無上無等無等等由是因緣獨讚般若超勝餘五波羅蜜多爾時舍利子白佛言世尊諸菩薩摩訶薩云何應引發般若波羅蜜多佛言舍利子諸菩薩摩訶薩不爲引發色乃至識故應引發般若波羅蜜多不爲引發眼處乃至意處故應引發般若波羅蜜多不爲引發色處乃至法處故應引發般若波羅蜜多不爲引發眼界乃至意界故應引發般若波羅蜜多不爲引發色界乃至法界故應引發般若波羅蜜多不爲引發眼識界乃至意識界故應引發般若波羅蜜多不爲引發眼觸乃至意觸故應引發般若波羅蜜多不爲引發眼觸爲緣所生諸受乃至意觸

爲緣所生諸受故應引發般若波羅蜜多不爲引發布施波羅蜜多乃至般若波羅蜜多故應引發般若波羅蜜多不爲引發內空乃至無性自性空故應引發般若波羅蜜多不爲引發四念住乃至八聖道支故應引發般若波羅蜜多如是乃至不爲引發如來十力乃至十八佛不共法故應引發般若波羅蜜多不爲引發一切智道相智一切相智故應引發般若波羅蜜多不爲引發一切法故應引發般若波羅蜜多時舍利子白言世尊諸菩薩摩訶薩云何不爲引發色乃至一切法故應引發般若波羅蜜多佛言舍利子以色乃至一切法無作無生無得無壞無自性故諸菩薩摩訶薩不爲引發色乃至一切法故應引發般若波羅蜜多時舍利子復白佛言世尊諸菩薩摩訶薩如是引發般若波羅蜜多與何法合佛言舍利子諸菩薩摩訶薩如是引發般若波羅蜜多不與一切法合以不合故得名般若波羅蜜多舍利子言如是般若波羅蜜多不與何等一切法合世尊告曰如是般若波羅蜜多不與善法合不與非善法合不與世間法合不與出世間法合不與有漏法合不與無漏法合不與有罪法合不與無罪法合不與有爲法合不與無爲法合何以故舍利子如是般若波羅蜜多於一切法無所得故不可說與如是法合時天帝釋白佛言世尊如是般若波羅蜜多豈亦不與一切相智合佛言憍尸迦如是如是如汝所說如是般若波羅蜜多亦不與一切相智合由此於彼無所得故世尊云何般若波羅蜜

多於一切相智無合亦無得憍尸迦非般若波羅蜜多於一切相智如名如相如其所作有合有得世尊云何般若波羅蜜多於一切相智亦可説有合有得憍尸迦由般若波羅蜜多於一切相智如名相等無受無取無住無斷無執無捨如是合得而無合得憍尸迦如是般若波羅蜜多於一切法亦如名相等無受無取無住無斷無執無捨如是合得而無合得時天帝釋復白佛言希有世尊如是般若波羅蜜多爲一切法無生無滅無作無成無得無壞無自性故而現在前雖有合有得而無合無得如是理趣不可思議爾時具壽善現白佛言世尊若菩薩摩訶薩修行般若波羅蜜多時起如是想如是般若波羅蜜多與諸法合或不與諸法合是菩薩摩訶薩俱捨般若波羅蜜多俱遠般若波羅蜜多佛言善現復有因緣諸菩薩摩訶薩捨遠般若波羅蜜多謂菩薩摩訶薩修行般若波羅蜜多時起如是想如是般若波羅蜜多無所有非真實不堅固不自在是菩薩摩訶薩捨遠般若波羅蜜多具壽善現復白佛言世尊若菩薩摩訶薩信般若波羅蜜多時爲不信何法佛言善現若菩薩摩訶薩信般若波羅蜜多時則不信色不信受想行識不信眼處不信耳鼻舌身意處不信色處不信聲香味觸法處不信眼界不信耳鼻舌身意界不信色界不信聲香味觸法界不信眼識界不信耳鼻舌身意識界不信眼觸不信耳鼻舌身意觸不信眼觸爲緣所生諸受不信耳鼻舌身意觸爲緣所生諸受不信布施波羅蜜多不

信淨戒安忍精進靜慮波羅蜜多不信內空不信外空內外空空空大空勝義空有爲空無爲空畢竟空無際空散無散空本性空自共相空一切法空不可得空無性空自性空無性自性空不信四念住不信四正斷四神足五根五力七等覺支八聖道支如是乃至不信佛十力不信四無所畏四無礙解大慈大悲大喜大捨十八佛不共法不信預流果不信一來不還阿羅漢果不信獨覺菩提不信一切菩薩摩訶薩行不信諸佛無上正等菩提不信一切智不信道相智一切相智時具壽善現復白佛言世尊云何菩薩摩訶薩信般若波羅蜜多時則不信色廣說乃至不信一切相智佛言善現諸菩薩摩訶薩修行般若波羅蜜多時觀一切色不可得故雖信般若波羅蜜多而不信色廣說乃至觀一切相智不可得故雖信般若波羅蜜多而不信一切相智是故善現諸菩薩摩訶薩信般若波羅蜜多時則不信色廣說乃至不信一切相智爾時具壽善現白佛言世尊如是般若波羅蜜多是大波羅蜜多佛言善現汝緣何意作如是說如是般若波羅蜜多是大波羅蜜多善現對曰世尊由此般若波羅蜜多於色乃至識不作大不作小於眼處乃至意處不作大不作小於色處乃至法處不作大不作小於眼界乃至意界不作大不作小於色界乃至法界不作大不作小於眼識界乃至意識界不作大不作小於眼觸乃至意觸不作大不作小於眼觸爲緣所生諸受乃至意觸爲緣所生諸受不作大不作小於布施波

羅蜜多乃至般若波羅蜜多不作大不作小
於內空乃至無性自性空不作大不作小於
四念住乃至八聖道支不作大不作小如是
乃至於佛十力乃至十八佛不共法不作大
不作小於佛無上正等菩提不作大不作小
於諸如來應正等覺不作大不作小世尊我
緣此意故說般若波羅蜜多是大波羅蜜多
復次世尊由此般若波羅蜜多於色不作集
不作散於受想行識不作集不作散如是乃
至於佛無上正等菩提不作集不作散於諸
如來應正等覺不作集不作散世尊我緣此
意故說般若波羅蜜多是大波羅蜜多復次
世尊由此般若波羅蜜多於色不作量不作
非量於受想行識不作量不作非量如是乃
至於佛無上正等菩提不作量不作非量於
諸如來應正等覺不作量不作非量世尊我
緣此意故說般若波羅蜜多是大波羅蜜多
復次世尊由此般若波羅蜜多於色不作廣
不作狹於受想行識不作廣不作狹如是乃
至於佛無上正等菩提不作廣不作狹於諸
如來應正等覺不作廣不作狹世尊我緣此
意故說般若波羅蜜多是大波羅蜜多復次
世尊由此般若波羅蜜多於色不作强不作
弱於受想行識不作强不作弱如是乃至於
佛無上正等菩提不作强不作弱於諸如來
應正等覺不作强不作弱世尊我緣此意故
說般若波羅蜜多是大波羅蜜多復次世尊
若菩薩摩訶薩新趣大乘依止般若乃至布
施波羅蜜多起如是想如是般若波羅蜜多
於色不作大不作小於受想行識亦不作大

不作小乃至於佛無上正等菩提不作大不作小於諸如來應正等覺亦不作大不作小如是般若波羅蜜多於色不作集不作散於受想行識亦不作集不作散乃至於佛無上正等菩提不作集不作散於諸如來應正等覺亦不作集不作散如是般若波羅蜜多於色不作量不作非量於受想行識亦不作量不作非量乃至於佛無上正等菩提不作量不作非量於諸如來應正等覺亦不作量不作非量如是般若波羅蜜多於色不作廣不作狹於受想行識亦不作廣不作狹乃至於佛無上正等菩提不作廣不作狹於諸如來應正等覺亦不作廣不作狹如是般若波羅蜜多於色不作强不作弱於受想行識亦不作强不作弱乃至於佛無上正等菩提不作强不作弱於諸如來應正等覺亦不作强不作弱世尊是菩薩摩訶薩由起此想非行般若波羅蜜多復次世尊若菩薩摩訶薩新趣大乘依止般若乃至布施波羅蜜多起如是想如是般若波羅蜜多於色作大作小於受想行識亦作大作小乃至於佛無上正等菩提作大作小於諸如來應正等覺亦作大作小如是般若波羅蜜多於色作集作散於受想行識亦作集作散乃至於佛無上正等菩提作集作散於諸如來應正等覺亦作集作散如是般若波羅蜜多於色作量作非量於受想行識亦作量作非量乃至於佛無上正等菩提作量作非量於諸如來應正等覺亦作量作非量如是般若波羅蜜多於色作廣作狹於受想行識亦作廣作狹乃至於佛無

上正等菩提作廣作狹於諸如來應正等覺亦作廣作狹如是般若波羅蜜多於色作強作弱於受想行識亦作強作弱乃至於佛無上正等菩提作強作弱於諸如來應正等覺亦作強作弱世尊是菩薩摩訶薩由起此想非行般若波羅蜜多復次世尊若菩薩摩訶薩新趣大乘不依般若乃至布施波羅蜜多起如是想如是般若波羅蜜多於色不作大不作小於受想行識亦不作大不作小乃至於佛無上正等菩提不作大不作小於諸如來應正等覺亦不作大不作小如是般若波羅蜜多於色不作集不作散於受想行識亦不作集不作散乃至於佛無上正等菩提不作集不作散於諸如來應正等覺亦不作集不作散如是般若波羅蜜多於色不作量不作非量於受想行識亦不作量不作非量乃至於佛無上正等菩提不作量不作非量於諸如來應正等覺亦不作量不作非量如是般若波羅蜜多於色不作廣不作狹於受想行識亦不作廣不作狹乃至於佛無上正等菩提不作廣不作狹於諸如來應正等覺亦不作廣不作狹如是般若波羅蜜多於色不作強不作弱於受想行識亦不作強不作弱乃至於佛無上正等菩提不作強不作弱於諸如來應正等覺亦不作強不作弱世尊是菩薩摩訶薩由起此想非行般若波羅蜜多復次世尊若菩薩摩訶薩新趣大乘不依般若乃至布施波羅蜜多起如是想如是般若波羅蜜多於色作大作小於受想行識亦作大作小乃至於佛無上正等菩提作大作小

於諸如來應正等覺亦作大作小如是般若波羅蜜多於色作集作散於受想行識亦作集作散乃至於佛無上正等菩提作集作散於諸如來應正等覺亦作集作散如是般若波羅蜜多於色作量作非量於受想行識亦作量作非量乃至於佛無上正等菩提作量作非量於諸如來應正等覺亦作量作非量如是般若波羅蜜多於色作廣作狹於受想行識亦作廣作狹乃至於佛無上正等菩提作廣作狹於諸如來應正等覺亦作廣作狹如是般若波羅蜜多於色作强作弱於受想行識亦作强作弱乃至於佛無上正等菩提作强作弱於諸如來應正等覺亦作强作弱世尊是菩薩摩訶薩由起此想非行般若波羅蜜多何以故世尊若菩薩摩訶薩起如是想如是般若波羅蜜多於色若作大小不作大小於受想行識若作大小不作大小乃至於佛無上正等菩提若作大小不作大小於諸如來應正等覺若作大小不作大小如是般若波羅蜜多於色若作集散不作集散於受想行識若作集散不作集散乃至於佛無上正等菩提若作集散不作集散於諸如來應正等覺若作集散不作集散如是般若波羅蜜多於色若作量非量不作量非量於受想行識若作量非量不作量非量乃至於佛無上正等菩提若作量非量不作量非量於諸如來應正等覺若作量非量不作量非量如是般若波羅蜜多於色若作廣狹不作廣狹於受想行識若作廣狹不作廣狹乃至於佛無上正等菩提若作廣狹不作廣狹於諸

如來應正等覺若作廣狹不作廣狹如是般若波羅蜜多於色若作强弱不作强弱於受想行識若作强弱不作强弱乃至於佛無上正等菩提若作强弱不作强弱於諸如來應正等覺若作强弱不作强弱世尊如是一切皆非般若波羅蜜多等流果故世尊若菩薩摩訶薩起如是想如是般若波羅蜜多於色若作大小不作大小於受想行識若作大小不作大小乃至於佛無上正等菩提若作大小不作大小於諸如來應正等覺若作大小不作大小如是般若波羅蜜多於色若作集散不作集散於受想行識若作集散不作集散乃至於佛無上正等菩提若作集散不作集散於諸如來應正等覺若作集散不作集散如是般若波羅蜜多於色若作量非量不作量非量於受想行識若作量非量不作量非量乃至於佛無上正等菩提若作量非量不作量非量於諸如來應正等覺若作量非量不作量非量如是般若波羅蜜多於色若作廣狹不作廣狹於受想行識若作廣狹不作廣狹乃至於佛無上正等菩提若作廣狹不作廣狹於諸如來應正等覺若作廣狹不作廣狹如是般若波羅蜜多於色若作强弱不作强弱於受想行識若作强弱不作强弱乃至於佛無上正等菩提若作强弱不作强弱於諸如來應正等覺若作强弱不作强弱世尊是菩薩摩訶薩名大有所得非行般若波羅蜜多何以故非有所得想能證無上正等菩提故所以者何世尊有情無生故當觀般若波羅蜜多亦無生色無生故當觀般若

波羅蜜多亦無生受想行識無生故當觀般若波羅蜜多亦無生如是乃至諸佛無上正等菩提無生故當觀般若波羅蜜多亦無生一切如來應正等覺無生故當觀般若波羅蜜多亦無生世尊有情無自性故當觀般若波羅蜜多亦無自性色無自性故當觀般若波羅蜜多亦無自性受想行識無自性故當觀般若波羅蜜多亦無自性如是乃至諸佛無上正等菩提無自性故當觀般若波羅蜜多亦無自性一切如來應正等覺無自性故當觀般若波羅蜜多亦無自性世尊有情無所有故當觀般若波羅蜜多亦無所有色無所有故當觀般若波羅蜜多亦無所有受想行識無所有故當觀般若波羅蜜多亦無所有如是乃至諸佛無上正等菩提無所有故當觀般若波羅蜜多亦無所有一切如來應正等覺無所有故當觀般若波羅蜜多亦無所有世尊有情空故當觀般若波羅蜜多亦空色空故當觀般若波羅蜜多亦空受想行識空故當觀般若波羅蜜多亦空如是乃至諸佛無上正等菩提空故當觀般若波羅蜜多亦空一切如來應正等覺空故當觀般若波羅蜜多亦空世尊有情遠離故當觀般若波羅蜜多亦遠離色遠離故當觀般若波羅蜜多亦遠離受想行識遠離故當觀般若波羅蜜多亦遠離如是乃至諸佛無上正等菩提遠離故當觀般若波羅蜜多亦遠離一切如來應正等覺遠離故當觀般若波羅蜜多亦遠離世尊有情不可得故當觀般若波羅蜜多亦不可得色不可得故當觀般若波羅

蜜多亦不可得受想行識不可得故當觀般若波羅蜜多亦不可得如是乃至諸佛無上正等菩提不可得故當觀般若波羅蜜多亦不可得一切如來應正等覺不可得故當觀般若波羅蜜多亦不可得世尊有情不可思議故當觀般若波羅蜜多亦不可思議色不可思議故當觀般若波羅蜜多亦不可思議受想行識不可思議故當觀般若波羅蜜多亦不可思議如是乃至諸佛無上正等菩提不可思議故當觀般若波羅蜜多亦不可思議一切如來應正等覺不可思議故當觀般若波羅蜜多亦不可思議世尊有情無壞滅故當觀般若波羅蜜多亦無壞滅色無壞滅故當觀般若波羅蜜多亦無壞滅受想行識無壞滅故當觀般若波羅蜜多亦無壞滅如是乃至諸佛無上正等菩提無壞滅故當觀般若波羅蜜多亦無壞滅一切如來應正等覺無壞滅故當觀般若波羅蜜多亦無壞滅世尊有情無覺知故當觀般若波羅蜜多亦無覺知色無覺知故當觀般若波羅蜜多亦無覺知受想行識無覺知故當觀般若波羅蜜多亦無覺知如是乃至諸佛無上正等菩提無覺知故當觀般若波羅蜜多亦無覺知一切如來應正等覺無覺知故當觀般若波羅蜜多亦無覺知世尊有情力不成就故當觀般若波羅蜜多亦力不成就色力不成就故當觀般若波羅蜜多亦力不成就受想行識力不成就故當觀般若波羅蜜多亦力不成就如是乃至諸佛無上正等菩提力不成就故當觀般若波羅蜜多亦力不成就一切

如來應正等覺力不成就故當觀般若波羅蜜多亦力不成就世尊我緣此意故說菩薩摩訶薩般若波羅蜜多是大波羅蜜多

第二分地獄品第三十九之一

爾時具壽舍利子白佛言世尊若菩薩摩訶薩於此般若波羅蜜多能信解者是菩薩摩訶薩從何處沒來生此間發趣無上正等菩提已經幾時曾親供養幾所如來應正等覺修習布施乃至般若波羅蜜多爲已久如云何信解如是般若波羅蜜多甚深義趣佛告舍利子若菩薩摩訶薩於此般若波羅蜜多能信解者是菩薩摩訶薩從十方殑伽沙等世界無量無數無邊如來應正等覺法會中沒來生此間是菩薩摩訶薩發趣無上正等菩提已經無量無數無邊百千俱胝那庾多劫是菩薩摩訶薩已曾親近供養無量無數無邊不可思議不可稱量如來應正等覺是菩薩摩訶薩從初發心常勤修習布施淨戒安忍精進靜慮般若波羅蜜多已經無量無數無邊百千俱胝那庾多劫舍利子是菩薩摩訶薩若見若聞如是般若波羅蜜多便作是念我見大師聞大師說舍利子是菩薩摩訶薩以無相無二無所得爲方便能正信解如是般若波羅蜜多甚深義趣爾時具壽善現白佛言世尊如佛所說是菩薩摩訶薩若見若聞如是般若波羅蜜多便作是念我見大師聞大師說世尊甚深般若波羅蜜多爲有能聞能見者不佛言善現甚深般若波羅蜜多實無能聞及能見者何以故善現甚深般若波羅蜜多實非所聞所見法故善現般

若波羅蜜多無見無聞諸法鈍故乃至布施波羅蜜多無見無聞諸法鈍故内空無見無聞諸法鈍故乃至無性自性空無見無聞諸法鈍故四念住無見無聞諸法鈍故乃至八聖道支無見無聞諸法鈍故如是乃至如來十力無見無聞諸法鈍故乃至十八佛不共法無見無聞諸法鈍故諸佛無上正等菩提無見無聞諸法鈍故一切如來應正等覺無見無聞諸法鈍故具壽善現復白佛言世尊諸菩薩摩訶薩已於無上正等菩提積行久如乃能修學甚深般若波羅蜜多佛言善現於此事中應分别說善現有菩薩摩訶薩從初發心即能修學甚深般若波羅蜜多亦能修學靜慮精進安忍淨戒布施波羅蜜多善現是菩薩摩訶薩有方便善巧故不壞諸法不見諸法有增有減常不遠離布施波羅蜜多乃至般若波羅蜜多相應正行常不遠離諸佛世尊及諸菩薩摩訶薩衆從一佛國趣一佛國欲以種種上妙供具供養恭敬尊重讃歎諸佛世尊及諸菩薩摩訶薩等隨意能辦亦能於彼諸如來所種諸善根令速圓滿是菩薩摩訶薩隨受身處不墮毋腹胞胎中生心常不與煩惱雜住亦曾不起二乘之心是菩薩摩訶薩常不遠離殊勝神通從一佛國至一佛國成熟有情嚴淨佛土善現是菩薩摩訶薩能正修學甚深般若波羅蜜多

大般若波羅蜜多經卷第四百三十四

音釋

翳眩 翳於罽切障也蔽也 眩音縣目無常主也 **怙** 音戶恃也 **盲** 眉庚切目無童子也 **狹** 胡夾切隘也 **鈍** 徒困切不利也

大般若波羅蜜多經卷第四百三十五

唐三藏法師玄奘奉詔譯

第二分地獄品第三十九之二

善現有善薩摩訶薩雖曾見佛若百若千若多百千於彼諸佛及弟子所亦多修行布施淨戒安忍精進靜慮般若而有所得爲方便故不能修學甚深般若波羅蜜多乃至布施波羅蜜多善現是菩薩摩訶薩聞說如是甚深般若波羅蜜多便從坐起捨衆而去善現是菩薩摩訶薩輕慢如是甚深般若波羅蜜多亦輕慢佛既捨如是甚深般若波羅蜜多亦捨諸佛善現今此衆中亦有彼類聞我宣說甚深般若波羅蜜多心不悅可捨衆而去所以者何是善男子善女人等先世聞說甚深般若波羅蜜多已曾捨去今世聞說如是般若波羅蜜多由宿習力還復捨去善現是善男子善女人等於此所說甚深般若波羅蜜多身語及心皆不和合由斯造作增長愚癡惡慧罪業彼由造作增長愚癡惡慧罪業聞說如是甚深般若波羅蜜多即便毀謗障礙棄捨彼既毀謗障礙棄捨如是般若波羅蜜多則爲毀謗障礙棄捨過去未來現在諸佛一切相智彼由毀謗障礙棄捨過去未來現在諸佛一切相智即便造作增長能感匱正法業彼由造作增長能感匱正法業墮大地獄經歷多歲若多百歲若多千歲若多百千歲若多俱胝歲若多百俱胝歲若多千俱胝歲若多百千俱胝那庾多歲大地獄中受諸楚毒猛利大苦彼罪重故於此世界從一大地獄至一大地獄乃至

火劫水劫風劫未起已來受諸楚毒猛利大苦若此世界火劫水劫風劫起時彼匱法業猶未盡故死已轉生他方世界與此同類大地獄中經歷多歲若多百歲若多千歲乃至若多百千俱胝那庾多歲大地獄中受諸楚毒猛利大苦彼罪重故於他世界從一大地獄至一大地獄乃至火劫水劫風劫未起已來受諸楚毒猛利大苦若他世界火劫水劫風劫起時彼匱法業猶未盡故死已轉生餘方世界與此同類大地獄中經歷多歲若多百歲若多千歲乃至若多百千俱胝那庾多歲大地獄中受諸楚毒猛利大苦彼罪重故於餘世界從一大地獄至一大地獄乃至火劫水劫風劫未起已來受諸楚毒猛利大苦如是展轉遍歷十方諸餘世界大地獄中受諸楚毒猛利大苦若彼諸餘十方世界火劫水劫風劫起時彼匱法業猶未盡故死已還生此間世界大地獄中從一大地獄至一大地獄乃至火劫水劫風劫未起已來受諸楚毒猛利大苦若此世界火劫水劫風劫起時彼匱法業猶未盡故死已復生他餘世界經歷十方大地獄中受諸楚毒猛利大苦如是輪迴經無量劫彼匱法罪業勢稍微從地獄出墮傍生趣經歷多歲若多百歲若多千歲乃至若多百千俱胝那庾多歲受傍生身備遭殘害恐迫等苦罪未盡故於此世界從一險惡處至一險惡處乃至火劫水劫風劫未起已來備遭殘害恐迫等苦若此世界三災壞時彼匱法業餘勢未盡死已轉生他方世界與此同類傍生趣中經歷多歲若多百歲

若多千歲乃至若多百千俱胝那庾多歲受傍生身備遭殘害恐迫等苦罪未盡故於他世界從一險惡處至一險惡處乃至火劫水劫風劫未起已來備遭殘害恐迫等苦若他世界三災壞時彼匱法業餘勢未盡死已轉生餘方世界與此同類傍生趣中經歷多歲若多百歲若多千歲乃至若多百千俱胝那庾多歲受傍生身備遭殘害恐迫等苦罪未盡故於餘世界從一險惡處至一險惡處乃至火劫水劫風劫未起已來備遭殘害恐迫等苦如是展轉遍歷十方諸餘世界受傍生身備遭殘害恐迫等苦若彼諸餘十方世界三災壞時彼匱法業餘勢未盡死已還生此間世界傍生趣中從一險惡處至一險惡處乃至火劫水劫風劫未起已來備遭殘害恐迫等苦若此世界三災壞時彼匱法業餘勢未盡死已復生他餘世界遍歷十方傍生趣中廣受衆苦如是循環經無量劫彼匱法罪業勢漸薄脫傍生趣墮鬼界中經歷多歲若多百歲若多千歲乃至若多百千俱胝那庾多歲於鬼界中備受飢羸燋渴等苦罪未盡故於此世界從一餓鬼國至一餓鬼國乃至火劫水劫風劫未起已來備受飢羸燋渴等苦若此世界三災壞時彼匱法業餘勢未盡死已轉生他方世界與此同類餓鬼趣中經歷多歲若多百歲若多千歲乃至若多百千俱胝那庾多歲於鬼界中備受飢羸燋渴等苦罪未盡故於他世界從一餓鬼國至一餓鬼國乃至火劫水劫風劫未起已來備受飢羸燋渴等苦若他世界三災壞時彼匱法業

餘勢未盡死已轉生餘方世界與此同類餓鬼趣中經歷多歲若多百歲若多千歲乃至若多百千俱胝那庾多歲於鬼界中備受飢羸燋渴等苦罪未盡故於餘世界從一餓鬼國至一餓鬼國乃至火劫水劫風劫未起已來備受飢羸燋渴等苦如是展轉遍歷十方諸餘世界於鬼界中備受飢羸燋渴等苦若彼諸餘十方世界三災壞時彼匱法業餘勢未盡死已還生此間世界餓鬼趣中從一餓鬼國至一餓鬼國乃至火劫水劫風劫未起已來備受飢羸燋渴等苦若此世界三災壞時彼匱法業餘勢未盡死已復生他餘世界遍歷十方餓鬼趣中廣受衆苦如是周流經無量劫彼匱法業餘勢將盡出餓鬼界來生人中雖得爲人而居下賤謂或生在生盲聾家或旃荼羅家或補羯娑家或屠膾家或漁獵家或工匠家或樂人家或邪見家或餘猥雜惡律儀家或所受身無眼無耳無鼻無舌無手無足盲瞎聾瘂癰疽疥癩風狂癲癎癃殘背僂矬陋攣躄諸根缺減黧黮窮顇頑嚚無識諸有所爲人皆輕誚或所生處不聞佛名法名僧名菩薩名獨覺名或復生於幽暗世界恒無晝夜不覩光明居處險阻穢惡毒刺何以故善現彼匱法業造作增長極深重故受如是等不可愛樂圓滿苦果品類衆多難可具說爾時舍利子白佛言世尊如來常說罪中重者謂五無間今說第六造作增長壞正法業與五無間爲相似耶佛言舍利子壞正法業最極麤重不可以比五無間業謂彼聞說甚深般若波羅蜜多即便不信誹謗

毀呰言如是語非諸如來應正等覺之所演說非法非律非大師教我等於此不應修學是謗法人自謗般若波羅蜜多亦教無量有情毀謗自壞其身亦令他壞自飲毒藥亦令他飲自失生天解脫樂果亦令他失自持其身足地獄火亦以他身足地獄火自不信解甚深般若波羅蜜多亦轉教他令不信解甚深般若波羅蜜多自溺苦海亦令他溺舍利子我於如是甚深般若波羅蜜多尚不欲令謗正法者聞其名字況爲彼說舍利子謗正法者我尚不聽住菩薩乘諸善男子善女人等聞其名字況令眼見豈許共住何以故舍利子諸有謗毀甚深般若波羅蜜多當知彼名壞正法者墮黑暗類如穢蝸螺自汙汙他如潰糞聚若有信用壞法者言亦受如前所說大苦舍利子諸有破壞甚深般若波羅蜜多當知彼類即是地獄傍生餓鬼決定當受極重猛利無邊大苦是故智者不應毀謗甚深般若波羅蜜多時舍利子復白佛言世尊何緣但說如是壞正法者墮大地獄傍生鬼界長時受苦而不說彼形貌身量佛言舍利子止不應說壞正法者當來所受惡趣形量何以故舍利子若我具說壞正法者當來所受惡趣形量彼聞驚怖當吐熱血便致命終或近死苦心頓憂惱如中毒箭身漸枯顇如逢霜草恐彼聞說壞正法者當受如是大醜苦身徒自驚惶喪失身命我愍彼故不爲汝說壞正法罪形貌身量舍利子言惟願佛說壞正法者當來所受惡趣形量明誡未來令知謗法當獲大苦不造斯罪佛言舍利子我

先所說足爲明誡謂未來世諸善男子善女人等聞我所說壞正法業造作增長極圓滿者墮大地獄傍生鬼界一一趣中長時受苦足自兢持不謗正法時舍利子便白佛言唯然世尊唯然善逝當來素性諸善男子善女人等聞佛先說謗正法罪感長時苦足爲明誡寧捨身命終不謗法勿我未來當受斯苦爾時具壽善現白佛言世尊若有聰慧諸善男子善女人等聞佛所說謗正法人於當來世久受大苦應善護持身語意業勿於正法誹謗毀壞墮三惡趣長時受苦於久遠時不得見佛不聞正法不值遇僧不得生於有佛國土雖生人趣下賤貧窮醜陋頑愚支體缺減諸有所說人不信受具壽善現復白佛言造作增長感匱法業豈不由習惡語業耶佛言善現如是如是實由串習惡語業故造作增長感匱法業於我正法毘奈耶中當有愚癡諸出家者彼雖稱我以爲大師而於我說甚深般若波羅蜜多誹謗毀壞善現當知若有謗毀甚深般若波羅蜜多則爲謗毀諸佛無上正等菩提若有謗毀諸佛無上正等菩提則爲謗毀過去未來現在諸佛一切相智若有謗毀過去未來現在諸佛一切相智則爲謗毀一切如來應正等覺若有謗毀一切如來應正等覺則爲謗毀佛寶法寶苾芻僧寶若有謗毀佛法僧寶則當謗毀世間正見若當謗毀世間正見則當謗毀布施淨戒安忍精進靜慮般若波羅蜜多亦當謗毀內空乃至無性自性空亦當謗毀四念住乃至八聖道支如是乃至亦當謗毀如來十力乃至

十八佛不共法亦當謗毀一切智道相智一切相智彼由謗毀一切相智即便攝受無量無數無邊罪業由彼攝受無量無數無邊罪業即便攝受一切地獄傍生鬼界及人趣中無量無數無邊大苦具壽善現復白佛言彼諸愚夫幾因緣故謗毀如是甚深般若波羅蜜多佛言善現由四因緣彼諸愚夫謗毀如是甚深般若波羅蜜多何等爲四一者爲諸邪魔所扇惑故彼諸愚夫謗毀如是甚深般若波羅蜜多二者於甚深法不信解故彼諸愚夫謗毀如是甚深般若波羅蜜多三者不勤精進耽著五蘊諸惡知識所攝受故彼諸愚夫謗毀如是甚深般若波羅蜜多四者多懷瞋恚樂行惡法喜自高舉輕蔑他故彼諸愚夫謗毀如是甚深般若波羅蜜多善現彼諸愚夫由具如是四因緣故謗毀如是甚深般若波羅蜜多由此當來受無量苦具壽善現復白佛言世尊世間愚夫不勤精進爲惡知識之所攝受未種善根具諸惡行於佛所說甚深般若波羅蜜多實難信解佛言善現如是如是如汝所說世間愚夫不勤精進爲惡知識之所攝受未種善根具諸惡行於我所說甚深般若波羅蜜多實難信解具壽善現復白佛言如是般若波羅蜜多云何甚深難信難解佛言善現色無縛無解何以故以色無所有性爲色自性故受想行識無縛無解何以故以受想行識無所有性爲受想行識自性故善現眼處乃至意處無縛無解何以故以眼處乃至意處無所有性爲眼處乃至意處自性故色處乃至法處無縛無解何

以故以色處乃至法處無所有性爲色處乃至法處自性故善現眼界乃至意界無縛無解何以故以眼界乃至意界無所有性爲眼界乃至意界自性故色界乃至法界無縛無解何以故以色界乃至法界無所有性爲色界乃至法界自性故眼識界乃至意識界無縛無解何以故以眼識界乃至意識界無所有性爲眼識界乃至意識界自性故眼觸乃至意觸無縛無解何以故以眼觸乃至意觸無所有性爲眼觸乃至意觸自性故眼觸爲縁所生諸受乃至意觸爲縁所生諸受無縛無解何以故以眼觸爲縁所生諸受乃至意觸爲縁所生諸受無所有性爲眼觸爲縁所生諸受乃至意觸爲縁所生諸受自性故善現布施波羅蜜多乃至般若波羅蜜多無縛無解何以故以布施波羅蜜多乃至般若波羅蜜多無所有性爲布施波羅蜜多乃至般若波羅蜜多自性故善現内空乃至無性自性空無縛無解何以故以内空乃至無性自性空無所有性爲内空乃至無性自性空自性故善現四念住乃至八聖道支無縛無解何以故以四念住乃至八聖道支無所有性爲四念住乃至八聖道支自性故善現如是乃至如來十力乃至十八佛不共法無縛無解何以故以如來十力乃至十八佛不共法無所有性爲如來十力乃至十八佛不共法自性故善現一切智無縛無解何以故以一切智無所有性爲一切智自性故道相智一切相智無縛無解何以故以道相智一切相智無所有性爲道相智一切相智自性故復

次善現色前際無縛無解何以故以色前際無所有性爲色前際自性故受想行識前際無縛無解何以故以受想行識前際無所有性爲受想行識前際自性故如是乃至一切智前際無縛無解何以故以一切智前際無所有性爲一切智前際自性故道相智一切相智前際無縛無解何以故以道相智一切相智前際無所有性爲道相智一切相智前際自性故善現色後際無縛無解何以故以色後際無所有性爲色後際自性故受想行識後際無縛無解何以故以受想行識後際無所有性爲受想行識後際自性故如是乃至一切智後際無縛無解何以故以一切智後際無所有性爲一切智後際自性故道相智一切相智後際無縛無解何以故以道相智一切相智後際無所有性爲道相智一切相智自性故善現色中際無縛無解何以故以色中際無所有性爲色中際自性故受想行識中際無縛無解何以故以受想行識中際無所有性爲受想行識中際自性故如是乃至一切智中際無縛無解何以故以一切智中際無所有性爲一切智中際自性故道相智一切相智中際無縛無解何以故以道相智一切相智中際無所有性爲道相智一切相智中際自性故具壽善現復白佛言世尊不勤精進未種善根具不善根惡友所攝懈怠增上隨魔力行精進微劣失念惡慧補特伽羅於佛所說甚深般若波羅蜜多實難信解佛言善現如是如是如汝所說不勤精進未種善根具不善根惡友所攝懈怠增上

隨魔力行精進微劣失念惡慧補特伽羅於我所說甚深般若波羅蜜多實難信解所以者何善現色清淨即果清淨果清淨即色清淨是色清淨與果清淨無二無別無壞無斷受想行識清淨即果清淨果清淨即受想行識清淨是受想行識清淨與果清淨無二無別無壞無斷如是乃至一切菩薩摩訶薩行清淨即果清淨果清淨即一切菩薩摩訶薩行清淨是一切菩薩摩訶薩行清淨與果清淨無二無別無壞無斷諸佛無上正等菩提清淨即果清淨果清淨即諸佛無上正等菩提清淨是諸佛無上正等菩提清淨與果清淨無二無別無壞無斷復次善現色清淨即般若波羅蜜多清淨般若波羅蜜多清淨即色清淨是色清淨與般若波羅蜜多清淨無二無別無壞無斷受想行識清淨即般若波羅蜜多清淨般若波羅蜜多清淨即受想行識清淨是受想行識清淨與般若波羅蜜多清淨無二無別無壞無斷如是乃至一切智清淨即般若波羅蜜多清淨般若波羅蜜多清淨即一切智清淨是一切智清淨與般若波羅蜜多清淨無二無別無壞無斷道相智一切相智清淨即般若波羅蜜多清淨般若波羅蜜多清淨即道相智一切相智清淨是道相智一切相智清淨與般若波羅蜜多清淨無二無別無壞無斷復次善現色清淨即一切智智清淨一切智智清淨即色清淨是色清淨與一切智智清淨無二無別無壞無斷受想行識清淨即一切智智清淨一切智智清淨即受想行識清淨是受想行識清淨

與一切智智清淨無二無別無壞無斷如是乃至一切智清淨即一切智智清淨一切智智清淨即一切智清淨是一切智清淨與一切智智清淨無二無別無壞無斷道相智一切相智清淨即一切智智清淨一切智智清淨即道相智一切相智清淨是道相智一切相智清淨與一切智智清淨無二無別無壞無斷復次善現不二清淨即色清淨色清淨即不二清淨是不二清淨與色清淨無二無別無壞無斷不二清淨即受想行識清淨受想行識清淨即不二清淨是不二清淨與受想行識清淨無二無別無壞無斷如是乃至不二清淨即一切智清淨一切智清淨即不二清淨是不二清淨與一切智清淨無二無別無壞無斷不二清淨即道相智一切相智

清淨道相智一切相智清淨即不二清淨是不二清淨與道相智一切相智清淨無二無別無壞無斷復次善現我有情乃至知者見者清淨即色清淨色清淨即我有情乃至知者見者清淨是我有情乃至知者見者清淨與色清淨無二無別無壞無斷我有情乃至知者見者清淨即受想行識清淨受想行識清淨即我有情乃至知者見者清淨是我有情乃至知者見者清淨與受想行識清淨無二無別無壞無斷如是乃至我有情乃至知者見者清淨即一切智清淨一切智清淨即我有情乃至知者見者清淨是我有情乃至知者見者清淨與一切智清淨無二無別無壞無斷我有情乃至知者見者清淨即道相智一切相智清淨道相智一切相智清淨即

我有情乃至知者見者清淨是我有情乃至知者見者清淨與道相智一切相智清淨無二無別無壞無斷復次善現貪瞋癡清淨即色清淨色清淨即貪瞋癡清淨是貪瞋癡清淨與色清淨無二無別無壞無斷貪瞋癡清淨即受想行識清淨受想行識清淨即貪瞋癡清淨是貪瞋癡清淨與受想行識清淨無二無別無壞無斷如是乃至貪瞋癡清淨即一切智清淨一切智清淨即貪瞋癡清淨是貪瞋癡清淨與一切智清淨無二無別無壞無斷貪瞋癡清淨即道相智一切相智清淨道相智一切相智清淨即貪瞋癡清淨是貪瞋癡清淨與道相智一切相智清淨無二無別無壞無斷復次善現色清淨故受清淨受清淨故色清淨是色清淨與受清淨無二無別無壞無斷如是受清淨故想清淨想清淨故行清淨行清淨故識清淨識清淨故眼處乃至意處清淨意處清淨故色處乃至法處清淨法處清淨故眼界乃至意界清淨意界清淨故色界乃至法界清淨法界清淨故眼識界乃至意識界清淨意識界清淨故眼觸乃至意觸清淨意觸清淨故眼觸爲緣所生諸受乃至意觸爲緣所生諸受清淨意觸爲緣所生諸受清淨故無明乃至老死愁歎苦憂惱清淨老死愁歎苦憂惱清淨故般若波羅蜜多乃至布施波羅蜜多清淨布施波羅蜜多清淨故內空乃至無性自性空清淨無性自性空清淨故四念住乃至八聖道支清淨八聖道支清淨故展轉乃至佛十力乃至十八佛不共法清淨十八佛不共法清淨故

一切智清淨一切智清淨故道相智清淨道相智清淨故一切相智清淨一切相智清淨故道相智清淨是道相智清淨與一切相智清淨無二無別無壞無斷復次善現般若波羅蜜多清淨故色清淨色清淨故一切智智清淨若般若波羅蜜多清淨若色清淨若一切智智清淨無二無別無壞無斷廣說乃至般若波羅蜜多清淨故一切相智清淨一切相智清淨故一切智智清淨若般若波羅蜜多清淨若一切相智清淨若一切智智清淨無二無別無壞無斷如是乃至布施波羅蜜多清淨故色清淨色清淨故一切智智清淨若布施波羅蜜多清淨若色清淨若一切智智清淨無二無別無壞無斷廣說乃至布施波羅蜜多清淨故一切相智清淨一切相智清淨故一切智智清淨若布施波羅蜜多清淨若一切相智清淨若一切智智清淨無二無別無壞無斷善現內空清淨故色清淨色清淨故一切智智清淨若內空清淨若色清淨若一切智智清淨無二無別無壞無斷廣說乃至內空清淨故一切相智清淨一切相智清淨故一切智智清淨若內空清淨若一切相智清淨若一切智智清淨無二無別無壞無斷如是乃至無性自性空清淨故色清淨色清淨故一切智智清淨若無性自性空清淨若色清淨若一切智智清淨無二無別無壞無斷廣說乃至無性自性空清淨故一切相智清淨一切相智清淨故一切智智清淨若無性自性空清淨若一切相智清淨若一切智智清淨無二無別無壞無斷善現四

念住清淨故色清淨色清淨故一切智智清
淨若四念住清淨若色清淨若一切智智清
淨無二無別無壞無斷廣說乃至四念住清
淨故一切相智清淨一切相智清淨故一切
智智清淨若四念住清淨若一切相智清淨
若一切智智清淨無二無別無壞無斷如是
乃至八聖道支清淨故色清淨色清淨故一
切智智清淨若八聖道支清淨若色清淨若
一切智智清淨無二無別無壞無斷廣說乃
至八聖道支清淨故一切相智清淨一切相
智清淨故一切智智清淨若八聖道支清淨
若一切相智清淨若一切智智清淨無二無
別無壞無斷善現如是乃至如來十力清淨
故色清淨色清淨故一切智智清淨若如來
十力清淨若色清淨若一切智智清淨無二
無別無壞無斷廣說乃至如來十力清淨故
一切相智清淨一切相智清淨故一切智智
清淨若如來十力清淨若一切相智清淨若
一切智智清淨無二無別無壞無斷如是乃
至十八佛不共法清淨故色清淨色清淨故
一切智智清淨若十八佛不共法清淨若色
清淨若一切智智清淨無二無別無壞無斷
廣說乃至十八佛不共法清淨故一切相智
清淨一切相智清淨故一切智智清淨若十
八佛不共法清淨若一切相智清淨若一切
智智清淨無二無別無壞無斷善現一切智
清淨故色清淨色清淨故一切智智清淨若
一切智清淨若色清淨若一切智智清淨無
二無別無壞無斷廣說乃至一切智清淨故
一切相智清淨一切相智清淨故一切智智

清淨若一切智清淨若一切相智清淨若一切智智清淨無二無別無壞無斷如是乃至一切相智清淨故色清淨色清淨故一切智智清淨若一切相智清淨若色清淨若一切智智清淨無二無別無壞無斷廣說乃至一切相智清淨故道相智清淨道相智清淨故一切智智清淨若一切相智清淨若道相智清淨若一切智智清淨無二無別無壞無斷復次善現一切智智清淨故色清淨色清淨故般若波羅蜜多清淨若一切智智清淨若色清淨若般若波羅蜜多清淨無二無別無壞無斷廣說乃至一切智智清淨故一切相智清淨一切相智清淨故般若波羅蜜多清淨若一切智智清淨若一切相智清淨若般若波羅蜜多清淨無二無別無壞無斷如是乃至一切智智清淨故色清淨色清淨故一切相智清淨若一切智智清淨若色清淨若一切相智清淨無二無別無壞無斷廣說乃至一切智智清淨故道相智清淨道相智清淨故一切相智清淨若一切智智清淨若道相智清淨若一切相智清淨無二無別無壞無斷其中一一所有文句皆應類前次第廣說復次善現有爲清淨故無爲清淨無爲清淨故有爲清淨若有爲清淨若無爲清淨無二無別無壞無斷復次善現過去清淨故未來清淨未來清淨故過去清淨若過去清淨若未來清淨無二無別無壞無斷過去清淨故現在清淨現在清淨故過去清淨若過去清淨若現在清淨無二無別無壞無斷未來清淨故現在清淨現在清淨故未來清淨若

未來清淨若現在清淨無二無別無壞無斷過去清淨故未來現在清淨未來現在清淨故過去清淨若過去清淨若未來現在清淨無二無別無壞無斷未來清淨故過去現在清淨過去現在清淨故未來清淨若未來清淨若過去現在清淨無二無別無壞無斷現在清淨故過去未來清淨過去未來清淨故現在清淨若現在清淨若過去未來清淨無二無別無壞無斷

大般若波羅蜜多經卷第四百三十五

音釋

匱 求位切乏也 羸 力追切瘦也 補羯娑 梵語也此謂昇死屍之處類也羯居謁切 漁獵 漁牛居切捕魚也獵力涉切逐禽也 猥 烏賄切鄙也 癰疽 癰於容切疽千余切 疥癩 疥古隘切癩落蓋切瘡痒也 癲癇 癲都年切癇戶間切狂病也 背僂 背補妹切僂力主切背僂脊背俯也 矬 昨禾切短也 攣躄 攣呂員切手拘攣也躄必亦切足不能行也 黧黮 黧呂支切色黑而黃也黮吐敢切黑也 顇 泰醉切顦顇也 嚚 語巾切口不道忠信之言曰嚚 誚 才笑切譏誚也 呰 將几切口毀也 蝸螺 蝸音瓜螺落戈切蝸螺蜒蚰也 潰 胡對切散也 兢持 兢居陵切兢持自飾貌 串 古患切與慣同

大般若波羅蜜多經卷第四百三十六

唐三藏法師玄奘奉詔譯

第二分清淨品第四十

爾時舍利子白佛言世尊是法清淨最爲甚深佛言如是畢竟淨故舍利子言何等畢竟淨故說是法清淨最爲甚深佛言舍利子色畢竟淨故說是法清淨最爲甚深受想行識畢竟淨故說是法清淨最爲甚深眼處乃至意處畢竟淨故說是法清淨最爲甚深色處乃至法處畢竟淨故說是法清淨最爲甚深眼界乃至意界畢竟淨故說是法清淨最爲甚深色界乃至法界畢竟淨故說是法清淨最爲甚深眼識界乃至意識界畢竟淨故說是法清淨最爲甚深布施波羅蜜多乃至般若波羅蜜多畢竟淨故說是法清淨最爲甚深內空乃至無性自性空畢竟淨故說是法清淨最爲甚深四念住乃至八聖道支畢竟淨故說是法清淨最爲甚深如是乃至如來十力乃至十八佛不共法畢竟淨故說是法清淨最爲甚深一切菩薩摩訶薩行畢竟淨故說是法清淨最爲甚深諸菩薩摩訶薩畢竟淨故說是法清淨最爲甚深諸佛無上正等菩提畢竟淨故說是法清淨最爲甚深一切如來應正等覺畢竟淨故說是法清淨最爲甚深一切智畢竟淨故說是法清淨最爲甚深道相智一切相智畢竟淨故說是法清淨最爲甚深時舍利子復白佛言世尊是法清淨甚爲明了佛言如是畢竟淨故舍利子言何等畢竟淨故說是法清淨甚爲明了佛言舍利子般若波羅蜜多畢竟淨故說是法

清淨甚爲明了乃至布施波羅蜜多畢竟淨
故說是法清淨甚爲明了如是乃至一切智
畢竟淨故說是法清淨甚爲明了道相智一
切相智畢竟淨故說是法清淨甚爲明了時
舍利子復白佛言世尊是法清淨不轉不續
佛言如是畢竟淨故舍利子言何等畢竟淨
故說是法清淨不轉不續佛言舍利子色不
轉不續畢竟淨故說是法清淨不轉不續受
想行識不轉不續畢竟淨故說是法清淨不
轉不續如是乃至一切智不轉不續畢竟淨
故說是法清淨不轉不續道相智一切相智
不轉不續畢竟淨故說是法清淨不轉不續
時舍利子復白佛言世尊是法清淨本無雜
染佛言如是畢竟淨故舍利子言何等畢竟
淨故說是法清淨本無雜染佛言舍利子色
畢竟淨故說是法清淨本無雜染受想行識
畢竟淨故說是法清淨本無雜染如是乃至
一切智畢竟淨故說是法清淨本無雜染道
相智一切相智畢竟淨故說是法清淨本無
雜染時舍利子復白佛言世尊是法清淨本
性光潔佛言如是畢竟淨故舍利子言何等
畢竟淨故說是法清淨本性光潔佛言舍利
子色畢竟淨故說是法清淨本性光潔受想
行識畢竟淨故說是法清淨本性光潔如是
乃至一切智畢竟淨故說是法清淨本性光
潔道相智一切相智畢竟淨故說是法清淨
本性光潔時舍利子復白佛言世尊是法清
淨無得無現觀佛言如是畢竟淨故舍利子
言何等畢竟淨故說是法清淨無得無現觀
佛言舍利子色本性空畢竟淨故說是法清

淨無得無現觀受想行識本性空畢竟淨故說是法清淨無得無現觀如是乃至一切智本性空畢竟淨故說是法清淨無得無現觀道相智一切相智本性空畢竟淨故說是法清淨無得無現觀時舍利子復白佛言世尊是法清淨無生無出現佛言如是畢竟淨故舍利子言何等畢竟淨故說是法清淨無生無出現佛言舍利子色無生無顯畢竟淨故說是法清淨無生無出現受想行識無生無顯畢竟淨故說是法清淨無生無出現如是乃至一切智無生無顯畢竟淨故說是法清淨無生無出現道相智一切相智無生無顯畢竟淨故說是法清淨無生無出現時舍利子復白佛言世尊是法清淨不生欲界不生色界不生無色界佛言如是畢竟淨故舍利子言云何是法清淨不生欲界不生色界不生無色界佛言舍利子三界自性不可得故說是法清淨不生欲界不生色界不生無色界時舍利子復白佛言世尊是法清淨本性無知佛言如是畢竟淨故舍利子言云何是法清淨本性無知佛言舍利子以一切法本性鈍故是法清淨本性無知舍利子言何等本性無知故說是法清淨本性無知佛言舍利子色本性無知自相空故說是法清淨本性無知受想行識本性無知自相空故說是法清淨本性無知如是乃至一切智本性無知自相空故說是法清淨本性無知道相智一切相智本性無知自相空故說是法清淨本性無知時舍利子復白佛言世尊一切法本性清淨故是法清淨佛言如是以一切法

畢竟淨故舍利子言云何一切法本性清淨故說是法清淨佛言舍利子以一切法不可得故本性清淨說是法清淨時舍利子復白佛言世尊如是般若波羅蜜多於一切相智無益無損佛言如是畢竟淨故舍利子言云何般若波羅蜜多於一切相智無益無損佛言舍利子法性常住故如是般若波羅蜜多於一切相智無益無損時舍利子復白佛言世尊如是般若波羅蜜多本性清淨於一切法無所執受佛言如是以一切法畢竟淨故舍利子言云何般若波羅蜜多本性清淨於一切法無所執受佛言舍利子法界湛然無動搖故如是般若波羅蜜多本性清淨於一切法無所執受爾時具壽善現白佛言世尊我清淨故色受想行識清淨佛言如是畢竟淨故世尊何緣而說我清淨故色受想行識清淨是畢竟淨善現我無所有故色受想行識亦無所有是畢竟淨世尊我清淨故眼處乃至意處清淨佛言如是畢竟淨故世尊何緣而說我清淨故眼處乃至意處清淨是畢竟淨善現我無所有故眼處乃至意處亦無所有是畢竟淨世尊我清淨故色處乃至法處清淨佛言如是畢竟淨故世尊何緣而說我清淨故色處乃至法處清淨是畢竟淨善現我無所有故色處乃至法處亦無所有是畢竟淨世尊我清淨故眼界乃至意界清淨佛言如是畢竟淨故世尊何緣而說我清淨故眼界乃至意界清淨是畢竟淨善現我無所有故眼界乃至意界亦無所有是畢竟淨世尊我清淨故色界乃至法界清淨佛言如

是畢竟淨故世尊何緣而說我清淨故色界乃至法界清淨是畢竟淨善現我無所有故色界乃至法界亦無所有是畢竟淨世尊我清淨故眼識界乃至意識界清淨佛言如是畢竟淨故世尊何緣而說我清淨故眼識界乃至意識界清淨是畢竟淨善現我無所有故眼識界乃至意識界亦無所有是畢竟淨世尊我清淨故布施波羅蜜多乃至般若波羅蜜多清淨佛言如是畢竟淨故世尊何緣而說我清淨故布施波羅蜜多乃至般若波羅蜜多清淨是畢竟淨善現我無所有故布施波羅蜜多乃至般若波羅蜜多亦無所有是畢竟淨世尊我清淨故內空乃至無性自性空清淨佛言如是畢竟淨故世尊何緣而說我清淨故內空乃至無性自性空清淨是畢竟淨善現我無所有故內空乃至無性自性空亦無所有是畢竟淨世尊我清淨故四念住乃至八聖道支清淨佛言如是畢竟淨故世尊何緣而說我清淨故四念住乃至八聖道支清淨是畢竟淨善現我無所有故四念住乃至八聖道支亦無所有是畢竟淨世尊我清淨故如來十力乃至十八佛不共法清淨佛言如是畢竟淨故世尊何緣而說我清淨故如來十力乃至十八佛不共法清淨是畢竟淨善現我無所有故如來十力乃至十八佛不共法亦無所有是畢竟淨世尊我清淨故預流一來不還阿羅漢果獨覺菩提無上正等菩提清淨佛言如是畢竟淨故世尊何緣而說我清淨故預流一來不還阿羅漢果獨覺菩提無上正等菩提清淨是畢竟

淨善現我自相空故預流一來不還阿羅漢果獨覺菩提無上正等菩提亦自相空是畢竟淨世尊我清淨故一切智道相智一切相智清淨佛言如是畢竟淨故世尊何緣而說我清淨故一切智道相智一切相智清淨是畢竟淨善現我無相無得無念無知故一切智道相智一切相智亦無相無得無念無知是畢竟淨世尊二清淨故無得無現觀佛言如是畢竟淨故世尊何緣而說二清淨故無得無現觀是畢竟淨善現顛倒所起染淨無故無得無現觀是畢竟淨具壽善現復白佛言世尊我無邊故色受想行識亦無邊佛言如是畢竟淨故世尊何緣而說我無邊故色受想行識亦無邊是畢竟淨善現以畢竟空無際空故是畢竟淨世尊我無邊故眼處乃

至意處亦無邊佛言如是畢竟淨故世尊何緣而說我無邊故眼處乃至意處亦無邊是畢竟淨善現以畢竟空無際空故是畢竟淨世尊我無邊故色處乃至法處亦無邊佛言如是畢竟淨故世尊何緣而說我無邊故色處乃至法處亦無邊是畢竟淨善現以畢竟空無際空故是畢竟淨世尊我無邊故眼界乃至意界亦無邊佛言如是畢竟淨故世尊何緣而說我無邊故眼界乃至意界亦無邊是畢竟淨善現以畢竟空無際空故是畢竟淨世尊我無邊故色界乃至法界亦無邊佛言如是畢竟淨故世尊何緣而說我無邊故色界乃至法界亦無邊是畢竟淨善現以畢竟空無際空故是畢竟淨世尊我無邊故眼識界乃至意識界亦無邊佛言如是畢竟淨

故世尊何緣而說我無邊故眼識界乃至意識界亦無邊是畢竟淨善現以畢竟空無際空故是畢竟淨世尊我無邊故布施波羅蜜多乃至般若波羅蜜多亦無邊佛言如是畢竟淨故世尊何緣而說我無邊故布施波羅蜜多乃至般若波羅蜜多亦無邊是畢竟淨善現以畢竟空無際空故是畢竟淨世尊我無邊故四念住乃至八聖道支亦無邊佛言如是畢竟淨故世尊何緣而說我無邊故四念住乃至八聖道支亦無邊是畢竟淨善現以畢竟空無際空故是畢竟淨世尊我無邊故如來十力乃至十八佛不共法亦無邊佛言如是畢竟淨故世尊何緣而說我無邊故如來十力乃至十八佛不共法亦無邊是畢竟淨善現以畢竟空無際空故是畢竟淨世

尊我無邊故預流一來不還阿羅漢果獨覺菩提無上正等菩提亦無邊佛言如是畢竟淨故世尊何緣而說我無邊故預流一來不還阿羅漢果獨覺菩提無上正等菩提亦無邊是畢竟淨善現以畢竟空無際空故是畢竟淨世尊我無邊故一切智道相智一切相智亦無邊佛言如是畢竟淨故世尊何緣而說我無邊故一切智道相智一切相智亦無邊是畢竟淨善現以畢竟空無際空故是畢竟淨世尊若菩薩摩訶薩能如是覺是爲般若波羅蜜多佛言如是畢竟淨故世尊何緣而說若菩薩摩訶薩能如是覺是爲般若波羅蜜多即畢竟淨善現由此能成道相智故世尊若菩薩摩訶薩修行般若波羅蜜多方便善巧作如是念色不知色受不知受想不

知想行不知行識不知識眼處不知眼處乃至意處不知意處色處不知色處乃至法處不知法處眼界不知眼界乃至意界不知意界色界不知色界乃至法界不知法界眼識界不知眼識界乃至意識界不知意識界過去法不知過去法未來法不知未來法現在法不知現在法布施波羅蜜多不知布施波羅蜜多乃至般若波羅蜜多不知般若波羅蜜多內空不知內空乃至無性自性空不知無性自性空四念住不知四念住乃至八聖道支不知八聖道支如來十力不知如來十力乃至十八佛不共法不知十八佛不共法一切智不知一切智道相智不知道相智一切相智不知一切相智是菩薩摩訶薩已於無上正等菩提住正定聚佛言善現如是如

是如汝所說爾時舍利子問善現言諸菩薩摩訶薩修行般若波羅蜜多時有方便善巧者為於諸法二想轉不善現答言舍利子若菩薩摩訶薩修行般若波羅蜜多時有方便善巧者不作是念我能行施如是行施我能持戒如是持戒我能修忍如是修忍我能精進如是精進我能入定如是入定我能習慧如是習慧我能植福如是植福我能入菩薩正性離生如是入菩薩正性離生我能嚴淨佛土如是嚴淨佛土我能成熟有情如是成熟有情我能當得一切相智如是當得一切相智舍利子是菩薩摩訶薩修行般若波羅蜜多有方便善巧故無如是等一切分別由通達內空外空內外空空空大空勝義空有為空無為空畢竟空無際空散無散空本性

空一切法空自共相空故舍利子諸菩薩摩訶薩修行般若波羅蜜多時有方便善巧故無所執著爾時天帝釋問善現言大德云何應知住菩薩乘諸善男子善女人等修行般若波羅蜜多時所起執著善現答言憍尸迦住菩薩乘諸善男子善女人等修行般若波羅蜜多時無方便善巧故起自心想起布施想起布施波羅蜜多想起淨戒想起淨戒波羅蜜多想起安忍想起安忍波羅蜜多想起精進想起精進波羅蜜多想起靜慮想起靜慮波羅蜜多想起般若想起般若波羅蜜多想起内空想起外空乃至無性自性空想起四念住想起四正斷乃至八聖道支想起如來十力想起四無所畏乃至十八佛不共法想起一切智想起道相智一切相智想起佛無上正等菩提想起諸如來應正等覺想起於佛所種善根想起以如是所種善根合集稱量與諸有情平等共有迴向無上正等覺想憍尸迦由此應知住菩薩乘諸善男子善女人等修行般若波羅蜜多時所起執著憍尸迦是善男子善女人等由此執著所繫縛故不能修行無著般若波羅蜜多迴向無上正等菩提何以故憍尸迦非色本性可能迴向非受想行識本性可能迴向乃至非一切智本性可能迴向非道相智一切相智本性可能迴向復次憍尸迦若菩薩摩訶薩欲於無上正等菩提示現勸導讚勵慶喜他有情者應觀諸法平等實性隨此作意示現勸導讚勵慶喜他諸有情謂作是言汝善男子善女人等修行布施波羅蜜多時不應分別我

能行施修行淨戒波羅蜜多時不應分別我能持戒修行安忍波羅蜜多時不應分別我能修忍修行精進波羅蜜多時不應分別我能精進修行靜慮波羅蜜多時不應分別我能入定修行般若波羅蜜多時不應分別我能習慧行內空時不應分別我住內空行外空乃至無性自性空時不應分別我能住外空乃至無性自性空修四念住時不應分別我能修四念住修四正斷乃至八聖道支時不應分別我能修四正斷乃至八聖道支修如來十力時不應分別我能修如來十力修四無所畏乃至十八佛不共法時不應分別我能修四無所畏乃至十八佛不共法修一切智時不應分別我能修一切智修道相智一切相智時不應分別我能修道相智一切

相智修無上正等菩提時不應分別我能修無上正等菩提憍尸迦諸菩薩摩訶薩欲於無上正等菩提示現勸導讚勵慶喜他有情者應如是示現勸導讚勵慶喜他諸有情若菩薩摩訶薩於其無上正等菩提能如是示現勸導讚勵慶喜他有情者於自無損亦不損他如諸如來所應許可示現勸導讚勵慶喜諸有情故憍尸迦住菩薩乘諸善男子善女人等若能如是示現勸導讚勵慶喜趣菩薩乘諸有情者便能遠離一切執著爾時世尊讚善現曰善哉善哉汝令善能爲諸菩薩說執著相令趣大乘諸善男子善女人等離執著相修諸菩薩摩訶薩行善現復有此餘微細執著當爲汝說汝應諦聽極善思惟善現白言唯然願說我等樂聞佛言善現住菩

薩乘諸善男子善女人等欲趣無上正等菩提若於如來應正等覺取相憶念皆是執著若於過去未來現在一切如來應正等覺無著功德從初發心乃至法住所有善根取相憶念既憶念已深心隨喜既隨喜已與諸有情平等共有迴向無上正等菩提如是一切取相憶念皆名執著若於一切如來弟子及餘有情所修善法取相憶念深心隨喜既隨喜已與諸有情平等共有迴向無上正等菩提如是一切亦名執著何以故善現於諸如來應正等覺及諸弟子若餘有情功德善根不應取相憶念分別諸取相者皆虚妄故時具壽善現白佛言世尊如是般若波羅蜜多最為甚深佛言如是以一切法本性離故世尊如是般若波羅蜜多皆應敬禮佛言如是功德多故然此般若波羅蜜多無造無作無能證者世尊一切法性不可證覺佛言如是以一切法本性唯一能證所證不可得故善現當知諸法一性即是無性諸法無性即是一性如是諸法一性無性是本實性此本實性無造無作善現若菩薩摩訶薩能如實知諸所有法一性無性無造無作則能遠離一切執著具壽善現復白佛言如是般若波羅蜜多難可覺了佛言如是由此般若波羅蜜多無能見者無能聞者無能覺者無能知者離證相故世尊如是般若波羅蜜多不可思議佛言如是由此般若波羅蜜多不可以心取離心相故不可以色乃至識取離彼相故不可以眼乃至意取離彼相故不可以色乃至法取離彼相故不可以眼識乃至意識取

離彼相故不可以布施波羅蜜多乃至般若波羅蜜多取離彼相故不可以內空乃至無性自性空取離彼相故不可以四念住乃至八聖道支取離彼相故不可以如來十力乃至十八佛不共法取離彼相故不可以一切智道相智一切相智取離彼相故不可以一切法取離彼相故復次善現如是般若波羅蜜多不從色生乃至不從一切法生具壽善現復白佛言如是般若波羅蜜多無所造作佛言如是以諸作者不可得故善現色不可得故作者不可得受想行識不可得故作者不可得乃至一切法不可得故作者不可得善現由諸作者及色等法不可得故如是般若波羅蜜多無所造作

第二分無標幟品第四十一之一

爾時具壽善現白佛言世尊云何菩薩摩訶薩應行般若波羅蜜多佛言善現菩薩摩訶薩行般若波羅蜜多時若不行色是行般若波羅蜜多不行受想行識是行般若波羅蜜多乃至不行一切智是行般若波羅蜜多不行道相智一切相智是行般若波羅蜜多不行色若常若無常是行般若波羅蜜多不行受想行識若常若無常是行般若波羅蜜多如是乃至不行一切智若常若無常是行般若波羅蜜多不行道相智一切相智若常若無常是行般若波羅蜜多不行色若樂若苦是行般若波羅蜜多不行受想行識若樂若苦是行般若波羅蜜多如是乃至不行一切智若樂若苦是行般若波羅蜜多不行道相智一切相智若樂若苦是行般若波羅蜜多

不行色若我若無我是行般若波羅蜜多不行受想行識若我若無我是行般若波羅蜜多如是乃至不行一切智若我若無我是行般若波羅蜜多不行道相智一切相智若我若無我是行般若波羅蜜多不行色若淨若不淨是行般若波羅蜜多不行受想行識若淨若不淨是行般若波羅蜜多如是乃至不行一切智若淨若不淨是行般若波羅蜜多不行道相智一切相智若淨若不淨是行般若波羅蜜多何以故善現菩薩摩訶薩行般若波羅蜜多時尚不見色受想行識況見色受想行識若常若無常若樂若苦若我若無我若淨若不淨如是乃至尚不見一切智道相智一切相智況見一切智道相智一切相智若常若無常若樂若苦若我若無我若淨若不淨復次善現菩薩摩訶薩行般若波羅蜜多時不行色圓滿不行色不圓滿是行般若波羅蜜多不行受想行識圓滿不行受想行識不圓滿是行般若波羅蜜多如是乃至不行一切智圓滿不行一切智不圓滿是行般若波羅蜜多不行道相智一切相智圓滿不行道相智一切相智不圓滿是行般若波羅蜜多何以故善現菩薩摩訶薩行般若波羅蜜多時尚不見不得色受想行識況見況得色受想行識若圓滿若不圓滿如是乃至尚不見不得一切智道相智一切相智況見況得一切智道相智一切相智若圓滿若不圓滿時具壽善現白佛言世尊甚奇如來應正等覺善爲大乘諸善男子善女人等宣說執著不執著相佛言善現如是如是如汝所

說一切如來應正等覺善爲大乘諸善男子善女人等宣說執著不執著相復次善現菩薩摩訶薩行般若波羅蜜多時不行色若執著若不執著是行般若波羅蜜多不行受想行識若執著若不執著是行般若波羅蜜多不行眼乃至意若執著若不執著是行般若波羅蜜多不行色乃至法若執著若不執著是行般若波羅蜜多不行眼識乃至意識若執著若不執著是行般若波羅蜜多不行布施波羅蜜多乃至般若波羅蜜多若執著若不執著是行般若波羅蜜多不行內空乃至無性自性空若執著若不執著是行般若波羅蜜多不行四念住乃至八聖道支若執著若不執著是行般若波羅蜜多如是乃至不行如來十力乃至十八佛不共法若執著若不執著是行般若波羅蜜多不行一切智道相智一切相智若執著若不執著是行般若波羅蜜多不行預流一來不還阿羅漢果獨覺菩提若執著若不執著是行般若波羅蜜多不行一切菩薩摩訶薩行諸佛無上正等菩提若執著若不執著是行般若波羅蜜多善現菩薩摩訶薩如是行般若波羅蜜多時如實了知色無執著不執著相受想行識亦無執著不執著相如是乃至如實了知一切菩薩摩訶薩行無執著不執著相諸佛無上正等菩提亦無執著不執著相時具壽善現白佛言世尊甚深法性極爲希有若說若不說俱不增不減佛言善現如是如是如汝所說甚深法性極爲希有若說不說俱無增減善現假使如來應正等覺盡壽量住讚毀虛

空而彼虛空無增無減甚深法性亦復如是若說不說俱無增減善現譬如幻士於讚毀時無增無減亦無憂喜甚深法性亦復如是若說不說如本無異爾時具壽善現復白佛言世尊諸菩薩摩訶薩修行般若波羅蜜多甚爲難事謂此般若波羅蜜多若修不修無增無減無憂無喜無向無背而勤修學如是般若波羅蜜多乃至無上正等菩提常無退轉何以故世尊諸菩薩摩訶薩修行般若波羅蜜多如修虛空都無所有世尊如虛空中無色可了無受想行識可了無眼處可了無耳鼻舌身意處可了無色處可了無聲香味觸法處可了無眼界可了無耳鼻舌身意界可了無色界可了無聲香味觸法界可了無眼識界可了無耳鼻舌身意識界可了無布施波羅蜜多可了無淨戒安忍精進靜慮般若波羅蜜多可了無内空可了無外空乃至無性自性空可了無四念住可了無四正斷乃至八聖道支可了如是乃至無如來十力可了無四無所畏乃至十八佛不共法可了無一切智可了無道相智一切相智可了無預流果可了無一來不還阿羅漢果獨覺菩提可了無一切菩薩摩訶薩行可了無諸佛無上正等菩提可了所修般若波羅蜜多亦復如是謂此般若波羅蜜多甚深法中無色可得無受想行識可得乃至無一切菩薩摩訶薩行可得無諸佛無上正等菩提可得此中雖無諸法可得而諸菩薩能勤精進修學般若波羅蜜多乃至無上正等菩提常無退轉是故我說諸菩薩摩訶薩修行般若波羅

蜜多甚爲難事

大般若波羅蜜多經卷第四百三十六

大般若波羅蜜多經卷第四百三十七

唐三藏法師玄奘奉　詔譯

第二分無標幟品第四十一之二

爾時具壽善現復白佛言世尊諸菩薩摩訶薩能擐如是大功德鎧一切有情皆應敬禮世尊若菩薩摩訶薩爲諸有情擐功德鎧勤精進者如爲虚空擐功德鎧發勤精進世尊若菩薩摩訶薩爲欲成熟解脱有情擐功德鎧勤精進者如爲虚空成熟解脱擐功德鎧發勤精進世尊若菩薩摩訶薩爲一切法擐功德鎧勤精進者如爲虚空擐功德鎧發勤精進世尊若菩薩摩訶薩爲拔有情出生死苦擐功德鎧勤精進者如爲舉虚空置高勝處擐大功德鎧發勤精進世尊諸菩薩摩訶薩得大精進勇猛勢力爲如虚空諸有情類速脱生死發趣無上正等菩提世尊諸菩薩摩訶薩得不思議無等神力爲如虚空諸法性海擐功德鎧發趣無上正等菩提世尊諸菩薩摩訶薩最極勇健爲如虚空所求無上正等菩提擐功德鎧發勤精進世尊諸菩薩摩訶薩爲如虚空諸有情類成熟解脱獲大利樂勤修苦行欲證無上正等菩提甚爲希有何以故世尊假使三千大千世界滿中如來應正等覺如竹麻葦甘蔗等林若經一劫或一劫餘爲諸有情常説正法各度無量無邊有情令入涅槃畢竟安樂而有情界不增不減所以者何以諸有情皆無所有性遠離故世尊假使十方一切世界滿中如來應正等覺如竹麻葦甘蔗等林若經一劫或一劫餘爲諸有情常説正法各度無量無邊有情

令入涅槃畢竟安樂而有情界不增不減所以者何以諸有情皆無所有性遠離故世尊由此因緣我作是說諸菩薩摩訶薩爲如虛空諸有情類成熟解脫獲大利樂勤修苦行欲證無上正等菩提甚爲希有時衆會中有一苾芻竊作是念我應敬禮甚深般若波羅蜜多此中雖無諸法生滅而有戒蘊定蘊慧蘊解脫蘊解脫知見蘊施設可得亦有預流一來不還阿羅漢果獨覺菩提施設可得亦有菩薩摩訶薩行施設可得亦有無上正等菩提施設可得亦有菩薩摩訶薩衆及諸如來應正等覺施設可得亦有佛寶法寶僧寶施設可得亦有諸佛轉妙法輪令諸有情利益安樂施設可得佛知其念告言苾芻如是如是如汝所念甚深般若波羅蜜多微妙難測雖非有法而亦非無時天帝釋問善現言大德若菩薩摩訶薩欲學般若波羅蜜多當如何學善現答言憍尸迦若菩薩摩訶薩欲學般若波羅蜜多當如虛空精勤修學時天帝釋復白佛言世尊若善男子善女人等於此般若波羅蜜多至心聽聞受持讀誦精勤修學如理思惟書寫解說廣令流布我當云何守護於彼爾時善現告帝釋言憍尸迦汝見有法可守護不天帝釋言不也大德我不見法可守護者善現告曰憍尸迦若善男子善女人等如佛所說安住般若波羅蜜多即爲守護若善男子善女人等安住般若波羅蜜多常不遠離當知一切人非人等伺求其便欲爲損害終不能得憍尸迦若欲守護安住般若波羅蜜多諸善男子善女人等不異

有人發意精進守護虛空憍尸迦若欲守護修行般若波羅蜜多諸善男子善女人等唐設劬勞都無所益憍尸迦於意云何有能守護幻夢響像光影陽焰及變化事尋香城不天帝釋言不也大德善現告曰憍尸迦若欲守護修行般若波羅蜜多諸善男子善女人等亦復如是唐設劬勞都無所益憍尸迦於意云何有能守護一切如來應正等覺及佛所作變化事不天帝釋言不也大德善現告曰憍尸迦若欲守護修行般若波羅蜜多諸善男子善女人等亦復如是唐設劬勞都無所益憍尸迦於意云何有能守護法界法性真如實際不思議界虛空界不天帝釋言不也大德善現告曰憍尸迦若欲守護修行般若波羅蜜多諸善男子善女人等亦復如是唐設劬勞都無所益時天帝釋問善現言大德云何菩薩摩訶薩修行般若波羅蜜多時雖知諸法如幻如夢如響如像如光影如陽焰如變化事如尋香城而是菩薩摩訶薩不執是幻是夢是響是像是光影是陽焰是變化事是尋香城亦復不執由幻乃至由尋香城亦復不執屬幻乃至屬尋香城亦復不執依幻乃至依尋香城善現答言憍尸迦若菩薩摩訶薩修行般若波羅蜜多時不執是色是受想行識亦不執由色由受想行識亦不執屬色屬受想行識亦不執依色依受想行識如是乃至不執是一切智是道相智一切相智亦不執由一切智由道相智一切相智亦不執屬一切智屬道相智一切相智亦不執依一切智依道相智一切相智是菩薩摩

訶薩修行般若波羅蜜多時雖知諸法如幻乃至如尋香城而能不執是幻乃至是尋香城亦復不執由幻乃至由尋香城亦復不執屬幻乃至屬尋香城亦復不執依幻乃至依尋香城爾時如來威神力故於此三千大千世界所有四大王衆天乃至淨居天各以天華檀沉香末遥散佛上來諸佛所頂禮雙足却住一面時諸天等佛神力故遥見東方千佛世界各有如來應正等覺宣說般若波羅蜜多義品名字皆同於此請說般若波羅蜜多苾芻上首皆名善現問難般若波羅蜜多天衆上首皆名帝釋南西北方四維上下亦復如是爾時佛告具壽善現言慈氏菩薩摩訶薩當證無上正等覺時亦於此處宣說般若波羅蜜多此賢劫中當來諸佛亦於此處宣說般若波羅蜜多時具壽善現白佛言世尊慈氏菩薩摩訶薩當證無上正等覺時當以何法諸行相狀宣說般若波羅蜜多佛告善現慈氏菩薩摩訶薩當得無上正等覺時當以色非常非無常宣說般若波羅蜜多當以受想行識非常非無常宣說般若波羅蜜多如是乃至當以一切智非常非無常宣說般若波羅蜜多當以道相智一切相智非常非無常宣說般若波羅蜜多當以色非樂非苦宣說般若波羅蜜多當以受想行識非樂非苦宣說般若波羅蜜多如是乃至當以一切智非樂非苦宣說般若波羅蜜多當以道相智一切相智非樂非苦宣說般若波羅蜜多當以色非我非無我宣說般若波羅蜜多當以受想行識非我非無我宣說般若波羅

蜜多如是乃至當以一切智非我非無我宣說般若波羅蜜多當以道相智一切相智非我非無我宣說般若波羅蜜多當以色非淨非不淨宣說般若波羅蜜多當以受想行識非淨非不淨宣說般若波羅蜜多如是乃至當以一切智非淨非不淨宣說般若波羅蜜多當以道相智一切相智非淨非不淨宣說般若波羅蜜多當以色非縛非脫宣說般若波羅蜜多當以受想行識非縛非脫宣說般若波羅蜜多如是乃至當以一切智非縛非脫宣說般若波羅蜜多當以道相智一切相智非縛非脫宣說般若波羅蜜多當以色非過去非未來非現在宣說般若波羅蜜多當以受想行識非過去非未來非現在宣說般若波羅蜜多如是乃至當以一切智非過去非未來非現在宣說般若波羅蜜多當以道相智一切相智非過去非未來非現在宣說般若波羅蜜多具壽善現復白佛言世尊慈氏菩薩摩訶薩當得無上正等覺時當證何法當說何法佛告善現慈氏菩薩摩訶薩當得無上正等覺時證色畢竟淨說色畢竟淨證受想行識畢竟淨說受想行識畢竟淨如是乃至證一切智畢竟淨說一切智畢竟淨證道相智一切相智畢竟淨說道相智一切相智畢竟淨具壽善現復白佛言世尊如是般若波羅蜜多何緣清淨佛告善現色清淨故般若波羅蜜多清淨受想行識清淨故般若波羅蜜多清淨如是乃至一切智清淨故般若波羅蜜多清淨道相智一切相智清淨故般若波羅蜜多清淨具壽善現即白佛言

云何色清淨故般若波羅蜜多清淨受想行識清淨故般若波羅蜜多清淨如是乃至云何一切智清淨故般若波羅蜜多清淨道相智一切相智清淨故般若波羅蜜多清淨佛告善現色無生無滅無染無淨故清淨色清淨故般若波羅蜜多清淨受想行識無生無滅無染無淨故清淨受想行識清淨故般若波羅蜜多清淨如是乃至一切智無生無滅無染無淨故清淨一切智清淨故般若波羅蜜多清淨道相智一切相智無生無滅無染無淨故清淨道相智一切相智清淨故般若波羅蜜多清淨復次善現虛空清淨故般若波羅蜜多清淨世尊云何虛空清淨故般若波羅蜜多清淨善現虛空無生無滅無染無淨故清淨虛空清淨故般若波羅蜜多清淨

復次善現色無染汙故般若波羅蜜多清淨受想行識無染汙故般若波羅蜜多清淨如是乃至一切智無染汙故般若波羅蜜多清淨道相智一切相智無染汙故般若波羅蜜多清淨具壽善現即白佛言世尊云何色無染汙故般若波羅蜜多清淨受想行識無染汙故般若波羅蜜多清淨如是乃至云何一切智無染汙故般若波羅蜜多清淨道相智一切相智無染汙故般若波羅蜜多清淨佛告善現色不可取故無染汙色無染汙故般若波羅蜜多清淨受想行識不可取故無染汙受想行識無染汙故般若波羅蜜多清淨如是乃至一切智不可取故無染汙一切智無染汙故般若波羅蜜多清淨道相智一切相智不可取故無染汙道相智一切相智無

染汙故般若波羅蜜多清淨復次善現虛空無染汙故般若波羅蜜多清淨世尊云何虛空無染汙故般若波羅蜜多清淨善現虛空不可取故無染汙虛空無染汙故般若波羅蜜多清淨復次善現虛空唯假說故般若波羅蜜多清淨世尊云何虛空唯假說故般若波羅蜜多清淨善現如依虛空二響聲現唯有假說唯假說故般若波羅蜜多清淨復次善現虛空不可說故般若波羅蜜多清淨世尊云何虛空不可說故般若波羅蜜多清淨善現虛空無可說事故不可說由此般若波羅蜜多清淨復次善現虛空不可得故般若波羅蜜多清淨世尊云何虛空不可得故般若波羅蜜多清淨善現虛空無可得事故不可得由此般若波羅蜜多清淨復次善現一切法無生無滅無染無淨故般若波羅蜜多清淨世尊云何一切法無生無滅無染無淨故般若波羅蜜多清淨善現以一切法畢竟淨故無生無滅無染無淨由此般若波羅蜜多清淨爾時具壽善現白佛言世尊若善男子善女人等於此般若波羅蜜多至心聽聞受持讀誦精勤修學如理思惟書寫解說廣令流布是善男子善女人等眼耳鼻舌皆無所患身肢無缺不甚衰耄亦不橫死常爲無量百千天神恭敬圍遶隨逐衛護是善男子善女人等於黑白月各第八日第十四日第十五日讀誦宣說如是般若波羅蜜多是時四大王衆天乃至淨居天皆來集會此法師所聽受般若波羅蜜多是善男子善女人等由於無量大集會中讀誦宣說甚深般若波

羅蜜多便獲無量無數無邊不可思議不可稱量殊勝功德佛告善現如是如是如汝所說若善男子善女人等於此般若波羅蜜多至心聽聞受持讀誦精進修學如理思惟書寫解說廣令流布是善男子善女人等眼耳鼻舌皆無所患身肢無缺不甚衰耄亦無横死常爲無量百千天神恭敬圍遶隨逐衛護是善男子善女人等於六齋日讀誦宣說如是般若波羅蜜多是時四大王衆天乃至淨居天皆來集會此法師所聽受般若波羅蜜多是善男子善女人等由於無量大集會中讀誦宣說甚深般若波羅蜜多便獲無量無數無邊不可思議不可稱量殊勝功德何以故善現如是般若波羅蜜多是大珍寶由此般若波羅蜜多大珍寶故無量無數無邊有情解脫地獄傍生鬼界及令無量無數無邊天龍藥叉人非人等解脫種種貧窮苦患能施無量無數無邊諸有情類剎帝利大族婆羅門大族長者大族居士大族富貴安樂能施無量無數無邊諸有情類四大王衆天乃至非想非非想處天富貴安樂能施無量無數無邊諸有情類預流一來不還阿羅漢果獨覺菩提及與無上正等菩提自在安樂何以故善現如是般若波羅蜜多甚深經中廣說開示十善業道四靜慮四無量四無色定四念住乃至八聖道支布施波羅蜜多乃至般若波羅蜜多内空乃至無性自性空如來十力乃至十八佛不共法一切智道相智一切相智如是無量功德珍寶無量無數無邊有情於中修學得生剎帝利大族婆羅門大

族長者大族居士大族無量無數無邊有情於中修學得生四大王衆天乃至非想非非想處天無量無數無邊有情於中修學得預流果一來不還阿羅漢果無量無數無邊有情於中修學得獨覺菩提無量無數無邊有情於中修學得入菩薩正性離生證得無上正等菩提善現由此因緣如是般若波羅蜜多名大寶藏世出世間功德珍寶皆依如是甚深般若波羅蜜多而出現故善現如是般若波羅蜜多大寶藏中不說少法有生有滅有染有淨有取有捨何以故善現以無少法可生可滅可染可淨可取捨故善現如是般若波羅蜜多大寶藏中不說有法是善是非善是有記是無記是世間是出世間是有漏是無漏是有爲是無爲善現由此因緣如是般若波羅蜜多名無所得大法寶藏善現如是般若波羅蜜多大寶藏中不說少法是能染汙何以故以無少法可染汙故亦無少法能染如是甚深般若波羅蜜多大法寶藏何以故能染汙法不可得故善現由此因緣如是般若波羅蜜多名無染汙大法寶藏復次善現若菩薩摩訶薩修行般若波羅蜜多時無如是想如是分別如是有得如是戲論我能修行甚深般若波羅蜜多是菩薩摩訶薩能如實修行甚深般若波羅蜜多亦能親近禮事諸佛從一佛國至一佛國供養恭敬尊重讚歎諸佛世尊遊諸佛國善取其相嚴淨佛土成熟有情修諸菩薩摩訶薩行疾證無上正等菩提善現如是般若波羅蜜多於一切法非有自在非無自在不取不捨不生不

滅不垢不淨不增不減善現如是般若波羅蜜多非過去非未來非現在不趣欲界不捨欲界不住欲界不趣色界不捨色界不住色界不趣無色界不捨無色界不住無色界善現如是般若波羅蜜多於布施波羅蜜多乃至般若波羅蜜多不與不捨於內空乃至無性自性空亦不與不捨於四念住乃至八聖道支亦不與不捨於如來十力乃至十八佛不共法亦不與不捨於預流果乃至獨覺菩提亦不與不捨於諸菩薩正性離生乃至無上正等菩提亦不與不捨於一切智道相智一切相智亦不與不捨善現如是般若波羅蜜多於異生法不與不捨於預流法乃至阿羅漢法不與不捨於獨覺法不與不捨於菩薩法不與不捨於諸佛法不與不捨善現如是般若波羅蜜多不與聲聞法不捨異生法不與獨覺法不捨聲聞法不與諸佛法不捨獨覺法不與無爲法不捨有爲法何以故善現如來出世若不出世如是諸法常無變易法性法界法定法住無謬失故爾時無量百千天子住虛空中歡喜踊躍以天所有嗢鉢羅華鉢特摩華拘某陀華奔荼利華微妙音華及諸香末而散佛上更相慶慰同聲唱言我等今者於贍部洲見佛第二轉妙法輪此中無量百千天子聞說般若波羅蜜多同時證得無生法忍爾時世尊告善現曰如是法輪非第一轉亦非第二何以故善現如是般若波羅蜜多於一切法不爲轉故不爲還故出現世間但以無性自性空故具壽善現白佛言世尊以何等法無性自性空故如是般

若波羅蜜多於一切法不爲轉故不爲還故出現世間佛告善現以般若波羅蜜多般若波羅蜜多性空故乃至布施波羅蜜多布施波羅蜜多性空故以内空内空性空故乃至無性自性空無性自性空性空故以四念住四念住性空故乃至八聖道支八聖道支性空故以如來十力如來十力性空故乃至十八佛不共法十八佛不共法性空故一切智一切智性空故道相智一切相智道相智一切相智性空故異生性異生性性空故預流果預流果性空故乃至阿羅漢果阿羅漢果性空故獨覺菩提獨覺菩提性空故一切菩薩摩訶薩行一切菩薩摩訶薩行性空故諸佛無上正等菩提諸佛無上正等菩提性空故善現以如是等法無性自性空故如是般若波羅蜜多於一切法不爲轉故不爲還故出現世間爾時具壽善現復白佛言世尊諸菩薩摩訶薩如是般若波羅蜜多是大波羅蜜多達一切法自性空故雖達一切法自性皆空而諸菩薩摩訶薩依此般若波羅蜜多證得無上正等菩提轉妙法輪度無量衆雖證菩提而無所證證不證法不可得故雖轉法輪而無所轉轉法還法不可得故雖度有情而無所度見不見法不可得故世尊於此大般若波羅蜜多中轉法輪事都不可得以一切法永不生故能轉所轉不可得故所以者何非空無相無願法中可有能轉及能還法轉還性法不可得故世尊於此般若波羅蜜多若能如是宣說開示分别顯了令易悟入是名善淨宣說般若波羅蜜多此中都無

說者受者所說受法旣無說者受者及法諸能證者亦不可得無證者故亦無有能得涅槃者於此般若波羅蜜多善說法中亦無福田施受施物皆性空故福田無故福亦性空標幟名言皆不可得是故名大波羅蜜多

第二分不可得品第四十二

爾時具壽善現復白佛言世尊如是般若波羅蜜多是無邊波羅蜜多佛言如是譬如虛空無邊際故世尊如是般若波羅蜜多是平等波羅蜜多佛言如是以一切法性平等故世尊如是般若波羅蜜多是遠離波羅蜜多佛言如是畢竟空故世尊如是般若波羅蜜多是難屈伏波羅蜜多佛言如是一切法性不可得故世尊如是般若波羅蜜多是無彼岸波羅蜜多佛言如是無名體故世尊如是般若波羅蜜多是虛空波羅蜜多佛言如是入息出息不可得故世尊如是般若波羅蜜多是不可說波羅蜜多佛言如是此中尋伺不可得故世尊如是般若波羅蜜多是無名波羅蜜多佛言如是受想思觸及作意等不可得故世尊如是般若波羅蜜多是無行波羅蜜多佛言如是以一切法無來去故世尊如是般若波羅蜜多是不可奪波羅蜜多佛言如是以一切法不可伏故世尊如是般若波羅蜜多是無盡波羅蜜多佛言如是以一切法是畢竟盡不可盡故世尊如是般若波羅蜜多是無生滅波羅蜜多佛言如是以一切法無生滅故世尊如是般若波羅蜜多是無作波羅蜜多佛言如是以諸作者不可得故世尊如是般若波羅蜜多是無知波羅蜜

多佛言如是以一切法性皆鈍故世尊如是般若波羅蜜多是無移轉波羅蜜多佛言如是由死生者不可得故世尊如是般若波羅蜜多是無失壞波羅蜜多佛言如是以一切法無失壞故世尊如是般若波羅蜜多是如夢波羅蜜多佛言如是以一切法如夢所見不可得故世尊如是般若波羅蜜多是如響波羅蜜多佛言如是能所聞說不可得故世尊如是般若波羅蜜多是如影像波羅蜜多佛言如是諸法皆如光鏡所現不可得故世尊如是般若波羅蜜多是如焰幻波羅蜜多佛言如是以一切法如流變相不可得故世尊如是般若波羅蜜多是如變化事波羅蜜多佛言如是以一切法如所變化不可得故世尊如是般若波羅蜜多是如尋香城波羅蜜多佛言如是以一切法如尋香城不可得故世尊如是般若波羅蜜多是無染淨波羅蜜多佛言如是諸染淨因不可得故世尊如是般若波羅蜜多是無所得不可塗染波羅蜜多佛言如是諸所依法不可得故世尊如是般若波羅蜜多是無戲論波羅蜜多佛言如是破壞一切戲論事故世尊如是般若波羅蜜多是無慢執波羅蜜多佛言如是破壞一切慢執事故世尊如是般若波羅蜜多是無動轉波羅蜜多佛言如是住法界故世尊如是般若波羅蜜多是離染濁波羅蜜多佛言如是覺一切法不虛妄故世尊如是般若波羅蜜多是無等起波羅蜜多佛言如是於一切法無分別故世尊如是般若波羅蜜多是寂靜波羅蜜多佛言如是於諸法相無所

得故世尊如是般若波羅蜜多是無貪欲波羅蜜多佛言如是諸貪欲事不可得故世尊如是般若波羅蜜多是無嗔恚波羅蜜多佛言如是破壞一切嗔恚事故世尊如是般若波羅蜜多是無愚癡波羅蜜多佛言如是滅諸無知黑闇事故世尊如是般若波羅蜜多是無煩惱波羅蜜多佛言如是離分別故世尊如是般若波羅蜜多是離有情波羅蜜多佛言如是達諸有情無所有故世尊如是般若波羅蜜多是無斷壞波羅蜜多佛言如是此能等起一切法故世尊如是般若波羅蜜多是無二邊波羅蜜多佛言如是離二邊故世尊如是般若波羅蜜多是無雜壞波羅蜜多佛言如是知一切法不相屬故世尊如是般若波羅蜜多是無取著波羅蜜多佛言如是超過聲聞獨覺地故世尊如是般若波羅蜜多是無分別波羅蜜多佛言如是一切分別不可得故世尊如是般若波羅蜜多是無限量波羅蜜多佛言如是諸法分齊不可得故世尊如是般若波羅蜜多是如虛空波羅蜜多佛言如是達一切法無滯礙故世尊如是般若波羅蜜多是無常波羅蜜多佛言如是能永滅壞一切法故世尊如是般若波羅蜜多是若波羅蜜多佛言如是能永驅遣一切法故世尊如是般若波羅蜜多是無我波羅蜜多佛言如是於一切法無執著故世尊如是般若波羅蜜多是空波羅蜜多佛言如是於一切法無所得故世尊如是般若波羅蜜多是無刹那波羅蜜多佛言如是於一切法無動轉故世尊如是般若波羅蜜多是內

空波羅蜜多佛言如是了達内法不可得故世尊如是般若波羅蜜多是外空波羅蜜多佛言如是了達外法不可得故世尊如是般若波羅蜜多是内外空波羅蜜多佛言如是知内外法不可得故世尊如是般若波羅蜜多是空空波羅蜜多佛言如是了空空法不可得故世尊如是般若波羅蜜多是大空波羅蜜多佛言如是了一切法不可得故世尊如是般若波羅蜜多是勝義空波羅蜜多佛言如是寂滅涅槃不可得故世尊如是般若波羅蜜多是有爲空波羅蜜多佛言如是諸有爲法不可得故世尊如是般若波羅蜜多是無爲空波羅蜜多佛言如是諸無爲法不可得故世尊如是般若波羅蜜多是畢竟空波羅蜜多佛言如是畢竟空法不可得故世尊如是般若波羅蜜多是無際空波羅蜜多佛言如是無際空法不可得故世尊如是般若波羅蜜多是散無散空波羅蜜多佛言如是散無散空法不可得故世尊如是般若波羅蜜多是本性空波羅蜜多佛言如是有爲無爲法不可得故世尊如是般若波羅蜜多是自共相空波羅蜜多佛言如是達法遠離自共相故世尊如是般若波羅蜜多是一切法空波羅蜜多佛言如是知内外法不可得故世尊如是般若波羅蜜多是不可得空波羅蜜多佛言如是一切法性不可得故世尊如是般若波羅蜜多是無性空波羅蜜多佛言如是無性空法不可得故世尊如是般若波羅蜜多是自性空波羅蜜多佛言如是自性空法不可得故世尊如是般若波羅蜜多

是無性自性空波羅蜜多佛言如是無性自性空法不可得故世尊如是般若波羅蜜多是四念住波羅蜜多佛言如是身受心法不可得故世尊如是般若波羅蜜多是四正斷波羅蜜多佛言如是善不善法不可得故世尊如是般若波羅蜜多是四神足波羅蜜多佛言如是四神足性不可得故世尊如是般若波羅蜜多是五根波羅蜜多佛言如是五根自性不可得故世尊如是般若波羅蜜多是五力波羅蜜多佛言如是五力自性不可得故世尊如是般若波羅蜜多是七等覺支波羅蜜多佛言如是七等覺支性不可得故世尊如是般若波羅蜜多是八聖道支波羅蜜多佛言如是八聖道支性不可得故世尊如是般若波羅蜜多是空解脫門波羅蜜多佛言如是空離行相不可得故世尊如是般若波羅蜜多是無相解脫門波羅蜜多佛言如是寂靜行相不可得故世尊如是般若波羅蜜多是無願波羅蜜多佛言如是無願行相不可得故世尊如是般若波羅蜜多是八解脫波羅蜜多佛言如是八解脫性不可得故世尊如是般若波羅蜜多是九次第定波羅蜜多佛言如是九次第定自性不可得故世尊如是般若波羅蜜多是布施波羅蜜多佛言如是此中慳貪不可得故世尊如是般若波羅蜜多是淨戒波羅蜜多佛言如是此中破戒不可得故世尊如是般若波羅蜜多是安忍波羅蜜多佛言如是此中瞋恚不可得故世尊如是般若波羅蜜多是精進波羅蜜多佛言如是此中懈怠不可得故世尊如

是般若波羅蜜多是靜慮波羅蜜多佛言如是此中亂心不可得故世尊如是般若波羅蜜多是般若波羅蜜多佛言如是此中惡慧不可得故世尊如是般若波羅蜜多是佛十力波羅蜜多佛言如是達一切法難屈伏故世尊如是般若波羅蜜多是四無所畏波羅蜜多佛言如是得道相智無退沒故世尊如是般若波羅蜜多是四無礙解波羅蜜多佛言如是得一切智一切相智無罣礙故世尊如是般若波羅蜜多是大慈悲喜捨波羅蜜多佛言如是於諸有情不棄捨故世尊如是般若波羅蜜多是十八佛不共法波羅蜜多佛言如是超諸聲聞獨覺法故世尊如是般若波羅蜜多是如來波羅蜜多佛言如是能如實說一切法故世尊如是般若波羅蜜多是自然波羅蜜多佛言如是於一切法自在轉故世尊如是般若波羅蜜多是正等覺波羅蜜多佛言如是於一切法一切行相能現覺故

大般若波羅蜜多經卷第四百三十七

音釋

幟（昌志切旗也）擐（音患貫也）鎧（可亥切甲也）葦（于鬼切蘆葦也）肢（音支四肢也）耄（音帽人年八十曰耄）橫死（橫戶孟切橫死不以理死也）嗢鉢羅（梵語也此云青蓮華嗢烏沒切）闇（烏紺切與暗同不明也）分齊（分符問切齊才詣切分齊限量也）

大般若波羅蜜多經卷第四百三十八

唐三藏法師玄奘奉　詔譯

第二分東北方品第四十三之一

時天帝釋作是念言若善男子善女人等得
聞般若波羅蜜多甚深經典法門名字一經
耳者是善男子善女人等已於過去無量如
來應正等覺親近供養發弘誓願種諸善根
多善知識之所攝受況能書寫受持讀誦如
理思惟爲他演說或能隨力如說修行當知
是人定於過去無量佛所親近承事供養恭
敬尊重讚歎植衆德本曾聞般若波羅蜜多
聞已受持思惟讀誦爲他演說如教修行或
於此經能問能答由斯福力今辦是事若善
男子善女人等已曾供養無量如來應正等
覺功德純淨聞是般若波羅蜜多其心不驚
不恐不怖聞已信樂如說修行當知是人曾
於過去多百千劫修習布施乃至般若波羅
蜜多故於今生能成此事爾時舍利子白佛
言世尊若善男子善女人等聞此般若波羅
蜜多甚深經中所有義趣不驚不怖亦不生
疑聞已受持思惟讀誦書寫解說如教修行
當知是人已於無上正等菩提得不退轉何
以故世尊如是般若波羅蜜多義趣甚深極
難信解若於先世不久修習布施淨戒安忍
精進靜慮般若波羅蜜多豈暫得聞即能信
解世尊若善男子善女人等聞說如是甚深
般若波羅蜜多毀呰誹謗當知是人已於先
世由貪嗔癡覆蔽心故於此般若波羅蜜多
甚深經典亦曾毀謗何以故世尊如是癡人
聞說般若波羅蜜多甚深義趣由串習力不

信不樂心不清淨所以者何如是癡人於過去世未曾親近諸佛菩薩及弟子衆未曾請問云何應行布施波羅蜜多乃至般若波羅蜜多云何應住內空乃至無性自性空云何應修四念住乃至八聖道支云何應學佛十力乃至十八佛不共法故令聞說甚深般若波羅蜜多毀訾誹謗不信不樂心不清淨爾時天帝釋白佛言世尊如是般若波羅蜜多義趣甚深極難信解若善男子善女人等未久信樂修行布施波羅蜜多乃至般若波羅蜜多未久信樂安住內空乃至無性自性空未久信樂修習四念住乃至八聖道支未久信樂修習八解脫九次第定五神通未久信樂修學如來十力四無所畏四無礙解大慈大悲大喜大捨十八佛不共法及餘無量無邊佛法是善男子善女人等聞此般若波羅蜜多甚深義趣不能信解或生毀謗未爲希有世尊我今敬禮甚深般若波羅蜜多世尊我若敬禮甚深般若波羅蜜多即爲敬禮一切相智爾時佛告天帝釋言如是如是如汝所說敬禮般若波羅蜜多即爲敬禮一切相智何以故憍尸迦一切如來應正等覺若一切智若道相智若一切相智皆從般若波羅蜜多而出生故憍尸迦若善男子善女人等欲住如來一切相智當住般若波羅蜜多欲生如來一切智道相智及餘功德當學般若波羅蜜多欲得永斷一切煩惱習氣相續當學般若波羅蜜多欲證無上正等菩提轉妙法輪度有情類當學般若波羅蜜多憍尸迦若善男子善女人等欲得預流一來不還阿

羅漢果獨覺菩提當學般若波羅蜜多憍尸迦若善男子善女人等欲善安立聲聞種性諸有情類於聲聞乘當學般若波羅蜜多欲善安立獨覺種性諸有情類於獨覺乘當學般若波羅蜜多欲善安立大乘種性諸有情類於無上乘令疾證得所求無上正等菩提當學般若波羅蜜多憍尸迦若善男子善女人等欲得三界最勝功德當學般若波羅蜜多欲伏一切黑闇朋黨當學般若波羅蜜多欲善攝受諸苾芻衆當學般若波羅蜜多爾時天帝釋白佛言世尊諸菩薩摩訶薩修行般若波羅蜜多時云何住色云何住受想行識云何住眼乃至意云何住色乃至法云何住眼識乃至意識云何住般若波羅蜜多乃至布施波羅蜜多云何住内空乃至無性自性空云何住四念住乃至八聖道支云何住佛十力乃至十八佛不共法世尊諸菩薩摩訶薩修行般若波羅蜜多時云何習色云何習受想行識乃至云何習佛十力乃至習十八佛不共法爾時佛告天帝釋言憍尸迦善哉善哉汝於今者承佛神力能問如來如是深義諦聽諦聽善思念之吾當爲汝分别解説憍尸迦諸菩薩摩訶薩修行般若波羅蜜多時若於色不住不習是爲住習色若於受想行識不住不習是爲住習受想行識若於眼乃至意不住不習是爲住習眼乃至意若於色乃至法不住不習是爲住習色乃至法若於眼識乃至意識不住不習是爲住習眼識乃至意識若於般若波羅蜜多乃至布施波羅蜜多不住不習是爲住習般若波羅蜜

多乃至布施波羅蜜多若於內空乃至無性
自性空不住不習是爲住習內空乃至無性
自性空若於四念住乃至八聖道支不住不
習是爲住習四念住乃至八聖道支若於佛
十力乃至十八佛不共法不住不習是爲住
習佛十力乃至十八佛不共法何以故憍尸
迦諸菩薩摩訶薩修行般若波羅蜜多時於
色不得可住可習於受想行識不得可住可
習乃至於佛十力不得可住可習乃至於十
八佛不共法不得可住可習故復次憍尸迦
諸菩薩摩訶薩修行般若波羅蜜多時若於
色非住非不住非習非不習是爲住習色若
於受想行識非住非不住非習非不習是爲
住習受想行識若於眼乃至意非住非不住
非習非不習是爲住習眼乃至意若於色乃

至法非住非不住非習非不習是爲住習色
乃至法若於眼識乃至意識非住非不住非
習非不習是爲住習眼識乃至意識若於般
若波羅蜜多乃至布施波羅蜜多非住非不
住非習非不習是爲住習般若波羅蜜多乃
至布施波羅蜜多若於內空乃至無性自性
空非住非不住非習非不習是爲住習內空
乃至無性自性空若於四念住乃至八聖道
支非住非不住非習非不習是爲住習四念
住乃至八聖道支若於佛十力乃至十八佛
不共法非住非不住非習非不習是爲住習
佛十力乃至十八佛不共法何以故憍尸迦
諸菩薩摩訶薩修行般若波羅蜜多時觀色
前際不可得後際不可得中際不可得觀受
想行識前際不可得後際不可得中際不可

得乃至觀佛十力前際不可得後際不可得中際不可得乃至觀十八佛不共法前際不可得後際不可得中際不可得故爾時舍利子白佛言世尊如是般若波羅蜜多最爲甚深佛言如是舍利子色眞如甚深故般若波羅蜜多最爲甚深受想行識眞如甚深故般若波羅蜜多最爲甚深如是乃至十八佛不共法眞如甚深故般若波羅蜜多最爲甚深時舍利子復白佛言世尊如是般若波羅蜜多難可測量佛言如是舍利子色眞如難測量故般若波羅蜜多難可測量受想行識眞如難測量故般若波羅蜜多難可測量乃至十八佛不共法眞如難測量故般若波羅蜜多難可測量時舍利子復白佛言世尊如是般若波羅蜜多最爲無量佛言如是舍利子色眞如無量故般若波羅蜜多亦無量受想行識眞如無量故般若波羅蜜多亦無量乃至十八佛不共法眞如無量故般若波羅蜜多亦無量舍利子若菩薩摩訶薩修行般若波羅蜜多時不行色甚深性是行般若波羅蜜多不行受想行識甚深性是行般若波羅蜜多不行眼甚深性是行般若波羅蜜多乃至不行意甚深性是行般若波羅蜜多不行色甚深性是行般若波羅蜜多乃至不行法甚深性是行般若波羅蜜多不行眼識甚深性是行般若波羅蜜多乃至不行意識甚深性是行般若波羅蜜多不行般若波羅蜜多甚深性是行般若波羅蜜多乃至不行布施波羅蜜多甚深性是行般若波羅蜜多不行內空甚深性是行般若波羅蜜多乃至不行

無性自性空甚深性是行般若波羅蜜多不行四念住甚深性是行般若波羅蜜多乃至不行八聖道支甚深性是行般若波羅蜜多不行佛十力甚深性是行般若波羅蜜多乃至不行十八佛不共法甚深性是行般若波羅蜜多何以故舍利子色甚深性即非色受想行識甚深性即非受想行識乃至十八佛不共法甚深性即非十八佛不共法故復次舍利子若菩薩摩訶薩修行般若波羅蜜多時不行色難測量性是行般若波羅蜜多不行受想行識難測量性是行般若波羅蜜多不行眼難測量性是行般若波羅蜜多乃至不行意難測量性是行般若波羅蜜多不行色難測量性是行般若波羅蜜多乃至不行法難測量性是行般若波羅蜜多不行眼識難測量性是行般若波羅蜜多乃至不行意識難測量性是行般若波羅蜜多不行般若波羅蜜多難測量性是行般若波羅蜜多乃至不行布施波羅蜜多難測量性是行般若波羅蜜多不行內空難測量性是行般若波羅蜜多乃至不行無性自性空難測量性是行般若波羅蜜多不行四念住難測量性是行般若波羅蜜多乃至不行八聖道支難測量性是行般若波羅蜜多不行佛十力難測量性是行般若波羅蜜多乃至不行十八佛不共法難測量性是行般若波羅蜜多何以故舍利子色難測量性即非色受想行識難測量性即非受想行識乃至十八佛不共法難測量性即非十八佛不共法故復次舍利子若菩薩摩訶薩修行般若波羅蜜多時不

行色無量性是行般若波羅蜜多不行受想行識無量性是行般若波羅蜜多不行眼無量性是行般若波羅蜜多乃至不行意無量性是行般若波羅蜜多不行色無量性是行般若波羅蜜多乃至不行法無量性是行般若波羅蜜多不行眼識無量性是行般若波羅蜜多乃至不行意識無量性是行般若波羅蜜多不行般若波羅蜜多無量性是行般若波羅蜜多乃至不行布施波羅蜜多無量性是行般若波羅蜜多不行内空無量性是行般若波羅蜜多乃至不行無性自性空無量性是行般若波羅蜜多不行四念住無量性是行般若波羅蜜多乃至不行八聖道支無量性是行般若波羅蜜多不行佛十力無量性是行般若波羅蜜多乃至不行十八佛不共法無量性是行般若波羅蜜多何以故舍利子色無量性即非色受想行識無量性即非受想行識乃至十八佛不共法無量性即非十八佛不共法故爾時舍利子白佛言世尊如是般若波羅蜜多既最甚深難測無量難可信解不應在彼新學大乘菩薩前說忽彼聞此甚深般若波羅蜜多其心驚惶恐怖猶豫不能信解但應在彼不退轉位菩薩前說彼聞如是甚深般若波羅蜜多心不驚惶不恐不怖亦不猶豫聞已信解受持讀誦如理思惟爲他演說爾時天帝釋問舍利子言大德若有在彼新學大乘菩薩前說如是般若波羅蜜多有何過失舍利子言憍尸迦若有在彼新學大乘菩薩前說如是般若波羅蜜多彼聞驚惶恐怖猶豫不能信解或生

毀謗由斯造作增長能感墮惡趣業沒三惡趣久處生死難證無上正等菩提是故智者不應在彼新學大乘菩薩前說如是般若波羅蜜多時天帝釋復問具壽舍利子言大德頗有菩薩未受無上大菩提記聞說如是甚深般若波羅蜜多心不驚惶不恐不怖不猶豫不舍利子言有憍尸迦是菩薩摩訶薩不久當受大菩提記憍尸迦若菩薩摩訶薩聞說如是甚深般若波羅蜜多心不驚惶不恐不怖亦不猶豫當知是菩薩摩訶薩已受無上大菩提記設未受者不過一佛或二佛所定當得受大菩提記若不爾者聞說如是甚深般若波羅蜜多心定驚惶恐怖猶豫爾時佛告舍利子言如是如是如汝所說舍利子若菩薩摩訶薩久學大乘久發大願久修六種波羅蜜多及餘無量無邊佛法久於無量無邊如來應正等覺供養恭敬尊重讚歎久事無量無邊善友由此因緣聞說如是甚深般若波羅蜜多心不驚惶不恐不怖亦不猶豫聞已信解受持讀誦如理思惟爲他演說或能書寫如說修行爾時舍利子白佛言世尊我今樂說諸菩薩摩訶薩少分譬喻唯願世尊哀愍聽許佛告舍利子所樂說者隨汝意說舍利子言世尊如住菩薩乘諸善男子善女人等夢中修行般若靜慮精進安忍淨戒布施波羅蜜多安住內空乃至無性自性空修行四念住乃至八聖道支修行佛十力乃至十八佛不共法修行一切智道相智一切相智趣菩提樹乃至安坐妙菩提座當知是善男子善女人等尚近無上正等菩提況

有善薩摩訶薩爲求無上正等菩提覺時修行般若靜慮精進安忍淨戒布施波羅蜜多安住内空乃至無性自性空修行四念住乃至八聖道支修行佛十力乃至十八佛不共法修行一切智道相智一切相智而不速證所求無上正等菩提世尊當知是菩薩摩訶薩不久當趣菩提樹下不久當坐妙菩提座證得無上正等菩提轉妙法輪利樂一切世尊若善男子善女人等得聞如是甚深般若波羅蜜多受持讀誦精勤修學如理思惟當知是善男子善女人等久學大乘善根成熟供養諸佛多事善友植衆德本能成是事世尊若善男子善女人等得聞如是甚深般若波羅蜜多信解受持讀誦修習如理思惟爲他演說是善男子善女人等或已得受大菩提記或近當受大菩提記世尊是善男子善女人等如住不退位菩薩摩訶薩疾得無上正等菩提由此得聞甚深般若波羅蜜多能深信解受持讀誦如理思惟隨教修行爲他演說世尊譬如有人遊涉曠野經過險路百踰繕那或二或三或四五百見諸城邑王都前相謂放牧人園林田等見諸相已便作是念城邑王都去此非遠作是念已身意泰然不畏惡獸惡賊饑渴世尊諸菩薩摩訶薩亦復如是若得聞此甚深般若波羅蜜多受持讀誦如理思惟深生信解應知不久當得受記或已得受速證無上正等菩提是菩薩摩訶薩無墮聲聞獨覺地畏何以故世尊是菩薩摩訶薩已得見聞恭敬供養甚深般若波羅蜜多無上菩提之前相故爾時佛告舍利

子言如是如是如汝所說汝承佛力當復說之時舍利子復白佛言世尊譬如有人欲觀大海漸次往趣經於多時不見山林便作是念令覩此相大海非遠所以者何夫近海岸地必漸下定無山林彼人爾時雖未見海而見近相歡喜踊躍我速定當得見大海世尊諸菩薩摩訶薩亦復如是若得聞此甚深般若波羅蜜多受持讀誦如理思惟深生信解是菩薩摩訶薩雖未得佛現前授記汝於來世經爾許劫若經百劫若經千劫若經百千劫乃至若經百千俱胝那庾多劫當得無上正等菩提而應自知受記非遠何以故世尊是菩薩摩訶薩已得見聞恭敬供養受持讀誦如理思惟甚深般若波羅蜜多無上菩提之前相故世尊譬如春時花果樹等陳葉已落枝條滋潤衆人見已咸作是言新花果葉當出不久所以者何此諸樹等新花果葉先相現故贍部洲人男女大小見此相已歡喜踊躍皆作是言我等不久當得見此花果茂盛世尊諸菩薩摩訶薩亦復如是若得聞此甚深般若波羅蜜多受持讀誦如理思惟深生信解恭敬供養當知宿世善根成熟多供養佛多事善友不久當受無上正等大菩提記世尊是菩薩摩訶薩應作是念我先定有勝善根力能引無上正等菩提故令見聞恭敬供養甚深般若波羅蜜多受持讀誦深生信解如理思惟隨力修習世尊令此會中有諸天子見過去佛說是法者皆生歡喜咸共議言昔諸菩薩聞說如是甚深般若波羅蜜多便得受記令諸菩薩既聞說此甚深般若

波羅蜜多不久定當受菩提記世尊譬如女人懷孕漸久其身轉重動止不安飲食睡眠悉皆減少不喜多語猒常所作受苦痛故衆事頓息有異母人見是相已即知此女不久產生世尊諸菩薩摩訶薩亦復如是宿種善根多供養佛久事善友善根熟故令得聞此甚深般若波羅蜜多受持讀誦如理思惟深生信解隨力修習世尊當知是菩薩摩訶薩由此因緣不久得受無上正等大菩提記爾時佛讚舍利子言善哉善哉汝善能說得聞如是甚深般若波羅蜜多受持讀誦如理思惟深生信解菩薩譬喻當知皆是佛威神力令汝引發如是辯才爾時具壽善現白佛言世尊甚奇如來應正等覺善能攝受諸菩薩摩訶薩善能付囑諸菩薩摩訶薩佛告善現如是如是如汝所說何以故善現諸菩薩摩訶薩求趣無上正等菩提爲多有情得利樂故憐愍饒益諸天人故是諸菩薩摩訶薩衆精勤修學菩薩行時爲欲饒益無量百千諸有情故爲欲攝受無量百千諸菩薩故以四攝事而攝受之何等爲四一者布施二者愛語三者利行四者同事是菩薩摩訶薩自正安住十善業道亦安立他令勤修學十善業道自入初靜慮乃至非想非非想處亦教他入初靜慮乃至非想非非想處自行布施亦教他行布施自行淨戒亦教他行淨戒自行安忍亦教他行安忍自行精進亦教他行精進自行靜慮亦教他行靜慮自行般若亦教他行般若是菩薩摩訶薩依止般若波羅蜜多方便善巧雖教有情證預流果而不自證

雖教有情證一來果而不自證雖教有情證不還果而不自證雖教有情證阿羅漢果而不自證雖教有情證獨覺菩提而不自證是菩薩摩訶薩自修布施波羅蜜多乃至般若波羅蜜多亦勸無量百千菩薩修行布施波羅蜜多乃至般若波羅蜜多自住菩薩不退轉地亦勸無量百千菩薩令住菩薩不退轉地自勤精進嚴淨佛土亦勸無量百千菩薩令勤精進嚴淨佛土自勤精進成熟有情亦勸無量百千菩薩令勤精進成熟有情自勤發起菩薩神通亦勸無量百千菩薩令勤發起菩薩神通自勤嚴淨陀羅尼門亦勸無量百千菩薩令勤嚴淨陀羅尼門自勤嚴淨三摩地門亦勸無量百千菩薩令勤嚴淨三摩地門自能證得圓滿辯才亦勸無量百千菩薩令其證得圓滿辯才自能攝受圓滿色身自亦勸無量百千菩薩令能攝受圓滿色身自能攝受圓滿相好亦勸無量百千菩薩令能攝受圓滿相好自能攝受圓滿童眞地亦勸無量百千菩薩亦能攝受圓滿童眞地是菩薩摩訶薩自修四念住乃至八聖道支亦勸彼修四念住乃至八聖道支自住内空乃至無性自性空亦勸彼住内空乃至無性自性空自修佛十力乃至十八佛不共法亦勸彼修佛十力乃至十八佛不共法自修一切智道相智一切相智亦勸彼修一切智道相智一切相智自斷一切煩惱習氣相續亦勸彼斷一切煩惱習氣相續自證無上正等菩提轉妙法輪利樂一切亦勸彼證所求無上正等菩提作斯事業具壽善現復白佛言甚奇

世尊希有善逝是菩薩摩訶薩成就如是大功德聚爲欲饒益一切有情修行如是甚深般若波羅蜜多求證無上正等菩提轉妙法輪利樂一切世尊云何菩薩摩訶薩修行般若波羅蜜多令速圓滿佛告善現若菩薩摩訶薩修行般若波羅蜜多時不見色若增若減不見受想行識若增若減不見眼處若增若減不見耳鼻舌身意處若增若減不見色處若增若減不見聲香味觸法處若增若減不見眼界若增若減不見耳鼻舌身意界若增若減不見色界若增若減不見聲香味觸法界若增若減不見眼識界若增若減不見耳鼻舌身意識界若增若減不見眼觸若增若減不見耳鼻舌身意觸若增若減不見眼觸爲緣所生諸受若增若減不見耳鼻舌身意觸爲緣所生諸受若增若減不見布施波羅蜜多若增若減不見淨戒安忍精進靜慮般若波羅蜜多若增若減不見內空若增若減不見外空內外空空空大空勝義空有爲空無爲空畢竟空無際空散無散空本性空自共相空一切法空不可得空無性空自性空無性自性空若增若減不見四念住若增若減不見四正斷四神足五根五力七等覺支八聖道支若增若減乃至不見佛十力若增若減不見四無所畏四無礙解大慈大悲大喜大捨十八佛不共法若增若減不見一切陀羅尼門若增若減不見一切三摩地門若增若減不見一切智若增若減不見道相智一切相智若增若減是菩薩摩訶薩修行般若波羅蜜多速得圓滿復次善現若菩薩

摩訶薩修行般若波羅蜜多時不見是法不見是非法不見是過去不見是未來不見是現在不見是善不見是非善不見是有記不見是無記不見是有為不見是無為不見是欲界不見是色界不見是無色界不見是布施波羅蜜多乃至不見是般若波羅蜜多不見是內空乃至不見是無性自性空不見是四念住乃至不見是八聖道支如是乃至不見是如來十力乃至不見是十八佛不共法不見是一切陀羅尼門不見是一切三摩地門不見是一切智不見是道相智一切相智是菩薩摩訶薩修行般若波羅蜜多速得圓滿何以故善現以一切法無性相故無作用故不可轉故虛妄誑詐不堅實不自在故無覺受故離我有情命者生者廣說乃至知見

者故爾時具壽善現復白佛言世尊如來所說不可思議佛告善現如是如是如汝所說如來所說不可思議善現色不可思議故知來所說不可思議受想行識不可思議故如來所說不可思議眼處不可思議故如來所說不可思議耳鼻舌身意處不可思議故如來所說不可思議色處不可思議故如來所說不可思議聲香味觸法處不可思議故如來所說不可思議眼界不可思議故如來所說不可思議耳鼻舌身意界不可思議故如來所說不可思議色界不可思議故如來所說不可思議聲香味觸法界不可思議故如來所說不可思議眼識界不可思議故如來所說不可思議耳鼻舌身意識界不可思議故如來所說不可思議眼觸不可思議故如

來所說不可思議耳鼻舌身意觸不可思議故如來所說不可思議眼觸爲緣所生諸受不可思議故如來所說不可思議耳鼻舌身意觸爲緣所生諸受不可思議故如來所說不可思議布施波羅蜜多不可思議故如來所說不可思議乃至般若波羅蜜多不可思議故如來所說不可思議內空不可思議故如來所說不可思議乃至無性自性空不可思議故如來所說不可思議四念住不可思議故如來所說不可思議乃至八聖道支不可思議故如來所說不可思議如是乃至佛十力不可思議故如來所說不可思議乃至十八佛不共法不可思議故如來所說不可思議一切陀羅尼門不可思議故如來所說不可思議一切三摩地門不可思議故如來所說不可思議一切智不可思議故如來所說不可思議道相智一切相智不可思議故如來所說不可思議善現若菩薩摩訶薩修行般若波羅蜜多時如實了知色是不可思議受想行識是不可思議乃至一切智是不可思議道相智一切相智是不可思議是菩薩摩訶薩修行般若波羅蜜多速得圓滿復次善現若菩薩摩訶薩修行般若波羅蜜多時於色不起若可思議若不可思議想於受想行識不起若可思議若不可思議想於眼處不起若可思議若不可思議想於耳鼻舌身意處不起若可思議若不可思議想於色處不起若可思議若不可思議想於聲香味觸法處不起若可思議若不可思議想於眼界不起若可思議若不可思議想於耳鼻舌

身意界不起若可思議若不可思議想於色界不起若可思議若不可思議想於聲香味觸法界不起若可思議若不可思議想於眼識界不起若可思議若不可思議想於耳鼻舌身意識界不起若可思議若不可思議想於眼觸不起若可思議若不可思議想於耳鼻舌身意觸不起若可思議若不可思議想於眼觸爲緣所生諸受不起若可思議若不可思議想於耳鼻舌身意觸爲緣所生諸受不起若可思議若不可思議想於布施波羅蜜多不起若可思議若不可思議想乃至於般若波羅蜜多不起若可思議若不可思議想於內空不起若可思議若不可思議想乃至於無性自性空不起若可思議若不可思議想於四念住不起若可思議若不可思議想乃至於八聖道支不起若可思議若不可思議想如是乃至於佛十力不起若可思議若不可思議想乃至於十八佛不共法不起若可思議若不可思議想於一切陀羅尼門不起若可思議若不可思議想於一切三摩地門不起若可思議若不可思議想於一切智不起若可思議若不可思議想於道相智一切相智不起若可思議若不可思議想是菩薩摩訶薩修行般若波羅蜜多速得圓滿

大般若波羅蜜多經卷第四百三十八

大般若波羅蜜多經卷第四百三十九

唐三藏法師玄奘奉　詔譯

第二分東北方品第四十三之二

爾時具壽善現白佛言世尊如是般若波羅蜜多義趣甚深誰能信解佛告善現若菩薩摩訶薩久已修行布施淨戒安忍精進靜慮般若波羅蜜多久植善根多供養佛事多善友是菩薩摩訶薩能信解此甚深般若波羅蜜多具壽善現復白佛言世尊齊何應知是菩薩摩訶薩久已修行布施淨戒安忍精進靜慮般若波羅蜜多久植善根多供養佛事多善友佛告善現若菩薩摩訶薩修行般若波羅蜜多時於色不起分別無異分別於受想行識不起分別無異分別於色相不起分別無異分別於受想行識相不起分別無異分別於色自性不起分別無異分別於受想行識自性不起分別無異分別於眼處不起分別無異分別於耳鼻舌身意處不起分別無異分別於眼處相不起分別無異分別於耳鼻舌身意處相不起分別無異分別於眼處自性不起分別無異分別於耳鼻舌身意處自性不起分別無異分別於色處不起分別無異分別於聲香味觸法處不起分別無異分別於色處相不起分別無異分別於聲香味觸法處相不起分別無異分別於色處自性不起分別無異分別於聲香味觸法處自性不起分別無異分別於眼界不起分別無異分別於耳鼻舌身意界不起分別無異分別於眼界相不起分別無異分別於耳鼻舌身意界相不起分別無異分別於眼界自

性不起分别無異分别於耳鼻舌身意界自性不起分别無異分别於色界不起分别無異分别於聲香味觸法界不起分别無異分别於色界相不起分别無異分别於聲香味觸法界相不起分别無異分别於色界自性不起分别無異分别於聲香味觸法界自性不起分别無異分别於眼識界不起分别無異分别於耳鼻舌身意識界不起分别無異分别於眼識界相不起分别無異分别於耳鼻舌身意識界相不起分别無異分别於眼識界自性不起分别無異分别於耳鼻舌身意識界自性不起分别無異分别於眼觸不起分别無異分别於耳鼻舌身意觸不起分别無異分别於眼觸相不起分别無異分别於耳鼻舌身意觸相不起分别無異分别於眼觸自性不起分别無異分别於耳鼻舌身意觸自性不起分别無異分别於眼觸爲緣所生諸受不起分别無異分别於耳鼻舌身意觸爲緣所生諸受不起分别無異分别於眼觸爲緣所生諸受相不起分别無異分别於耳鼻舌身意觸爲緣所生諸受相不起分别無異分别於眼觸爲緣所生諸受自性不起分别無異分别於耳鼻舌身意觸爲緣所生諸受自性不起分别無異分别於欲界不起分别無異分别於色無色界不起分别無異分别於欲界相不起分别無異分别於色無色界相不起分别無異分别於欲界自性不起分别無異分别於色無色界自性不起分别無異分别於布施波羅蜜多不起分别無異分别乃至於般若波羅蜜多不起分别

無異分別於布施波羅蜜多相不起分別無異分別乃至於般若波羅蜜多相不起分別無異分別於布施波羅蜜多自性不起分別無異分別乃至於般若波羅蜜多自性不起分別無異分別於內空不起分別無異分別乃至於無性自性空不起分別無異分別於內空相不起分別無異分別乃至於無性自性空相不起分別無異分別於內空自性不起分別無異分別乃至於無性自性空自性不起分別無異分別於四念住不起分別無異分別乃至於八聖道支不起分別無異分別於四念住相不起分別無異分別乃至於八聖道支相不起分別無異分別於四念住自性不起分別無異分別乃至於八聖道支自性不起分別無異分別如是乃至於佛十力不起分別無異分別乃至於十八佛不共法不起分別無異分別於佛十力相不起分別無異分別乃至於十八佛不共法相不起分別無異分別於佛十力自性不起分別無異分別乃至於十八佛不共法自性不起分別無異分別於一切智不起分別無異分別於道相智一切相智不起分別無異分別於一切智相不起分別無異分別於道相智一切相智相不起分別無異分別於一切智自性不起分別無異分別於道相智一切相智自性不起分別無異分別何以故善現以色不可思議受想行識不可思議如是乃至一切智不可思議道相智一切相智不可思議故善現齊此應知是菩薩摩訶薩久已修行布施淨戒安忍精進靜慮般若波羅蜜多久

植善根多供養佛事多善友爾時具壽善現復白佛言世尊如是般若波羅蜜多極爲甚深佛言如是善現色甚深故般若波羅蜜多極爲甚深受想行識甚深故般若波羅蜜多極爲甚深眼處甚深故般若波羅蜜多極爲甚深耳鼻舌身意處甚深故般若波羅蜜多極爲甚深色處甚深故般若波羅蜜多極爲甚深聲香味觸法處甚深故般若波羅蜜多極爲甚深眼界甚深故般若波羅蜜多極爲甚深耳鼻舌身意界甚深故般若波羅蜜多極爲甚深色界甚深故般若波羅蜜多極爲甚深聲香味觸法界甚深故般若波羅蜜多極爲甚深眼識界甚深故般若波羅蜜多極爲甚深耳鼻舌身意識界甚深故般若波羅蜜多極爲甚深眼觸甚深故般若波羅蜜多極爲甚深耳鼻舌身意觸甚深故般若波羅蜜多極爲甚深眼觸爲緣所生諸受甚深故般若波羅蜜多極爲甚深耳鼻舌身意觸爲緣所生諸受甚深故般若波羅蜜多極爲甚深布施波羅蜜多甚深故般若波羅蜜多極爲甚深淨戒安忍精進靜慮波羅蜜多甚深故般若波羅蜜多極爲甚深內空甚深故般若波羅蜜多極爲甚深乃至無性自性空甚深故般若波羅蜜多極爲甚深四念住甚深故般若波羅蜜多極爲甚深乃至八聖道支甚深故般若波羅蜜多極爲甚深如是乃至佛十力甚深故般若波羅蜜多極爲甚深乃至十八佛不共法甚深故般若波羅蜜多極爲甚深一切智甚深故般若波羅蜜多極爲甚深道相智一切相智甚深故般若波羅蜜

多極爲甚深爾時尊者善現復白佛言世尊如是般若波羅蜜多是大寶聚佛言如是能與有情功德寶故善現如是般若波羅蜜多大珍寶聚能與有情十善業道四靜慮四無量四無色定五神通大珍寶故能與有情布施淨戒安忍精進靜慮般若波羅蜜多大珍寶故能與有情內空外空內外空空空大空勝義空有爲空無爲空畢竟空無際空散無散空本性空自共相空一切法空不可得空無性空自性空無性自性空大珍寶故能與有情四念住四正斷四神足五根五力七等覺支八聖道支大珍寶故能與有情空無相無願解脱門大珍寶故能與有情八解脱八勝處九次第定十遍處大珍寶故能與有情眞如法界法性實際不思議界大珍寶故能與有情苦集滅道四種聖諦大珍寶故能與有情菩薩十地陀羅尼門三摩地門大珍寶故能與有情五眼六神通大珍寶故能與有情如來十力四無所畏四無礙解大慈大悲大喜大捨十八佛不共法大珍寶故能與有情無忘失法恒住捨性大珍寶故能與有情一切智道相智一切相智大珍寶故能與有情預流果一來果不還果阿羅漢果獨覺菩提大珍寶故能與有情一切菩薩摩訶薩行諸佛無上正等菩提轉正法輪大珍寶故爾時具壽善現復白佛言世尊如是般若波羅蜜多是清淨聚佛言如是善現色清淨故般若波羅蜜多是清淨聚受想行識清淨故般若波羅蜜多是清淨聚眼處清淨故般若波羅蜜多是清淨聚耳鼻舌身意處清淨故般

若波羅蜜多是清淨聚色處清淨故般若波羅蜜多是清淨聚聲香味觸法處清淨故般若波羅蜜多是清淨聚眼界清淨故般若波羅蜜多是清淨聚耳鼻舌身意界清淨故般若波羅蜜多是清淨聚色界清淨故般若波羅蜜多是清淨聚聲香味觸法界清淨故般若波羅蜜多是清淨聚眼識界清淨故般若波羅蜜多是清淨聚耳鼻舌身意識界清淨故般若波羅蜜多是清淨聚眼觸清淨故般若波羅蜜多是清淨聚耳鼻舌身意觸清淨故般若波羅蜜多是清淨聚眼觸爲緣所生諸受清淨故般若波羅蜜多是清淨聚耳鼻舌身意觸爲緣所生諸受清淨故般若波羅蜜多是清淨聚布施波羅蜜多清淨故般若波羅蜜多是清淨聚淨戒安忍精進靜慮波羅蜜多清淨故般若波羅蜜多是清淨聚內空清淨故般若波羅蜜多是清淨聚乃至無性自性空清淨故般若波羅蜜多是清淨聚四念住清淨故般若波羅蜜多是清淨聚乃至八聖道支清淨故般若波羅蜜多是清淨聚如是乃至如來十力清淨故般若波羅蜜多是清淨聚乃至十八佛不共法清淨故般若波羅蜜多是清淨聚一切智清淨故般若波羅蜜多是清淨聚道相智一切相智清淨故般若波羅蜜多是清淨聚爾時善現復白佛言甚奇世尊希有善逝如是般若波羅蜜多以極甚深多諸留難而今廣說留難不生佛言善現如是如是如汝所說甚深般若波羅蜜多多諸留難佛神力故今雖廣說留難不生是故大乘諸善男子善女人等愛樂法

故於此般若波羅蜜多甚深經典若欲書寫應疾書寫若欲讀誦應疾讀誦若欲受持應疾受持若欲修習應疾修習若欲思惟應疾思惟若欲宣說應疾宣說何以故善現甚深般若波羅蜜多多諸留難勿令書寫讀誦受持修習思惟爲他說者留難事起不究竟故善現是善男子善女人等若欲一月或二或三或四或五或六或七乃至一年書寫如是甚深般若波羅蜜多能究竟者應勤精進繫念書寫經爾許時令得究竟善現是善男子善女人等若欲一月或二或三或四或五或六或七乃至一年受持讀誦修習思惟爲他宣說如是般若波羅蜜多甚深經典能究竟者應勤精進繫念受持乃至宣說經爾許時令得究竟何以故善現甚深般若波羅蜜多無價珍寶多留難故具壽善現復白佛言甚奇世尊希有善逝甚深般若波羅蜜多無價珍寶多諸留難而有書寫讀誦受持思惟修習爲他說者惡魔於彼欲作留難令不書寫乃至演說佛告善現惡魔於此甚深般若波羅蜜多雖欲留難令不書寫讀誦受持思惟修習爲他演說而彼無力可能留難是菩薩摩訶薩書寫讀誦受持等事令不究竟爾時舍利子白佛言世尊是誰神力令彼惡魔不能留難諸菩薩摩訶薩書寫受持讀誦修習思惟廣說如是般若波羅蜜多甚深經典佛告舍利子是佛神力令彼惡魔不能留難諸菩薩摩訶薩書寫受持讀誦修習思惟廣說如是般若波羅蜜多甚深經典又舍利子亦是十方一切世界諸佛神力令彼惡魔不能

留難諸菩薩摩訶薩書寫受持讀誦修習思惟廣說如是般若波羅蜜多甚深經典又舍利子一切如來應正等覺皆共護念修行般若波羅蜜多諸菩薩故令彼惡魔不能留難住菩薩乘諸善男子善女人等令不書寫受持讀誦修習思惟廣爲他說如是般若波羅蜜多甚深經典何以故舍利子一切如來應正等覺皆共護念修行般若波羅蜜多諸菩薩衆所作善業令彼惡魔不能留難舍利子若菩薩摩訶薩能於般若波羅蜜多甚深經典書寫受持讀誦修習思惟廣說法爾應爲十方世界無量無數無邊如來應正等覺安隱住持現說法者之所護念若蒙諸佛所護念者法爾惡魔不能留難舍利子若善男子善女人等能於般若波羅蜜多甚深經典書寫受持讀誦修習思惟廣說應作是念我今書寫受持讀誦修習思惟廣爲他說如是般若波羅蜜多甚深經典皆是十方無量無數無邊如來應正等覺安隱住持現說法者神力護念令我所作如是善業不爲惡魔之所留難時舍利子復白佛言若善男子善女人等能於般若波羅蜜多甚深經典書寫受持讀誦修習思惟演說一切皆是十方世界諸佛世尊神力護念令彼所作殊勝善業一切惡魔不能留難爾時佛告舍利子言如是如是如汝所說若善男子善女人等能於般若波羅蜜多甚深經典書寫受持讀誦修習思惟演說當知皆是一切如來應正等覺神力護念時舍利子復白佛言若善男子善女人等能於般若波羅蜜多甚深經典書寫受持

讀誦修習思惟演說十方世界無量無數無
邊如來應正等覺安隱住持現說法者皆共
識知是善男子善女人等書寫受持讀誦修
習思惟演說甚深般若波羅蜜多由是因緣
歡喜護念世尊若善男子善女人等能於般
若波羅蜜多甚深經典書寫受持讀誦修習
思惟演說是善男子善女人等恒爲十方無
量無數無邊世界一切如來應正等覺安隱
住持現說法者佛眼觀見由此因緣慈悲護
念所作善事無不皆成爾時佛告舍利子言
如是如是如汝所說若善男子善女人等書
寫受持讀誦修習思惟演說如是般若波羅
蜜多甚深經典是善男子善女人等恒爲十
方無量無數無邊世界一切如來應正等覺
安隱住持現說法者佛眼觀見識知護念令
諸惡魔不能嬈惱所作善業速得成辦舍利
子住菩薩乘諸善男子善女人等若能於此
甚深般若波羅蜜多書寫受持讀誦修習思
惟演說當知是輩已近無上正等菩提諸惡
魔軍不能留難又舍利子住菩薩乘諸善男
子善女人等若能書寫如是般若波羅蜜多
甚深經典種種莊嚴受持讀誦當知是輩於
此般若波羅蜜多深生信解能以種種上妙
花鬘塗散等香衣服瓔珞寶幢旛蓋妓樂燈
明供養恭敬尊重讚歎如是般若波羅蜜多
甚深經典是善男子善女人等常爲如來應
正等覺佛眼觀見識知護念由是因緣定當
獲得大財大勝利大果大異熟又舍利子是
善男子善女人等以能書寫受持讀誦供養
恭敬尊重讚歎甚深般若波羅蜜多善根力

故乃至獲得不退轉地於其中間常不離佛恒聞正法不墮惡趣舍利子是善男子善女人等由此善根乃至無上正等菩提常不遠離布施淨戒安忍精進靜慮般若波羅蜜多常不遠離內空乃至無性自性空常不遠離四念住乃至八聖道支如是乃至常不遠離如來十力乃至十八佛不共法常不遠離一切智道相智一切相智常不遠離諸餘無量無邊佛法由此速證所求無上正等菩提舍利子由此因緣住菩薩乘諸善男子善女人等於此般若波羅蜜多甚深經典應勤書寫受持讀誦修習思惟爲他解說恭敬供養尊重讚歎無得暫捨復次舍利子如是般若波羅蜜多甚深經典我涅槃後至東南方漸當興盛彼方多有住菩薩乘諸苾芻苾芻尼鄔波索迦鄔波斯迦能於如是甚深般若波羅蜜多深生信樂書寫受持讀誦修習思惟演說復以種種上妙花鬘塗散等香衣服瓔珞寶幢旛蓋妓樂燈明供養恭敬尊重讚歎如是般若波羅蜜多甚深經典彼由如是勝善根故畢竟不墮諸險惡趣或生天上或生人中富貴受樂由斯勢力布施淨戒安忍精進靜慮般若波羅蜜多展轉增益速得圓滿依此復能供養恭敬尊重讚歎諸佛世尊後隨所應依三乘法漸次修習而趣出離或有證得聲聞涅槃或有證得獨覺涅槃或有證得無上涅槃究竟安樂舍利子如是般若波羅蜜多甚深經典我涅槃後從東南方轉至南方漸當興盛彼方多有住菩薩乘諸苾芻苾芻尼鄔波索迦鄔波斯迦能於如是甚深般

若波羅蜜多深生信樂書寫受持讀誦修習思惟演說復以種種上妙花鬘塗散等香衣服瓔珞寶幢旛蓋妓樂燈明供養恭敬尊重讚歎如是般若波羅蜜多甚深經典彼由如是勝善根故畢竟不墮諸險惡趣或生天上或生人中富貴受樂由斯勢力布施淨戒安忍精進靜慮般若波羅蜜多展轉增益速得圓滿依此復能供養恭敬尊重讚歎諸佛世尊後隨所應依三乘法漸次修習而趣出離或有證得聲聞涅槃或有證得獨覺涅槃或有證得無上涅槃究竟安樂舍利子如是般若波羅蜜多甚深經典我涅槃後復從南方至西南方漸當興盛彼方多有住菩薩乘諸苾芻苾芻尼鄔波索迦鄔波斯迦能於如是甚深般若波羅蜜多深生信樂書寫受持讀誦修習思惟演說復以種種上妙花鬘塗散等香衣服瓔珞寶幢旛蓋妓樂燈明供養恭敬尊重讚歎如是般若波羅蜜多甚深經典彼由如是勝善根故畢竟不墮諸險惡趣或生天上或生人中富貴受樂由斯勢力布施淨戒安忍精進靜慮般若波羅蜜多展轉增益速得圓滿依此復能供養恭敬尊重讚歎諸佛世尊後隨所應依三乘法漸次修習而趣出離或有證得聲聞涅槃或有證得獨覺涅槃或有證得無上涅槃究竟安樂舍利子如是般若波羅蜜多甚深經典我涅槃後從西南方至西北方漸當興盛彼方多有住菩薩乘諸苾芻苾芻尼鄔波索迦鄔波斯迦能於如是甚深般若波羅蜜多深生信樂書寫受持讀誦修習思惟演說復以種種上妙花

鬘塗散等香衣服瓔珞寶幢旛蓋妓樂燈明供養恭敬尊重讚歎如是般若波羅蜜多甚深經典彼由如是勝善根故畢竟不墮諸險惡趣或生天上或生人中富貴受樂由斯勢力布施淨戒安忍精進靜慮般若波羅蜜多展轉增益速得圓滿依此復能供養恭敬尊重讚歎諸佛世尊後隨所應依三乘法漸次修習而趣出離或有證得聲聞涅槃或有證得獨覺涅槃或有證得無上涅槃究竟安樂舍利子如是般若波羅蜜多甚深經典我涅槃後從西北方轉至北方漸當興盛彼方多有住菩薩乘諸苾芻苾芻尼鄔波索迦鄔波斯迦能於如是甚深般若波羅蜜多深生信樂書寫受持讀誦修習思惟演說復以種種上妙花鬘塗散等香衣服瓔珞寶幢旛蓋妓

樂燈明供養恭敬尊重讚歎如是般若波羅蜜多甚深經典彼由如是勝善根故畢竟不墮諸險惡趣或生天上或生人中富貴受樂由斯勢力布施淨戒安忍精進靜慮般若波羅蜜多展轉增益速得圓滿依此復能供養恭敬尊重讚歎諸佛世尊後隨所應依三乘法漸次修習而趣出離或有證得聲聞涅槃或有證得獨覺涅槃或有證得無上涅槃究竟安樂舍利子如是般若波羅蜜多甚深經典我涅槃後復從北方至東北方漸當興盛彼方多有住菩薩乘諸苾芻苾芻尼鄔波索迦鄔波斯迦能於如是甚深般若波羅蜜多深生信樂書寫受持讀誦修習思惟演說復以種種上妙花鬘塗散等香衣服瓔珞寶幢旛蓋妓樂燈明供養恭敬尊重讚歎如是般

若波羅蜜多甚深經典彼由如是勝善根故畢竟不墮諸險惡趣或生天上或生人中富貴受樂由斯勢力布施淨戒安忍精進靜慮般若波羅蜜多展轉增益速得圓滿依此復能供養恭敬尊重讃歎諸佛世尊後隨所應依三乘法漸次修習而趣出離或有證得聲聞涅槃或有證得獨覺涅槃或有證得無上涅槃究竟安樂復次舍利子我涅槃後後時後分復五百歲如是般若波羅蜜多甚深經典於東北方大作佛事何以故舍利子一切如來應正等覺所尊重法即是般若波羅蜜多甚深經典如是般若波羅蜜多甚深經典一切如來應正等覺共所護念舍利子非佛所得法毘奈耶無上正法有滅沒相諸佛所得法毘奈耶無上正法即是般若波羅蜜多甚深經典舍利子彼東北方諸善男子善女人等有能於此甚深般若波羅蜜多信樂受持讀誦修習思惟演說我常護念是善男子善女人等令無惱害舍利子彼東北方諸善男子善女人等有能書寫如是般若波羅蜜多甚深經典復以種種上妙花鬘塗散等香衣服瓔珞寶幢旛蓋妓樂燈明供養恭敬尊重讃歎如是般若波羅蜜多甚深經典我定說彼諸善男子善女人等由此善根畢竟不墮諸險惡趣生天人中常受妙樂由斯勢力增益六種波羅蜜多依此復能供養恭敬尊重讃歎諸佛世尊後隨所應依三乘法漸次修學得般涅槃何以故舍利子我以佛眼觀見證知稱譽讃歎是善男子善女人等所獲功德東西南北四維上下無量無數無邊世

界一切如來應正等覺安隱住持現說法者亦以佛眼觀見證知稱譽讚歎是善男子善女人等所獲功德時舍利子白佛言世尊如是般若波羅蜜多甚深經典佛涅槃後後時後分後五百歲於東北方廣流布耶佛言舍利子如是如是如是般若波羅蜜多甚深經典我涅槃後後時後分後五百歲於東北方當廣流布舍利子我涅槃後後時後分後五百歲彼東北方諸善男子善女人等若得聞此甚深般若波羅蜜多深生信樂書寫受持讀誦修習如理思惟爲他演說當知彼善男子善女人等久發無上正等覺心久修菩薩摩訶薩行供養多佛事多善友久已修習身戒心慧所種善根皆已成熟由斯福力得聞如是甚深般若波羅蜜多深生信樂復能書寫受持讀誦修習思惟爲他演說時舍利子復白佛言佛涅槃後後時後分後五百歲法欲滅時於東北方當有幾許住菩薩乘諸善男子善女人等得聞如是甚深般若波羅蜜多深生信樂其心不驚不恐不怖亦無憂悔復能書寫受持讀誦修習思惟爲他演說佛言舍利子我涅槃後後時後分後五百歲法欲滅時於東北方雖有無量住菩薩乘諸善男子善女人等而少得聞甚深般若波羅蜜多深生信樂其心不驚不恐不怖亦無憂悔復能書寫受持讀誦修習思惟爲他演說舍利子彼善男子善女人等聞此般若波羅蜜多甚深經典其心不驚不恐不怖亦無憂悔深生信樂書寫受持讀誦修習思惟演說甚爲希有何以故舍利子是善男子善女人等

已曾親近供養恭敬尊重讃歎無量如來應正等覺及諸菩薩摩訶薩衆請問如是甚深般若波羅蜜多相應義趣舍利子是善男子善女人等不久定當圓滿布施波羅蜜多乃至般若波羅蜜多不久定當圓滿内空乃至無性自性空不久定當圓滿四念住乃至八聖道支不久定當圓滿佛十力乃至十八佛不共法不久定當圓滿一切智道相智一切相智舍利子彼善男子善女人等一切如來應正等覺所護念故無量善友所攝受故殊勝善根所任持故爲欲利樂多衆生故求趣無上正等菩提何以故舍利子我常爲彼諸善男子善女人等説一切相智相應之法過去如來應正等覺亦常爲彼諸善男子善女人等説一切相智相應之法由此因緣彼善男子善女人等後生復能求趣無上正等菩提亦能爲他如應説法令趣無上正等菩提舍利子彼善男子善女人等身心安定諸惡魔王及彼眷屬尚不能壞求趣無上正等覺心何況其餘樂行惡者毁謗般若波羅蜜多能阻其心令不精進求趣無上正等菩提

大般若波羅蜜多經卷第四百三十九

大般若波羅蜜多經卷第四百四十

唐三藏法師玄奘奉　詔譯

第二分東北方品第四十三之三

舍利子如是大乘諸善男子善女人等聞我說此甚深般若波羅蜜多心得廣大妙法喜樂亦能安立無量衆生於勝善法令趣無上正等菩提舍利子是善男子善女人等令於我前發弘誓願我當安立無量百千諸有情類令發無上正等覺心修諸菩薩摩訶薩行示現勸導讚勵慶喜令於無上正等菩提乃至得受不退轉記安住菩薩不退轉地舍利子我於彼願深生隨喜何以故舍利子我觀如是住菩薩乘諸善男子善女人等所發弘願心語相應彼善男子善女人等於當來世定能安立無量百千諸有情類令發無上正等覺心修諸菩薩摩訶薩行示現勸導讚勵慶喜令於無上正等菩提乃至得受不退轉記安住菩薩不退轉地舍利子是善男子善女人等亦於過去無量佛前發弘誓願我當安立無量百千諸有情類令發無上正等覺心修諸菩薩摩訶薩行示現勸導讚勵慶喜令於無上正等菩提乃至得受不退轉記安住菩薩不退轉地舍利子過去諸佛亦於彼願深生隨喜何以故舍利子過去諸佛亦觀如是住菩薩乘諸善男子善女人等所發弘願心語相應彼善男子善女人等於當來世定能安立無量百千諸有情類令發無上正等覺心修諸菩薩摩訶薩行示現勸導讚勵慶喜令於無上正等菩提乃至得受不退轉記安住菩薩不退轉地舍利子是善男子善

女人等信解廣大能依妙色聲香味觸修廣大施修此施已復能種植廣大善根因此善根復能攝受廣大果報攝受如是廣大果報專爲利樂一切有情於諸有情能捨一切內外所有彼迴如是所種善根願生他方諸佛國土現有如來應正等覺宣說如是甚深般若波羅蜜多無上法處彼聞如是甚深般若波羅蜜多無上法已復能安立彼佛土中無量百千諸有情類令發無上正等覺心修諸菩薩摩訶薩行示現勸導讚勵慶喜令於無上正等菩提得不退轉由斯圓滿所發大願速證無上正等菩提時舍利子復白佛言甚奇如來應正等覺能於過去未來現在所有諸法無不證知於一切法眞如法界法性實際虛空界等無不證知於諸法教種種差別無不證知於諸有情心行差別無不證知於過去世諸菩薩摩訶薩無不證知於過去世一切如來應正等覺無不證知於過去世諸佛弟子及諸佛土無不證知於未來世諸菩薩摩訶薩無不證知於未來世一切如來應正等覺無不證知於未來世諸佛弟子及諸佛土無不證知於現在世諸菩薩摩訶薩住十方界修行差別無不證知於現在世安住十方無量無數無邊世界一切如來應正等覺安隱住持現說法者無不證知於現在世諸佛弟子及諸佛土無不證知世尊若菩薩摩訶薩於六波羅蜜多勇猛精進常求不息彼於此六波羅蜜多爲有得時不得時不佛言舍利子彼善男子善女人等常於此六波羅蜜多勇猛精進欣求不息一切時得無不

得時何以故舍利子彼善男子善女人等常於此六波羅蜜多勇猛精進欣求不息諸佛菩薩常護念故舍利子言世尊彼善男子善女人等若不得六波羅蜜多相應經時如何可說彼得此六波羅蜜多佛言舍利子彼善男子善女人等常於此六波羅蜜多勇猛信求不顧身命有時不得此相應經無有是處何以故舍利子彼善男子善女人等爲求無上正等菩提示現勸導讚勵慶喜諸有情類令於此六波羅蜜多相應經典受持讀誦思惟修學由此善根隨所生處常得此六波羅蜜多相應契經受持讀誦勇猛精進如教修行成熟有情嚴淨佛土未證無上正等菩提於其中間未曾暫廢

第二分魔事品第四十四

爾時具壽善現白佛言世尊佛已讚說發趣無上正等菩提勇猛修行布施淨戒安忍精進靜慮般若波羅蜜多成熟有情嚴淨佛土諸善男子善女人等所成功德世尊是善男子善女人等發趣無上正等菩提修諸行時云何應知留難魔事佛言善現若菩薩摩訶薩樂爲有情宣說法要應時言辯不速現前當知是爲菩薩魔事具壽善現白言世尊何緣菩薩摩訶薩樂爲有情宣說法要應時言辯不速現前說爲魔事佛言善現諸菩薩摩訶薩修行般若波羅蜜多時由是因緣所修般若波羅蜜多乃至布施波羅蜜多難得圓滿故說菩薩摩訶薩樂爲有情宣說法要應時言辯不速現前以爲魔事復次善現若菩薩摩訶薩樂修勝行辯乃卒生當知是爲菩

薩魔事具壽善現白言世尊何緣菩薩摩訶薩樂修勝行辯乃卒生説爲魔事佛言善現諸菩薩摩訶薩修行布施波羅蜜多乃至般若波羅蜜多無方便善巧故辯乃卒生廢修彼行故説菩薩摩訶薩樂修勝行辯乃卒生以爲魔事復次善現住菩薩乘諸善男子善女人等書寫般若波羅蜜多甚深經時頻申欠呿無端戲笑互相輕凌身心躁擾文句倒錯迷惑義理不得滋味横事欻起書寫不終當知是爲菩薩魔事復次善現住菩薩乘諸善男子善女人等受持讀誦思惟修習説聽般若波羅蜜多甚深經時頻申欠呿無端戲笑互相輕凌身心躁擾文句倒錯迷惑義理不得滋味横事欻起所作不成當知是爲菩薩魔事時具壽善現白佛言世尊何因緣故有菩薩乘諸善男子善女人等聞説般若波羅蜜多甚深經時忽作是念我於此經不得滋味何用勤苦聽此經爲作是念已即便捨去受持讀誦思惟修習書寫解説亦復如是佛言善現是善男子善女人等於過去世未久修行般若静慮精進安忍淨戒布施波羅蜜多是故於此甚深般若波羅蜜多聽受等時不得滋味情不忍可即便捨去復次善現住菩薩乘諸善男子善女人等聞説般若波羅蜜多甚深經時若作是念我於無上正等菩提不得受記何用聽受如是經爲彼由此緣心不清淨不得滋味便從坐起猒捨而去當知是爲菩薩魔事時具壽善現白佛言世尊何因緣故於此般若波羅蜜多甚深經中不授如是諸善男子善女人等無上正等大

菩提記令其不忍猒捨而去佛言善現菩薩未入正性離生不應授彼大菩提記若授彼記增彼憍逸有損無益故不爲記復次善現住菩薩乘諸善男子善女人等聞說般若波羅蜜多甚深經時若作是念此中不說我等名字何用聽爲心不清淨不得滋味便從坐起猒捨而去當知是爲菩薩魔事時具壽善現白佛言世尊何因緣故於此般若波羅蜜多甚深經中不記說彼菩薩名字佛言善現菩薩未受大菩提記法爾不應記說名字復次善現住菩薩乘諸善男子善女人等聞說般若波羅蜜多甚深經時若作是念此中不說我等生處城邑聚落何用聽爲心不清淨不得滋味便從坐起猒捨而去當知是爲菩薩魔事時具壽善現白佛言世尊何因緣故於此般若波羅蜜多甚深經中不記說彼菩薩生處城邑聚落佛言善現若未記彼菩薩名字不應說其生處差別復次善現若菩薩摩訶薩聞說般若波羅蜜多甚深經時心不清淨不得滋味而捨去者隨彼所起不清淨心猒捨此經舉步多少便減爾所劫數功德獲爾所劫障菩提罪受彼罪已更爾所時發勤精進求趣無上正等菩提修諸菩薩難行苦行方可復本是故菩薩若欲速證無上菩提不應猒捨甚深般若波羅蜜多復次善現住菩薩乘諸善男子善女人等棄捨般若波羅蜜多甚深經典求學餘經當知是爲菩薩魔事何以故善現是善男子善女人等棄捨一切相智根本甚深般若波羅蜜多而攀枝葉諸餘經典終不能得大菩提故時具壽善

現白佛言世尊何等餘經猶如枝葉不能引發一切相智佛言善現若說聲聞及獨覺地相應之法謂四念住四正斷四神足五根五力七等覺支八聖道支及空無相無願解脱門等所有諸經若善男子善女人等於中修學得預流果得一來果得不還果得阿羅漢果得獨覺菩提不得無上正等菩提是名餘經猶如枝葉不能引發一切相智甚深般若波羅蜜多定能引發一切相智有大勢用猶如樹根是善男子善女人等棄捨般若波羅蜜多甚深經典求學餘經定不能得一切相智何以故善現如是般若波羅蜜多甚深經典出生菩薩摩訶薩衆世出世間功德法故是故善現若菩薩摩訶薩修學般若波羅蜜多甚深經典則爲修學一切菩薩摩訶薩衆世出世間功德善法復次善現譬如餓狗棄大家食反從僕隸而求覓之於當來世有菩薩乘諸善男子善女人等棄捨一切佛法根本甚深般若波羅蜜多求學二乘相應經典亦復如是當知是爲菩薩魔事復次善現譬如有人欲求香象得此象已捨而求跡於汝意云何是人爲黠不善現對曰是人非黠佛言善現於當來世有菩薩乘諸善男子善女人等棄捨一切佛法根本甚深般若波羅蜜多求學二乘相應經典亦復如是當知是爲菩薩魔事復次善現譬如有人欲見大海既覩大海反觀牛跡作是念言大海中水其量深廣豈及此耶於汝意云何是人爲黠不善現對曰是人非黠佛言善現於當來世有善薩乘諸善男子善女人等棄捨一切佛法根

本甚深般若波羅蜜多求學二乘相應經典亦復如是當知是爲菩薩魔事復次善現如有工匠或彼弟子欲造大殿如天帝釋殊勝殿量見彼殿已而反規模日月宮殿於意云何如是工匠或彼弟子能造大殿量如帝釋殊勝殿不善現對曰不也世尊不也善逝佛言善現於汝意云何是人爲黠不善現對曰是人非黠是愚癡類佛言善現於當來世有菩薩乘諸善男子善女人等欲求無上正等菩提棄捨如是甚深般若波羅蜜多求學二乘相應經典亦復如是彼必不得所求無上正等菩提當知是爲菩薩魔事復次善現如人求見轉輪聖王見已不能善取形相捨至餘處見凡小王取其形相作如是念轉輪聖王形相威德與此何異於汝意云何是人爲黠不善現對曰是人非黠佛言善現於當來世有菩薩乘諸善男子善女人等亦復如是欲求無上正等菩提棄捨如是甚深般若波羅蜜多求學二乘相應經典言此經典與彼無異何用彼爲是善男子善女人等必定不得所求無上正等菩提當知是爲菩薩魔事復次善現如有飢人得百味食棄而求噉穇稗等飯於汝意云何是人爲黠不善現對曰是人非黠佛言善現於當來世有菩薩乘諸善男子善女人等棄大般若波羅蜜多甚深經典求學二乘相應經典於中欲求一切相智亦復如是彼善男子善女人等徒設劬勞定不能得一切相智當知是爲菩薩魔事復次善現如有貧人得無價寶棄而翻取迦遮末尼於汝意云何是人爲黠不善現對曰是

人非黠佛言善現於當來世有菩薩乘諸善男子善女人等棄大般若波羅蜜多甚深經典求學二乘相應經典於中欲求一切相智亦復如是彼善男子善女人等徒設劬勞定不能得一切相智當知是爲菩薩魔事復次善現住菩薩乘諸善男子善女人等書大般若波羅蜜多甚深經時欻然發起下劣尋伺由此尋伺令所書寫甚深般若波羅蜜多不得究竟何等名爲下劣尋伺謂色尋伺或聲香味觸法尋伺或起布施淨戒安忍精進靜慮般若尋伺乃至或起無上正等菩提尋伺令所書寫甚深般若波羅蜜多不得究竟當知是爲菩薩魔事何以故善現甚深般若波羅蜜多無尋伺故難思議故無思慮故無生滅故無染淨故無定亂故離名言故不可說故不可得故所以者何善現甚深般若波羅蜜多中如前所說法皆無所有都不可得住菩薩乘諸善男子善女人等書寫般若波羅蜜多甚深經時如是諸法擾亂其心令不究竟是故說爲菩薩魔事爾時具壽善現白佛言世尊甚深般若波羅蜜多可書寫不佛言善現甚深般若波羅蜜多不可書寫何以故善現般若波羅蜜多自性無所有不可得靜慮精進安忍淨戒布施波羅蜜多自性亦無所有不可得內空自性無所有不可得乃至無性自性空自性亦無所有不可得四念住自性無所有不可得廣說乃至十八佛不共法自性亦無所有不可得一切智自性無所有不可得道相智一切相智自性亦無所有不可得善現諸法自性皆無所有不可得故

即是無性如是無性即是般若波羅蜜多非無性法能書無性是故般若波羅蜜多不可書寫善現住菩薩乘諸善男子善女人等若於如是甚深般若波羅蜜多起無性想當知是爲菩薩魔事時具壽善現復白佛言世尊住菩薩乘諸善男子善女人等書寫如是甚深般若波羅蜜多若作是念我以文字書寫如是甚深般若波羅蜜多彼依文字執著般若波羅蜜多當知是爲菩薩魔事佛言善現如是如是如汝所説何以故善現於此般若波羅蜜多甚深經中色無文字受想行識亦無文字眼處無文字耳鼻舌身意處亦無文字色處無文字聲香味觸法處亦無文字眼界無文字耳鼻舌身意界亦無文字色界無文字聲香味觸法界亦無文字眼識界無文字耳鼻舌身意識界亦無文字眼觸無文字耳鼻舌身意觸亦無文字眼觸爲緣所生諸受無文字耳鼻舌身意觸爲緣所生諸受亦無文字般若波羅蜜多無文字靜慮精進安忍淨戒布施波羅蜜多亦無文字内空無文字外空内外空空空大空勝義空有爲空無爲空畢竟空無際空散無散空本性空自共相空一切法空不可得空無性空自性空無性自性空亦無文字四念住無文字廣説乃至十八佛不共法亦無文字一切智無文字道相智一切相智亦無文字是故不應執有文字能書般若波羅蜜多善現住菩薩乘諸善男子善女人等若作是執於此般若波羅蜜多甚深經中無文字是色無文字是受想行識如是乃至無文字是一切智無文字是

道相智一切相智當知是爲菩薩魔事復次善現住菩薩乘諸善男子善女人等書寫受持讀誦修習思惟演説如是般若波羅蜜多甚深經時若起國土作意若起城邑作意若起王都作意若起方處作意若起親教軌範作意若起同學善友作意若起父母妻子作意若起兄弟姊妹作意若起親戚朋侶作意若起國王大臣作意若起盜賊惡人作意若起猛獸惡鬼作意若起衆聚遊戲作意若起娛女歡娛作意若起酬怨報恩作意若起諸餘種種作意若於作意復起作意皆是惡魔之所引發爲障般若波羅蜜多所引無邊殊勝善法當知是爲菩薩魔事復次善現住菩薩乘諸善男子善女人等書寫受持讀誦修習思惟演説如是般若波羅蜜多甚深經時得大名聞恭敬供養所謂衣服飲食卧具病緣醫藥及餘資財是善男子善女人等受著此事退失般若波羅蜜多所引無邊殊勝善業當知是爲菩薩魔事復次善現住菩薩乘諸善男子善女人等書寫受持讀誦修習思惟演説如是般若波羅蜜多甚深經時有諸惡魔執持種種世俗書論或復二乘相應經典詐現親友授與菩薩此中廣説世俗勝事或復廣説諸藴界處諦實緣起三十七種菩提分法三解脱門四靜慮等言是經典義味深與應勤修學捨所習經是菩薩乘諸善男子善女人等方便善巧不應受著惡魔所與世俗書論或復二乘相應經典所以者何世俗書論二乘經典不能引發一切相智非趣無上正等菩提無倒方便乃於無上正等菩

提翻爲障礙善現我此般若波羅蜜多甚深經中廣說菩薩摩訶薩道善巧方便若菩薩摩訶薩於此中求善巧方便精勤修學諸菩薩行速證無上正等菩提善現若菩薩乘諸善男子善女人等棄捨般若波羅蜜多甚深經典所說菩薩摩訶薩道善巧方便受學惡魔世俗書論或復二乘相應經典當知是爲菩薩魔事

第二分不和合品第四十五之一

復次善現能學法者愛樂聽聞書寫受持讀誦修習甚深般若波羅蜜多能持法者著樂懈怠不肯爲說不欲施與甚深般若波羅蜜多當知是爲菩薩魔事復次善現能持法者心不著樂亦不懈怠樂說樂施甚深般若波羅蜜多方便勸勵書寫受持讀誦修習能學法者懈怠著樂不欲聽受當知是爲菩薩魔事復次善現能學法者愛樂聽聞書寫受持讀誦修習甚深般若波羅蜜多能持法者欲往他方不獲教授甚深般若波羅蜜多當知是爲菩薩魔事復次善現能持法者樂說樂施甚深般若波羅蜜多方便勸勵書寫受持讀誦修習能學法者欲往他方不獲聽受甚深般若波羅蜜多當知是爲菩薩魔事復次善現能持法者具大惡欲愛重名利衣服飲食卧具醫藥及餘資財供養恭敬心無猒足能學法者少欲喜足修遠離行勇猛正勤具念定慧猒怖利養恭敬名譽兩不和合不獲教授聽受書持讀誦修習甚深般若波羅蜜多當知是爲菩薩魔事復次善現能持法者少欲喜足修遠離行勇猛正勤具念定慧猒

怖利養恭敬名譽能學法者具大惡欲愛重名利衣服飲食卧具醫藥及餘資財供養恭敬心無猒足兩不和合不獲教授聽受書持讀誦修習甚深般若波羅蜜多當知是爲菩薩魔事復次善現能持法者具足十二杜多功德謂住阿練若處常乞食糞掃衣一受食一坐食隨得食塚間住露地住樹下住常坐不卧隨得敷具但畜三衣能學法者不受十二杜多功德謂不住阿練若處乃至不但畜三衣兩不和合不獲教授聽受書持讀誦修習甚深般若波羅蜜多當知是爲菩薩魔事復次善現能學法者具足十二杜多功德謂住阿練若處乃至但畜三衣能持法者不受十二杜多功德謂不住阿練若處乃至不但畜三衣兩不和合不獲教授聽受書持讀誦修習甚深般若波羅蜜多當知是爲菩薩魔事復次善現能持法者有信有善法欲爲他説甚深般若波羅蜜多方便勸勵書寫受持讀誦修習能學法者無信無善法不樂聽受兩不和合不獲教授聽受書持讀誦修習甚深般若波羅蜜多當知是爲菩薩魔事復次善現能學法者有信有善法求欲聽聞書寫受持讀誦修習甚深般若波羅蜜多能持法者無信無善法不欲教授兩不和合不獲教授聽受書持讀誦修習甚深般若波羅蜜多當知是爲菩薩魔事復次善現能持法者心無慳悋一切能捨能學法者心有慳悋不能捨施兩不和合不獲教授聽受書持讀誦修習甚深般若波羅蜜多當知是爲菩薩魔事復次善現能學法者心無慳悋一切能捨能

持法者心有慳悋不能捨施兩不和合不獲
教授聽受書持讀誦修習甚深般若波羅蜜
多當知是爲菩薩魔事復次善現能學法者
欲求供養能持法者衣服飲食卧具醫藥及
餘資財能持法者不樂受用兩不和合不獲
教授聽受書持讀誦修習甚深般若波羅蜜
多當知是爲菩薩魔事復次善現能持法者
欲求供給能學法者衣服飲食卧具醫藥及
餘資財能學法者不樂受用兩不和合不獲
教授聽受書持讀誦修習甚深般若波羅蜜
多當知是爲菩薩魔事復次善現能持法者
成就開智不樂廣説能學法者成就演智不
樂略説兩不和合不獲教授聽受書持讀誦
修習甚深般若波羅蜜多當知是爲菩薩魔
事復次善現能學法者成就開智唯樂略説

能持法者成就演智唯樂廣説兩不和合不
獲教授聽受書持讀誦修習甚深般若波羅
蜜多當知是爲菩薩魔事復次善現能持法
者專樂廣知十二分教次第法義所謂契經
應頌記別諷頌自説因緣本事本生方廣希
法譬喻論議能學法者不樂廣知十二分教
次第法義所謂契經乃至論議兩不和合不
獲教授聽受書持讀誦修習甚深般若波羅
蜜多當知是爲菩薩魔事復次善現能學法
者專樂廣知十二分教次第法義所謂契經
乃至論議能持法者不樂廣知十二分教次
第法義所謂契經乃至論議兩不和合不獲
教授聽受書持讀誦修習甚深般若波羅蜜
多當知是爲菩薩魔事復次善現能持法者
成就布施淨戒安忍精進靜慮般若波羅蜜

多能聽法者不成就布施乃至般若波羅蜜多兩不和合不獲教授聽受書持讀誦修習甚深般若波羅蜜多當知是爲菩薩魔事復次善現能學法者成就布施乃至般若波羅蜜多能持法者不成就布施乃至般若波羅蜜多兩不和合不獲教授聽受書持讀誦修習甚深般若波羅蜜多當知是爲菩薩魔事復次善現能持法者於六波羅蜜多有方便善巧能學法者於六波羅蜜多無方便善巧兩不和合不獲教授聽受書持讀誦修習甚深般若波羅蜜多當知是爲菩薩魔事復次善現能學法者於六波羅蜜多有方便善巧能持法者於六波羅蜜多無方便善巧兩不和合不獲教授聽受書持讀誦修習甚深般若波羅蜜多當知是爲菩薩魔事復次善現能持法者已得陀羅尼能學法者未得陀羅尼兩不和合不獲教授聽受書持讀誦修習甚深般若波羅蜜多當知是爲菩薩魔事復次善現能學法者已得陀羅尼能持法者未得陀羅尼兩不和合不獲教授聽受書持讀誦修習甚深般若波羅蜜多當知是爲菩薩魔事復次善現能持法者欲令恭敬書寫受持讀誦修習甚深般若波羅蜜多能學法者不欲恭敬書寫受持讀誦修習甚深般若波羅蜜多兩不和合不獲教授聽受書持讀誦修習甚深般若波羅蜜多當知是爲菩薩魔事復次善現能學法者欲得恭敬書寫受持讀誦修習甚深般若波羅蜜多能持法者不欲恭敬書寫受持讀誦修習甚深般若波羅蜜多兩不和合不獲教授聽受書持讀誦修

習甚深般若波羅蜜多當知是爲菩薩魔事
復次善現能持法者已離慳垢已離貪欲瞋
恚惛沉睡眠掉舉惡作疑蓋能學法者未離
慳垢未離貪欲乃至疑蓋兩不和合不獲教
授聽受書持讀誦修習甚深般若波羅蜜多
當知是爲菩薩魔事復次善現能學法者已
離慳垢已離貪欲乃至疑蓋能持法者未離
慳垢未離貪欲乃至疑蓋兩不和合不獲教
授聽受書持讀誦修習甚深般若波羅蜜多
當知是爲菩薩魔事復次善現有菩薩乘諸
善男子善女人等書寫受持讀誦修習思惟
演說如是般若波羅蜜多甚深經時若有人
來爲說地獄傍生鬼界種種苦事因而告曰
汝於是身應勤精進速盡苦際取般涅槃何
用稽留生死大海受百千種難忍苦事求趣
無上正等菩提此善男子善女人等若由彼
言於所書寫受持讀誦修習思惟演說般若
波羅蜜多甚深經事不得究竟當知是爲菩
薩魔事

大般若波羅蜜多經卷第四百四十

音釋

欠呿 欠去劒切呿丘加切欠呿謂氣擁滯欠呿而解也 躁擾 躁則到切不安靜也擾而沼切煩亂也 歘 許勿切忽也 僕隸 僕步木切隸郎計切 黠 胡戞切慧也 穉稗 穉音提稗旁卦切穉稗似禾穢草也 奧 於到切宛轉而深也 塚 知隴切高墳也 阿練若 梵語也此云閑靜處若爾者切 掉舉 掉徒弔切搖也掉舉謂身心妄搖動也

大般若波羅蜜多經卷第四百四十一

唐三藏法師玄奘奉　詔譯

第二分不和合品第四十五之二

復次善現有菩薩乘諸善男子善女人等書寫受持讀誦修習思惟演說如是般若波羅蜜多甚深經時若有人來讚說人趣種種勝事讚說四大王衆天乃至他化自在天諸勝妙事讚說梵衆天乃至色究竟天諸勝妙事讚說空無邊處天乃至非想非非想處天諸勝妙事因而告曰雖於欲界受諸欲樂於色界中受諸靜慮無量快樂於無色界受諸寂靜等至妙樂而彼一切皆是有爲無常苦空非我不淨變壞之法盡法謝法離法滅法汝於此身何不精進取預流果若一來果若不還果若阿羅漢果若獨覺菩提人般涅槃究竟安樂何用久處生死輪迴無事爲他受諸勤苦求趣無上正等菩提此善男子善女人等由彼所說於所書寫受持讀誦修習思惟演說般若波羅蜜多甚深經事不得究竟當知是爲菩薩魔事復次善現能持法者一身無繫專修已事不憂他業能學法者好領徒衆樂營他事不憂自業兩不和合不獲教授聽受書持讀誦修習甚深般若波羅蜜多當知是爲菩薩魔事復次善現能學法者一身無繫專修已事不憂他業能持法者好領徒衆樂營他事不憂自業兩不和合不獲教授聽受書持讀誦修習甚深般若波羅蜜多當知是爲菩薩魔事復次善現能持法者不樂喧雜能學法者樂處喧雜兩不和合不獲教授聽受書持讀誦修習甚深般若波羅蜜多

當知是爲菩薩魔事復次善現能學法者不
樂喧雜能持法者樂處喧雜兩不和合不獲
教授聽受書持讀誦修習甚深般若波羅蜜
多當知是爲菩薩魔事復次善現能持法者
欲令學者於我所爲悉皆隨助能學法者不
隨其欲兩不和合不獲教授聽受書持讀誦
修習甚深般若波羅蜜多當知是爲菩薩魔
事復次善現能學法者於持法者諸有所爲
悉樂隨助能持法者不隨其欲兩不和合不
獲教授聽受書持讀誦修習甚深般若波羅
蜜多當知是爲菩薩魔事復次善現能持法
者爲名利故欲爲他說甚深般若波羅蜜多
復欲令彼書寫受持讀誦修習能學法者知
其所爲不欲從受兩不和合不獲教授聽受
書持讀誦修習甚深般若波羅蜜多當知是

爲菩薩魔事復次善現能學法者爲名利故
欲請他說甚深般若波羅蜜多復欲方便書
寫受持讀誦修習能持法者知其所爲而不
隨請兩不和合不獲教授聽受書持讀誦修
習甚深般若波羅蜜多當知是爲菩薩魔事
復次善現能持法者欲往他方危身命處能
學法者恐失身命不欲隨往兩不和合不獲
教授聽受書持讀誦修習甚深般若波羅蜜
多當知是爲菩薩魔事復次善現能學法者
欲往他方危身命處能持法者恐失身命不
欲共往兩不和合不獲教授聽受書持讀誦
修習甚深般若波羅蜜多當知是爲菩薩魔
事復次善現能持法者欲往他方多賊疾疫
饑渴國土能學法者慮彼艱辛不肯隨往兩
不和合不獲教授聽受書持讀誦修習甚深

般若波羅蜜多當知是爲菩薩魔事復次善現能學法者欲往他方多賊疾疫饑渴國土能持法者慮彼艱辛不肯共往兩不和合不獲教授聽受書持讀誦修習甚深般若波羅蜜多當知是爲菩薩魔事復次善現能持法者欲往他方安隱豐樂無難之處能學法者欲隨其去能持法者方便試言汝雖爲利欲隨我往而汝至彼豈必遂心宜審思惟勿後憂悔時學法者聞已念言是彼不欲令我去相設固隨往豈必聞法由此因緣不隨其去兩不和合不獲教授聽受書持讀誦修習甚深般若波羅蜜多當知是爲菩薩魔事復次善現能持法者欲往他方所經道路曠野險阻多諸賊難及旃荼羅惡獸獵師毒蛇等怖能學法者欲隨其去能持法者方便試言汝今何故無事隨我欲經如是諸險難處宜審思惟勿後憂悔能學法者聞已念言彼應不欲令我隨往設固隨往何必聞法由此因緣不隨其去兩不和合不獲教授聽受書持讀誦修習甚深般若波羅蜜多當知是爲菩薩魔事復次善現能持法者多有施主數相追隨學法者來請說般若波羅蜜多或請書寫受持讀誦如說修行彼多緣礙無暇教授能學法者起嫌恨心後雖教授而不聽受兩不和合不獲教授聽受書持讀誦修習甚深般若波羅蜜多當知是爲菩薩魔事復次善現有諸惡魔作苾芻像至菩薩所方便破壞令於般若波羅蜜多不得書寫受持讀誦修習思惟爲他演說時具壽善現白佛言世尊云何惡魔作苾芻像至菩薩所方便破壞令於

般若波羅蜜多不得書寫受持讀誦修習思惟爲他演說佛言善現有諸惡魔作苾芻像至菩薩所方便破壞令其毀猒甚深般若波羅蜜多不得書寫受持讀誦修習思惟爲他演說謂作是言汝所習誦無相經典非眞般若波羅蜜多我所習誦有相經典是眞般若波羅蜜多作是語時有諸菩薩未得受記便於般若波羅蜜多而生疑惑由疑惑故便於般若波羅蜜多而生毀猒由毀猒故遂不書寫受持讀誦修習思惟爲他演說甚深般若波羅蜜多當知是爲菩薩魔事復次善現有諸惡魔作苾芻像至菩薩所語菩薩言若諸菩薩行此般若波羅蜜多唯證實際得預流果若一來果若不還果若阿羅漢果若獨覺菩提終不能證無上佛果何緣於此唐設劬勞菩薩既聞便不書寫受持讀誦修習思惟爲他演說甚深般若波羅蜜多當知是爲菩薩魔事復次善現書寫受持讀誦修習思惟演說如是般若波羅蜜多甚深經時多有惡魔作留難事障礙菩薩所求無上正等菩提諸菩薩摩訶薩應諦覺察而遠離之時具壽善現白佛言世尊何等名爲魔事留難令諸菩薩覺察遠離佛言善現住菩薩乘諸善男子善女人等書寫受持讀誦修習思惟演說如是般若波羅蜜多甚深經時多有相似般若靜慮精進安忍淨戒布施波羅蜜多魔事留難菩薩於中應諦覺察而遠離之復次善現住菩薩乘諸善男子善女人等書寫受持讀誦修習思惟演說如是般若波羅蜜多甚深經時多有相似內空外空內外空空空大

空勝義空有爲空無爲空畢竟空無際空散無散空本性空自共相空一切法空不可得空無性空自性空無性自性空魔事留難菩薩於中應諦覺察而遠離之復次善現住菩薩乘諸善男子善女人等書寫受持讀誦修習思惟演說如是般若波羅蜜多甚深經時多有相似眞如法界法性實際不思議界及餘無量無邊佛法魔事留難菩薩於中應諦覺察而遠離之復次善現住菩薩乘諸善男子善女人等書寫受持讀誦修習思惟演說如是般若波羅蜜多甚深經時有持二乘相應經典至菩薩所作如是言此是如來眞實所說學此法者速證無上正等菩提如是亦名魔事留難菩薩於中應諦覺察而遠離之復次善現有諸惡魔作苾芻像至菩薩所宣說二乘所學所行內外空等或四念住四正斷四神足五根五力七等覺支八聖道支或三解脫門等說是法已謂菩薩言大士當知且依此法精勤修學取預流果若一來果若不還果若阿羅漢果若獨覺菩提遠離一切生老病死何用無上正等菩提由此因緣令是菩薩不得書寫受持讀誦修習思惟爲他演說甚深般若波羅蜜多當知是爲菩薩魔事復次善現有諸惡魔作苾芻像威儀庠序形貌端嚴至菩薩所菩薩見之深生愛著由斯退減一切相智不獲聽聞書寫受持讀誦修習思惟演說甚深般若波羅蜜多當知是爲菩薩魔事復次善現有諸惡魔作佛形像身眞金色常光一尋具三十二大丈夫相八十隨好圓滿莊嚴至菩薩所菩薩見之深生

愛著由斯退減一切相智不獲聽聞書寫受持讀誦修習思惟演說甚深般若波羅蜜多當知是爲菩薩魔事復次善現有諸惡魔化作佛像苾芻圍繞宣說法要至菩薩所菩薩見之深生愛著便作是念願我未來當成如來應正等覺苾芻圍繞宣說法要與今所見平等平等由斯退減一切相智不獲聽聞書寫受持讀誦修習思惟演說甚深般若波羅蜜多當知是爲菩薩魔事復次善現有諸惡魔化作菩薩摩訶薩像若百若千乃至無數具無礙辯相好莊嚴自變其身作佛形像爲化菩薩摩訶薩衆宣說法要教修布施波羅蜜多乃至般若波羅蜜多現如是相至菩薩所菩薩見之深生愛著由斯退減一切相智不獲聽聞書寫受持讀誦修習思惟演說甚

深般若波羅蜜多當知是爲菩薩魔事所以者何善現如是般若波羅蜜多甚深法中色無所有不可得受想行識亦無所有不可得眼處無所有不可得耳鼻舌身意處亦無所有不可得色處無所有不可得聲香味觸法處亦無所有不可得眼界無所有不可得耳鼻舌身意界亦無所有不可得色界無所有不可得聲香味觸法界亦無所有不可得眼識界無所有不可得耳鼻舌身意識界亦無所有不可得眼觸無所有不可得耳鼻舌身意觸亦無所有不可得眼觸爲緣所生諸受無所有不可得耳鼻舌身意觸爲緣所生諸受亦無所有不可得地界無所有不可得水火風空識界亦無所有不可得無明無所有不可得行識名色六處觸受愛取有生老死

愁歎苦憂惱亦無所有不可得欲界無所有不可得色無色界亦無所有不可得過去無所有不可得未來現在亦無所有不可得有漏法無所有不可得無漏法亦無所有不可得有爲法無所有不可得無爲法亦無所有不可得世間法無所有不可得出世間法亦無所有不可得布施波羅蜜多無所有不可得淨戒安忍精進靜慮般若波羅蜜多亦無所有不可得內空無所有不可得外空內外空空空大空勝義空有爲空無爲空畢竟空無際空散無散空本性空自共相空一切法空不可得空無性空自性空無性自性空亦無所有不可得眞如無所有不可得法界法性不虛妄性不變異性平等性離生性法定法住實際虛空界不思議界亦無所有不可得苦聖諦無所有不可得集滅道聖諦亦無所有不可得四靜慮無所有不可得四無量四無色定亦無所有不可得八解脫無所有不可得八勝處九次第定十遍處亦無所有不可得四念住無所有不可得四正斷四神足五根五力七等覺支八聖道支亦無所有不可得空解脫門無所有不可得無相無願解脫門亦無所有不可得淨觀地無所有不可得種性地第八地具見地薄地離欲地已辦地獨覺地菩薩地如來地亦無所有不可得極喜地無所有不可得離垢地發光地焰慧地極難勝地現前地遠行地不動地善慧地法雲地亦無所有不可得五眼無所有不可得六神通亦無所有不可得如來十力無所有不可得四無所畏四無礙解大慈大悲

大喜大捨十八佛不共法亦無所有不可得三十二大士相無所有不可得八十隨好亦無所有不可得無忘失法無所有不可得恒住捨性亦無所有不可得一切智無所有不可得道相智一切相智亦無所有不可得成熟有情無所有不可得嚴淨佛土亦無所有不可得菩薩大願無所有不可得菩薩神通亦無所有不可得一切陀羅尼門無所有不可得一切三摩地門亦無所有不可得預流果無所有不可得一來不還阿羅漢果獨覺菩提亦無所有不可得一切菩薩摩訶薩行無所有不可得諸佛無上正等菩提亦無所有不可得善現若於是處色無所有不可得受想行識亦無所有不可得如是乃至一切菩薩摩訶薩行無所有不可得諸佛無上正等菩提亦無所有不可得則於是處一切如來應正等覺及諸菩薩摩訶薩衆獨覺聲聞諸異生類亦無所有不可得何以故善現以一切法自性空故復次善現住菩薩乘諸善男子善女人等書寫受持讀誦修習思惟演說如是般若波羅蜜多甚深經時多有留難違害事起令薄福者事不成就如贍部洲有諸珍寶謂吠瑠璃螺貝壁玉珊瑚石藏末尼真珠帝青大青金剛琥珀金銀等寶多有盜賊違害留難諸薄福人求不能得甚深般若波羅蜜多無價寶珠亦復如是住菩薩乘諸善男子善女人等書寫受持讀誦修習思惟演說如是般若波羅蜜多甚深經時有薄福者多諸障礙有諸惡魔爲作留難具壽善現即白佛言如是世尊如是善逝誠如聖教甚

深般若波羅蜜多如贍部洲吠瑠璃等種種珍寶多有留難諸薄福人雖設方便而不能得住菩薩乘諸善男子善女人等書寫受持讀誦修習思惟演說如是般若波羅蜜多甚深經時有薄福者多諸留難雖有欲樂而不能成所以者何有愚癡者爲魔所使住菩薩乘諸善男子善女人等書寫受持讀誦修習思惟演說如是般若波羅蜜多甚深經時爲作留難世尊彼愚癡者覺慧微昧不能思議廣大佛法自於般若波羅蜜多甚深經典不能書寫受持讀誦修習思惟爲他演說復樂障他書寫受持讀誦修習思惟演說甚深般若波羅蜜多佛言善現如是如是如汝所說有愚癡人爲魔所使住菩薩乘諸善男子善女人等書寫受持讀誦修習思惟演說如是般若波羅蜜多甚深經時爲作留難善現彼愚癡者覺慧微昧不能思議廣大佛法未種善根未於佛所發弘誓願爲惡知識之所攝受薄福德故自於般若波羅蜜多甚深經典不能書寫受持讀誦修習思惟爲他演說新學大乘諸善男子善女人等書寫受持讀誦修習思惟演說如是般若波羅蜜多甚深經時爲作留難善現於當來世有善男子善女人等覺慧微昧善根薄少爲惡知識之所攝受於諸如來應正等覺廣大功德不能信樂自於般若波羅蜜多甚深經典不能書寫受持讀誦修習思惟爲他演說復樂障他諸善男子善女人等書寫受持讀誦修習思惟演說甚深般若波羅蜜多當知是人獲無量罪復次善現住菩薩乘諸善男子善女人等書

寫受持讀誦修習思惟演說如是般若波羅蜜多甚深經時多諸魔事爲作留難令所書寫受持讀誦修習思惟爲他演說甚深般若波羅蜜多事不成就不能圓滿般若靜慮精進安忍淨戒布施波羅蜜多不能圓滿內空外空內外空空空大空勝義空有爲空無爲空畢竟空無際空散無散空本性空自共相空一切法空不可得空無性空自性空無性自性空不能圓滿眞如法界法性不虛妄性不變異性平等性離生性法定法住實際虛空界不思議界不能圓滿苦集滅道聖諦不能圓滿四靜慮四無量四無色定不能圓滿八解脫八勝處九次第定十遍處不能圓滿四念住四正斷四神足五根五力七等覺支八聖道支不能圓滿空無相無願解脫門不能圓滿菩薩十地不能圓滿五眼六神通不能圓滿如來十力四無所畏四無礙解大慈大悲大喜大捨十八佛不共法不能圓滿三十二大士相八十隨好不能圓滿無忘失法恒住捨性不能圓滿成熟有情嚴淨佛土不能圓滿一切陀羅尼門三摩地門不能圓滿一切菩薩摩訶薩行諸佛無上正等菩提不能圓滿一切智道相智一切相智不能圓滿此等功德皆由惡魔爲作留難善現住菩薩乘諸善男子善女人等書寫受持讀誦修習思惟演說如是般若波羅蜜多甚深經時若無惡魔爲作留難復能圓滿般若靜慮精進安忍淨戒布施波羅蜜多乃至圓滿一切智道相智一切相智當知皆是如來神力加護如是住菩薩乘諸善男子善女人等令於如

是甚深般若波羅蜜多書寫受持讀誦修習思惟演說皆無障礙亦令圓滿般若靜慮精進安忍淨戒布施波羅蜜多乃至圓滿一切智道相智一切相智復次善現現在十方無量無數無邊世界一切如來應正等覺安隱住持說正法者亦以神力加護如是住菩薩乘諸善男子善女人等令於如是甚深般若波羅蜜多書寫受持讀誦修習思惟演說皆無障礙亦令圓滿般若靜慮精進安忍淨戒布施波羅蜜多乃至圓滿一切智道相智一切相智復次善現現在十方殑伽沙等諸佛世界不退轉地一切菩薩摩訶薩衆亦以神力加護如是住菩薩乘諸善男子善女人等令於如是甚深般若波羅蜜多書寫受持讀誦修習思惟演說皆無障礙亦令圓滿般若靜慮精進安忍淨戒布施波羅蜜多乃至圓滿一切智道相智一切相智

第二分佛母品第四十六之一

復次善現如有女人生育諸子若五若十二十三十四十五十或百或千其母遇病諸子各別勤求醫療皆作是念我母云何當得病愈長壽安樂身無衆苦心離愁憂諸子爾時競設方便求安樂具覆護母身勿爲蚊蝱蛇蝎風熱饑渴等觸之所侵惱又以種種上妙樂具供養恭敬而作是言我母慈悲生育我等教示種種世間事業我等豈得不報母恩善現如來應正等覺亦復如是常以佛眼觀察護念甚深般若波羅蜜多何以故善現甚深般若波羅蜜多能生我等一切佛法能與我等一切相智能示世間諸法實相十方世

界無量無數無邊如來應正等覺安隱住持現說法者亦以佛眼常觀護念甚深般若波羅蜜多何以故善現甚深般若波羅蜜多能生十方無量無數無邊世界一切如來應正等覺所有佛法又能與彼一切相智能示世間諸法實相由此因緣我等諸佛常以佛眼觀察護念甚深般若波羅蜜多爲報其恩不應暫捨何以故善現一切如來應正等覺所有靜慮波羅蜜多乃至布施波羅蜜多皆由如是甚深般若波羅蜜多而得生故所有内空乃至無性自性空皆由如是甚深般若波羅蜜多而得現故所有眞如乃至不思議界皆由如是甚深般若波羅蜜多而得現故所有苦集滅道聖諦皆由如是甚深般若波羅蜜多而得現故所有四靜慮四無量四無色定皆由如是甚深般若波羅蜜多而得生故所有八解脫八勝處九次第定十遍處皆由如是甚深般若波羅蜜多而得生故所有四念住乃至八聖道支皆由如是甚深般若波羅蜜多而得生故所有空無相無願解脫門皆由如是甚深般若波羅蜜多而得生故所有五眼六神通皆由如是甚深般若波羅蜜多而得生故所有如來十力乃至十八佛不共法皆由如是甚深般若波羅蜜多而得生故所有三十二大士相八十隨好微妙色身皆由如是甚深般若波羅蜜多而得生故所有無忘失法恒住捨性皆由如是甚深般若波羅蜜多而得生故所有一切陀羅尼門三摩地門皆由如是甚深般若波羅蜜多而得生故所有一切智道相智一切相智皆由如

是甚深般若波羅蜜多而得生故所有預流一來不還阿羅漢果獨覺菩提皆由如是甚深般若波羅蜜多而得生故所有菩薩摩訶薩行諸佛無上正等菩提皆由如是甚深般若波羅蜜多而得生故所有預流一來不還阿羅漢獨覺菩薩摩訶薩諸佛世尊皆由如是甚深般若波羅蜜多而得有故善現一切如來應正等覺已得無上正等菩提今得無上正等菩提當得無上正等菩提皆由如是甚深般若波羅蜜多由此因緣甚深般若波羅蜜多於諸如來有大恩德是故諸佛常以佛眼觀察護念甚深般若波羅蜜多善現住菩薩乘諸善男子善女人等若能於此甚深般若波羅蜜多書寫受持讀誦修習思惟演說一切如來應正等覺常以佛眼觀察護念令其身心恒得安樂所修善業皆無留難善現住菩薩乘諸善男子善女人等若能於此甚深般若波羅蜜多書寫受持讀誦修習思惟演說十方世界一切如來應正等覺皆共護念令於無上正等菩提永不退轉爾時具壽善現白佛言世尊如佛所說甚深般若波羅蜜多能生如來應正等覺一切佛法能與如來應正等覺一切相智能示世間諸法實相世尊云何如是甚深般若波羅蜜多能生如來應正等覺一切佛法能與如來應正等覺一切相智能示世間諸法實相云何如來應正等覺從甚深般若波羅蜜多生云何諸佛說世間相佛言善現甚深般若波羅蜜多能生如來應正等覺所有十力四無所畏四無礙解大慈大悲大喜大捨十八佛不共法

廣說乃至一切相智善現如是等無量無邊如來功德皆從如是甚深般若波羅蜜多而得生長由得如是諸佛功德故名爲佛甚深般若波羅蜜多能生能與一切如來應正等覺如是佛法一切相智是故我說甚深般若波羅蜜多能生如來應正等覺一切佛法能與如來應正等覺一切相智亦說如來應正等覺從彼而生善現甚深般若波羅蜜多能示世間諸法實相者謂能示世間五藴實相一切如來應正等覺亦說世間五藴實相時具壽善現白佛言世尊云何如來應正等覺甚深般若波羅蜜多說示世間五藴實相佛言善現一切如來應正等覺甚深般若波羅蜜多俱不說示五藴有成有壞有生有滅有續有斷有染有淨有增有減有入有出俱不說示五藴有過去有未來有現在有善有不善有無記有欲界繫有色界繫有無色界繫所以者何善現非空無相無願之法有成有壞有生有滅有續有斷有染有淨有增有減有入有出有過去有未來有現在有善有不善有無記有欲界繫有色界繫有無色界繫善現非無生無滅無造無作無性之法有成有壞有生有滅有續有斷有染有淨有增有減有入有出有過去有未來有現在有善有不善有無記有欲界繫有色界繫有無色界繫善現一切如來應正等覺甚深般若波羅蜜多如是說示五藴實相此五藴相即是世間是故世間亦無成無壞無生無滅無續無斷無染無淨無增無減無入無出無過去無未來無現在無善無不善無無記無欲界繫

無色界繫無無色界繫及無餘相復次善現一切如來應正等覺皆依如是甚深般若波羅蜜多普能證知無量無數無邊有情心行差別然此般若波羅蜜多甚深義中無有情亦無有情施設可得無色亦無色施設可得無受想行識亦無受想行識施設可得無眼處亦無眼處施設可得無耳鼻舌身意處亦無耳鼻舌身意處施設可得無色處亦無色處施設可得無聲香味觸法處亦無聲香味觸法處施設可得無眼界亦無眼界施設可得無耳鼻舌身意界亦無耳鼻舌身意界施設可得無色界亦無色界施設可得無聲香味觸法界亦無聲香味觸法界施設可得無眼識界亦無眼識界施設可得無耳鼻舌身意識界亦無耳鼻舌身意識界施設可得無眼觸亦無眼觸施設可得無耳鼻舌身意觸亦無耳鼻舌身意觸施設可得無眼觸爲緣所生諸受亦無眼觸爲緣所生諸受施設可得無耳鼻舌身意觸爲緣所生諸受亦無耳鼻舌身意觸爲緣所生諸受施設可得無地界亦無地界施設可得無水火風空識界亦無水火風空識界施設可得無無明亦無無明施設可得乃至無老死亦無老死施設可得無布施波羅蜜多亦無布施波羅蜜多施設可得乃至無般若波羅蜜多亦無般若波羅蜜多施設可得無内空亦無内空施設可得乃至無無性自性空亦無無性自性空施設可得無四念住亦無四念住施設可得乃至無八聖道支亦無八聖道支施設可得如是乃至無如來十力亦無如來十力施設可

得乃至無十八佛不共法亦無十八佛不共法施設可得無一切智亦無一切智施設可得無道相智一切相智亦無道相智一切相智施設可得善現一切如來應正等覺甚深般若波羅蜜多如是說示世間實相

大般若波羅蜜多經卷第四百四十一

音釋

樂處 樂吾孝切好也處上聲居也

獵師 獵良輒切獵師逐禽之人也

數相 數音朔頻數也

苾芻 苾薄密切芻楚俱切草名含五義一體性柔輭二引蔓旁布三馨香遠聞四能療疼痛五不背日光以比丘之德似之故名比丘為苾芻

劬勤 劬音衢勤也

遠離 遠離二字並去聲

庠序 庠音祥庠序謂安詳次序也

螺貝 螺盧戈切蚌屬也貝邦妹切海介蟲也

殑伽 梵語也此云天堂來河名也以從高處來故殑其拯切其陵二切伽求迦切

醫療 療力照切治也

蚊蝱 蚊音文蝱莫庚切並齧人之飛蟲也

蛇蝎 蝎音歇毒蟲尾有刺能螫人

大般若波羅蜜多經卷第四百四十二

唐三藏法師玄奘奉詔譯

第二分佛母品第四十六之二

復次善現甚深般若波羅蜜多不示現色不示現受想行識不示現眼處不示現耳鼻舌身意處不示現色處不示現聲香味觸法處不示現眼界不示現耳鼻舌身意界不示現色界不示現聲香味觸法界不示現眼識界不示現耳鼻舌身意識界不示現眼觸不示現耳鼻舌身意觸不示現眼觸爲縁所生諸受不示現耳鼻舌身意觸爲縁所生諸受不示現地界不示現水火風空識界不示現無明不示現行識名色六處觸受愛取有生老死不示現布施波羅蜜多不示現淨戒安忍精進靜慮般若波羅蜜多不示現內空不示現外空內外空空空大空勝義空有爲空無爲空畢竟空無際空散無散空本性空自共相空一切法空不可得空無性空自性空無性自性空不示現眞如不示現法界法性不虛妄性不變異性平等性離生性法定法住實際虛空界不思議界不示現苦聖諦不示現集滅道聖諦不示現四靜慮不示現四無量四無色定不示現八解脫不示現八勝處九次第定十遍處不示現四念住不示現四正斷四神足五根五力七等覺支八聖道支不示現空解脫門不示現無相無願解脫門不示現淨觀地不示現種性地第八地具見地薄地離欲地已辦地獨覺地菩薩地如來地不示現極喜地不示現離垢地發光地焰慧地極難勝地現前地遠行地不動地善慧

地法雲地不示現五眼不示現六神通不示現如來十力不示現四無所畏四無礙解大慈大悲大喜大捨十八佛不共法不示現三十二大士相不示現八十隨好不示現無忘失法不示現恒住捨性不示現預流果不示現一來不還阿羅漢果獨覺菩提不示現一切菩薩摩訶薩行不示現諸佛無上正等菩提不示現轉妙法輪不示現度有情類不示現嚴淨佛土不示現成熟有情不示現一切陀羅尼門不示現一切三摩地門不示現一切智不示現道相智一切相智何以故善現如是般若波羅蜜多甚深義中甚深般若波羅蜜多尚無所有不可得況有色受想行識乃至一切智道相智一切相智可得示現復次善現一切有情三界五趣施設言說若有色若無色若有想若無想若非有想非無想若此世界若餘十方無量無數無邊世界是諸有情若略心若散心或善或不善或無記一切如來應正等覺依深般若波羅蜜多皆如實知善現云何如來應正等覺於諸有情略心散心或善或不善或無記依深般若波羅蜜多皆如實知善現一切如來應正等覺依深般若波羅蜜多由法性故能如實知諸有情類略心散心或善或不善或無記時具壽善現白佛言世尊云何如來應正等覺依深般若波羅蜜多由法性故能如實知諸有情類略心散心或善或不善或無記佛言善現一切如來應正等覺依深般若波羅蜜多如實知法性中法性尚無所有不可得況有有情略心散心善不善無記而可得善現如

是如來應正等覺依深般若波羅蜜多由法性故能如實知諸有情類略心散心或善或不善或無記復次善現一切如來應正等覺依深般若波羅蜜多能如實知諸有情類若略心若散心或善或不善或無記善現云何如來應正等覺依深般若波羅蜜多能如實知諸有情類略心散心或善或不善或無記善現一切如來應正等覺依深般若波羅蜜多由盡故離染故滅故斷故寂靜故遠離故能如實知諸有情類略心散心或善或不善或無記時具壽善現白佛言世尊云何如來應正等覺依深般若波羅蜜多由盡故離染故滅故斷故寂靜故遠離故能如實知諸有情類略心散心或善或不善或無記佛言善現一切如來應正等覺依深般若波羅蜜多如實知盡離染滅斷寂靜遠離中盡等性尚無所有不可得況有有情略心散心善不善無記可得善現如是如來應正等覺依深般若波羅蜜多由盡離染滅斷寂靜遠離故能如實知諸有情類略心散心或善或不善或無記復次善現一切如來應正等覺依深般若波羅蜜多能如實知諸有情類有貪心離貪心有瞋心離瞋心有癡心離癡心時具壽善現白佛言世尊云何如來應正等覺依深般若波羅蜜多能如實知諸有情類有貪心離貪心有瞋心離瞋心有癡心離癡心佛言善現一切如來應正等覺依深般若波羅蜜多能如實知彼諸有情有貪心如實性非有貪心非離貪心何以故如實性中心心所法尚無所有不可得況有有貪心離貪心可得

亦如實知彼諸有情有瞋心如實性非有瞋心非離瞋心何以故如實性中心心所法尚無所有不可得况有有瞋心離瞋心可得亦如實知彼諸有情有癡心如實性非有癡心非離癡心何以故如實性中心心所法尚無所有不可得况有有癡心離癡心可得善現如是如來應正等覺依深般若波羅蜜多能如實知彼諸有情有貪心有瞋心有癡心善現一切如來應正等覺依深般若波羅蜜多能如實知彼諸有情離貪心如實性非離貪心非有貪心何以故如實性中心心所法尚無所有不可得况有離貪心有貪心可得亦如實知彼諸有情離瞋心如實性非離瞋心非有瞋心何以故如實性中心心所法尚無所有不可得况有離瞋心有瞋心可得亦如

實知彼諸有情離癡心如實性非離癡心非有癡心何以故如實性中心心所法尚無所有不可得况有離癡心有癡心可得善現如是如來應正等覺依深般若波羅蜜多能如實知彼諸有情離貪心離瞋心離癡心復次善現一切如來應正等覺依深般若波羅蜜多能如實知彼諸有情有貪瞋癡心非有貪瞋癡心非離貪瞋癡心何以故如是二心不和合故善現一切如來應正等覺依深般若波羅蜜多能如實知彼諸有情離貪瞋癡心非離貪瞋癡心非有貪瞋癡心何以故如是二心不和合故善現如是如來應正等覺依深般若波羅蜜多能如實知彼諸有情有貪心離貪心有瞋心離瞋心有癡心離癡心復次善現一切如來應正等覺依深般若波羅

蜜多能如實知諸有情類所有廣心時具壽善現白佛言世尊云何如來應正等覺依深般若波羅蜜多能如實知彼諸有情所有廣心佛言善現一切如來應正等覺依深般若波羅蜜多能如實知彼諸有情所有廣心無廣無狹無增無減無去無來所以者何心之自性畢竟離故非廣非狹非增非減非去非來何以故心之自性都無所有竟不可得何廣何狹何增何減何去何來善現如是如來應正等覺依深般若波羅蜜多能如實知彼諸有情所有廣心復次善現一切如來應正等覺依深般若波羅蜜多能如實知諸有情類所有大心時具壽善現白佛言世尊云何如來應正等覺依深般若波羅蜜多能如實知彼諸有情所有大心佛言善現一切如來應正等覺依深般若波羅蜜多能如實知彼諸有情所有大心無大無小無去無來無生無滅無住無異無染無淨所以者何心之自性畢竟離故佛不見彼有大有小有去有來有生有滅有住有異有染有淨何以故心之自性都無所有竟不可得何大何小何去何來何生何滅何住何異何染何淨善現如是如來應正等覺依深般若波羅蜜多能如實知彼諸有情所有大心復次善現一切如來應正等覺依深般若波羅蜜多能如實知諸有情類所有無量心時具壽善現白佛言世尊云何如來應正等覺依深般若波羅蜜多能如實知彼諸有情所有無量心佛言善現一切如來應正等覺依深般若波羅蜜多能如實知彼諸有情所有無量心非有量非無

量非住非不住非去非不去所以者何心之自性畢竟離故佛不見彼有量有無量有住有不住有去有不去何以故無量心性無所依止如何可說有量有無量有住有不住有去有不去此心自性既無所依亦無所有竟不可得何有量何無量何住何不住何去何不去善現如是如來應正等覺依深般若波羅蜜多能如實知彼諸有情所有無量心復次善現一切如來應正等覺依深般若波羅蜜多能如實知諸有情類所有無見無對心時具壽善現白佛言世尊云何如來應正等覺依深般若波羅蜜多能如實知彼諸有情所有無見無對心佛言善現一切如來應正等覺依深般若波羅蜜多能如實知彼諸有情所有無見無對心皆無心相何以故以一切心自相空故善現如是如來應正等覺依深般若波羅蜜多能如實知彼諸有情所有無見無對心復次善現一切如來應正等覺依深般若波羅蜜多能如實知諸有情類所有無色不可見心時具壽善現白佛言世尊云何如來應正等覺依深般若波羅蜜多能如實知彼諸有情所有無色不可見心佛言善現一切如來應正等覺依深般若波羅蜜多能如實知彼諸有情所有無色不可見心諸佛五眼皆不能見何以故以一切心自性空故善現如是如來應正等覺依深般若波羅蜜多能如實知彼諸有情所有無色不可見心復次善現一切如來應正等覺依深般若波羅蜜多能如實知諸有情類心心所法若出若沒若屈若伸時具壽善現白佛言世

尊云何如來應正等覺依深般若波羅蜜多能如實知彼諸有情心心所法若出若沒若屈若伸佛言善現一切如來應正等覺依深般若波羅蜜多能如實知彼諸有情出沒屈伸心心所法皆依色受想行識生善現如是如來應正等覺依深般若波羅蜜多能如實知彼諸有情心心所法若出若沒若屈若伸謂諸如來應正等覺依深般若波羅蜜多能如實知彼諸有情出沒屈伸心心所法或依色執我及世間常此是諦實餘皆愚妄或依色執我及世間無常此是諦實餘皆愚妄或依色執我及世間亦常亦無常此是諦實餘皆愚妄或依色執我及世間非常非無常此是諦實餘皆愚妄或依受執我及世間常此是諦實餘皆愚妄或依受執我及世間無常此是諦實餘皆愚妄或依受執我及世間亦常亦無常此是諦實餘皆愚妄或依受執我及世間非常非無常此是諦實餘皆愚妄或依想執我及世間常此是諦實餘皆愚妄或依想執我及世間無常此是諦實餘皆愚妄或依想執我及世間亦常亦無常此是諦實餘皆愚妄或依想執我及世間非常非無常此是諦實餘皆愚妄或依行執我及世間常此是諦實餘皆愚妄或依行執我及世間無常此是諦實餘皆愚妄或依行執我及世間亦常亦無常此是諦實餘皆愚妄或依行執我及世間非常非無常此是諦實餘皆愚妄或依識執我及世間常此是諦實餘皆愚妄或依識執我及世間無常此是諦實餘皆愚妄或依識執我及世間亦常亦無常此是諦

實餘皆愚妄或依識執我及世間非常非無
常此是諦實餘皆愚妄或依色執我及世間
有邊此是諦實餘皆愚妄或依色執我及世
間無邊此是諦實餘皆愚妄或依色執我及
世間亦有邊亦無邊此是諦實餘皆愚妄或
依色執我及世間非有邊非無邊此是諦實
餘皆愚妄或依受執我及世間有邊此是諦
實餘皆愚妄或依受執我及世間無邊此是
諦實餘皆愚妄或依受執我及世間亦有邊
亦無邊此是諦實餘皆愚妄或依受執我及
世間非有邊非無邊此是諦實餘皆愚妄或
依想執我及世間有邊此是諦實餘皆愚妄
或依想執我及世間無邊此是諦實餘皆愚
妄或依想執我及世間亦有邊亦無邊此是
諦實餘皆愚妄或依想執我及世間非有邊
非無邊此是諦實餘皆愚妄或依行執我及
世間有邊此是諦實餘皆愚妄或依行執我
及世間無邊此是諦實餘皆愚妄或依行執
我及世間亦有邊亦無邊此是諦實餘皆愚
妄或依行執我及世間非有邊非無邊此是
諦實餘皆愚妄或依識執我及世間有邊此
是諦實餘皆愚妄或依識執我及世間無邊
此是諦實餘皆愚妄或依識執我及世間亦
有邊亦無邊此是諦實餘皆愚妄或依識執
我及世間非有邊非無邊此是諦實餘皆愚
妄或依色執命者即身此是諦實餘皆愚妄
或依色執命者異身此是諦實餘皆愚妄或
依受執命者即身此是諦實餘皆愚妄或依
受執命者異身此是諦實餘皆愚妄或依想
執命者即身此是諦實餘皆愚妄或依想執

命者異身此是諦實餘皆愚妄或依行執命者即身此是諦實餘皆愚妄或依行執命者異身此是諦實餘皆愚妄或依識執命者即身此是諦實餘皆愚妄或依識執命者異身此是諦實餘皆愚妄或依色執如來死後有此是諦實餘皆愚妄或依色執如來死後非有此是諦實餘皆愚妄或依色執如來死後亦有亦非有此是諦實餘皆愚妄或依色執如來死後非有非非有此是諦實餘皆愚妄或依受執如來死後有此是諦實餘皆愚妄或依受執如來死後非有此是諦實餘皆愚妄或依受執如來死後亦有亦非有此是諦實餘皆愚妄或依受執如來死後非有非非有此是諦實餘皆愚妄或依想執如來死後有此是諦實餘皆愚妄或依想執如來死後非有此是諦實餘皆愚妄或依想執如來死後亦有亦非有此是諦實餘皆愚妄或依想執如來死後非有非非有此是諦實餘皆愚妄或依行執如來死後有此是諦實餘皆愚妄或依行執如來死後非有此是諦實餘皆愚妄或依行執如來死後亦有亦非有此是諦實餘皆愚妄或依行執如來死後非有非非有此是諦實餘皆愚妄或依識執如來死後有此是諦實餘皆愚妄或依識執如來死後非有此是諦實餘皆愚妄或依識執如來死後亦有亦非有此是諦實餘皆愚妄或依識執如來死後非有非非有此是諦實餘皆愚妄善現如是如來應正等覺依深般若波羅蜜多能如實知彼諸有情心心所法若出若沒若屈若伸復次善現一切如來應正等

覺於深般若波羅蜜多如實知色亦如實知受想行識時具壽善現白佛言世尊云何如來應正等覺依深般若波羅蜜多如實知色亦如實知受想行識佛言善現一切如來應正等覺依深般若波羅蜜多如實知色如真如無變異無分別無相狀無作用無戲論無所得亦如實知受想行識如真如無變異無分別無相狀無作用無戲論無所得善現如是如來應正等覺依深般若波羅蜜多如實知色亦如實知受想行識復次善現五蘊真如即有情真如有情真如即出没屈伸真如出没屈伸真如即五蘊真如五蘊真如即十二處真如十二處真如即十八界真如十八界真如即一切法真如一切法真如即六波羅蜜多真如六波羅蜜多真如即三十七菩提分法真如三十七菩提分法真如即十八空真如十八空真如即八解脫真如八解脫真如即八勝處真如八勝處真如即九次第定真如九次第定真如即如來十力真如如來十力真如即四無所畏真如四無所畏真如即四無礙解真如四無礙解真如即大慈大悲大喜大捨真如大慈大悲大喜大捨真如即十八佛不共法真如十八佛不共法真如即一切智真如一切智真如即道相智真如道相智真如即一切相智真如一切相智真如即善法真如善法真如即不善法真如不善法真如即無記法真如無記法真如即世間法真如世間法真如即出世間法真如出世間法真如即有漏法真如有漏法真如即無漏法真如無漏法真如即有為法真如

有爲法眞如即無爲法眞如無爲法眞如即過去法眞如過去法眞如即未來法眞如未來法眞如即現在法眞如現在法眞如即預流果眞如預流果眞如即一來果眞如一來果眞如即不還果眞如不還果眞如即阿羅漢果眞如阿羅漢果眞如即獨覺菩提眞如獨覺菩提眞如即一切菩薩摩訶薩行眞如一切菩薩摩訶薩行眞如即諸佛無上正等菩提眞如諸佛無上正等菩提眞如即一切如來應正等覺眞如一切如來應正等覺眞如即一切有情眞如善現若一切如來應正等覺眞如若一切有情眞如若一切法眞如無二無二處是一眞如如是眞如無別異故無壞無盡不可分別善現一切如來應正等覺依深般若波羅蜜多證一切法眞如究竟

乃得無上正等菩提由此故說甚深般若波羅蜜多能生諸佛是諸佛母能示諸佛世間實相善現如是如來應正等覺依深般若波羅蜜多能如實覺知一切法眞如不虛妄性不變異性由如實覺眞如相故說名如來應正等覺時具壽善現白佛言世尊甚深般若波羅蜜多所證一切法眞如不虛妄性不變異性極爲甚深難見難覺世尊一切如來應正等覺皆用一切法眞如不虛妄性不變異性顯示分別諸佛無上正等菩提世尊一切法眞如甚深誰能信解唯有不退位菩薩摩訶薩及具正見漏盡阿羅漢聞佛說此甚深眞如能生信解如來爲彼依自所證眞如之相顯示分別佛言善現如是如是如汝所說所以者何善現眞如無盡是故甚深唯有如

來現等正覺無盡真如時具壽善現白佛言世尊佛由誰證無盡真如佛言善現佛由真如能證如是無盡真如時具壽善現復白佛言世尊如來證誰無盡真如佛言善現證一切法無盡真如善現一切如來應正等覺證得一切法無盡真如故獲得無上正等菩提爲諸有情分別顯示一切法真如相由此故名真實說者

第二分示相品第四十七之一

爾時三千大千世界所有欲界色界諸天各以種種天妙花香遥散世尊而爲供養來詣佛所頂禮雙足却住一面俱白佛言世尊所說甚深般若波羅蜜多以何爲相爾時佛告諸天衆言甚深般若波羅蜜多以空爲相甚深般若波羅蜜多以無相爲相甚深般若波羅蜜多以無願爲相甚深般若波羅蜜多以無生無造無作爲相甚深般若波羅蜜多以無染無淨無滅爲相甚深般若波羅蜜多以無性無相爲相甚深般若波羅蜜多以無依無住爲相甚深般若波羅蜜多以非斷非常爲相甚深般若波羅蜜多以非一非異爲相甚深般若波羅蜜多以無來無去爲相甚深般若波羅蜜多以虛空爲相甚深般若波羅蜜多有如是等無量諸相諸天當知如是諸相一切如來應正等覺爲欲饒益世間天人阿素洛等依世俗諦以想等想施設言說不依勝義諸天當知甚深般若波羅蜜多如是諸相世間天人阿素洛等皆不能壞何以故世間天人阿素洛等皆有相故諸天當知諸相不能破壞諸

相諸相不能了知諸相諸相不能破壞無相諸相不能了知無相無相不能破壞諸相無相不能了知諸相無相不能破壞無相無相不能了知無相何以故若相若無相若相無相皆無所有能破能知所破所知破者知者不可得故諸天當知如是諸相非色所作非受想行識所作非眼處所作非耳鼻舌身意處所作非色處所作非聲香味觸法處所作非眼界所作非耳鼻舌身意界所作非色界所作非聲香味觸法界所作非眼識界所作非耳鼻舌身意識界所作非眼觸所作非耳鼻舌身意觸所作非眼觸爲緣所生諸受所作非耳鼻舌身意觸爲緣所生諸受所作非布施波羅蜜多所作非淨戒安忍精進靜慮般若波羅蜜多所作非內空所作非外空內外空空空大空勝義空有爲空無爲空畢竟空無際空散無散空本性空自共相空一切法空不可得空無性空自性空無性自性空所作非真如所作非法界法性不虛妄性不變異性平等性離生性法定法住實際虛空界不思議界所作非苦聖諦所作非集滅道聖諦所作非四靜慮所作非四無量四無色定所作非八解脫所作非八勝處九次第定十遍處所作非四念住所作非四正斷四神足五根五力七等覺支八聖道支所作非空解脫門所作非無相無願解脫門所作非淨觀地所作非種性地第八地具見地薄地離欲地已辦地獨覺地菩薩地如來地所作非極喜地所作非離垢地發光地焰慧地極難勝地現前地遠行地不動地善慧地法雲地

所作非五眼所作非六神通所作非如來十力所作非四無所畏四無礙解大慈大悲大喜大捨十八佛不共法所作非三十二大士相所作非八十隨好所作非無忘失法所作非恒住捨性所作非一切陀羅尼門所作非一切三摩地門所作非一切智所作非道相智一切相智所作諸天當知如是諸相非天所作非非天所作非人所作非非人所作非天所有非非天所有非人所有非非人所有非有漏非無漏非世間非出世間非有爲非無爲無所繫屬不可宣說諸天當知甚深般若波羅蜜多遠離衆相不應問言甚深般若波羅蜜多以何爲相汝諸天等於意云何設有問言虛空何相如是發問爲正問不諸天荅言不也世尊不也善逝何以故虛空無體

無相無爲不應問故世尊告曰甚深般若波羅蜜多亦復如是不應爲問然諸法相有佛無佛法界法住佛於此相如實覺知故名如來應正等覺時諸天衆俱白佛言如來所覺如是諸相極爲甚深難見難覺如來現覺如是相故於一切法無礙智轉一切如來應正等覺住如是相分別開示甚深般若波羅蜜多爲諸有情集諸法相方便開示令於般若波羅蜜多得無礙智希有世尊甚深般若波羅蜜多是諸如來應正等覺常所行處去來今世一切如來應正等覺行是處故證得無上正等菩提爲諸有情分別開示一切法相謂分別開示色相分別開示受想行識相分別開示眼處相分別開示耳鼻舌身意處相分別開示色處相分別開示聲香味觸法處

相分別開示眼界相分別開示耳鼻舌身意界相分別開示色界相分別開示聲香味觸法界相分別開示眼識界相分別開示耳鼻舌身意識界相分別開示眼觸相分別開示耳鼻舌身意觸相分別開示眼觸爲緣所生諸受相分別開示耳鼻舌身意觸爲緣所生諸受相分別開示布施波羅蜜多相分別開示淨戒安忍精進靜慮般若波羅蜜多相分別開示內空相分別開示外空內外空空空大空勝義空有爲空無爲空畢竟空無際空散無散空本性空自共相空一切法空不可得空無性空自性空無性自性空相分別開示眞如相分別開示法界法性不虛妄性不變異性平等性離生性法定法住實際虛空界不思議界相分別開示苦聖諦相分別開示集滅道聖諦相分別開示四靜慮相分別開示四無量四無色定相分別開示八解脫相分別開示八勝處九次第定十遍處相分別開示四念住相分別開示四正斷四神足五根五力七等覺支八聖道支相分別開示空解脫門相分別開示無相無願解脫門相分別開示淨觀地相分別開示種性地第八地具見地薄地離欲地已辦地獨覺地菩薩地如來地相分別開示極喜地相分別開示離垢地發光地焰慧地極難勝地現前地遠行地不動地善慧地法雲地相分別開示五眼相分別開示六神通相分別開示如來十力相分別開示四無所畏四無礙解大慈大悲大喜大捨十八佛不共法相分別開示三十二大士相相分別開示八十隨如來分別

開示無忘失法相分別開示恒住捨性相分別開示一切陀羅尼門相分別開示一切三摩地門相分別開示預流果相分別開示一來不還阿羅漢果獨覺菩提相分別開示一切菩薩摩訶薩行相分別開示諸佛無上正等菩提相分別開示一切智相分別開示道相智一切相智相

大般若波羅蜜多經卷第四百四十二

音釋

狹 侯夾切窄狹也

大般若波羅蜜多經卷第四百四十三　玉三

唐三藏法師玄奘奉　詔譯

第二分示相品第四十七之二

爾時佛告諸天衆言如是如是如汝所說諸天當知一切法相如來如實覺爲無相謂變礙是色相如來如實覺爲無相領納是受相如來如實覺爲無相取像是想相如來如實覺爲無相造作是行相如來如實覺爲無相了別是識相如來如實覺爲無相苦惱聚是蘊相如來如實覺爲無相生長門是處相如來如實覺爲無相多毒害是界相如來如實覺爲無相能惠捨是布施波羅蜜多相如來如實覺爲無相無熱惱是淨戒波羅蜜多相如來如實覺爲無相不忿恚是安忍波羅蜜多相如來如實覺爲無相不可屈是精進波羅蜜多相如來如實覺爲無相無散亂是靜慮波羅蜜多相如來如實覺爲無相無執著是般若波羅蜜多相如來如實覺爲無相無所有是內空等相如來如實覺爲無相不顛倒是真如等相如來如實覺爲無相不虛妄是四聖諦相如來如實覺爲無相無憂惱是四靜慮相如來如實覺爲無相無限礙是四無量相如來如實覺爲無相無諠雜是四無色定相如來如實覺爲無相無繫縛是八解脫相如來如實覺爲無相能制伏是八勝處相如來如實覺爲無相能寂靜是九次第定相如來如實覺爲無相無邊際是十遍處相如來如實覺爲無相能出離是三十七菩提分法相如來如實覺爲無相能遠離是空解脫門相如來如實覺爲無相無取著是無相

解脱門相如來如實覺爲無相無所求是無願解脱門相如來如實覺爲無相攝淨住是三乘十地相如來如實覺爲無相趣大覺是菩薩十地相如來如實覺爲無相能觀照是五眼相如來如實覺爲無相無滯礙是六神通相如來如實覺爲無相難屈伏是如來十力相如來如實覺爲無相無怯懼是四無所畏相如來如實覺爲無相無斷絶是四無礙解相如來如實覺爲無相與利樂是大慈相如來如實覺爲無相拔衰苦是大悲相如來如實覺爲無相慶善事是大喜相如來如實覺爲無相棄雜穢是大捨相如來如實覺爲無相餘絶分是十八佛不共法相如來如實覺爲無相能嚴飾是相好相如來如實覺爲無相能憶念是無忘失法相如來如實覺爲無相無所執是恒住捨性相如來如實覺爲無相遍攝持是一切陀羅尼門相如來如實覺爲無相遍攝受是一切三摩地門相如來如實覺爲無相善受教是四沙門果相如來如實覺爲無相自開悟是獨覺菩提相如來如實覺爲無相能辦大事是一切菩薩摩訶薩行相如來如實覺爲無相具大作用是諸佛無上正等菩提相如來如實覺爲無相現正等覺是一切智相如來如實覺爲無相極善通達是道相智相如來如實覺爲無相現等別覺是一切相智相如來如實覺爲無相諸天當知一切如來應正等覺於如是等一切法相皆能如實覺爲無相是故我説一切如來應正等覺智見無礙無與等者爾時世尊告具壽善現曰善現當知甚深般若波羅

蜜多是諸佛母甚深般若波羅蜜多能示世間諸法實相是故如來應正等覺依法而住供養恭敬尊重讚歎攝受護持所依住法此法即是甚深般若波羅蜜多一切如來應正等覺無不依止甚深般若波羅蜜多供養恭敬尊重讚歎攝受護持何以故善現一切如來應正等覺皆因如是甚深般若波羅蜜多而得生長甚深般若波羅蜜多與諸如來應正等覺作所依處能示世間諸法實相善現當知一切如來應正等覺是知恩者能報恩者善現若有問言誰是知恩能報恩者應正荅言佛是知恩能報恩者何以故一切世間知恩報恩無過佛故時具壽善現白佛言世尊云何如來應正等覺知恩報恩佛言善現一切如來應正等覺乘如是乘行如是道來至無上正等菩提得菩提已於一切時供養恭敬尊重讚歎攝受護持是乘是道常無暫廢此乘此道當知即是甚深般若波羅蜜多善現是名如來應正等覺知恩報恩復次善現一切如來應正等覺無不皆依甚深般若波羅蜜多覺一切法皆無作用以能作者無所有故一切如來應正等覺無不皆依甚深般若波羅蜜多覺一切法無所成辦以諸形質不可得故善現以諸如來應正等覺知依如是甚深般若波羅蜜多覺一切法皆無作用無所成辦於一切時供養恭敬尊重讚歎攝受護持曾無間斷故名真實知恩報恩復次善現一切如來應正等覺無不皆依甚深般若波羅蜜多於一切法無作無成無生智轉復能知此無轉因緣是故應知甚深般若

波羅蜜多能生如來應正等覺亦能如實示世間相爾時具壽善現白佛言世尊如來常說一切法性無生無起無知無見如何可說甚深般若波羅蜜多能生如來應正等覺能示世間諸法實相佛告善現如是如是如汝所說一切如來應正等覺說一切法無法無起無知無見依世俗說甚深般若波羅蜜多能生如來應正等覺亦能如實示世間諸時具壽善現白佛言世尊云何諸法無生無起無知無見佛言善現以一切法空無所有皆不自在虚誑不堅故一切法無生無起無知無見復次善現一切法性無所依止無所繫屬由此因緣無生無起無知無見善現當知甚深般若波羅蜜多雖生如來應正等覺亦能示現世間實相而無所生亦無所示善現

當知甚深般若波羅蜜多不見色故名示色相不見受想行識故名示受想行識相不見眼處故名示眼處相不見耳鼻舌身意處故名示耳鼻舌身意處相不見色處故名示色處相不見聲香味觸法處故名示聲香味觸法處相不見眼界故名示眼界相不見耳鼻舌身意界故名示耳鼻舌身意界相不見色界故名示色界相不見聲香味觸法界故名示聲香味觸法界相不見眼識界故名示眼識界相不見耳鼻舌身意識界故名示耳鼻舌身意識界相不見眼觸故名示眼觸相不見耳鼻舌身意觸故名示耳鼻舌身意觸相不見眼觸爲緣所生諸受故名示眼觸爲緣所生諸受相不見耳鼻舌身意觸爲緣所生諸受故名示耳鼻舌身意觸爲緣所生諸受

相不見地界故名示地界相不見水火風空識界故名示水火風空識界相不見無明故名示無明相不見行識名色六處觸受愛取有生老死愁歎苦憂惱故名示行乃至老死愁歎苦憂惱相不見布施波羅蜜多故名示布施波羅蜜多相不見淨戒安忍精進靜慮般若波羅蜜多故名示淨戒乃至般若波羅蜜多相不見內空故名示內空相不見外空內外空空空大空勝義空有爲空無爲空畢竟空無際空散無散空本性空自共相空一切法空不可得空無性空自性空無性自性空故名示外空乃至無性自性空相不見真如故名示真如相不見法界法性不虛妄性不變異性平等性離生性法定法住實際虛空界不思議界故名示法界乃至不思議界相不見苦聖諦故名示苦聖諦相不見集滅道聖諦故名示集滅道聖諦相不見四靜慮故名示四靜慮相不見四無量四無色定故名示四無量四無色定相不見八解脫故名示八解脫相不見八勝處九次第定十遍處故名示八勝處九次第定十遍處相不見四念住故名示四念住相不見四正斷四神足五根五力七等覺支八聖道支故名示四正斷乃至八聖道支相不見空解脫門故名示空解脫門相不見無相無願解脫門故名示無相無願解脫門相不見三乘十地故名示三乘十地相不見菩薩十地故名示菩薩十地相不見五眼故名示五眼相不見六神通故名示六神通相不見如來十力故名示如來十力相不見四無所畏四無礙解大慈大

悲大喜大捨十八佛不共法故名示四無所
畏乃至十八佛不共法相不見三十二大士
相故名示三十二大士相相不見八十隨好
故名示八十隨好相不見無忘失法故名示
無忘失法相不見恒住捨性故名示恒住捨
性相不見一切陀羅尼門故名示一切陀羅
尼門相不見一切三摩地門故名示一切三
摩地門相不見預流果故名示預流果相不
見一來不還阿羅漢果獨覺菩提故名示一
來不還阿羅漢果獨覺菩提相不見一切菩
薩摩訶薩行故名示一切菩薩摩訶薩行相
不見諸佛無上正等菩提故名示諸佛無上
正等菩提相不見一切智故名示一切智相
不見道相智一切相智故名示道相智一切
相智相善現由如是義甚深般若波羅蜜多
能示世間諸法實相名如來母能生如來爾
時具壽善現白佛言世尊云何如是甚深般
若波羅蜜多不見色故名示色相不見受想
行識故名示受想行識相如是乃至不見一
切智故名示一切智相不見道相智一切相
智故名示道相智一切相智相佛告善現甚
深般若波羅蜜多由不緣色而生於識是爲
不見色故名示色相不緣受想行識而生於
識是爲不見受想行識故名示受想行識相
如是乃至由不緣一切智而生於識是爲不
見一切智故名示一切智相不緣道相智一
切相智而生於識是爲不見道相智一切相
智故名示道相智一切相智相善現由如是
義甚深般若波羅蜜多能示世間諸法實相
名如來母能生如來復次善現甚深般若波

羅蜜多能爲如來顯世間空故名如來毋能示如來世間實相時具壽善現白佛言世尊云何如是甚深般若波羅蜜多能爲如來顯世間空佛言善現甚深般若波羅蜜多能爲如來顯色世間空顯受想行識世間空顯眼處世間空顯耳鼻舌身意處世間空顯色處世間空顯聲香味觸法處世間空顯眼界世間空顯耳鼻舌身意界世間空顯色界世間空顯聲香味觸法界世間空顯眼識界世間空顯耳鼻舌身意識界世間空顯眼觸世間空顯耳鼻舌身意觸世間空顯眼觸爲緣所生諸受世間空顯耳鼻舌身意觸爲緣所生諸受世間空顯地界世間空顯水火風空識界世間空顯十二支緣起世間空顯我見爲根本六十二見世間空顯十善業道世間空顯四靜慮世間空顯四無量四無色定世間空顯布施波羅蜜多世間空乃至顯般若波羅蜜多世間空顯內空世間空乃至顯無性自性空世間空顯苦聖諦世間空顯集滅道聖諦世間空顯八解脫世間空顯八勝處九次第定十遍處世間空顯四念住世間空乃至顯八聖道支世間空顯空解脫門世間空顯無相無願解脫門世間空顯三乘十地世間空顯菩薩十地世間空顯五眼世間空顯六神通世間空顯佛十力世間空乃至顯十八佛不共法世間空顯三十二大士相世間空顯八十隨好世間空顯無忘失法世間空顯恒住捨性世間空顯一切陀羅尼門世間空顯一切三摩地門世間空顯預流果世間空乃至顯獨覺菩提世間空顯一切菩薩摩

訶薩行世間空顯諸佛無上正等菩提世間空顯一切智世間空顯道相智一切相智世間空善現由如是義甚深般若波羅蜜多能示如來世間實相名如來母能生如來復次善現一切如來應正等覺依深般若波羅蜜多能爲世間顯色世間空顯受想行識世間空如是乃至顯一切智世間空顯道相智一切相智世間空令諸世間受世間空想世間空思世間空了世間空善現由如是義甚深般若波羅蜜多能示如來應正等覺世間實相名如來母能生如來復次善現甚深般若波羅蜜多能使如來應正等覺見世間空見何等世間空謂見色世間空見受想行識世間空如是乃至見一切智世間空見道相智一切相智世間空善現由如是義甚深般若波羅蜜多能示如來應正等覺世間實相名如來母能生如來復次善現甚深般若波羅蜜多能示如來應正等覺世間不可思議相名如來母能示如來世間實相時具壽善現白佛言世尊云何如是甚深般若波羅蜜多能示如來應正等覺世間不可思議相佛言善現甚深般若波羅蜜多能示如來應正等覺色世間不可思議相受想行識世間不可思議相如是乃至一切智世間不可思議相道相智一切相智世間不可思議相善現由如是義甚深般若波羅蜜多能示如來應正等覺世間實相名如來母能生如來復次善現甚深般若波羅蜜多能示如來應正等覺世間遠離相名如來母能示如來世間實相時具壽善現白佛言世尊云何如是甚深般

若波羅蜜多能示如來應正等覺世間遠離相佛言善現甚深般若波羅蜜多能示如來應正等覺色世間遠離相受想行識世間遠離相如是乃至一切智世間遠離相道相智一切相智世間遠離相善現由如是義甚深般若波羅蜜多能示如來應正等覺世間實相名如來母能生如來復次善現甚深般若波羅蜜多能示如來應正等覺世間寂靜相名如來母能示如來世間實相時具壽善現白佛言世尊云何如是甚深般若波羅蜜多能示如來應正等覺世間寂靜相佛言善現甚深般若波羅蜜多能示如來應正等覺色世間寂靜相受想行識世間寂靜相如是乃至一切智世間寂靜相道相智一切相智世間寂靜相善現由如是義甚深般若波羅蜜多能示如來應正等覺世間實相名如來母能生如來復次善現甚深般若波羅蜜多能示如來應正等覺世間畢竟空相名如來母能示如來世間實相時具壽善現白佛言世尊云何如是甚深般若波羅蜜多能示如來應正等覺世間畢竟空相佛言善現甚深般若波羅蜜多能示如來應正等覺色世間畢竟空相受想行識世間畢竟空相如是乃至一切智世間畢竟空相道相智一切相智世間畢竟空相善現由如是義甚深般若波羅蜜多能示如來應正等覺世間實相名如來母能生如來復次善現甚深般若波羅蜜多能示如來應正等覺世間無性空相名如來母能示如來世間實相時具壽善現白佛言世尊云何如是甚深般若波羅蜜多能示如

來應正等覺世間無性空相佛言善現甚深般若波羅蜜多能示如來應正等覺色世間無性空相受想行識世間無性空相如是乃至一切智世間無性空相道相智一切相智世間無性空相善現由如是義甚深般若波羅蜜多能示如來應正等覺世間實相名如來母能生如來復次善現甚深般若波羅蜜多能示如來應正等覺世間自性空相名如來母能示如來世間實相時具壽善現白佛言世尊云何如是甚深般若波羅蜜多能示如來應正等覺世間自性空相佛言善現甚深般若波羅蜜多能示如來應正等覺色世間自性空相受想行識世間自性空相如是乃至一切智世間自性空相道相智一切相智世間自性空相善現由如是義甚深般若波羅蜜多能示如來應正等覺世間實相名如來母能生如來復次善現甚深般若波羅蜜多能示如來應正等覺世間無性自性空相名如來母能示如來世間實相時具壽善現白佛言世尊云何如是甚深般若波羅蜜多能示如來應正等覺世間無性自性空相佛言善現甚深般若波羅蜜多能示如來應正等覺色世間無性自性空相受想行識世間無性自性空相如是乃至一切智世間無性自性空相道相智一切相智世間無性自性空相善現由如是義甚深般若波羅蜜多能示如來應正等覺世間實相名如來母能生如來復次善現甚深般若波羅蜜多能示如來應正等覺世間純空相名如來母能示如來世間實相時具壽善現白佛言世尊云

何如是甚深般若波羅蜜多能示如來應正等覺世間純空相佛言善現甚深般若波羅蜜多能示如來應正等覺色世間純空相受想行識世間純空相如是乃至一切智世間純空相道相智一切相智世間純空相善現由如是義甚深般若波羅蜜多能示如來應正等覺世間實相名如來毋能生如來復次善現甚深般若波羅蜜多能示如來應正等覺世間無我相名如來毋能示如來世間實相時具壽善現白佛言世尊云何如是甚深般若波羅蜜多能示如來應正等覺世間無我相佛言善現甚深般若波羅蜜多能示如來應正等覺色世間無我相受想行識世間無我相如是乃至一切智世間無我相道相智一切相智世間無我相善現由如是義甚深般若波羅蜜多能示如來應正等覺世間實相名如來毋能生如來復次善現甚深般若波羅蜜多能示如來應正等覺世間相者謂令不起此世間想亦令不起他世間想所以者何以一切法皆無所有實不可得無可依彼起此世間他世間想爾時具壽善現白佛言世尊甚深般若波羅蜜多爲大事故出現世間爲不可思議事故出現世間爲不可稱量事故出現世間爲無數量事故出現世間爲無等等事故出現世間佛言善現如是如是如汝所說甚深般若波羅蜜多爲大事故出現世間爲不可思議事故出現世間爲不可稱量事故出現世間爲無數量事故出現世間爲無等等事故出現世間善現云何如是甚深般若波羅蜜多爲大事故出現世

間善現一切如來應正等覺皆以救拔一切有情無時暫捨而爲大事甚深般若波羅蜜多爲此大事故出現世間善現云何如是甚深般若波羅蜜多爲不可思議事故出現世間善現一切如來應正等覺所有正等覺性如來性自然覺性一切智性皆不可思議甚深般若波羅蜜多爲此不可思議事故出現世間善現云何如是甚深般若波羅蜜多爲不可稱量事故出現世間善現一切如來應正等覺所有正等覺性如來性自然覺性一切智性定無有情有情數攝三界五趣四生攝者可能稱量甚深般若波羅蜜多爲此不可稱量事故出現世間善現云何如是甚深般若波羅蜜多爲無數量事故出現世間善現一切如來應正等覺所有正等覺性如來性自然覺性一切智性定無有情有情數攝三界五趣四生攝者知其數量甚深般若波羅蜜多爲此無數量事故出現世間善現云何如是甚深般若波羅蜜多爲無等等事故出現世間善現一切如來應正等覺所有正等覺性如來性自然覺性一切智性一切世間有情及法尚無等者況有能過甚深般若波羅蜜多爲此無等等事故出現世間時具壽善現復白佛言世尊爲但如來應正等覺所有正等覺性如來性自然覺性一切智性不可思議不可稱量無數量無等等爲更有餘法耶佛言善現非但如來應正等覺所有正等覺性如來性自然覺性一切智性不可思議不可稱量無數量無等等亦有餘法不可思議不可稱量無數量無等等善現謂色

亦不可思議不可稱量無數量無等等受想行識亦不可思議不可稱量無數量無等等如是乃至一切智亦不可思議不可稱量無數量無等等道相智一切相智亦不可思議不可稱量無數量無等等善現一切法亦不可思議不可稱量無數量無等等善現於一切法眞法性中心及心所皆不可得復次善現色不可施設不可思議不可稱量無數量無等等性受想行識亦不可施設不可思議不可稱量無數量無等等性如是乃至一切智不可施設不可思議不可稱量無數量無等等性道相智一切相智亦不可施設不可思議不可稱量無數量無等等性爾時具壽善現白佛言世尊何因緣故色不可施設不可思議不可稱量無數量無等等性受想行

識亦不可施設不可思議不可稱量無數量無等等性如是乃至一切智不可施設不可思議不可稱量無數量無等等性道相智一切相智亦不可施設不可思議不可稱量無數量無等等性佛言善現色不可施設思議稱量數量平等不平等性故受想行識亦不可施設思議稱量數量平等不平等性故如是乃至一切智不可施設思議稱量數量平等不平等性故道相智一切相智亦不可施設思議稱量數量平等不平等性故時具壽善現白佛言世尊何因緣故色不可施設思議稱量數量平等不平等性受想行識亦不可施設思議稱量數量平等不平等性如是乃至一切智不可施設思議稱量數量平等不平等性道相智一切相智亦不可施設思

議稱量數量平等不平等性佛言善現色自性不可思議不可稱量無數量無等等無自性故色不可施設思議稱量數量平等不平等性受想行識自性亦不可思議不可稱量無數量無等等無自性故受想行識亦不可施設思議稱量數量平等不平等性如是乃至一切智自性不可思議不可稱量無數量無等等無自性故一切智不可施設思議稱量數量平等不平等性道相智一切相智自性亦不可思議不可稱量無數量無等等無自性故道相智一切相智亦不可施設思議稱量數量平等不平等性復次善現色不可得故不可思議不可稱量無數量無等等受想行識亦不可得故不可思議不可稱量無數量無等等如是乃至一切智不可得故不可思議不可稱量無數量無等等道相智一切相智亦不可得故不可思議不可稱量無數量無等等時具壽善現白佛言世尊以何因緣色不可得故不可思議不可稱量無數量無等等受想行識亦不可得故不可思議不可稱量無數量無等等如是乃至一切智不可得故不可思議不可稱量無數量無等等道相智一切相智亦不可得故不可思議不可稱量無數量無等等佛言善現色無限量故不可得不可得故不可思議不可稱量無數量無等等受想行識亦無限量故不可得不可得故不可思議不可稱量無數量無等等如是乃至一切智無限量故不可得不可得故不可思議不可稱量無數量無等等道相智一切相智亦無限量故不可得不可

得故不可思議不可稱量無數量無等等時具壽善現白佛言世尊復何因緣色無限量故不可得受想行識亦無限量故不可得如是乃至一切智無限量故不可得道相智一切相智亦無限量故不可得佛言善現色相不可思議不可稱量無數量無等等故無限量受想行識相亦不可思議不可稱量無數量無等等故無限量如是乃至一切智相不可思議不可稱量無數量無等等故無限量道相智一切相智相亦不可思議不可稱量無數量無等等故無限量復次善現於意云何色不可思議不可稱量無數量無等等中色可得不受想行識不可思議不可稱量無數量無等等中受想行識可得不如是乃至一切智不可思議不可稱量無數量無等等中一切智可得不道相智一切相智不可思議不可稱量無數量無等等中道相智一切相智可得不善現對曰不也世尊不也善逝佛言善現如是如是由此因緣一切法皆不可思議不可稱量無數量無等等善現以一切法皆不可思議不可稱量無數量無等等故一切如來應正等覺所有正等覺法如來法自然覺法一切智法亦不可思議不可稱量無數量無等等善現一切如來應正等覺所有正等覺法如來法自然覺法一切智法皆不可思議思議滅故不可稱量稱量滅故無數量數量滅故無等等等等滅故善現由此因緣一切法亦不可思議不可稱量無數量無等等善現一切如來應正等覺所有正等覺法如來法自然覺法一切智法皆不可

思議過思議故不可稱量過稱量故無數量過數量故無等等過等等故善現由此因緣一切法亦不可思議不可稱量無數量無等等善現不可思議者但有不可思議增語不可稱量者但有不可稱量增語無數量者但有無數量增語無等等者但有無等等增語善現由此因緣一切如來應正等覺所有正等覺法如來法自然覺法一切智法皆不可思議不可稱量無數量無等等善現不可思議者如虛空不可思議故不可稱量者如虛空不可稱量故無數量者如虛空無數量故無等等者如虛空無等等故善現由此因緣一切如來應正等覺所有正等覺法如來法自然覺法一切智法皆不可思議不可稱量無數量無等等善現一切如來應正等覺所有正等覺法如來法自然覺法一切智法聲聞獨覺世間天人阿素洛等皆悉不能思議稱量數量等等善現由此因緣一切如來應正等覺所有正等覺法如來法自然覺法一切智法皆不可思議不可稱量無數量無等等佛說如是不可思議不可稱量無數量無等等品時衆中有五百苾芻不受諸漏心得解脫復有二百苾芻尼皆不受諸漏心得解脫復有六百鄔波索迦於諸法中遠塵離垢生淨法眼復有三百鄔波斯迦亦於諸法中遠塵離垢生淨法眼復有二千菩薩摩訶薩得無生法忍於賢劫中當受佛記

大般若波羅蜜多經卷第四百四十三

音釋

忿恚忿房粉切恚於避切恨怒也怯去劫切畏懦也不也不音弗

鄔波索迦梵語也此云近事男鄔安古切鄔波斯迦梵語也此云近事女

大般若波羅蜜多經卷第四百四十四

唐三藏法師玄奘奉詔譯

第二分成辦品第四十八

爾時具壽善現白佛言世尊甚深般若波羅蜜多爲大事故出現世間爲不可思議事故出現世間爲不可稱量事故出現世間爲無數量事故出現世間爲無等等事故出現世間佛告善現如是如是如汝所說甚深般若波羅蜜多爲大事故出現世間乃至爲無等等事故出現世間何以故善現甚深般若波羅蜜多能成辦布施波羅蜜多亦能成辦淨戒安忍精進靜慮般若波羅蜜多能成辦內空亦能成辦外空內外空空空大空勝義空有爲空無爲空畢竟空無際空散無散空本性空自共相空一切法空不可得空無性空自性空無性自性空能成辦真如亦能成辦法界法性不虛妄性不變異性平等性離生性法定法住實際虛空界不思議界能成辦苦聖諦亦能成辦集滅道聖諦能成辦四靜慮亦能成辦四無量四無色定能成辦八解脫亦能成辦八勝處九次第定十遍處能成辦四念住亦能成辦四正斷四神足五根五力七等覺支八聖道支能成辦空解脫門亦能成辦無相無願解脫門能成辦三乘十地亦能成辦菩薩十地能成辦五眼亦能成辦六神通能成辦如來十力亦能成辦四無所畏四無礙解大慈大悲大喜大捨十八佛不共法能成辦三十二大士相亦能成辦八十隨好能成辦無忘失法亦能成辦恒住捨性能成辦一切陀羅尼門亦能成辦一切三摩

地門能成辦預流果亦能成辦一來不還阿羅漢果獨覺菩提能成辦一切菩薩摩訶薩行亦能成辦諸佛無上正等菩提能成辦一切智亦能成辦道相智一切相智善現如刹帝利灌頂大王威德自在降伏一切以諸國事付囑大臣端拱無爲安隱快樂如來亦爾爲大法王威德自在降伏一切以聲聞法若獨覺法若菩薩法若諸佛法皆悉付囑甚深般若波羅蜜多由此般若波羅蜜多皆能成辦一切事業是故善現甚深般若波羅蜜多爲大事故出現世間乃至爲無等等事故出現世間復次善現甚深般若波羅蜜多於色無取無執故出現世間能成辦事於受想行識無取無執故出現世間能成辦事於眼處無取無執故出現世間能成辦事於耳鼻舌身意處無取無執故出現世間能成辦事於色處無取無執故出現世間能成辦事於聲香味觸法處無取無執故出現世間能成辦事於眼界無取無執故出現世間能成辦事於耳鼻舌身意界無取無執故出現世間能成辦事於色界無取無執故出現世間能成辦事於聲香味觸法界無取無執故出現世間能成辦事於眼識界無取無執故出現世間能成辦事於耳鼻舌身意識界無取無執故出現世間能成辦事於眼觸無取無執故出現世間能成辦事於耳鼻舌身意觸無取無執故出現世間能成辦事於眼觸爲緣所生諸受無取無執故出現世間能成辦事於耳鼻舌身意觸爲緣所生諸受無取無執故出現世間能成辦事於地界無取無執故出

現世間能成辦事於水火風空識界無取無執故出現世間能成辦事於無明無取無執故出現世間能成辦事於行識名色六處觸受愛取有生老死無取無執故出現世間能成辦事於布施波羅蜜多無取無執故出現世間能成辦事乃至於般若波羅蜜多無取無執故出現世間能成辦事於內空無取無執故出現世間能成辦事乃至於無性自性空無取無執故出現世間能成辦事於真如無取無執故出現世間能成辦事乃至於不思議界無取無執故出現世間能成辦事於苦聖諦無取無執故出現世間能成辦事於集滅道聖諦無取無執故出現世間能成辦事於四靜慮無取無執故出現世間能成辦事於四無量四無色定無取無執故出現世間能成辦事於八解脫無取無執故出現世間能成辦事於八勝處九次第定十遍處無取無執故出現世間能成辦事於四念住無取無執故出現世間能成辦事乃至於八聖道支無取無執故出現世間能成辦事於空解脫門無取無執故出現世間能成辦事於無相無願解脫門無取無執故出現世間能成辦事於三乘十地無取無執故出現世間能成辦事於菩薩十地無取無執故出現世間能成辦事於五眼無取無執故出現世間能成辦事於六神通無取無執故出現世間能成辦事於如來十力無取無執故出現世間能成辦事乃至於十八佛不共法無取無執故出現世間能成辦事於三十二大士相無取無執故出現世間能成辦事於八十隨

好無取無執故出現世間能成辦事於無忘失法無取無執故出現世間能成辦事於恒住捨性無取無執故出現世間能成辦事於一切陀羅尼門無取無執故出現世間能成辦事於一切三摩地門無取無執故出現世間能成辦事於預流果無取無執故出現世間能成辦事乃至於獨覺菩提無取無執故出現世間能成辦事於一切菩薩摩訶薩行無取無執故出現世間能成辦事於諸佛無上正等菩提無取無執故出現世間能成辦事於一切智無取無執故出現世間能成辦事於道相智一切相智無取無執故出現世間能成辦事爾時具壽善現白佛言世尊云何如是甚深般若波羅蜜多於色無取無執於受想行識亦無取無執乃至於一切智無取無執於道相智一切相智亦無取無執故出現世間能成辦事佛告善現於意云何汝頗見色可取可執不頗見受想行識可取可執不乃至頗見一切智可取可執不頗見道相智一切相智可取可執不善現對曰不也世尊不也善逝佛言善現善哉善哉如是如是如汝所說善現我亦不見色可取可執不見受想行識可取可執乃至不見一切智可取可執不見道相智一切相智可取可執由不見故不取由不取故不執由此因緣甚深般若波羅蜜多於色無取無執於受想行識無取無執如是乃至於一切智無取無執於道相智一切相智亦無取無執善現我亦不見一切如來應正等覺所有正等覺法如來法自然覺法一切智法可取可執由不見故

不取由不取故不執甚深般若波羅蜜多亦復如是都不見有一切如來應正等覺所有正等覺法如來法自然覺法一切智法可取可執由此因緣無取無執是故善現諸菩薩摩訶薩修行般若波羅蜜多時不應於色若取若執不應於受想行識若取若執如是乃至不應於一切智若取若執不應於道相智一切相智若取若執亦不應於一切如來應正等覺所有正等覺法如來法自然覺法一切智法若取若執爾時欲色界諸天衆俱白佛言世尊如是般若波羅蜜多最爲甚深難見難覺不可尋思超尋思境寂靜微妙審諦沉密極聰慧者乃能了知若諸有情能深信解如是般若波羅蜜多當知彼曾供養過去無量諸佛於諸佛所發弘誓願多種善根事多善友已爲無量善友攝受乃能信解如是般若波羅蜜多若有得聞如是般若波羅蜜多深生信解當知彼類即是菩薩定得無上正等菩提世尊假使三千大千世界諸有情類一切皆成隨信行隨法行第八預流一來不還阿羅漢獨覺彼所成就若智若斷不如有人一日於此甚深般若波羅蜜多忍樂思惟稱量觀察是人於此甚深般若波羅蜜多所成就忍勝彼智斷無量無邊何以故諸隨信行若智若斷乃至獨覺若智若斷皆是已得無生法忍諸菩薩摩訶薩忍少分故爾時佛告諸天衆言善哉善哉如汝所說諸隨信行若隨法行第八預流一來不還阿羅漢獨覺所有智斷皆是已得無生法忍諸菩薩摩訶薩忍之少分天衆當知若善男子善女人

等暫聽如是甚深般若波羅蜜多聞已信解書寫受持讀誦修習思惟演說是善男子善女人等速出生死證得涅槃成就如來正等覺智勝求二乘諸善男子善女人等遠離般若波羅蜜多學餘經典若經一劫若一劫餘所以者何於此般若波羅蜜多甚深經中廣說一切微妙勝法諸隨信行若隨法行第八預流一來不還阿羅漢獨覺菩薩摩訶薩皆應於此精勤修學隨所願求皆速究竟所作事業一切如來應正等覺皆依此學已證正證當證無上正等菩提時諸天衆俱發聲言如是般若波羅蜜多是大波羅蜜多是不可思議波羅蜜多是不可稱量波羅蜜多是無數量波羅蜜多是無等等波羅蜜多世尊諸隨信行若隨法行第八預流一來不還阿羅漢獨覺皆於如是甚深般若波羅蜜多精勤修學速出生死證無餘依般涅槃界一切菩薩摩訶薩衆皆於如是甚深般若波羅蜜多精勤修學速證無上正等菩提入無餘依般涅槃界世尊雖諸聲聞獨覺菩薩皆依如是甚深般若波羅蜜多精勤修學各得究竟所作事業而是般若波羅蜜多無增無減爾時欲界色界天衆說是語已歡喜踊躍於此般若波羅蜜多深生信樂頂禮佛足右遶三帀辭佛還宮去會未遠俱時不現爾時具壽善現白佛言世尊若菩薩摩訶薩聞說如是甚深般若波羅蜜多深生信解書寫受持讀誦修習思惟演說供養恭敬尊重讃歎是菩薩摩訶薩從何處沒來生此間佛告善現若菩薩摩訶薩聞說如是甚深般若波羅蜜多深

生信解書寫受持讀誦修習如理思惟供養恭敬尊重讚歎常隨法師請問義趣若行若立若坐若卧無時暫捨如新生犢不離其母乃至未得甚深般若波羅蜜多所有義趣究竟通利能爲他說終不捨離如是般若波羅蜜多甚深經典及說法師善現當知是菩薩摩訶薩從人中沒來生此間何以故善現是菩薩摩訶薩先世已聞甚深般若波羅蜜多聞已受持讀誦修習如理思惟復能書寫衆寶嚴飾又以種種上妙華鬘塗散等香衣服瓔珞寶幢旛蓋妓樂燈明供養恭敬尊重讚歎由此善根離八無暇從人趣沒還生人中聞說如是甚深般若波羅蜜多深生信解書寫受持讀誦修習思惟演說供養恭敬尊重讚歎時具壽善現復白佛言世尊頗有菩薩摩訶薩成就如是殊勝功德供養承事他方如來應正等覺從彼處沒來生此間聞說如是甚深般若波羅蜜多深生信解書寫受持讀誦修習思惟演說供養恭敬尊重讚歎無懈倦不佛告善現如是如是有菩薩摩訶薩成就如是殊勝功德供養承事他方如來應正等覺從彼處沒來生此間聞說如是甚深般若波羅蜜多深生信解書寫受持讀誦修習思惟演說供養恭敬尊重讚歎無懈倦心所以者何是菩薩摩訶薩先從他方無量佛所聞說如是甚深般若波羅蜜多深生信解書寫受持讀誦修習思惟演說供養恭敬尊重讚歎無懈倦心彼乘如是善根力故從彼處沒來生此間復次善現有菩薩摩訶薩從覩史多天衆同分沒來生人中彼亦成就如

是功德所以者何是菩薩摩訶薩先世巳於覩史多天慈氏菩薩摩訶薩所請問般若波羅蜜多甚深義趣彼乘如是善根力故從彼處沒來生人中聞說如是甚深般若波羅蜜多深生信解書寫受持讀誦修習思惟演說供養恭敬尊重讚歎無懈倦心復次善現有菩薩乘諸善男子善女人等雖於先世得聞般若波羅蜜多乃至布施波羅蜜多而不請問甚深義趣今生人中聞說如是甚深般若波羅蜜多其心迷悶猶豫怯弱或生異解難可開悟復次善現有菩薩乘諸善男子善女人等雖於先世得聞內空乃至無性自性空而不請問甚深義趣雖於先世得聞眞如乃至不思議界而不請問甚深義趣雖於先世得聞苦集滅道聖諦而不請問甚深義趣今生人中聞說如是甚深般若波羅蜜多其心迷悶猶豫怯弱或生異解難可開悟復次善現有菩薩乘諸善男子善女人等雖於先世得聞四靜慮四無量四無色定而不請問甚深義趣雖於先世得聞八解脫八勝處九次第定十遍處而不請問甚深義趣雖於先世得聞四念住乃至八聖道支而不請問甚深義趣雖於先世得聞空無相無願解脫門而不請問甚深義趣雖於先世得聞三乘菩薩十地而不請問甚深義趣今生人中聞說如是甚深般若波羅蜜多其心迷悶猶豫怯弱或生異解難可開悟復次善現有菩薩乘諸善男子善女人等雖於先世得聞五眼六神通而不請問甚深義趣雖於先世得聞佛十力乃至十八佛不共法而不請問甚深義趣

雖於先世得聞三十二大士相八十隨好而不請問甚深義趣雖於先世得聞無忘失法恒住捨性而不請問甚深義趣雖於先世得聞陀羅尼門三摩地門而不請問甚深義趣雖於先世得聞菩薩摩訶薩行諸佛無上正等菩提而不請問甚深義趣雖於先世得聞一切智道相智一切相智而不請問甚深義趣今生人中聞說如是甚深般若波羅蜜多其心迷悶猶豫怯弱或生異解難可開悟復次善現有菩薩乘諸善男子善女人等雖於先世得聞般若波羅蜜多亦曾請問甚深義趣或經一日二日三日四日五日而不如說精進修行今生人中聞說如是甚深般若波羅蜜多設經一日二日三日四日五日其心堅固無能壞者若離所聞甚深般若波羅蜜多尋便退失心生猶豫何以故善現是菩薩乘諸善男子善女人等由於先世得聞般若波羅蜜多雖亦請問甚深義趣而不如說精進修行故於今生若遇善友慇懃勸勵便樂聽受甚深般若波羅蜜多若無善友慇懃勸勵便於此經不樂聽受彼於般若波羅蜜多或時樂聞或時不樂或時堅固或時退失其心輕動進退非恒猶如輕毛隨風飄轉當知如是住菩薩乘諸善男子善女人等發趣大乘經時未久未多親近真善知識未多供養諸佛世尊未曾受持讀誦書寫思惟演說甚深般若波羅蜜多善現當知是菩薩乘諸善男子善女人等未學般若波羅蜜多乃至布施波羅蜜多未學內空乃至無性自性空未學真如乃至不思議界未學苦集滅道聖諦

未學四靜慮四無量四無色定未學八解脫八勝處九次第定十遍處未學四念住乃至八聖道支未學空無相無願解脫門未學三乘菩薩十地未學五眼六神通未學如來十力乃至十八佛不共法未學三十二大士相八十隨好未學無忘失法恒住捨性未學一切陀羅尼門三摩地門未學一切菩薩摩訶薩行諸佛無上正等菩提未學一切智道相智一切相智善現當知是菩薩乘諸善男子善女人等新趣大乘於大乘法成就少分信敬愛樂未能書寫受持讀誦修習思惟爲他演說甚深般若波羅蜜多復次善現住菩薩乘諸善男子善女人等若不書寫受持讀誦修習思惟爲他演說甚深般若波羅蜜多若不以般若波羅蜜多乃至布施波羅蜜多攝受有情乃至若不以一切智道相智一切相智攝受有情是菩薩乘諸善男子善女人等不爲般若波羅蜜多乃至布施波羅蜜多之所守護乃至不爲一切智道相智一切相智之所守護是菩薩乘諸善男子善女人等不能隨順修行般若波羅蜜多乃至布施波羅蜜多乃至不能隨順修行一切智道相智一切相智由此因緣墮聲聞地或獨覺地何以故是菩薩乘諸善男子善女人等於深般若波羅蜜多不能書寫受持讀誦修習思惟爲他演說亦不能以甚深般若波羅蜜多廣說乃至一切相智攝受有情不能隨順修行般若波羅蜜多廣說乃至一切相智不爲般若波羅蜜多之所守護乃至不爲一切相智之所守護由此因緣墮聲聞地或獨覺地

第二分船等喻品第四十九之一

佛告善現譬如泛海所乘船破其中諸人若不取木器物浮囊板片死屍爲依附者定知溺死不至彼岸若能取木器物浮囊板片死屍爲所依附當知是類終不沒死得至安隱大海彼岸無損無害受諸快樂如是善現若菩薩乘諸善男子善女人等雖於大乘成就少分信敬愛樂若不書寫受持讀誦思惟修習爲他演說甚深般若波羅蜜多爲所依附當知如是住菩薩乘諸善男子善女人等中道衰敗不證無上正等菩提退入聲聞或獨覺地若菩薩乘諸善男子善女人等有於大乘成就圓滿信敬愛樂若能書寫受持讀誦思惟修習爲他演說甚深般若波羅蜜多爲所依附當知如是住菩薩乘諸善男子善女人等終不中道退入聲聞或獨覺地定證無上正等菩提復次善現如人欲度險惡曠野若不攝受資糧器具不能達到安樂國土於其中道遭苦失命如是善現若菩薩乘諸善男子善女人等設於無上正等菩提有信有忍有清淨心有勝意樂有欲勝解有捨精進若不攝受甚深般若波羅蜜多及餘功德當知如是住菩薩乘諸善男子善女人等中道衰敗不證無上正等菩提退入聲聞或獨覺地善現當知如人欲度險惡曠野若能攝受資糧器具必當達到安樂國土終不中道遭苦捨命如是善現若菩薩乘諸善男子善女人等已於無上正等菩提有信有忍有清淨心有勝意樂有欲勝解有捨精進復能攝受甚深般若波羅蜜多及餘功德當知如是住

菩薩乘諸善男子善女人等終不中道損耗退敗趨聲聞地及獨覺地成熟有情嚴淨佛土疾證無上正等菩提復次善現譬如男子及諸女人執持坏瓶詣河取水若池若井若泉若渠當知此瓶不久爛壞何以故是瓶未熟不堪盛水終歸地故如是善現有菩薩乘諸善男子善女人等設於無上正等菩提有信有忍有清淨心有勝意樂有欲勝解有捨精進若不攝受甚深般若波羅蜜多方便善巧則便遠離般若靜慮精進安忍淨戒布施波羅蜜多亦復遠離內空外空內外空空空大空勝義空有爲空無爲空畢竟空無際空散無散空本性空自共相空一切法空不可得空無性空自性空無性自性空亦復遠離眞如法界法性不虛妄性不變異性平等性

離生性法定法住實際虛空界不思議界亦復遠離一集滅道聖諦亦復遠離四靜慮四無量四無色定亦復遠離八解脫八勝處九次第定十遍處亦復遠離四念住四正斷四神足五根五力七等覺支八聖道支亦復遠離空無相無願解脫門亦復遠離菩薩十地亦復遠離五眼六神通亦復遠離如來十力四無所畏四無礙解大慈大悲大喜大捨十八佛不共法亦復遠離無忘失法恒住捨性亦復遠離陀羅尼門三摩地門亦復遠離成熟有情嚴淨佛土亦復遠離一切智道相智一切相智當知如是住菩薩乘諸善男子善女人等中道衰敗不證無上正等菩提退入聲聞或獨覺地善現當知譬如男子或諸女人持燒熟瓶詣河取水若池若井若泉若渠

當知此瓶終不爛壞何以故是瓶善熟堪任
盛水極堅牢故如是善現有菩薩乘諸善男
子善女人等若於無上正等菩提有信有忍
有清淨心有勝意樂有欲勝解有捨精進復
能攝受甚深般若波羅蜜多方便善巧便不
遠離般若靜慮精進安忍淨戒布施波羅蜜
多如是乃至不遠離一切智道相智一切相
智由是因緣常爲諸佛及諸菩薩摩訶薩衆
攝受護念當知如是住菩薩乘諸善男子善
女人等終不中道衰耗退敗超聲聞地及獨
覺地成熟有情嚴淨佛土疾證無上正等菩
提復次善現譬如商人無巧便智船在海岸
未具裝治即持財物安置其上牽着水中速
便進發當知是船中道壞沒人船財物各散
異處如是商人無巧便智喪失身命及大財
寶如是善現有菩薩乘諸善男子善女人等
設於無上正等菩提有信有忍有清淨心有
勝意樂有欲勝解有捨精進若不攝受甚深
般若波羅蜜多方便善巧則便遠離般若靜
慮精進安忍淨戒布施波羅蜜多如是乃至
遠離一切智道相智一切相智當知如是住
菩薩乘諸善男子善女人等中道衰敗喪失
身命及大財寶喪身命者謂墮聲聞或獨覺
地失財寶者謂失無上正等菩提善現當知
譬如商人有巧便智先在海岸裝治船已方
牽入水知無穿穴後持財物置上而去當知
是船必不壞沒人物安隱達所至處如是善
現有菩薩乘諸善男子善女人等若於無上
正等菩提有信有忍有清淨心有勝意樂有
欲勝解有捨精進復能攝受甚深般若波羅

蜜多方便善巧便不遠離般若靜慮精進安忍淨戒布施波羅蜜多乃至不遠離一切智道相智一切相智由是因緣常爲諸佛及諸菩薩摩訶薩衆攝受護念當知如是住菩薩乘諸善男子善女人等終不中道衰耗退敗超聲聞地及獨覺地成熟有情嚴淨佛土疾證無上正等菩提復次善現譬如有人年百二十老耄衰朽復加衆病所謂風病熱病痰病或三焦病於意云何是老病人頗從牀座能自起不善現對曰不也世尊不也善逝佛告善現是人設有扶令起立亦無力行一俱盧舍二俱盧舍三俱盧舍所以者何老病甚故如是善現有菩薩乘諸善男子善女人等設於無上正等菩提有信有忍有清淨心有勝意樂有欲勝解有捨精進若不攝受甚深般若波羅蜜多方便善巧則便遠離般若靜慮精進安忍淨戒布施波羅蜜多如是乃至遠離一切智道相智一切相智當知如是住菩薩乘諸善男子善女人等中道衰敗不證無上正等菩提退入聲聞或獨覺地何以故以不攝受甚深般若波羅蜜多方便善巧離諸功德諸佛菩薩不護念故善現當知譬如有人年百二十老耄衰朽復加衆病謂風熱痰或三焦病是老病人欲從牀座起往他處而自不能有二健人各扶一腋徐策令起而告之言莫有所難隨意欲往我等二人終不相棄必達所趣安隱無損如是善現有菩薩乘諸善男子善女人等若於無上正等菩提有信有忍有清淨心有勝意樂有欲勝解有捨精進復能攝受甚深般若波羅蜜多方便

善巧便不遠離般若靜慮精進安忍淨戒布施波羅蜜多如是乃至不遠離一切智道相智一切相智當知如是住菩薩乘諸善男子善女人等終不中道衰耗退敗超聲聞地及獨覺地成熟有情嚴淨佛土疾證無上正等菩提何以故以能攝受甚深般若波羅蜜多方便善巧具諸功德諸佛菩薩共護念故爾時具壽善現白佛言世尊云何住菩薩乘諸善男子善女人等由不攝受甚深般若波羅蜜多方便善巧離諸功德退墮聲聞及獨覺地不證無上正等菩提佛告善現善哉善哉汝爲利樂住菩薩乘諸善男子善女人等問如是事汝今諦聽當爲汝說善現當知有菩薩乘諸善男子善女人等從初發心執我我所修行布施乃至般若波羅蜜多此善男子善女人等修布施時作如是念我能行施我施此物彼受我施修淨戒時作如是念我能持戒我持此戒我具是戒修安忍時作如是念我能修忍我於彼忍我具是忍修精進時作如是念我能精進我爲此精進我具是精進修靜慮時作如是念我能修定我爲此修定我具是定修般若時作如是念我能修慧我爲此修慧我具是慧復次善現此善男子善女人等修布施時執有是布施執由此布施執布施爲我所修淨戒時執有是淨戒執由此淨戒執淨戒爲我所修安忍時執有是安忍執由此安忍執安忍爲我所修精進時執有是精進執由此精進執精進爲我所修靜慮時執有是靜慮執由此靜慮執靜慮爲我所修般若時執有是般若執由此般若執

般若爲我所是善男子善女人等我我所執恒隨逐故所行布施乃至般若波羅蜜多增長生死不能解脱生等衆苦所以者何布施波羅蜜多中無如是分別可起此執乃至般若波羅蜜多中亦無如是分別可起此執何以故遠離此彼岸是布施波羅蜜多相乃至是般若波羅蜜多相故善現當知此菩薩乘諸善男子善女人等不知此岸彼岸相故不能攝受布施淨戒安忍精進靜慮般若波羅蜜多乃至不能攝受一切智道相智一切相智由是因縁此菩薩乘諸善男子善女人等墮聲聞地或獨覺地不證無上正等菩提

大般若波羅蜜多經卷第四百四十四

音釋

犢 音讀牛子也 華鬘 鬘莫班切 勵 音例勉也 溺 奴的切沉溺也 坏 疋回切瓦器未燒也 盛水 盛音成盛貯也 衰耗 耗虛到切 老耄 耄莫報切人年八十曰耄 痰病 痰音談病液也 腋 音亦肘脅之間曰腋 策 測革切策進也

大般若波羅蜜多經卷第四百四十五

唐三藏法師玄奘奉詔譯

第二分船等喻品第四十九之二

爾時具壽善現復白佛言世尊住菩薩乘諸善男子善女人等云何無方便善巧修行六波羅蜜多墮於聲聞或獨覺地不證無上正等菩提佛告善現有菩薩乘諸善男子善女人等從初發心無方便善巧故修布施時作如是念我能行施我施此物彼受我施修淨戒時作如是念我能持戒我持此戒我成此戒修安忍時作如是念我能修忍我於彼忍我成此忍修精進時作如是念我能精進我爲此精進我成此精進修靜慮時作如是念我能修定我爲此修定我成此定修般若時作如是念我能修慧我爲此修慧我成此慧

復次善現此菩薩乘諸善男子善女人等修布施時執有是布施執由此布施執布施爲我所而生憍慢修淨戒時執有是淨戒執由此淨戒執淨戒爲我所而生憍慢修安忍時執有是安忍執由此安忍執安忍爲我所而生憍慢修精進時執有是精進執由此精進執精進爲我所而生憍慢修靜慮時執有是靜慮執由此靜慮執靜慮爲我所而生憍慢修般若時執有是般若執由此般若執般若爲我所而生憍慢是菩薩乘諸善男子善女人等我我所執恒隨逐故所修布施乃至般若波羅蜜多增長生死不能解脫生等衆苦所以者何布施波羅蜜多中無如是分別亦不如彼所分別何以故非至此彼岸是布施波羅蜜多相故乃至般若波羅蜜多中無如

是分別亦不如彼所分別何以故非至此彼岸是般若波羅蜜多相故善現當知此菩薩乘諸善男子善女人等不知此岸彼岸相故不能攝受布施淨戒安忍精進靜慮般若波羅蜜多如是乃至不能攝受一切智道相智一切相智由此因緣是菩薩乘諸善男子善女人等墮聲聞地或獨覺地不證無上正等菩提善現住菩薩乘諸善男子善女人等如是無方便善巧修行六波羅蜜多墮於聲聞或獨覺地不證無上正等菩提爾時具壽善現復白佛言世尊云何住菩薩乘諸善男子善女人等由能攝受甚深般若波羅蜜多方便善巧具諸功德不墮聲聞及獨覺地疾證無上正等菩提佛告善現有菩薩乘諸善男子善女人等從初發心離我我所執修行布施乃至般若波羅蜜多此善男子善女人等修布施時不作是念我能行施我施此物彼受我施修淨戒時不作是念我能持戒我持此戒我具是戒修安忍時不作是念我能修忍我於彼忍我具是忍修精進時不作是念我能精進我爲此精進我具是精進修靜慮時不作是念我能修定我爲此修定我具是定修般若時不作是念我能修慧我爲此修慧我具是慧復次善現此善男子善女人等修布施時不執有布施不執由此布施不執布施爲我所修淨戒時不執有淨戒不執由此淨戒不執淨戒爲我所修安忍時不執有安忍不執由此安忍不執安忍爲我所修精進時不執有精進不執由此精進不執精進爲我所修靜慮時不執有靜慮不執由此靜

慮不執靜慮爲我所修般若時不執有般若不執由此般若不執般若爲我所是善男子善女人等我我所執不隨逐故所行布施乃至般若波羅蜜多損減生死速能解脫生等衆苦所以者何布施波羅蜜多中無如是分別可起此執乃至般若波羅蜜多中亦無如是分別可起此執何以故遠離此彼岸是布施波羅蜜多相乃至是般若波羅蜜多相故善現當知此菩薩乘諸善男子善女人等善知此岸彼岸相故便能攝受布施淨戒安忍精進靜慮般若波羅蜜多如是乃至能攝受一切智道相智一切相智由是因緣此菩薩乘諸善男子善女人等不墮聲聞及獨覺地速證無上正等菩提爾時具壽善現復白佛言世尊住菩薩乘諸善男子善女人等云何有方便善巧修行六波羅蜜多不墮聲聞及獨覺地疾證無上正等菩提佛告善現有菩薩乘諸善男子善女人等從初發心有方便善巧故修布施時不作是念我能行施我施此物彼受我施修淨戒時不作是念我能持戒我持此戒我成此戒修安忍時不作是念我能修忍我於彼忍我成此忍修精進時不作是念我能精進我爲此精進我成此精進修靜慮時不作是念我能修定我爲此修定我成此定修般若時不作是念我能修慧我爲此修慧我成此慧復次善現此菩薩乘諸善男子善女人等修布施時不執有布施不執由此布施不執布施爲我所亦不憍慢修淨戒時不執有淨戒不執由此淨戒不執淨戒爲我所亦不憍慢修安忍時不執有安忍

不執由此安忍不執安忍爲我所亦不憍慢修精進時不執有精進不執由此精進不執精進爲我所亦不憍慢修靜慮時不執有靜慮不執由此靜慮不執靜慮爲我所亦不憍慢修般若時不執有般若不執由此般若不執般若爲我所亦不憍慢是菩薩乘諸善男子善女人等我我所執不隨逐故所修布施乃至般若波羅蜜多損減生死速能解脫生等衆苦所以者何布施波羅蜜多相中無如是分別亦不如彼所分別何以故非至此岸彼岸是布施波羅蜜多相故乃至般若波羅蜜多相中無如是分別亦不如彼所分別何以故非至此岸彼岸是般若波羅蜜多相故善現當知此菩薩乘諸善男子善女人等善知此岸彼岸相故便能攝受布施淨戒安忍精進靜慮般若波羅蜜多乃至能攝受一切智道相智一切相智由此因緣是菩薩乘諸善男子善女人等不墮聲聞及獨覺地疾證無上正等菩提善現住菩薩乘諸善男子善女人等如是有方便善巧修行六波羅蜜多不墮聲聞及獨覺地速證無上正等菩提

第二分初業品第五十之一

爾時具壽善現白佛言世尊初業菩薩摩訶薩應云何學般若靜慮精進安忍淨戒布施波羅蜜多佛告善現初業菩薩摩訶薩若欲修學般若靜慮精進安忍淨戒布施波羅蜜多應先親近承事供養能善宣說般若靜慮精進安忍淨戒布施波羅蜜多眞淨善友謂說般若波羅蜜多甚深經時教授教誡初業菩薩摩訶薩言來善男子汝應勤修布施淨

戒安忍精進靜慮般若波羅蜜多汝勤修時
應以無所得而爲方便與一切有情平等共
有迴向無上正等菩提汝勿以色而取無上
正等菩提亦勿以受想行識而取無上正等
菩提汝勿以眼處而取無上正等菩提亦勿
以耳鼻舌身意處而取無上正等菩提汝勿
以色處而取無上正等菩提亦勿以聲香味
觸法處而取無上正等菩提汝勿以眼界而
取無上正等菩提亦勿以耳鼻舌身意界而
取無上正等菩提汝勿以色界而取無上正
等菩提亦勿以聲香味觸法界而取無上正
等菩提汝勿以眼識界而取無上正等菩提
亦勿以耳鼻舌身意識界而取無上正等菩
提汝勿以眼觸而取無上正等菩提亦勿以
耳鼻舌身意觸而取無上正等菩提汝勿以
眼觸爲緣所生諸受而取無上正等菩提亦
勿以耳鼻舌身意觸爲緣所生諸受而取無
上正等菩提汝勿以布施波羅蜜多而取無
上正等菩提亦勿以淨戒安忍精進靜慮般
若波羅蜜多而取無上正等菩提汝勿以內
空而取無上正等菩提亦勿以外空內外空
空空大空勝義空有爲空無爲空畢竟空無
際空散空無變異空本性空自共相空一切
法空不可得空無性空自性空無性自性空
而取無上正等菩提汝勿以真如而取無上
正等菩提亦勿以法界法性不虛妄性不變
異性平等性離生性法定法住實際虛空界
不思議界而取無上正等菩提汝勿以苦聖
諦而取無上正等菩提亦勿以集滅道聖諦
而取無上正等菩提汝勿以四靜慮而取無

上正等菩提亦勿以四無量四無色定而取無上正等菩提汝勿以八解脱而取無上正等菩提亦勿以八勝處九次第定十遍處而取無上正等菩提汝勿以四念住而取無上正等菩提亦勿以四正斷四神足五根五力七等覺支八聖道支而取無上正等菩提汝勿以空解脱門而取無上正等菩提亦勿以無相無願解脱門而取無上正等菩提汝勿以五眼而取無上正等菩提亦勿以六神通而取無上正等菩提汝勿以佛十力而取無上正等菩提亦勿以四無所畏四無礙解大慈大悲大喜大捨十八佛不共法而取無上正等菩提汝勿以三十二大士相而取無上正等菩提亦勿以八十隨好而取無上正等菩提汝勿以無忘失法而取無上正等菩提亦勿以恒住捨性而取無上正等菩提汝勿以陀羅尼門而取無上正等菩提亦勿以三摩地門而取無上正等菩提汝勿以一切智而取無上正等菩提亦勿以道相智一切相智而取無上正等菩提所以者何若不取色便得無上正等菩提不取受想行識便得無上正等菩提如是乃至若不取一切智便得無上正等菩提不取道相智一切相智便得無上正等菩提汝善男子修行甚深般若波羅蜜多時勿於色生貪愛勿於受想行識生貪愛所以者何色乃至識非可貪愛何以故以一切法自性空故勿於眼處生貪愛勿於耳鼻舌身意處生貪愛所以者何眼處乃至意處非可貪愛何以故以一切法自性空故勿於色處生貪愛勿於聲香味觸法處生貪

愛所以者何色界乃至法界非可貪愛何以故以一切法自性空故勿於眼界生貪愛勿於耳鼻舌身意界生貪愛所以者何眼界乃至意界非可貪愛何以故以一切法自性空故勿於色界生貪愛勿於聲香味觸法界生貪愛所以者何色界乃至法界非可貪愛何以故以一切法自性空故勿於眼識界生貪愛勿於耳鼻舌身意識界生貪愛所以者何眼識界乃至意識界非可貪愛何以故以一切法自性空故勿於眼觸生貪愛勿於耳鼻舌身意觸生貪愛所以者何眼觸乃至意觸非可貪愛何以故以一切法自性空故勿於眼觸爲緣所生諸受生貪愛勿於耳鼻舌身意觸爲緣所生諸受生貪愛所以者何眼觸爲緣所生諸受乃至意觸爲緣所生諸受非可貪愛何以故以一切法自性空故勿於布施波羅蜜多生貪愛勿於淨戒安忍精進靜慮般若波羅蜜多生貪愛所以者何布施波羅蜜多乃至般若波羅蜜多非可貪愛何以故以一切法自性空故勿於內空生貪愛勿於外空內外空空空大空勝義空有爲空無爲空畢竟空無際空散無散空本性空自共相空一切法空不可得空無性空自性空無性自性空生貪愛所以者何內空乃至無性自性空非可貪愛何以故以一切法自性空故勿於真如生貪愛勿於法界法性不虛妄性不變異性平等性離生性法定法住實際虛空界不思議界生貪愛所以者何真如乃至不思議界非可貪愛何以故以一切法自性空故勿於苦聖諦生貪愛勿於集滅道聖

諦生貪愛所以者何苦聖諦乃至道聖諦非可貪愛何以故以一切法自性空故勿於四靜慮生貪愛勿於四無量四無色定生貪愛所以者何四靜慮四無量四無色定非可貪愛何以故以一切法自性空故勿於八解脫生貪愛勿於八勝處九次第定十遍處生貪愛所以者何八解脫乃至十遍處非可貪愛何以故以一切法自性空故勿於四念住生貪愛勿於四正斷四神足五根五力七等覺支八聖道支生貪愛所以者何四念住乃至八聖道支非可貪愛何以故以一切法自性空故勿於空解脫門生貪愛勿於無相無願解脫門生貪愛所以者何空無相無願解脫門非可貪愛何以故以一切法自性空故勿於五眼生貪愛勿於六神通生貪愛所以者何五眼六神通非可貪愛何以故以一切法自性空故勿於佛十力生貪愛勿於四無所畏四無礙解大慈大悲大喜大捨十八佛不共法生貪愛所以者何佛十力乃至十八佛不共法非可貪愛何以故以一切法自性空故勿於三十二大士相生貪愛勿於八十隨好生貪愛所以者何三十二大士相八十隨好非可貪愛何以故以一切法自性空故勿於無忘失法生貪愛勿於恒住捨性生貪愛所以者何無忘失法恒住捨性非可貪愛何以故以一切法自性空故勿於陀羅尼門生貪愛勿於三摩地門生貪愛所以者何陀羅尼門三摩地門非可貪愛何以故以一切法自性空故勿於一切智生貪愛勿於道相智一切相智生貪愛所以者何一切智道相智

一切相智非可貪愛何以故以一切法自性空故勿於預流果生貪愛勿於一來不還阿羅漢果獨覺菩提生貪愛所以者何預流果乃至獨覺菩提非可貪愛何以故以一切法自性空故勿於一切菩薩摩訶薩行生貪愛勿於諸佛無上正等菩提生貪愛所以者何一切菩薩摩訶薩行諸佛無上正等菩提非可貪愛何以故以一切法自性空故爾時具壽善現白佛言世尊諸菩薩摩訶薩能爲難事於一切法自性空中希求無上正等菩提欲證無上正等菩提佛告善現如是如是如汝所説諸菩薩摩訶薩能爲難事於一切法自性空中希求無上正等菩提欲證無上正等菩提善現諸菩薩摩訶薩雖達一切法如幻如夢如響如像如光影如陽焰如變化事如尋香城自性皆空而爲世間得義利故發趣無上正等菩提爲令世間得饒益故發趣無上正等菩提爲令世間得安樂故發趣無上正等菩提爲欲濟抜諸世間故發趣無上正等菩提爲與世間作歸依故發趣無上正等菩提爲與世間作舍宅故發趣無上正等菩提欲示世間究竟道故發趣無上正等菩提爲與世間作洲渚故發趣無上正等菩提爲與世間作日月故發趣無上正等菩提爲與世間作燈燭故發趣無上正等菩提爲與世間作導師故發趣無上正等菩提爲與世間作將帥故發趣無上正等菩提爲與世間作所趣故發趣無上正等菩提哀愍世間生死苦故發趣無上正等菩提善現云何菩薩摩訶薩爲諸世間得義利故發趣無上正等

菩提善現諸菩薩摩訶薩爲欲解脫一切有情諸苦惱事方便修行布施淨戒安忍精進靜慮般若波羅蜜多故發趣無上正等菩提善現是爲菩薩摩訶薩爲諸世間得義利故發趣無上正等菩提善現云何菩薩摩訶薩爲令世間得饒益故發趣無上正等菩提善現諸菩薩摩訶薩爲欲自住六波羅蜜多方便勸發諸有情類亦令安住六波羅蜜多故發趣無上正等菩提善現是爲菩薩摩訶薩爲令世間得饒益故發趣無上正等菩提善現云何菩薩摩訶薩爲令世間得安樂故發趣無上正等菩提善現諸菩薩摩訶薩爲欲自住十善業道方便勸發諸有情類亦令安住十善業道故發趣無上正等菩提善現是爲菩薩摩訶薩爲令世間得安樂故發趣無上正等菩提善現云何菩薩摩訶薩爲欲濟拔諸世間故發趣無上正等菩提善現諸菩薩摩訶薩見諸有情墮三惡趣爲欲濟拔令修善業得住安隱極清涼處故發趣無上正等菩提善現是爲菩薩摩訶薩爲欲濟拔諸世間故發趣無上正等菩提善現云何菩薩摩訶薩爲與世間作歸依故發趣無上正等菩提善現諸菩薩摩訶薩欲爲有情說無依法謂色無依受想行識無依如是乃至一切智無依道相智一切相智無依令諸有情聞已解脫一切生老病死及愁歎苦憂惱田此因緣發趣無上正等菩提善現是爲菩薩摩訶薩爲與世間作歸依故發趣無上正等菩提善現云何菩薩摩訶薩爲與世間作舍宅故發趣無上正等菩提善現諸菩薩摩訶薩

欲爲有情作依止處及令至得無怖無畏大涅槃宫故發趣無上正等菩提善現是爲菩薩摩訶薩爲與世間作舍宅故發趣無上正等菩提善現云何菩薩摩訶薩欲示世間究竟道故發趣無上正等菩提善現諸菩薩摩訶薩見諸有情不善通達道非道相遊諸欲路欲爲方便宣説法要令其了知究竟道相發趣無上正等菩提欲爲有情説何法要所謂説色究竟常無怖畏説受想行識究竟常無怖畏如是乃至説一切智究竟常無怖畏説道相智一切相智究竟常無怖畏説色究竟即非色説受想行識究竟即非受想行識如是乃至説一切智究竟即非一切智説道相智一切相智究竟即非道相智一切相智善現如此諸法究竟相一切法相亦如是具壽善現白言世尊若一切法相如究竟相者云何菩薩摩訶薩於一切法應現等覺所以者何世尊非色究竟中有如是分別謂此是色亦非受想行識究竟中有如是分別謂此是受想行識如是乃至非一切智究竟中有如是分別謂此是一切智亦非道相智一切相智究竟中有如是分別謂此是道相智一切相智佛告善現如是如是如汝所説色究竟中無如是分別謂此是色受想行識究竟中亦無如是分別謂此是受想行識如是乃至一切智究竟中無如是分別謂此是一切智道相智一切相智究竟中無如是分別謂此是道相智一切相智以一切法本性空故善現是爲菩薩摩訶薩最極難事謂雖觀一切法皆寂滅相甚深微妙而心不沉没作是

念言我於是法現等覺已證得無上正等菩提爲諸有情宣說開示如是寂滅深妙之法善現是爲菩薩摩訶薩欲示世間究竟道故發趣無上正等菩提善現云何菩薩摩訶薩爲與世間作洲渚故發趣無上正等菩提善現譬如大小海河池中高地可居周迴水斷說爲洲渚如是善現色前後際斷受想行識前後際斷如是乃至一切智前後際斷道相智一切相智前後際斷由此前際後際斷故一切法斷善現此一切法前後際斷即是寂滅即是微妙即是如實謂空無所得道斷愛盡無餘離染永滅究竟涅槃善現諸菩薩摩訶薩求證無上正等菩提欲爲有情宣說開示如是寂滅甚深微妙如實之法善現是爲菩薩摩訶薩爲與世間作洲渚故發趣無上正等菩提善現云何菩薩摩訶薩爲與世間作日月燈燭故發趣無上正等菩提善現諸菩薩摩訶薩欲爲有情宣說六波羅蜜多及四依攝事相應經典眞實義趣方便教導令勤修學破一切種無明黑闇發趣無上正等菩提善現是爲菩薩摩訶薩爲與世間作日月燈燭故發趣無上正等菩提善現云何菩薩摩訶薩爲與世間作導師將帥故發趣無上正等菩提善現諸菩薩摩訶薩欲令趣向邪道有情離行四種不應行處爲說一道令歸正故爲雜染者得清淨故爲愁惱者得歡悅故爲憂苦者得喜樂故爲非理有情證如理法故爲流轉有情得般涅槃故發趣無上正等菩提善現諸菩薩摩訶薩發趣無上正等菩提欲爲有情宣說開示色無生無滅無

染無淨受想行識無生無滅無染無淨眼處無生無滅無染無淨耳鼻舌身意處無生無滅無染無淨色處無生無滅無染無淨聲香味觸法處無生無滅無染無淨眼界無生無滅無染無淨耳鼻舌身意界無生無滅無染無淨色界無生無滅無染無淨聲香味觸法界無生無滅無染無淨眼識界無生無滅無染無淨耳鼻舌身意識界無生無滅無染無淨眼觸無生無滅無染無淨耳鼻舌身意觸無生無滅無染無淨眼觸爲緣所生諸受無生無滅無染無淨耳鼻舌身意觸爲緣所生諸受無生無滅無染無淨布施波羅蜜多無生無滅無染無淨淨戒安忍精進靜慮般若波羅蜜多無生無滅無染無淨内空無生無滅無染無淨外空内外空空空大空勝義空有爲空無爲空畢竟空無際空散無散空本性空自共相空一切法空不可得空無性空自性空無性自性空無生無滅無染無淨眞如無生無滅無染無淨法界法性不虛妄性不變異性平等性離生性法定法住實際虛空界不思議界無生無滅無染無淨苦聖諦無生無滅無染無淨集滅道聖諦無生無滅無染無淨四靜慮無生無滅無染無淨四無量四無色定無生無滅無染無淨八解脫無生無滅無染無淨八勝處九次第定十遍處無生無滅無染無淨四念住無生無滅無染無淨四正斷四神足五根五力七等覺支八聖道支無生無滅無染無淨空解脫門無生無滅無染無淨無相無願解脫門無生無滅無染無淨淨觀地無生無滅無染無淨種性

地第八地具見地薄地離欲地已辦地獨覺地菩薩地如來地無生無滅無染無淨極喜地無生無滅無染無淨離垢地發光地焰慧地極難勝地現前地遠行地不動地善慧地法雲地無生無滅無染無淨五眼無生無滅無染無淨六神通無生無滅無染無淨預流果無生無滅無染無淨一來不還阿羅漢果獨覺菩提無生無滅無染無淨如來十力無生無滅無染無淨四無所畏四無礙解大慈大悲大喜大捨十八佛不共法無生無滅無染無淨三十二大士相無生無滅無染無淨八十隨好無生無滅無染無淨無忘失法無生無滅無染無淨恒住捨性無生無滅無染無淨一切陀羅尼門無生無滅無染無淨一切三摩地門無生無滅無染無淨一切智無生無滅無染無淨道相智一切相智無生無滅無染無淨善現是爲菩薩摩訶薩爲與世間作導師將帥故發趣無上正等菩提善現云何菩薩摩訶薩爲與世間作所趣故發趣無上正等菩提善現諸菩薩摩訶薩希求無上正等菩提修諸菩薩摩訶薩行欲以四攝事攝一切有情所謂布施愛語利行同事欲爲有情宣說開示色以虛空爲所趣受想行識亦以虛空爲所趣如是乃至一切智以虛空爲所趣道相智一切相智亦以虛空爲所趣欲爲有情宣說開示未來色趣空故無所從來過去色趣空故無所至去現在色趣空故亦無所住未來受想行識趣空故無所從來過去受想行識趣空故無所至去現在受想行識趣空故亦無所住如是乃至未來一

切智趣空故無所從來過去一切智趣空故無所至去現在一切智趣空故亦無所住未來道相智一切相智趣空故無所從來過去道相智一切相智趣空故無所至去現在道相智一切相智趣空故亦無所住欲爲有情宣說開示色非趣非不趣何以故以色性空空中無趣無不趣故受想行識亦非趣非不趣何以故以受想行識性空空中無趣無不趣故如是乃至一切智非趣非不趣何以故以一切智性空空中無趣無不趣故道相智一切相智亦非趣非不趣何以故以道相智一切相智性空空中無趣無不趣故善現是爲菩薩摩訶薩爲與世間作所趣故發趣無上正等菩提

大般若波羅蜜多經卷第四百四十五

音釋

洲渚 洲之由切水中可居曰洲渚掌與切小洲曰渚 將帥 將子亮切帥也才足以將物而勝之謂之將帥所類切王也統也智足將帥人而先之謂之帥

大般若波羅蜜多經卷第四百四十六

唐三藏法師玄奘奉　詔譯

第二分初業品第五十之二

所以者何善現一切法皆以空無相無願爲趣諸菩薩摩訶薩於如是趣不可超越何以故空無相無願中趣與非趣不可得故善現一切法皆以無起無作爲趣諸菩薩摩訶薩於如是趣不可超越何以故無起無作中趣與非趣不可得故善現一切法皆以無生無滅爲趣諸菩薩摩訶薩於如是趣不可超越何以故無生無滅中趣與非趣不可得故善現一切法皆以無染無淨爲趣諸菩薩摩訶薩於如是趣不可超越何以故無染無淨中趣與非趣不可得故善現一切法皆以無所有爲趣諸菩薩摩訶薩於如是趣不可超越何以故無所有中趣與非趣不可得故善現一切法皆以幻夢響像光影陽焰變化事尋香城爲趣諸菩薩摩訶薩於如是趣不可超越何以故幻夢響像光影陽焰變化事尋香城中趣與非趣不可得故善現一切法皆以無量無邊爲趣諸菩薩摩訶薩於如是趣不可超越何以故無量無邊中趣與非趣不可得故善現一切法皆以不與不取爲趣諸菩薩摩訶薩於如是趣不可超越何以故不與不取中趣與非趣不可得故善現一切法皆以不舉不下爲趣諸菩薩摩訶薩於如是趣不可超越何以故不舉不下中趣與非趣不可得故善現一切法皆以無去無來爲趣諸菩薩摩訶薩於如是趣不可超越何以故無去無來中趣與非趣不可得故善現一切法

皆以無增無減爲趣諸菩薩摩訶薩於如是趣不可超越何以故無增無減中趣與非趣不可得故善現一切法皆以不入不出爲趣諸菩薩摩訶薩於如是趣不可超越何以故不入不出中趣與非趣不可得故善現一切法皆以不集不散爲趣諸菩薩摩訶薩於如是趣不可超越何以故不集不散中趣與非趣不可得故善現一切法皆以不合不離爲趣諸菩薩摩訶薩於如是趣不可超越何以故不合不離中趣與非趣不可得故善現一切法皆以我有情命者生者養者士夫補特伽羅意生儒童作者使作者起者使起者受者使受者知者見者爲趣諸菩薩摩訶薩於如是趣不可超越何以故我乃至見者尚畢竟無所有不可得況有趣非趣可得善現一切法皆以無我無有情無命者無生者無養者無士夫無補特伽羅無意生無儒童無作者無使作者無起者無使起者無受者無使受者無知者無見者爲趣諸菩薩摩訶薩於如是趣不可超越何以故無我乃至無見者尚畢竟無所有不可得況有趣非趣可得善現一切法皆以常樂我淨爲趣諸菩薩摩訶薩於如是趣不可超越何以故常樂我淨尚畢竟無所有不可得況有趣非趣可得善現一切法皆以無常無樂無我無淨爲趣諸菩薩摩訶薩於如是趣不可超越何以故無常無樂無我無淨尚畢竟無所有不可得況有趣非趣可得善現一切法皆以貪瞋癡事爲趣諸菩薩摩訶薩於如是趣不可超越何以故貪瞋癡事尚畢竟無所有不可得況有趣

非趣可得善現一切法皆以諸見趣爲趣諸菩薩摩訶薩於如是趣不可超越何以故諸見趣尚畢竟無所有不可得況有趣非趣可得善現一切法皆以眞如法界法性不虛妄性不變異性平等性離生性法定法住實際虛空界不思議界爲趣諸菩薩摩訶薩於如是趣不可超越何以故眞如乃至不思議界尚畢竟無所有不可得況有趣非趣可得善現一切法皆以不動性爲趣諸菩薩摩訶薩於如是趣不可超越何以故不動性尚畢竟無所有不可得況有趣非趣可得善現一切法皆以色受想行識爲趣諸菩薩摩訶薩於如是趣不可超越何以故色乃至識尚畢竟無所有不可得況有趣非趣可得善現一切法皆以眼耳鼻舌身意處爲趣諸菩薩摩訶薩於如是趣不可超越何以故眼處乃至意處尚畢竟無所有不可得況有趣非趣可得善現一切法皆以色聲香味觸法處爲趣諸菩薩摩訶薩於如是趣不可超越何以故色處乃至法處尚畢竟無所有不可得況有趣非趣可得善現一切法皆以眼耳鼻舌身意界爲趣諸菩薩摩訶薩於如是趣不可超越何以故眼界乃至意界尚畢竟無所有不可得況有趣非趣可得善現一切法皆以色聲香味觸法界爲趣諸菩薩摩訶薩於如是趣不可超越何以故色界乃至法界尚畢竟無所有不可得況有趣非趣可得善現一切法皆以眼耳鼻舌身意識界爲趣諸菩薩摩訶薩於如是趣不可超越何以故眼識界乃至意識界尚畢竟無所有不可得況有趣非趣

可得善現一切法皆以眼耳鼻舌身意觸爲趣諸菩薩摩訶薩於如是趣不可超越何以故眼觸乃至意觸尚畢竟無所有不可得況有趣非趣可得善現一切法皆以眼耳鼻舌身意觸爲緣所生諸受爲趣諸菩薩摩訶薩於如是趣不可超越何以故眼觸爲緣所生諸受乃至意觸爲緣所生諸受尚畢竟無所有不可得況有趣非趣可得善現一切法皆以布施淨戒安忍精進靜慮般若波羅蜜多爲趣諸菩薩摩訶薩於如是趣不可超越何以故布施波羅蜜多乃至般若波羅蜜多尚畢竟無所有不可得況有趣非趣可得善現一切法皆以內空外空內外空空空大空勝義空有爲空無爲空畢竟空無際空散無散空本性空自共相空一切法空不可得空無性空自性空無性自性空爲趣諸菩薩摩訶薩於如是趣不可超越何以故內空乃至無性自性空尚畢竟無所有不可得況有趣非趣可得善現一切法皆以四念住四正斷四神足五根五力七等覺支八聖道支爲趣諸菩薩摩訶薩於如是趣不可超越何以故四念住乃至八聖道支尚畢竟無所有不可得況有趣非趣可得善現一切法皆以苦集滅道聖諦爲趣諸菩薩摩訶薩於如是趣不可超越何以故苦集滅道聖諦尚畢竟無所有不可得況有趣非趣可得善現一切法皆以四靜慮四無量四無色定爲趣諸菩薩摩訶薩於如是趣不可超越何以故四靜慮四無量四無色定尚畢竟無所有不可得況有趣非趣可得善現一切法皆以八解脫八勝處

九次第定十遍處爲趣諸菩薩摩訶薩於如是趣不可超越何以故八解脫乃至十遍處尚畢竟無所有不可得況有趣非趣可得善現一切法皆以空無相無願解脫門爲趣諸菩薩摩訶薩於如是趣不可超越何以故空無相無願解脫門尚畢竟無所有不可得況有趣非趣可得善現一切法皆以三乘菩薩十地爲趣諸菩薩摩訶薩於如是趣不可超越何以故三乘菩薩十地尚畢竟無所有不可得況有趣非趣可得善現一切法皆以五眼六神通爲趣諸菩薩摩訶薩於如是趣不可超越何以故五眼六神通尚畢竟無所有不可得況有趣非趣可得善現一切法皆以陀羅尼門三摩地門爲趣諸菩薩摩訶薩於如是趣不可超越何以故陀羅尼門三摩地門尚畢竟無所有不可得況有趣非趣可得善現一切法皆以如來十力四無所畏四無礙解大慈大悲大喜大捨十八佛不共法爲趣諸菩薩摩訶薩於如是趣不可超越何以故如來十力乃至十八佛不共法尚畢竟無所有不可得況有趣非趣可得善現一切法皆以三十二大士相八十隨好爲趣諸菩薩摩訶薩於如是趣不可超越何以故三十二大士相八十隨好尚畢竟無所有不可得況有趣非趣可得善現一切法皆以無忘失法恒住捨性爲趣諸菩薩摩訶薩於如是趣不可超越何以故無忘失法恒住捨性尚畢竟無所有不可得況有趣非趣可得善現一切法皆以一切智道相智一切相智爲趣諸菩薩摩訶薩於如是趣不可超越何以故一切

智道相智一切相智尚畢竟無所有不可得況有趣非趣可得善現一切法皆以預流一來不還阿羅漢果獨覺菩提爲趣諸菩薩摩訶薩於如是趣不可超越何以故預流果乃至獨覺菩提尚畢竟無所有不可得況有趣非趣可得善現一切法皆以一切菩薩摩訶薩行諸佛無上正等菩提爲趣諸菩薩摩訶薩於如是趣不可超越何以故一切菩薩摩訶薩行諸佛無上正等菩提尚畢竟無所有不可得況有趣非趣可得善現一切法皆以預流一來不還阿羅漢獨覺菩薩如來應正等覺爲趣諸菩薩摩訶薩於如是趣不可超越何以故預流乃至如來應正等覺尚畢竟無所有不可得況有趣非趣可得如是善現菩薩摩訶薩爲與世間作所趣故發趣無上正等菩提善現云何菩薩摩訶薩哀愍世間生死苦故發趣無上正等菩提善現諸菩薩摩訶薩爲得無礙自在神通拔諸有情生死大苦發趣無上正等菩提善現是爲菩薩摩訶薩哀愍世間生死苦故發趣無上正等菩提

第二分調伏貪等品第五十一

爾時具壽善現白佛言世尊誰於如是甚深般若波羅蜜多能生淨信及生勝解佛告善現若菩薩摩訶薩久於無上正等菩提發意趣求精勤修習布施淨戒安忍精進靜慮般若波羅蜜多已曾供養百千俱胝那庾多佛於諸佛所久修梵行發弘誓願善根淳熟無量善友攝受護念乃於如是甚深般若波羅蜜多能生淨信及生勝解具壽善現復白佛

言世尊若菩薩摩訶薩能於如是甚深般若波羅蜜多生於淨信及生勝解是菩薩摩訶薩心何性何相何狀何貌佛告善現若菩薩摩訶薩能於如是甚深般若波羅蜜多生於淨信及勝解者心以調伏貪瞋癡及遠離貪瞋癡爲性爲相爲狀爲貌復次善現是菩薩摩訶薩心以調伏貪瞋癡及無貪瞋癡遠離貪瞋癡及無貪瞋癡爲性爲相爲狀爲貌善現若菩薩摩訶薩成就如是性相狀貌心乃於如是甚深般若波羅蜜多能生淨信及生勝解時具壽善現白佛言世尊若菩薩摩訶薩能於如是甚深般若波羅蜜多生於淨信及生勝解是菩薩摩訶薩當何所趣佛告善現是菩薩摩訶薩當趣一切智智具壽善現復白佛言世尊若菩薩摩訶薩趣一切智智者是菩薩摩訶薩能與一切有情爲所歸趣佛告善現如是如是如汝所說若菩薩摩訶薩能於如是甚深般若波羅蜜多生於淨信及生勝解是菩薩摩訶薩則能趣向一切智智若能趣向一切智智是則能與一切有情爲所歸趣具壽善現復白佛言世尊是菩薩摩訶薩能爲難事謂擐如是堅固甲胄我當度脫一切有情皆令證得究竟涅槃雖於有情作如是事而都不見有情施設佛告善現如是如是如汝所說復次善現是菩薩摩訶薩所擐甲胄不屬色亦不屬受想行識何以故色乃至識皆畢竟無所有非菩薩非甲胄故說彼甲胄不屬色亦不屬受想行識是菩薩摩訶薩所擐甲胄乃至不屬一切智亦不屬道相智一切相智何以故一切智道相智

一切相智皆畢竟無所有非菩薩非甲冑故說彼甲冑不屬一切智亦不屬道相智一切相智是菩薩摩訶薩所擐甲冑不屬一切法何以故一切法皆畢竟無所有非菩薩非甲冑故說彼甲冑不屬一切法善現是菩薩摩訶薩修行如是甚深般若波羅蜜多能擐如是功德甲冑謂我當度一切有情皆令證得究竟涅槃時具壽善現白佛言世尊若菩薩摩訶薩能擐如是堅固甲冑謂我當度一切有情皆令證得般涅槃者不墮聲聞及獨覺地何以故世尊是菩薩摩訶薩不於有情安立分限而擐如是堅固甲冑佛告善現汝觀何義作如是言若菩薩摩訶薩能擐如是堅固甲冑不墮聲聞及獨覺地爾時善現白言世尊是菩薩摩訶薩非爲度脫少分有情而擐如是堅固甲冑亦非爲求少分智故而擐如是堅固甲冑何以故是菩薩摩訶薩普爲拔濟一切有情令般涅槃而擐如是堅固甲冑但爲求得一切智智而擐如是堅固甲冑由此因緣不墮聲聞及獨覺地佛告善現如是如是如汝所說爾時具壽善現白佛言世尊如是般若波羅蜜多最爲甚深無能修者無所修法亦無修處亦無由此而得修習何以故世尊非此般若波羅蜜多甚深義中而有少分實法可得名能修者及所修法若修習處若由此修世尊若修虛空是修般若波羅蜜多若修一切法是修般若波羅蜜多若修不實法是修般若波羅蜜多若修無所有是修般若波羅蜜多若修無攝受是修般若波羅蜜多若修除遣法是修般若波羅蜜多

佛告善現修除遣何法是修般若波羅蜜多具壽善現白言世尊修除遣色是修般若波羅蜜多修除遣受想行識是修般若波羅蜜多修除遣內六處是修般若波羅蜜多修除遣外六處是修般若波羅蜜多修除遣內六界是修般若波羅蜜多修除遣外六界是修般若波羅蜜多修除遣六識界是修般若波羅蜜多修除遣我是修般若波羅蜜多修除遣有情命者生者養者士夫補特伽羅意生儒童作者受者知者見者是修般若波羅蜜多修除遣布施波羅蜜多是修般若波羅蜜多修除遣淨戒安忍精進靜慮般若波羅蜜多是修般若波羅蜜多修除遣內空乃至無性自性空是修般若波羅蜜多修除遣真如乃至不思議界是修般若波羅蜜多修除遣苦集滅道聖諦是修般若波羅蜜多修除遣四念住乃至八聖道支是修般若波羅蜜多修除遣四靜慮四無量四無色定是修般若波羅蜜多修除遣八解脫八勝處九次第定十遍處是修般若波羅蜜多修除遣空無相無願解脫門是修般若波羅蜜多修除遣淨觀地乃至如來地是修般若波羅蜜多修除遣極喜地乃至法雲地是修般若波羅蜜多修除遣五眼六神通是修般若波羅蜜多修除遣如來十力乃至十八佛不共法是修般若波羅蜜多修除遣三十二大士相八十隨好是修般若波羅蜜多修除遣無忘失法恒住捨性是修般若波羅蜜多修除遣陀羅尼門三摩地門是修般若波羅蜜多修除遣預流果乃至獨覺菩提是修般若波羅蜜多修

除遣一切菩薩摩訶薩行諸佛無上正等菩提是修般若波羅蜜多修除遣一切智道相智一切相智是修般若波羅蜜多佛告善現如是如是如汝所說復次善現應依如是甚深般若波羅蜜多觀察不退轉菩薩摩訶薩若菩薩摩訶薩雖行般若波羅蜜多而無執著當知是爲不退轉菩薩摩訶薩若菩薩摩訶薩雖行靜慮精進安忍淨戒布施波羅蜜多而無執著當知是爲不退轉菩薩摩訶薩若菩薩摩訶薩雖行内空乃至無性自性空而無執着當知是爲不退轉菩薩摩訶薩若菩薩摩訶薩雖行眞如乃至不思議界而無執着當知是爲不退轉菩薩摩訶薩若菩薩摩訶薩雖行苦集滅道聖諦而無執着當知是爲不退轉菩薩摩訶薩若菩薩摩訶薩雖行四念住廣説乃至一切相智而無執着當知是爲不退轉菩薩摩訶薩復次善現諸有不退轉菩薩摩訶薩行深般若波羅蜜多時不觀他語及他教誡以爲眞要非但信他而有所作不爲貪欲瞋恚愚癡憍慢等法染汙其心亦不爲彼之所牽引諸有不退轉菩薩摩訶薩行深般若波羅蜜多時不離布施波羅蜜多乃至般若波羅蜜多諸有不退轉菩薩摩訶薩行深般若波羅蜜多時聞説如是甚深般若波羅蜜多其心不驚不恐不怖不沉不沒亦不退捨所求無上正等菩提於深般若波羅蜜多歡喜樂聞受持讀誦究竟通利繫念思惟如説修行曾無猒倦當知如是不退轉菩薩摩訶薩前世已聞甚深般若波羅蜜多所有義趣受持讀誦如理思惟精進

修行心無猒倦何以故由此不退轉菩薩摩訶薩聞說如是甚深般若波羅蜜多其心不驚不恐不怖不沉不沒亦不退捨所求無上正等菩提於深般若波羅蜜多歡喜樂聞受持讀誦究竟通利如理思惟精進修行心無猒倦具壽善現白佛言世尊若菩薩摩訶薩聞說如是甚深般若波羅蜜多其心不驚不恐不怖不沉不沒亦不退捨所求無上正等菩提於深般若波羅蜜多歡喜樂聞受持讀誦究竟通利繫念思惟精進修行心無猒倦是菩薩摩訶薩云何修行甚深般若波羅蜜多佛告善現是菩薩摩訶薩相續隨順趣向臨入一切智智應作如是行深般若波羅蜜多具壽善現白言世尊是菩薩摩訶薩云何相續隨順趣向臨入一切智智行深般若波羅蜜多佛告善現若菩薩摩訶薩相續隨順趣向臨入空無相無願虛空無所有無生無滅無染無淨真如法界法性不虛妄性不變異性平等性離生性法定法住實際虛空界不思議界無造無作如幻如夢如響如像如光影如陽焰如變化事如尋香城行深般若波羅蜜多是爲菩薩摩訶薩相續隨順趣向臨入一切智智行深般若波羅蜜多時具壽善現白佛言世尊如佛所說若菩薩摩訶薩相續隨順趣向臨入空無相無願乃至如尋香城行深般若波羅蜜多是爲菩薩摩訶薩相續隨順趣向臨入一切智智行深般若波羅蜜多者是菩薩摩訶薩行深般若波羅蜜多時爲行色不爲行受想行識不如是乃至爲行一切智不爲行道相智一切相智不佛

告善現是菩薩摩訶薩行深般若波羅蜜多時不行色不行受想行識如是乃至不行一切智不行道相智一切相智何以故是菩薩摩訶薩所隨順趣向臨入一切智智無能作者無能壞者無所從來無所至去亦無所住無方無域無數無量無往無來既無數量往來可得亦無能證善現如是一切智智不可以色證不可以受想行識證如是乃至不可以一切智證不可以道相智一切相智證何以故色即是一切智智性受想行識即是一切智智性如是乃至一切智即是一切智智性道相智一切相智即是一切智智性何以故若色真如若一切智智真如若一切法真如皆一真如無二無別若受想行識真如若一切智智真如若一切法真如皆一真如無二無別如是乃至若一切智真如若一切智智真如若一切法真如皆一真如無二無別若道相智一切相智真如若一切智智真如若一切法真如皆一真如無二無別是故一切智智不可以色證不可以受想行識證如是乃至不可以一切智證不可以道相智一切相智證

第二分真如品第五十二之一

爾時欲界色界諸天各持天上栴檀香末多揭羅香末多摩羅香末復持天上嗢鉢羅花鉢特摩花拘某陀花奔荼利花遥散佛上來詣佛所頂禮雙足却住一面合掌恭敬白言世尊如是般若波羅蜜多寂爲甚深難見難覺不可尋思超尋思境微妙沖寂聰敏智者之所能知非諸世間皆能信受即佛無上正

等菩提一切如來應正等覺於此般若波羅蜜多甚深經中皆作是說色即是一切智智一切智智即是色受想行識即是一切智智一切智智即是受想行識如是乃至一切智即是一切智智一切智智即是一切智道相智一切相智即是一切智智一切智智即是道相智一切相智所以者何若色真如若一切智智真如若一切法真如皆一真如無二無別亦無窮盡若受想行識真如若一切智智真如若一切法真如皆一真如無二無別亦無窮盡如是乃至若一切智真如若一切智智真如若一切法真如皆一真如無二無別亦無窮盡若道相智一切相智真如若一切智智真如若一切法真如皆一真如無二無別亦無窮盡佛告欲界色界天言如是如是如汝所說諸天當知我觀此義心恒趣寂不樂說法所以者何此法甚深難見難覺不可尋思超尋思境微妙沖寂聰敏智者之所能知非諸世間皆能信受所謂如是甚深般若波羅蜜多即是如來應正等覺所證無上正等菩提諸天當知如是無上正等菩提無能證非所證無證處無證時諸天當知此法深妙不二現行非諸世間所能比度諸天當知虛空甚深故此法甚深真如甚深故此法甚深法界法性不虛妄性不變異性平等性離生性法定法住實際虛空界不思議界甚深故此法甚深無量無邊甚深故此法甚深無來無去甚深故此法甚深無生無滅甚深故此法甚深無染無淨甚深故此法甚深無知無得甚深故此法甚深無造無作甚深故

此法甚深我甚深故此法甚深有情命者生者養者士夫補特伽羅意生儒童作者受者知者見者甚深故此法甚深色甚深故此法甚深受想行識甚深故此法甚深如是乃至一切智甚深故此法甚深道相智一切相智甚深故此法甚深一切佛法甚深故此法甚深時諸天衆白言世尊此所說法甚深微妙非諸世間卒能信受所以者何此深妙法不爲攝取色故說不爲棄捨色故說不爲攝取受想行識故說不爲棄捨受想行識故說如是乃至不爲攝取一切智故說不爲棄捨一切智故說不爲攝取道相智一切相智故說不爲棄捨道相智一切相智故說不爲攝取一切佛法故說不爲棄捨一切佛法故說世尊世間有情多行攝取我我所執謂色是我是我所受想行識是我是我所如是乃至一切智是我是我所道相智一切相智是我是我所爾時佛告諸天衆言如是如是如汝所說此深妙法不爲攝取色故說不爲棄捨色故說不爲攝取受想行識故說不爲棄捨受想行識故說如是乃至不爲攝取一切智故說不爲棄捨一切智故說不爲攝取道相智一切相智故說不爲棄捨道相智一切相智故說不爲攝取一切佛法故說不爲棄捨一切佛法故說世間有情多行攝取我我所執謂色是我是我所受想行識是我是我所如是乃至一切智是我是我所道相智一切相智是我是我所諸天當知若有菩薩爲攝取色故行爲棄捨色故行爲攝取受想行識故行爲棄捨受想行識故行如是乃至爲攝取

一切智故行爲棄捨一切智故行爲攝取道相智一切相智故行爲棄捨道相智一切相智故行是菩薩不能修般若波羅蜜多亦不能修靜慮精進安忍淨戒布施波羅蜜多如是乃至不能修一切智亦不能修道相智一切相智爾時具壽善現白佛言世尊此甚深法能隨順一切法世尊此甚深法能隨順何等一切法世尊此甚深法能隨順般若波羅蜜多亦能隨順靜慮精進安忍淨戒布施波羅蜜多此甚深法能隨順內空亦能隨順外空乃至無性自性空此甚深法能隨順眞如亦能隨順法界乃至不思議界此甚深法能隨順苦集滅道聖諦此甚深法能隨順四念住亦能隨順四正斷乃至八聖道支此甚深法能隨順四靜慮亦能隨順四無量四無色定此甚深法能隨順八解脫亦能隨順八勝處九次第定十遍處此甚深法能隨順空無相無願解脫門此甚深法能隨順淨觀地亦能隨順種性地乃至如來地此甚深法能隨順極喜地亦能隨順離垢地乃至法雲地此甚深法能隨順五眼亦能隨順六神通此甚深法能隨順如來十力亦能隨順四無所畏乃至十八佛不共法此甚深法能隨順三十二大士相亦能隨順八十隨好此甚深法能隨順無忘失法亦能隨順恒住捨性此甚深法能隨順陀羅尼門亦能隨順三摩地門此甚深法能隨順預流果亦能隨順一來不還阿羅漢果獨覺菩提此甚深法能隨順一切菩薩摩訶薩行亦能隨順諸佛無上正等菩提此甚深法能隨順一切智亦能隨順道相

智一切相智世尊此甚深法都無所礙世尊此甚深法於何無礙世尊此甚深法於色無礙於受想行識無礙如是乃至於一切智無礙於道相智一切相智無礙世尊此甚深法無礙爲相何以故世尊虛空平等性故真如平等性故法界乃至不思議界平等性故空無相無願平等性故無造無作平等性故無染無淨平等性故世尊此甚深法無生無滅何以故世尊色無生無滅不可得故受想行識無生無滅不可得故如是乃至一切智無生無滅不可得故道相智一切相智無生無滅不可得故世尊此甚深法都無足迹何以故世尊色足迹不可得故受想行識足迹不可得故如是乃至一切智足迹不可得故道相智一切相智足迹亦不可得故

大般若波羅蜜多經卷第四百四十六

音釋

補特伽羅 梵語也或云福伽羅或富特伽羅此云數取趣謂數數往來諸趣也 俱胝 梵語也此云百億胝張尼切 那庾多 梵語也此云萬億庾弋渚切 擐 音患貫也 甲冑 冑直又切兜鍪也 憍慢 憍舉喬切慢莫晏切 嗢鉢羅 梵語也亦云優鉢羅此云青蓮花嗢烏骨切 沖寂 沖直弓切和也幽也寂靜也

大般若波羅蜜多經卷第四百四十七

唐三藏法師玄奘奉詔譯

第二分真如品第五十二之二

爾時欲色界天衆復白佛言世尊大德善現佛真弟子隨如來生所以者何大德善現諸所說法一切皆與空相應故爾時善現告欲色界諸天衆言汝諸天衆說我善現佛真弟子隨如來生云何善現隨如來生謂隨如來真如生故所以者何如來真如無來無去善現真如亦無來去故說善現隨如來生如來真如即一切法真如一切法真如即如來真如如是真如無真如性亦無不真如性善現真如亦復如是故說善現隨如來生如來真如常住爲相善現真如亦復如是故說善現隨如來生如來真如無變異無分別遍諸法轉善現真如亦復如是故說善現隨如來生如來真如無所罣礙一切法真如亦無所罣礙若如來真如若一切法真如同一真如無二無別無造無作如是真如常真如相無時非真如相以常真如相無時非真如相故無二無別善現真如亦復如是故說善現隨如來生如來真如於一切處無憶念無分別善現真如亦復如是故說善現隨如來生如來真如無別異不可得善現真如亦復如是故說善現隨如來生如來真如不離一切法真如一切法真如不離如來真如如是真如常真如相無時非真如相善現真如亦復如是故說善現隨如來生雖說隨生而無所隨生以善現真如不異佛故如來真如非過去非未來非現在一切法真如亦非過去非未來

非現在善現眞如亦復如是故説善現隨如來生過去眞如即如來眞如如來眞如即過去眞如未來眞如即如來眞如如來眞如即未來眞如現在眞如即如來眞如如來眞如即現在眞如若過去眞如若未來眞如若現在眞如若如來眞如同一眞如無二無別色眞如即如來眞如如來眞如即色眞如受想行識眞如即如來眞如如來眞如即受想行識眞如若色眞如若受想行識眞如若如來眞如同一眞如無二無別眼處眞如即如來眞如如來眞如即眼處眞如耳鼻舌身意處眞如即如來眞如如來眞如即耳鼻舌身意處眞如若眼處眞如若耳鼻舌身意處眞如若如來眞如同一眞如無二無別色處眞如即如來眞如如來眞如即色處眞如聲香味觸法處眞如即如來眞如如來眞如即聲香味觸法處眞如若色處眞如若聲香味觸法處眞如若如來眞如同一眞如無二無別眼界眞如即如來眞如如來眞如即眼界眞如耳鼻舌身意界眞如即如來眞如如來眞如即耳鼻舌身意界眞如若眼界眞如若耳鼻舌身意界眞如若如來眞如同一眞如無二無別色界眞如即如來眞如如來眞如即色界眞如聲香味觸法界眞如即如來眞如如來眞如即聲香味觸法界眞如若色界眞如若聲香味觸法界眞如若如來眞如同一眞如無二無別眼識界眞如即如來眞如如來眞如即眼識界眞如耳鼻舌身意識界眞如即如來眞如如來眞如即耳鼻舌身意識界眞如若眼識界眞如若耳鼻舌身意識界眞

如若如來眞如同一眞如無二無別眼觸眞如即如來眞如如來眞如即眼觸眞如耳鼻舌身意觸眞如即如來眞如如來眞如即耳鼻舌身意觸眞如若眼觸眞如若耳鼻舌身意觸眞如若如來眞如同一眞如無二無別眼觸爲緣所生諸受眞如即如來眞如如來眞如即眼觸爲緣所生諸受眞如耳鼻舌身意觸爲緣所生諸受眞如即如來眞如如來眞如即耳鼻舌身意觸爲緣所生諸受眞如若眼觸爲緣所生諸受眞如若耳鼻舌身意觸爲緣所生諸受眞如若如來眞如同一眞如無二無別我眞如即如來眞如如來眞如即我眞如有情命者生者養者士夫補特伽羅意生儒童作者受者知者見者眞如即如來眞如如來眞如即有情乃至見者眞如若我眞如若有情乃至見者眞如若如來眞如同一眞如無二無別布施波羅蜜多眞如即如來眞如如來眞如即布施波羅蜜多眞如淨戒安忍精進靜慮般若波羅蜜多眞如即如來眞如如來眞如即淨戒乃至般若波羅蜜多眞如若布施波羅蜜多眞如若淨戒乃至般若波羅蜜多眞如若如來眞如同一眞如無二無別內空眞如即如來眞如如來眞如即內空眞如外空內外空空空大空勝義空有爲空無爲空畢竟空無際空散無散空本性空自共相空一切法空不可得空無性空自性空無性自性空眞如即如來眞如如來眞如即外空乃至無性自性空眞如若內空眞如若外空乃至無性自性空眞如若如來眞如同一眞如無二無別眞如眞如即如

來真如如來真如即真如真如法界法性不虛妄性不變異性平等性離生性法定法住實際虛空界不思議界真如即如來真如如來真如即法界乃至不思議界真如若真如若法界乃至不思議界真如若如來真如同一真如無二無別苦聖諦真如即如來真如如來真如即苦聖諦真如集滅道聖諦真如即如來真如如來真如即集滅道聖諦真如若苦聖諦真如若集滅道聖諦真如若如來真如同一真如無二無別四念住真如即如來真如如來真如即四念住真如四正斷四神足五根五力七等覺支八聖道支真如即如來真如如來真如即四正斷乃至八聖道支真如若四念住真如若四正斷乃至八聖道支真如若如來真如同一真如無二無別四靜慮真如即如來真如如來真如即四無量四無色定真如四無量四無色定真如即如來真如如來真如即四無量四無色定真如若四靜慮真如若四無量四無色定真如若如來真如同一真如無二無別八解脫真如即如來真如如來真如即八解脫真如八勝處九次第定十遍處真如即如來真如如來真如即八勝處九次第定十遍處真如若八解脫真如若八勝處九次第定十遍處真如若如來真如同一真如無二無別空解脫門真如即如來真如如來真如即空解脫門真如無相無願解脫門真如即如來真如如來真如即無相無願解脫門真如若空解脫門真如若無相無願解脫門真如若如來真如同一真如無二無別三乘十地真如即如來真

如如來真如即三乘十地真如菩薩十地真
如即如來真如如來真如即菩薩十地真如
若三乘十地真如若菩薩十地真如若如來
真如同一真如無二無別五眼真如即如來
真如如來真如即五眼真如六神通真如即
如來真如如來真如即六神通真如若五眼
真如若六神通真如若如來真如同一真如
無二無別佛十力真如即如來真如如來真
如即佛十力真如四無所畏四無礙解大慈
大悲大喜大捨十八佛不共法真如即如來
真如如來真如即四無所畏乃至十八佛不
共法真如若佛十力真如若四無所畏乃至
十八佛不共法真如若如來真如同一真如
無二無別三十二大士相真如即如來真如
如來真如即三十二大士相真如八十隨好
真如即如來真如如來真如即八十隨好真
如若三十二大士相真如若八十隨好真如
若如來真如同一真如無二無別無忘失法
真如即如來真如如來真如即無忘失法真
如恒住捨性真如即如來真如如來真如即
恒住捨性真如若無忘失法真如若恒住捨
性真如若如來真如同一真如無二無別陀
羅尼門真如即如來真如如來真如即陀羅
尼門真如三摩地門真如即如來真如如來
真如即三摩地門真如若陀羅尼門真如若
三摩地門真如若如來真如同一真如無二
無別預流果真如即如來真如如來真如即
預流果真如一來不還阿羅漢果獨覺菩提
真如即如來真如如來真如即一來果乃至
獨覺菩提真如若預流果真如若一來果乃

至獨覺菩提真如若如來真如同一真如無二無別一切菩薩摩訶薩行真如即如來真如如來真如即一切菩薩摩訶薩行真如諸佛無上正等菩提真如即如來真如如來真如即諸佛無上正等菩提真如若一切菩薩摩訶薩行真如若諸佛無上正等菩提真如若如來真如同一真如無二無別一切智真如即如來真如如來真如即一切智真如道相智一切相智真如即如來真如如來真如即道相智一切相智真如若一切智真如若道相智一切相智真如若如來真如同一真如無二無別天衆當知諸菩薩摩訶薩現證如是一切法真如說名如來應正等覺我於如是諸法真如能深信解故說善現從如來生當說如是真如相時於此三千大千世界諸山大地六種變動東涌西沒西涌東沒南涌北沒北涌南沒中涌邊沒邊涌中沒爾時欲界色界天衆復以天上栴檀香末多揭羅香末多摩羅香末及以天上嗢鉢羅花鉢特摩花拘某陀花奔荼利花奉散如來及善現上而白佛言甚奇如來未曾有也大德善現由真如故隨如來生爾時具壽善現便謂諸天衆言諸天當知然我善現不由色故隨如來生不由色真如故隨如來生不離色故隨如來生不離色真如故隨如來生不由受想行識故隨如來生不由受想行識真如故隨如來生不離受想行識故隨如來生不離受想行識真如故隨如來生如是乃至不由一切智故隨如來生不由一切智真如故隨如來生不離一切智故隨如來生不離一切智

真如故隨如來生不由道相智一切相智故隨如來生不由道相智一切相智真如故隨如來生不離道相智一切相智故隨如來生不離道相智一切相智真如故隨如來生不由有爲故隨如來生不由有爲眞如故隨如來生不離有爲故隨如來生不離有爲真如故隨如來生不由無爲故隨如來生不由無爲真如故隨如來生不離無爲故隨如來生不離無爲真如故隨如來生何以故諸天衆是一切法都無所有諸隨生者若所隨生由此隨生隨生時處皆不可得爾時舍利子白佛言世尊諸法真如法界法性不虛妄性不變異性平等性離生性法定法住實際虛空界不思議界皆最甚深謂於此中色不可得色真如亦不可得何以故此中色尚不可得況有色真如可得此中受想行識不可得受想行識眞如亦不可得何以故此中受想行識尚不可得況有受想行識眞如可得如是乃至此中一切智不可得一切智眞如亦不可得何以故此中一切智尚不可得況有一切智眞如可得此中道相智一切相智不可得道相智一切相智眞如亦不可得何以故此中道相智一切相智尚不可得況有道相智一切相智真如可得佛言舍利子如是如是如汝所說諸法真如乃至不思議界皆最甚深所謂此中色不可得色眞如亦不可得何以故此中色尚不可得況有色眞如可得如是乃至此中一切相智不可得一切相智眞如亦不可得何以故此中一切相智尚不可得況有一切相智眞如可得當說如是眞

如相時二百苾芻諸漏永盡心得解脫成阿羅漢復有五百苾芻尼衆遠塵離垢於諸法中生淨法眼五千菩薩生天人中得無生忍六千菩薩諸漏永盡心得解脫成阿羅漢爾時佛告舍利子言今此衆中六千菩薩已於過去親近供養五百諸佛一一佛所發弘誓願正信出家雖修布施淨戒安忍精進靜慮而不攝受般若波羅蜜多遠離方便善巧起別異想行別異行修布施時作如是念此是布施此是施物此是受者我能行施修淨戒時作如是念此是淨戒此是罪業此所護境我能持戒修安忍時作如是念此是安忍此是忍障此所忍境我能安忍修精進時作如是念此是精進此是懈怠此是所爲我能精進修靜慮時作如是念此是靜慮此是散動此是所爲我能修定彼不攝受般若波羅蜜多遠離方便善巧依別異想而行布施淨戒安忍精進靜慮別異之行由別異想別異行故不得菩薩無別異想及失菩薩無別異行由此因緣不得入菩薩正性離生位由不得入菩薩正性離生位故得預流果漸次乃至阿羅漢果是故舍利子若菩薩摩訶薩雖有菩提道及有空無相無願解脫門而不攝受般若波羅蜜多及遠離方便善巧便證實際墮於聲聞或獨覺地爾時具壽舍利子復白佛言世尊何因緣故有聲聞乘或獨覺乘補特伽羅修空無相無願之法不攝受般若波羅蜜多遠離方便善巧便證實際墮於聲聞或獨覺地有菩薩乘補特伽羅修空無相無願之法攝受般若波羅蜜多依方便善巧雖

證實際而趣無上正等菩提佛言舍利子諸聲聞乘或獨覺乘補特伽羅遠離一切智智心不攝受般若波羅蜜多無方便善巧故修空無相無願之法便證實際墮於聲聞或獨覺地諸菩薩乘補特伽羅不離一切智智心攝受般若波羅蜜多依方便善巧大悲心爲上首修空無相無願之法雖證實際而能入菩薩正性離生位能證無上正等菩提舍利子譬如有鳥其身長大百踰繕那或復二百或復三百踰繕那量而無有翅是鳥或從三十三天投身而下趣贍部洲於其中路復作是念我欲還上三十三天舍利子於汝意云何是鳥能還三十三天不舍利子言不也世尊不也善逝佛告舍利子是鳥中路或作是願至贍部洲當令我身無損無惱舍利子於汝意云何是鳥所願可得遂不舍利子言不也世尊不也善逝是鳥至此贍部洲時其身決定有損有惱或致命終或隣死苦何以故是鳥身大從遠而墮無有翅故佛言舍利子如是如是如汝所說舍利子有菩薩乘補特伽羅亦復如是雖經無量無數大劫勤修布施淨戒安忍精進靜慮亦修般若求趣無上正等菩提而不攝受般若波羅蜜多遠離方便善巧修空無相無願之法便證實際墮於聲聞或獨覺地何以故舍利子是菩薩乘補特伽羅遠離一切智智心雖經無量無數大劫勤修布施淨戒安忍精進靜慮亦修般若而不攝受般若波羅蜜多遠離方便善巧遂墮聲聞或獨覺地舍利子是菩薩乘補特伽羅雖念過去未來現在諸佛世尊所有戒蘊

定蘊慧蘊解脱蘊解脱知見蘊恭敬供養隨順修行而於其中執取相故不能正解是諸如來應正等覺所有戒蘊定蘊慧蘊解脱蘊解脱知見蘊圓滿功德是諸菩薩不能正解佛功德故雖聞無上正等覺道及空無相無願法聲而依此聲執取其相執取相已迴向無上正等菩提此菩薩乘補特伽羅如是迴向不得無上正等菩提墮於聲聞或獨覺地何以故舍利子是菩薩乘補特伽羅由不攝受般若波羅蜜多及遠離方便善巧故雖以種種所修善根迴向無上正等菩提而墮聲聞或獨覺地復次舍利子有菩薩乘補特伽羅從初發心常不遠離一切智智心大悲爲上首勤修布施淨戒安忍精進靜慮亦修妙慧攝受般若波羅蜜多常不遠離方便善巧雖念過去未來現在諸佛世尊所有戒蘊定蘊慧蘊解脱蘊解脱知見蘊而不取相雖修空無相無願解脱門亦不取相雖念自他種種功德與諸有情平等共有迴向無上正等菩提亦不取相舍利子當知如是住菩薩乘補特伽羅直趣無上正等菩提不墮聲聞及獨覺地何以故舍利子是菩薩乘補特伽羅從初發心乃至究竟常不遠離一切智智心於一切時大悲爲上首雖修布施淨戒安忍精進靜慮亦修般若而不取相雖念過去未來現在諸佛世尊所有戒蘊定蘊慧蘊解脱蘊解脱知見蘊亦不取相雖修無上正等覺道及空無相無願之法亦不取相舍利子是菩薩乘補特伽羅有方便善巧故以離相心修行布施淨戒安忍精進靜慮及修般若波

羅蜜多如是乃至以離相心修行一切智道相智一切相智由斯定證所求無上正等菩提爾時舍利子白佛言世尊如我解佛所說義者若菩薩摩訶薩從初發心乃至究竟攝受般若波羅蜜多常不遠離方便善巧是菩薩摩訶薩隣近無上正等菩提所以者何是菩薩摩訶薩從初發心乃至究竟都不見有少法可得謂若能證若所證若證處若證時若由此證都不可得所謂若色若受想行識如是乃至若一切智若道相智一切相智都不可得復次世尊有菩薩乘諸善男子善女人等不攝受般若波羅蜜多遠離方便善巧而求無上正等菩提當知彼於所求無上正等菩提疑惑猶豫或得不得所以者何是菩薩乘諸善男子善女人等不攝受般若波羅蜜多遠離方便善巧故於所修行布施淨戒安忍精進靜慮般若波羅蜜多皆取其相如是乃至於所修行一切智道相智一切相智皆取其相由此因緣是菩薩乘諸善男子善女人等皆於無上正等菩提疑惑猶豫或得不得是故世尊若菩薩摩訶薩欲證無上正等菩提決定不應遠離般若波羅蜜多方便善巧是菩薩摩訶薩安住般若波羅蜜多方便善巧用無所得而為方便以無相俱行心應修布施波羅蜜多應修淨戒安忍精進靜慮般若波羅蜜多如是乃至以無相俱行心應修一切智應修道相智一切相智若菩薩摩訶薩安住般若波羅蜜多方便善巧用無所得而為方便以無相俱行心修行如是一切佛法必獲無上正等菩提爾時欲界色界

天衆俱白佛言諸佛無上正等菩提極難信解甚難證得所以者何諸菩薩摩訶薩於一切法自相共相皆應證知乃能獲得所求無上正等菩提而諸菩薩摩訶薩衆所知法相都無所有皆不可得爾時佛告諸天衆言如是如是如汝所説諸佛無上正等菩提極難信解甚難證得諸天當知我亦現覺一切法相證得無上正等菩提而都不得勝義法相可説名爲此是能證此是所證此是證處此是證時由此而證所以者何以一切法畢竟淨故有爲無爲畢竟空故由斯無上正等菩提極難信解甚難證得爾時具壽善現白佛言世尊如佛所説諸佛無上正等菩提極難信解甚難證得如我思惟佛所説義諸佛無上正等菩提極易信解甚易證得所以者何若能信解無法能證無法所證無有證處無有證時亦無由此而有所證則能信解諸佛無上正等菩提若有證知無法能證無法所證無有證處無有證時亦無由此而有所證則能證得所求無上正等菩提何以故以一切法皆畢竟空畢竟空中都無有法可名能證可名所證可名證處可名證時可名由此而有所證所以者何以一切法性相皆空若增若減都無所有皆不可得由此因緣諸菩薩摩訶薩常所修行布施淨戒安忍精進靜慮般若波羅蜜多都無所有皆不可得如是乃至一切智道相智一切相智都無所有皆不可得諸菩薩摩訶薩所觀諸法若有色若無色若有見若無見若有對若無對若有漏若無漏若有爲若無爲都無所有皆不可得

由此因緣我思惟佛所説義趣諸佛無上正等菩提極易信解甚易證得諸菩薩摩訶薩不應於中謂難信解及難證得所以者何色色自性空受想行識受想行識自性空如是乃至一切智一切智自性空道相智一切相智道相智一切相智自性空若菩薩摩訶薩能於如是自性空義深生信解無倒而證便得無上正等菩提時舍利子語善現言由此因緣諸佛無上正等菩提極難信解甚難證得所以者何諸菩薩摩訶薩觀一切法都無自性皆如虛空譬如虛空不作是念我當信解疾證無上正等菩提諸菩薩摩訶薩亦應如是不作是念我當信解疾證無上正等菩提何以故諸法皆空與虛空等諸菩薩摩訶薩要能信解諸法皆空與虛空等無倒而證乃得無上正等菩提若菩薩摩訶薩信解諸法與虛空等便於無上正等菩提易生信解易證得者則不應有殑伽沙等菩薩摩訶薩擐大功德鎧發趣無上正等菩提於其中間而有退屈故知無上正等菩提極難信解甚難證得時具壽善現謂舍利子言舍利子於意云何色於佛無上正等菩提有退屈不舍利子言不也善現舍利子於意云何受想行識於佛無上正等菩提有退屈不舍利子言不也善現舍利子於意云何乃至一切智於佛無上正等菩提有退屈不舍利子言不也善現舍利子於意云何道相智一切相智於佛無上正等菩提有退屈不舍利子言不也善現舍利子於意云何色真如於佛無上正等菩提有退屈不舍利子言不也善現舍利

子於意云何受想行識真如於佛無上正等菩提有退屈不舍利子言不也善現舍利子於意云何乃至一切智真如於佛無上正等菩提有退屈不舍利子言不也善現舍利子於意云何道相智一切相智真如於佛無上正等菩提有退屈不舍利子言不也善現舍利子於意云何離色有法於佛無上正等菩提有退屈不舍利子言不也善現舍利子於意云何離受想行識有法於佛無上正等菩提有退屈不舍利子言不也善現舍利子於意云何乃至離一切智有法於佛無上正等菩提有退屈不舍利子言不也善現舍利子於意云何離道相智一切相智有法於佛無上正等菩提有退屈不舍利子言不也善現舍利子於意云何離色真如有法於佛無上正等菩提有退屈不舍利子言不也善現舍利子於意云何離受想行識真如有法於佛無上正等菩提有退屈不舍利子言不也善現舍利子於意云何乃至離一切智真如有法於佛無上正等菩提有退屈不舍利子言不也善現舍利子於意云何離道相智一切相智真如有法於佛無上正等菩提有退屈不舍利子言不也善現舍利子於意云何諸法法界法性不虛妄性不變異性平等性離生性法定法住實際虛空界不思議界於佛無上正等菩提有退屈不舍利子言不也善現舍利子於意云何離諸法真如有法於佛無上正等菩提有退屈不舍利子言不也善現舍利

子於意云何離諸法法界法性不虛妄性不變異性平等性離生性法定法住實際虛空界不思議界有法於佛無上正等菩提有退屈不舍利子言不也善現爾時具壽善現白舍利子言若一切法都無所有皆不可得說何等法可於無上正等菩提而有退屈時舍利子語善現言如仁者所說無生法忍中都無有法亦無菩薩可於無上正等菩提說有退屈若爾何故佛說三種住菩薩乘補特伽羅但應說一又如仁說應無三乘菩薩差別唯應有一正等覺乘時滿慈子白舍利子言應問尊者善現爲許有一菩薩乘不然後可難應無三乘建立差別唯應有一正等覺乘時舍利子問善現言爲許有一菩薩乘不時具壽善現謂舍利子言舍利子於意云何一切法真如中爲有三種住菩薩乘補特伽羅差別相不謂有退住聲聞乘者或有退住獨覺乘者或有證得無上乘者舍利子言不也善現舍利子於意云何一切法真如中爲有三乘菩薩異不舍利子言不也善現舍利子於意云何一切法真如中爲實有一定無退屈菩薩乘不舍利子言不也善現舍利子於意云何一切法真如中爲實有一正等覺乘諸菩薩不舍利子言不也善現舍利子於意云何諸法真如有一有二有三相不舍利子言不也善現舍利子於意云何一切法真如中爲有一法或一菩薩而可得不舍利子言不也善現時具壽善現謂舍利子言若一切法都無所有皆不可得云何舍利子可作是念言如是菩薩於佛無上正等菩提定有退

屈如是菩薩於佛無上正等菩提定無退屈如是菩薩於佛無上正等菩提說不決定如是菩薩是聲聞乘如是菩薩是獨覺乘如是菩薩是正等覺乘如是爲三如是爲一舍利子若菩薩摩訶薩於一切法都無所得於一切法眞如亦能善信解都無所得於諸菩薩亦無所得於佛無上正等菩提亦無所得當知是爲眞菩薩摩訶薩舍利子若菩薩摩訶薩聞說如是諸法眞如不可得相其心不驚不恐不怖不疑不悔不退不沒是菩薩摩訶薩速證無上正等菩提於其中間定無退屈

大般若波羅蜜多經卷第四百四十七

音釋

踰繕那　梵語也亦名由旬此云限量如此方一驛地或四十里六十里八十里也踰音俞繕時戰切　翅　音試翼也　鎧　可亥切甲也

大般若波羅蜜多經卷第四百四十八

唐三藏法師玄奘奉　詔譯

第二分眞如品第五十二之三

爾時世尊讚具壽善現言善哉善哉汝今能爲諸菩薩摩訶薩善說法要汝之所說皆是如來威神之力非汝自能善現若菩薩摩訶薩於法眞如不可得相深生信解知一切法無差别相聞說如是諸法眞如不可得相其心不驚不恐不怖不疑不悔不退不沒是菩薩摩訶薩速能成辦所求無上正等菩提具壽舍利子白佛言世尊若菩薩摩訶薩成就此法速能成辦所求無上正等覺耶爾時佛告舍利子言如是如是如汝所說若菩薩摩訶薩成就此法速能成辦所求無上正等菩提具壽善現復白佛言若菩薩摩訶薩欲疾成辦所求無上正等菩提當於何住應云何住佛告善現若菩薩摩訶薩欲疾成辦所求無上正等菩提當於一切有情住平等心不應住不平等心當於一切有情起平等心不應起不平等心當於一切有情以平等心與語不應以不平等心與語當於一切有情起大慈心不應起瞋恚心當於一切有情以大慈心與語不應以瞋恚心與語當於一切有情起大悲心不應起惱害心當於一切有情以大悲心與語不應以惱害心與語當於一切有情起大喜心不應起嫉妬心當於一切有情以大喜心與語不應以嫉妬心與語當於一切有情起大捨心不應起偏黨心當於一切有情以大捨心與語不應以偏黨心與語當於一切有情起謙下心不應起憍慢心

當於一切有情以謙下心與語不應以憍慢心與語當於一切有情起質直心不應起謟詐心當於一切有情以質直心與語不應以謟詐心與語當於一切有情起調柔心不應起剛强心當於一切有情以調柔心與語不應以剛强心與語當於一切有情起利益心不應起不利益心當於一切有情以利益心與語不應以不利益心與語當於一切有情起安樂心不應起不安樂心當於一切有情以安樂心與語不應以不安樂心與語當於一切有情起無礙心不應起有礙心當於一切有情以無礙心與語不應以有礙心與語當於一切有情起如父母如兄弟如姊妹如男女如親族心亦以此心應與其語當於一切有情起朋友心亦以此心應與其語當於一切有情起如親教師如軌範師如弟子如同學心亦以此心應與其語當於一切有情起如預流一來不還阿羅漢獨覺菩薩摩訶薩如來應正等覺心亦以此心應與其語當於一切有情起應供養恭敬尊重讚歎心亦以此心應與其語當於一切有情起應救濟憐愍覆護心亦以此心應與其語當於一切有情起畢竟空無所有不可得心亦以此心應與其語當於一切有情起空無相無願心亦以此心應與其語復次善現若菩薩摩訶薩欲疾成辦所求無上正等菩提應自離害生命亦勸他離害生命恒正稱揚離害生命法歡喜讚歎離害生命者乃至應自離邪見亦勸他離邪見恒正稱揚離邪見法歡喜讚歎離邪見者應自修四靜慮亦勸他修四靜

慮恒正稱揚修四靜慮法歡喜讚歎修四靜慮者應自修四無量亦勸他修四無量恒正稱揚修四無量法歡喜讚歎修四無量者應自修四無色定亦勸他修四無色定恒正稱揚修四無色定法歡喜讚歎修四無色定者應自圓滿六波羅蜜多亦勸他圓滿六波羅蜜多恒正稱揚圓滿六波羅蜜多法歡喜讚歎圓滿六波羅蜜多者應自住十八空亦勸他住十八空恒正稱揚住十八空法歡喜讚歎住十八空者應自住眞如法界法性不虛妄性不變異性平等性離生性法定法住實際虛空界不思議界亦勸他住眞如乃至不思議界恒正稱揚住眞如乃至不思議界法歡喜讚歎住眞如乃至不思議界者應自住四聖諦亦勸他住四聖諦恒正稱揚住四聖諦法歡喜讚歎住四聖諦者應自修三十七菩提分法亦勸他修三十七菩提分法恒正稱揚修三十七菩提分法法歡喜讚歎修三十七菩提分法者應自修三解脱門亦勸他修三解脱門恒正稱揚修三解脱門法歡喜讚歎修三解脱門者應自修八解脱八勝處九次第定十遍處亦勸他修八解脱八勝處九次第定十遍處恒正稱揚修八解脱八勝處九次第定十遍處法歡喜讚歎修八解脱八勝處九次第定十遍處者應自圓滿菩薩十地亦勸他圓滿菩薩十地恒正稱揚圓滿菩薩十地法歡喜讚歎圓滿菩薩十地者應自圓滿五眼六神通亦勸他圓滿五眼六神通恒正稱揚圓滿五眼六神通法歡喜讚歎圓滿五眼六神通者應自圓滿陀羅尼門三

摩地門亦勸他圓滿陀羅尼門三摩地門恒正稱揚圓滿陀羅尼門三摩地門法歡喜讚歎圓滿陀羅尼門三摩地門者應自圓滿如來十力乃至十八佛不共法亦勸他圓滿如來十力乃至十八佛不共法恒正稱揚圓滿如來十力乃至十八佛不共法法歡喜讚歎圓滿如來十力乃至十八佛不共法者應自圓滿三十二大士相八十隨好亦勸他圓滿三十二大士相八十隨好恒正稱揚圓滿三十二大士相八十隨好法歡喜讚歎圓滿三十二大士相八十隨好者應自圓滿無忘失法恒住捨性亦勸他圓滿無忘失法恒住捨性恒正稱揚圓滿無忘失法恒住捨性法歡喜讚歎圓滿無忘失法恒住捨性者應自順逆觀十二支緣起亦勸他順逆觀十二支緣起恒正稱揚順逆觀十二支緣起法歡喜讚歎順逆觀十二支緣起者應自知苦斷集證滅修道亦勸他知苦斷集證滅修道恒正稱揚知苦斷集證滅修道法歡喜讚歎知苦斷集證滅修道者應自起證預流果智而不證實際得預流果亦勸他起證預流果智及證實際得預流果恒正稱揚起證預流果智及證實際得預流果法歡喜讚歎起證預流果智及證實際得預流果者應自起證一來不還阿羅漢果獨覺菩提智而不證實際得一來不還阿羅漢果獨覺菩提亦勸他起證一來不還阿羅漢果獨覺菩提智及證實際得一來不還阿羅漢果獨覺菩提恒正稱揚起證一來不還阿羅漢果獨覺菩提智及證實際得一來不還阿羅漢果獨覺菩提法歡喜

讚歎起證一來不還阿羅漢果獨覺菩提智及證實際得一來不還阿羅漢果獨覺菩提者應自入菩薩正性離生位亦勸他入菩薩正性離生位恒正稱揚入菩薩正性離生位法歡喜讚歎入菩薩正性離生位者應自嚴淨佛土成熟有情亦勸他嚴淨佛土成熟有情恒正稱揚嚴淨佛土成熟有情法歡喜讚歎嚴淨佛土成熟有情者應自起菩薩神通亦勸他起菩薩神通恒正稱揚起菩薩神通法歡喜讚歎起菩薩神通者應自起一切智道相智一切相智亦勸他起一切智道相智一切相智恒正稱揚起一切智道相智一切相智法歡喜讚歎起一切智道相智一切相智者應自斷一切煩惱習氣相續亦勸他斷一切煩惱習氣相續恒正稱揚斷一切煩惱習氣相續法歡喜讚歎斷一切煩惱習氣相續者應自攝受圓滿壽量亦勸他攝受圓滿壽量恒正稱揚攝受圓滿壽量法歡喜讚歎攝受圓滿壽量者應自轉法輪亦勸他轉法輪恒正稱揚轉法輪法歡喜讚歎轉法輪者應自攝護正法令住亦勸他攝護正法令住恒正稱揚攝護正法令住法歡喜讚歎攝護正法令住者善現若菩薩摩訶薩欲疾成辦所求無上正等菩提於如是法以無所得而為方便應如是住善現諸菩薩摩訶薩應如是學甚深般若波羅蜜多方便善巧若如是學乃能安住所應住法若如是學如是安住則於色得無障礙於受想行識得無障礙乃至於轉法輪得無障礙於正法住得無障礙所以者何善現是菩薩摩訶薩從前際來不

攝受色不攝受受想行識乃至不攝受轉法輪不攝受正法住何以故善現色不可攝受故若色不可攝受則非色受想行識不可攝受故若受想行識不可攝受則非受想行識乃至轉法輪不可攝受故若轉法輪不可攝受則非轉法輪正法住不可攝受故若正法住不可攝受則非正法住說是菩薩所住法時二千菩薩得無生忍

第二分不退轉品第五十三

爾時具壽善現復白佛言世尊我等當以何行狀相知是不退轉菩薩摩訶薩佛告善現若菩薩摩訶薩能如實知諸異生地諸聲聞地諸獨覺地諸菩薩地諸如來地如是諸地諸說有異而於諸法真如理中無變異無分別皆無二無二分是菩薩摩訶薩雖實悟入諸法真如而於真如無所分別以無所得爲方便故是菩薩摩訶薩既實悟入諸法真如雖聞真如與一切法無二無別而無滯礙所以者何真如與法不可說一不可說異不可說俱及不俱故法界乃至不思議界亦復如是是菩薩摩訶薩終不率爾而發語言諸有所說皆引義利若無義利終不發言是菩薩摩訶薩終不觀他好惡長短平等憐愍而爲說法是菩薩摩訶薩不觀法師種性好惡唯求所說微妙法義善現不退轉菩薩摩訶薩具如是等諸行狀相應以如是諸行狀相知是不退轉菩薩摩訶薩爾時善現復白佛言何等名爲諸行狀相佛言善現諸法無行無狀無相當知是爲諸行狀相具壽善現復白佛言若一切法無行狀相是菩薩摩訶薩於

何轉故名不退轉佛言善現是菩薩摩訶薩於色轉故名不退轉於受想行識轉故名不退轉於眼處轉故名不退轉於耳鼻舌身意處轉故名不退轉於色處轉故名不退轉於聲香味觸法處轉故名不退轉於眼界轉故名不退轉於耳鼻舌身意界轉故名不退轉於色界轉故名不退轉於聲香味觸法界轉故名不退轉於眼識界轉故名不退轉於耳鼻舌身意識界轉故名不退轉於眼觸轉故名不退轉於耳鼻舌身意觸轉故名不退轉於眼觸爲緣所生諸受轉故名不退轉於耳鼻舌身意觸爲緣所生諸受轉故名不退轉於布施波羅蜜多轉故名不退轉於淨戒安忍精進靜慮般若波羅蜜多轉故名不退轉於內空轉故名不退轉於外空乃至無性自性空轉故名不退轉於眞如轉故名不退轉於法界乃至不思議界轉故名不退轉於苦聖諦轉故名不退轉於集滅道聖諦轉故名不退轉於四念住轉故名不退轉乃至於八聖道支轉故名不退轉於四靜慮轉故名不退轉於四無量四無色定轉故名不退轉於八解脫轉故名不退轉於八勝處九次第定十遍處轉故名不退轉於空解脫門轉故名不退轉於無相無願解脫門轉故名不退轉於三乘十地轉故名不退轉於菩薩十地轉故名不退轉於陀羅尼門轉故名不退轉於三摩地門轉故名不退轉於五眼轉故名不退轉於六神通轉故名不退轉於佛十力轉故名不退轉乃至於十八佛不共法轉故名不退轉於三十二大士相轉故名不退轉於

八十隨好轉故名不退轉於無忘失法轉故名不退轉於恒住捨性轉故名不退轉於一切智轉故名不退轉於道相智一切相智轉故名不退轉於異生地轉故名不退轉於聲聞地獨覺地菩薩地如來地轉故名不退轉於一切菩薩摩訶薩行轉故名不退轉於諸佛無上正等菩提轉故名不退轉何以故善現色自性無所有受想行識自性無所有如是乃至一切菩薩摩訶薩行自性無所有諸佛無上正等菩提自性無所有是菩薩摩訶薩於中不住故名爲轉由不轉故說名不退轉菩薩摩訶薩若菩薩摩訶薩能如是知是名不退轉菩薩摩訶薩復次善現一切不退轉菩薩摩訶薩終不樂觀外道沙門婆羅門等形相言說彼諸沙門婆羅門等於所知法實知實見或能施設正見法門無有是處復次善現一切不退轉菩薩摩訶薩於佛善說法毗奈耶不生疑惑於世間事無戒禁取不墮惡見不執世俗諸吉祥事以爲清淨終不禮敬諸餘天神如諸世間外道所事決定不以種種花鬘塗散等香衣服瓔珞寶幢旛蓋妓樂燈明供養天神及諸外道善現若菩薩摩訶薩成就如是諸行狀相知是不退轉菩薩摩訶薩復次善現一切不退轉菩薩摩訶薩不墮地獄傍生鬼界阿素洛中亦不生於卑賤種族謂旃荼羅補羯娑等亦終不受扇搋半擇無形二形及女人身亦復不受盲聾瘖瘂攣躄癲癇尪陋等身亦終不生無暇時處善現若菩薩摩訶薩成就如是諸行狀相知是不退轉菩薩摩訶薩復次善現一切不

退轉菩薩摩訶薩常樂受行十善業道自離害生命亦勸他離害生命恒正稱揚離害生命法歡喜讚歎離害生命者乃至自離邪見亦勸他離邪見恒正稱揚離邪見法歡喜讚歎離邪見者是菩薩摩訶薩乃至夢中亦不現起十惡業道況在覺時善現若菩薩摩訶薩成就如是諸行狀相知是不退轉菩薩摩訶薩復次善現一切不退轉菩薩摩訶薩普爲饒益一切有情以無所得而爲方便恒修布施乃至般若波羅蜜多常無間斷善現若菩薩摩訶薩成就如是諸行狀相知是不退轉菩薩摩訶薩復次善現一切不退轉菩薩摩訶薩諸所受持思惟讀誦契經應頌記莂諷頌自說緣起本事本生方廣希法譬喻論議一切皆令究竟通利以如是法常樂布施一切有情恒作是念云何當令諸有情類求正法願皆得滿足以無所得而爲方便復持如是法施善根與諸有情平等共有迴向無上正等菩提善現若菩薩摩訶薩成就如是諸行狀相知是不退轉菩薩摩訶薩復次善現一切不退轉菩薩摩訶薩於佛所說甚深法門終不生於疑惑猶豫何以故善現是菩薩摩訶薩不見有法若色若受想行識可於其中疑惑猶豫如是乃至不見有法若一切菩薩摩訶薩行若諸佛無上正等菩提可於其中疑惑猶豫善現若菩薩摩訶薩成就如是諸行狀相知是不退轉菩薩摩訶薩復次善現一切不退轉菩薩摩訶薩成就調柔身語意業於諸有情心無罣礙恒常成就慈悲喜捨等起相應身語意業決定不與五蓋共

居所謂貪欲瞋恚惛沉睡眠掉舉惡作疑蓋一切隨眠皆已摧伏一切結縛隨煩惱纏皆永不起入出往來心不迷謬恒時安住正念正知進止威儀行住坐卧舉足下足亦復如是諸所遊履必觀其地安庠繫念直視而行運動語言曾無卒暴善現若菩薩摩訶薩成就如是諸行狀相知是不退轉菩薩摩訶薩復次善現一切不退轉菩薩摩訶薩諸所受用卧具衣服皆常香潔無諸臭穢亦無垢膩蟣虱等蟲心樂清華身無疾病善現若菩薩摩訶薩成就如是諸行狀相知是不退轉菩薩摩訶薩復次善現一切不退轉菩薩摩訶薩身心清淨非如常人身中恒爲八萬戶蟲之所侵食何以故是諸菩薩善根增上出過世間所受身形內外清淨故無蟲類侵食其身如如善根漸漸增益如是如是身心轉淨由此因緣是諸菩薩身心堅固逾於金剛不爲違緣之所侵惱所謂寒熱飢渴蚊蝱風日毒蟲刀杖等類及諸纏結不能侵惱善現若菩薩摩訶薩成就如是諸行狀相知是不退轉菩薩摩訶薩爾時具壽善現白佛言世尊如是不退轉菩薩摩訶薩云何常得身語意淨佛告善現是菩薩摩訶薩如如善根漸漸增長如是如是身語意淨由善根力所除遣故窮未來際畢竟不起由此常得身語意淨復次善現是菩薩摩訶薩身三語四意三妙行常現在前故一切時身語意淨由此淨故超過聲聞及獨覺地已入菩薩正性離生不證實際常樂成熟一切有情嚴淨佛土由斯常得身語意淨住菩薩位堅固不動善現若

菩薩摩訶薩成就如是諸行狀相知是不退轉菩薩摩訶薩復次善現一切不退轉菩薩摩訶薩不重利養不徇名譽於諸飲食衣服卧具房舍資財皆不貪染雖受十二杜多功德而於其中都無所恃畢竟不起慳貪破戒忿恚懈怠散亂愚癡及餘種種煩惱纏結相應之心善現若菩薩摩訶薩成就如是諸行狀相知是不退轉菩薩摩訶薩復次善現一切不退轉菩薩摩訶薩覺慧堅猛能深悟入德聞正法恭敬信受繫念思惟究竟理趣隨所聽聞世出世法皆能方便會入般若波羅蜜多甚深理趣諸所造作世間事業亦依般若波羅蜜多會入法性不見一事出法性者設有不與法性相應亦能方便會入般若波羅蜜多甚深理趣由此不見出法性者善現若菩薩摩訶薩成就如是諸行狀相知是不退轉菩薩摩訶薩復次善現一切不退轉菩薩摩訶薩設有惡魔現前化作八大地獄復於一一大地獄中化作無量無邊菩薩皆被猛焰交徹燒然各受辛酸楚毒大苦作是化巳語不退轉諸菩薩言此諸菩薩皆受無上正等菩提不退轉記故墮如是大地獄中恒受如斯種種劇苦汝等菩薩旣受無上正等菩提不退轉記亦當墮此大地獄中受諸劇苦佛授汝等大地獄中受極苦記非授無上正等菩提不退轉記是故汝等應速棄捨大菩提心可得免脫大地獄苦生於天上或生人中受諸富樂是時不退轉菩薩摩訶薩見聞此事其心不動亦不驚疑但作是念受不退轉記菩薩摩訶薩若墮地獄傍生鬼界阿

素洛中必無是處所以者何不退轉位菩薩定無不善業故亦無善業招苦果故諸佛定無虛誑語故如來所說皆爲利樂一切有情大慈悲心所流出故所見聞者定是惡魔所作所說善現若菩薩摩訶薩成就如是諸行狀相知是不退轉菩薩摩訶薩復次善現一切不退轉菩薩摩訶薩設有惡魔作沙門像來至其所說如是言汝先所聞應修布施波羅蜜多令速圓滿應修淨戒安忍精進靜慮般若波羅蜜多令速圓滿如是乃至應證無上正等菩提如是所聞皆爲邪說應速棄捨勿謂爲眞又汝先聞應於過去未來現在一切如來應正等覺及諸弟子從初發心乃至法住其中所有功德善根皆生隨喜一切合集與諸有情平等共有迴求無上正等菩提如是所聞亦爲邪說應速棄捨勿謂爲眞若汝捨彼所說邪法我當教汝眞實佛法令汝修學疾證無上正等菩提汝先所聞非眞佛語是文頌者虛妄撰集我之所說是眞佛語令汝速證所求無上正等菩提善現若菩薩摩訶薩聞如是語心動驚疑當知未受不退轉記彼於無上正等菩提猶未決定未名不退轉菩薩摩訶薩善現若菩薩摩訶薩聞如是語其心不動亦不驚疑但隨無作無相無生法性而住是菩薩摩訶薩諸有所作不信他語不隨他教而修布施波羅蜜多不隨他教而修淨戒安忍精進靜慮般若波羅蜜多乃至不隨他教而趣無上正等菩提當知如是菩薩摩訶薩已於無上正等菩提得不退轉善現如漏盡阿羅漢諸有所爲不信他語

現證法性無惑無疑一切惡魔不能傾動如是不退轉菩薩摩訶薩一切聲聞獨覺外道諸惡魔等不能破壞折伏其心令於菩提而生退屈善現是菩薩摩訶薩決定已住不退轉地所有事業皆自審思非但信他而便起作乃至如來應正等覺所有言教尚不輕爾信受奉行況信聲聞獨覺外道惡魔等語而有所作是諸菩薩諸有所爲但信他行終無是處何以故善現是菩薩摩訶薩不見有法可信行者所以者何善現是諸菩薩不見有色可信行者不見有受想行識可信行者亦不見有色真如可信行者不見有受想行識真如可信行者如是乃至不見有諸佛無上正等菩提可信行者亦不見有諸佛無上正等菩提真如可信行者善現若菩薩摩訶薩成就如是諸行狀相知是不退轉菩薩摩訶薩復次善現一切不退轉菩薩摩訶薩設有惡魔作苾芻像來詣其所唱如是言汝等所行是生死法非菩薩行非由此得一切智智汝等今應修盡苦道速盡衆苦證般涅槃是時惡魔即爲菩薩說墮生死相似道法所謂骨想或青瘀想或膿爛想或膖脹想或蟲食想或異赤想或慈或悲或喜或捨或四靜慮或四無色告菩薩言此是真道真行汝用此道此行當得預流果乃至當得獨覺菩提汝由此道由此行故速盡一切生老病死何用久受生死苦爲現在苦身尚應猒捨況更求受當來苦身宜自審思捨先所信善現是菩薩摩訶薩聞彼語時其心不動亦不驚疑但作是念今此苾芻益我不少能爲我說相似

道法令我識知此道不能證預流果乃至不證獨覺菩提況當能證所求無上正等菩提是菩薩摩訶薩作此念已深生歡喜復作是念今此苾芻甚爲益我方便爲我說障道法令我識知障道法已於三乘道自在修學善現時彼惡魔知此菩薩深生歡喜復作是言咄哉男子汝今欲見諸菩薩摩訶薩長時勤行無益行不謂諸菩薩摩訶薩衆經如殑伽沙數大劫以無量種上妙衣服飲食卧具醫藥資財花香等物供養恭敬尊重讚歎殑伽沙等諸佛世尊復於殑伽沙等佛所修行布施波羅蜜多修行淨戒安忍精進靜慮般若波羅蜜多乃至殑伽沙等佛所修一切智修道相智一切相智是諸菩薩摩訶薩衆亦親近承事如殑伽沙佛於諸佛所請問無上正等覺道謂作是言云何菩薩摩訶薩安住無上正等覺道云何菩薩摩訶薩修行布施乃至般若波羅蜜多安住內空乃至無性自性空安住眞如乃至不思議界安住苦集滅道聖諦修四念住乃至八聖道支修四靜慮四無量四無色定修八解脫乃至十遍處修空無相無願解脫門修極喜地乃至法雲地修五眼六神通修佛十力乃至十八佛不共法修三十二大士相八十隨好修無忘失法恒住捨性修陀羅尼門三摩地門修順逆觀十二支緣起嚴淨佛土成熟有情修諸菩薩殊勝神通修圓滿壽量學轉大法輪護持正法令得久住修一切智道相智一切相智殑伽沙等諸佛世尊如所請問次第爲說是諸菩薩摩訶薩衆如佛教誨安住修學經無量劫

熾然精進尚不能證所求無上正等菩提況今汝等所修所學能證無上正等菩提善現是菩薩摩訶薩雖聞其言而心無異不驚不恐無疑無惑倍復歡喜作是念言今此苾芻極多益我方便爲我說障道法令我知此障道之法決定不能證預流果乃至不證獨覺菩提況能證得所求無上正等菩提善現時彼惡魔知此菩薩心不退屈無惑無疑即於是處化作無量苾芻形像語菩薩言此諸苾芻皆於過去勤求無上正等菩提經無量劫修行種種難行苦行而不能得所求無上正等菩提令皆退證阿羅漢果諸漏已盡至苦邊際云何汝等能證無上正等菩提善現是菩薩摩訶薩見聞此已即作是念定爲惡魔化作如此苾芻形像擾亂我心因說障礙相似道法必無菩薩摩訶薩衆修行般若波羅蜜多至圓滿位不證無上正等菩提退墮聲聞或獨覺地爾時菩薩復作是念若菩薩摩訶薩修行布施乃至般若波羅蜜多至圓滿位不證無上正等菩提必無是處乃至修行一切智道相智一切相智至圓滿位不證無上正等菩提必無是處善現若菩薩摩訶薩成就如是諸行狀相知是不退轉菩薩摩訶薩復次善現一切不退轉菩薩摩訶薩恒作是念若菩薩摩訶薩如諸佛教精勤修學常不遠離布施淨戒安忍精進靜慮般若波羅蜜多所攝妙行相應作意常不遠離一切智智相應作意常以方便勸諸有情精勤修學布施淨戒安忍精進靜慮般若波羅蜜多是菩薩摩訶薩決定不退六波羅蜜多乃至決

定不退一切相智必證無上正等菩提善現若菩薩摩訶薩成就如是諸行狀相知是不退轉菩薩摩訶薩復次善現一切不退轉菩薩摩訶薩恒作是念若菩薩摩訶薩覺知魔事不隨魔事覺知惡友不隨惡友語覺知境界不隨境界轉是菩薩摩訶薩決定不退六波羅蜜多乃至決定不退一切相智必證無上正等菩提善現若菩薩摩訶薩成就如是諸行狀相知是不退轉菩薩摩訶薩復次善現一切不退轉菩薩摩訶薩聞佛世尊所說法要深心歡喜恭敬信受善解義趣其心堅固踰於金剛不可動轉不可引奪常勤修學六波羅蜜多心無猒倦亦勸他學六波羅蜜多心無猒倦善現若菩薩摩訶薩成就如是諸行狀相知是不退轉菩薩摩訶薩

大般若波羅蜜多經卷第四百四十八

音釋

軌範　軌俱水切範音犯謂軌則範模也　補羯娑　梵語也此謂昇死屍等之賊類也羯居謁切　扇搋　梵語也此云生謂天然生者男根不滿也搋勑皆切　半擇　梵語具云半擇迦此云變謂今生變作也　孿躄　孿閭負切手拘孿也躄必亦切足不能行也　癲癇　癲音顛癇音閑狂病也　矬陋　矬昨禾切短也陋盧候切鄙惡也　覺時　覺音教睡醒也　惛沉　惛音昏不明也　掉舉　掉徒弔切搖也舉居許切動也謂身心妄搖動也　迷謬　謬苗幼切謂迷惑謬誤也　蟣虱　蟣居豈切虱音瑟　徇　松閏切求也從也　杜多　梵語也亦云頭陀此云修治謂修治淨行也　辛酸　酸蘇官切辛酸謂辛痛寒酸也　劇苦　劇竭戟切甚也　撰　雛產切述也　青瘀　瘀依據切青瘀謂血

積瘀而色青也**膿爛**膿奴冬切腫血也爛郎肝切糜爛也**膖脹**膖疋絳切脹知亮切膖臭脹滿也

大般若波羅蜜多經卷第四百四十九

唐三藏法師玄奘奉　詔譯

第二分轉不轉品第五十四

爾時具壽善現白佛言世尊如是不退轉菩薩摩訶薩爲但名不退轉爲亦名退轉耶佛告善現如是不退轉菩薩摩訶薩既名不退轉亦得名退轉具壽善現白言世尊如是不退轉菩薩摩訶薩以何因緣名不退轉復何因緣亦名退轉佛言善現如是不退轉菩薩摩訶薩定於聲聞獨覺等地不復退墮必得無上正等菩提由是因緣名不退轉然於法想有退轉故亦名退轉爾時善現復白佛言是菩薩摩訶薩於何法想有退轉故亦名退轉佛言善現是菩薩摩訶薩於色想有退轉故亦名退轉於受想行識想有退轉故亦名退轉於内六處想有退轉故亦名退轉於外六處想有退轉故亦名退轉於内六界想有退轉故亦名退轉於外六界想有退轉故亦名退轉於六識界想有退轉故亦名退轉於六觸想有退轉故亦名退轉於六觸爲緣所生諸受想有退轉故亦名退轉於貪瞋癡想有退轉故亦名退轉於諸見趣想有退轉故亦名退轉於六波羅蜜多想有退轉故亦名退轉於一切空想有退轉故亦名退轉於眞如等想有退轉故亦名退轉於四聖諦想有退轉故亦名退轉於四念住等想有退轉故亦名退轉於四靜慮等想有退轉故亦名退轉於八解脱等想有退轉故亦名退轉於三解脱門想有退轉故亦名退轉於十地想有退轉故亦名退轉於五眼六神通想有退轉

故亦名退轉於陀羅尼門三摩地門想有退轉故亦名退轉於佛十力等想有退轉故亦名退轉於三十二大士相八十隨好想有退轉故亦名退轉於無忘失法恒住捨性想有退轉故亦名退轉於預流果乃至獨覺菩提想有退轉故亦名退轉於諸菩薩摩訶薩行及佛無上正等菩提想有退轉故亦名退轉於一切智道相智一切相智想有退轉故亦名退轉於諸異生聲聞獨覺菩薩佛想有退轉故亦名退轉所以者何如是不退轉菩薩摩訶薩以自相空觀一切法已入菩薩正性離生乃至不見少法可得不可得故無所造作無所造作故畢竟不生畢竟不生故名無生法忍由得如是無生法忍故名不退轉菩薩摩訶薩善現若菩薩摩訶薩成就如是諸行狀相知是不退轉菩薩摩訶薩復次善現有諸惡魔到是菩薩摩訶薩所欲令猒背無上菩提語菩薩言一切智智與虛空等自相本空無性爲性諸法亦爾自相本空無性爲性與虛空等如是一切與虛空等性相空中無有一法可名能證無有一法可名所證證處證時及由此證亦不可得既一切法性相皆空與虛空等汝等云何唐受勤苦求證無上正等菩提汝先所聞諸菩薩衆應求無上正等菩提皆是魔說非真佛語汝等應捨大菩提願勿於長夜唐爲利樂一切有情自受勤苦雖行種種難行苦行欲求菩提終不能得云何汝等唐設劬勞善現是菩薩摩訶薩聞說如是呵諫語時能審觀察此惡魔事欲退壞我大菩提心我今不應信受彼說雖一

切法與虛空等性相皆空而諸有情生死長夜不知不見顛倒放逸受諸苦惱我當擐戴性相皆空如大虛空功德甲冑速趣無上正等菩提爲諸有情如應說法令其解脫生死大苦得預流果或一來果或不還果或阿羅漢果或獨覺菩提或證無上正等菩提善現是菩薩摩訶薩從初發心已聞此法其心堅固不動不轉依此堅固不動轉心恒正修行布施淨戒安忍精進靜慮般若波羅蜜多由此六種波羅蜜多隨分圓滿已入菩薩正性離生復正修行布施淨戒安忍精進靜慮般若波羅蜜多由此得住不退轉地是故惡魔雖作種種退壞方便而不能退菩薩所發大菩提心善現是菩薩摩訶薩超諸聲聞獨覺等地一切魔事不能退轉所求無上正等菩提名不退轉遠離一切虛妄分別所執諸法二乘地等亦名退轉故此菩薩得二種名非如餘位唯名退轉善現若菩薩摩訶薩成就如是諸行狀相知是不退轉菩薩摩訶薩復次善現一切不退轉菩薩摩訶薩欲入初靜慮乃至第四靜慮即隨意能入欲入慈無量乃至捨無量即隨意能入欲入空無邊處定乃至非想非非想處定即隨意能入欲入四念住乃至八聖道支即隨意能入欲入初解脫乃至想受滅解脫即隨意能入欲入初勝處乃至第八勝處即隨意能入欲入初靜慮定乃至想受滅定即隨意能入欲入初遍處乃至第十遍處即隨意能入欲入三解脫門即隨意能入欲引發五神通即隨意能引發善現是菩薩摩訶薩雖入四靜慮乃至引發

五神通而不受彼果由此因縁不隨靜慮無量等生乃至滅定及餘功德勢力而生亦不證預流果或一來不還阿羅漢果獨覺菩提爲欲利樂諸有情故隨欲攝受所應受身即隨所願皆能攝受善現若菩薩摩訶薩成就如是諸行狀相知是不退轉菩薩摩訶薩復次善現一切不退轉菩薩摩訶薩成就無上菩提作意常不遠離大菩提心不貴重色不貴重受想行識不貴重眼處乃至意處不貴重色處乃至法處不貴重眼界乃至意界不貴重色界乃至法界不貴重眼識界乃至意識界不貴重眼觸乃至意觸不貴重眼觸爲縁所生諸受乃至意觸爲縁所生諸受不貴重諸相不貴重所依不貴重助伴不貴重布施波羅蜜多乃至般若波羅蜜多不貴重四靜慮四無量四無色定不貴重四念住乃至八聖道支不貴重八解脫八勝處九次第定十遍處不貴重空無相無願解脫門不貴重四聖諦不貴重十八空不貴重眞如乃至不思議界不貴重十地不貴重五眼六神通不貴重佛十力乃至十八佛不共法不貴重無忘失法恒住捨性不貴重陀羅尼門三摩地門不貴重一切智道相智一切相智不貴重聲聞地獨覺地菩薩地如來地不貴重成熟有情嚴淨佛土不貴重一切菩薩摩訶薩行諸佛無上正等菩提不貴重多見諸佛不貴重種諸善根何以故善現是菩薩摩訶薩達一切法性相皆空與虛空等都不可得不見有法可生貴重能生所生生時生處由此而生皆不可得所以者何善現是一切法與虛

空等自相本空無性爲性善現是菩薩摩訶薩成就無上菩提作意常不遠離大菩提心身四威儀往來入出舉足下足心無散亂行住坐卧進止威儀所作事業皆住正念善現若菩薩摩訶薩成就如是諸行狀相知是不退轉菩薩摩訶薩復次善現一切不退轉菩薩摩訶薩爲欲饒益諸有情故現處居家方便善巧雖現攝受五欲樂具而於其中不生染著皆爲濟給諸有情故謂諸有情須食施食須飲施飲須衣施衣須乘施乘乃至一切所須之物皆給施之令其意滿善現是菩薩摩訶薩自行布施波羅蜜多亦勸他行布施波羅蜜多恒正稱揚行布施波羅蜜多法歡喜讃歎行布施波羅蜜多者乃至自行般若波羅蜜多亦勸他行般若波羅蜜多恒正稱揚行般若波羅蜜多法歡喜讃歎行般若波羅蜜多者善現是菩薩摩訶薩現處居家以神通力或大願力攝受種種七寶資具滿贍部洲乃至三千大千世界持以供養佛法僧寶及施貧乏諸有情類善現是菩薩摩訶薩雖現處居家而常修梵行終不受用諸妙欲境雖現攝受種種珎財而於其中不起染著又於攝受諸欲樂具及珎財時終不逼迫諸有情類令生憂苦善現若菩薩摩訶薩成就如是諸行狀相知是不退轉菩薩摩訶薩復次善現一切不退轉菩薩摩訶薩有執金剛藥叉神常恒隨左右密爲守護常作是念此菩薩摩訶薩不久當證所求無上正等菩提願我恒隨密爲守護乃至無上正等菩提常有五族執金剛神隨逐守護時無暫捨人非

人等不能損害諸天魔梵及餘世間亦無有能以法破壞所發無上正等覺心由此因緣乃至無上正等菩提身心安隱常無擾亂善現是菩薩摩訶薩世間五根常無缺減所謂眼耳鼻舌身根出世五根亦無缺減謂信精進念定慧根善現是菩薩摩訶薩身支圓滿相好莊嚴心諸功德念念增進乃至無上正等菩提善現若菩薩摩訶薩成就如是諸行狀相知是不退轉菩薩摩訶薩復次善現一切不退轉菩薩摩訶薩常作上士不作下士具壽善現白言世尊是菩薩摩訶薩云何名爲常作上士不作下士佛言善現是菩薩摩訶薩一切煩惱不復現前刹那刹那功德增進乃至無上正等菩提於一切時心無散亂是故我說常作上士不作下士復次善現是菩薩摩訶薩成就無上菩提作意常不遠離大菩提心恒修淨命不行呪術醫藥占卜諸邪命事不爲名利呪諸鬼神令著男女問其凶吉亦不呪禁男女大小傍生鬼等現希有事亦不占相壽量長短財位男女諸善惡事亦不懸記寒熱豐儉吉凶好惡惑亂有情亦不呪禁合和湯藥左道療疾結好貴人亦不爲他通致使命現親友相徇利求名尚不染心觀視男女歡笑與語況有餘事亦不恭敬供養鬼神是故我說常作上士不作下士所以者何善現是菩薩摩訶薩知一切法性相皆空性相空中不見有相不見相故遠離種種邪命呪術醫藥占相唯求無上正等菩提與諸有情常作饒益善現若菩薩摩訶薩成就如是諸行狀相知是不退轉菩薩摩訶薩

復次善現一切不退轉菩薩摩訶薩於諸世間文章技藝雖得善巧而不愛著所以者何善現是菩薩摩訶薩達一切法性相皆空性相空中世間所有文章技藝皆不可得又諸世間文章技藝皆雜穢語邪命所攝是故菩薩知而不爲善現是菩薩摩訶薩於諸世俗外道書論雖亦善知而不樂著何以故善現是菩薩摩訶薩達一切法皆畢竟空畢竟空中一切書論皆不可得又諸世俗外道書論所說理事多有增減於菩薩道非爲隨順皆是戲論雜穢語攝故諸菩薩知而不樂善現若菩薩摩訶薩成就如是諸行狀相知是不退轉菩薩摩訶薩復次善現一切不退轉菩薩摩訶薩復有所餘諸行狀相知是不退轉菩薩摩訶薩吾當爲汝分別解說汝應諦聽極善思惟善現請言唯然願說我等大衆專意樂聞佛言善現一切不退轉菩薩摩訶薩修行般若波羅蜜多通達諸法皆無所有常不遠離菩提作意不樂觀察論說諸蘊諸處諸界所以者何是菩薩摩訶薩於蘊處界性相空理已善思惟善通達故善現是菩薩摩訶薩不樂觀察論說衆事所以者何是菩薩摩訶薩於一切衆性相皆空已善思惟善通達故善現是菩薩摩訶薩不樂觀察論說王事所以者何是菩薩摩訶薩住本性空不見少法有勝有劣貴賤相故善現是菩薩摩訶薩不樂觀察論說賊事所以者何是菩薩摩訶薩住自相空不見少法有得有失與奪相故善現是菩薩摩訶薩不樂觀察論說軍事所以者何是菩薩摩訶薩住本性空不見諸

法有多有少聚散相故善現是菩薩摩訶薩不樂觀察論說戰事所以者何是菩薩摩訶薩善住真如一切法空不見少法有强有弱愛恚相故善現是菩薩摩訶薩不樂觀察論說城邑事何以故是菩薩摩訶薩住虛空界空不見少法有攝不攝好惡相故善現是菩薩摩訶薩不樂觀察論說聚落事所以者何是菩薩摩訶薩住一切法空不見少法有增有減合離相故善現是菩薩摩訶薩不樂觀察論說國土事所以者何是菩薩摩訶薩安住實際不見諸法有屬不屬此彼相故善現是菩薩摩訶薩不樂觀察論說我有情乃至知者見者事所以者何是菩薩摩訶薩住畢竟空都不見我乃至見者若有若無差別相故善現是菩薩摩訶薩不樂觀察論說相好事所以者何是菩薩摩訶薩善住無相不見諸法有好有醜差別相故善現是菩薩摩訶薩不樂觀察論說世間如是等事但樂觀察論說般若波羅蜜多所以者何甚深般若波羅蜜多遠離衆相能證無上正等覺故善現是菩薩摩訶薩常不遠離一切智智相應作意修行布施波羅蜜多離慳貪事修行淨戒波羅蜜多離破戒事修行安忍波羅蜜多離忿恚事修行精進波羅蜜多離懈怠事修行靜慮波羅蜜多離散動事修行般若波羅蜜多離惡慧事善現是菩薩摩訶薩雖行一切法空而愛樂正法不愛非法恒願饒益一切有情善現是菩薩摩訶薩雖行不可得空而常稱讚三寶功德利益安樂一切有情善現是菩薩摩訶薩雖行諸法真如法界一味之

相而樂稱讚眞如法界種種功德善現是菩薩摩訶薩雖知諸法皆畢竟空而愛善友不樂惡友言善友者謂佛菩薩若諸聲聞獨覺乘等能善教化安立有情令趣無上正等菩提亦名善友善現是菩薩摩訶薩常樂親覲一切如來應正等覺若聞如來應正等覺在餘世界現說正法即以願力往生彼界供養恭敬尊重讚歎聽受正法善現是菩薩摩訶薩若晝若夜常不遠離念佛作意常不遠離聞法作意由此因緣隨諸國土有佛世尊現說正法即乘願力往彼受生或乘神通往彼聽法由是因緣此諸菩薩生生之處常不離佛恒聞正法無間無斷善現是菩薩摩訶薩常爲利樂諸有情故雖能現起初靜慮定乃至非想非非想處定而巧方便起欲界心教諸有情十善業道亦隨願力現生欲界有佛國土供養恭敬尊重讚歎諸佛世尊聽聞正法修諸勝行善現若菩薩摩訶薩成就如是諸行狀相知是不退轉菩薩摩訶薩復次善現一切不退轉菩薩摩訶薩常修布施乃至般若波羅蜜多常行内空乃至無性自性空常行眞如乃至不思議界常行苦集滅道聖諦常修四念住乃至八聖道支常修四靜慮四無量四無色定常修八解脫八勝處九次第定十遍處常修空無相無願解脫門常修五眼六神通常修一切陀羅尼門三摩地門常修佛十力乃至十八佛不共法常修無忘失法恒住捨性常修一切智道相智一切相智常修一切菩薩摩訶薩行常求無上正等菩提善現是菩薩摩訶薩常於自地不起疑

惑不作是念我是不退轉我非不退轉所以者何是菩薩摩訶薩不見少法可於無上正等菩提說有退轉說無退轉善現是菩薩摩訶薩於自地法無惑無疑所以者何是菩薩摩訶薩於自地法已善了知善通達故善現如預流者住預流果於自果法無惑無疑一來不還阿羅漢獨覺及諸如來應正等覺各住自果於自果法亦無惑無疑是菩薩摩訶薩亦復如是於自所住不退轉地所攝諸法現知現見無惑無疑善現是菩薩摩訶薩住此地中成熟有情嚴淨佛土修諸功德有魔事起即能覺知不隨魔事勢力而轉善能摧伏種種魔事令不障礙所修功德善現如有造作無間業者彼無間心恒常隨逐乃至命終亦不能捨何以故善現彼能等起無間業纏增上勢力恒常隨轉乃至命盡亦不能伏設有餘心不能遮礙是菩薩摩訶薩亦復如是安住自地其心不動無所分別世間天人阿素洛等皆不能轉何以故善現是菩薩摩訶薩其心堅固超諸世間天人魔梵阿素洛等已入菩薩正性離生住不退地已得菩薩殊勝神通成熟有情嚴淨佛土從一佛國至一佛國供養恭敬尊重讚歎諸佛世尊及佛弟子聽聞正法於諸佛所種諸善根請問菩薩所學法義善現是菩薩摩訶薩安住自地修行般若波羅蜜多及餘善法有魔事起即能覺知終不隨順魔事而轉方便善巧集諸魔事置實際中方便除滅於自地法無惑無疑所以者何是菩薩摩訶薩知一切法皆入實際通達實際非一非多於實際中無所分

別以於實際無惑無疑於自地法亦無猶豫善現是菩薩摩訶薩設轉受生亦於實際無復退轉終不發起趣向聲聞獨覺地心所以者何是菩薩摩訶薩達一切法自相皆空於此空中不見有法若生若滅若染若淨善現是菩薩摩訶薩乃至轉身亦不疑我當得無上正等菩提爲不當得何以故是菩薩摩訶薩達一切法皆自相空即是無上正等菩提善現是菩薩摩訶薩安住自地不隨他緣於自地法無能壞者何以故是菩薩摩訶薩成就無動無退轉智一切惡緣不能傾動善現是菩薩摩訶薩設有惡魔作佛形像來至其所作如是言汝今應求阿羅漢果永盡諸漏證般涅槃汝未堪受大菩提記亦未證得無生法忍汝今未有不退轉地諸行狀相如來不應授汝無上大菩提記要有具足不退轉地諸行狀相乃可蒙佛授與無上大菩提記善現是菩薩摩訶薩聞彼語已心無轉變不驚不怖不退不沒是菩薩摩訶薩應自證知我於過去佛世尊所必已受得大菩提記何以故菩薩成就如是勝法定蒙如來應正等覺授菩提記我已成就如是勝法云何如來應正等覺不授我記故我過去於諸佛所定已受得大菩提記善現是菩薩摩訶薩設有惡魔或魔使者作佛形像來授菩薩聲聞地記或授菩薩獨覺地記謂菩薩言汝善男子何用無上正等菩提生死輪迴久受大苦宜自速證無餘涅槃永離生死畢竟安樂善現是菩薩摩訶薩聞彼語已作是念言此定惡魔或魔使者詐現佛像擾亂我心授我聲聞

獨覺地記令退無上正等菩提所以者何定無諸佛教諸菩薩趣向聲聞或獨覺地棄捨無上正等菩提善現是菩薩摩訶薩設有惡魔或魔使者詐現佛像語菩薩言汝所受持大乘經典非佛所說亦非如來弟子所說是諸惡魔或諸外道爲誑惑汝作如是說汝今不應受持讀誦是菩薩摩訶薩聞彼語已作是念言此定惡魔或魔眷屬令我猒捨所求無上正等菩提故說大乘甚深經典非佛所說亦非如來弟子所說所以者何離此經典能得無上正等菩提定無是處善現是菩薩摩訶薩當知安住不退轉地過去諸佛久已授彼大菩提記何以故是菩薩摩訶薩具足成就不退轉地諸行狀相若諸菩薩成就如是諸行狀相當知已受大菩提記必已安住不退轉地善現若菩薩摩訶薩成就如是諸行狀相知是不退轉菩薩摩訶薩復次善現一切不退轉菩薩摩訶薩行甚深般若波羅蜜多時攝受正法護持正法不惜身命況餘親財是菩薩摩訶薩常作是念我寧棄捨親友珎財及自身命終不棄捨諸佛正法何以故親友珎財及自身命生生恒有甚爲易得諸佛正法百千俱胝那庾多刧乃得一遇遇已長夜獲大利樂故我定應精勤守護善現是菩薩摩訶薩護正法時應作是念我不爲護一佛二佛乃至百千諸佛正法普爲護持十方三世諸佛正法令不虧損時具壽善現白佛言世尊何等名爲諸佛正法是菩薩摩訶薩云何護持不惜身命佛告善現一切如來應正等覺所覺所說一切法空如是名爲

諸佛正法有愚癡類誹謗毀呰言此非法非毗柰耶非天人師所説聖教修行此法不得無上正等菩提不證涅槃究竟安樂善現是菩薩摩訶薩護持此法不惜身命恒作是念諸佛所説一切法空是諸有情所歸依處菩薩修學速證無上正等菩提拔諸有情生老病死令得究竟安樂涅槃故應護持不惜身命又作是念我亦墮在未來佛數佛已授我大菩提記由此因緣諸佛正法即是我法我應護持不惜身命我未來世得作佛時亦爲有情當説如是諸法空故善現是菩薩摩訶薩見此義利護持如來所説正法不惜身命乃至無上正等菩提常無懈廢善現若菩薩摩訶薩成就如是諸行狀相知是不退轉菩薩摩訶薩復次善現一切不退轉菩薩摩訶薩聞諸如來應正等覺所説正法無惑無疑聞已受持常不忘失乃至無上正等菩提何以故是菩薩摩訶薩已善證得陀羅尼故爾時善現白言世尊是菩薩摩訶薩已得何等陀羅尼故聞諸如來應正等覺所説正法無惑無疑聞已受持常不忘失佛言善現是菩薩摩訶薩已得無盡藏陀羅尼海印陀羅尼蓮花衆藏陀羅尼等故聞諸如來應正等覺所説正法無惑無疑聞已受持常不忘失具壽善現復白佛言是菩薩摩訶薩但聞如來應正等覺所説正法無惑無疑聞已受持常不忘失爲聞菩薩獨覺聲聞天龍夜叉阿素洛等所説正法亦能於彼無惑無疑聞已受持常不忘失佛言善現是菩薩摩訶薩普聞一切有情言音文字義趣悉能解了無惑無

疑窮未來際常不忘失所以者何是菩薩摩訶薩已得無盡藏陀羅尼等任持所說令不忘故善現若菩薩摩訶薩成就如是諸行狀相知是不退轉菩薩摩訶薩

第二分甚深義品第五十五之一

爾時具壽善現白佛言世尊如是不退轉菩薩摩訶薩成就廣大無量無數無有邊際不可思議殊勝功德佛言善現如是如是如汝所說如是不退轉菩薩摩訶薩成就廣大無量無數無有邊際不可思議殊勝功德所以者何善現是菩薩摩訶薩已得殊勝無量無邊不共聲聞及獨覺智是菩薩摩訶薩住此智中引發殊勝四無礙解由此殊勝四無礙解世間天人阿素洛等無能問難令此菩薩智慧辯才至窮盡者爾時善現復白佛言世尊能如殑伽沙劫宣說不退轉菩薩摩訶薩諸行狀相由佛所說諸行狀相顯示不退轉菩薩摩訶薩成就無邊殊勝功德惟願如來應正等覺復爲菩薩摩訶薩衆說甚深義令諸菩薩摩訶薩衆安住其中能修布施乃至般若波羅蜜多令速圓滿能住內空乃至無性自性空令速圓滿能住真如乃至不思議界令速圓滿能住苦集滅道聖諦令速圓滿能修四念住乃至八聖道支令速圓滿能修四靜慮四無量四無色定令速圓滿能修八解脫八勝處九次第定十遍處令速圓滿能修空無相無願解脫門令速圓滿能修陀羅尼門三摩地門令速圓滿能修極喜地乃至法雲地令速圓滿能修五眼六神通令速圓滿能修佛十力乃至十八佛不共法令速圓

滿能修三十二大士相八十隨好令速圓滿能修無忘失法恒住捨性令速圓滿能修一切智道相智一切相智令速圓滿佛告善現善哉善哉汝今乃能爲諸菩薩摩訶薩衆請問如來應正等覺甚深義處令諸菩薩摩訶薩衆安住其中修住功德令速圓滿善現當知甚深義處謂空無相無願無作無生無滅寂靜涅槃眞如法界法性實際如是等名甚深義處善現當知如是所說甚深義處種種增語皆顯涅槃爲甚深義爾時善現復白佛言爲但涅槃名甚深義爲諸餘法亦名甚深佛告善現餘一切法亦名甚深何以故善現色亦名甚深受想行識亦名甚深眼處乃至意處亦名甚深色處乃至法處亦名甚深眼界乃至意界亦名甚深色界乃至法界亦名甚深眼識界乃至意識界亦名甚深眼觸乃至意觸亦名甚深眼觸爲緣所生諸受乃至意觸爲緣所生諸受亦名甚深地界乃至識界亦名甚深無明乃至老死亦名甚深布施波羅蜜多乃至般若波羅蜜多亦名甚深苦集滅道聖諦亦名甚深四念住乃至八聖道支亦名甚深四靜慮四無量四無色定亦名甚深八解脫八勝處九次第定十遍處亦名甚深空無相無願解脫門亦名甚深陀羅尼門三摩地門亦名甚深三乘菩薩所行十地亦名甚深五眼六神通亦名甚深如來十力乃至十八佛不共法亦名甚深三十二大士相八十隨好亦名甚深無忘失法恒住捨性亦名甚深預流果乃至獨覺菩提亦名甚深一切智道相智一切相智亦名甚深一切菩

薩摩訶薩行諸佛無上正等菩提亦名甚深

大般若波羅蜜多經卷第四百四十九

音釋

逼迫 逼筆力切迫音伯逼迫謂驅逼窘迫也 擾 爾沼切煩擾也亂也 懈怠 懈居隘切懈惰也怠徒耐切倦怠也 誹謗 誹方尾切非議也謗補曠切毀也 訾 音紫呵訾也

大般若波羅蜜多經卷第四百五十

唐三藏法師玄奘奉詔譯

第二分甚深義品第五十五之二

爾時具壽善現復白佛言：世尊云何色亦名甚深云何受想行識亦名甚深如是乃至云何一切菩薩摩訶薩行亦名甚深云何諸佛無上正等菩提亦名甚深佛告善現色眞如甚深故色亦名甚深受想行識眞如甚深故受想行識亦名甚深如是乃至一切菩薩摩訶薩行眞如甚深故一切菩薩摩訶薩行亦名甚深諸佛無上正等菩提眞如甚深故諸佛無上正等菩提亦名甚深爾時善現復白佛言云何色眞如甚深云何受想行識眞如甚深如是乃至云何一切菩薩摩訶薩行眞如甚深云何諸佛無上正等菩提眞如甚深

佛告善現色眞如非即色非離色是故甚深受想行識眞如非即受想行識非離受想行識是故甚深如是乃至一切菩薩摩訶薩行眞如非即一切菩薩摩訶薩行非離一切菩薩摩訶薩行是故甚深諸佛無上正等菩提眞如非即諸佛無上正等菩提非離諸佛無上正等菩提是故甚深具壽善現復白佛言如來甚奇微妙方便爲不退轉地菩薩摩訶薩遮遣諸色顯示涅槃遮遣受想行識顯示涅槃如是乃至遮遣一切菩薩摩訶薩行顯示涅槃遮遣諸佛無上正等菩提顯示涅槃世尊甚奇微妙方便爲不退轉地菩薩摩訶薩遮遣一切若色若非色若有見若無見若有對若無對若世間若出世間若共若不共若有漏若無漏若有爲若無爲法顯示涅槃

佛告善現如是如是如汝所說如來甚奇微妙方便爲不退轉地菩薩摩訶薩遮遣諸色顯示涅槃遮遣受想行識顯示涅槃乃至世尊甚奇微妙方便爲不退轉地菩薩摩訶薩遮遣一切若色若非色若有見若無見若有對若無對若世間若出世間若共若不共若有漏若無漏若有爲若無爲法顯示涅槃復次善現諸菩薩摩訶薩應於如是諸甚深處依止般若波羅蜜多相應理趣審諦思惟稱量觀察應作是念我今應如甚深般若波羅蜜多所教而住我今應如甚深般若波羅蜜多所說而學善現若菩薩摩訶薩能於如是諸甚深處依止般若波羅蜜多相應理趣審諦思惟稱量觀察如深般若波羅蜜多所教而住如深般若波羅蜜多所說而學是菩薩摩訶薩由能如是精勤修學依深般若波羅蜜多起一念心尚能攝取無數無量無邊善根超無量劫生死流轉疾證無上正等菩提況能無間常修般若波羅蜜多恒住菩提相應作意善現如多欲人與端嚴女更相愛染共爲期契彼女限礙不獲赴期此人欲心熾盛流注善現於意云何其人欲念於何處轉世尊此人欲念於女處轉謂作是念彼何當來共會於此歡娛戲樂善現於意云何其人晝夜幾欲心生世尊是人晝夜欲念甚多佛告善現若菩薩摩訶薩依深般若波羅蜜多起一念心如深般若波羅蜜多所說而學所超生死流轉劫數與多欲人經一晝夜所起欲念其數量等善現是菩薩摩訶薩隨依般若波羅蜜多所說義趣思惟修學隨能解脫

能破無上正等菩提所有過罪是故菩薩依深般若波羅蜜多精勤修學疾證無上正等菩提善現若菩薩摩訶薩如深般若波羅蜜多所說而住經一晝夜所獲功德若此功德有形量者殑伽沙等三千大千諸佛世界不能容受假使充滿如殑伽沙三千大千佛之世界諸餘功德比此功德百分不及一千分不及一百千分不及一乃至鄔波尼殺曇分亦不及一復次善現若菩薩摩訶薩遠離般若波羅蜜多設經殑伽沙數大劫布施供養佛法僧寶善現於意云何是菩薩摩訶薩由此因緣得福多不善現對曰甚多世尊其福無數無量無邊佛告善現若菩薩摩訶薩依深般若波羅蜜多經一晝夜如說而學所獲功德甚多於彼所以者何善現甚深般若波羅蜜多是諸菩薩摩訶薩衆所乘之道諸菩薩摩訶薩乘此道故疾至無上正等菩提復次善現若菩薩摩訶薩遠離般若波羅蜜多設經殑伽沙數大劫布施供養預流一來不還阿羅漢獨覺菩薩及諸如來應正等覺善現於意云何是菩薩摩訶薩由此因緣得福多不善現對曰甚多世尊其福無數無量無邊佛告善現若菩薩摩訶薩依深般若波羅蜜多經一晝夜如說而學所獲功德甚多於彼所以者何善現諸菩薩摩訶薩行深般若波羅蜜多超諸聲聞及獨覺地速入菩薩正性離生復漸修行諸菩薩行速證無上正等菩提復次善現若菩薩摩訶薩遠離般若波羅蜜多設經殑伽沙數大劫精勤修學布施淨戒安忍精進靜慮般若善現於意云何是

菩薩摩訶薩由此因緣得福多不善現對曰甚多世尊其福無數無量無邊佛告善現若菩薩摩訶薩依深般若波羅蜜多所說而住經一晝夜精勤修學布施淨戒安忍精進靜慮般若所獲功德甚多於彼所以者何善現甚深般若波羅蜜多是諸菩薩摩訶薩母何以故甚深般若波羅蜜多能生菩薩摩訶薩衆一切菩薩摩訶薩衆依深般若波羅蜜多速能圓滿諸佛法故復次善現若菩薩摩訶薩遠離般若波羅蜜多設經殑伽沙數大劫以法布施一切有情善現於意云何是菩薩摩訶薩由此因緣得福多不善現對曰甚多世尊其福無數無量無邊佛告善現若菩薩摩訶薩依深般若波羅蜜多所說而住經一晝夜以法布施一切有情所獲功德甚多於彼所以者何善現若菩薩摩訶薩遠離般若波羅蜜多則爲遠離一切智智若菩薩摩訶薩不離般若波羅蜜多則爲不離一切智智是故善現若菩薩摩訶薩欲得無上正等菩提常應不離甚深般若波羅蜜多復次善現若菩薩摩訶薩遠離般若波羅蜜多設經殑伽沙數大劫修行布施波羅蜜多乃至般若波羅蜜多安住內空乃至無性自性空安住眞如乃至不思議界安住苦集滅道聖諦修行四念住乃至八聖道支修行四靜慮四無量四無色定修行八解脫八勝處九次第定十遍處修行空無相無願解脫門修行極喜地乃至法雲地修行一切陀羅尼門三摩地門修行五眼六神通修行佛十力乃至十八佛不共法修行無忘失法恒住捨性修行一

切智道相智一切相智善現於意云何是菩薩摩訶薩由此因縁得福多不善現對曰甚多世尊其福無數無量無邊佛告善現若菩薩摩訶薩依深般若波羅蜜多所說而住經一晝夜修行布施波羅蜜多乃至修行一切相智所獲功德甚多於彼所以者何善現若菩薩摩訶薩不遠離般若波羅蜜多於一切智智而有退轉無有是處若菩薩摩訶薩遠離般若波羅蜜多於一切智智而有退轉斯有是處是故善現若菩薩摩訶薩欲得無上正等菩提常應不離甚深般若波羅蜜多復次善現若菩薩摩訶薩遠離般若波羅蜜多設經殑伽沙數大劫修行種種財施法施住空閑處繫念思惟先所修福與一切有情平等共有迴向無上正等菩提善現於意云何是菩薩摩訶薩由此因縁得福多不善現對曰甚多世尊其福無數無量無邊佛告善現若菩薩摩訶薩依深般若波羅蜜多所說而住經一晝夜修行種種財施法施住空閑處繫念思惟先所修福與一切有情平等共有迴向無上正等菩提所獲功德甚多於彼所以者何善現依深般若波羅蜜多所起迴向當知是爲最勝迴向遠離般若波羅蜜多所起迴向當知是爲下劣迴向何以故善現甚深般若波羅蜜多能與一切菩提分法爲導首故是故善現若菩薩摩訶薩欲得無上正等菩提常應不離甚深般若波羅蜜多以所修行種種功德與諸有情平等共有迴向無上正等菩提復次善現若菩薩摩訶薩遠離般若波羅蜜多設經殑伽沙數大劫普縁過

去未來現在一切如來應正等覺及諸弟子功德善根和合隨喜與諸有情平等共有迴向無上正等菩提善現於意云何是菩薩摩訶薩由此因緣得福多不善現對曰甚多世尊其福無數無量無邊佛告善現若菩薩摩訶薩依深般若波羅蜜多所說而住經一晝夜普緣過去未來現在一切如來應正等覺及諸弟子功德善根和合隨喜與諸有情平等共有迴向無上正等菩提所獲功德甚多於彼所以者何善現一切隨喜迴向功德善根皆以甚深般若波羅蜜多而爲上首是故善現若菩薩摩訶薩欲得無上正等菩提常應不離甚深般若波羅蜜多於諸善根隨喜迴向所求無上正等菩提爾時具壽善現白佛言世尊如佛所說諸行皆是分別所作從安想生都非實有以何因緣是諸菩薩摩訶薩等行財施等獲福無數無量無邊世尊分別所作財施等福應不能起真實正見不能趣入正性離生不能得預流果或一來果或不還果或阿羅漢果或獨覺菩提亦不能得所求無上正等菩提佛言善現如是如是如汝所說諸行皆是分別所作從安想生都非實有分別所作財施等福不能發起真實正見不能趣入正性離生不能得預流果乃至不能得無上正等菩提善現諸菩薩摩訶薩行深般若波羅蜜多知一切種分別所作財施等法空無所有虛妄不實所以者何善現我說一切分別所作財施等法無不皆空性相非有是虛妄非堅實何以故善現諸菩薩摩訶薩善學內空乃至善學無性自性空如

佛所說而通達故善現是菩薩摩訶薩安住空已如如觀察分別所作財施等福空無所有虛妄不實如是如是能不遠離甚深般若波羅蜜多如如不離甚深般若波羅蜜多如是如是獲福無數無量無邊由此因緣起實正見亦能趣入正性離生乃至能證所求無上正等菩提爾時善現復白佛言所說無數無量無邊有何差別佛告善現言無數者數不可得不可數在有爲界中不可數在無爲界中言無量者量不可得不可量在過去法中不可量在未來法中不可量在現在法中言無邊者邊不可得不可測度彼邊際故具壽善現白言世尊頗有因緣色亦說無數無量無邊受想行識亦說無數無量無邊不佛告善現有因緣故色亦說無數無量無邊受想行識亦說無數無量無邊爾時善現復白佛言何因緣故色亦說無數無量無邊受想行識亦說無數無量無邊佛告善現色自性空故亦說無數無量無邊受想行識自性空故亦說無數無量無邊具壽善現復白佛言爲但色自性空受想行識自性空爲一切法亦皆自性空耶佛告善現我先豈不說一切法皆自性空善現對曰佛雖常說一切法皆自性空而我亦已了而諸有情不知見覺故我今者復作是問世尊一切法自性空即是無盡亦是無數亦是無量亦是無邊世尊一切法自性空中盡不可得數不可得量不可得邊不可得由此因緣無盡無數無量無邊若義若文俱無差別佛告善現如是如是如汝所說無盡無數無量無邊若義若文俱無

差別皆共顯了諸法空故善現一切法空皆不可說如來方便說爲無盡或說無數或說無量或說無邊或說爲空或說無相或說無願或說無作或說無生或說無滅或說離染或說寂滅或說涅槃或說眞如或說實際如是等義皆是如來方便演說爾時善現復白佛言世尊甚奇方便善巧諸法實相不可宣說而爲有情方便顯示世尊如我解佛所說義者一切法性皆不可說佛告善現如是如是一切法性皆不可說何以故一切法性皆畢竟空無能宣說畢竟空者具壽善現復白佛言不可說義有增減不佛告善現不可說義無增無減爾時善現復白佛言若不可說義無增無減者則布施波羅蜜多乃至般若波羅蜜多亦應無增無減四念住乃至八聖道支亦應無增無減四靜慮四無量四無色定亦應無增無減八解脫八勝處九次第定十遍處亦應無增無減空無相無願解脫門亦應無增無減極喜地乃至法雲地亦應無增無減陀羅尼門三摩地門亦應無增無減五眼六神通亦應無增無減如來十力乃至十八佛不共法亦應無增無減無忘失法恒住捨性亦應無增無減一切智道相智一切相智亦應無增無減世尊若六波羅蜜多無增無減乃至一切智道相智一切相智亦無增無減則應六波羅蜜多無所有乃至一切智道相智一切相智亦無所有若六波羅蜜多無所有乃至一切智道相智一切相智亦無所有云何菩薩摩訶薩修行六波羅蜜多乃至一切智道相智一切相智證得無上正

等菩提佛告善現如是如是不可說義無增無減六波羅蜜多亦無增無減乃至一切智道相智一切相智亦無增無減不可說義無所有六波羅蜜多亦無所有乃至一切智道相智一切相智亦無所有善現諸菩薩摩訶薩修行般若波羅蜜多安住般若波羅蜜多方便善巧不作是念我於般若波羅蜜多乃至布施波羅蜜多若增若減但作是念唯有名想謂爲般若波羅蜜多乃至布施波羅蜜多善現是菩薩摩訶薩修行布施波羅蜜多時持此布施波羅蜜多俱行作意并依此起心及善根與諸有情平等共有迴向無上正等菩提如佛無上正等菩提微妙甚深而起迴向如是乃至修行般若波羅蜜多時持此般若波羅蜜多俱行作意并依此起心及善根與諸有情平等共有迴向無上正等菩提如佛無上正等菩提微妙甚深而起迴向由此迴向巧方便力證得無上正等菩提爾時具壽善現白佛言世尊何謂無上正等菩提佛告善現一切法眞如是謂無上正等菩提爾時善現復白佛言何謂一切法眞如而說一切法眞如是謂無上正等菩提佛告善現諸色眞如受想行識眞如是謂無上正等菩提眼處眞如乃至意處眞如是謂無上正等菩提色處眞如乃至法處眞如是謂無上正等菩提眼界眞如乃至意界眞如是謂無上正等菩提色界眞如乃至法界眞如是謂無上正等菩提眼識界眞如乃至意識界眞如是謂無上正等菩提眼觸眞如乃至意觸眞如是謂無上正等菩提眼觸爲緣所生諸受

眞如乃至意觸爲緣所生諸受眞如是謂無上正等菩提地界眞如乃至識界眞如是謂無上正等菩提無明眞如乃至老死眞如是謂無上正等菩提布施波羅蜜多眞如乃至般若波羅蜜多眞如是謂無上正等菩提內空眞如乃至無性自性空眞如是謂無上正等菩提苦聖諦眞如集滅道聖諦眞如是謂無上正等菩提四念住眞如乃至八聖道支眞如是謂無上正等菩提四靜慮眞如四無量四無色定眞如是謂無上正等菩提八解脫眞如八勝處九次第定十遍處眞如是謂無上正等菩提空解脫門眞如無相無願解脫門眞如是謂無上正等菩提淨觀地眞如乃至如來地眞如是謂無上正等菩提極喜地眞如乃至法雲地眞如是謂無上正等菩提陀羅尼門眞如三摩地門眞如是謂無上正等菩提五眼眞如六神通眞如是謂無上正等菩提佛十力眞如乃至十八佛不共法眞如是謂無上正等菩提無忘失法眞如恒住捨性眞如是謂無上正等菩提預流果眞如乃至獨覺菩提眞如是謂無上正等菩提一切智眞如道相智一切相智眞如是謂無上正等菩提生死眞如涅槃眞如是謂無上正等菩提善現一切眞如無增無減故諸佛無上正等菩提亦無增無減善現諸菩薩摩訶薩不離般若波羅蜜多常樂安住諸法眞如都不見法有增有減由此因緣不可說義無增無減布施波羅蜜多亦無增無減淨戒安忍精進靜慮般若波羅蜜多亦無增無減乃至一切智亦無增無減道相智一切相智

亦無增無減不可說義無所有六波羅蜜多亦無所有乃至一切智道相智一切相智亦無所有善現諸菩薩摩訶薩依止無增減無所有爲方便修行般若波羅蜜多由此爲門集諸功德便證無上正等菩提爾時具壽善現白佛言世尊若菩薩摩訶薩依止無增減無所有爲方便修行般若波羅蜜多由此爲門集諸功德便證無上正等覺者是菩薩摩訶薩爲初心起能證無上正等菩提爲後心起能證無上正等菩提世尊是菩薩摩訶薩若初心起能證無上正等菩提初心起時後心未起無和合義若後心起能證無上正等菩提後心起時前心已滅無和合義如是前後心心所法進退推徵無和合義云何可得積集善根若諸善根不可積集則諸勝智無

由得生勝智不生如何菩薩能證無上正等菩提佛告善現吾當爲汝略說譬喻令有智者於所說義易可得解善現於意云何如然燈時爲初焰能燋炷爲後焰能燋炷善現對曰如我意解非初焰能燋炷亦非離初焰能燋炷非後焰能燋炷亦非離後焰能燋炷佛告善現於意云何於然燈時炷爲燋不善現對曰世間現見其炷實燋佛告善現諸菩薩摩訶薩修行般若波羅蜜多證得無上正等菩提亦復如是非初心起能證無上正等菩提亦非離初心起能證無上正等菩提非後心起能證無上正等菩提亦非離後心起能證無上正等菩提而諸菩薩摩訶薩修行般若波羅蜜多令諸善根漸漸增長證得無上正等菩提復次善現諸菩薩摩訶薩從初發

心修行般若波羅蜜多圓滿十地證得無上正等菩提爾時善現白言世尊諸菩薩摩訶薩修學何等十地圓滿證得無上正等菩提佛告善現諸菩薩摩訶薩修行極喜地乃至法雲地令其圓滿證得無上正等菩提亦學淨觀地乃至如來地令其圓滿證得無上正等菩提善現諸菩薩摩訶薩於此十地精勤修學得圓滿時非初心起能證無上正等菩提亦非離初心起能證無上正等菩提非後心起能證無上正等菩提亦非離後心起能證無上正等菩提而諸菩薩摩訶薩精勤修學十地圓滿證得無上正等菩提爾時具壽善現白佛言世尊如來所説緣起理趣極爲甚深謂諸菩薩摩訶薩非初心起能證無上正等菩提亦非離初心起能證無上正等菩提非後心起能證無上正等菩提亦非離後心起能證無上正等菩提而諸菩薩摩訶薩修行般若波羅蜜多令諸善根漸漸增長圓滿十地證得無上正等菩提佛告善現於意云何若心已滅更可生不善現對曰不也世尊佛告善現於意云何若心已生有滅法不善現對曰如是世尊若心已生定有滅法佛告善現於意云何有滅法心非當滅不善現對曰不也世尊佛告善現於意云何心住爲如心真如不善現對曰如是世尊如心真如心如是住佛告善現於意云何若心住如真如是心爲如真如常不善現對曰不也世尊佛告善現於意云何諸法真如爲甚深不善現對曰如是世尊諸法真如極爲甚深佛告善現於意云何即真如是心不善現對曰不

也世尊佛告善現於意云何離眞如有心不善現對曰不也世尊佛告善現於意云何即心是眞如不善現對曰不也世尊佛告善現於意云何離心有眞如不善現對曰不也世尊佛告善現於意云何眞如爲能見眞如不善現對曰不也世尊佛告善現於意云何若菩薩摩訶薩能如是行是行深般若波羅蜜多不善現對曰如是世尊若菩薩摩訶薩能如是行是行深般若波羅蜜多佛告善現於意云何若菩薩摩訶薩能如是行爲行何處善現對曰若菩薩摩訶薩能如是行都無行處所以者何世尊若菩薩摩訶薩行深般若波羅蜜多無心現行無現行處何以故世尊若菩薩摩訶薩行深般若波羅蜜多時住眞如中都無現行及現行處現行者故佛告善現於意云何若菩薩摩訶薩行深般若波羅蜜多時爲何所行善現對曰若菩薩摩訶薩行深般若波羅蜜多時行勝義諦此中現行及現行處俱無所有能取所取不可得故佛告善現於意云何若菩薩摩訶薩行深般若波羅蜜多時行勝義諦中雖不取相而行相不善現對曰不也世尊佛告善現於意云何是菩薩摩訶薩行深般若波羅蜜多時行勝義諦中爲遣相不善現對曰不也世尊佛告善現於意云何是菩薩摩訶薩行深般若波羅蜜多時行勝義諦中遣相想不善現對曰不也世尊佛告善現是菩薩摩訶薩行深般若波羅蜜多時云何不遣相亦不遣相想善現對曰是菩薩摩訶薩行深般若波羅蜜多時不作是念我當遣相及遣相想亦不作是

念我當遣無相及遣無相想於一切種無分別故世尊是菩薩摩訶薩行深般若波羅蜜多雖能如是離諸分別而佛十力四無所畏四無礙解大慈大悲大喜大捨十八佛不共法等無量無邊殊勝功德未圓滿故未證無上正等菩提世尊是菩薩摩訶薩成就微妙方便善巧由此微妙方便善巧於一切法不成不壞不取不遣何以故世尊是菩薩摩訶薩達一切法自相空故世尊是菩薩摩訶薩住一切法自相空中為度諸有情入三三摩地大悲願力所引逼故依此三定成熟有情佛告善現如是如是如汝所說具壽善現即白佛言是菩薩摩訶薩云何入此三三摩地成熟有情佛告善現是菩薩摩訶薩安住空三摩地見諸有情多執我我所者以方便力教令安住空三摩地是菩薩摩訶薩安住無相三摩地見諸有情多行諸法相者以方便力教令安住無相三摩地是菩薩摩訶薩安住無願三摩地見諸有情多有所願樂者以方便力教令安住無願三摩地善現是菩薩摩訶薩行深般若波羅蜜多時如是入此三三摩地隨其所應方便成熟一切有情

大般若波羅蜜多經卷第四百五十

音釋

歡娛（娛音虞樂也）鄔波尼殺曇（梵語也此謂數之極鄔安古切曇徒南切）測度（測初力切度達各切謂測量料度也）燋炷（燋音焦炷音注燋炷謂燋灼燈炷也）

大般若波羅蜜多經卷第四百五十一

唐三藏法師玄奘奉詔譯

第二分夢行品第五十六

爾時具壽舍利子問善現言若菩薩摩訶薩夢中行此三三摩地於深般若波羅蜜多有增益不善現答言若菩薩摩訶薩晝時行此三三摩地於深般若波羅蜜多有增益者彼夢中行亦有增益何以故舍利子晝與夢中無差別故舍利子若菩薩摩訶薩晝行般若波羅蜜多既名修習甚深般若波羅蜜多是菩薩摩訶薩夢中行般若波羅蜜多亦名修習甚深般若波羅蜜多三三摩地於深般若波羅蜜多能爲增益應亦如是時舍利子問善現言諸菩薩摩訶薩夢中造業爲有增益有損減不佛說有爲虛妄不實如夢所造云何彼業能有增益亦有損減所以者何非於夢中所造諸業能有增減要至覺時憶想分別夢中所造乃有增益或有損減善現答言諸有晝日斷他命已於夜夢中憶想分別深自慶快或復有人夢斷他命謂在覺時生大歡喜如是二業於意云何時舍利子問善現言無所緣事若思若業俱不得生要有所緣思業方起夢中思業緣何而生善現答言若夢若覺無所緣事思業不生要有所緣思業方起何以故舍利子要於見聞覺知法中有覺慧轉由此起染或復起淨若無見聞覺知諸法無覺慧轉亦無染淨由此故知若夢若覺有所緣事思業方生無所緣事思業不起時舍利子問善現言佛說思業皆離自性云何可言有所緣起善現答言雖諸思業及所

縁事皆自性空而由自心取相分别故説思業有所縁生若無所縁思業不起時舍利子問善現言若菩薩摩訶薩夢中修行布施淨戒安忍精進靜慮般若波羅蜜多持此善根與諸有情平等共有迴向無上正等菩提是菩薩摩訶薩爲實迴向所求無上正等覺不善現報言慈氏菩薩久已得受無上菩提不退轉記唯隔一生定當作佛善能酬答一切問難現在此會宜請問之補處慈尊定應爲答時舍利子如善現言恭敬請問慈氏菩薩時慈氏菩薩語舍利子言謂何等名慈氏能答爲色耶爲受想行識耶爲色空耶爲受想行識空耶且色不能答受想行識亦不能答色空不能答受想行識空亦不能答何以故舍利子我都不見有法能答我都不見有法

所答答處答時及由此答亦皆不見我都不見有法能記我都不見有法所記記處記時及由此記亦皆不見所以者何以一切法本性皆空都無所有無二無别畢竟推徵不可得故爾時具壽舍利子復問慈氏菩薩摩訶薩言仁者所證法爲如所説不慈氏菩薩摩訶薩言我所證法非如所説何以故舍利子我所證法不可説故時舍利子便作是念慈氏菩薩智慧深廣修一切種布施淨戒安忍精進靜慮般若波羅蜜多久已圓滿用無所得而爲方便於所問難能如是答爾時佛告舍利子言於意云何汝由是法證阿羅漢果爲見此法性是可説不舍利子言不也世尊佛告舍利子諸菩薩摩訶薩行深般若波羅蜜多所證法性亦復如是不可宣説舍利子

是菩薩摩訶薩不作是念我由此法於其無上正等菩提已得受記不作是念我由此法當證無上正等菩提舍利子是菩薩摩訶薩行深般若波羅蜜多不生猶豫我於無上正等菩提爲得不得但作是念我於無上正等菩提定當證得舍利子是菩薩摩訶薩行深般若波羅蜜多聞甚深法其心不驚不恐不怖不沉不没亦不憂悔決定自知我當證得所求無上正等菩提利樂有情窮未來際

第二分願行品第五十七

爾時佛告具壽善現有菩薩摩訶薩修行布施波羅蜜多見諸有情飢渴所逼衣服弊壞卧具乏少所欲資財皆不如意見此事已作是思惟我當云何拔濟如是諸有情類令離慳貪無所匱乏旣思惟已作是願言我當精勤無所顧戀修行布施波羅蜜多成熟有情嚴淨佛土令速圓滿疾證無上正等菩提我佛土中得無如是資具匱乏諸有情類如四大王衆天乃至他化自在天受用種種上妙樂具我佛土中諸有情類亦受種種上妙樂具善現是菩薩摩訶薩由此布施波羅蜜多速得圓滿疾證無上正等菩提復次善現有菩薩摩訶薩修行淨戒波羅蜜多見諸有情煩惱熾盛更相殺害乃至邪見由此因緣短壽多病顔容顦顇無有威德資財匱乏生下賤家肢體缺減衆事鄙穢見此事已作是思惟我當云何拔濟如是諸有情類令其遠離諸惡業果旣思惟已作是願言我當精勤無所顧戀修行淨戒波羅蜜多成熟有情嚴淨佛土令速圓滿疾證無上正等菩提我佛土

中得無如是衆惡業果諸有情類一切有情皆行十善受長壽等殊勝果報善現是菩薩摩訶薩由此淨戒波羅蜜多速得圓滿疾證無上正等菩提復次善現有菩薩摩訶薩修行安忍波羅蜜多見諸有情更相忿恚口出矛穳毀罵凌辱以刀杖等互相殘害乃至斷命惡心不捨見此事已作是思惟我當云何拔濟如是諸有情類令其遠離如是諸惡既思惟已作是願言我當精勤無所顧戀修行安忍波羅蜜多成熟有情嚴淨佛土令速圓滿疾證無上正等菩提我佛土中得無如是煩惱惡業諸有情類一切有情展轉相視如父如母兄弟姊妹妻子眷屬不相乖違善現是菩薩摩訶薩由此安忍波羅蜜多速得圓滿疾證無上正等菩提復次善現有菩薩摩訶薩修行精進波羅蜜多見諸有情懈怠懶情不勤精進棄捨三乘亦不能修人天善業見此事已作是思惟我當云何拔濟如是諸有情類令其遠離懶惰懈怠既思惟已作是願言我當精勤無所顧戀修行精進波羅蜜多成熟有情嚴淨佛土令速圓滿疾證無上正等菩提我佛土中得無如是懶惰懈怠諸有情類一切有情精進勇猛勤修善趣及三乘因生人天中速證解脱善現是菩薩摩訶薩由此精進波羅蜜多速得圓滿疾證無上正等菩提復次善現有菩薩摩訶薩修行靜慮波羅蜜多見諸有情五蓋所覆失諸靜慮無量無邊見此事已作是思惟我當云何拔濟如是諸有情類令其遠離諸蓋散動既思惟已作是願言我當精勤無所顧戀修行靜

慮波羅蜜多成熟有情嚴淨佛土令速圓滿疾證無上正等菩提我佛土中得無如是具蓋散動諸有情類一切有情自在入出諸靜慮等微妙勝定善現是菩薩摩訶薩由此靜慮波羅蜜多速得圓滿疾證無上正等菩提復次善現有菩薩摩訶薩修行般若波羅蜜多見諸有情愚癡惡慧於世出世正見俱失撥無善惡業及業果執斷執常執一執異俱不俱等種種邪法見此事已作是思惟我當云何拔濟如是諸有情類令其遠離惡見邪執既思惟已作是願言我當精勤無所顧戀修行般若波羅蜜多成熟有情嚴淨佛土令速圓滿疾證無上正等菩提我佛土中得無如是惡慧邪執諸有情類一切有情成就正見種種妙慧具足莊嚴善現是菩薩摩訶薩由此般若波羅蜜多速得圓滿疾證無上正等菩提復次善現有菩薩摩訶薩具修六種波羅蜜多見諸有情三聚差別見此事已作是思惟我當云何方便濟拔諸有情類令離邪定及不定聚既思惟已作是願言我當精勤無所顧戀修行六種波羅蜜多成熟有情嚴淨佛土令速圓滿疾證無上正等菩提我佛土中得無邪定及不定名一切有情皆住正定善現是菩薩摩訶薩由此六種波羅蜜多速得圓滿疾能證得一切智智復次善現有菩薩摩訶薩具修六種波羅蜜多見諸有情墮三惡趣受諸劇苦見此事已作是思惟我當云何方便濟拔令其永離三惡趣苦既思惟已作是願言我當精勤無所顧戀修行六種波羅蜜多成熟有情嚴淨佛土令速圓

滿疾證無上正等菩提我佛土中得無如是三惡趣名一切有情皆善趣攝善現是菩薩摩訶薩由此六種波羅蜜多速得圓滿疾能證得一切智智復次善現有菩薩摩訶薩具修六種波羅蜜多見諸有情由惡業障所居大地高下不平埠阜溝坑穢草株杌毒刺荆棘不淨充滿見此事已作是思惟我當云何方便濟拔諸有情類令永滅除諸惡業障所居之處地平如掌無諸穢草株杌等事既思惟已作是願言我當精勤無所顧戀修行六種波羅蜜多成熟有情嚴淨佛土令速圓滿疾證無上正等菩提我佛土中得無如是諸雜穢業所感大地平坦莊嚴豐諸花果甚可愛樂善現是菩薩摩訶薩由此六種波羅蜜多速得圓滿疾能證得一切智智復次善現有菩薩摩訶薩具修六種波羅蜜多見諸有情薄福德故所居大地無諸珍寶唯有種種土石瓦礫見此事已作是思惟我當云何濟拔如是多罪少福諸有情類令所居處豐饒珍寶既思惟已作是願言我當精勤無所顧戀修行六種波羅蜜多成熟有情嚴淨佛土令速圓滿疾證無上正等菩提我佛土中得無如是多罪少福諸有情類金沙布地處處皆有吠瑠璃等衆妙珍奇有情受用不生染著善現是菩薩摩訶薩由此六種波羅蜜多速得圓滿疾能證得一切智智復次善現有菩薩摩訶薩具修六種波羅蜜多見諸有情凡所攝受多生愛著發起種種惡不善業見此事已作是思惟我當云何濟拔如是多所攝受諸有情類令其永離愛著惡業既思惟

已作是願言我當精勤無所顧戀修行六種波羅蜜多成熟有情嚴淨佛土令速圓滿疾證無上正等菩提我佛土中得無如是多所攝受諸有情類一切有情於色聲等無所攝受不生愛著善現是菩薩摩訶薩由此六種波羅蜜多速得圓滿疾能證得一切智智復次善現有菩薩摩訶薩具修六種波羅蜜多見諸有情有四色類貴賤差別謂刹帝利婆羅門等見此事已作是思惟我當云何方便濟拔諸有情類令無如是貴賤差別既思惟已作是願言我當精勤無所顧戀修行六種波羅蜜多成熟有情嚴淨佛土令速圓滿疾證無上正等菩提我佛土中得無如是四種色類貴賤差別一切有情同一色類悉皆尊貴人趣所攝善現是菩薩摩訶薩由此六種波羅蜜多速得圓滿疾能證得一切智智復次善現有菩薩摩訶薩具修六種波羅蜜多見諸有情有下中上家族差別見此事已作是思惟我當云何方便濟拔諸有情類令無如是下中上品家族差別既思惟已作是願言我當精勤無所顧戀修行六種波羅蜜多成熟有情嚴淨佛土令速圓滿疾證無上正等菩提我佛土中得無如是下中上品家族差別一切有情皆同上品善現是菩薩摩訶薩由此六種波羅蜜多速得圓滿疾能證得一切智智復次善現有菩薩摩訶薩具修六種波羅蜜多見諸有情端正醜陋形色差別見此事已作是思惟我當云何方便濟拔諸有情類令無如是端正醜陋形色差別既思惟已作是願言我當精勤無所顧戀修行六

種波羅蜜多成熟有情嚴淨佛土令速圓滿疾證無上正等菩提我佛土中得無如是端正醜陋形色差別諸有情類一切有情皆眞金色端嚴殊妙衆所樂見成就第一圓滿淨色善現是菩薩摩訶薩由此六種波羅蜜多速得圓滿疾能證得一切智智復次善現有菩薩摩訶薩具修六種波羅蜜多見諸有情繫屬主宰諸有所作不得自在見此事已作是思惟我當云何方便濟拔諸有情類令得自在旣思惟已作是願言我當精勤無所顧戀修行六種波羅蜜多成熟有情嚴淨佛土令速圓滿疾證無上正等菩提我佛土中諸有情類得無主宰諸有所作皆得自在乃至不見主宰形像亦復不聞主宰名字唯有如來應正等覺以法統攝名爲法王善現是菩薩摩訶薩由此六種波羅蜜多速得圓滿疾能證得一切智智復次善現有菩薩摩訶薩具修六種波羅蜜多見諸有情有地獄等諸趣差別見此事已作是思惟我當云何濟拔如是諸有情類令無善惡諸趣差別旣思惟已作是願言我當精勤無所顧戀修行六種波羅蜜多成熟有情嚴淨佛土令速圓滿疾證無上正等菩提我佛土中得無善惡諸趣差別乃至無有地獄傍生鬼界阿素洛人天名字一切有情皆同一類等修一業謂皆和合修行布施乃至般若波羅蜜多安住內空乃至無性自性空安住眞如乃至不思議界安住苦集滅道聖諦修行四念住乃至八聖道支修行四靜慮四無量四無色定修行八解脫八勝處九次第定十遍處修行空無相

無願解脫門修行陀羅尼門三摩地門修行五眼六神通修行佛十力乃至十八佛不共法修行無忘失法恒住捨性修行一切智道相智一切相智修行菩薩摩訶薩行及佛無上正等菩提善現是菩薩摩訶薩由此六種波羅蜜多速得圓滿疾能證得一切智智復次善現有菩薩摩訶薩具修六種波羅蜜多見諸有情四生差別所謂胎卵及濕化生見此事已作是思惟我當云何方便濟拔令無如是四生差別既思惟已作是願言我當精勤無所顧戀修行六種波羅蜜多成熟有情嚴淨佛土令速圓滿疾證無上正等菩提我佛土中得無如是四生差別諸有情類皆同化生善現是菩薩摩訶薩由此六種波羅蜜多速得圓滿疾能證得一切智智復次善現有菩薩摩訶薩具修六種波羅蜜多見諸有情無五通慧諸有所作不得自在見此事已作是思惟我當云何方便濟拔皆令獲得五神通慧既思惟已作是願言我當精勤無所顧戀修行六種波羅蜜多成熟有情嚴淨佛土令速圓滿疾證無上正等菩提我佛土中諸有情類五神通慧皆得自在善現是菩薩摩訶薩由此六種波羅蜜多速得圓滿疾能證得一切智智復次善現有菩薩摩訶薩具修六種波羅蜜多見諸有情受用假食身有種種大小便利膿血臭穢甚可猒捨見此事已作是思惟我當云何濟拔如是受用段食諸有情類令其身中無諸便穢既思惟已作是願言我當精勤無所顧戀修行六種波羅蜜多成熟有情嚴淨佛土令速圓滿疾證無

上正等菩提我佛土中諸有情類唯同受用妙法喜食一切皆似極光淨天內外身支無諸穢善現是菩薩摩訶薩由此六種波羅蜜多速得圓滿疾能證得一切智智復次善現有菩薩摩訶薩具修六種波羅蜜多見諸有情身無光明諸有所作須求外照見此事已作是思惟我當云何方便濟拔諸有情類令離如是無光明身既思惟已作是願言我當精勤無所顧戀修行六種波羅蜜多成熟有情嚴淨佛土令速圓滿疾證無上正等菩提我佛土中諸有情類身具光明不假外照善現是菩薩摩訶薩由此六種波羅蜜多速得圓滿疾能證得一切智智復次善現有菩薩摩訶薩具修六種波羅蜜多見諸有情所居之土有晝有夜有月半月時節歲數轉變非恒見此事已作是思惟我當云何濟拔如是諸有情類令所居處無晝夜等時節變易既思惟已作是願言我當精勤無所顧戀修行六種波羅蜜多成熟有情嚴淨佛土令速圓滿疾證無上正等菩提我佛土中得無晝夜月半月等時節之名善現是菩薩摩訶薩由此六種波羅蜜多速得圓滿疾能證得一切智智復次善現有菩薩摩訶薩具修六種波羅蜜多見諸有情壽量短促見此事已作是思惟我當云何方便濟拔諸有情類令離如是壽量短促既思惟已作是願言我當精勤無所顧戀修行六種波羅蜜多成熟有情嚴淨佛土令速圓滿疾證無上正等菩提我佛土中諸有情類壽量長遠劫數難知善現是菩薩摩訶薩由此六種波羅蜜多速得圓

滿疾能證得一切智智復次善現有菩薩摩訶薩具修六種波羅蜜多見諸有情身無相好見此事已作是思惟我當云何方便濟拔諸有情類令得相好既思惟已作是願言我當精勤無所顧戀修行六種波羅蜜多成熟有情嚴淨佛土令速圓滿疾證無上正等菩提我佛土中諸有情類身具相好圓滿莊嚴有情見之生淨妙喜善現是菩薩摩訶薩由此六種波羅蜜多速得圓滿疾能證得一切智智復次善現有菩薩摩訶薩具修六種波羅蜜多見有情類離諸善根見此事已作是思惟我當云何濟拔如是諸有情類令具善根既思惟已作是願言我當精勤無所顧戀修行六種波羅蜜多成熟有情嚴淨佛土令速圓滿疾證無上正等菩提我佛土中諸有情類一切成就勝妙善根由此善根能辦種種上妙供具供養諸佛乘此福有隨所生處復能供養諸佛世尊善現是菩薩摩訶薩由此六種波羅蜜多速得圓滿疾能證得一切智智復次善現有菩薩摩訶薩具修六種波羅蜜多見諸有情具身心病身病有四謂風熱痰及諸雜病心病亦四謂貪瞋癡及慢等病見此事已作是思惟我當云何濟拔如是身心病苦諸有情類既思惟已作是願言我當精勤無所顧戀修行六種波羅蜜多成熟有情嚴淨佛土令速圓滿疾證無上正等菩提我佛土中諸有情類身心清淨無諸病苦乃至無有身心病名善現是菩薩摩訶薩由此六種波羅蜜多速得圓滿疾能證得一切智智復次善現有菩薩摩訶薩具修六種波

羅蜜多見諸有情種種意樂三乘差別見此事已作是思惟我當云何方便濟拔諸有情類令其棄捨二乘意樂唯令樂趣無上大乘既思惟已作是願言我當精勤無所顧戀修行六種波羅蜜多成熟有情嚴淨佛土令速圓滿疾證無上正等菩提我佛土中諸有情類唯求無上正等菩提不樂聲聞獨覺乘果乃至無有二乘之名善現是菩薩摩訶薩由此六種波羅蜜多速得圓滿疾能證得一切智智復次善現有菩薩摩訶薩具修六種波羅蜜多見諸有情起增上慢未得謂得未證謂證見此事已作是思惟我當云何濟拔如是諸有情類令其棄捨增上慢結既思惟已作是願言我當精勤無所顧戀修行六種波羅蜜多成熟有情嚴淨佛土令速圓滿疾證無上正等菩提我佛土中得無如是增上慢者一切有情離增上慢善現是菩薩摩訶薩由此六種波羅蜜多速得圓滿疾能證得一切智智復次善現有菩薩摩訶薩具修六種波羅蜜多見有如來應正等覺光明壽量弟子衆數皆有分限見此事已作是思惟我云何得光明壽量弟子衆數皆無分限既思惟已作是願言我當精勤無所顧戀修行六種波羅蜜多成熟有情嚴淨佛土令速圓滿疾證無上正等菩提令我爾時光明壽量弟子衆數皆無分限善現是菩薩摩訶薩由此六種波羅蜜多速得圓滿疾能證得一切智智復次善現有菩薩摩訶薩具修六種波羅蜜多見有如來應正等覺所居之土周圓有量見此事已作是思惟我當云何得所居土周

圓無量既思惟已作是願言我當精勤無所顧戀修行六種波羅蜜多成熟有情嚴淨佛土令速圓滿疾證無上正等菩提十方各如殑伽沙數大千世界合爲一土我住其中說法教化無量無數無邊有情善現是菩薩摩訶薩由此六種波羅蜜多速得圓滿疾能證得一切智智復次善現有菩薩摩訶薩具修六種波羅蜜多見諸有情生死長遠諸有情界其數無邊見此事已作是思惟生死邊際猶如虛空諸有情界亦如虛空雖無眞實諸有情類流轉生死及得解脫而諸有情妄執爲有輪迴生死受苦無邊我當云何方便濟拔既思惟已作是願言我當精勤無所顧戀修行六種波羅蜜多成熟有情嚴淨佛土令速圓滿疾證無上正等菩提爲諸有情說無上法皆令解脫生死大苦亦令證知生死解脫都無所有畢竟皆空善現是菩薩摩訶薩由此六種波羅蜜多速得圓滿疾能證得一切智智

第二分殑伽天品第五十八

爾時衆中有一天女名殑伽天從座而起頂禮佛足偏覆左肩右膝著地合掌恭敬白言世尊我當具修布施淨戒安忍精進靜慮般若波羅蜜多成熟有情嚴淨佛土所嚴淨土如今世尊爲諸大衆於此般若波羅蜜多甚深經中所說土相一切圓滿時殑伽天作是語已即取種種金華銀華水陸生華及自嚴具并持金色天衣一雙恭敬至心奉散佛上佛神力故上涌空中宛轉右旋於佛頂上化成四柱四角寶臺綺飾莊嚴甚可愛樂於是

天女持此善根與諸有情平等共有迴向無上正等菩提爾時世尊知彼天女志願深廣即便微笑諸佛法爾於微笑時種種色光從面門出今佛亦爾從其面門放種種光青黃赤白紅紫碧綠遍照十方無量無邊諸佛世界還來此土現大神變遶佛三帀入佛頂中時阿難陀見聞是已從座而起頂禮佛足偏覆左肩右膝著地合掌恭敬白言世尊何因何緣現此微笑諸佛現笑非無因緣爾時世尊告慶喜曰今此天女於未來世當成如來應正等覺刧名星喻佛號金華慶喜當知今此天女即是最後所受女身捨此身已便受男身盡未來際不復爲女從此殁已生於東方不動如來應正等覺甚可愛樂佛國土中於彼佛所勤修梵行此女彼界便號金華修諸菩薩摩訶薩行慶喜當知金華菩薩從不動佛世界殁已復生他方從一佛土至一佛土供養恭敬尊重讚歎諸佛世尊於生生處常不離佛如轉輪王從一臺觀至一臺觀歡娛受樂乃至命終足不履地金華菩薩亦復如是從一佛國往一佛國乃至無上正等菩提於生生中常見諸佛恒聞正法修菩薩行爾時慶喜竊作是念金華菩薩當作佛時亦當宣說甚深般若波羅蜜多彼會菩薩摩訶薩衆其數多少應如今佛菩薩衆會佛知其念告慶喜言如是如是如汝所念金華菩薩當作佛時亦爲衆會宣說如是甚深般若波羅蜜多彼會菩薩摩訶薩衆其數多少亦如今佛菩薩衆會慶喜當知金華菩薩當作佛時出家弟子其數甚多不可稱計謂不可數

若百若千若百千等但可總說無量無邊百千俱胝那庾多衆慶喜當知金華菩薩當作佛時其土無有知此般若波羅蜜多經中所說種種過患爾時慶喜復白佛言今此天女先於何佛已發無上正等覺心種諸善根迴向發願今得遇佛供養恭敬而得受於不退轉記佛告慶喜今此天女於然燈佛已發無上正等覺心種諸善根迴向發願故今遇我供養恭敬而得受於不退轉記慶喜當知我於過去然燈佛所以五莖華奉散彼佛迴向發願然燈如來應正等覺知我根熟與我受記汝未來世當得作佛號曰能寂界名堪忍劫號爲賢天女爾時聞佛授我大菩提記歡喜踊躍即以金華奉散佛上便發無上正等覺心種諸善根迴向發願使我來世於此菩薩當作佛時亦如今佛現前授我大菩提記故我今者與彼受記爾時慶喜聞佛所說歡喜踊躍復白佛言今此天女久爲無上正等菩提植衆德本今得成熟是故如來應正等覺與彼受記佛告慶喜如是如是如汝所說此殑伽天女久爲無上正等菩提植衆德本今既成熟故我授彼所求無上正等菩提不退轉記

大般若波羅蜜多經卷第四百五十一

音釋

弊壞（弊毗祭切惡也壞胡怪切物自敗也）匱乏（匱求位切竭也乏扶法切空乏）顦顇（顦音樵顇秦醉切顦顇謂憂愁瘠瘦見於貌也）鄙穢（鄙補靡切陋也穢烏廢切汙也）忿恚（忿房粉切怒也恚於避切恨怒也）矛穳（矛莫浮切鉤兵也長二丈穳祖弄切鋋屬也）劇苦（劇竭戟切甚也）埠阜

埠都回切聚土也阜扶缶切土山也

株杌 株音朱木根也杌五忽切樹無枝也

荊棘 荊音京楚木也棘紀力切小棗叢生者

瓦礫 礫音歷小石也

殑伽 梵語也此云天堂來河名也以從高處來故殑其陵其極二切伽求迦切

阿素洛 梵語也亦云阿修羅此云無酒又云非天

大般若波羅蜜多經卷第四百五十二

唐三藏法師玄奘奉　詔譯

第二分習近品第五十九

爾時具壽善現白佛言世尊修行如是甚深般若波羅蜜多諸菩薩摩訶薩云何習近空云何入空三摩地云何習近無相云何入無相三摩地云何習近無願云何入無願三摩地云何習近四念住乃至八聖道支云何修四念住乃至八聖道支云何習近如來十力乃至十八佛不共法云何修如來十力乃至十八佛不共法佛告善現修行如是甚深般若波羅蜜多諸菩薩摩訶薩應觀色空應觀受想行識空應觀眼處乃至意處空應觀色處乃至法處空應觀眼界乃至意界空應觀色界乃至法界空應觀眼識界乃至意識界空應觀眼觸乃至意觸空應觀眼觸爲緣所生諸受乃至意觸爲緣所生諸受空應觀地界乃至識界空應觀無明乃至老死空應觀布施波羅蜜多乃至般若波羅蜜多空應觀内空乃至無性自性空應觀眞如乃至不思議界空應觀苦集滅道聖諦空應觀四靜慮四無量四無色定空應觀八解脫乃至十遍處空應觀四念住乃至八聖道支空應觀空無相無願解脫門空應觀三乘菩薩十地空應觀陀羅尼門三摩地門空應觀五眼六神通空應觀佛十力乃至十八佛不共法空應觀三十二大士相八十隨好空應觀無忘失法恒住捨性空應觀一切智道相智一切相智空應觀預流果乃至獨覺菩提空應觀一切菩薩摩訶薩行空應觀諸佛無上正等

菩提空應觀有漏無漏法空應觀世間出世間法空應觀有爲無爲法空應觀過去未來現在法空應觀善不善無記法空應觀欲界色界無色界法空善現是菩薩摩訶薩作此觀時不令心亂若心不亂則不見法若不見法則不作證所以者何善現是菩薩摩訶薩善學諸法自相皆空無法可增無法可減故於諸法不見不證何以故善現於一切法勝義諦中能證所證證處證時及由此證若合若離皆不可得不可見故具壽善現白佛言世尊如佛所說諸菩薩摩訶薩應觀法空而不作證世尊云何諸菩薩摩訶薩應觀法空而不作證佛告善現諸菩薩摩訶薩觀法空時先作是念我應觀法諸相皆空不應作證我爲學故觀諸法空不爲證故觀諸法空今是學時非爲證時善現是菩薩摩訶薩未入定位繫心於所緣已入定時不繫心於境善現是菩薩摩訶薩於如是時不退布施波羅蜜多不證漏盡乃至不退般若波羅蜜多不證漏盡不退內空不證漏盡乃至不退無性自性空不證漏盡不退眞如不證漏盡乃至不退不思議界不證漏盡不退苦聖諦不證漏盡不退集滅道聖諦不證漏盡不退四靜慮不證漏盡不退四無量四無色定不證漏盡不退八解脫不證漏盡不退八勝處九次第定十遍處不證漏盡不退四念住不證漏盡乃至不退八聖道支不證漏盡不退空解脫門不證漏盡不退無相無願解脫門不證漏盡不退三乘菩薩十地不證漏盡不退陀羅尼門三摩地門不證漏盡不退五眼六神

通不證漏盡不退佛十力不證漏盡乃至不退十八佛不共法不證漏盡不退相好不證漏盡不退無忘失法恒住捨性不證漏盡不退一切智道相智一切相智不證漏盡不退菩薩摩訶薩行不證漏盡不退無上正等菩提不證漏盡何以故善現是菩薩摩訶薩成就如是微妙大智善住法空及一切種菩提分法常作是念今時應學不應作證善現是菩薩摩訶薩行深般若波羅蜜多恒作是念我於布施乃至般若波羅蜜多今時應學不應作證我於內空乃至無性自性空今時應學不應作證我於眞如乃至不思議界今時應學不應作證我於苦集滅道聖諦今時應學不應作證我於四靜慮四無量四無色定今時應學不應作證我於八解脫乃至十遍處今時應學不應作證我於四念住乃至八聖道支今時應學不應作證我於空無相無願解脫門今時應學不應作證我於三乘菩薩十地今時應學不應作證我於陀羅尼門三摩地門今時應學不應作證我於五眼六神通今時應學不應作證我於佛十力乃至十八佛不共法今時應學不應作證我於相好今時應學不應作證我於無忘失法恒住捨性今時應學不應作證我於一切智道相智一切相智今時應學不應作證我於一切菩薩摩訶薩行今時應學不應作證我於諸佛無上正等菩提今時應學不應作證我今爲學一切智智應學預流果乃至獨覺菩提皆令善巧不應作證善現是菩薩摩訶薩行深般若波羅蜜多應習近空應安住空應修

行空三摩地而於實際不應作證應習近無相應安住無相應修行無相三摩地而於實際不應作證應習近無願應安住無願應修行無願三摩地而於實際不應作證應習近四念住應安住四念住應修行四念住而於實際不應作證應習近四正斷乃至八聖道支應安住四正斷乃至八聖道支應修行四正斷乃至八聖道支而於實際不應作證如是乃至應習近佛十力應發趣佛十力應修行佛十力而於實際不應作證應習近四無所畏乃至十八佛不共法應發趣四無所畏乃至十八佛不共法應修行四無所畏乃至十八佛不共法而於實際不應作證善現是菩薩摩訶薩雖習近空無相無願亦安住空無相無願亦修行空無相無願三摩地而不證預流果乃至不證獨覺菩提雖習近四念住乃至八聖道支亦安住四念住乃至八聖道支亦修行四念住乃至八聖道支而不證預流果乃至不證獨覺菩提由此因緣不墮聲聞及獨覺地疾證無上正等菩提善現如有壯士形貌端嚴威猛勇健見者歡喜具勝圓滿清淨眷屬於諸兵法學至究竟善持器仗安固不動六十四能十八明處一切技術無不善巧衆人欽仰悉皆敬伏善事業故功少利多由此諸人供養恭敬尊重讚歎無時暫捨彼於爾時倍增喜躍對諸眷屬而自慶慰有因緣故將其父母妻子眷屬發趣他方中路經過險難曠野其間多有惡獸劫賊怨家潛伏諸怖畏事眷屬小大無不驚惶其人自恃多諸技術威猛勇健身意泰然安慰父

母并諸眷屬勿有憂懼必令無苦彼人於是以善巧術將諸眷屬至安隱處旣免危難歡娛受樂然彼壯士於曠野中惡獸怨賊無加害意所以者何自恃威猛具諸技術無所畏故善現當知諸菩薩摩訶薩亦復如是愍生死苦諸有情類發趣無上正等菩提普緣有情發四無量住四無量俱行之心勇猛修習布施淨戒安忍精進靜慮般若波羅蜜多令速圓滿是菩薩摩訶薩於此六種波羅蜜多未圓滿位爲欲修學一切智智不證漏盡雖住空無相無願解脫門然不隨其勢力而轉亦不爲彼障所引奪於解脫門亦不作證由不證故不墮聲聞及獨覺地必趣無上正等菩提善現如堅翅鳥飛騰虛空自在翱翔久不墮落雖依空戲而不據空亦不爲空之所拘礙善現當知諸菩薩摩訶薩亦復如是雖於空無相無願解脫門數數習近安住修行而於其中能不作證由不證故不墮聲聞及獨覺地修佛十力四無所畏四無礙解大慈大悲大喜大捨十八佛不共法無忘失法恒住捨性陀羅尼門三摩地門一切智道相智一切相智及餘無量無邊佛法若未圓滿終不依空無相無願三三摩地而證漏盡善現如有壯夫善閑射術欲顯已技仰射虛空爲令空中箭不墮地復以後箭射前箭括如是展轉經於多時箭箭相承不令其墮若欲令墮便止後箭爾時諸箭方頓墮落善現當知諸菩薩摩訶薩亦復如是行深般若波羅蜜多方便善巧所攝受故乃至無上正等菩提因行善根未皆成熟終不中道證於實際若

時無上正等菩提因行善根一切成熟爾時菩薩方證實際便得無上正等菩提是故善現諸菩薩摩訶薩行深般若波羅蜜多皆應如是審諦觀察如先所說諸法實相爾時具壽善現白佛言世尊諸菩薩摩訶薩甚爲希有能爲難事雖學諸法眞如法界法性實際雖學諸法皆畢竟空乃至自相空雖學苦集滅道聖諦雖學四念住乃至八聖道支雖學空無相無願解脫門而於中道不墮聲聞及獨覺地退失無上正等菩提佛告善現諸菩薩摩訶薩於諸有情誓不捨故謂作是願若諸有情未得解脫我終不捨所起加行善現諸菩薩摩訶薩願力殊勝常作是念一切有情若未解脫我終不捨由起如是廣大心故於其中道必不退落善現諸菩薩摩訶薩恒作是念我不應捨一切有情必令解脫然諸有情行不正法我爲度彼應數引發寂靜空無相無願解脫門雖數引發而不取證善現是菩薩摩訶薩成就善巧方便力故雖數現起三解脫門而於中間不證實際乃至未得一切智智要得無上正等菩提方乃取證復次善現諸菩薩摩訶薩於甚深處常樂觀察謂樂觀察內空外空內外空空空大空勝義空有爲空無爲空畢竟空無際空散無散空本性空自共相空一切法空不可得空無性空自性空無性自性空亦樂觀察四念住四正斷四神足五根五力七等覺支八聖道支及空無相無願解脫門等皆自相空善現是菩薩摩訶薩作此觀已生如是念諸有情類由惡友力於長夜中起我想執有情想執乃

至知者見者想執由此想執行有所得輪迴生死受種種苦爲斷有情如是想執應趣無上正等菩提爲諸有情說深妙法令斷想執離生死苦善現是菩薩摩訶薩爾時雖學空解脫門而不依此證於實際雖學無相無願解脫門而不依此證於實際以於實際不取證故不墮預流一來不還阿羅漢果亦復不墮獨覺菩提善現是菩薩摩訶薩由如是念行深般若波羅蜜多成就善根不證實際雖於實際未即作證而不退失四靜慮四無量四無色定亦不退失四念住四正斷四神足五根五力七等覺支八聖道支亦不退失八解脫八勝處九次第定十遍處亦不退失空無相無願解脫門亦不退失內空乃至無性自性空亦不退失眞如乃至不思議界亦不退失苦集滅道聖諦亦不退失布施波羅蜜多乃至般若波羅蜜多亦不退失陀羅尼門三摩地門亦不退失五眼六神通亦不退失如來十力乃至十八佛不共法亦不退失無忘失法恒住捨性亦不退失一切智道相智一切相智亦不退失諸餘無量無邊佛法善現是菩薩摩訶薩爾時成就一切菩提分法乃至證得無上正等菩提於諸功德終不衰滅善現是菩薩摩訶薩行深般若波羅蜜多方便善巧所攝受故於念念中白法增益諸根猛利超過一切聲聞獨覺復次善現若菩薩摩訶薩常作是念諸有情類於長夜中爲諸惡友所攝受故其心常行三四顛倒謂常想倒心倒見倒若樂想倒心倒見倒若我想倒心倒見倒若淨想倒心倒見倒我爲如是

諸有情故應趣無上正等菩提修諸菩薩摩訶薩行證得無上正等覺時爲諸有情說無倒法謂說生死無常無樂無我無淨唯有涅槃微妙寂靜具足種種常樂我淨眞實功德善現是菩薩摩訶薩成就此念行深般若波羅蜜多方便善巧所攝受故於佛十力四無所畏四無礙解大慈大悲大喜大捨十八佛不共法及餘無量無邊佛法若未圓滿終不證入如來勝定善現是菩薩摩訶薩爾時雖學空無相無願解脫門入出自在而於實際未即作證乃至無上正等菩提因行功德未善圓滿不證實際及餘功德若得無上正等覺時乃可證得此實際等善現是菩薩摩訶薩爾時雖於諸餘功德修未圓滿而於無願三摩地門修已圓滿復次善現若菩薩摩訶薩常作是念諸有情類於長夜中爲諸惡友所攝受故行有所得謂執有我或執有情乃至執有知者見者或執有色受想行識或執有眼處乃至意處或執有色處乃至法處或執有眼界乃至意界或執有色界乃至法界或執有眼識界乃至意識界或執有眼觸乃至意觸或執有眼觸爲緣所生諸受乃至意觸爲緣所生諸受或執有地界乃至識界或執有無明乃至老死或執有十善業道或執有四靜慮或執有四無量或執有四無色定或執有四攝事我爲如是諸有情故應趣無上正等菩提修諸菩薩摩訶薩行證得無上正等覺時令諸有情永斷如是有所得執善現是菩薩摩訶薩成就此念行深般若波羅蜜多方便善巧所攝受故於佛十力四無所

畏四無礙解大慈大悲大喜大捨十八佛不共法及餘無量無邊佛法若未圓滿終不證入如來勝定善現是菩薩摩訶薩爾時雖學空無相無願解脱門入出自在而於實際未即作證乃至無上正等菩提因行功德未善圓滿不證實際及餘功德若得無上正等覺時乃可證得此實際等善現是菩薩摩訶薩爾時雖於諸餘功德修未圓滿而但於空三摩地門修已圓滿復次善現若菩薩摩訶薩常作是念諸有情類於長夜中爲諸惡友所攝受故常行諸相謂執男相或執女相或執色相或執聲相或執香相或執味相或執觸相或執法相或復於中執諸餘相我爲如是諸有情類應趣無上正等菩提修諸菩薩摩訶薩行證得無上正等覺時令諸有情永斷如是諸相執著善現是菩薩摩訶薩成就此念行深般若波羅蜜多方便善巧所攝受故於佛十力四無所畏四無礙解大慈大悲大喜大捨十八佛不共法及餘無量無邊佛法若未圓滿終不證入如來勝定善現是菩薩摩訶薩爾時雖學空無相無願解脱門入出自在而於實際未即作證乃至無上正等菩提因行功德未善圓滿不證實際及餘功德若得無上正等覺時乃可證得此實際等善現是菩薩摩訶薩爾時雖於諸餘功德修未圓滿而於無相三摩地門修已圓滿復次善現若菩薩摩訶薩已善修學布施波羅蜜多乃至般若波羅蜜多已善安住内空乃至無性自性空已善安住眞如乃至不思議界已善安住苦集滅道聖諦已善修學四念住乃

至八聖道支已善修學空無相無願解脫門已善修學四靜慮四無量四無色定已善修學八解脫八勝處九次第定十遍處已善修學所行十地已善修學陀羅尼門三摩地門已善修學五眼六神通已善修學如來十力乃至十八佛不共法已善修學無忘失法恒住捨性已善修學一切智道相智一切相智已善修學一切菩薩摩訶薩行已善修學諸佛無上正等菩提善現是菩薩摩訶薩成就如是功德智慧若於生死發起樂想或說有樂或於三界安住執著必無是處復次善現若菩薩摩訶薩已善修行菩提分法一切如來應正等覺及諸菩薩摩訶薩衆法應試問若菩薩摩訶薩欲證無上正等菩提云何修學菩提分法而不證空無相無願無生無滅無作無為無性實際由不證故不得預流一來不還阿羅漢果獨覺菩提而勤修學甚深般若波羅蜜多常無所執善現是菩薩摩訶薩得此問時若作是答諸菩薩摩訶薩欲證無上正等菩提但應思惟空無相無願無生無滅無作無為無性實際及餘一切菩提分法不應修學善現當知是菩薩摩訶薩未蒙如來應正等覺授與無上正等菩提不退轉記何以故善現是菩薩摩訶薩未能開示記別顯了住不退轉地菩薩摩訶薩修學法相善現是菩薩摩訶薩得此問時若作是答諸菩薩摩訶薩欲證無上正等菩提應正思惟空無相無願無生無滅無作無為無性實際及餘一切菩提分法亦應方便如先所說善巧修學而不作證善現當知是菩薩摩訶薩

已蒙如來應正等覺授與無上正等菩提不退轉記何以故善現是菩薩摩訶薩已能開示記别顯了住不退轉地菩薩摩訶薩修學法相善現若菩薩摩訶薩未能開示記别顯了住不退轉地菩薩摩訶薩修學法相當知是菩薩摩訶薩未善修學六波羅蜜多及餘一切菩提分法未入薄地未如其餘住不退轉地菩薩摩訶薩開示記别顯了安住不退轉相善現若菩薩摩訶薩已能開示記别顯了住不退轉地菩薩摩訶薩修學法相當知是菩薩摩訶薩已善修學六波羅蜜多及餘一切菩提分法已入薄地已如其餘住不退轉地菩薩摩訶薩開示記别顯了安住不退轉相爾時善現白言世尊頗有未得不退轉菩薩摩訶薩能作如是如實答不佛告善現有菩薩摩訶薩雖未得不退轉而能於此作如實答善現是菩薩摩訶薩雖未得不退轉而能修學六波羅蜜多及餘一切菩提分法已得成熟覺慧猛利若聞不聞能如實答如不退轉地菩薩摩訶薩爾時善現復白佛言多有菩薩摩訶薩修行無上正等菩提少有能如實答如不退轉地菩薩摩訶薩已善修習地未善修習地而安住故佛告善現如是如是如汝所說何以故善現少有菩薩摩訶薩得受如是不退轉地微妙慧記若有得受如是記者皆能於此作如實答善現若能於此如實答者當知是菩薩摩訶薩善根明利智慧深廣世間天人阿素洛等不能引奪

第二分增上慢品第六十之一

爾時佛告具壽善現若菩薩摩訶薩乃至夢

中亦不愛樂稱讚聲聞及獨覺地於三界法亦不起心愛樂稱讚常觀諸法如夢如響如像如幻如陽焰如光影如變化事如尋香城雖如是觀察而不證實際當知是菩薩有不退轉相復次善現若菩薩摩訶薩夢見如來應正等覺有無數量百千俱胝那庾多衆恭敬圍遶而爲說法旣聞法已善解義趣解義趣已精進修行法隨法行及和敬行并隨法行當知是菩薩有不退轉相復次善現若菩薩摩訶薩夢見如來應正等覺具三十二大丈夫相八十隨好圓滿莊嚴常光一尋周帀照耀與無量衆騰涌虛空現大神通說正法要化作化事令往他方無邊佛土施作佛事當知是菩薩有不退轉相復次善現若菩薩摩訶薩夢見狂賊破壞村城或見火起焚燒聚落或見師子虎狼猛獸毒蛇惡蝎欲來害身或見怨家欲斬其首或見父母兄弟姊妹妻子親友臨當命終或見自身寒熱飢渴及餘苦事之所逼惱見如是等可怖畏事不驚不懼亦不憂惱從夢覺已即能思惟三界非眞皆如夢見我證無上正等覺時當爲有情說三界法一切虛妄皆如夢境令諸有情不生執著當知是菩薩有不退轉相復次善現若菩薩摩訶薩乃至夢中見有地獄傍生鬼界諸有情類便作是念我當精勤修菩薩行速趣無上正等菩提我佛土中無有地獄傍生鬼界惡趣之名從夢覺已亦作是念善現當知是菩薩摩訶薩當作佛時彼佛土中定無惡趣所以者何若夢若覺諸法無二無二分故當知是菩薩有不退轉相復次善現若

菩薩摩訶薩夢中見火燒地獄等諸有情類或復見燒城邑聚落便發誓願若我已受不退轉記當得無上正等菩提願此大火即時頓滅變爲清涼若此菩薩作是願已夢中見火即時頓滅當知已得不退轉記若此菩薩作是願已夢中見火不即頓滅當知未得不退轉記復次善現若菩薩摩訶薩覺時現見大火卒起燒諸城邑或燒聚落便作是念我在夢中或在覺位曾見自有不退轉相未審虛實若我所見是實有者願此大火即時頓滅變爲清涼若此菩薩作是誓願發誠諦言爾時大火即爲頓滅當知已得不退轉記若此菩薩作是誓願發誠諦言火不頓滅當知未得不退轉記復次善現若菩薩摩訶薩覺時見火燒諸城邑或燒聚落便作是念我在夢中或在覺位曾見自有不退轉相若我所見定是實有必獲無上正等菩提願此大火即時頓滅變爲清涼是菩薩摩訶薩發此誓願誠諦言已爾時大火不爲頓滅然燒一家越置一家復燒一家或燒一巷越置一巷復燒一巷如是展轉其火乃滅是菩薩摩訶薩應自了知決定已得不退轉記然被燒者由彼有情造作增長壞正法業彼由此業先墮惡趣無量劫中受正苦果今生人趣受彼餘殃或由此業當墮惡趣經無量劫受正苦果今在人趣先現少殃復次善現依前所說種種因緣知是不退轉菩薩摩訶薩復有成就餘行狀相知是不退轉菩薩摩訶薩吾當爲汝分別解說汝應諦聽極善思惟善現對曰惟願爲說佛言善現若菩薩摩訶薩見有男

子或有女人現爲非人之所魅著受諸苦惱不能遠離便作是念若諸如來應正等覺知我已得清淨意樂授我無上正等菩提不退轉記若我久發清淨作意求證無上正等菩提遠離聲聞獨覺作意不以聲聞獨覺作意求證無上正等菩提若我當來必得無上正等菩提窮未來際利益安樂諸有情類若十方界現在實有無量如來應正等覺說微妙法利樂有情彼諸如來應正等覺無所不見無所不知無所不解無所不證現知見覺一切有情意樂差別願垂照察我心所念及誠諦言若我實能修菩薩行必獲無上正等菩提濟拔有情生死苦者願是男子或此女人不爲非人之所擾惱彼隨我語即當捨去是菩薩摩訶薩作此語時若彼非人不爲去者當知未得不退轉記是菩薩摩訶薩作此語時若彼非人即爲去者當知已得不退轉記

復次善現有菩薩摩訶薩未善修學布施波羅蜜多乃至般若波羅蜜多未善安住內空乃至無性自性空未善安住眞如乃至不思議界未善安住苦集滅道聖諦未善修學四念住乃至八聖道支未善修學四靜慮四無量四無色定未善修學八解脫八勝處九次第定十遍處未善修學空無相無願解脫門未善修學陀羅尼門三摩地門未入菩薩正性離生未具修習一切佛法遠離菩薩方便善巧未免惡魔之所擾亂於諸魔事未能覺知不自度量善根多少學諸菩薩發誠諦言便爲惡魔之所誑惑是菩薩摩訶薩見有男子或有女人現爲非人之所魅著受諸苦惱

不能遠離即便輕爾發誠諦言我若已從過去諸佛受得無上正等菩提不退轉記令是男子或此女人不爲非人之所擾惱彼隨我語速當捨去是菩薩摩訶薩作此語已爾時惡魔爲誑惑故即便驅逼非人令去所以者何惡魔勢力勝彼非人是故非人受魔教勑即便捨去是菩薩摩訶薩見此事已歡喜踊躍作是念言非人今去是吾威力所以者何非人隨我所發誓願即便放此男子女人無別緣故是菩薩摩訶薩不能覺知惡魔所作謂是已力妄生歡喜恃此輕弄諸餘菩薩言我已從過去諸佛受得無上正等菩提不退轉記所發誓願皆不唐捐汝等未蒙諸佛授記不應學我發誠諦言設有要期必空無果是菩薩摩訶薩輕弄呰毀諸菩薩故妄恃少能於諸功德生長多種增上慢故遠離無上正等菩提不能證得一切智智是菩薩摩訶薩以無善巧方便力故生長多品增上慢故輕懱毀呰諸菩薩故雖勤精進而墮聲聞或獨覺地是菩薩摩訶薩薄福德故所作善業發誠諦言皆起魔事是菩薩摩訶薩不能親近供養恭敬尊重讚歎諸善知識不能請問得不退轉諸菩薩相不能諮受諸惡魔軍所作事業由斯魔縛轉復堅牢所以者何是菩薩摩訶薩未久修行布施淨戒安忍精進靜慮般若波羅蜜多乃至遠離方便善巧故爲惡魔之所誑惑是故善現諸菩薩摩訶薩應善覺知諸惡魔事不應妄起增上慢心退失所求無上佛果

大般若波羅蜜多經卷第四百五十二

音釋

數數音朔屢也頻也陀羅尼梵語也此云總持謂持善不失持惡不生三摩地梵語也亦云三摩鉢地此云等持謂離沉掉曰等心住一境性曰持

大般若波羅蜜多經卷第四百五十三

唐三藏法師玄奘奉詔譯

第二分增上慢品第六十之二

復次善現云何菩薩摩訶薩未久修行布施淨戒安忍精進靜慮般若波羅蜜多乃至遠離方便善巧故爲惡魔之所誑惑勸諸菩薩應善覺知謂有惡魔爲誑惑故方便化作種種形像來至菩薩摩訶薩前作如是言咄哉男子汝自知不過去諸佛已曾授汝大菩提記汝於無上正等菩提決定當得不復退轉汝身父母兄弟姊妹親友眷屬乃至七世名字差別我悉善知汝身生在某方某國某城某邑某聚落中汝在某年某月某日某時某宿相王中生如是惡魔若見菩薩禀性柔輭諸根昧鈍便詐記言汝於先世所禀根性已曾如是若見菩薩禀性剛强諸根明利便詐記言汝於先世所禀根性亦曾如是若見菩薩居阿練若或常乞食或一受食或一坐食或一鉢食或居塚間或居露地或居樹下或糞掃衣或但三衣或常坐不卧或如舊敷具或少欲或喜足或樂遠離或具正念或樂寂定或具妙慧或不重利養或不貴名譽或好麤儉不塗其足或少睡眠或離掉舉或樂輭語或好少言如是惡魔見此菩薩差別行已便詐記言汝於先世亦曾如是所以者何汝今成就如是如是差别功德世間同見先世定應亦有如是種種功德應深慶慰無得自輕是菩薩摩訶薩聞彼惡魔說其過去當來功德及說現在親友自身名等差别兼讚種種殊勝善根歡喜踊躍生增上慢凌懱毁罵

諸餘菩薩爾時惡魔知其闇鈍起增上慢凌懱他人復告之言汝定成就殊勝功德過去如來應正等覺已授汝記汝於無上正等菩提定當證得不復退轉已有如是瑞相現前是時惡魔爲嬈彼故或矯化作苾芻形像或矯化作居士形像或矯化作父母親友人非人等形像現前高聲唱言善哉大士乃能成就如是功德過去諸佛久已授汝大菩提記汝於無上正等菩提已不退轉所以者何諸不退轉地菩薩摩訶薩勝功德相汝皆具有應自尊重勿生疑惑時此菩薩聞彼語已增上慢心轉復堅固善現如我所説實得不退轉菩薩摩訶薩諸行狀相是菩薩摩訶薩實皆非有善現當知是菩薩摩訶薩魔所執持爲魔所嬈不得自在所以者何是菩薩摩訶薩於得不退轉菩薩摩訶薩諸行狀相實皆未有但聞惡魔矯説其德及名字等生增上慢凌懱毀罵諸餘菩薩是故善現若菩薩摩訶薩欲證無上正等菩提應善覺知諸惡魔事勿爲欺誑生憍慢心復次善現有菩薩摩訶薩魔所執持爲魔所嬈但聞虛名而生憍慢所以者何是菩薩摩訶薩先未修學布施波羅蜜多乃至般若波羅蜜多先未安住內空乃至無性自性空先未安住眞如乃至不思議界先未安住苦集滅道聖諦先未修學四念住乃至八聖道支先未修學四靜慮四無量四無色定先未修學八解脱乃至十遍處先未修學空無相無願解脱門先未修學極喜地乃至法雲地先未修學陀羅尼門三摩地門先未修學五眼六神通先未修學如

來十力乃至十八佛不共法先未修學無忘失法恒住捨性先未修學一切智道相智一切相智先未修學一切菩薩摩訶薩行諸佛無上正等菩提由是因緣令魔得便是菩薩摩訶薩不能了知四魔行相由此因緣令魔得便是菩薩摩訶薩不了知色受想行識不了知眼處乃至意處不了知色處乃至法處不了知眼界乃至意界不了知色界乃至法界不了知眼識界乃至意識界不了知眼觸乃至意觸不了知眼觸爲緣所生諸受乃至意觸爲緣所生諸受不了知地界乃至識界不了知無明乃至老死不了知布施波羅蜜多乃至般若波羅蜜多不了知內空乃至無性自性空不了知眞如乃至不思議界不了知苦集滅道聖諦不了知四念住乃至八聖

道支不了知四靜慮四無量四無色定不了知八解脫乃至十遍處不了知空無相無願解脫門不了知極喜地乃至法雲地不了知陀羅尼門三摩地門不了知五眼六神通不了知如來十力乃至十八佛不共法不了知無忘失法恒住捨性不了知預流果乃至獨覺菩提不了知一切智道相智一切相智亦不了知有情諸法名字實相所謂無相由此因緣令魔得便方便化作種種形像語此菩薩摩訶薩言汝所修行願行已滿當證無上正等菩提汝成佛時當得如是殊勝功德尊貴名號謂彼惡魔知此菩薩長夜思願我成佛時當得如是功德名號隨其思願而記說之時此菩薩遠離般若波羅蜜多無方便善巧故聞魔記說作是念言奇哉此人爲我記

說當得成佛功德名號與我長夜思願相應由此故知過去諸佛必已授我大菩提記我於無上正等菩提決定當得不復退轉我成佛時必定當得如是功德尊重名號是菩薩摩訶薩如是惡魔或魔眷屬或魔所使諸沙門等記說當來成佛名號如是如是憍慢轉增我於未來定當作佛獲得如是功德名號諸餘菩薩無與我等善現當知如我所說已得不退轉菩薩摩訶薩諸行狀相此菩薩摩訶薩皆未成就但聞魔說成佛虛名便生憍慢輕弄毀懱諸餘菩薩摩訶薩衆善現當知是菩薩摩訶薩由起憍慢輕弄毀懱諸餘菩薩摩訶薩故遠離無上正等菩提善現當知是菩薩摩訶薩遠離般若波羅蜜多無方便善巧故棄善友故常爲惡友所攝受故當墮聲聞或獨覺地善現當知是菩薩摩訶薩或有此身還得正念至心悔過捨憍慢心數數親近眞勝善友彼雖流轉生死多時而後還依甚深般若波羅蜜多方便善巧漸次修學當證無上正等菩提善現當知是菩薩摩訶薩若有此身不得正念不能悔過不捨慢心不樂親近眞勝善友彼定流轉生死多時後雖精進修諸善業而墮聲聞或獨覺地譬如苾芻求聲聞者於四重罪若隨犯一便非沙門非釋迦子彼於現在定不能得四沙門果妄執虛名菩薩亦爾但聞魔說成佛空名便起慢心輕弄毀懱諸餘菩薩摩訶薩衆當知此罪過彼苾芻所起四重無量倍數置彼苾芻所犯四重此菩薩罪過五無間亦無量倍所以者何是菩薩摩訶薩實不成就殊勝功

德聞惡魔説成佛虛名便自憍慢輕餘菩薩是故此罪過五無間由此當知若菩薩摩訶薩欲證無上正等菩提應善覺知如是記説虛名號等微細魔事勤求無上正等菩提復次善現有菩薩摩訶薩修遠離行謂隱山林空澤曠野居阿練若宴坐思惟時有惡魔來至其所恭敬讚歎謂作是言善哉大士能修如是眞遠離行此遠離行一切如來應正等覺共所稱讚天帝釋等諸天神仙皆共守護供養尊重應常住此勿往餘處善現當知我不讚歎諸菩薩摩訶薩居阿練若曠野山林宴坐思惟修遠離行具壽善現白言世尊諸菩薩摩訶薩應修何等餘遠離行而佛不讚居阿練若曠野山林棄勝臥具思惟宴坐遠離功德佛告善現諸菩薩摩訶薩若居山林空澤曠野阿練若處若住城邑聚落王都喧雜之處但能遠離煩惱惡業及諸聲聞獨覺作意勤修般若波羅蜜多及修諸餘殊勝功德是名菩薩眞遠離行此遠離行一切如來應正等覺共所稱讚諸佛世尊共所開許諸菩薩衆常應修學若晝若夜應正思惟精進修行此遠離法是名菩薩修遠離行此遠離行不雜聲聞獨覺作意不雜一切煩惱惡業離諸喧雜畢竟清淨令諸菩薩速證無上正等菩提利樂有情常無斷盡惡魔所讚隱於山林空澤曠野阿練若處棄勝臥具宴坐思惟非諸菩薩眞遠離行所以者何彼遠離行猶有喧雜謂彼或雜惡業煩惱或雜聲聞獨覺作意於深般若波羅蜜多不能精勤信受修學不能圓滿一切智智善現當知有菩薩

摩訶薩雖樂修行魔所稱讃遠離行法而起
憍慢不清淨心輕懱毀呰諸餘菩薩摩訶薩
衆謂有菩薩摩訶薩衆雖居城邑聚落王都
而心清淨不雜種種煩惱惡業及諸聲聞獨
覺作意精勤修學布施波羅蜜多乃至般若
波羅蜜多精勤安住內空乃至無性自性空
精勤安住眞如乃至不思議界精勤安住苦
集滅道聖諦精勤修學四念住乃至八聖道
支精勤修學四靜慮四無量四無色定五神
通等世間功德精勤修學空無相無願解脫
門精勤修學菩薩十地精勤修學陀羅尼門
三摩地門精勤修學五眼六神通精勤修學
八解脫乃至十遍處精勤修學如來十力乃
至十八佛不共法精勤修學無忘失法恒住
捨性精勤修學一切智道相智一切相智嚴

淨佛土成熟有情雖居憒閙而心寂靜恒勤
修習眞遠離行彼於如是眞淨菩薩摩訶薩
衆心常慠慢輕弄毀呰誹謗淩懱善現當知
是菩薩摩訶薩遠離般若波羅蜜多無方便
善巧故雖居曠野百踰繕那其中絕無諸惡
禽獸蛇蝎盜賊唯有鬼神邏刹娑等遊止其
中彼住如是阿練若處設經一年或五或十
或復乃至百千俱胝若過是數修遠離行而
不了知眞遠離行謂諸菩薩摩訶薩衆雖居
憒閙而心寂靜遠離種種煩惱惡業及諸聲
聞獨覺作意發趣無上正等菩提善現當知
是諸菩薩雖居曠野經歷多時而雜聲聞獨
覺作意於彼二地深生樂著依二地法修遠
離行復於此行深生躭染善現當知彼雖如
是修遠離行而不稱順諸如來心善現當知

我所稱讚諸菩薩摩訶薩眞遠離行是菩薩摩訶薩都不成就彼於眞勝遠離行中亦不見有相似行相所以者何彼於菩薩眞遠離行不生愛樂但樂勤修聲聞獨覺空遠離行善現當知是諸菩薩修不眞勝遠離行時魔來空中歡喜讚歎告言大士善哉善哉汝能勤修眞遠離行此遠離行一切如來應正等覺共所稱讚汝於此行精勤修學速能證得一切智智善現當知是諸菩薩樂著如是二乘所修遠離行法輕弄毀懱住菩薩乘雖居憒閙而心寂靜諸苾芻等言彼不能修遠離行身居憒閙心不寂靜無調善法善現當知是諸菩薩於佛所讚住眞遠離行菩薩摩訶薩輕懱毀呰謂居憒閙心不寂靜不能勤修眞遠離行於諸如來應正等覺所不稱讚住

眞喧雜行菩薩摩訶薩尊重讚歎謂不喧雜其心寂靜能正修行眞遠離行善現當知是諸菩薩於應親近恭敬供養如諸佛者而不親近恭敬供養反生輕毀於應遠離不應親近恭敬供養如惡友者而反親近恭敬供養如事諸佛善現當知是諸菩薩遠離般若波羅蜜多無方便善巧故妄生種種分別執著所以者何彼作是念我所修學是眞遠離故爲非人稱歎護念居城邑者身心擾亂誰當護念恭敬讚美是諸菩薩由此因緣心多憍慢輕懱毀呰諸餘菩薩摩訶薩衆煩惱惡業晝夜增長善現當知是諸菩薩於餘菩薩摩訶薩衆爲旃荼羅染汙菩薩摩訶薩衆雖如菩薩摩訶薩相而是天上人中大賊誑惑天人阿素洛等其身雖服沙門法衣而心常懷

盜賊意樂諸有發趣菩薩乘者不應親近恭敬供養尊重讚歎如是惡人何以故當知是人懷增上慢外似菩薩内多煩惱是故善現若菩薩摩訶薩真實不捨一切智智不捨無上正等菩提深心欲求一切智智欲證無上正等菩提普爲利樂諸有情者不應親近恭敬供養尊重讚歎如是惡人善現當知諸菩薩摩訶薩應常精進修自事業遠離生死不著三界於彼惡賊旃荼羅人常應發生慈悲喜捨應作是念我不應起如彼惡人所起過患設當失念如彼暫起即應覺知令速除滅是故菩薩摩訶薩衆欲證無上正等菩提當善覺知諸惡魔事應勤精進遠離除滅如彼菩薩所起過患勤求無上正等菩提復次善現若菩薩摩訶薩增上作意欲證無上正等菩提應常親近恭敬供養尊重讚歎真善知識爾時善現即白佛言何等名爲諸菩薩摩訶薩真善知識佛告善現一切如來應正等覺是諸菩薩真善知識一切菩薩摩訶薩衆亦是菩薩真善知識諸有聲聞及餘善士能爲菩薩摩訶薩衆宣説開示分別顯了布施淨戒安忍精進靜慮般若波羅蜜多相應義趣令易解者亦是菩薩真善知識復次善現布施波羅蜜多乃至般若波羅蜜多是諸菩薩真善知識四念住乃至八聖道支亦是菩薩真善知識四靜慮四無量四無色定亦是菩薩真善知識八解脱乃至十遍處亦是菩薩真善知識空無相無願解脱門亦是菩薩真善知識極喜地乃至法雲地亦是菩薩真善知識陀羅尼門三摩地門亦是菩薩真善

知識五眼六神通亦是菩薩真善知識如來十力乃至十八佛不共法亦是菩薩真善知識無忘失法恒住捨性亦是菩薩真善知識一切智道相智一切相智亦是菩薩真善知識一切菩薩摩訶薩行亦是菩薩真善知識諸佛無上正等菩提亦是菩薩真善知識永斷一切習氣相續亦是菩薩真善知識復次善現苦集滅道聖諦是諸菩薩真善知識諸法緣性亦是菩薩真善知識諸緣起支亦是菩薩真善知識內空乃至無性自性空亦是菩薩真善知識真如乃至不思議界亦是菩薩真善知識復次善現布施波羅蜜多乃至般若波羅蜜多與諸菩薩摩訶薩衆爲師爲導爲明爲炬爲燈爲照爲解爲覺爲智爲慧爲救爲護爲舍爲宅爲洲爲渚爲歸爲趣爲父爲母四念住乃至八聖道支亦與菩薩摩訶薩衆爲師爲導爲明爲炬爲燈爲照爲解爲覺爲智爲慧爲救爲護爲舍爲宅爲洲爲渚爲歸爲趣爲父爲母四靜慮四無量四無色定亦與菩薩摩訶薩衆爲師爲導爲明爲炬爲燈爲照爲解爲覺爲智爲慧爲救爲護爲舍爲宅爲洲爲渚爲歸爲趣爲父爲母八解脫乃至十遍處亦與菩薩摩訶薩衆爲師爲導爲明爲炬爲燈爲照爲解爲覺爲智爲慧爲救爲護爲舍爲宅爲洲爲渚爲歸爲趣爲父爲母空無相無願解脫門亦與菩薩摩訶薩衆爲師爲導爲明爲炬爲燈爲照爲解爲覺爲智爲慧爲救爲護爲舍爲宅爲洲爲渚爲歸爲趣爲父爲母極喜地乃至法雲地亦與菩薩摩訶薩衆爲師爲導爲明爲炬爲

燈爲照爲解爲覺爲智爲慧爲救爲護爲舍爲宅爲洲爲渚爲歸爲趣爲父爲母陀羅尼門三摩地門亦與菩薩摩訶薩衆爲師爲導爲明爲炬爲燈爲照爲解爲覺爲智爲慧爲救爲護爲舍爲宅爲洲爲渚爲歸爲趣爲父爲母五眼六神通亦與菩薩摩訶薩衆爲師爲導爲明爲炬爲燈爲照爲解爲覺爲智爲慧爲救爲護爲舍爲宅爲洲爲渚爲歸爲趣爲父爲母如來十力乃至十八佛不共法亦與菩薩摩訶薩衆爲師爲導爲明爲炬爲燈爲照爲解爲覺爲智爲慧爲救爲護爲舍爲宅爲洲爲渚爲歸爲趣爲父爲母無忘失法恒住捨性亦與菩薩摩訶薩衆爲師爲導爲明爲炬爲燈爲照爲解爲覺爲智爲慧爲救爲護爲舍爲宅爲洲爲渚爲歸爲趣爲父爲母一切智道相智一切相智亦與菩薩摩訶薩衆爲師爲導爲明爲炬爲燈爲照爲解爲覺爲智爲慧爲救爲護爲舍爲宅爲洲爲渚爲歸爲趣爲父爲母一切菩薩摩訶薩行亦與菩薩摩訶薩衆爲師爲導爲明爲炬爲燈爲照爲解爲覺爲智爲慧爲救爲護爲舍爲宅爲洲爲渚爲歸爲趣爲父爲母諸佛無上正等菩提亦與菩薩摩訶薩衆爲師爲導爲明爲炬爲燈爲照爲解爲覺爲智爲慧爲救爲護爲舍爲宅爲洲爲渚爲歸爲趣爲父爲母永斷一切習氣相續亦與菩薩摩訶薩衆爲師爲導爲明爲炬爲燈爲照爲解爲覺爲智爲慧爲救爲護爲舍爲宅爲洲爲渚爲歸爲趣爲父爲母復次善現苦集滅道聖諦與諸菩薩摩訶薩衆爲師爲導爲明爲炬爲燈

爲照爲解爲覺爲智爲慧爲救爲護爲舍爲宅爲洲爲渚爲歸爲趣爲父爲母諸法緣性及緣起支亦與菩薩摩訶薩衆爲師爲導爲明爲炬爲燈爲照爲解爲覺爲智爲慧爲救爲護爲舍爲宅爲洲爲渚爲歸爲趣爲父爲母内空乃至無性自性空亦與菩薩摩訶薩衆爲師爲導爲明爲炬爲燈爲照爲解爲覺爲智爲慧爲救爲護爲舍爲宅爲洲爲渚爲歸爲趣爲父爲母眞如乃至不思議界亦與菩薩摩訶薩衆爲師爲導爲明爲炬爲燈爲照爲解爲覺爲智爲慧爲救爲護爲舍爲宅爲洲爲渚爲歸爲趣爲父爲母所以者何一切過去未來現在諸佛世尊皆以布施波羅蜜多廣説乃至不思議界爲師爲導爲明爲炬爲燈爲照爲解爲覺爲智爲慧爲救爲護爲舍爲宅爲洲爲渚爲歸爲趣爲父爲母何以故善現一切過去未來現在諸佛世尊皆從布施波羅蜜多廣説乃至不思議界而出生故是故善現若菩薩摩訶薩增上作意欲證無上正等菩提成熟有情嚴淨佛土當學布施波羅蜜多乃至般若波羅蜜多當學四念住乃至八聖道支當學四靜慮四無量四無色定當學八解脱乃至十遍處當學空無相無願解脱門當學極喜地乃至法雲地當學陀羅尼門三摩地門當學五眼六神通當學如來十力乃至十八佛不共法當學無忘失法恒住捨性當學一切智道相智一切相智當學一切菩薩摩訶薩行當學諸佛無上正等菩提當學永斷一切習氣相續當學苦集滅道聖諦當學諸法緣性及緣起支當學

內空乃至無性自性空當學眞如乃至不思議界善現是菩薩摩訶薩旣學布施波羅蜜多廣說乃至不思議界復應以四攝事攝諸有情何等爲四一者布施二者愛語三者利行四者同事善現我觀此義故作是說所有布施波羅蜜多廣說乃至不思議界與諸菩薩摩訶薩衆爲師爲導廣說乃至爲父爲母是故善現諸菩薩摩訶薩欲得不隨他語行欲得不依他語住欲斷一切有情疑欲滿一切有情願欲嚴淨佛土欲成熟有情應學般若波羅蜜多何以故善現於此般若波羅蜜多甚深經中廣說菩薩摩訶薩衆所應學法一切菩薩摩訶薩衆皆於其中應勤修學爾時善現白言世尊甚深般若波羅蜜多以何爲相佛告善現甚深般若波羅蜜多虛空爲相無著爲相無相爲相所以者何善現於此般若波羅蜜多甚深相中諸法諸相皆無所有不可得故具壽善現復白佛言頗有因緣可說般若波羅蜜多所有妙相諸法亦有如是相耶佛告善現如是如是如汝所說有因緣故可說般若波羅蜜多所有妙相諸法亦有如是妙相何以故善現甚深般若波羅蜜多遠離爲相諸法亦以遠離爲相甚深般若波羅蜜多性空爲相諸法亦以性空爲相由此因緣可作是說甚深般若波羅蜜多所有妙相諸法亦有如是妙相以一切法皆自性空離諸相故具壽善現復白佛言若一切法皆自性空遠離諸相則一切法一切法空亦一切法一切法離云何有情施設染淨非性空法有染有淨亦非離法有染有淨非性空

法能證無上正等菩提亦非離法能證無上正等菩提非性空中有法可得亦非離中有法可得非性空中有菩薩摩訶薩證得無上正等菩提亦非離中有菩薩摩訶薩證得無上正等菩提世尊云何令我解佛所說甚深義趣佛告善現於意云何有情長夜有我我所心執我我所不善現對曰如是世尊有情長夜有我我所心執著我我所佛告善現於意云何有情所執我及我所空遠離不善現對曰如是世尊有情所執我及我所皆空遠離佛告善現於意云何豈不有情由我我所執馳流生死善現對曰如是世尊諸有情類由我我所執馳流生死佛告善現如是有情馳流生死由有雜染是故有情施設有染若諸有情無心執著我及我所則無雜染若無雜染則不得有馳流生死馳流生死既不可得當知有情遠離雜染由無雜染施設有情是故善現應知有情雖自性空遠離諸相而可施設有染有淨爾時具壽善現復白佛言世尊若菩薩摩訶薩能行如是甚深般若波羅蜜多及一切法空遠離相是菩薩摩訶薩則不行色亦不行受想行識不行眼處亦不行耳鼻舌身意處不行色處亦不行聲香味觸法處不行眼界亦不行耳鼻舌身意界不行色界亦不行聲香味觸法界不行眼識界亦不行耳鼻舌身意識界不行眼觸亦不行耳鼻舌身意觸不行眼觸爲緣所生諸受亦不行耳鼻舌身意觸爲緣所生諸受不行地界亦不行水火風空識界不行因緣亦不行等無間緣所緣緣增上緣不行無明亦不行

行識名色六處觸受愛取有生老死不行布施波羅蜜多亦不行淨戒安忍精進靜慮般若波羅蜜多不行内空亦不行外空内外空空空大空勝義空有為空無為空畢竟空無際空散無散空本性空自共相空一切法空不可得空無性空自性空無性自性空不行真如亦不行法界法性不虛妄性不變異性平等性離生性法定法住實際虛空界不思議界不行苦聖諦亦不行集滅道聖諦不行四念住亦不行四正斷四神足五根五力七等覺支八聖道支不行四靜慮亦不行四無量四無色定不行八解脱亦不行八勝處九次第定十遍處不行空解脱門亦不行無相無願解脱門不行淨觀地亦不行種性地第八地具見地薄地離欲地已辦地獨覺地菩薩地如來地不行極喜地亦不行離垢地發光地焰慧地極難勝地現前地遠行地不動地善慧地法雲地不行一切陀羅尼門亦不行一切三摩地門不行五眼亦不行六神通不行佛十力亦不行四無所畏四無礙解大慈大悲大喜大捨十八佛不共法不行無忘失法亦不行恒住捨性不行預流果亦不行一來不還阿羅漢果獨覺菩提不行一切智亦不行道相智一切相智所以者何如是諸法能行所行及由此行行時行處皆不可得世尊若菩薩摩訶薩能如是行不為一切世間天人阿素洛等之所降伏而能伏彼世尊若菩薩摩訶薩能如是行不為一切聲聞獨覺之所降伏而能伏彼所以者何是菩薩摩訶薩已得安住無能伏位謂菩薩離生位世

尊是菩薩摩訶薩恒住一切智智作意不可屈伏世尊是菩薩摩訶薩如是行時則爲隣近一切智智疾證無上正等菩提佛言善現如是如是如汝所説若菩薩摩訶薩能行如是甚深般若波羅蜜多及一切法空遠離相是菩薩摩訶薩則不行色亦不行受想行識乃至不行一切智亦不行道相智一切相智如是諸法能行所行及由此行行時行處皆不可得若菩薩摩訶薩能如是行不爲一切世間天人阿素洛等之所降伏亦復不爲聲聞獨覺之所降伏而能伏彼是菩薩摩訶薩已得安住無能伏位謂菩薩離生位恒住一切智智作意不可屈伏則爲隣近一切智智疾證無上正等菩提

大般若波羅蜜多經卷第四百五十三

音釋

凌懱 凌閭承切懱莫結切謂侵凌輕懱也 咄哉 咄當没切謂也又嗟咨語 輭 乳兗切柔也 鈍 杜困切不利也 掉舉 掉杜弔切摇也舉動也謂身心安摇動也 嬈 爾紹切擾也亂也 苾芻 苾薄密切芻楚俱切草名含五義一體性柔輭二引蔓旁布三馨香遠聞四能療疼痛五不背日光以比丘之德似之故名比丘爲苾芻 呰 音紫口毀也 憒閙 憒古外切閙女教切謂憒亂喧閙也

大般若波羅蜜多經卷第四百五十四

唐三藏法師玄奘奉　詔譯

第二分增上慢品第六十之三

復次善現於意云何假使於此南贍部洲諸有情類皆得人身得人身已發心修學諸菩薩行皆證無上正等菩提有善男子善女人等盡其壽量以諸世間上妙樂具供養恭敬尊重讚歎此諸如來應正等覺復持如是所集善根與諸有情平等共有迴向無上正等菩提是善男子善女人等由此因緣得福多不善現對曰甚多世尊佛告善現若善男子善女人等於大衆中宣說如是甚深般若波羅蜜多施設建立分別開示令其易了及住如是甚深般若波羅蜜多相應作意此善男子善女人等由是因緣所獲功德甚多於前無量無數復次善現於意云何如是乃至假使三千大千世界諸有情類皆得人身得人身已發心修學諸菩薩行皆證無上正等菩提有善男子善女人等盡其壽量以諸世間上妙樂具供養恭敬尊重讚歎此諸如來應正等覺復持如是所集善根與諸有情平等共有迴向無上正等菩提是善男子善女人等由此因緣得福多不善現對曰甚多世尊佛告善現若善男子善女人等於大衆中宣說如是甚深般若波羅蜜多施設建立分別開示令其易了及住如是甚深般若波羅蜜多相應作意此善男子善女人等由是因緣所獲功德甚多於前無量無數復次善現於意云何假使於此南贍部洲諸有情類非前非後皆得人身有善男子善女人等方便教

導皆令安住十善業道或四靜慮或四無量或四無色定或五神通或預流果或一來果或不還果或阿羅漢果或獨覺菩提或復無上正等菩提復持如是教導善根與諸有情平等共有迴向無上正等菩提是善男子善女人等由此因緣得福多不善現對曰甚多世尊佛告善現若善男子善女人等於大衆中宣說如是甚深般若波羅蜜多施設建立分別開示令其易了及正安住一切智智相應作意此善男子善女人等由是因緣所獲功德甚多於前無量無數復次善現於意云何如是乃至假使三千大千世界諸有情類非前非後皆得人身有善男子善女人等方便教導皆令安住十善業道或四靜慮或四無量或四無色定或五神通或預流果或一來果或不還果或阿羅漢果或獨覺菩提或復無上正等菩提復持如是教導善根與諸有情平等共有迴向無上正等菩提是善男子善女人等由此因緣得福多不善現對曰甚多世尊佛告善現若善男子善女人等於大衆中宣說如是甚深般若波羅蜜多施設建立分別開示令其易了及正安住一切智智相應作意此善男子善女人等由是因緣所獲功德甚多於前無量無數善現當知是菩薩摩訶薩由此精進增上威力到諸有情福田彼岸所以者何是菩薩摩訶薩於法精進增上威力一切有情無能及者唯除如來應正等覺何以故善現是菩薩摩訶薩修行般若波羅蜜多見諸有情無利樂者起大慈心非諸聲聞獨覺所得見諸有情有衰苦者

起大悲心非諸聲聞獨覺所得見諸有情得利樂者起大喜心非諸聲聞獨覺所得見諸有情離性離相起大捨心非諸聲聞獨覺所得善現是菩薩摩訶薩雖於有情平等發起大慈大悲大喜大捨而於一切無所執著不同異生聲聞獨覺隨有所得起執著心善現是菩薩摩訶薩雖於有情平等發起慈悲喜捨然與捨心非恒共住常爲饒益所化有情無暫捨故善現是菩薩摩訶薩修行般若波羅蜜多得大光明謂得布施波羅蜜多大光明故亦得淨戒波羅蜜多大光明故亦得安忍波羅蜜多大光明故亦得精進波羅蜜多大光明故亦得靜慮波羅蜜多大光明故亦得般若波羅蜜多大光明故善現是菩薩摩訶薩雖未證得一切智智而於無上正等菩提得不退轉故至有情福田彼岸堪受一切衣服飲食牀座醫藥諸資生具善現是菩薩摩訶薩恒住般若波羅蜜多相應作意故能畢竟報施主恩亦能親近一切智智是故善現若菩薩摩訶薩欲不虛受國王大臣及餘有情所有信施欲示有情眞淨道路欲爲有情作大明照欲脫有情三界牢獄欲施有情清淨法眼欲拔有情出生死海欲與有情作大洲渚欲惠有情究竟安樂應常安住甚深般若波羅蜜多相應作意善現若菩薩摩訶薩能常安住甚深般若波羅蜜多相應作意諸有所說皆說般若波羅蜜多相應之法既說般若波羅蜜多相應法已復能如理思惟般若波羅蜜多相應之法善現是菩薩摩訶薩恒住般若波羅蜜多相應作意諸餘作意

於其中間無容暫起善現是菩薩摩訶薩晝夜精進安住般若波羅蜜多相應作意無時暫捨譬如有人先未曾有末尼珠寶後時遇得歡喜自慶藏固不謹遇緣還失生大愁憂常懷歎惜未曾離念思當何計還得此珠彼人由是相應作意緣此寶珠不離心首諸菩薩摩訶薩亦復如是恒時安住甚深般若波羅蜜多相應作意若離般若波羅蜜多相應作意則爲喪失一切智智相應作意是故善現諸菩薩摩訶薩應常安住甚深般若波羅蜜多相應作意若常安住甚深般若波羅蜜多相應作意則不喪失一切智智相應作意

爾時具壽善現白佛言世尊一切作意自性皆空一切作意自性皆離諸法亦爾於一切法皆自性空自性離中若菩薩摩訶薩若般若波羅蜜多若一切智智若諸作意皆不可得云何如來應正等覺勸諸菩薩摩訶薩衆不離般若波羅蜜多相應作意亦令不離一切智智相應作意佛告善現若菩薩摩訶薩知一切法一切作意皆自性空皆自性離如是空離非聲聞作非獨覺作非菩薩作非如來作亦非餘作然一切法法定法住法性法界不虛妄性不變異性平等性離生性虛空界真如實際不思議界法爾常住是菩薩摩訶薩即爲不離甚深般若波羅蜜多相應作意亦爲不離一切智智相應作意所以者何甚深般若波羅蜜多一切智智及諸作意皆自性空皆自性離如是空離無增無減能正通達名爲不離具壽善現復白佛言若深般若波羅蜜多亦自性空自性離者云何菩薩

摩訶薩衆修證般若波羅蜜多平等性已便得無上正等菩提佛告善現諸菩薩摩訶薩修證般若波羅蜜多平等性時非諸佛法有增有減亦非諸法法定法住法性法界不虛妄性不變異性平等性離生性虛空界眞如實際不思議界有增有減何以故甚深般若波羅蜜多非一非二非三非四亦非多故善現若菩薩摩訶薩聞說如是甚深般若波羅蜜多其心不驚不恐不怖不沉不没亦不生疑是菩薩摩訶薩行深般若波羅蜜多已得究竟安住菩薩不退轉地疾證無上正等菩提普爲有情作大饒益爾時具壽善現復白佛言世尊爲即深般若波羅蜜多空虛非有不自在性不堅實性能行深般若波羅蜜多不不爾善現世尊爲離深般若波羅蜜多空虛非有不自在性不堅實性有法可得能行深般若波羅蜜多不不爾善現世尊爲即深般若波羅蜜多能行深般若波羅蜜多不不爾善現世尊爲離深般若波羅蜜多有法可得爾善現世尊爲離深般若波羅蜜多不不爾善現世尊爲即空性能行空不不爾善現世尊爲離空性有法可得能行空不不爾善現世尊爲即色受想行識能行深般若波羅蜜多不不爾善現世尊爲離色受想行識有法可得能行深般若波羅蜜多不不爾善現世尊爲即眼處乃至意處能行深般若波羅蜜多不不爾善現世尊爲離眼處乃至意處有法可得能行深般若波羅蜜多不不爾善現世尊爲即色處乃至法處能行深般若波羅蜜多不不爾善現世尊爲離色處乃至法處有法可得

能行深般若波羅蜜多不不爾善現世尊爲即眼界乃至意界能行深般若波羅蜜多不不爾善現世尊爲離眼界乃至意界有法可得能行深般若波羅蜜多不不爾善現世尊爲即色界乃至法界能行深般若波羅蜜多不不爾善現世尊爲離色界乃至法界有法可得能行深般若波羅蜜多不不爾善現世尊爲即眼識界乃至意識界能行深般若波羅蜜多不不爾善現世尊爲離眼識界乃至意識界有法可得能行深般若波羅蜜多不不爾善現世尊爲即眼觸乃至意觸能行深般若波羅蜜多不不爾善現世尊爲離眼觸乃至意觸有法可得能行深般若波羅蜜多不不爾善現世尊爲即眼觸爲緣所生諸受乃至意觸爲緣所生諸受能行深般若波羅蜜多不不爾善現世尊爲離眼觸爲緣所生諸受乃至意觸爲緣所生諸受有法可得能行深般若波羅蜜多不不爾善現世尊爲即地界乃至識界能行深般若波羅蜜多不不爾善現世尊爲離地界乃至識界有法可得能行深般若波羅蜜多不不爾善現世尊爲即因緣乃至增上緣能行深般若波羅蜜多不不爾善現世尊爲離因緣乃至增上緣有法可得能行深般若波羅蜜多不不爾善現世尊爲即無明乃至老死能行深般若波羅蜜多不不爾善現世尊爲離無明乃至老死有法可得能行深般若波羅蜜多不不爾善現世尊爲即布施波羅蜜多乃至般若波羅蜜多能行深般若波羅蜜多不不爾善現世尊爲離布施波羅蜜多乃至般若波羅蜜多

有法可得能行深般若波羅蜜多不不爾善現世尊爲即内空乃至無性自性空能行深般若波羅蜜多不不爾善現世尊爲離内空乃至無性自性空有法可得能行深般若波羅蜜多不不爾善現世尊爲即眞如乃至不思議界能行深般若波羅蜜多不不爾善現世尊爲離眞如乃至不思議界有法可得能行深般若波羅蜜多不不爾善現世尊爲即苦集滅道聖諦能行深般若波羅蜜多不不爾善現世尊爲離苦集滅道聖諦有法可得能行深般若波羅蜜多不不爾善現世尊爲即四靜慮四無量四無色定能行深般若波羅蜜多不不爾善現世尊爲離四靜慮四無量四無色定有法可得能行深般若波羅蜜多不不爾善現世尊爲即八解脫乃至十遍處能行深般若波羅蜜多不不爾善現世尊爲離八解脫乃至十遍處有法可得能行深般若波羅蜜多不不爾善現世尊爲即四念住乃至八聖道支能行深般若波羅蜜多不不爾善現世尊爲離四念住乃至八聖道支有法可得能行深般若波羅蜜多不不爾善現世尊爲即空無相無願解脫門能行深般若波羅蜜多不不爾善現世尊爲離空無相無願解脫門有法可得能行深般若波羅蜜多不不爾善現世尊爲即淨觀地乃至如來地能行深般若波羅蜜多不不爾善現世尊爲離淨觀地乃至如來地有法可得能行深般若波羅蜜多不不爾善現世尊爲即極喜地乃至法雲地能行深般若波羅蜜多不不爾善現世尊爲離極喜地乃至法雲地有法

可得能行深般若波羅蜜多不不爾善現世尊爲即一切陀羅尼門三摩地門能行深般若波羅蜜多不不爾善現世尊爲離一切陀羅尼門三摩地門有法可得能行深般若波羅蜜多不不爾善現世尊爲即五眼六神通能行深般若波羅蜜多不不爾善現世尊爲離五眼六神通有法可得能行深般若波羅蜜多不不爾善現世尊爲即如來十力乃至十八佛不共法能行深般若波羅蜜多不不爾善現世尊爲離如來十力乃至十八佛不共法有法可得能行深般若波羅蜜多不不爾善現世尊爲即三十二相八十隨好能行深般若波羅蜜多不不爾善現世尊爲離三十二相八十隨好有法可得能行深般若波羅蜜多不不爾善現世尊爲即無忘失法恒

住捨性能行深般若波羅蜜多不不爾善現世尊爲離無忘失法恒住捨性有法可得能行深般若波羅蜜多不不爾善現世尊爲即預流果乃至獨覺菩提能行深般若波羅蜜多不不爾善現世尊爲離預流果乃至獨覺菩提有法可得能行深般若波羅蜜多不不爾善現世尊爲即一切菩薩摩訶薩行諸佛無上正等菩提能行深般若波羅蜜多不不爾善現世尊爲離一切菩薩摩訶薩行諸佛無上正等菩提有法可得能行深般若波羅蜜多不不爾善現世尊爲即一切智道相智一切相智能行深般若波羅蜜多不不爾善現世尊爲離一切智道相智一切相智有法可得能行深般若波羅蜜多不不爾善現世尊爲即色受想行識空虛非有不自在性不

堅實性能行深般若波羅蜜多不不爾善現世尊爲離色受想行識空虛非有不自在性不堅實性有法可得能行深般若波羅蜜多不不爾善現世尊如是乃至爲即一切智道相智一切相智空虛非有不自在性不堅實性能行深般若波羅蜜多不不爾善現世尊爲離一切智道相智一切相智空虛非有不自在性不堅實性有法可得能行深般若波羅蜜多不不爾善現世尊爲即色受想行識眞如法界法性不虛妄性不變異性平等性離生性法定法住實際虛空界不思議界能行深般若波羅蜜多不不爾善現世尊爲離色受想行識眞如法界法性不虛妄性不變異性平等性離生性法定法住實際虛空界不思議界有法可得能行深般若波羅蜜多不不爾善現世尊如是乃至爲即一切智道相智一切相智眞如法界法性不虛妄性不變異性平等性離生性法定法住實際虛空界不思議界能行深般若波羅蜜多不不爾善現世尊爲離一切智道相智一切相智眞如法界法性不虛妄性不變異性平等性離生性法定法住實際虛空界不思議界有法可得能行深般若波羅蜜多不不爾善現世尊若如是諸法皆不能行深般若波羅蜜多諸菩薩摩訶薩云何能行深般若波羅蜜多佛告善現於意云何汝見有法能行深般若波羅蜜多不善現對曰不也世尊佛告善現於意云何汝見深般若波羅蜜多是菩薩摩訶薩所行處不善現對曰不也世尊佛告善現於意云何汝所不見法是法可得不善現

對曰不也世尊佛告善現於意云何不可得法有生滅不善現對曰不也世尊佛告善現如汝所見諸法法性即是菩薩摩訶薩衆無生法忍若菩薩摩訶薩成就如是無生法忍便爲諸佛授與無上正等菩提不退轉記是菩薩摩訶薩於佛十力四無所畏四無礙解大慈大悲大喜大捨及十八佛不共法等無量無邊殊勝功德號能精進如實行者若能如是精進修行不得無上正等菩提一切相智大智妙智無有是處所以者何是菩薩摩訶薩旣已證得無生法忍乃至無上正等菩提於所得法常無退減具壽善現復白佛言世尊諸菩薩摩訶薩爲以一切法無生性得佛無上正等菩提不退轉記不不爾善現世尊諸菩薩摩訶薩爲以一切法生性得佛無上正等菩提不退轉記不不爾善現世尊諸菩薩摩訶薩爲以一切法生無生性得佛無上正等菩提不退轉記不不爾善現世尊諸菩薩摩訶薩爲以一切法非生非無生性得佛無上正等菩提不退轉記不不爾善現世尊若爾云何諸菩薩摩訶薩得佛無上正等菩提不退轉記佛告善現於意云何汝見有法能得佛無上正等菩提不退轉記不善現對曰不也世尊我不見有法能得佛無上正等菩提不退轉記亦不見法於佛無上正等菩提有能證者證處證時及由此證皆不可得佛告善現如是如是如汝所說善現若菩薩摩訶薩於一切法無所得時不作是念我於無上正等菩提當能證得我用是法於如是時於如是處證得無上正等菩提所以者

何善現諸菩薩摩訶薩修行如是甚深般若波羅蜜多無如是等一切分別何以故善現甚深般若波羅蜜多一切分別皆遠離故若起如是種種分別非行般若波羅蜜多

第二分同學品第六十一之一

爾時天帝釋白佛言世尊如是般若波羅蜜多極爲甚深難見難覺不可尋思過尋思境微密聰敏智者所證諸相分別畢竟離故世尊若善男子善女人等於此般若波羅蜜多甚深經典常樂聽聞受持讀誦究竟通利如理思惟依教修行爲他正說乃至無上正等菩提不離諸餘心心所法是善男子善女人等非爲成就少分善根可於是中能辦斯事爾時佛告天帝釋言如是如是如汝所說憍尸迦若善男子善女人等於此般若波羅蜜多甚深經典常樂聽聞受持讀誦究竟通利如理思惟依教修行爲他正說乃至無上正等菩提不離諸餘心心所法是善男子善女人等必定成就廣大善根當於是中能辦斯事憍尸迦若善男子善女人等假使能勸此贍部洲乃至三千大千世界諸有情類皆令受行十善業道若四靜慮若四無量若四無色定若五神通等無量功德有善男子善女人等於此般若波羅蜜多甚深經典常樂聽聞受持讀誦究竟通利如理思惟依教修行爲他正說是善男子善女人等所獲功德勝前福聚百倍千倍乃至鄔波尼殺曇倍爾時衆中有一苾芻語天帝釋言憍尸迦若善男子善女人等於此般若波羅蜜多甚深經典攝心不亂常樂聽聞受持讀誦究竟通利如

理思惟依教修行爲他正説乃至無上正等菩提不雜諸餘心心所法是善男子善女人等所獲功德勝贍部洲乃至三千大千世界諸有情類皆共受行十善業道若四靜慮若四無量若四無色定若五神通等無量功德天帝釋言是善男子善女人等初發一念一切相智相應心時所獲功德已勝一切滿贍部洲乃至三千大千世界諸有情類皆共受行十善業道若四靜慮若四無量若四無色定若五神通等無量功德多百千倍何況復能於此般若波羅蜜多甚深經典攝心不亂常樂聽聞受持讀誦究竟通利如理思惟依教修行爲他正説乃至無上正等菩提不雜諸餘心心所法所獲功德不可校量苾芻當知是善男子善女人等功德智慧非但勝彼

滿贍部洲乃至三千大千世界諸有情類皆共受行十善業道四靜慮等無量功德亦勝一切世間天人阿素洛等所有功德所以者何是善男子善女人等速證無上正等菩提饒益有情無邊際故苾芻當知是善男子善女人等功德智慧非但勝於世間天人阿素洛等所有功德亦勝一切預流一來不還阿羅漢獨覺所有功德所以者何是善男子善女人等速證無上正等菩提饒益有情無邊際故苾芻當知是善男子善女人等功德智慧非但勝彼一切預流一來不還阿羅漢獨覺所有功德亦勝一切菩薩摩訶薩遠離般若波羅蜜多方便善巧修行布施淨戒安忍精進靜慮波羅蜜多安住内空乃至無性自性空安住眞如乃至不思議界安住苦集滅

道聖諦修行四靜慮四無量四無色定修行八解脫八勝處九次第定十遍處修行四念住乃至八聖道支修行空無相無願解脫門修行極喜地乃至法雲地修行一切陀羅尼門三摩地門修行五眼六神通修行如來十力乃至十八佛不共法修行無忘失法恒住捨性修行一切智道相智一切相智修行順逆十二緣起觀嚴淨佛土成熟有情修諸菩薩摩訶薩行及修無上正等覺者所有功德何以故是善男子善女人等速證無上正等菩提饒益有情無邊際故苾芻當知是善男子善女人等功德智慧亦勝一切菩薩摩訶薩遠離方便善巧修行般若波羅蜜多者所有功德何以故是善男子善女人等速證無上正等菩提饒益有情無邊際故苾芻當知是善男子善女人等即是菩薩摩訶薩是菩薩摩訶薩如說修行甚深般若波羅蜜多故不爲一切世間天人阿素洛等及餘菩薩獨覺聲聞之所勝伏能紹一切智智種性令不斷絕常不遠離諸佛菩薩眞勝善友不久當坐妙菩提座降伏一切惡魔眷屬證得無上正等菩提拔諸有情生老病死令得究竟寂靜安樂苾芻當知是菩薩摩訶薩如說修行甚深般若波羅蜜多故常學菩薩摩訶薩衆所應學法不學聲聞及獨覺等所應學法苾芻當知是菩薩摩訶薩修行如是甚深般若波羅蜜多常學菩薩摩訶薩衆所應學故護世四王領已天衆來到其所供養恭敬尊重讚歎作如是言善哉大士當速精進學諸菩薩摩訶薩衆所應學法勿學聲聞及獨覺等

所應學法若如是學疾當安坐妙菩提座證得無上正等菩提如先如來應正等覺受四天王所奉四鉢汝亦當受如昔護世四大天王奉上四鉢我亦當奉苾芻當知是菩薩摩訶薩修行如是甚深般若波羅蜜多常學菩薩摩訶薩衆所應學故我等天帝領已天衆來到其所供養恭敬尊重讚歎作如是言善哉大士當速精進修諸菩薩摩訶薩衆所應學法勿學聲聞及獨覺等所應學法若如是學疾當安坐妙菩提座證得無上正等菩提轉妙法輪度有情衆苾芻當知是菩薩摩訶薩修行如是甚深般若波羅蜜多常學菩薩摩訶薩衆所應學故妙時分天子領時分天衆來到其所供養恭敬尊重讚歎作如是言善哉大士當速精進學諸菩薩摩訶薩衆所應學法勿學聲聞及獨覺等所應學法若如是學疾當安坐妙菩提座證得無上正等菩提轉妙法輪度有情衆苾芻當知是菩薩摩訶薩修行如是甚深般若波羅蜜多常學菩薩摩訶薩衆所應學故妙喜足天子領喜足天衆來到其所供養恭敬尊重讚歎作如是言善哉大士當速精進學諸菩薩摩訶薩衆所應學法勿學聲聞及獨覺等所應學法若如是學疾當安坐妙菩提座證得無上正等菩提轉妙法輪度有情衆苾芻當知是菩薩摩訶薩修行如是甚深般若波羅蜜多常學菩薩摩訶薩衆所應學故樂變化天子領樂變化天衆來到其所供養恭敬尊重讚歎作如是言善哉大士當速精進學諸菩薩摩訶薩衆所應學法勿學聲聞及獨覺等所應學

法若如是學疾當安坐妙菩提座證得無上正等菩提轉妙法輪度有情衆苾芻當知是菩薩摩訶薩修行如是甚深般若波羅蜜多常學菩薩摩訶薩衆所應學故妙自在天子領他化自在天衆來到其所供養恭敬尊重讚歎作如是言善哉大士當速精進學諸菩薩摩訶薩衆所應學法勿學聲聞及獨覺等所應學法若如是學疾當安坐妙菩提座證得無上正等菩提轉妙法輪度有情衆苾芻當知是菩薩摩訶薩修行如是甚深般若波羅蜜多常學菩薩摩訶薩衆所應學故索訶界主大梵天王領梵衆天梵輔天梵會天衆來到其所供養恭敬尊重讚歎作如是言善哉大士當速精進學諸菩薩摩訶薩衆所應學法勿學聲聞及獨覺等所應學法若如是學疾當安坐妙菩提座證得無上正等菩提我當往請菩提樹下慇懃請轉無上法輪利樂無邊諸有情衆苾芻當知是菩薩摩訶薩修行如是甚深般若波羅蜜多常學菩薩摩訶薩衆所應學故極光淨天與光天少光天無量光天衆來到其所供養恭敬尊重讚歎遍淨天與淨天少淨天無量淨天衆來到其所供養恭敬尊重讚歎廣果天與廣天少廣天無量廣天衆來到其所供養恭敬尊重讚歎色究竟天與無煩天無熱天善現天善見天衆來到其所供養恭敬尊重讚歎各作是言善哉大士當速精進學諸菩薩摩訶薩衆所應學法勿學聲聞及獨覺等所應學法若如是學疾當安坐妙菩提座證得無上正等菩提轉妙法輪度有情衆苾芻當知是菩薩

摩訶薩如說修行甚深般若波羅蜜多故一切如來應正等覺及諸菩薩摩訶薩衆并諸天龍阿素洛等常隨護念由此因緣是菩薩摩訶薩世間一切險難危厄身心憂苦皆不能害苾芻當知是菩薩摩訶薩如說修行甚深般若波羅蜜多故世間所有四大相違所起諸病皆不侵惱所謂眼病耳病鼻病舌病身病諸支節病如是一切四百四病皆於身中永無所有唯除重業轉現輕受苾芻當知是菩薩摩訶薩如說修行甚深般若波羅蜜多故獲如是等現世功德後世功德無量無邊諸佛世尊能知見覺

大般若波羅蜜多經卷第四百五十四

音釋

瞻部洲 梵語也亦云閻浮提閻浮此云勝金提此云洲又西域記中瞻部翻為纖樹 末尼 梵語也此云離垢珠之總名也 鄔波尼殺曇 梵語也此謂數之極鄔安古切曇徒南切

大般若波羅蜜多經卷第四百五十五

唐三藏法師玄奘奉　詔譯

第二分同學品第六十一之二

爾時具壽慶喜竊作是念今天帝釋爲自辯才宣說如是甚深般若波羅蜜多讚歎如是甚深般若波羅蜜多功德勝利爲是如來威神之力時天帝釋即知慶喜心之所念白言大德我所宣說甚深般若波羅蜜多我所讚歎甚深般若波羅蜜多功德勝利皆是如來威神之力爾時世尊告慶喜曰如是如是今天帝釋宣說讚歎甚深般若波羅蜜多功德勝利當知皆是如來神力非自辯才所以者何甚深般若波羅蜜多功德勝利定非一切世間天人阿素洛等能知能說慶喜當知若菩薩摩訶薩習學思惟修行如是甚深般若波羅蜜多時此三千大千世界一切惡魔皆生疑惑咸作是念此菩薩摩訶薩爲證實際退取預流一來不還阿羅漢果獨覺菩提爲趣無上正等菩提復次慶喜若菩薩摩訶薩不離如是甚深般若波羅蜜多時諸惡魔生大愁惱身心痛切如中毒箭復次慶喜若菩薩摩訶薩修行如是甚深般若波羅蜜多時諸惡魔來至其所化作種種可怖畏事欲令菩薩身心驚恐迷失無上正等覺心於所修行情懷退屈乃至發起一念亂意障得無上正等菩提是彼惡魔深心所願爾時慶喜即白佛言爲諸菩薩摩訶薩行深般若波羅蜜多時皆爲惡魔之所惱亂爲有惱亂不惱亂者佛告慶喜非諸菩薩摩訶薩行深般若波羅蜜多時皆爲惡魔之所惱亂然有惱亂不

惱亂者具壽慶喜復白佛言何等菩薩摩訶薩行深般若波羅蜜多時爲諸惡魔之所惱亂何等菩薩摩訶薩行深般若波羅蜜多時不爲惡魔之所惱亂佛告慶喜若菩薩摩訶薩先世聞此甚深般若波羅蜜多心不信解毀呰誹謗是菩薩摩訶薩行深般若波羅蜜多時爲諸惡魔之所惱亂若菩薩摩訶薩先世聞此甚深般若波羅蜜多信解讃美不生誹謗是菩薩摩訶薩行深般若波羅蜜多時不爲惡魔之所惱亂復次慶喜若菩薩摩訶薩先世聞此甚深般若波羅蜜多疑惑猶豫爲有爲無爲實不實是菩薩摩訶薩行深般若波羅蜜多時爲諸惡魔之所惱亂若菩薩摩訶薩先世聞此甚深般若波羅蜜多其心不生疑惑猶豫信定實有是菩薩摩訶薩行深般若波羅蜜多時不爲惡魔之所惱亂復次慶喜若菩薩摩訶薩離善知識爲惡知識之所攝受不聞如是甚深般若波羅蜜多由不聞故不能解了甚深般若波羅蜜多不解了故不能修習甚深般若波羅蜜多不修習故不能請問甚深般若波羅蜜多不請問故不如説行甚深般若波羅蜜多不如説行故不能證得甚深般若波羅蜜多是菩薩摩訶薩行深般若波羅蜜多時爲諸惡魔之所惱亂若菩薩摩訶薩近善知識非惡知識之所攝受得聞如是甚深般若波羅蜜多由得聞故便能解了甚深般若波羅蜜多由解了故則能修習甚深般若波羅蜜多由修習故便能請問甚深般若波羅蜜多由請問故能如説行甚深般若波羅蜜多如説行故便能證

得甚深般若波羅蜜多是菩薩摩訶薩行深般若波羅蜜多時不爲惡魔之所惱亂復次慶喜若菩薩摩訶薩遠離般若波羅蜜多攝受讚歎非眞妙法是菩薩摩訶薩行深般若波羅蜜多時爲諸惡魔之所惱亂若菩薩摩訶薩親近般若波羅蜜多不攝不讚非眞妙法是菩薩摩訶薩行深般若波羅蜜多時不爲惡魔之所惱亂復次慶喜若菩薩摩訶薩遠離般若波羅蜜多於眞妙法毀呰誹謗爾時惡魔便作是念令此菩薩與我爲伴由彼毀謗眞妙法故便有無量住菩薩乘補特伽羅於眞妙法亦生毀謗由此因緣我願圓滿是菩薩乘補特伽羅設勤精進修諸善法而墮聲聞或獨覺地亦令他墮是菩薩摩訶薩行深般若波羅蜜多時爲諸惡魔之所惱亂若菩薩摩訶薩親近般若波羅蜜多於眞妙法讚歎信受亦令無量住菩薩乘補特伽羅於眞妙法讚歎信受由此惡魔愁憂驚怖是菩薩乘補特伽羅設不精進修諸善法而亦決定不令自他退墮聲聞或獨覺地必證無上正等菩提是菩薩摩訶薩行深般若波羅蜜多時不爲惡魔之所惱亂復次慶喜若菩薩摩訶薩聞說般若波羅蜜多甚深經時作如是語如是般若波羅蜜多理趣甚深難見難覺何用宣說聽聞受持讀誦思惟精勤修習書寫流布此經典爲我尚不能得其源底況餘薄福淺智者哉時有無量住菩薩乘補特伽羅聞其所說心皆驚怖便退無上正等覺心墮二乘地是菩薩摩訶薩行深般若波羅蜜多時爲諸惡魔之所惱亂若菩薩摩訶

薩聞說般若波羅蜜多甚深經時作如是語如是般若波羅蜜多理趣甚深難見難覺若不宣說聽聞受持讀誦思惟精勤修習書寫流布能證無上正等菩提必無是處時有無量住菩薩乘補特伽羅聞其所說歡喜踊躍皆於如是甚深般若波羅蜜多常樂聽聞受持讀誦究竟通利如理思惟精進修行爲他演說書寫流布發趣無上正等菩提是菩薩摩訶薩行深般若波羅蜜多時不爲惡魔之所惱亂復次慶喜若菩薩摩訶薩恃己所有功德善根輕餘菩薩摩訶薩衆謂作是言我能修行布施波羅蜜多乃至般若波羅蜜多汝等不能我能安住内空乃至無性自性空汝等不能我能安住眞如乃至不思議界汝等不能我能安住苦集滅道聖諦汝等不能我能修行四念住乃至八聖道支汝等不能我能修行四靜慮四無量四無色定汝等不能我能修行八解脫乃至十遍處汝等不能我能修行空無相無願解脫門汝等不能我能修行極喜地乃至法雲地汝等不能我能修行淨觀地智乃至如來地智汝等不能我能修行五眼六神通汝等不能我能修行如來十力乃至十八佛不共法汝等不能我能修行無忘失法恒住捨性汝等不能我能修行一切智道相智一切相智汝等不能我能嚴淨佛土成熟有情汝等不能我能順逆觀緣起支汝等不能我能觀察自相共相汝等不能我能修習陀羅尼門三摩地門汝等不能我能修習一切菩薩摩訶薩行諸佛無上正等菩提汝等不能爾時惡魔歡喜踊躍言

此菩薩是我伴黨輪迴生死未有出期是菩薩摩訶薩行深般若波羅蜜多時爲諸惡魔之所惱亂若菩薩摩訶薩不恃已有功德善根輕餘菩薩摩訶薩衆雖常精勤修諸善法而不執著諸善法相是菩薩摩訶薩行深般若波羅蜜多時不爲惡魔之所惱亂復次慶喜若菩薩摩訶薩自恃名姓衆所識知輕懱諸餘修善菩薩常讚已德毀呰他過實無不退轉菩薩摩訶薩諸行狀相而謂實有起諸煩惱自讚毀他言汝等無菩薩名姓唯我獨有菩薩名姓由增上慢輕懱毀呰諸餘菩薩摩訶薩衆爾時惡魔見此事已便作是念今此菩薩令我國土宮殿不空增益地獄傍生鬼界是時惡魔助其神力令轉增盛威勢辯才由此多人信受其語因斯勸發同彼惡見同惡見已隨彼邪學隨邪學已煩惱熾盛心顛倒故諸所發起身語意業皆能感得不可愛樂衰損苦果由此因緣增長地獄傍生鬼界令魔宮殿國土充滿由此惡魔歡喜踊躍諸有所作隨意自在是菩薩摩訶薩行深般若波羅蜜多時爲諸惡魔之所惱亂若菩薩摩訶薩不恃已有虛妄姓名輕懱諸餘修善菩薩於諸功德無增上慢常不自讚亦不毀他能善覺知諸惡魔事是菩薩摩訶薩行深般若波羅蜜多時不爲惡魔之所惱亂復次慶喜若菩薩摩訶薩與求聲聞獨覺乘者更相毀懱誹謗鬪諍爾時惡魔見此事已便作是念今此菩薩遠離無上正等菩提親近地獄傍生鬼界所以者何更相毀懱誹謗鬪諍非菩提道但是地獄傍生鬼界險惡趣道作

是念已歡喜踴躍令此菩薩威力轉盛使無量人增長惡業是菩薩摩訶薩行深般若波羅蜜多時爲諸惡魔之所惱亂若菩薩摩訶薩與求聲聞獨覺乘者不相毀懱誹謗鬪諍方便化導令趣大乘或令勤修自乘善法是菩薩摩訶薩行深般若波羅蜜多時不爲惡魔之所惱亂復次慶喜若菩薩摩訶薩與求無上正等菩提忍辱柔和諸菩薩衆鬪諍誹謗互相毀懱爾時惡魔見此事已便作是念此二菩薩俱遠所求一切智智皆近地獄傍生餓鬼阿素洛等諸險惡趣所以者何鬪諍誹謗互相毀懱非菩提道但是地獄傍生餓鬼阿素洛等險惡趣路是時惡魔作此念已歡喜踴躍增其威勢令二朋黨鬪諍不息是菩薩摩訶薩行深般若波羅蜜多時爲諸惡魔之所惱亂若菩薩摩訶薩與求無上正等菩提忍辱柔和諸菩薩衆不相鬪諍誹謗毀懱但相勸率修殊勝行速趣無上正等菩提是菩薩摩訶薩行深般若波羅蜜多時不爲惡魔之所惱亂復次慶喜若菩薩摩訶薩未得無上大菩提記於得無上大菩提記諸菩薩摩訶薩起瞋忿心鬪諍輕懱罵辱誹謗是菩薩摩訶薩隨起爾許念不饒益心還退爾許劫曾修勝行經爾許時遠離善友還受爾許生死繫縛若不棄捨大菩提心還爾許劫被戴甲冑勤修勝行時無間斷然後乃補所退功德爾時慶喜白言世尊是菩薩摩訶薩所起惡心生死罪苦爲要流轉經爾許劫爲於中間亦得出離是菩薩摩訶薩所退勝行爲要精勤經爾許劫然後乃補爲於中間有

復本義佛告慶喜我爲菩薩獨覺聲聞說有出罪還補善法慶喜當知若菩薩摩訶薩未得無上大菩提記於得無上大菩提記諸菩薩摩訶薩起瞋忿心鬬諍輕懱罵辱誹謗後無慚愧懷惡不捨不能如法發露悔過我說彼類於其中間無有出罪還補善義要爾許劫流轉生死遠離善友衆苦所縛若不棄捨大菩提心要爾許劫被戴甲冑勤修勝行時無間斷然後乃補所退功德若菩薩摩訶薩未得無上大菩提記於得無上大菩提記諸菩薩摩訶薩起瞋忿心鬬諍輕懱罵辱誹謗後生慚愧心不繫惡尋能如法發露悔過作如是念我今已得難得人身何容復起如是過惡失大善利我應饒益一切有情何容於中反作衰損我應恭敬一切有情如僕事主何容於中反生憍慢罵辱凌懱我應忍受一切有情捶打呵叱何容於中反以暴惡身語加報我應和解一切有情令相敬愛何容復起勃惡語言與彼乖諍我應堪忍一切有情長時履踐猶如道路亦如橋梁何容於彼反皆凌辱我求無上正等菩提爲拔有情生死大苦令得究竟安樂涅槃何容反欲加之以苦我應從今盡未來際如癡如瘂如聾如盲於諸有情無所分別假使斬截頭足手臂挑眼割耳劓鼻截舌及餘一切身分支體於彼有情終不起惡若我起惡則便退壞所發無上正等覺心障礙所求一切智智不能利益安樂有情慶喜當知是菩薩摩訶薩我說中間亦有出罪還補善義非要經於爾許劫數流轉生死惡魔於彼不能惱亂疾證無上正

等菩提復次慶喜住菩薩乘諸善男子善女人等與求聲聞獨覺乘者不應交涉設與交涉不應共住設與共住不應與彼論議決擇所以者何若與彼類論議決擇或當發動忿恚等心或復起於麤惡言說然諸菩薩於有情類不應發起忿恚等心亦不應生麤惡言說設被斬截首足身分亦不應起忿恚麤言所以者何諸菩薩摩訶薩應作是念我求無上正等菩提爲拔有情生死衆苦令得究竟利益安樂何容於彼翻爲惡事慶喜當知若菩薩摩訶薩於有情類起忿恚心發麤惡語便礙無上正等菩提亦壞無邊菩薩行法是故菩薩摩訶薩衆欲得無上正等菩提於諸有情不應忿恚亦不應起麤惡言說具壽慶喜白言世尊諸菩薩摩訶薩與菩薩摩訶薩云何共住佛告慶喜諸菩薩摩訶薩與菩薩摩訶薩共住相視應如大師所以者何是諸菩薩展轉相視應作是念彼皆是我眞善知識與我爲伴同乘一船學處學時及所學法若由此學皆無有異如彼應學布施波羅蜜多乃至般若波羅蜜多我亦應學如彼應學內空乃至無性自性空我亦應學如彼應學眞如乃至不思議界我亦應學如彼應學苦集滅道聖諦我亦應學如彼應學四念住乃至八聖道支我亦應學如彼應學四靜慮四無量四無色定我亦應學如彼應學八解脫乃至十遍處我亦應學如彼應學空無相無願解脫門我亦應學如彼應學極喜地乃至法雲地我亦應學如彼應學一切陀羅尼門三摩地門我亦應學如彼應學五眼六神通

我亦應學如彼應學如來十力乃至十八佛不共法我亦應學如彼應學無忘失法恒住捨性我亦應學如彼應學成熟有情嚴淨佛土我亦應學如彼應學一切智道相智一切相智我亦應學復作是念彼諸菩薩爲我等說大菩提道即我良伴亦我導師若彼菩薩摩訶薩住雜染作意離一切智智相應作意我當於中不同其學若彼菩薩摩訶薩離雜染作意不離一切智智相應作意我當於中每同其學慶喜當知若菩薩摩訶薩能如是學菩提資糧疾得圓滿若菩薩摩訶薩如是學時與諸菩薩摩訶薩衆名爲同學

第二分同性品第六十二之一

爾時具壽善現白佛言世尊云何菩薩摩訶薩同性由諸菩薩摩訶薩住此中學名爲同學佛告善現内空是菩薩摩訶薩同性外空乃至無性自性空是菩薩摩訶薩同性諸菩薩摩訶薩住中學故名爲同學由此同學速證無上正等菩提復次善現色色性空受想行識受想行識性空是菩薩摩訶薩同性眼處眼處性空乃至意處意處性空是菩薩摩訶薩同性色處色處性空乃至法處法處性空是菩薩摩訶薩同性眼界眼界性空乃至意界意界性空是菩薩摩訶薩同性色界色界性空乃至法界法界性空是菩薩摩訶薩同性眼識界眼識界性空乃至意識界意識界性空是菩薩摩訶薩同性眼觸眼觸性空乃至意觸意觸性空是菩薩摩訶薩同性眼觸爲緣所生諸受眼觸爲緣所生諸受性空乃至意觸爲緣所生諸受意觸爲緣所生諸

受性空是菩薩摩訶薩同性地界地界性空乃至識界識界性空是菩薩摩訶薩同性無明無明性空乃至老死老死性空是菩薩摩訶薩同性布施波羅蜜多布施波羅蜜多性空乃至般若波羅蜜多般若波羅蜜多性空是菩薩摩訶薩同性内空内空性空乃至無性自性空無性自性空性空是菩薩摩訶薩同性眞如眞如性空乃至不思議界不思議界性空是菩薩摩訶薩同性苦聖諦苦聖諦性空集滅道聖諦集滅道聖諦性空是菩薩摩訶薩同性四念住四念住性空乃至八聖道支八聖道支性空是菩薩摩訶薩同性四靜慮四靜慮性空四無量四無色定四無量四無色定性空是菩薩摩訶薩同性八解脱八解脱性空乃至十遍處十遍處性空是菩薩摩訶薩同性空解脱門空解脱門性空無相無願解脱門無相無願解脱門性空是菩薩摩訶薩同性淨觀地淨觀地性空乃至如來地如來地性空是菩薩摩訶薩同性極喜地極喜地性空乃至法雲地法雲地性空是菩薩摩訶薩同性陀羅尼門陀羅尼門性空三摩地門三摩地門性空是菩薩摩訶薩同性五眼五眼性空六神通六神通性空是菩薩摩訶薩同性如來十力如來十力性空乃至十八佛不共法十八佛不共法性空是菩薩摩訶薩同性無忘失法無忘失法性空恒住捨性恒住捨性性空是菩薩摩訶薩同性一切智一切智性空道相智一切相智道相智一切相智性空是菩薩摩訶薩同性預流果預流果性空乃至獨覺菩提獨覺菩提性

空是菩薩摩訶薩同性菩薩摩訶薩行菩薩摩訶薩行性空是菩薩摩訶薩同性佛無上正等菩提佛無上正等菩提性空是菩薩摩訶薩同性諸菩薩摩訶薩住中學故名爲同學由此同學速證無上正等菩提爾時善現復白佛言世尊若菩薩摩訶薩爲色盡故學爲受想行識盡故學是學一切智智不爲色離故學爲受想行識離故學是學一切智智不爲色滅故學爲受想行識滅故學是學一切智智不爲色不生故學爲受想行識不生故學是學一切智智不世尊若菩薩摩訶薩如是乃至爲菩薩摩訶薩行盡故學爲佛無上正等菩提盡故學是學一切智智不爲菩薩摩訶薩行離故學爲佛無上正等菩提離故學是學一切智智不爲菩薩摩訶薩行滅故學爲佛無上正等菩提滅故學是學一切智智不爲菩薩摩訶薩行不生故學爲佛無上正等菩提不生故學是學一切智智不佛告善現如汝所説若菩薩摩訶薩爲色盡故離故滅故不生故學是學一切智智不爲受想行識盡故離故滅故不生故學是學一切智智不如是乃至爲菩薩摩訶薩行盡故離故滅故不生故學是學一切智智不爲佛無上正等菩提盡故離故滅故不生故學是學一切智智不善現於意云何色眞如盡離滅斷不受想行識眞如盡離滅斷不如是乃至菩薩摩訶薩行眞如盡離滅斷不佛無上正等菩提眞如盡離滅斷不善現對曰不也世尊不也善逝佛告善現若菩薩摩訶薩於眞如如是學是學一切智智善現當知眞如無

盡無離無滅無斷不可作證若菩薩摩訶薩於眞如如是學是學一切智智復次善現若菩薩摩訶薩如是學時是學布施波羅蜜多乃至般若波羅蜜多是學內空乃至無性自性空是學眞如乃至不思議界是學苦集滅道聖諦是學四念住乃至八聖道支是學四靜慮四無量四無色定是學八解脫乃至十遍處是學空無相無願解脫門是學極喜地乃至法雲地是學一切陀羅尼門三摩地門是學五眼六神通是學如來十力乃至十八佛不共法是學無忘失法恒住捨性是學一切智道相智一切相智是學一切菩薩摩訶薩行是學諸佛無上正等菩提善現若菩薩摩訶薩學布施波羅蜜多乃至諸佛無上正等菩提當知是學一切智智復次善現若菩薩摩訶薩如是學時至一切學究竟彼岸一切天魔及諸外道所不能伏疾至菩薩不退轉地行自祖父一切如來應正等覺所應行處於能護法無倒隨轉能作離暗所應作法善能成熟一切有情巧能嚴淨自佛國土名爲善學大慈大悲大喜大捨及餘無量無邊佛法善現若菩薩摩訶薩如是學時是學三轉十二行相無上法輪是學安處百千俱胝那庾多衆於無餘依般涅槃界令般涅槃是學不斷佛種妙行是學諸佛開甘露門是學安立無量無數無邊有情住三乘法是學示現一切有情究竟寂滅眞無爲界是爲修學一切智智如是學者下劣有情所不能學善現若菩薩摩訶薩欲善拔濟一切有情生死大苦應如是學復次善現若菩薩摩訶薩如

是學時決定不墮地獄傍生剡魔鬼界決定不生邊地達絮懱隸車中決定不生旃荼羅家補羯娑家及餘種種貧窮下賤不律儀家終不盲聾瘖瘂攣躄根支殘缺背僂癲癇癰疽疥癩痔瘻惡瘡不長不短亦不黧黑及無種種穢惡瘡病復次善現若菩薩摩訶薩如是學時生生常得眷屬圓滿形貌端嚴言詞威肅衆人愛敬所生之處離害生命乃至邪見終不攝受虛妄邪法不以邪法而自活命亦不攝受破戒惡見謗法有情以爲親友復次善現若菩薩摩訶薩如是學時終不生於躭樂少慧長壽天處所以者何是菩薩摩訶薩成就方便善巧勢力由此方便善巧力故雖能數入靜慮無量及無色定而不隨彼勢力受生甚深般若波羅蜜多所攝受故成就如是方便善巧於諸定中雖常獲得入出自在而不隨彼諸定勢力生長壽天廢修菩薩殊勝妙行復次善現若菩薩摩訶薩如是學時於佛十力四無所畏四無礙解大慈大悲大喜大捨及十八佛不共法等無量無邊諸佛妙法皆得清淨由清淨故不墮聲聞獨覺等地爾時具壽善現白佛言世尊若一切法本性清淨諸菩薩摩訶薩云何復於諸佛妙法而得清淨佛告善現如是如是如汝所說諸法本來自性清淨是菩薩摩訶薩於一切法本性淨中精勤修學甚深般若波羅蜜多如實通達無沒無滯遠離一切煩惱染著故說菩薩復得清淨復次善現雖一切法本性清淨愚夫異生不知見覺是菩薩摩訶薩爲欲令彼知見覺故修行布施波羅蜜多乃至

般若波羅蜜多安住内空乃至無性自性空安住眞如乃至不思議界安住苦集滅道聖諦修行四念住乃至八聖道支修行四靜慮四無量四無色定修行八解脫乃至十遍處修行空無相無願解脫門修行極喜地乃至法雲地修行五眼六神通修行佛十力乃至十八佛不共法修行無忘失法恒住捨性修行一切陀羅尼門三摩地門修行一切智道相智一切相智是菩薩摩訶薩於一切法本性清淨如是學時於佛十力乃至十八佛不共法及餘無量無邊佛法皆得清淨不墮聲聞獨覺等地於諸有情心行差別皆能通達至極彼岸善巧方便令諸有情證一切法本性清淨證得究竟安樂涅槃善現當知譬如大地少處出生金銀等寶多處出生沙石瓦礫諸有情類亦復如是少分能學甚深般若波羅蜜多謂住大乘諸菩薩衆多學聲聞獨覺地法謂求自利中下乘者善現當知譬如人趣少分能修轉輪王業多分受行小國王業諸有情類亦復如是少分能修一切智智道多分受行聲聞獨覺道善現當知求趣無上正等菩提諸菩薩衆少證無上正等菩提多墮聲聞及獨覺地善現當知住菩薩乘補特伽羅若不遠離甚深般若波羅蜜多方便善巧定能趣入不退轉地若有遠離甚深般若波羅蜜多方便善巧定於無上正等菩提當有退轉是故菩薩摩訶薩衆欲得菩薩不退轉地欲入菩薩不退轉數當勤修學甚深般若波羅蜜多方便善巧無得暫廢復次善現若菩薩摩訶薩如是修學甚深般若波羅

蜜多方便善巧終不發起慳貪破戒忿恚懈怠散動惡慧俱行之心亦不發起貪欲瞋恚愚癡憍慢俱行之心亦不發起放逸謬誤及餘過失俱行之心亦不發起執著色受想行識俱行之心亦不發起執著眼處乃至意處俱行之心亦不發起執著色處乃至法處俱行之心亦不發起執著眼界乃至意界俱行之心亦不發起執著色界乃至法界俱行之心亦不發起執著眼識界乃至意識界俱行之心亦不發起執著眼觸乃至意觸俱行之心亦不發起執著眼觸爲緣所生諸受乃至意觸爲緣所生諸受俱行之心亦不發起執著地界乃至識界俱行之心亦不發起執著無明乃至老死俱行之心亦不發起執著布施波羅蜜多乃至般若波羅蜜多俱行之心

亦不發起執著内空乃至無性自性空俱行之心亦不發起執著眞如乃至不思議界俱行之心亦不發起執著苦集滅道聖諦俱行之心亦不發起執著四靜慮四無量四無色定俱行之心亦不發起執著八解脫乃至十遍處俱行之心亦不發起執著四念住乃至八聖道支俱行之心亦不發起執著空無相無願解脫門俱行之心亦不發起執著淨觀地乃至如來地俱行之心亦不發起執著極喜地乃至法雲地俱行之心亦不發起執著五眼六神通俱行之心亦不發起執著如來十力乃至十八佛不共法俱行之心亦不發起執著三十二相八十隨好俱行之心亦不發起執著無忘失法恒住捨性俱行之心亦不發起執著陀羅尼門三摩地門俱行之心

亦不發起執著一切智道相智一切相智俱行之心亦不發起執著預流果乃至獨覺菩提俱行之心亦不發起執著一切菩薩摩訶薩行俱行之心亦不發起執著諸佛無上正等菩提俱行之心所以者何是菩薩摩訶薩行深般若波羅蜜多方便善巧不見有法是可得者無所得故不起執著色等諸法俱行之心

大般若波羅蜜多經卷第四百五十五

音釋

誹謗（誹敷尾切非議也謗補曠切毁也）補特伽羅（梵語也或云福伽羅或富特伽羅此云數取趣謂數數往來諸趣也）甲胄（胄音宙兜鍪也）捶打（捶主蘂切打音頂捶打以杖擊也）呵叱（呵虎何切責也叱尺栗切大訶也曰叱）劓鼻（劓魚器切削鼻也）達絮（梵語也此謂微信佛法之人絮息據切）補羯娑（梵語也此謂昇死殑等之賤類羯居謁切）攣躄（攣力負切手拘攣也躄必亦切脚屈病也）背僂（僂呂主切背僂脊背俯也）癲癇（癲音顛癇音閑癲癇狂病也）癰疽（癰於容切疽千余切）疥癩（疥音介癩音賴瘡疥）痔瘻（痔直里切後病也瘻音陋久創也）謬誤（謬靡幼切詐也差也）

大般若波羅蜜多經卷第四百五十六

唐三藏法師玄奘奉詔譯

第二分同性品第六十二之二

復次善現若菩薩摩訶薩如是修學甚深般若波羅蜜多方便善巧威德力故攝持一切波羅蜜多增長一切波羅蜜多導引一切波羅蜜多何以故善現甚深般若波羅蜜多中含藏一切波羅蜜多故善現譬如薩迦耶見遍能含藏六十二見甚深般若波羅蜜多亦復如是含藏一切波羅蜜多善現譬如一切死者命根滅故諸根隨滅甚深般若波羅蜜多亦復如是布施等五波羅蜜多悉皆隨彼若無般若波羅蜜多亦無一切波羅蜜多是故善現若菩薩摩訶薩欲至一切波羅蜜多究竟彼岸應學如是甚深般若波羅蜜多復次善現若菩薩摩訶薩能學如是甚深般若波羅蜜多於諸有情最尊最勝何以故是菩薩摩訶薩已能修學最上處故復次善現於意云何於此三千大千世界諸有情類寧爲多不善現對曰贍部洲中諸有情類尚多無數何況三千大千世界諸有情類寧不爲多佛告善現如是如是如汝所說善現假使三千大千世界諸有情類非前非後皆得人身得人身已非前非後皆發無上正等覺心修諸菩薩摩訶薩行修行滿已非前非後皆證無上正等菩提有菩薩摩訶薩盡其壽量能以種種上妙華鬘塗散等香衣服瓔珞寶幢旛蓋妓樂燈明房舍卧具飲食醫藥供養恭敬尊重讚歎此諸如來應正等覺於意云何是菩薩摩訶薩由此因縁得福多不善現對

曰甚多世尊佛告善現若菩薩摩訶薩能於如是甚深般若波羅蜜多常樂聽聞受持讀誦究竟通利如理思惟依教修行書寫流布所獲福聚甚多於前無量倍數所以者何甚深般若波羅蜜多具大義用能令菩薩摩訶薩衆疾得無上正等菩提是故善現若菩薩摩訶薩欲居一切有情上首欲普饒益一切有情無救護者爲作救護無歸依者爲作歸依無所趣者爲作所趣無眼目者爲作眼目無光明者爲作光明失正路者示以正路未涅槃者令得涅槃當學如是甚深般若波羅蜜多善現若菩薩摩訶薩欲得無上正等菩提欲行如來所行境界欲遊戲佛所遊戲處欲作如來大師子吼欲擊諸佛無上法鼓欲扣諸佛無上法鐘欲吹諸佛無上法螺欲昇諸佛無上法座欲宣諸佛無上法義欲決一切有情疑網欲入諸佛妙甘露界欲受諸佛微妙法樂欲證如來殊勝功德當學如是甚深般若波羅蜜多善現若菩薩摩訶薩能學如是甚深般若波羅蜜多無有一切功德善根而不能攝無有一切功德善根而不能得所以者何甚深般若波羅蜜多是一切種功德善根所依處故具壽善現白言世尊諸菩薩摩訶薩能學如是甚深般若波羅蜜多豈於一切聲聞獨覺功德善根能攝能得佛告善現是菩薩摩訶薩亦於一切聲聞獨覺功德善根能攝能得然於其中無住無著以勝智見正觀察已超過聲聞及獨覺地趣入菩薩正性離生故此菩薩摩訶薩衆無有一切功德善根而不攝得善現若菩薩摩訶薩能

學如是甚深般若波羅蜜多則爲隣近一切智智速證無上正等菩提善現若菩薩摩訶薩能學如是甚深般若波羅蜜多則爲一切世間天人阿素洛等眞實福田超諸世間沙門梵志聲聞獨覺福田之上疾能證得一切智智隨所生處不捨般若波羅蜜多不離般若波羅蜜多常行般若波羅蜜多善現若菩薩摩訶薩能如是學甚深般若波羅蜜多當知已於一切智智得不退轉於一切法能正覺知遠離聲聞及獨覺地隣近無上正等菩提善現若菩薩摩訶薩作如是念此是般若波羅蜜多此是修時此是修處我能修此甚深般若波羅蜜多我由如是甚深般若波羅蜜多棄捨如是所應捨法定當證得一切智智是菩薩摩訶薩非行般若波羅蜜多亦於般若波羅蜜多不能解了何以故甚深般若波羅蜜多不作是念我是般若波羅蜜多此是修時此是修處此是修者此是般若波羅蜜多所遠離法此是般若波羅蜜多所照了法此是般若波羅蜜多所證無上正等菩提若如是知是行般若波羅蜜多善現若菩薩摩訶薩作如是念此非般若波羅蜜多此非修時此非修處此非修者非由般若波羅蜜多遠離一切所應捨法非由般若波羅蜜多定能證得一切智智所以者何以一切法皆住眞如法界法性不虛妄性不變異性平等性離生性法定法住實際虛空界不思議界此中一切皆無差別善現若菩薩摩訶薩能如是行是行般若波羅蜜多

第二分無分別品第六十三

爾時天帝釋竊作是念若菩薩摩訶薩修行般若波羅蜜多乃至布施波羅蜜多安住内空乃至無性自性空安住眞如乃至不思議界安住苦集滅道聖諦修行四念住乃至八聖道支修行四靜慮四無量四無色定修行八解脱乃至十遍處修行空無相無願解脱門修行極喜地乃至法雲地修行一切陀羅尼門三摩地門修行五眼六神通修行如來十力乃至十八佛不共法修行無忘失法恒住捨性修行一切智道相智一切相智修行菩薩摩訶薩行修行無上正等菩提尚超一切有情之上況得無上正等菩提若諸有情聞説一切智智名字心生信解尚爲獲得人中善利及得世間最勝壽命況發無上正等覺心或常聽聞如是般若波羅蜜多甚深經典若諸有情能發無上正等覺心聽聞般若波羅蜜多甚深經典諸餘有情皆應願樂所獲功德世間天人阿素洛等不能及故時天帝釋作是念已即取天上微妙香華奉散如來應正等覺及諸菩薩摩訶薩衆既散華已作是願言若菩薩乘諸善男子善女人等求趣無上正等菩提以我所集功德善根令彼所求無上佛法一切智智速得圓滿以我所集功德善根令彼所求自然人法眞無漏法速得圓滿以我所集功德善根令彼一切所欲聞法皆速圓滿以我所集功德善根若求聲聞獨覺乘者亦令所願疾得滿足作是願已即白佛言世尊若菩薩乘諸善男子善女人等已發無上正等覺心我終不生一念異意令其退轉大菩提心我亦不生一念異意

令諸菩薩摩訶薩衆猒離無上正等菩提退住聲聞獨覺等地世尊若菩薩摩訶薩已於無上正等菩提心生欲樂我願彼心倍復增進疾證無上正等菩提願彼菩薩摩訶薩衆見生死中種種苦已爲欲利樂世間天人阿素洛等發起種種堅固大願我既自度生死大海亦當精勤度未度者我既自解生死繫縛亦當精勤解未解者我於種種生死怖畏既自安隱亦當精勤安未安者我既自證究竟涅槃亦當精勤令未證者皆同證得世尊若善男子善女人等於初發心菩薩摩訶薩功德善根起隨喜心得幾許福於久發心菩薩摩訶薩功德善根起隨喜心得幾許福於不退轉地菩薩摩訶薩功德善根起隨喜心得幾許福於一生所繫菩薩摩訶薩功德善根起隨喜心得幾許福爾時佛告天帝釋言憍尸迦四大洲界可知兩數此善男子善女人等隨喜俱心所生福德不可知量憍尸迦乃至三千大千世界可知兩數此善男子善女人等隨喜俱心所生福德不可知量憍尸迦假使三千大千世界爲一大海有取一毛析爲百分持一分端霑大海水可知滴數此善男子善女人等隨喜俱心所生福德不可知量時天帝釋復白佛言世尊若諸有情於菩薩摩訶薩功德善根不隨喜者當知皆是魔所魅著世尊若諸有情於菩薩摩訶薩功德善根不隨喜者當知皆是惡魔朋黨世尊若諸有情於菩薩摩訶薩功德善根不隨喜者當知皆從魔界中沒來生是間所以者何若菩薩摩訶薩求趣無上正等菩提修諸菩

薩摩訶薩行若諸有情於彼菩薩摩訶薩衆功德善根隨喜迴向皆能破壞一切魔軍宮殿眷屬世尊若諸有情深心敬愛佛法僧寶隨所生處常欲見佛常欲聞法常欲遇僧於諸菩薩摩訶薩衆功德善根應生隨喜既隨喜已迴向無上正等菩提而不應生二無二想若能如是疾證無上正等菩提利樂有情破魔軍衆爾時佛告天帝釋言如是如是如汝所説憍尸迦若諸有情於菩薩摩訶薩功德善根深心隨喜迴向無上正等菩提是諸有情速能圓滿諸菩薩行疾證無上正等菩提若諸有情於菩薩摩訶薩功德善根深心隨喜迴向無上正等菩提是諸有情具大威力常能奉事一切如來應正等覺及善知識恒聞般若波羅蜜多甚深經典善知義趣憍尸迦是諸有情成就如是隨喜迴向功德善根隨所生處常爲一切世間天人阿素洛等供養恭敬尊重讃歎不覩惡色不聞惡聲不齅惡香不嘗惡味不覺惡觸不思惡法常不遠離諸佛世尊從一佛國趣一佛國親近諸佛種諸善根成熟有情嚴淨佛土何以故憍尸迦是諸有情能於無數最初發心菩薩摩訶薩功德善根深心隨喜迴向無上正等菩提能於無數已住初地乃至十地菩薩摩訶薩功德善根深心隨喜迴向無上正等菩提能於無數一生所繫菩薩摩訶薩功德善根深心隨喜迴向無上正等菩提由此因緣是諸有情善根增進速證無上正等菩提既證無上正等菩提能盡未來如實利樂無量無數無邊有情令住無餘般涅槃界以是故憍

尸迦住菩薩乘諸善男子善女人等於初發心菩薩摩訶薩功德善根於久發心菩薩摩訶薩功德善根於不退轉地菩薩摩訶薩功德善根於一生所繫菩薩摩訶薩功德善根皆應隨喜迴向無上正等菩提於生隨喜及迴向時不應執著即心離心隨喜迴向不應執著即心修行離心修行若能如是無所執著隨喜迴向修諸菩薩摩訶薩行速證無上正等菩提能盡未來利益安樂諸有情衆皆令安住究竟涅槃爾時具壽善現白佛言世尊如佛所說諸法如幻乃至諸法如變化事云何菩薩摩訶薩以如幻心能證無上正等菩提佛告善現於意云何汝見菩薩摩訶薩等如幻心不善現對曰不也世尊我不見幻亦不見有如幻之心佛告善現於意云何若處無幻無如幻心汝見有是心能證無上正等菩提不善現對曰不也世尊我都不見有處無幻無如幻心更有是心能證無上正等菩提佛告善現於意云何若處離幻離如幻心汝見有是法能證無上正等菩提不善現對曰不也世尊我都不見有處離幻離如幻心更有是法能證無上正等菩提世尊我都不見即離心法說何等法是有是無以一切法畢竟遠離故若一切法畢竟遠離者不可施設此法是有此法是無若法不可施設有無則不可說能證無上正等菩提非無所有法能證菩提故所以者何以一切法皆無所有性不可得無生無滅無染無淨何以故世尊般若波羅蜜多乃至布施波羅蜜多畢竟遠離故内空乃至無性自性空畢竟遠離故

眞如乃至不思議界畢竟遠離故苦集滅道聖諦畢竟遠離故四念住乃至八聖道支畢竟遠離故四靜慮四無量四無色定畢竟遠離故八解脱乃至十遍處畢竟遠離故空無相無願解脱門畢竟遠離故極喜地乃至法雲地畢竟遠離故一切陀羅尼門三摩地門畢竟遠離故五眼六神通畢竟遠離故如來十力乃至十八佛不共法畢竟遠離故無忘失法恒住捨性畢竟遠離故一切智道相智一切相智畢竟遠離故一切菩薩摩訶薩行畢竟遠離故諸佛無上正等菩提畢竟遠離故一切智智畢竟遠離故世尊若法畢竟遠離是法不應修亦不應遣亦復不應有所引發甚深般若波羅蜜多亦畢竟遠離故於法不應有所引發世尊甚深般若波羅蜜多既畢竟遠離云何可説諸菩薩摩訶薩依甚深般若波羅蜜多證得無上正等菩提諸佛無上正等菩提亦畢竟遠離云何遠離法能證遠離法是故般若波羅蜜多應不可説證得無上正等菩提佛告善現善哉善哉如是如是如汝所説所以者何善現甚深般若波羅蜜多乃至布施波羅蜜多畢竟遠離如是乃至一切菩薩摩訶薩行畢竟遠離諸佛無上正等菩提畢竟遠離一切智智亦畢竟遠離善現以甚深般若波羅蜜多乃至布施波羅蜜多畢竟遠離可説菩薩摩訶薩證得畢竟遠離無上正等菩提如是乃至以一切智智畢竟遠離可説菩薩摩訶薩證得畢竟遠離無上正等菩提善現若甚深般若波羅蜜多乃至布施波羅蜜多非畢竟遠離應非般若

波羅蜜多乃至布施波羅蜜多如是乃至若一切智智非畢竟遠離應非一切智智善現以甚深般若波羅蜜多乃至布施波羅蜜多畢竟遠離得名般若波羅蜜多乃至布施波羅蜜多如是乃至以一切智智畢竟遠離得名一切智智是故善現諸菩薩摩訶薩非不依止甚深般若波羅蜜多證得無上正等菩提善現雖非遠離法能證遠離法而證無上正等菩提非不依止甚深般若波羅蜜多是故菩薩摩訶薩衆欲得無上正等菩提常應精勤修學如是甚深般若波羅蜜多具壽善現白言世尊諸菩薩摩訶薩所行法義並爲甚深佛告善現如是如是諸菩薩摩訶薩所行法義並爲甚深難見難覺非所尋思超尋思境微密智者自內所證不可宣說善現當知諸菩薩摩訶薩能爲難事雖行如是甚深法義而於聲聞獨覺地法能不作證具壽善現復白佛言如我解佛所說義者諸菩薩摩訶薩所作無難不應說彼能爲難事所以者何諸菩薩摩訶薩所證法義都不可得能證般若波羅蜜多亦不可得證法證者證處證時亦不可得世尊諸菩薩摩訶薩觀一切法既不可得有何法義可爲所證有何般若波羅蜜多可爲能證復有何等而可施設證法證者證處證時既爾云何可執由此證得無上正等菩提無上正等菩提尚不可證況證聲聞獨覺地法世尊若如是行是名菩薩無所得行若菩薩摩訶薩能行如是無所得行於一切法無障無礙世尊若菩薩摩訶薩聞說此語其心不驚不恐不怖不憂不悔不沉

不没是行般若波羅蜜多世尊是菩薩摩訶薩如是行時不見諸相不見我行不見不行不見般若波羅蜜多是我所行不見無上正等菩提是我所證亦復不見證時處等世尊是菩薩摩訶薩行深般若波羅蜜多不作是念我遠聲聞獨覺等地我近無上正等菩提世尊譬如虚空不作是念我去彼法若遠若近何以故虚空無動亦無差別無分別故諸菩薩摩訶薩亦復如是行深般若波羅蜜多不作是念我遠聲聞獨覺等地我近無上正等菩提何以故甚深般若波羅蜜多於一切法無分別故世尊譬如幻士不作是念幻質幻師觀衆去我若遠若近何以故所幻之士無分別故諸菩薩摩訶薩亦復如是行深般若波羅蜜多不作是念我遠聲聞獨覺等地

我近無上正等菩提何以故甚深般若波羅蜜多於一切法無分別故世尊譬如影像不作是念我去本質及我所依若遠若近何以故所現影像無分別故諸菩薩摩訶薩亦復如是行深般若波羅蜜多不作是念我遠聲聞獨覺等地我近無上正等菩提何以故甚深般若波羅蜜多於一切法無分別故世尊行深般若波羅蜜多諸菩薩摩訶薩無愛無憎何以故甚深般若波羅蜜多若愛若憎及境自性不可得故世尊如諸如來應正等覺於一切法無愛無憎行深般若波羅蜜多諸菩薩摩訶薩亦復如是於一切法無愛無憎何以故諸佛菩薩甚深般若波羅蜜多愛憎斷故世尊如諸如來應正等覺一切分別種種分別周遍分別皆畢竟斷行深般若波羅

蜜多諸菩薩摩訶薩亦復如是一切分別種種分別周遍分別皆畢竟斷何以故諸佛菩薩甚深般若波羅蜜多於一切法無分別故世尊如諸如來應正等覺不作是念我遠聲聞獨覺等地我近無上正等菩提行深般若波羅蜜多諸菩薩摩訶薩亦復如是不作是念我遠聲聞獨覺等地我近無上正等菩提何以故諸佛菩薩甚深般若波羅蜜多於一切法無分別故世尊如諸如來應正等覺所變化者不作是念我遠聲聞獨覺等地我近無上正等菩提何以故一切如來應正等覺及所變化無分別故行深般若波羅蜜多諸菩薩摩訶薩亦復如是不作是念我遠聲聞獨覺等地我近無上正等菩提何以故甚深般若波羅蜜多於一切法無分別故世尊如諸佛等欲有所作化作化者令作彼事而所化者不作是念我能造作如是事業何以故諸所化者於所作業無分別故甚深般若波羅蜜多亦復如是有所爲故而勤修習既修習已雖能成辦所作事業而於所作無所分別何以故甚深般若波羅蜜多法爾於法無分別故世尊如巧工匠或彼弟子有所爲故造諸機關或女或男或象馬等此諸機關雖有所作而於彼事無所分別何以故機關法爾無分別故甚深般若波羅蜜多亦復如是有所爲故而成立之既成立已雖能成辦所作所説而於其中都無分別何以故甚深般若波羅蜜多法爾於法無分別故時舍利子問善現言爲但般若波羅蜜多無分別爲靜慮精進安忍淨戒布施波羅蜜多亦無分別

善現荅言非但般若波羅蜜多無分別靜慮精進安忍淨戒布施波羅蜜多亦無分別舍利子言爲但六波羅蜜多無分別爲色受想行識亦無分別爲眼處乃至意處亦無分別爲色處乃至法處亦無分別爲眼界乃至意界亦無分別爲色界乃至法界亦無分別爲眼識界乃至意識界亦無分別爲眼觸乃至意觸亦無分別爲眼觸爲緣所生諸受乃至意觸爲緣所生諸受亦無分別爲地界乃至識界亦無分別爲無明乃至老死亦無分別爲内空乃至無性自性空亦無分別爲眞如乃至不思議界亦無分別爲苦集滅道聖諦亦無分別爲四靜慮四無量四無色定亦無分別爲八解脱乃至十遍處亦無分別爲四念住乃至八聖道支亦無分別爲空無相無願解脱門亦無分別爲淨觀地乃至如來地亦無分別爲極喜地乃至法雲地亦無分別爲一切陀羅尼門三摩地門亦無分別爲五眼六神通亦無分別爲如來十力乃至十八佛不共法亦無分別爲無忘失法恒住捨性亦無分別爲一切智道相智一切相智亦無分別爲預流果乃至獨覺菩提亦無分別爲一切菩薩摩訶薩行亦無分別爲諸佛無上正等菩提亦無分別爲有爲界亦無分別爲無爲界亦無分別善現荅言非但六波羅蜜多無分別色亦無分別受想行識亦無分別乃至有爲界亦無分別無爲界亦無分別舍利子言若一切法皆無分別云何分別五趣差别謂是地獄是傍生是鬼界是人是天云何分別聖者差别謂是預流是一來是不還

是阿羅漢是獨覺是菩薩是如來善現答言有情顚倒煩惱因緣發起種種身語意業由此感得欲爲根本業異熟果依此施設地獄傍生鬼界人天五趣差別又所問言云何分別聖差別者舍利子無分別故施設預流及預流果無分別故施設一來及一來果無分別故施設不還及不還果無分別故施設阿羅漢及阿羅漢果無分別故施設獨覺及獨覺菩提無分別故施設菩薩摩訶薩及菩薩摩訶薩行無分別故施設如來應正等覺及彼無上正等菩提舍利子過去如來應正等覺由無分別分別斷故可施設有種種差別未來如來應正等覺亦無分別分別斷故可施設有種種差別現在十方諸佛世界一切如來應正等覺現說法者亦無分別分別斷故可施設有種種差別舍利子由是因緣當知諸法皆無分別由無分別眞如法界廣說乃至不思議界爲定量故舍利子諸菩薩摩訶薩應行如是無所分別甚深般若波羅蜜多若菩薩摩訶薩能行如是無所分別甚深般若波羅蜜多便能證得無所分別微妙無上正等菩提覺一切法無分別性盡未來際利樂有情

第二分堅非堅品第六十四之一

時舍利子問善現言諸菩薩摩訶薩修行般若波羅蜜多爲行堅法爲行非堅法善現答言諸菩薩摩訶薩修行般若波羅蜜多行非堅法不行堅法何以故舍利子般若波羅蜜多乃至布施波羅蜜多非堅法故内空乃至無性自性空非堅法故眞如乃至不思議界

非堅法故苦集滅道聖諦非堅法故四念住乃至八聖道支非堅法故四靜慮四無量四無色定非堅法故八解脫乃至十遍處非堅法故空無相無願解脫門非堅法故極喜地乃至法雲地非堅法故一切陀羅尼門三摩地門非堅法故五眼六神通非堅法故如來十力乃至十八佛不共法非堅法故無忘失法恒住捨性非堅法故一切智道相智一切相智非堅法故一切菩薩摩訶薩行非堅法故諸佛無上正等菩提非堅法故一切智智非堅法故所以者何諸菩薩摩訶薩行深般若波羅蜜多時於深般若波羅蜜多尚不見有非堅可得況見有堅可得如是乃至行一切智智時於一切智智尚不見有非堅可得況見有堅可得時有無量欲色界天咸作是念住菩薩乘諸善男子善女人等能發無上正等覺心如深般若波羅蜜多所說義行不證實際平等法性不墮聲聞及獨覺地由此因緣是善男子善女人等甚爲希有能爲難事應當敬禮爾時善現知彼諸天心之所念便告彼曰是善男子善女人等不證實際平等法性不墮聲聞及獨覺地非甚希有亦未爲難若菩薩摩訶薩知一切法及諸有情皆不可得而發無上正等覺心被精進甲誓度無量無邊有情令入無餘般涅槃界是菩薩摩訶薩乃甚希有能爲難事諸天當知若菩薩摩訶薩雖知有情都無所有而發無上正等覺心被精進甲爲欲調伏諸有情類如有爲欲調伏虛空所以者何虛空離故當知一切有情亦離虛空空故當知一切有情亦空

虛空非堅實故當知一切有情亦非堅實虛空無所有故當知一切有情亦無所有由此因縁是菩薩摩訶薩乃甚希有能爲難事諸天當知是菩薩摩訶薩被大悲甲爲欲調伏一切有情而諸有情都無所有如有被甲與虛空戰諸天當知是菩薩摩訶薩被大悲甲爲欲利樂一切有情而諸有情及大悲甲俱不可得所以者何有情離故此大悲甲當知亦離有情空故此大悲甲當知亦空有情非堅實故此大悲甲當知亦非堅實有情無所有故此大悲甲當知亦無所有諸天當知是菩薩摩訶薩調伏利樂諸有情事亦不可得所以者何有情離空非堅實無所有故此調伏利樂事當知亦離空非堅實無所有諸天當知是菩薩摩訶薩亦無所有所以者何有情離空非堅實無所有故當知菩薩亦離空非堅實無所有諸天當知若菩薩摩訶薩聞如是事其心不驚不恐不怖不憂不悔不沉不沒當知是菩薩摩訶薩行深般若波羅蜜多所以者何諸色離即有情離受想行識離即有情離眼處乃至意處離即有情離色處乃至法處離即有情離眼界乃至意界離即有情離色界乃至法界離即有情離眼識界乃至意識界離即有情離眼觸乃至意觸離即有情離眼觸爲縁所生諸受乃至意觸爲縁所生諸受離即有情離地界乃至識界離即有情離因縁乃至增上縁離即有情離無明乃至老死離即有情離布施波羅蜜多乃至般若波羅蜜多離即有情離內空乃至無性自性空離即有情離眞如乃至不思議界

離即有情離苦集滅道聖諦離即有情離四念住乃至八聖道支離即有情離四靜慮四無量四無色定離即有情離八解脫乃至十遍處離即有情離空無相無願解脫門離即有情離淨觀地乃至如來地離即有情離極喜地乃至法雲地離即有情離一切陀羅尼門三摩地門離即有情離五眼六神通離即有情離如來十力乃至十八佛不共法離即有情離三十二大士相八十隨好離即有情離無忘失法恒住捨性離即有情離一切智道相智一切相智離即有情離預流果乃至獨覺菩提離即有情離一切菩薩摩訶薩行離即有情離諸佛無上正等菩提離即有情離一切智智離即有情離

大般若波羅蜜多經卷第四百五十六

音釋

華鬘（鬘莫班切）憍尸迦（憍堅堯切憍尸迦帝釋別名也）

大般若波羅蜜多經卷第四百五十七

唐三藏法師玄奘奉　詔譯

第二分堅非堅品第六十四之二

諸天當知諸色離即布施波羅蜜多乃至般若波羅蜜多離受想行識離即布施波羅蜜多乃至般若波羅蜜多離如是乃至諸色離即一切智智離受想行識離即一切智智離諸天當知諸眼處離即布施波羅蜜多乃至般若波羅蜜多離耳鼻舌身意處離即布施波羅蜜多乃至般若波羅蜜多離如是乃至諸眼處離即一切智智離耳鼻舌身意處離即一切智智離諸天當知諸色處離即布施波羅蜜多乃至般若波羅蜜多離聲香味觸法處離即布施波羅蜜多乃至般若波羅蜜多離如是乃至諸色處離即一切智智離聲香味觸法處離即一切智智離諸天當知諸眼界離即布施波羅蜜多乃至般若波羅蜜多離耳鼻舌身意界離即布施波羅蜜多乃至般若波羅蜜多離如是乃至諸眼界離即一切智智離耳鼻舌身意界離即一切智智離諸天當知諸色界離即布施波羅蜜多乃至般若波羅蜜多離聲香味觸法界離即布施波羅蜜多離乃至般若波羅蜜多離如是乃至諸色界離即一切智智離聲香味觸法界離即一切智智離諸天當知諸眼識界離即布施波羅蜜多乃至般若波羅蜜多離耳鼻舌身意識界離即布施波羅蜜多乃至般若波羅蜜多離如是乃至諸眼識界離即一切智智離耳鼻舌身意識界離即一切智智離諸天當知諸眼觸離即布施波羅蜜多乃

至般若波羅蜜多離耳鼻舌身意觸離即布施波羅蜜多乃至般若波羅蜜多離如是乃至諸眼觸離即一切智智離耳鼻舌身意觸離即一切智智離諸天當知諸眼觸爲緣所生諸受離即布施波羅蜜多乃至般若波羅蜜多離耳鼻舌身意觸爲緣所生諸受離即布施波羅蜜多乃至般若波羅蜜多離如是乃至諸眼觸爲緣所生諸受離即一切智智離耳鼻舌身意觸爲緣所生諸受離即一切智智離諸天當知諸地界離即布施波羅蜜多乃至般若波羅蜜多離水火風空識界離即布施波羅蜜多乃至般若波羅蜜多離如是乃至諸地界離即一切智智離水火風空識界離即一切智智離諸天當知諸因緣離即布施波羅蜜多乃至般若波羅蜜多離等無間緣所緣緣增上緣離即布施波羅蜜多乃至般若波羅蜜多離如是乃至諸因緣離即一切智智離等無間緣所緣緣增上緣離即一切智智離諸天當知諸無明離即布施波羅蜜多乃至般若波羅蜜多離行乃至老死離即布施波羅蜜多乃至般若波羅蜜多離如是乃至諸無明離即一切智智離行乃至老死離即一切智智離諸天當知諸布施波羅蜜多離即內空乃至無性自性空離淨戒安忍精進靜慮般若波羅蜜多離即內空乃至無性自性空離如是乃至諸布施波羅蜜多離即一切智智離淨戒安忍精進靜慮般若波羅蜜多離即一切智智離諸天當知諸內空離即布施波羅蜜多乃至般若波羅蜜多離外空乃至無性自性空離即布施波

羅蜜多乃至般若波羅蜜多離如是乃至諸
内空離即一切智智離外空乃至無性自性
空離即一切智智離諸天當知諸眞如離即
布施波羅蜜多乃至般若波羅蜜多離法界
乃至不思議界離即布施波羅蜜多乃至般
若波羅蜜多離如是乃至諸眞如離即一切
智智離法界乃至不思議界離即一切智智
離諸天當知諸苦聖諦離即布施波羅蜜多
乃至般若波羅蜜多離集滅道聖諦離即布
施波羅蜜多乃至般若波羅蜜多離如是乃
至諸苦聖諦離即一切智智離集滅道聖諦
離即一切智智離諸天當知諸四念住離即
布施波羅蜜多乃至般若波羅蜜多離四正
斷乃至八聖道支離即布施波羅蜜多乃至
般若波羅蜜多離如是乃至諸四念住離即
一切智智離四正斷乃至八聖道支離即一
切智智離諸天當知諸四靜慮離即布施波
羅蜜多乃至般若波羅蜜多離四無量四無
色定離即布施波羅蜜多乃至般若波羅蜜
多離如是乃至諸四靜慮離即一切智智離
四無量四無色定離即一切智智離諸天當
知諸八解脫離即布施波羅蜜多乃至般若
波羅蜜多離八勝處九次第定十遍處離即
布施波羅蜜多乃至般若波羅蜜多離如是
乃至諸八解脫離即一切智智離八勝處九
次第定十遍處離即一切智智離諸天當知
諸空解脫門離即布施波羅蜜多乃至般若
波羅蜜多離無相無願解脫門離即布施波
羅蜜多乃至般若波羅蜜多離如是乃至諸
空解脫門離即一切智智離無相無願解脫

門離即一切智智離諸天當知諸淨觀地離即布施波羅蜜多乃至般若波羅蜜多離種性地乃至如來地離即布施波羅蜜多乃至般若波羅蜜多離如是乃至諸淨觀地離即一切智智離種性地乃至如來地離即一切智智離諸天當知諸極喜地離即布施波羅蜜多乃至般若波羅蜜多離離垢地乃至法雲地離即布施波羅蜜多乃至般若波羅蜜多離如是乃至諸極喜地離即一切智智離離垢地乃至法雲地離即一切智智離諸天當知諸陀羅尼門離即布施波羅蜜多乃至般若波羅蜜多離三摩地門離即布施波羅蜜多乃至般若波羅蜜多離如是乃至諸陀羅尼門離即一切智智離三摩地門離即一切智智離諸天當知諸五眼離即布施波羅蜜多乃至般若波羅蜜多離六神通離即布施波羅蜜多乃至般若波羅蜜多離如是乃至諸五眼離即一切智智離六神通離即一切智智離諸天當知諸如來十力離即布施波羅蜜多乃至般若波羅蜜多離四無所畏乃至十八佛不共法離即布施波羅蜜多乃至般若波羅蜜多離如是乃至諸如來十力離即一切智智離四無所畏乃至十八佛不共法離即一切智智離諸天當知諸三十二大士相離即布施波羅蜜多乃至般若波羅蜜多離八十隨好離即布施波羅蜜多乃至般若波羅蜜多離如是乃至諸三十二大士相離即一切智智離八十隨好離即一切智智離諸天當知諸無忘失法離即布施波羅蜜多乃至般若波羅蜜多離恒住捨性離即

布施波羅蜜多乃至般若波羅蜜多離如是乃至諸無忘失法離即一切智智離恒住捨性離即一切智智離諸天當知諸一切智離即布施波羅蜜多乃至般若波羅蜜多離道相智一切相智離即布施波羅蜜多乃至般若波羅蜜多離如是乃至諸一切智離即一切智智離道相智一切相智離即一切智智離諸天當知諸預流果離即布施波羅蜜多乃至般若波羅蜜多離一來果乃至獨覺菩提離即布施波羅蜜多乃至般若波羅蜜多離如是乃至諸預流果離即一切智智離一來果乃至獨覺菩提離即一切智智離諸天當知諸菩薩摩訶薩行離即布施波羅蜜多乃至般若波羅蜜多離如是乃至諸菩薩摩訶薩行離即一切智智離諸天當知諸佛無上正等菩提離即布施波羅蜜多乃至般若波羅蜜多離如是乃至諸佛無上正等菩提離即一切智智離諸天當知諸一切智智離即布施波羅蜜多乃至般若波羅蜜多離如是乃至諸一切智智離即諸佛無上正等菩提離諸天當知若菩薩摩訶薩聞說諸法無不遠離其心不驚不恐不怖不憂不悔不沉不沒當知是菩薩摩訶薩行深般若波羅蜜多爾時世尊告善現言何因緣故諸菩薩摩訶薩於深般若波羅蜜多不沉不沒具壽善現白言世尊以一切法皆非有故皆遠離故皆寂靜故無所有故無生滅故諸菩薩摩訶薩於深般若波羅蜜多不沉不沒世尊由如是等種種因緣諸菩薩摩訶薩於深般若波羅蜜多不沉不沒所以者何諸菩薩摩訶薩

於一切法若能沉没若所沉没若沉没時若沉没處若沉没者由此沉没皆不可得以一切法不可得故世尊若菩薩摩訶薩聞如是說其心不驚不恐不怖不憂不悔不沉不没當知是菩薩摩訶薩行深般若波羅蜜多何以故是菩薩摩訶薩觀一切法皆不可得不可施設是能沉没是所沉没是沉没時是沉没處是沉没者由此沉没以是因緣諸菩薩摩訶薩聞如是說其心不驚不恐不怖不憂不悔不沉不没世尊若菩薩摩訶薩能如是行甚深般若波羅蜜多諸天帝釋大梵天王諸衆生主恒共禮敬佛告善現若菩薩摩訶薩能如是行甚深般若波羅蜜多非但恒爲諸天帝釋大梵天王諸衆生主共所禮敬是菩薩摩訶薩亦爲過此極光淨天若遍淨天若廣果天若淨居天及餘天衆恒共禮敬是菩薩摩訶薩亦爲十方無量無數無邊世界一切如來應正等覺現說法者恒共護念善現當知是菩薩摩訶薩能如是行甚深般若波羅蜜多故則令布施波羅蜜多乃至般若波羅蜜多速得圓滿亦令内空乃至無性自性空速得圓滿亦令真如乃至不思議界速得圓滿亦令苦集滅道聖諦速得圓滿亦令四念住乃至八聖道支速得圓滿亦令四靜慮四無量四無色定速得圓滿亦令八解脱乃至十遍處速得圓滿亦令空無相無願解脱門速得圓滿亦令極喜地乃至法雲地速得圓滿亦令一切陀羅尼門三摩地門速得圓滿亦令五眼六神通速得圓滿亦令如來十力乃至十八佛不共法速得圓滿亦令無

忘失法恒住捨性速得圓滿亦令一切智道相智一切相智速得圓滿亦令一切菩薩摩訶薩行速得圓滿亦令諸佛無上正等菩提速得圓滿亦令一切智智速得圓滿善現當知若菩薩摩訶薩能如是行甚深般若波羅蜜多常爲如來應正等覺及諸菩薩摩訶薩衆共所護念速能圓滿一切功德是菩薩摩訶薩當知行佛所應行處亦正修行佛所行行故此菩薩如佛世尊善現當知是菩薩摩訶薩其心堅固假使十方殑伽沙等諸佛世界一切有情皆爲惡魔一一惡魔各復化作爾許惡魔此諸惡魔皆有無量無邊神力是諸惡魔盡其神力不能障礙是菩薩摩訶薩令不能行甚深般若波羅蜜多不證無上正等菩提所以者何是菩薩摩訶薩已得般若波羅蜜多方便善巧達一切法不可得故善現若菩薩摩訶薩成就二法一切惡魔不能障礙令不能行甚深般若波羅蜜多不證無上正等菩提云何爲二一觀諸法皆畢竟空二不棄捨一切有情善現若菩薩摩訶薩成就二法一切惡魔不能障礙令不能行甚深般若波羅蜜多不證無上正等菩提云何爲二一如所說悉皆能作二爲諸佛常所護念善現若菩薩摩訶薩能如是行甚深般若波羅蜜多諸天神等常來禮敬親近供養請問勸發作如是言善哉大士欲證無上正等菩提當勤住空無相無願所以者何大士若菩薩摩訶薩精勤住空無相無願一切有情無依怙者能作依怙無歸依者能作歸依無救護者能作救護無投趣者能作投趣無洲渚

者能作洲渚無舍宅者能作舍宅與闇冥者能作光明與聾盲者能作耳目何以故大士如是住空無相無願即爲安住甚深般若波羅蜜多若能安住甚深般若波羅蜜多疾證無上正等菩提善現若菩薩摩訶薩能如是住甚深般若波羅蜜多便爲十方無量無數無邊世界現在如來應正等覺處大衆中說正法時自然歡喜稱揚讃歎是菩薩摩訶薩名字種姓及諸功德所謂安住甚深般若波羅蜜多微妙功德善現當知如我今者爲衆宣說甚深般若波羅蜜多於大衆前自然歡喜稱揚讃歎寶幢菩薩摩訶薩頂髻菩薩摩訶薩等諸菩薩摩訶薩及餘現在不動佛所淨修梵行安住般若波羅蜜多諸菩薩摩訶薩名字種姓及諸功德所謂安住甚深般若

波羅蜜多微妙功德現在東方殑伽沙等諸佛世界一切如來應正等覺爲衆宣說甚深般若波羅蜜多於彼亦有諸菩薩摩訶薩淨修梵行安住般若波羅蜜多彼諸如來應正等覺各於衆前自然歡喜稱揚讃歎彼菩薩摩訶薩名字種姓及諸功德所謂安住甚深般若波羅蜜多微妙功德南西北方四維上下殑伽沙等諸佛世界一切如來應正等覺爲衆宣說甚深般若波羅蜜多於彼亦有諸菩薩摩訶薩淨修梵行安住般若波羅蜜多彼諸如來應正等覺各於衆前自然歡喜稱揚讃歎彼菩薩摩訶薩名字種姓及諸功德所謂安住甚深般若波羅蜜多微妙功德善現當知有菩薩摩訶薩從初發心修行般若波羅蜜多漸次圓滿大菩提道漸次圓滿甚

深般若波羅蜜多乃至當得一切智智亦爲十方殑伽沙等諸佛世界一切如來應正等覺說正法時於大衆前自然歡喜稱揚讚歎是菩薩摩訶薩名字種姓及諸功德所爲修行甚深般若波羅蜜多微妙功德何以故善現是菩薩摩訶薩能爲難事不斷佛種饒益有情爾時具壽善現白佛言世尊何等菩薩摩訶薩爲諸如來應正等覺說正法時在大衆前自然歡喜稱揚讚歎名字種姓及諸功德爲不退轉退轉位耶佛告善現有菩薩摩訶薩住不退轉位修行般若波羅蜜多爲諸如來應正等覺說正法時在大衆前自然歡喜稱揚讚歎名字種姓及諸功德復有菩薩摩訶薩雖未受記而行般若波羅蜜多亦爲如來應正等覺說正法時在大衆前自然歡喜稱揚讚歎名字種姓及諸功德爾時善現復白佛言此所說者是何菩薩佛告善現有菩薩摩訶薩隨不動佛爲菩薩時所行而學已得安住不退轉地是菩薩摩訶薩爲諸如來應正等覺說正法時在大衆前自然歡喜稱揚讚歎名字種姓及諸功德復有菩薩摩訶薩隨寶幢菩薩摩訶薩頂髻菩薩摩訶薩等所行而學是菩薩摩訶薩雖未受記而勤精進行深般若波羅蜜多亦爲如來應正等覺說正法時在大衆前自然歡喜稱揚讚歎名字種姓及諸功德復次善現有菩薩摩訶薩行深般若波羅蜜多於一切法無生性中雖深信解而未證得無生法忍於深般若波羅蜜多雖深信解而亦未得無生法忍於一切法畢竟空性雖深信解而亦未得無生法

忍於一切法皆寂靜性雖深信解而亦未得無生法忍於一切法皆遠離性雖深信解而亦未得無生法忍於一切法皆虛妄性雖深信解而亦未得無生法忍於一切法皆是空性雖深信解而亦未得無生法忍於一切法無所有性雖深信解而亦未得無生法忍於一切法不自在性雖深信解而亦未得無生法忍於一切法不堅實性雖深信解而亦未得無生法忍善現如是等菩薩摩訶薩亦爲如來應正等覺說正法時在大衆前自然歡喜稱揚讚歎名字種姓及諸功德善現若菩薩摩訶薩爲諸如來應正等覺說正法時在大衆前自然歡喜稱揚讚歎名字種姓及諸功德是菩薩摩訶薩超諸聲聞獨覺等地定得無上正等菩提善現若菩薩摩訶薩行深般若波羅蜜多爲諸如來應正等覺說正法時在大衆前自然歡喜稱揚讚歎名字種姓及諸功德是菩薩摩訶薩定當安住不退轉地住是地已速證無上正等菩提復次善現若菩薩乘諸善男子善女人等聞說如是甚深般若波羅蜜多所有義趣無疑無惑不迷不悶但作是念如佛所說甚深般若波羅蜜多其理必然定無顛倒是善男子善女人等由聞般若波羅蜜多深生淨信漸次當於不動佛所及諸菩薩摩訶薩所廣聞般若波羅蜜多於其義趣深生信解既信解已當得住於不退轉地住是地已疾證無上正等菩提善現是菩薩乘諸善男子善女人等但聞如是甚深般若波羅蜜多無疑無惑不迷不謬深生信解不生誹謗尚獲無量微妙善根況

能受持讀誦通利依真如理繫念思惟安住真如精勤修學是善男子善女人等速當安住不退轉地疾證無上正等菩提轉妙法輪度有情衆爾時具壽善現白佛言世尊諸法實性竟不可得云何可說諸菩薩摩訶薩安住真如精勤修學速當安住不退轉地疾證無上正等菩提轉妙法輪度有情衆佛告善現如佛所化安住真如修菩薩行速當安住不退轉地疾證無上正等菩提轉妙法輪度有情衆諸菩薩摩訶薩亦復如是安住真如修菩薩行速當安住不退轉地疾證無上正等菩提轉妙法輪度有情衆具壽善現復白佛言如來所化都無所有法離真如亦不可得誰住真如修菩薩行誰當安住不退轉地誰證無上正等菩提誰轉法輪說何等法度何等衆世尊真如尚不可得何況得有安住真如修菩薩行速當安住不退轉地疾證無上正等菩提轉妙法輪度有情衆此若實有必無是處佛告善現如是如是如汝所說如來所化都無所有法離真如亦不可得誰住真如修菩薩行誰當安住不退轉地誰證無上正等菩提誰轉法輪說何等法度何等衆善現真如尚不可得何況得有安住真如修菩薩行速當安住不退轉地疾證無上正等菩提轉妙法輪度有情衆此若實有必無是處所以者何善現諸佛出世若不出世諸法法爾不離真如廣說乃至不思議界善現決定無有安住真如修菩薩行廣說乃至度有情衆何以故善現諸法真如無生無滅亦無住異少分可得善現若法無生無滅亦無住

異少分可得誰住其中修菩薩行誰當安住不退轉地誰證無上正等菩提誰轉法輪説何等法度何等衆此中一切都無所有此若實有定無是處但依世俗假施設有爾時天帝釋白佛言世尊如是般若波羅蜜多最極甚深難信難解諸菩薩摩訶薩行深般若波羅蜜多雖知諸法皆不可得而求無上正等菩提欲爲有情宣説正法甚爲難事何以故世尊決定無有安住眞如修菩薩行證得無上正等菩提爲諸有情説正法事而諸菩薩摩訶薩行深般若波羅蜜多觀一切法都無所有於深法性其心不驚不恐不怖無疑無滯不沉不没亦不迷悶如是等事甚爲希有爾時善現語帝釋言憍尸迦如汝所説諸菩薩摩訶薩行深般若波羅蜜多觀一切法都無所有於深法性其心不驚不恐不怖無疑無滯不沉不没亦不迷悶如是等事甚希有者憍尸迦諸菩薩摩訶薩行深般若波羅蜜多觀一切法本性皆空於此空中都無所有誰可驚恐乃至迷悶是故菩薩行深般若波羅蜜多於深法性其心不驚不恐不怖無疑無滯不沉不没不迷不悶未爲希有時天帝釋白善現言大德所説一切依空是故所言常無罣礙譬如以箭仰射虛空若遠若近俱無罣礙大德所説亦復如是誰能於中而敢抗對

第二分實語品第六十五之一

爾時天帝釋白佛言世尊我如是説如是讚如是記爲順世尊實語法語於法隨法爲正記不時佛告言憍尸迦汝如是説如是讚如

是記諒順世尊實語法語於法隨法誠爲正記時天帝釋復白佛言希有世尊大德善現諸有所說一切依空無相無願亦依四念住乃至八聖道支亦依四靜慮四無量四無色定亦依八解脱乃至十徧處亦依苦集滅道聖諦亦依布施波羅蜜多乃至般若波羅蜜多亦依内空乃至無性自性空亦依眞如乃至不思議界亦依菩薩摩訶薩地亦依一切陀羅尼門三摩地門亦依五眼六神通亦依如來十力乃至十八佛不共法亦依無忘失法恒住捨性亦依一切智道相智一切相智亦依一切菩薩摩訶薩行亦依諸佛無上正等菩提爾時佛告天帝釋言憍尸迦具壽善現住諸法空觀布施波羅蜜多乃至般若波羅蜜多尚不可得況有行布施波羅蜜多乃至般若波羅蜜多者可得觀四念住乃至八聖道支尚不可得況有修四念住乃至八聖道支者可得觀四靜慮四無量四無色定尚不可得況有修四靜慮四無量四無色定者可得觀八解脱乃至十遍處尚不可得況有修八解脱乃至十遍處者可得觀苦集滅道聖諦尚不可得況有住苦集滅道聖諦者可得觀内空乃至無性自性空尚不可得況有住内空乃至無性自性空者可得觀眞如乃至不思議界尚不可得況有住眞如乃至不思議界者可得觀空無相無願解脱門尚不可得況有修空無相無願解脱門者可得觀極喜地乃至法雲地尚不可得況有修極喜地乃至法雲地者可得觀一切陀羅尼門三摩地門尚不可得況有修一切陀羅尼門三

摩地門者可得觀五眼六神通尚不可得況有引發五眼六神通者可得觀如來十力乃至十八佛不共法尚不可得況有引發如來十力乃至十八佛不共法者可得觀無忘失法恒住捨性尚不可得況有引發無忘失法恒住捨性者可得觀一切智道相智一切相智尚不可得況有引發一切智道相智一切相智者可得觀一切菩薩摩訶薩行尚不可得況有能行一切菩薩摩訶薩行者可得觀諸佛無上正等菩提尚不可得況有能證諸佛無上正等菩提者可得觀一切智智尚不可得況有能得一切智智者可得觀正法輪尚不可得況有能轉正法輪者可得觀三十二大士相八十隨好尚不可得況有以此相好莊嚴身者可得觀無生無滅法尚不可得況有能證無生無滅法者可得何以故憍尸迦具壽善現於一切法住遠離住住寂靜住住無所有住住無所得住住空住住無相住住無願住憍尸迦具壽善現於一切法住如是等無量勝住憍尸迦善現所住無量勝住比諸菩薩摩訶薩衆所住般若波羅蜜多甚深行住百分不及一千分不及一百千分不及一乃至鄔波尼殺曇分亦不及一何以故憍尸迦除如來住是諸菩薩摩訶薩衆所住般若波羅蜜多甚深行住於諸聲聞獨覺等住爲最爲勝爲尊爲高爲妙爲微妙爲上爲無上無等無等等以是故憍尸迦若菩薩摩訶薩欲住一切有情上者應住般若波羅蜜多甚深行住何以故憍尸迦諸菩薩摩訶薩住此住中超諸聲聞獨覺等地證入菩薩正

性離生能速圓滿一切佛法永斷煩惱習氣相續能疾證得一切智智得名如來應正等覺能常利樂一切有情爾時衆中有無量無數三十三天聞佛所説踊躍歡喜各取天上微妙香華奉散如來及苾芻衆是時衆内六百苾芻從座而起頂禮佛足偏覆左肩右膝著地曲躬恭敬合掌向佛瞻仰尊顏目不暫捨佛神力故各於掌中微妙香華自然盈滿是苾芻衆歡喜踊躍得未曾有各持此華而散佛上及諸菩薩既散華已咸發願言我等用斯勝善根力願常安住甚深般若波羅蜜多微妙行住聲聞獨覺所不能住速趣無上正等菩提超諸聲聞獨覺等地爾時世尊知苾芻衆增上意樂趣大菩提定不退轉即便微笑如佛常法從其面門放種種光青黄赤白紅紫碧緑金銀頗胝遍照三千大千世界其光漸攝還遶佛身經三帀已從頂上入爾時慶喜既覩斯瑞歡喜踊躍即從座起禮佛合掌白言世尊何因何縁現此微笑諸佛現笑非無因縁惟願如來哀愍爲説佛告慶喜是苾芻衆於未來世星喻劫中當得作佛同號散華如來應正等覺明行圓滿善逝世間解無上丈夫調御士天人師佛薄伽梵彼佛壽量所居國土苾芻弟子一切皆同是諸如來應正等覺初生出家及成佛後隨所在處若晝若夜常雨五色微妙香華以是因縁故我微笑是故慶喜若菩薩摩訶薩欲得安住最勝住者當行般若波羅蜜多若菩薩摩訶薩欲得安住如來住者當行般若波羅蜜多慶喜當知若善男子善女人等精勤修學甚

深般若波羅蜜多是善男子善女人等先世或從人中没已還生此處或從覩史多天上没來生人中彼於先世或在人間或居天上由曾廣聞甚深般若波羅蜜多故於今世能勤修學甚深般若波羅蜜多慶喜當知如來現見若善男子善女人等能勤修學甚深般若波羅蜜多於身命財無所顧者定是菩薩摩訶薩也

大般若波羅蜜多經卷第四百五十七

音釋

依怙 怙音戶恃也 聾盲 聾盧紅切耳無聞也盲眉庚切目無瞳子也 抗對 抗口浪切抗抵也敵也 踊躍 踊音勇跳也躍弋約切舉身而上爲躍

大般若波羅蜜多經卷第四百五十八

唐三藏法師玄奘奉　詔譯

第二分實語品第六十五之二

慶喜當知若善男子善女人等愛樂聽聞如是所説甚深般若波羅蜜多聞已受持讀誦通利精勤修學如理思惟爲菩薩乘諸善男子善女人等宣説開示教誡教授當知彼人曾於過去親從諸佛聞説如是甚深般若波羅蜜多聞已受持讀誦通利精勤修學如理思惟亦曾爲他宣説開示教誡教授慶喜當知是善男子善女人等曾於過去無量佛所種諸善根故於今生能辦斯事是善男子善女人等應作是念我先不從聲聞獨覺聞説如是甚深般若波羅蜜多定從如來應正等覺聞説如是甚深般若波羅蜜多我先不於聲聞獨覺種諸善根定於如來應正等覺種諸善根由是因縁今得聞此甚深般若波羅蜜多愛樂受持讀誦通利精勤修學如理思惟廣爲他説能無猒倦慶喜當知若善男子善女人等愛樂聽聞甚深般若波羅蜜多聞已受持讀誦通利精勤修學如理思惟若義若文若法若意若毗奈耶皆能通達是善男子善女人等則爲現見一切如來應正等覺慶喜當知若善男子善女人等聞説般若波羅蜜多甚深義趣生淨信解不毀不謗不可沮壞是善男子善女人等已曾供養無量諸佛於諸佛所發弘誓願植多善根亦爲無量眞善知識之所攝受慶喜當知若善男子善女人等能於如來應正等覺勝福田所種諸善根雖定當得或聲聞果或獨覺果或如來

果而證無上正等菩提要於般若波羅蜜多甚深義趣善達無礙修行布施波羅蜜多乃至般若波羅蜜多安住內空乃至無性自性空安住真如乃至不思議界安住苦集滅道聖諦修行四念住乃至八聖道支修行四靜慮四無量四無色定修行八解脫乃至十遍處修行空無相無願解脫門修行極喜地乃至法雲地修行一切陀羅尼門三摩地門修行五眼六神通修行如來十力乃至十八佛不共法修行無忘失法恒住捨性修行一切智道相智一切相智令得圓滿慶喜當知若菩薩摩訶薩能於般若波羅蜜多甚深義趣善達無礙修行布施淨戒安忍精進靜慮般若波羅蜜多令得圓滿如是乃至修行一切智道相智一切相智令得圓滿是菩薩摩訶薩若住聲聞或獨覺地不證無上正等菩提無有是處是故菩薩摩訶薩衆欲證無上正等菩提應於般若波羅蜜多甚深義趣善達無礙修行布施淨戒安忍精進靜慮般若波羅蜜多令速圓滿如是乃至修行一切智道相智一切相智令速圓滿是故慶喜我以般若波羅蜜多付囑於汝應正受持讀誦通利無令忘失慶喜當知除此般若波羅蜜多甚深經典受持所餘我所說法設有忘失其罪尚輕若於般若波羅蜜多甚深經典不善受持下至一句有所忘失其罪甚重慶喜當知若於般若波羅蜜多甚深經典下至一句能善受持不忘失者獲福無量若於般若波羅蜜多甚深經典不善受持下至一句有忘失者所獲重罪量同前福是故慶喜我以般若

波羅蜜多甚深經典慇懃付汝當正受持讀誦通利如理思惟廣爲他說分別開示令聽受者究竟解了文義意趣復能爲他如理演說慶喜當知若善男子善女人等於此般若波羅蜜多甚深經典受持讀誦究竟通利如理思惟廣爲他說則爲受持攝取過去未來現在一切如來應正等覺所證無上正等菩提慶喜當知若善男子善女人等起慇淨心現於我所欲以種種上妙華鬘塗散等香衣服瓔珞寶幢旛蓋伎樂燈明供養恭敬尊重讚歎無猒倦者當於般若波羅蜜多甚深經典至心聽聞受持讀誦究竟通利如理思惟廣爲他說或復書寫衆寶莊嚴常以種種上妙華鬘塗散等香衣服瓔珞寶幢旛蓋伎樂燈明供養恭敬尊重讚歎無得懈怠慶喜當知若善男子善女人等供養恭敬尊重讚歎甚深般若波羅蜜多則爲供養恭敬尊重讚歎於我亦爲供養恭敬尊重讚歎現在十方世界一切如來應正等覺現說法者及爲供養恭敬尊重讚歎過去未來諸佛慶喜當知若善男子善女人等聞說如是甚深般若波羅蜜多起淨信心恭敬愛樂即於過去未來現在一切如來應正等覺所證無上正等菩提以淨信心恭敬愛樂慶喜若汝恭敬愛樂於我不捨於我亦當勇勵倍加恭敬愛樂不捨甚深般若波羅蜜多下至一句勿令忘失慶喜我說如是甚深般若波羅蜜多付囑因緣雖有無量舉要而言如我既是汝等大師甚深般若波羅蜜多當知亦是汝等大師汝等天人敬重於我亦當敬重甚深般若波羅

蜜多是故慶喜我以無量方便善巧付汝般若波羅蜜多甚深經典汝當受持勿令忘失我今以此甚深般若波羅蜜多對諸天人阿素洛等無量大衆付囑於汝慶喜我今誠言告汝諸有淨信欲不捨佛欲不捨法欲不捨僧復欲不捨過去未來現在諸佛所證無上正等菩提必應不捨甚深般若波羅蜜多如是名爲我等諸佛教誡教授諸弟子法慶喜當知若善男子善女人等愛樂聽聞甚深般若波羅蜜多受持讀誦究竟通利如理思惟以無量門廣爲他說分別開示施設安立令其解了精勤修學是善男子善女人等速證無上正等菩提能近圓滿一切智智何以故慶喜一切如來應正等覺所得無上正等菩提皆依如是甚深般若波羅蜜多而得生故

慶喜當知過去未來現在諸佛皆依如是甚深般若波羅蜜多出生無上正等菩提是故慶喜若菩薩摩訶薩欲得無上正等菩提當勤精進修學如是甚深般若波羅蜜多何以故慶喜甚深般若波羅蜜多是諸菩薩摩訶薩母生諸菩薩摩訶薩故慶喜當知若菩薩摩訶薩精勤修學布施淨戒安忍精進靜慮般若波羅蜜多速證無上正等菩提是故慶喜我以此六波羅蜜多更付囑汝當正受持勿令忘失所以者何如是六種波羅蜜多是諸如來應正等覺無盡法藏一切佛法從此生故慶喜當知現在過去未來諸佛所說法要皆是六種波羅蜜多無盡法藏之所流出慶喜當知現在過去未來諸佛皆依六種波羅蜜多無盡法藏精勤修學證得無上正等

菩提慶喜當知現在過去未來諸佛聲聞僧衆皆依六種波羅蜜多無盡法藏精勤修學於無餘依妙涅槃界而般涅槃復次慶喜假使汝等爲聲聞乘補特伽羅說聲聞法由此法故三千大千世界有情一切皆證阿羅漢果猶未爲我作佛弟子所應作事汝等若能爲菩薩乘補特伽羅宣說一句甚深般若波羅蜜多相應之法即名爲我作佛弟子所應作事我於此事深生隨喜勝於汝等教化三千大千世界一切有情皆令證得阿羅漢果復次慶喜假使三千大千世界一切有情由他教力非前非後皆得人身俱時證得阿羅漢果是諸阿羅漢所有殊勝施性福業事戒性福業事修性福業事於意云何彼福業事寧爲多不慶喜白言甚多世尊彼福業事無量無數佛告慶喜若有聲聞弟子能爲菩薩摩訶薩宣說般若波羅蜜多相應之法經一日夜所獲福聚甚多於彼慶喜當知置一日夜但經一日復置一日但經半日復置半日但經一時復置一時但經食頃復置食頃但經須臾復置須臾但經俄爾復置俄爾但瞬息間是聲聞人能爲菩薩摩訶薩衆宣說般若波羅蜜多相應之法所獲福聚甚多於前何以故此聲聞人所獲福聚超過一切聲聞獨覺諸功德故復次慶喜若菩薩摩訶薩爲聲聞乘補特伽羅宣說種種聲聞乘法假使三千大千世界一切有情由此法故悉皆證得阿羅漢果皆具種種殊勝功德於意云何是菩薩摩訶薩由此因緣所獲福聚寧爲多不慶喜白言甚多世尊是菩薩摩訶薩所獲

福聚無量無邊佛告慶喜若菩薩摩訶薩爲聲聞乘或獨覺乘或無上乘諸善男子善女人等宣說般若波羅蜜多相應之法經一日夜所獲福聚甚多於前慶喜當知置一日夜但經一日復置一日但經半日復置半日但經一時復置一時但經食頃復置食頃但經須臾復置須臾但經俄爾復置俄爾但瞬息間是菩薩摩訶薩能爲三乘諸善男子善女人等宣說般若波羅蜜多相應之法所獲福聚甚多於前無量無數何以故甚深般若波羅蜜多相應法施超過一切聲聞獨覺相應法施及彼二乘諸功德故所以者何是菩薩摩訶薩自求無上正等菩提亦以大乘相應之法示現教導讚勵慶喜他諸有情令於無上正等菩提得不退轉慶喜當知是菩薩摩訶薩自修布施波羅蜜多乃至般若波羅蜜多亦教他修布施波羅蜜多乃至般若波羅蜜多自修四念住乃至八聖道支亦教他修四念住乃至八聖道支自住內空乃至無性自性空亦教他住內空乃至無性自性空自住眞如乃至不思議界亦教他住眞如乃至不思議界自住苦集滅道聖諦亦教他住苦集滅道聖諦自修四靜慮四無量四無色定亦教他修四靜慮四無量四無色定自修八解脫乃至十遍處亦教他修八解脫乃至十遍處自修空無相無願解脫門亦教他修空無相無願解脫門自修菩薩地亦教他修菩薩地自修一切陀羅尼門三摩地門亦教他修一切陀羅尼門三摩地門自修五眼六神通亦教他修五眼六神通自修如來十力乃

至十八佛不共法亦教他修如來十力乃至十八佛不共法自修三十二大士相八十隨好亦教他修三十二大士相八十隨好自修無忘失法恒住捨性亦教他修無忘失法恒住捨性自修一切智道相智一切相智亦教他修一切智道相智一切相智自修一切菩薩摩訶薩行亦教他修一切菩薩摩訶薩行自修諸佛無上正等菩提亦教他修諸佛無上正等菩提自修一切智智亦教他修一切智智由是因緣善根增長若於無上正等菩提有退轉者無有是處爾時如來四衆圍遶讃說般若波羅蜜多付囑慶喜令受持已復於一切天龍藥叉廣說乃至人非人等大衆會前現神通力令衆皆見不動如來聲聞菩薩前後圍遶爲如海衆宣說妙法及見彼土嚴淨之相其聲聞僧皆阿羅漢諸漏已盡無復煩惱得眞自在心善解脫慧善解脫如調慧馬亦如大龍已作所作已辦所辦棄諸重擔逮得已利盡諸有結正知解脫至心自在第一究竟其菩薩僧一切皆是衆望所識得陀羅尼獲無礙辯功德智慧猶如大海於是世尊攝神通力令此衆會天龍藥叉廣說乃至人非人等不復見彼不動如來聲聞菩薩及餘大衆并彼佛土嚴淨之相彼佛衆會及嚴淨土皆非此土眼根所對所以者何佛攝神力於彼遠境無見緣故爾時佛告具壽慶喜不動如來應正等覺國土衆會汝更見不慶喜對曰我不復見彼事非此眼所行故佛告慶喜如彼如來衆會國土非此土眼所行境界當知諸法亦復如是非眼根等所行境

界法不行法法不見法法不知法法不證法慶喜當知一切法性無能行者無能見者無能知者無能證者無動無作所以者何以一切法皆如虛空無有作用能取所取性遠離故以一切法不可思議能所思議性遠離故以一切法皆如幻等衆緣和合相似有故以一切法無作受者妄現似有無堅實故慶喜當知若菩薩摩訶薩能如是行能如是見能如是知能如是證是行般若波羅蜜多亦不執着此諸法相慶喜當知若菩薩摩訶薩如是學時是學般若波羅蜜多慶喜當知若菩薩摩訶薩欲得一切波羅蜜多速疾圓滿應學般若波羅蜜多所以者何如是學者於諸學中爲最爲勝爲尊爲高爲妙爲微妙爲上爲無上無等無等等利益安樂一切有情無依怙者爲作依怙無歸依者爲作歸依無投趣者爲作投趣無舍宅者爲作舍宅無救護者爲作救護諸佛世尊開許稱讚修學般若波羅蜜多慶喜當知若諸菩薩摩訶薩衆及諸如來應正等覺住此學中能以右手若右足指舉取三千大千世界擲置他方或還本處其中有情不知不覺無損無怖所以者何甚深般若波羅蜜多功德威力不思議故慶喜當知過去未來現在諸佛及諸菩薩摩訶薩衆學此般若波羅蜜多於諸無爲及三世法悉皆獲得無礙智見是故慶喜我說學此甚深般若波羅蜜多於諸學中爲最爲勝爲尊爲高爲妙爲微妙爲上爲無上無等無等等慶喜當知諸有欲取甚深般若波羅蜜多量邊際者如愚癡者欲取虛空量及邊際何

以故甚深般若波羅蜜多功德無量無邊際故慶喜當知我終不說甚深般若波羅蜜多功德勝利如名身等有量邊際所以者何一切名身句身文身是有量法甚深般若波羅蜜多功德勝利非有量法非諸名身句身文身能量般若波羅蜜多功德勝利亦非般若波羅蜜多功德勝利是彼所量爾時慶喜白言世尊何因緣故甚深般若波羅蜜多說爲無量佛告慶喜甚深般若波羅蜜多性無盡故說爲無量性遠離故說爲無量性寂靜故說爲無量如實際故說爲無量如虛空故說爲無量慶喜當知一切過去未來現在諸佛世尊皆學般若波羅蜜多究竟圓滿證得無上正等菩提爲諸有情宣說開示而此般若波羅蜜多常無有盡所以者何甚深般若波羅蜜多譬如虛空不可盡故諸有欲盡甚深般若波羅蜜多則爲欲盡虛空邊際慶喜當知甚深般若波羅蜜多乃至布施波羅蜜多非已盡非今盡非當盡內空乃至無性自性空非已盡非今盡非當盡眞如乃至不思議界非已盡非今盡非當盡苦集滅道聖諦非已盡非今盡非當盡四念住乃至八聖道支非已盡非今盡非當盡四靜慮四無量四無色定非已盡非今盡非當盡八解脫乃至十遍處非已盡非今盡非當盡空無相無願解脫門非已盡非今盡非當盡極喜地乃至法雲地非已盡非今盡非當盡一切陀羅尼門三摩地門非已盡非今盡非當盡五眼六神通非已盡非今盡非當盡如來十力乃至十八佛不共法非已盡非今盡非當盡三十二

大士相八十隨好非已盡非今盡非當盡無忘失法恒住捨性非已盡非今盡非當盡一切智道相智一切相智非已盡非今盡非當盡一切菩薩摩訶薩行非已盡非今盡非當盡諸佛無上正等菩提非已盡非今盡非當盡一切智智非已盡非今盡非當盡所以者何如是等法無生無滅亦無住異如何可得施設有盡爾時世尊從面門出廣長舌相遍覆面輪現舌相已還從口入告慶喜曰於意云何世間若有如是舌相所發語言有虛妄不慶喜對曰不也世尊佛告慶喜汝從今去應爲四衆廣說如是甚深般若波羅蜜多分別開示施設安立令其易解慶喜當知如是般若波羅蜜多甚深經中廣說一切菩提分法及諸法相是故一切求聲聞乘補特伽羅求獨覺乘補特伽羅求無上乘補特伽羅皆應依此甚深般若波羅蜜多所說法門常勤修學勿生猒倦若能如是常勤修學速當證得自所求處復次慶喜甚深般若波羅蜜多是能悟入一切法相是能悟入一切文字是能悟入陀羅尼門諸菩薩摩訶薩應於如是陀羅尼門常勤修學若菩薩摩訶薩受持如是陀羅尼門速能證得一切辯才諸無礙解慶喜當知如是般若波羅蜜多甚深經典乃是過去未來現在諸佛世尊無盡法藏是故我今分明告汝若有於此甚深般若波羅蜜多受持讀誦究竟通利如理思惟則爲受持一切過去未來現在諸佛無上正等菩提慶喜當知我說如是甚深般若波羅蜜多是能遊趣菩提道者之堅固足亦是一切無上佛

法大陀羅尼汝等若能受持如是甚深般若波羅蜜多陀羅尼者則爲總持一切佛法令不忘失與諸有情盡未來際作大饒益

第二分無盡品第六十六

爾時具壽善現作如是念如是般若波羅蜜多最爲甚深諸佛無上正等菩提亦最甚深我當問佛二甚深義作是念已即白佛言世尊甚深般若波羅蜜多即佛無上正等菩提諸佛無上正等菩提即深般若波羅蜜多如是般若波羅蜜多及佛無上正等菩提俱最甚深不可盡故何緣此二說爲無盡佛告善現甚深般若波羅蜜多及佛無上正等菩提皆如虛空不可盡故說爲無盡具壽善現復白佛言云何菩薩摩訶薩應引發般若波羅蜜多佛言善現諸菩薩摩訶薩應觀色無盡故引發般若波羅蜜多應觀受想行識無盡故引發般若波羅蜜多應觀眼處乃至意處皆無盡故引發般若波羅蜜多應觀色處乃至法處皆無盡故引發般若波羅蜜多應觀眼界乃至意界皆無盡故引發般若波羅蜜多應觀色界乃至法界皆無盡故引發般若波羅蜜多應觀眼識界乃至意識界皆無盡故引發般若波羅蜜多應觀眼觸乃至意觸皆無盡故引發般若波羅蜜多應觀眼觸爲緣所生諸受乃至意觸爲緣所生諸受皆無盡故引發般若波羅蜜多應觀地界乃至識界皆無盡故引發般若波羅蜜多應觀因緣乃至增上緣皆無盡故引發般若波羅蜜多應觀無明乃至老死皆無盡故引發般若波羅蜜多應觀布施波羅蜜多乃至般若波羅

蜜多皆無盡故引發般若波羅蜜多應觀内空乃至無性自性空皆無盡故引發般若波羅蜜多應觀眞如乃至不思議界皆無盡故引發般若波羅蜜多應觀苦集滅道聖諦皆無盡故引發般若波羅蜜多應觀四念住乃至八聖道支皆無盡故引發般若波羅蜜多應觀四靜慮四無量四無色定皆無盡故引發般若波羅蜜多應觀八解脫乃至十遍處皆無盡故引發般若波羅蜜多應觀空無相無願解脫門皆無盡故引發般若波羅蜜多應觀淨觀地乃至如來地皆無盡故引發般若波羅蜜多應觀極喜地乃至法雲地皆無盡故引發般若波羅蜜多應觀一切陀羅尼門三摩地門皆無盡故引發般若波羅蜜多應觀五眼六神通皆無盡故引發般若波羅蜜多應觀如來十力乃至十八佛不共法皆無盡故引發般若波羅蜜多應觀三十二大士相八十隨好皆無盡故引發般若波羅蜜多應觀無忘失法恒住捨性皆無盡故引發般若波羅蜜多應觀一切智道相智一切相智皆無盡故引發般若波羅蜜多應觀預流果乃至獨覺菩提皆無盡故引發般若波羅蜜多應觀一切菩薩摩訶薩行皆無盡故引發般若波羅蜜多應觀諸佛無上正等菩提皆無盡故引發般若波羅蜜多應觀一切智智亦無盡故引發般若波羅蜜多復次善現諸菩薩摩訶薩應觀色如虛空無盡故引發般若波羅蜜多應觀受想行識如虛空無盡故引發般若波羅蜜多如是乃至應觀一切智智如虛空無盡故引發般若波羅蜜多復

次善現諸菩薩摩訶薩應觀無明緣行如虛空無盡故引發般若波羅蜜多應觀行緣識如虛空無盡故引發般若波羅蜜多應觀識緣名色如虛空無盡故引發般若波羅蜜多應觀名色緣六處如虛空無盡故引發般若波羅蜜多應觀六處緣觸如虛空無盡故引發般若波羅蜜多應觀觸緣受如虛空無盡故引發般若波羅蜜多應觀受緣愛如虛空無盡故引發般若波羅蜜多應觀愛緣取如虛空無盡故引發般若波羅蜜多應觀取緣有如虛空無盡故引發般若波羅蜜多應觀有緣生如虛空無盡故引發般若波羅蜜多應觀生緣老死愁歎苦憂惱如虛空無盡故引發般若波羅蜜多善現諸菩薩摩訶薩應如是引發般若波羅蜜多善現諸菩薩摩訶薩如是觀察十二緣起遠離二邊是諸菩薩摩訶薩衆不共妙觀善現諸菩薩摩訶薩菩提樹下坐金剛座如實觀察十二緣起譬如虛空不可盡故便能證得一切智智善現若菩薩摩訶薩以如虛空無盡行住引發般若波羅蜜多如實觀察十二緣起不墮聲聞及獨覺地疾證無上正等菩提善現住菩薩乘補特伽羅若於無上正等菩提有退轉者皆悉不依引發般若波羅蜜多善巧作意由彼不了云何菩薩摩訶薩修行般若波羅蜜多能以如虛空無盡行住引發般若波羅蜜多如實觀察十二緣起善現住菩薩乘諸善男子善女人等若於無上正等菩提而有退轉皆由遠離引發般若波羅蜜多方便善巧若菩薩摩訶薩能於無上正等菩提得不退轉

一切皆依引發般若波羅蜜多方便善巧是菩薩摩訶薩由依如是方便善巧修行般若波羅蜜多以如虛空無盡行住引發般若波羅蜜多如實觀察十二緣起是菩薩摩訶薩由此因緣速能圓滿甚深般若波羅蜜多善現諸菩薩摩訶薩如是觀察緣起法時不見有法無因而生不見有法無因而滅不見有法性相常住不生不滅不見有法有我有情廣說乃至知者見者不見有法若常若無常若樂若苦若我若無我若淨若不淨若寂靜若不寂靜若遠離若不遠離善現諸菩薩摩訶薩應當如是觀察緣起修行般若波羅蜜多善現若時菩薩摩訶薩如實觀察緣起法門修行般若波羅蜜多是時菩薩摩訶薩不見色若常若無常若樂若苦若我若無我若淨若不淨若寂靜若不寂靜若遠離若不遠離亦不見受想行識若常若無常若樂若苦若我若無我若淨若不淨若寂靜若不寂靜若遠離若不遠離如是乃至亦不見一切智智若常若無常若樂若苦若我若無我若淨若不淨若寂靜若不寂靜若遠離若不遠離善現若時菩薩摩訶薩如是修行甚深般若波羅蜜多是時菩薩摩訶薩雖行般若波羅蜜多而不見有所行般若波羅蜜多亦復不見有法能見所行般若波羅蜜多亦不見有如是不見雖行靜慮精進安忍淨戒布施波羅蜜多而不見有所行靜慮乃至布施波羅蜜多亦復不見有法能見所行靜慮乃至布施波羅蜜多亦不見有如是不見如是乃至雖修一切智智而不見有所修一切智智亦

復不見有法能見所修一切智智亦不見有如是不見亦復不見有法能斷一切煩惱習氣相續善現諸菩薩摩訶薩於一切法以無所得而爲方便應行般若波羅蜜多善現若時菩薩摩訶薩於一切法以無所得而爲方便修行般若波羅蜜多是時惡魔生大愁苦煩寃荼毒如箭入心譬如有人父母卒喪身心楚痛惡魔亦爾於是善現白言世尊爲一惡魔見諸菩薩摩訶薩衆於一切法以無所得而爲方便修行般若波羅蜜多生大愁苦煩寃荼毒如箭入心爲遍三千大千世界一切惡魔皆亦如是佛告善現遍滿三千大千世界一切惡魔皆亦如是各於本座不能自安善現諸菩薩摩訶薩應常安住甚深般若波羅蜜多微妙行住若菩薩摩訶薩能如是

住世間天人阿素洛等伺求其短終不能得亦復不能惱亂障礙是故善現若菩薩摩訶薩欲得無上正等菩提當勤安住甚深般若波羅蜜多微妙行住善現若菩薩摩訶薩能正安住甚深般若波羅蜜多微妙行住則能修滿布施淨戒安忍精進靜慮般若波羅蜜多若菩薩摩訶薩能正修行甚深般若波羅蜜多便能具足修滿一切波羅蜜多具壽善現白言世尊云何菩薩摩訶薩能正修行甚深般若波羅蜜多便能修滿布施淨戒安忍精進靜慮般若波羅蜜多佛告善現若菩薩摩訶薩無倒修行甚深般若波羅蜜多時以一切智智相應之心而行布施復持如是布施功德與諸有情同共迴向一切智智善現是爲菩薩摩訶薩能正修行甚深般若波羅

蜜多修滿布施波羅蜜多若菩薩摩訶薩無倒修行甚深般若波羅蜜多時以一切智智相應之心而行淨戒安忍精進靜慮般若復持如是淨戒安忍精進靜慮般若功德與諸有情同共迴向一切智智善現是爲菩薩摩訶薩能正修行甚深般若波羅蜜多修滿淨戒安忍精進靜慮般若波羅蜜多如是善現諸菩薩摩訶薩能正修行甚深般若波羅蜜多便能修滿布施淨戒安忍精進靜慮般若波羅蜜多

大般若波羅蜜多經卷第四百五十八

音釋

毗奈耶 梵語也此云善治謂自治婬怒癡亦能治衆生惡也 沮壞 沮慈呂切上遏也 瞬息 瞬音舜目動也息悉即切喘也一呼一吸爲息 荼毒 荼同都切苦荼也毒徒沃切痛也 伺 息利切候也

大般若波羅蜜多經卷第四百五十九

唐三藏法師玄奘奉詔譯

第二分相攝品第六十七

爾時具壽善現白佛言世尊云何菩薩摩訶薩安住布施波羅蜜多攝取淨戒安忍精進靜慮般若波羅蜜多佛告善現若菩薩摩訶薩以無貪著無慳悋心修行布施持此布施與諸有情同共迴向一切智智於諸有情住慈身業語業意業離諸罪犯善現是爲菩薩摩訶薩安住布施波羅蜜多攝取淨戒波羅蜜多善現若菩薩摩訶薩以無貪著無慳悋心修行布施持此布施與諸有情同共迴向一切智智若有受者餘惡有情非理毀罵嬈害凌辱菩薩於彼不生變異瞋忿害心身語加報唯起憐愍慈悲之心以善愛言慙愧遜謝善現是爲菩薩摩訶薩安住布施波羅蜜多攝取安忍波羅蜜多善現若菩薩摩訶薩以無貪著無慳悋心修行布施持此布施與諸有情同共迴向一切智智設有受者餘惡有情非理毀罵嬈害凌辱菩薩爾時便作是念諸有造作如是類業還自感得如是類果我今不應計彼所作廢修自業復作是念我應於彼及餘有情捨心施心倍更增長無所顧惜作是念已發起增上身心精進常行惠捨善現是爲菩薩摩訶薩安住布施波羅蜜多攝取精進波羅蜜多善現若菩薩摩訶薩以無貪著無慳悋心修行布施持此布施與諸有情同共迴向一切智智於諸受者及餘境界心無散亂不求諸欲三界二乘唯求佛果善現是爲菩薩摩訶薩安住布施波羅蜜

多攝取靜慮波羅蜜多善現若菩薩摩訶薩以無貪著無慳悋心修行布施持此布施與諸有情同共迴向一切智智觀諸受者施者施物皆如幻事不見此施於諸有情有益有損達一切法勝義空故善現是爲菩薩摩訶薩安住布施波羅蜜多攝取般若波羅蜜多具壽善現復白佛言世尊云何菩薩摩訶薩安住淨戒波羅蜜多攝取布施安忍精進靜慮般若波羅蜜多佛告善現若菩薩摩訶薩安住淨戒波羅蜜多造身語心三種福業由斯福業離斷生命乃至邪見不求聲聞獨覺乘等唯求無上正等菩提菩薩爾時安住淨戒廣行布施隨諸有情所須之物盡皆施與復持如是布施善根與諸有情同共迴向一切智智不求聲聞獨覺等果善現是爲菩薩摩訶薩安住淨戒波羅蜜多攝取布施波羅蜜多善現若菩薩摩訶薩安住淨戒波羅蜜多若諸有情競來分割菩薩肢體各取持去菩薩於彼不生一念忿恨之心但作是念我今獲得廣大善利謂捨臭穢危脆之身得佛清淨金剛之身善現是爲菩薩摩訶薩安住淨戒波羅蜜多攝取安忍波羅蜜多善現若菩薩摩訶薩安住淨戒波羅蜜多身心精進恒無間斷著大悲甲發弘誓言一切有情沉溺可畏暴惡難出生死苦海我當拔置不死界中善現是爲菩薩摩訶薩安住淨戒波羅蜜多攝取精進波羅蜜多善現若菩薩摩訶薩安住淨戒波羅蜜多雖入四靜慮或四無量四無色定或滅盡定而不墮聲聞獨覺等地亦不證實際隨本願力作是念言一切有

情沉溺可畏暴惡難出生死苦海我今旣住清淨尸羅方便引發清淨靜慮定當拔置不死界中善現是爲菩薩摩訶薩安住淨戒波羅蜜多攝取靜慮波羅蜜多善現若菩薩摩訶薩安住淨戒波羅蜜多不見有法若善若非善若有記若無記若有漏若無漏若世間若出世間若有爲若無爲若墮有數若墮無數若墮有相若墮無相唯觀諸法不離眞如廣說乃至不思議界此眞如等亦不可得由此般若波羅蜜多方便善巧不墮聲聞獨覺等地唯求無上正等菩提善現是爲菩薩摩訶薩安住淨戒波羅蜜多攝取般若波羅蜜多具壽善現復白佛言世尊云何菩薩摩訶薩安住安忍波羅蜜多攝取布施淨戒精進靜慮般若波羅蜜多佛告善現若菩薩摩訶薩安住安忍波羅蜜多從初發心乃至安坐妙菩提座於其中間設有種種有情之類非理毀罵嬈害淩辱乃至分割支節持去菩薩爾時都無瞋恨但作是念此諸有情深可憐愍煩惱鬼病擾亂身心不得自在無依無護貧苦所逼我當施彼隨意所須飮食衣服及餘種種財寶資具令無匱乏復持如是布施善根以無所得而爲方便與諸有情同共迴向一切智智於迴向時無二心轉謂誰迴向何所迴向善現是爲菩薩摩訶薩安住安忍波羅蜜多攝取布施波羅蜜多善現若菩薩摩訶薩安住安忍波羅蜜多從初發心乃至安坐妙菩提座於其中間設極爲救自命因緣於諸有情終不損害乃至不起諸惡邪見菩薩如是修淨戒時不求聲聞獨覺等地復

持如是淨戒善根以無所得而爲方便與諸有情同共迴向一切智智於迴向時無二心轉謂誰迴向何所迴向善現是爲菩薩摩訶薩安住安忍波羅蜜多攝取淨戒波羅蜜多善現若菩薩摩訶薩安住安忍波羅蜜多發起勇猛增上精進常作是念若一有情在一踰繕那外或十或百乃至無量踰繕那外或在一世界外或十或百乃至無量諸世界外應可度者我必當往方便教化令其受持或八學處或五或十或具學處或令安住淨觀種性第八預流一來不還阿羅漢果獨覺菩提或令安住諸菩薩地乃至無上正等菩提尚不辭勞況爲教化無量無數無邊有情皆令獲得利益安樂而當懈倦復持如是精進善根以無所得而爲方便與諸有情同共迴向一切智智於迴向時無二心轉謂誰迴向何所迴向善現是爲菩薩摩訶薩安住安忍波羅蜜多攝取精進波羅蜜多善現若菩薩摩訶薩安住安忍波羅蜜多攝心不亂離欲惡不善法有尋有伺離生喜樂入初靜慮廣說乃至入滅想受定是諸定中隨所生起心心所法及諸善根一切合集以無所得而爲方便與諸有情同共迴向一切智智於迴向時無二心轉謂誰迴向何所迴向善現是爲菩薩摩訶薩安住安忍波羅蜜多攝取靜慮波羅蜜多善現若菩薩摩訶薩安住安忍波羅蜜多於諸法中住循法觀雖以遠離行相或以寂靜行相或以無盡行相或以永滅行相觀一切法而於寂靜能不作證乃至能坐妙菩提座證得無上正等菩提從此座起轉

妙法輪利益安樂諸有情衆復持如是妙慧善根以無所得而爲方便與諸有情同共迴向一切智智於迴向時無二心轉謂誰迴向何所迴向善現是爲菩薩摩訶薩安住安忍波羅蜜多攝取般若波羅蜜多具壽善現復白佛言世尊云何菩薩摩訶薩安住精進波羅蜜多攝取布施淨戒安忍靜慮般若波羅蜜多佛告善現若菩薩摩訶薩安住精進波羅蜜多身心精進曾無懈怠求諸善法亦無猒倦每作是念我必應得一切智智不應不得是菩薩摩訶薩爲欲利樂一切有情常發誓願若一有情在一踰繕那外或十或百乃至無量踰繕那外或在一世界外或十或百乃至無量諸世界外應可度者我必當往方便教化或令住聲聞乘或令住獨覺乘或令住無上乘或令受行十善業道如是皆以法施財施而充足之方便引攝復持如是布施善根以無所得而爲方便與諸有情同共迴向一切智智於迴向時無二心轉謂誰迴向何所迴向善現是爲菩薩摩訶薩安住精進波羅蜜多攝取布施波羅蜜多善現若菩薩摩訶薩安住精進波羅蜜多從初發心乃至安坐妙菩提座自離害生命亦勸他離害生命無倒稱揚離害生命法歡喜讚歎離害生命者如是乃至自離邪見亦勸他離邪見無倒稱揚離邪見法歡喜讚歎離邪見者是菩薩摩訶薩持此淨戒波羅蜜多不求三界及二乘果以無所得而爲方便與諸有情同共迴向一切智智於迴向時無二心轉謂誰迴向何所迴向善現是爲菩薩摩訶薩安住精

進波羅蜜多攝取淨戒波羅蜜多善現若菩薩摩訶薩安住精進波羅蜜多從初發心乃至安住妙菩提座於其中間人非人等競來惱觸或復斫刺斷割支節隨意持去菩薩爾時不作是念誰斫刺我誰斷割我誰復持去但作是念我今獲得廣大善利彼諸有情爲益我故來割截我身分支節然我本爲一切有情而受此身彼來自取已所有物而成我事菩薩如是審諦思惟諸法實相而修安忍持此安忍波羅蜜多不求聲聞獨覺等地以無所得而爲方便與諸有情同共迴向一切智智於迴向時無二心轉謂誰迴向何所迴向善現是爲菩薩摩訶薩安住精進波羅蜜多攝取安忍波羅蜜多善現若菩薩摩訶薩安住精進波羅蜜多勤修諸定謂離欲惡不善法有尋有伺離生喜樂入初靜慮廣說乃至入第四靜慮於諸有情起與樂想作意入慈無量廣說乃至入捨無量於諸色中起猒麤想作意入空無邊處定廣說乃至入滅想受定是菩薩摩訶薩雖修如是靜慮無量無色滅定而不攝取彼異熟果但隨有情應可受化作利樂處而於中生旣生彼已用四攝事而攝取之方便安立令於布施乃至般若波羅蜜多精勤修學是菩薩摩訶薩依諸靜慮起勝神通從一佛國往一佛國親近供養諸佛世尊請問甚深諸法性相精勤引發殊勝善根持此善根以無所得而爲方便與諸有情同共迴向一切智智於迴向時無二心轉謂誰迴向何所迴向善現是爲菩薩摩訶薩安住精進波羅蜜多攝取靜慮波羅蜜多

善現若菩薩摩訶薩安住精進波羅蜜多不見布施波羅蜜多乃至般若波羅蜜多若名若事若性若相不見四念住乃至八聖道支若名若事若性若相不見內空乃至無性自性空若名若事若性若相不見眞如乃至不思議界若名若事若性若相不見苦集滅道聖諦若名若事若性若相不見四靜慮四無量四無色定若名若事若性若相不見八解脫乃至十遍處若名若事若性若相不見淨觀地乃至如來地若名若事若性若相不見極喜地乃至法雲地若名若事若性若相不見一切陀羅尼門三摩地門若名若事若性若相不見五眼六神通若名若事若性若相不見如來十力乃至十八佛不共法若名若事若性若相不見三十二大士相八十隨好若名若事若性若相不見無忘失法恒住捨性若名若事若性若相不見一切智道相智一切相智若名若事若性若相不見預流果乃至獨覺菩提若名若事若性若相不見一切菩薩摩訶薩行若名若事若性若相不見諸佛無上正等菩提若名若事若性若相不見一切智智若名若事若性若相如是乃至不見一切法若名若事若性若相於諸法中不起想念無所執著如說能作復以如是所集善根以無所得而爲方便與諸有情同共迴向一切智智於迴向時無二心轉謂誰迴向何所迴向善現是爲菩薩摩訶薩安住精進波羅蜜多攝取般若波羅蜜多具壽善現復白佛言世尊云何菩薩摩訶薩安住靜慮波羅蜜多攝取布施淨戒安忍精進般若波

羅蜜多佛告善現若菩薩摩訶薩安住靜慮波羅蜜多於諸有情住財法施謂離欲惡不善法有尋有伺離生喜樂入初靜慮廣說乃至入第四靜慮於諸有情起與樂想作意入慈無量廣說乃至入捨無量於諸色中起猒麤想作意入空無邊處定廣說乃至入滅想受定是善薩摩訶薩安住靜慮波羅蜜多以無亂心爲諸有情宣說正法行財法施是菩薩摩訶薩常自行財法施亦常勸他行財法施常無倒稱揚行財法施法常歡喜讚歎行財法施者持此善根不求聲聞獨覺等地但無所得而爲方便與諸有情同共迴向一切智智於迴向時無二心轉謂誰迴向何所迴向善現是爲菩薩摩訶薩安住靜慮波羅蜜多攝取布施波羅蜜多善現若菩薩摩訶薩安住靜慮波羅蜜多受持淨戒常不發起貪俱行心瞋俱行心癡俱行心害俱行心慳俱行心嫉俱行心及毀淨戒俱行之心但常發起一切智智俱行作意復持如是淨戒善根不求聲聞獨覺等地但無所得而爲方便與諸有情同共迴向一切智智於迴向時無二心轉謂誰迴向何所迴向善現是爲菩薩摩訶薩安住靜慮波羅蜜多攝取淨戒波羅蜜多善現若菩薩摩訶薩安住靜慮波羅蜜多修行安忍觀色如聚沫觀受如浮泡觀想如陽焰觀行如芭蕉觀識如幻事作是觀時於五取蘊不堅實想恒現在前復作是念諸法皆空非我我所誰能割截誰受割截誰能毀罵誰受毀罵誰復於中發起瞋恨色是誰色受是誰受想是誰想行是誰行識是誰識如

是菩薩安住靜慮波羅蜜多審觀法時能具安忍復持如是所集善根以無所得而爲方便與諸有情同共迴向一切智智於迴向時無二心轉謂誰迴向何所迴向善現是爲菩薩摩訶薩安住靜慮波羅蜜多攝取安忍波羅蜜多善現若菩薩摩訶薩安住靜慮波羅蜜多發勤精進離欲惡不善法有尋有伺離生喜樂入初靜慮具足住尋伺寂靜住內等淨心一趣性無尋無伺定生喜樂入第二靜慮具足住離喜住捨具念正知領身受樂聖者於中能說能捨具念樂住入第三靜慮具足住斷樂斷苦先喜憂没不苦不樂捨念清淨入第四靜慮具足住菩薩如是修一切種靜慮解脫等持等至於中皆能不取其相發起種種神境智通能作無邊大神變事或復發起天耳智通明了清淨過人天耳能如實聞十方世界情非情類種種音聲或復發起他心智通能如實知十方世界他有情衆心心所法或復發起宿住智通如實念知十方世界無量有情諸宿住事或復發起天眼智通明了清淨過人天眼能如實見十方世界有情無情種種色像乃至業果皆如實知是菩薩摩訶薩安住此五殊勝神通從一佛國趣一佛國親近供養諸佛世尊請問如來甚深法義廣植無量微妙善根成熟有情嚴淨佛土勤修種種菩薩勝行持此善根不求聲聞獨覺等地但無所得而爲方便與諸有情同共迴向一切智智於迴向時無二心轉謂誰迴向何所迴向善現是爲菩薩摩訶薩安住靜慮波羅蜜多攝取精進波羅蜜多善現

若菩薩摩訶薩安住靜慮波羅蜜多觀色受想行識不可得觀眼處乃至意處不可得觀色處乃至法處不可得觀眼界乃至意界不可得觀色界乃至法界不可得觀眼識界乃至意識界不可得觀眼觸乃至意觸不可得觀眼觸爲緣所生諸受乃至意觸爲緣所生諸受不可得觀地界乃至識界不可得觀因緣乃至增上緣不可得觀無明乃至老死不可得觀布施波羅蜜多乃至般若波羅蜜多不可得觀内空乃至無性自性空不可得觀眞如乃至不思議界不可得觀苦集滅道聖諦不可得觀四念住乃至八聖道支不可得觀四靜慮四無量四無色定不可得觀八解脫乃至十遍處不可得觀空無相無願解脫門不可得觀淨觀地乃至如來地不可得觀極喜地乃至法雲地不可得觀一切陀羅尼門三摩地門不可得觀五眼六神通不可得觀如來十力乃至十八佛不共法不可得觀三十二大士相八十隨好不可得觀無忘失法恒住捨性不可得觀一切智道相智一切相智不可得觀預流果乃至獨覺菩提不可得觀一切菩薩摩訶薩行不可得觀諸佛無上正等菩提不可得觀一切智智不可得觀有爲界不可得觀無爲界不可得如是菩薩觀一切法不可得故無作無作故無造無造故無生無生故無滅無滅故無取無取故畢竟清淨常住無變所以者何以一切法若佛出世若不出世安住法性法界法住無生無滅常無變異是菩薩摩訶薩心常無亂恒時安住一切智智相應作意如實觀察一切法

性都無所有復持如是所集善根以無所得而爲方便與諸有情同共迴向一切智智於迴向時無二心轉謂誰迴向何所迴向善現是爲菩薩摩訶薩安住靜慮波羅蜜多攝取般若波羅蜜多具壽善現復白佛言世尊云何菩薩摩訶薩安住般若波羅蜜多攝取布施淨戒安忍精進靜慮波羅蜜多佛告善現若菩薩摩訶薩安住般若波羅蜜多觀一切法空無所有世尊云何菩薩摩訶薩安住般若波羅蜜多觀一切法空無所有善現諸菩薩摩訶薩安住般若波羅蜜多觀內空內空性不可得外空外空性不可得內外空內外空性不可得空空空性不可得大空大空性不可得勝義空勝義空性不可得有爲空有爲空性不可得無爲空無爲空性不可得畢竟空畢竟空性不可得無際空無際空性不可得散無散空散無散空性不可得本性空本性空性不可得自共相空自共相空性不可得一切法空一切法空性不可得是菩薩摩訶薩安住如是十四空中不得色若空若不空不得受想行識若空若不空不得眼處乃至意處若空若不空不得色處乃至法處若空若不空不得眼界乃至意界若空若不空不得色界乃至法界若空若不空不得眼識界乃至意識界若空若不空不得眼觸乃至意觸若空若不空不得眼觸爲縁所生諸受乃至意觸爲縁所生諸受若空若不空不得地界乃至識界若空若不空不得因縁乃至增上縁若空若不空不得無明乃至老死若空若不空不得布施波羅蜜多乃至般

若波羅蜜多若空若不空不得內空乃至無性自性空若空若不空不得眞如乃至不思議界若空若不空不得苦集滅道聖諦若空若不空不得四念住乃至八聖道支若空若不空不得四靜慮四無量四無色定若空若不空不得八解脱乃至十遍處若空若不空不得空無相無願解脱門若空若不空不得淨觀地乃至如來地若空若不空不得極喜地乃至法雲地若空若不空不得一切陀羅尼門三摩地門若空若不空不得五眼六神通若空若不空不得如來十力乃至十八佛不共法若空若不空不得三十二大士相八十隨好若空若不空不得無忘失法恒住捨性若空若不空不得一切智道相智一切相智若空若不空不得預流果乃至獨覺菩提若空若不空不得一切菩薩摩訶薩行若空若不空不得諸佛無上正等菩提若空若不空不得一切智智若空若不空不得有爲界若空若不空不得無爲界若空若不空是菩薩摩訶薩安住般若波羅蜜多於諸有情所有布施若食若飲及餘資具皆觀爲空若能施若所施若施福若施果如是一切亦觀爲空菩薩爾時由住空觀貪著慳悋無容得起所以者何是菩薩摩訶薩修行般若波羅蜜多從初發心乃至安坐妙菩提座如是分別皆不得起如諸如來應正等覺無時暫起著心慳心此菩薩摩訶薩亦復如是行深般若波羅蜜多著心慳心皆永不起當知般若波羅蜜多是諸菩薩摩訶薩師能令菩薩摩訶薩衆不起一切妄想分別所行布施皆無染

著是菩薩摩訶薩持此善根以無所得而爲方便與諸有情同共迴向一切智智於迴向時無二心轉謂誰迴向何所迴向善現是爲菩薩摩訶薩安住般若波羅蜜多攝取布施波羅蜜多善現若菩薩摩訶薩安住般若波羅蜜多受持淨戒一切聲聞獨覺等心無容得起所以者何是菩薩摩訶薩觀諸聲聞獨覺等地皆不可得迴向彼心亦不可得迴向彼地身語律儀亦不可得是菩薩摩訶薩安住般若波羅蜜多從初發心乃至安坐妙菩提座於其中間自離斷生命亦勸他離斷生命無倒稱揚離斷生命法歡喜讚歎離斷生命者如是乃至自離邪見亦勸他離邪見無倒稱揚離邪見法歡喜讚歎離邪見者是菩薩摩訶薩持此淨戒所生善根不求三界及二乘法但無所得而爲方便與諸有情同共迴向一切智智於迴向時無二心轉謂誰迴向何所迴向善現是爲菩薩摩訶薩安住般若波羅蜜多攝取淨戒波羅蜜多善現若菩薩摩訶薩安住般若波羅蜜多起隨順忍得此忍已常作是念一切法中無有一法若起若滅若生若老若病若死若能罵者若受罵者若能謗者若受謗者若能割截斫刺打縛惱觸加害若所割截斫刺打縛惱觸加害如是一切性相皆空不應於中妄想分別是菩薩摩訶薩得此忍故從初發心乃至安坐妙菩提座於其中間假使一切有情之類皆來訶毀誹謗凌辱以諸刀杖瓦石塊等損害打擲割截斫刺乃至分解身諸支節爾時菩薩心無變異但作是念深可怪哉諸法性中都

無訶毀誹謗淩辱加害等事而諸有情妄想分別執爲實有發起種種煩惱惡業現在當來受諸劇苦是菩薩摩訶薩持此善根以無所得而爲方便與諸有情同共迴向一切智智於迴向時無二心轉謂誰迴向何所迴向善現是爲菩薩摩訶薩安住般若波羅蜜多攝取安忍波羅蜜多善現若菩薩摩訶薩安住般若波羅蜜多爲諸有情宣說正法令住布施波羅蜜多乃至般若波羅蜜多或令住四念住乃至八聖道支或令得預流果乃至阿羅漢果或令得獨覺菩提或令得一切智智是菩薩摩訶薩雖爲此事而不住有爲界亦不住無爲界復持如是所集善根以無所得而爲方便與諸有情同共迴向一切智智於迴向時無二心轉謂誰迴向何所迴向善現是爲菩薩摩訶薩安住般若波羅蜜多攝取精進波羅蜜多善現若菩薩摩訶薩安住般若波羅蜜多除佛等持於餘一切聲聞獨覺菩薩等持皆能自在隨意入出是菩薩摩訶薩安住菩薩自在等持於八解脫皆能自在順逆入出何等爲八一者有色觀諸色解脫二者内無色想觀外諸色解脫三者淨勝解身作證解脫四者超一切色想滅有對想不思惟種種想入無邊空空無邊處解脫五者超一切空無邊處入無邊識識無邊處解脫六者超一切識無邊處入無少所有無所有處解脫七者超一切無所有處入非有想非無想非想非非想處解脫八者超一切非想非非想處入滅想受定滅想受解脫是菩薩摩訶薩復能於九次第定若逆若順自在

入出何等爲九謂四靜慮四無色定滅想受定是名爲九是菩薩摩訶薩於八解脫九次第定順逆入出善成熟已能入師子奮迅等持云何師子奮迅等持善現謂菩薩摩訶薩離欲惡不善法有尋有伺離生喜樂入初靜慮次第乃至超一切非想非非想處入滅想受定復從滅想受定起還入非想非非想處定次第乃至入初靜慮是爲師子奮迅等持善現是菩薩摩訶薩於此師子奮迅等持善成熟已復入菩薩超越等持云何菩薩超越等持善現謂菩薩摩訶薩離欲惡不善法有尋有伺離生喜樂入初靜慮從初靜慮起次第乃至入滅想受定從滅想受定起入初靜慮從初靜慮起入滅想受定從滅想受定起入第二靜慮從第二靜慮起入滅想受定從滅想受定起入第三靜慮從第三靜慮起入滅想受定從滅想受定起入第四靜慮從第四靜慮起入滅想受定從滅想受定起入空無邊處定從空無邊處定起入滅想受定從滅想受定起入識無邊處定從識無邊處定起入滅想受定從滅想受定起入無所有處定從無所有處定起入滅想受定從滅想受定起入非想非非想處定從非想非非想處定起入滅想受定從滅想受定起復入非想非非想處定從非想非非想處定起墮不定心從不定心還入滅想受定從滅想受定起住不定心從不定心入非想非非想處定從非想非非想處定起住不定心從不定心入無所有處定從無所有處定起住不定心從不定心入識無邊處定從識無邊處定起住

不定心從不定心入空無邊處定從空無邊處定起住不定心從不定心入第四靜慮從第四靜慮起住不定心從不定心入第三靜慮從第三靜慮起住不定心從不定心入第二靜慮從第二靜慮起住不定心從不定心入初靜慮從初靜慮起住不定心是爲菩薩超越等持若菩薩摩訶薩安住如是超越等持得一切法平等實性復持如是所集善根以無所得而爲方便與諸有情同共迴向一切智智於迴向時無二心轉謂誰迴向何所迴向善現是爲菩薩摩訶薩安住般若波羅蜜多攝取靜慮波羅蜜多

大般若波羅蜜多經卷第四百五十九

音釋

慳悋 慳丘閑切即恡也悋音吝鄙也又恨惜也　瞋忿 瞋稱人切怒而張目也忿房粉切怒也　遜謝 遜蘇困切遜謝謂謙遜而辭謝也　脃 七醉切易斷也　打擲 打音頂擲直炙切投也打擲謂以杖擊石投也

大般若波羅蜜多經卷第四百六十

唐三藏法師玄奘奉　詔譯

第二分巧便品第六十八之一

爾時具壽善現白佛言世尊若菩薩摩訶薩成就如是巧便力者發菩提心已經幾時佛告善現是菩薩摩訶薩發菩提心已經無數百千俱胝那庾多劫具壽善現復白佛言世尊若菩薩摩訶薩成就如是巧便力者已曾親近供養幾佛佛告善現是菩薩摩訶薩已曾親近供養殑伽沙等諸佛具壽善現復白佛言世尊若菩薩摩訶薩成就如是巧便力者已植何等殊勝善根佛告善現是菩薩摩訶薩發心已來無有布施淨戒安忍精進靜慮般若波羅蜜多所引善根而不圓滿精勤修學由此因緣成就如是巧方便力具壽善現復白佛言世尊若菩薩摩訶薩成就如是巧便力者甚爲希有佛告善現如是如是如汝所說是菩薩摩訶薩甚爲希有善現當知如日月輪周行照觸四大洲界作諸事業其中所有若情非情隨彼光明勢力而轉各成已事如是般若波羅蜜多照觸餘五波羅蜜多作諸事業布施等五波羅蜜多隨順般若波羅蜜多勢力而轉各成已事善現當知如轉輪王若無七寶不名輪王要有七寶乃名輪王布施等五波羅蜜多亦復如是若離般若波羅蜜多不得名爲波羅蜜多不離般若波羅蜜多乃得名爲波羅蜜多善現當知如有女人端嚴巨富若無强夫所守護者易爲惡人之所凌辱若有强夫所守護者不爲惡人之所凌辱布施等五波羅蜜多亦復如是

若無般若波羅蜜多力所攝護易爲天魔及彼眷屬之所沮壞若有般若波羅蜜多力所攝護一切天魔及彼眷屬不能沮壞善現當知如勇軍將妙閑兵法善備種種堅固鎧仗隣國怨敵所不能害布施等五波羅蜜多亦復如是不離般若波羅蜜多天魔眷屬增上慢人乃至菩薩旃荼羅等皆不能壞善現當知如贍部洲諸小王等隨時朝侍轉輪聖王依彼輪王得至勝處布施等五波羅蜜多亦復如是隨助般若波羅蜜多由彼勢力所引導故疾能證得一切智智善現當知如贍部洲東方諸水無不皆趣殑伽大河隨殑伽河流入大海布施等五波羅蜜多亦復如是無不皆爲甚深般若波羅蜜多之所攝引乃能證得一切智智善現當知如人右手能作衆事如是般若波羅蜜多能引一切殊勝善法善現當知如人左手所作不便如是前五波羅蜜多不能引生諸勝善法善現當知譬如衆流隨其大小若入大海同得鹹名如是前五波羅蜜多要入般若波羅蜜多乃得名爲能到彼岸善現當知如轉輪王欲有所趣四軍導從輪寶居先王及四軍念欲飲食輪即爲住既飲食已王念欲行輪即前去其輪去住隨王意欲至所趣方不復前去如是前五波羅蜜多與諸善法欲趣無上正等菩提要因般若波羅蜜多以爲前導進止俱隨不相捨離若至無上正等菩提更不前進善現當知如轉輪王欲有所至四軍七寶前後導從爾時輪寶雖最居先而不分別前後之相如是前五波羅蜜多與諸善法欲趣無上正等

菩提必以般若波羅蜜多爲其前導然此般若波羅蜜多不作是念我於前五波羅蜜多最爲前導彼隨從我布施等五波羅蜜多不作是念甚深般若波羅蜜多居我等先我隨彼故所以者何如是六種波羅蜜多及一切法自性皆鈍無所能爲無有主宰虛妄不實空無所有不自在相譬如陽焰光影水月幻事夢等其中都無分別作用其實自體爾時具壽善現復白佛言世尊若一切法自性皆空無實相用諸菩薩摩訶薩云何修行布施淨戒安忍精進靜慮般若波羅蜜多求證無上正等菩提佛告善現諸菩薩摩訶薩於此六種波羅蜜多正修行時常作是念世間有情心恒顛倒沉溺生死不能自脫我若不修巧便勝行不能拔濟彼生死苦我當爲彼諸有情類勤修布施乃至般若波羅蜜多巧便勝行趣證無上正等菩提脫諸有情生死大苦是菩薩摩訶薩作此念已爲諸有情捨施內外一切所有旣捨施已復作是念我於內外都無所捨所以者何此內外物空無自性不可捨施非唯屬我是菩薩摩訶薩由此觀察修行布施波羅蜜多疾得圓滿速證無上正等菩提是菩薩摩訶薩爲脫有情生死苦故終不犯戒所以者何是菩薩摩訶薩常作此念我爲解脫一切有情生死苦故求趣無上正等菩提決定不應斷衆生命乃至邪見亦定不應求妙欲境求天富樂求作帝釋魔梵王等亦定不應求聲聞地或獨覺地唯自解脫是菩薩摩訶薩由此觀察修行淨戒波羅蜜多疾得圓滿速證無上正等菩提是菩

薩摩訶薩爲脱有情生死苦故終不發起忿恚等心假使恒遭毀謗凌辱辛楚呵嘖痛徹心髓終不發起一念瞋恨設復恒遭刀仗瓦石杖塊等物捶打其身割截斫刺分解肢節亦不發起一念惡心所以者何是菩薩摩訶薩觀察一切聲如谷響色如聚沫不應於中妄起瞋恨壞諸善品是菩薩摩訶薩由此觀察修行安忍波羅蜜多疾得圓滿速證無上正等菩提是菩薩摩訶薩爲脱有情生死苦故勤求一切殊勝善法乃至無上正等菩提於其中間常無懈怠所以者何是菩薩摩訶薩恒作是念我若懈怠不能濟拔一切有情令其遠離生死大苦亦不能得一切智智是菩薩摩訶薩由此觀察修行精進波羅蜜多疾得圓滿速證無上正等菩提是菩薩摩訶

薩爲脱有情生死苦故修諸勝定乃至無上正等菩提終不發起貪瞋癡等俱行亂心所以者何是菩薩摩訶薩常作此念我若發起貪瞋癡等俱行亂心則不能成利樂他事亦不能證所求佛果是菩薩摩訶薩由此觀察修行靜慮波羅蜜多疾得圓滿速證無上正等菩提是菩薩摩訶薩爲脱有情生死苦故不離般若波羅蜜多乃至無上正等菩提常勤修學世出世間微妙勝慧所以者何是菩薩摩訶薩恒作是念若離般若波羅蜜多於諸有情不能成熟亦不能得一切智智是菩薩摩訶薩由此觀察修行般若波羅蜜多疾得圓滿速證無上正等菩提善現由此因緣雖一切法無實相用自性皆空而諸菩薩摩訶薩衆勤修六種波羅蜜多常無懈倦求證

無上正等菩提爾時具壽善現復白佛言世尊若一切種波羅蜜多性無差別皆是般若波羅蜜多所攝受故皆由般若波羅蜜多修成滿故應合爲一波羅蜜多所謂般若波羅蜜多云何可説般若波羅蜜多於五波羅蜜多爲最爲勝爲尊爲高爲妙爲微妙爲上爲無上無等無等等佛告善現如是如是如汝所説如是六種波羅蜜多性無差別皆是般若波羅蜜多所攝持故若無般若波羅蜜多布施等五不得名爲波羅蜜多要依般若波羅蜜多布施等五乃得名爲波羅蜜多是故前五波羅蜜多攝在般若波羅蜜多由此唯一波羅蜜多所謂般若波羅蜜多是故一切波羅蜜多性無差別善現當知如有情類雖有種種色身差別若有親近妙高山王咸同一色如是前五波羅蜜多雖有種種品類差別而爲般若波羅蜜多所攝受故皆由般若波羅蜜多修成滿故皆入般若波羅蜜多不可施設差別名姓又布施等波羅蜜多依止般若波羅蜜多方得趣入一切智智乃得名爲到彼岸者是故六種波羅蜜多皆同一味性無差別不可施設此是布施波羅蜜多乃至般若波羅蜜多所以者何如是六種波羅蜜多皆同趣入一切智智能到彼岸性無差別由是因緣布施等六不可施設名姓有異具壽善現復白佛言波羅蜜多及一切法若隨實義皆無此彼勝劣差別何緣故説般若波羅蜜多於五波羅蜜多爲最爲勝爲尊爲高爲妙爲微妙爲上爲無上無等無等等佛告善現如是如是如汝所説若隨實義波羅

蜜多及一切法皆無此彼勝劣差別但依世俗言說作用說有此彼勝劣差別施設布施波羅蜜多乃至般若波羅蜜多爲欲度脫諸有情類世俗作用生老病死然諸有情生老病死皆非實有但假施設所以者何有情無故當知諸法亦無所有甚深般若波羅蜜多達一切法都無所有能拔有情世俗作用生老病死由斯故說般若波羅蜜多於五波羅蜜多爲最爲勝爲尊爲高爲妙爲微妙爲上爲無上無等無等等善現當知如轉輪王所有女寶於人中女爲最爲勝爲尊爲高爲妙爲微妙爲上爲無上無等無等等如是般若波羅蜜多於布施等波羅蜜多爲最爲勝爲尊爲高爲妙爲微妙爲上爲無上無等無等等具壽善現復白佛言世尊何緣數數讚說甚深般若波羅蜜多於布施等波羅蜜多爲最爲勝爲尊爲高爲妙爲微妙爲上爲無上無等無等等佛告善現由此般若波羅蜜多以無所得而爲方便普能攝取一切善法和合趣入一切智智安住不動故我數數讚說般若波羅蜜多具壽善現復白佛言甚深般若波羅蜜多於諸善法有取捨不佛言不也甚深般若波羅蜜多於法都無若取若捨何以故以一切法皆不可取不可捨故具壽善現復白佛言甚深般若波羅蜜多於何等法無取無捨佛告善現甚深般若波羅蜜多於色無取無捨於受想行識無取無捨於眼處乃至意處無取無捨於色處乃至法處無取無捨於眼界乃至意界無取無捨於色界乃至法界無取無捨於眼識界乃至意識界無

取無捨於眼觸乃至意觸無取無捨於眼觸爲緣所生諸受乃至意觸爲緣所生諸受無取無捨於地界乃至識界無取無捨於因緣乃至增上緣無取無捨於無明乃至老死無取無捨於布施波羅蜜多乃至般若波羅蜜多無取無捨於內空乃至無性自性空無取無捨於眞如乃至不思議界無取無捨於苦集滅道聖諦無取無捨於四念住乃至八聖道支無取無捨於四靜慮四無量四無色定無取無捨於八解脫乃至十遍處無取無捨於空無相無願解脫門無取無捨於淨觀地乃至如來地無取無捨於極喜地乃至法雲地無取無捨於一切陀羅尼門三摩地門無取無捨於五眼六神通無取無捨於如來十力乃至十八佛不共法無取無捨於三十二大士相八十隨好無取無捨於無忘失法恒住捨性無取無捨於一切智道相智一切相智無取無捨於預流果乃至獨覺菩提無取無捨於一切菩薩摩訶薩行無取無捨於諸佛無上正等菩提無取無捨於一切智智無取無捨具壽善現復白佛言甚深般若波羅蜜多云何於色無取無捨乃至於一切智智無取無捨佛告善現甚深般若波羅蜜多不思惟色是故於色無取無捨乃至不思惟一切智智是故於一切智智無取無捨具壽善現復白佛言云何般若波羅蜜多不思惟色乃至不思惟一切智智佛告善現由此般若波羅蜜多於色不思惟一切相亦不思惟一切所緣是故不思惟色乃至於一切智智不思惟一切相亦不思惟一切所緣是故不思

惟一切智智具壽善現復白佛言若菩薩摩訶薩不思惟色乃至不思惟一切智智云何增長所種善根若不增長所種善根云何圓滿波羅蜜多若不圓滿波羅蜜多云何證得所求無上正等菩提佛告善現若時菩薩摩訶薩不思惟色乃至不思惟一切智智是時菩薩摩訶薩便能增長所種善根所種善根得增長故便能圓滿波羅蜜多波羅蜜多得圓滿故便能證得所求無上正等菩提何以故善現諸菩薩摩訶薩要不思惟色乃至不思惟一切智智乃能具足修諸菩薩摩訶薩行證得無上正等菩提具壽善現復白佛言何緣菩薩摩訶薩要不思惟色乃至不思惟一切智智方能具足修諸菩薩摩訶薩行證得無上正等菩提佛告善現諸菩薩摩訶薩若思惟色乃至思惟一切智智則有所得有所得故便著欲界色無色界若著欲界色無色界不能具足修諸菩薩摩訶薩行證得無上正等菩提若菩薩摩訶薩不思惟色乃至不思惟一切智智便無所得無所得故則不著欲界色無色界若不著欲界色無色界乃能具足修諸菩薩摩訶薩行證得無上正等菩提是故善現若菩薩摩訶薩欲得具足修諸菩薩摩訶薩行欲疾證得所求無上正等菩提當勤修學甚深般若波羅蜜多不應思惟執著諸法具壽善現復白佛言若菩薩摩訶薩精勤修學甚深般若波羅蜜多當於何住佛告善現若菩薩摩訶薩精勤修學甚深般若波羅蜜多不應住色乃至不應住一切智智具壽善現復白佛言何緣菩薩摩訶薩

精勤修學甚深般若波羅蜜多不應住色乃至不應住一切智智佛告善現若菩薩摩訶薩精勤修學甚深般若波羅蜜多於一切法無執著故不應住色乃至不應住一切智智何以故善現是菩薩摩訶薩不見有法可於其中而起執著及可安住善現如是菩薩摩訶薩以無所著及無安住而爲方便精勤修學甚深般若波羅蜜多復次善現若菩薩摩訶薩作如是念若能如是無所執著無所安住精進修行甚深般若波羅蜜多是修般若波羅蜜多是行般若波羅蜜多我能如是無所執著修深般若波羅蜜多我能如是無所執著行深般若波羅蜜多是行般若波羅蜜多善現是菩薩摩訶薩由如是念取相執著遠離般若波羅蜜多若遠離般若波羅蜜多

則遠離靜慮精進安忍淨戒布施波羅蜜多亦遠離內空乃至無性自性空亦遠離眞如乃至不思議界亦遠離苦集滅道聖諦亦遠離四念住乃至八聖道支亦遠離四靜慮四無量四無色定亦遠離八解脫乃至十遍處亦遠離空無相無願解脫門亦遠離極喜地乃至法雲地亦遠離一切陀羅尼門三摩地門亦遠離五眼六神通亦遠離如來十力乃至十八佛不共法亦遠離無忘失法恒住捨性亦遠離一切智道相智一切相智亦遠離一切菩薩摩訶薩行亦遠離諸佛無上正等菩提亦遠離一切智智所以者何甚深般若波羅蜜多於一切法無所執著非深般若波羅蜜多有執著者及執著性何以故甚深般若波羅蜜多都無自性可於諸法有所執著

是故善現諸菩薩摩訶薩修行般若波羅蜜多時起如是想此是般若波羅蜜多我行般若波羅蜜多則菩薩摩訶薩修行般若波羅蜜多於一切法及深般若波羅蜜多皆無執著復次善現若菩薩摩訶薩修行般若波羅蜜多時起如是想此是般若波羅蜜多我行般若波羅蜜多則是遍行諸法實相是菩薩摩訶薩由起此想便退般若波羅蜜多若退般若波羅蜜多則退一切殊勝白法何以故甚深般若波羅蜜多是一切種白法根本若退般若波羅蜜多則是退失一切白法復次善現若菩薩摩訶薩作如是念甚深般若波羅蜜多攝受布施淨戒安忍精進靜慮波羅蜜多乃至攝受一切智智是菩薩摩訶薩退失般若波羅蜜多若退失般若波羅蜜多則不能攝受布施淨戒安忍精進靜慮波羅蜜多乃至不能攝受一切智智何以故善現非離般若波羅蜜多能遍攝受菩提分法及能證得一切智智復次善現若菩薩摩訶薩作如是念安住般若波羅蜜多便於無上正等菩提定得受記是菩薩摩訶薩則退失般若波羅蜜多若退失般若波羅蜜多則於無上正等菩提不得受記何以故善現非離般若波羅蜜多可於無上正等菩提得受記故復次善現若菩薩摩訶薩作如是念安住般若波羅蜜多則能引發布施波羅蜜多乃至靜慮波羅蜜多如是乃至能引發大慈大悲大喜大捨是菩薩摩訶薩則退失般若波羅蜜多若退失般若波羅蜜多則不能引發布施波羅蜜多乃至靜慮波羅蜜多如是乃至不

能引發大慈大悲大喜大捨何以故善現非離般若波羅蜜多而能引發安住勝法復次善現若菩薩摩訶薩作如是念佛知諸法無攝受相自證無上正等菩提得菩提已爲諸有情宣說開示諸法實相是菩薩摩訶薩則爲退失甚深般若波羅蜜多何以故善現如來於法無知無覺無說無示所以者何諸法實性不可知覺不可施設云何得有知覺說示一切法者若言實有知覺說示一切法者無有是處爾時具壽善現白佛言世尊諸菩薩摩訶薩修行般若波羅蜜多云何當得遠離如是種種過失佛告善現若菩薩摩訶薩修行般若波羅蜜多作如是念一切法無所有不可取若法無所有不可取則無有能現等覺者亦無有能宣說開示若如是行是行般若波羅蜜多離諸過失若菩薩摩訶薩著無所有不可取法則離般若波羅蜜多何以故善現甚深般若波羅蜜多於一切法無所執著無所攝受若於諸法有所執著有所攝受則離般若波羅蜜多具壽善現復白佛言世尊般若波羅蜜多於般若波羅蜜多爲遠離爲不遠離乃至布施波羅蜜多於布施波羅蜜多爲遠離爲不遠離如是乃至一切智智於一切智智爲遠離爲不遠離世尊若般若波羅蜜多於般若波羅蜜多設遠離設不遠離云何菩薩摩訶薩能無執著引發般若波羅蜜多乃至若布施波羅蜜多於布施波羅蜜多設遠離設不遠離云何菩薩摩訶薩能無執著引發布施波羅蜜多如是乃至若一切智智於一切智智設遠離設不遠離云

何菩薩摩訶薩能無執著引發一切智智佛告善現般若波羅蜜多於般若波羅蜜多非遠離非不遠離乃至一切智智於一切智智非遠離非不遠離是故菩薩摩訶薩能無執著引發般若波羅蜜多乃至引發一切智智何以故善現非即自性非離自性而能安住引發自性復次善現諸菩薩摩訶薩修行般若波羅蜜多不執著色謂此是色此色屬彼亦不執著受想行識謂此是受想行識此受想行識屬彼如是乃至不執著一切智智謂此是一切智智此一切智智屬彼善現是菩薩摩訶薩於如是一切法無執著故便能引發般若波羅蜜多乃至布施波羅蜜多乃至能引發一切智智何以故善現若菩薩摩訶薩修行般若波羅蜜多於諸法中有所執著謂此是法此法屬彼則不能隨意引發安住勝妙功德復次善現諸菩薩摩訶薩修行般若波羅蜜多不觀色若常若無常若樂若苦若我若無我若淨若不淨若寂靜若不寂靜若遠離若不遠離亦不觀受想行識若常若無常若樂若苦若我若無我若淨若不淨若寂靜若不寂靜若遠離若不遠離乃至不觀一切智智若常若無常若樂若苦若我若無我若淨若不淨若寂靜若不寂靜若遠離若不遠離是菩薩摩訶薩於如是一切法不觀察故便能引發般若波羅蜜多乃至布施波羅蜜多如是乃至能引發一切智智何以故善現若菩薩摩訶薩修行般若波羅蜜多於諸法中有所觀察若常若無常若樂若苦若我若無我若淨若不淨若寂靜若不寂靜若

遠離若不遠離則不能隨意引發安住勝妙功德復次善現若菩薩摩訶薩修行般若波羅蜜多則爲修行靜慮精進安忍淨戒布施波羅蜜多亦爲安住內空乃至無性自性空亦爲安住眞如乃至不思議界亦爲安住苦集滅道聖諦亦爲修行四念住乃至八聖道支亦爲修行四靜慮四無量四無色定亦爲修行八解脫乃至十遍處亦爲修行空無相無願解脫門亦爲修行菩薩十地亦爲修行一切陀羅尼門三摩地門亦爲修行五眼六神通亦爲修行如來十力乃至十八佛不共法亦爲修行無忘失法恒住捨性亦爲修行一切智道相智一切相智亦爲修行一切菩薩摩訶薩行亦爲修行諸佛無上正等菩提亦爲修行一切智智復次善現甚深般若波羅蜜多隨所行處所有一切波羅蜜多及餘一切菩提分法皆悉隨行甚深般若波羅蜜多隨所至處所有一切波羅蜜多及餘一切菩提分法皆悉隨至善現如轉輪王隨所行處四種勇軍皆悉隨行如轉輪王隨所至處四種勇軍皆悉隨至甚深般若波羅蜜多亦復如是隨有所行及有所至所有一切波羅蜜多及餘一切菩提分法皆悉隨行究竟至於一切智智善現如善御者駕四馬車令避險路行於正道隨本意欲能往所至甚深般若波羅蜜多亦復如是善御一切波羅蜜多及餘一切菩提分法令避生死涅槃險路行於自利利他正道至本所求一切智智具壽善現白言世尊諸菩薩摩訶薩云何爲道云何非道佛告善現諸異生道若聲聞道若獨

覺道非諸菩薩摩訶薩道依此不能往一切智智故甚深般若波羅蜜多所引六種波羅蜜多是諸菩薩摩訶薩道依此定能往一切智智故具壽善現復白佛言甚深般若波羅蜜多出現世間能辦大事所謂示現諸菩薩摩訶薩道非道相令諸菩薩摩訶薩衆知是道是非道疾能證得一切智智佛告善現如是如是如汝所説甚深般若波羅蜜多出現世間能辦大事所謂示現諸菩薩摩訶薩道非道相令諸菩薩摩訶薩衆知是道是非道疾能證得一切智智復次善現甚深般若波羅蜜多出現世間能辦大事所謂度脱無量無數無邊有情令得殊勝利益安樂善現當知甚深般若波羅蜜多雖作無邊利樂他事而於此事無所取著復次善現甚深般若波羅蜜多雖能示現色所作事而於此事無所取著雖能示現受想行識所作事而於此事無所取著如是乃至雖能示現一切智智所作事而於此事無所取著雖能示現聲聞獨覺所作事而於此事無所取著善現甚深般若波羅蜜多雖能引導一切菩薩摩訶薩衆令趣無上正等菩提遠離聲聞獨覺等地而於諸法無生無滅以法住性爲定量故具壽善現復白佛言若甚深般若波羅蜜多於一切法無生無滅云何菩薩摩訶薩行深般若波羅蜜多時爲諸有情應行布施應持淨戒應起安忍應勤精進應住靜慮應修般若佛告善現諸菩薩摩訶薩修行般若波羅蜜多時緣一切智智爲諸有情應行布施應持淨戒應起安忍應勤精進應住靜慮應修般若

善現是菩薩摩訶薩持此善根與諸有情同共迴向一切智智如是迴向一切智智則修六種波羅蜜多速得圓滿亦修菩薩慈悲喜捨速得圓滿乃至安坐妙菩提座常不遠離如是六種波羅蜜多若不遠離如是六種波羅蜜多則不遠離一切智智是故善現若菩薩摩訶薩欲疾證得一切智智當勤精進修學六種波羅蜜多當勤精進修行六種波羅蜜多若菩薩摩訶薩常勤精進修學修行如是六種波羅蜜多一切善根速得圓滿疾能證得一切智智是故善現諸菩薩摩訶薩應與六種波羅蜜多常共相應勿相捨離具壽善現白言世尊云何菩薩摩訶薩能與六種波羅蜜多常共相應不相捨離佛告善現若菩薩摩訶薩如實觀色非相應非不相應如實觀受想行識非相應非不相應乃至如實觀一切智智非相應非不相應是菩薩摩訶薩能與六種波羅蜜多常共相應不相捨離復次善現若菩薩摩訶薩恒作是念我不應住色亦不應住非色我不應住受想行識亦不應住非受想行識乃至我不應住一切智智亦不應住非一切智智何以故色非能住非所住受想行識亦非能住非所住如是乃至一切智智非能住非所住故善現是菩薩摩訶薩能與六種波羅蜜多常共相應不相捨離善現若菩薩摩訶薩能以如是無住方便修行六種波羅蜜多是菩薩摩訶薩疾能證得一切智智善現譬如有人欲食菴沒羅果或半娜娑果先取其子於良美田而種植之隨時溉灌守護營理漸次生長芽莖枝葉

時節和合便有華果果成熟已取而食之如是善現若菩薩摩訶薩欲得無上正等菩提先學六種波羅蜜多復於有情或以布施或以愛語或以利行或以同事而攝受之既攝受已教令安住布施淨戒安忍精進靜慮般若波羅蜜多既安住已解脫一切生老病死證得常住畢竟安樂菩薩如是當得無上正等菩提轉妙法輪度無量衆是故善現若菩薩摩訶薩欲於諸法不藉他緣而自悟解欲能成熟一切有情欲於佛土能善嚴淨欲疾安坐妙善提座欲能降伏一切魔軍欲疾證得一切智智欲轉法輪脫有情衆生老病死證得常住畢竟安樂應學六種波羅蜜多以四攝事方便攝受諸有情衆既攝受已應令安住布施淨戒安忍精進靜慮般若波羅蜜多菩薩如是勤修學時應於般若波羅蜜多常勤修學

大般若波羅蜜多經卷第四百六十

音釋

俱胝 梵語也此云百億胝張尼切

那庾多 梵語也此云萬億庾弋渚切

怨敵 怨於袁切讐也敵亭歷切仇也又拒抵也

可嘖 呵虎何切大言而怒也嘖側格切爭言貌又大呼聲也

娜 奴可切

漑灌 漑古愛切注也灌音貫澆也